Wenn der Morgen anbricht

MIRA® TASCHENBUCH
Band 20046
1. Auflage: Januar 2014

MIRA® TASCHENBÜCHER
erscheinen in der Harlequin Enterprises GmbH,
Valentinskamp 24, 20354 Hamburg
Geschäftsführer: Thomas Beckmann

Konzeption / Reihengestaltung: fredebold&partner GmbH, Köln
Umschlaggestaltung: pecher und soiron, Köln
Redaktion: Maya Gause
Titelabbildung: Thinkstock / Getty Images, München
Satz: GGP Media GmbH, Pößneck
Druck und Bindearbeiten: CPI – Ebner & Spiegel, Ulm
Printed in Germany
Dieses Buch wurde auf FSC®-zertifiziertem Papier gedruckt.
ISBN 978-3-86278-860-6

www.mira-taschenbuch.de

Werden Sie Fan von MIRA Taschenbuch auf Facebook!

Linda Howard

Eiskalte Liebe

Roman

Aus dem Amerikanischen von
Annette Hahn

1. KAPITEL

*D*as Telefon auf ihrem Schreibtisch klingelte, aber Sallie blickte weder von der Tastatur auf, noch ließ sie auf andere Weise erkennen, dass sie etwas gehört hatte. Seufzend stand Brom auf und lehnte sich quer über seinen Schreibtisch, um den Hörer abzunehmen. Sallie tippte unbeirrt weiter.

„Für dich, Sal", meinte Brom trocken. Sallie schrak zusammen. Sie sah Brom über dem Schreibtisch hängen und ihr den Telefonhörer entgegenstrecken.

„Oh, tut mir leid, Brom. Ich habe es gar nicht klingeln gehört", lächelte sie entschuldigend, während sie ihm den Hörer abnahm. Es kam häufig vor, dass er an ihr Telefon ging, weil sie so konzentriert arbeitete, dass sie nichts anderes um sich herum wahrnahm. Oft zog Brom sie damit auf, dass sie wohl in einer anderen Welt lebe!

Er lächelte zurück und setzte sich wieder. „Es ist Greg."

„Hallo, hier Sallie."

„Komm doch mal in mein Büro", erwiderte Greg Downey, Chefredakteur der Zeitschrift, mit schleppendem Südstaatenakzent.

„Bin schon unterwegs", rief Sallie vergnügt und legte auf.

„Musst du mal wieder los?", fragte Brom, während sie ihren Computer ausschaltete.

„Das will ich hoffen", entgegnete Sallie und schob ihr langes Haar über die Schulter zurück. Sie liebte Auslandsaufträge, brauchte sie wie die Luft zum Atmen und blühte dabei auf. Andere Reporter litten unter Jetlag, Sallie aber erlebte einen Energieschub. Ihre Kraft und ihre gute Laune waren schier unerschöpflich, und während sie in Gregs Büro eilte, spürte sie bereits, wie das Adrenalin ihren Puls beschleunigte und ihren gesamten Körper vor freudiger Erwartung zum Kribbeln brachte.

Als sie eintrat, sah Greg auf, und ein Lächeln erhellte sein sonst so hartes Gesicht. „Bist du etwa gerannt?" Er stand auf, um die Tür hinter ihr zu schließen. „Ich habe doch gerade erst aufgelegt."

„Du kennst mich, das ist mein normales Tempo", erwiderte Sallie und stimmte in sein Lachen ein. Ihre dunkelblauen Augen funkelten, und in ihren Wangen bildeten sich vorwitzige Grübchen. Greg nahm sie kurz und etwas ungelenk in den Arm.

„Hast du etwas für mich?", fragte Sallie eifrig.

„Im Moment noch nicht", entgegnete er und musste über ihr enttäuschtes Gesicht schmunzeln. Er kehrte zu seinem Sessel zurück.

„Aber ich habe trotzdem gute Neuigkeiten. Hast du schon mal von der Olivetti-Stiftung gehört?"

„Nein." Sallie runzelte die Stirn. „Oder doch?"

„Das ist eine internationale Wohltätigkeitsorganisation", begann Greg, und Sallie reckte sich kerzengerade.

„Ah! Jetzt weiß ich es wieder. Blaublütige aus aller Welt richten jeden Sommer einen großen Benefizball aus, stimmt's?"

„Stimmt."

„Interessiert mich das?", fragte Sallie. „Ich kenne keine blaublütigen Adligen, nur heißblütige Reporter."

„Natürlich interessiert es dich", wusste Greg. „Die große Party steigt dieses Jahr in Sakarya."

Sallies Gesicht leuchtete auf. „Marina Delchamp?"

„Genau." Er lächelte. „Wie gefällt dir das, hm? Ich verhelfe dir praktisch zu einem bezahlten Urlaub. Du führst ein Interview mit der hinreißenden Gattin des Finanzministers, gehst zur prunkvollsten Party, die du dir nur vorstellen kannst, und das alles auf Verlagskosten!"

„Toll!", rief Sallie begeistert. „Wann geht's los?"

„Ende nächsten Monats." Greg zündete sich eine dünne Zigarre an. „Da bleibt noch genug Zeit, ein neues Kleid zu kaufen, falls du nichts Passendes für einen Wohltätigkeitsball im Schrank hast."

„Ha ha", lachte sie und zog ihre Stupsnase kraus. „Du denkst wohl, außer Hosen hätte ich nichts im Schrank hängen, wie? Nur zu deiner Information: Ich besitze tatsächlich auch ein paar Kleider."

„Warum trägst du dann nie welche?", wollte er wissen.

„Weil du, lieber Boss, die Angewohnheit hast, mich kurzfristig irgendwo in die Welt hinauszuschicken, also halte ich mich jederzeit bereit."

„Hast du solche Angst, du könntest einen Auftrag verpassen, dass du ständig einen Koffer unter dem Schreibtisch parat hältst?", frotzelte er zurück, da er wusste, dass ihre Antwort eine Ausrede war. „Nein, wirklich, Sallie. Ich will, dass du dich richtig herausputzt. Sakarya könnte ein wichtiger Verbündeter für Amerika werden, vor allem jetzt, da auf seinen Ölfeldern im Norden gerade so viel produziert wird. Es kommt uns zugute, dass Marina Delchamp Amerikanerin ist und ihr Mann großen Einfluss auf den König hat, aber es kann nicht schaden, wenn auch du dein Bestes gibst."

„Natürlich. Das Außenministerium wird bestimmt erleichtert sein, dass ich es unterstütze", erwiderte sie mit tiefer Stimme und bemüht ernstem Gesicht, sodass Greg warnend den Finger hob.

„Nimm das ruhig ernst", mahnte er. „Die Jungs in Washington machen Sakarya ganz schön den Hof, und dem König ist seine Macht durch die Ölfelder natürlich bewusst. Mit dem Einfluss der Delchamps ist das Land dem Westen gegenüber gerade sehr aufgeschlossen, aber trotzdem ist es eine heikle Angelegenheit. Dieser Wohltätigkeitsball findet zum ersten Mal in einem arabischen Land statt, und alle Nachrichtenagenturen werden darüber berichten, natürlich auch das Fernsehen. Wie ich hörte, soll Rhydon Baines den König interviewen, aber das ist noch nicht bestätigt." Greg sank in seinen Sessel zurück und faltete die Hände im Nacken. „Wenn man den Gerüchten glauben kann, will Baines ganz mit dem Fernsehen aufhören."

„Tatsächlich? Ich würde mich sehr wundern, wenn Rhy Baines seinen Job als Reporter freiwillig aufgeben würde."

Greg machte ein überraschtes Gesicht. „Du kennst Rhydon Baines?" Es schien ihm kaum vorstellbar. Mit seinen knallharten Reportagen und Interviews war Rhydon Baines eine Klasse für sich, und Sallie hatte ihren Status als Topreporterin noch nicht lange inne. Aber das Mädel kam viel herum und kannte eine Menge Leute.

„Ach, wir sind zusammen aufgewachsen", antwortete sie beiläufig. „Na ja, nicht wirklich zusammen. Er ist älter als ich, aber wir kommen aus derselben Stadt."

„Dann habe ich noch mehr gute Nachrichten für dich", sagte Greg, lehnte sich zurück und sah sie aufmerksam an. „Aber behalte es erst einmal für dich, es ist noch nicht offiziell. Unser Verlag ist verkauft worden. Wir haben einen neuen Verleger."

Sallie war nicht sicher, ob das wirklich eine gute Nachricht war. Ein Wechsel auf höchster Ebene zog oft auch Veränderungen in den unteren Ebenen nach sich, und sie liebte ihre Arbeit. *World in Review* war ein erstklassiges Nachrichtenmagazin, das sie nicht gern verlassen würde.

„Und wer ist der neue Oberboss?", erkundigte sie sich argwöhnisch.

„Hast du das noch nicht erraten? Rhydon Baines natürlich. Darum ist es ja auch nicht sicher, ob er das Interview mit dem König von Sakarya führt. Wie ich hörte, hat sein Sender ihm den Posten als erster Nachrichtensprecher angeboten, damit er bleibt, aber er hat abgelehnt."

Sallie bekam große Augen. „Rhy?", wiederholte sie verblüfft. „Du meine Güte, ich hätte wirklich nie gedacht, dass er die Fernsehreportagen aufgeben könnte. Bist du sicher? Rhy liebte diese Arbeit mehr als … mehr als alles andere", beendete sie den Satz und bekam Herzklopfen, als sie merkte, was sie da beinahe ausgeplaudert hätte: Rhy liebte seine Arbeit mehr als mich! Wie hätte Greg wohl darauf reagiert? Aber wie es aussah, konnte sie sich so oder so von ihrem Job verabschieden.

„Wenn ich das richtig verstanden habe", fuhr Greg fort, der ihr kurzes Zögern nicht bemerkt hatte, „will er die nächsten fünf Jahre noch eine Reihe von Dokumentarfilmen für den Sender machen, sonst aber den Außendienst aufgeben. Vielleicht langweilt ihn die Berichterstattung mittlerweile."

„Rhy und Langweile?", murmelte Sallie zweifelnd.

„Er ist schon lange ganz oben", bemerkte Greg. „Vielleicht will er ja heiraten und eine Familie gründen. Er ist Gott weiß alt genug, um sich ausgetobt zu haben."

„Er ist sechsunddreißig", sagte Sallie, die immer noch um Fassung rang. „Und der Gedanke, dass Rhy sesshaft werden könnte, ist einfach lächerlich."

„Wie auch immer. Ehrlich gesagt, bin ich sehr froh, dass er bei uns einsteigt. Ich freue mich schon auf die Zusammenarbeit, denn der Mann ist ein wahres Genie. Und ich dachte, du würdest dich auch freuen, aber du siehst aus, als hätte es dir die Ernte verhagelt."

„Ich … bin nur überrascht", stammelte sie. „Ich hätte nie gedacht, dass ich diesen Tag erleben würde. Wann wird das Ganze offiziell?"

„Nächste Woche. Ich werde es so einrichten, dass du da bist, wenn er kommt, falls du das möchtest."

„Nein, danke", erwiderte sie. „Ich werde ihm bestimmt noch früh genug begegnen."

Auf dem Weg zurück in ihr abgeteiltes Büro wenige Minuten später fühlte Sallie sich nicht besonders wohl, und um Broms Fragen zu entgehen, machte sie einen Umweg über die Damentoilette und ließ sich dort im Vorraum aufs Sofa fallen. Rhy! Warum musste er sich von allen Nachrichtenmagazinen ausgerechnet *World in Review* aussuchen? Sie würde niemals eine andere Stelle finden, die ihr ebenso gefiele. Nicht dass Rhy sie umgehend feuern würde, aber ihr war klar, dass sie nicht mit ihm arbeiten wollte. Vor langer Zeit war er aus ihrem Leben verschwunden, und nun gab es dort für ihn keinen Platz mehr. Nicht einmal beruflich wollte sie etwas mit ihm zu tun haben!

Was hatte Greg gesagt? Dass Rhy möglicherweise heiraten und eine

Familie gründen wolle? Beinahe hätte sie laut aufgelacht. Rhy *war* bereits verheiratet – mit ihr. Sie lebten seit sieben Jahren getrennt, und während dieser Zeit hatte sie ihn nur auf dem Bildschirm gesehen. Ihre Ehe war zerbrochen, gerade *weil* Rhy keine Lust gehabt hatte, sesshaft zu werden.

Sallie atmete tief durch, stand auf und warf einen prüfenden Blick in den Spiegel. Sie wollte sich jetzt nicht weiter den Kopf zerbrechen. Ihre Arbeit würde sonst noch beeinträchtigt, und das konnte und wollte sie sich als professionelle Journalistin nicht erlauben. Heute Abend war noch ausreichend Zeit, um weitere Schritte zu planen.

Als sie am Abend vor der halben Grapefruit saß, die ihr Abendessen darstellte, hellte sich ihr Gesicht plötzlich auf. Es bestand durchaus die Möglichkeit, dass Rhy sie gar nicht erkannte! Sie hatte sich in den letzten sieben Jahren sehr verändert, hatte abgenommen, trug ihr Haar lang und ließ sogar ihren Namen ändern. Als Verleger würde Rhy mit den Reportern nicht unbedingt Kaffeekränzchen halten wollen, und sie war häufig im Ausland unterwegs. Es könnten durchaus Wochen vergehen, bis sie sich das erste Mal über den Weg liefen.

Und würde Rhy sich tatsächlich darum scheren, dass eine der Journalistinnen seine von ihm getrennt lebende Ehefrau war? Sieben Jahre waren eine lange Zeit, und seit damals standen sie nicht mehr in Kontakt. Irgendwie war keiner von ihnen dazu gekommen, die Scheidung einzureichen, doch das war im Grunde auch nicht nötig gewesen. Nach der Trennung hatte jeder sein Leben neu aufgebaut, so als hätte es das eine gemeinsame Jahr nie gegeben. Die einzige Auswirkung war Sallies dramatisch veränderte Lebensweise. Warum sollte sie ihrer Arbeit nicht wie gewohnt weiter nachgehen können, selbst wenn Rhy sie wiedererkannte?

Je länger sie darüber nachdachte, desto möglicher schien es ihr. Sie machte ihre Arbeit gut, und Rhy war nicht der Typ, der sein Privatleben Einfluss auf seinen Beruf nehmen ließ, was sie besser wusste als jeder andere. Wenn sie ihre Arbeit also wie bisher qualifiziert fortsetzte und sich von ihm fernhielte, würde er sicher nichts über ihre frühere Bindung verlauten lassen. Für ihn war ihre Ehe schließlich ebenso Teil der Vergangenheit wie für sie.

Normalerweise dachte sie überhaupt nicht an Rhy, sofern sie ihn nicht zufällig im Fernsehen entdeckte, aber nun, da er wie ein dunkler Schatten über ihr lauerte, merkte sie, wie die Vergangenheit sie einholte. Sie versuchte, sich auf andere Dinge zu konzentrieren, was ihr zunächst auch gelang, doch als sie später zu Bett ging, brach die Erinnerung über sie herein.

Rhy. Durch die Dunkelheit starrte Sallie zur Decke und sah auf einmal sein Gesicht vor sich. Das war nicht weiter verwunderlich, da sie ihn oft genug im Fernsehen gesehen hatte. Anfangs war es fast unerträglich gewesen, und sie hatte das Gerät jedes Mal schnell ausgeschaltet, aber mit der Zeit war das leidvolle Gefühl einer Art Taubheit gewichen. Ihr Körper hatte sich gegen den Schmerz gewappnet, damit sie die Scherben ihres zerbrochenen Lebens aufsammeln und neu anfangen konnte. Aus Taubheit wurde Entschlossenheit und später Gleichgültigkeit. Sie lernte, ohne Rhy zu leben.

Wenn sie an das schüchterne, unsichere Mädchen von damals dachte, empfand Sallie sich selbst als Fremde, als eine Person, die man bedauern konnte, die es aber nicht wert war, dass man sie lang betrauerte. Dass Rhy sie verließ, war weniger verwunderlich gewesen, als dass er sich überhaupt zu ihr hingezogen gefühlt hatte. Sosehr sie auch nachdachte, konnte sie sich dennoch keinen Reim darauf machen, warum ein dynamischer Mann wie Rhy Baines ein so mausgraues Nichts wie Sarah Jerome hatte heiraten wollen. Damals war sie noch nicht die muntere, lebenslustige und draufgängerische Sallie gewesen, sondern Sarah – die stille, leicht pummelige, fügsame Sarah.

Es sei denn, Rhy hatte sie gerade deswegen geheiratet – weil sie so gehorsam und unwissend gewesen war, eine Frau, die er kontrollieren und bei Bedarf in die Ecke stellen konnte, die sich aber trotzdem um Heim und Herd kümmerte, solange er unterwegs war! Falls dies der Fall gewesen sein sollte, war er jedoch bitter enttäuscht worden, denn was seine Arbeit und seine Reisen betraf, hatte sie sich nicht einfach fügen wollen. Sarah wollte einen Ehemann, der jeden Abend nach Hause kam und nicht in der Weltgeschichte herumflog, um über Kriege, Revolutionen und Drogenhandel zu berichten. Aber genau das war Rhys Leben. Sie schmollte und jammerte und weinte und hatte bei jedem Abschied Angst, sie würde ihn das letzte Mal lebend sehen. Sie hatte das Gefühl, an ihm festhalten zu müssen, weil sie ohne ihn nicht leben konnte.

Am Ende wurde es Rhy zu viel, und nach nur einem Ehejahr verließ er sie. Sie wusste, er würde sich nie mehr bei ihr melden, denn sein letzter Satz lautete: „Wenn du irgendwann glaubst, Frau genug für mich zu sein, kannst du wieder anrufen."

Es waren zynische und verletzende Worte gewesen, Worte, die ihr seine Verachtung zeigten. Dennoch hatten gerade diese Worte ihr Leben verändert.

Sallie stöhnte, da sie wusste, dass sie noch lange nicht würde schlafen können. Sie rollte sich auf den Bauch und knüllte das Kissen wie eine Kugel zusammen. Vielleicht war es ja gut, sich in dieser Nacht all den Erinnerungen an Rhy zu stellen; immerhin könnte sie diesem Mann bald über den Weg laufen!

Sallie hatte Rhy gekannt, solange sie denken konnte. Rhys Tante lebte direkt neben den Jeromes, und da Rhy ihr liebster Neffe war, kam er bis zu seinem Schulabschluss mindestens einmal die Woche zu Besuch. Nachdem er die Stadt verlassen hatte, ließ er sich zwar seltener blicken, aber er besuchte seine Tante trotzdem noch regelmäßig. Damals fing er gerade an, sich bei einem Fernsehsender in New York als Reporter einen Namen zu machen. Hin und wieder blieb er bei seinen Besuchen am weißen Gartenzaun stehen und sprach mit Sallies Vater, und wenn Sallie oder ihre Mutter dabei waren, unterhielt er sich auch mit ihnen und neckte Sallie, dass sie so schnell groß wurde.

Kurz nach Sallies achtzehntem Geburtstag starben ihre Eltern bei einem Autounfall, und sie blieb allein in dem kleinen Haus, das sie von ihnen geerbt hatte. Es war bereits abbezahlt, und das Geld der Lebensversicherungen reichte vorerst für ihren Unterhalt aus, sodass sie sich Zeit für ihre Trauer lassen konnte. Die Tage zogen an ihr vorüber, doch sie wusste, dass sie sich unausweichlich nach einer Arbeit umsehen musste. Sie war sehr scheu, und in ihrer Einsamkeit fürchtete sie schon den Tag, da sie sich vor anderen Menschen würde behaupten müssen. Rhys Tante Tessie wurde ihr in dieser Zeit eine gute Freundin, aber auch sie starb zwei Monate nach dem Unfall ihrer Eltern. Rhy kam zur Beerdigung nach Hause.

Er war jetzt achtundzwanzig und sah verdammt gut aus. Gefährlich gut – Sallie bekam weiche Knie, wenn sie ihn sah. Er war ein Mann, der sich mit Mut, Entschlossenheit und Klugheit seinen Weg bahnte und das Leben genoss. Mittlerweile hatte ihn einer der großen Fernsehsender als Sonderkorrespondent eingestellt. Auf der Beerdigung seiner Tante sahen sie sich, und er kam am nächsten Tag vorbei, um sich mit ihr zu verabreden. Sie vermutete, dass er es nur aus Höflichkeit tat, da er ja nun die ganze Welt bereiste und ein aufregendes Leben führte, was konnte sie ihm dagegen schon bieten? Sie war klein und sah recht hübsch aus, war aber ein wenig pummelig. Ihr kurzes, dichtes Haar hatte eine schöne Farbe, haselnussbraun, war jedoch unvorteilhaft geschnitten und betonte ihre runden Wangen. Obwohl es ihr großes Herzklopfen verursachte, mit einem so umwerfend attraktiven Mann allein auszugehen, fühlte sie sich geehrt und willigte ein.

Rhy war reif und erwachsen. Vermutlich dachte er sich nichts weiter dabei, als er sie beim ersten Abschied sanft auf den Mund küsste. Er nahm sie noch nicht einmal in den Arm, sondern hob nur ihr Kinn mit einem Finger an. Für Sallie hingegen war es wie eine Explosion der Gefühle, und durch ihren Mangel an Erfahrung hatte sie keine Ahnung, wie sie diese kontrollieren oder ihre Reaktion verbergen sollte. Sie versank geradezu in seinem Kuss, bei dem ihre Lippen zu verschmelzen schienen. Lange Minuten später löste er sich von ihr. Sein Atem ging heftig, und zu ihrer großen Überraschung bat er sie um eine zweite Verabredung.

Bei der dritten Verabredung bewahrte nur seine eiserne Selbstkontrolle ihre Unschuld. Sallie war seiner Anziehungskraft hilflos ausgeliefert und bis über beide Ohren verliebt. Trotzdem war sie vollkommen verblüfft, als er ihr plötzlich einen Heiratsantrag machte. Sie hatte zwar damit gerechnet, dass er mit ihr schlafen, nicht aber, dass er sie auch heiraten wollte. Dankbar nahm sie seinen Antrag an, und eine Woche später heirateten sie.

Sechs wundervolle Tage lang lebten sie in Ekstase. Rhy war ein begnadeter Liebhaber, der ihrer Unerfahrenheit mit Geduld und Zärtlichkeit begegnete. Er schien jedes Mal überrascht, wie heftig und leidenschaftlich sie auf ihn reagierte, und in diesen ersten gemeinsamen Tagen gaben sie sich ganz ihrer Lust hin. Dann kam ein Anruf, und ehe sie sich versah, hatte Rhy ein paar Kleidungsstücke in seinen Koffer geworfen und war nach einem hastigen Kuss und einem hingeworfenen „Ich ruf dich an" davongerauscht.

Etwas länger als zwei Wochen blieb er fort, und aus den Abendnachrichten erfuhr Sallie, dass er sich in einem südamerikanischen Staat aufhielt, dessen Regierung in einer blutigen Revolution gestürzt worden war. Jeden Abend weinte sie sich in den Schlaf und konnte kaum etwas essen, weil sie vor lauter Angst fast alles wieder erbrechen musste. Allein der Gedanke, dass Rhy in Gefahr war, verursachte ihr Panik. Sie hatte bereits ihre Eltern verloren und könnte es nicht ertragen, wenn auch ihm etwas zustieße. Er war ihr Ein und Alles.

Als er frisch und braun gebrannt zurückkehrte, schrie Sallie all ihre Wut und Angst aus sich heraus. Rhy schrie zurück, und nach diesem ersten heftigen Streit redeten sie zwei Tage nicht mehr miteinander. Dann versöhnten sie sich wieder – durch Sex. Sein sexueller Hunger trieb ihn zu ihr, und die Leidenschaft, die er in ihr entfachte, machte es ihr unmöglich, ihn zurückzuweisen. Es wurde zu einem festen Muster ihrer Beziehung, nur dass er immer länger fortblieb und sie … schwanger wurde.

Sogar über ihre Schwangerschaft stritten sie, da Rhy sie beschuldigte, absichtlich schnell schwanger geworden zu sein, damit er zu Hause bliebe. Sie habe gewusst, dass er noch keine Kinder wolle und auch keinesfalls seine Arbeit wechseln würde! Sallie hatte nicht einmal versucht, sich zu verteidigen, denn schlimmer als die Anschuldigung, absichtlich schwanger geworden zu sein, war die peinliche Erkenntnis, dass sie noch nicht einmal wusste, wie sie es hätte verhindern können. Sie hatte nicht im Mindesten darüber nachgedacht und wusste, dass Rhy entsetzt wäre, würde er diese Wahrheit erfahren.

Als sie im sechsten Monat schwanger war, wurde Rhy bei einem Grenzscharmützel zwischen zwei afrikanischen Staaten schwer verwundet und auf eine Trage geschnallt nach Hause transportiert. Sallie dachte, es würde ihn zur Vernunft bringen, dass er dem Tod so knapp entronnen war. So klagte und lamentierte sie bei seiner Rückkehr ausnahmsweise nicht, sondern freute sich über die Vorstellung, ihn nun dauerhaft an ihrer Seite zu haben. Doch nur einen Monat später nahm er – kaum genesen – den nächsten Auslandsauftrag an und war nicht da, als sie vorzeitige Wehen bekam. Der Sender ließ ihn zwar zurückfliegen, doch als er ankam, war Sallie bereits aus dem Krankenhaus entlassen und ihr tot geborener Sohn beerdigt worden.

Rhy blieb bei ihr, bis sie sich körperlich von den Strapazen erholt hatte, aber sie war über den Verlust ihres Kindes vollkommen verzweifelt und machte Rhy Vorwürfe, weil er nicht bei ihr gewesen war. Als er erneut abreiste, herrschte zwischen ihnen eisige Stimmung. Vielleicht hätte sie da schon erkennen müssen, wie gleichgültig sie Rhy geworden war, aber es war dennoch ein Schock, dass er sie bei ihrer nächsten Begegnung einfach so für immer verlassen konnte. Sie war einkaufen gewesen und fand ihn bei ihrer Rückkehr ausgestreckt auf dem Sofa vor, während sein Koffer noch immer an der Tür stand, wo er ihn abgestellt hatte. Sein Gesicht wirkte müde, aber seine schiefergrauen Augen strahlten in derselben Intensität wie immer, als er sie von oben bis unten musterte und erwartungsvoll ansah.

Sallie konnte ihre Vorwürfe nicht zurückhalten. Sie beschuldigte ihn der Rücksichtslosigkeit und Gefühllosigkeit, nachdem sie so Schlimmes durchgemacht und so viel Schmerz zu ertragen gehabt habe. Wenn er sie wirklich liebe, würde er eine andere Arbeit suchen, damit er bei ihr sein könne, wenn sie ihn brauchte! Mitten in ihrer Tirade stand Rhy auf und nahm seinen Koffer. An der Tür sagte er noch: „Ruf mich an, wenn du denkst, dass du Frau genug für mich bist."

Seitdem hatte sie ihn nicht mehr gesehen.

Zunächst war sie wie am Boden zerstört. Tagelang weinte sie und war bei jedem Klingeln sofort zum Telefon gehastet. Woche für Woche erhielt sie einen Scheck von ihm als Unterhaltszahlung, aber niemals eine Nachricht. Offenbar fühlte er sich verpflichtet, sie weiterhin zu versorgen, hatte jedoch kein Interesse mehr, sie zu sehen oder mit ihr zu sprechen. Sie war ihm nicht Frau genug.

Sallie war überzeugt, dass ihr Leben ohne ihn nichts wert sei, und so beschloss sie, sich in eine Frau zu verwandeln, die Frau genug für Rhy Baines war. Sie schrieb sich zur Weiterbildung am örtlichen College ein. Belegte Sprachkurse und Intensivkurse in allen handwerklichen Bereichen, die ihr einfielen, um ihre Schüchternheit zu überwinden. Schließlich suchte sie sich eine Stelle und arbeitete als schlecht bezahlte Hilfskraft bei der Tageszeitung, aber immerhin war es ein Einstieg in das Berufsleben. Mit ihrem Monatslohn, der ihr ganz allein gehörte, spürte sie plötzlich etwas, das sie zunächst gar nicht einordnen konnte, das aber mit jeder Gehaltszahlung noch größer wurde: Selbstvertrauen.

Sie stellte fest, dass sie in ihren Sprachkursen gut abschnitt, ja, dass sie sogar zu den Besten gehörte. Sie hatte ein gutes Gefühl für Sprache und besuchte einen Kurs für literarisches Schreiben. Die Zeit, die sie dafür benötigte, zwang sie, ihre handwerklichen Kurse aufzugeben, aber sie merkte, dass ihr das Schreiben immer wichtiger wurde und sie das Werken, Basteln und Malen nicht vermisste.

Bald war sie so beschäftigt, dass sie kaum eine freie Stunde am Tag für sich hatte. Sie entdeckte, dass es ihr leichtfiel, Freundschaften zu schließen, und dass sie die Gesellschaft anderer Menschen genoss. Die Mauer, die sie seit ihrer Kindheit um sich herum aufgebaut hatte, bröckelte, und sie fühlte sich frei.

Da sie so viel zu tun hatte, war sie ständig in Bewegung und vergaß oft zu essen. Sie wurde immer schlanker und musste sich eine neue Garderobe zulegen. Auch ihr Gesicht wurde schmaler. Ohne die runden Wangen wirkten ihre dunkelblauen Augen größer, und die hohen, ausgeprägten Wangenknochen verliehen ihr ein beinahe exotisches

Aussehen. Das nachwachsende Haar strich sie einfach aus dem Gesicht, sodass es ihr bald als dichte, braune Mähne über die Schultern fiel. Sie war vorher schon hübsch gewesen, aber nun zog sie die Blicke auf sich, weil sie auf ungewöhnliche Weise attraktiv war.

Mit ihrem Aussehen veränderte sich auch ihre ganze Art. Sie wurde selbstbewusster und offener, reagierte mit Scharfblick und Scharfsinn auf die Absurditäten des Lebens und gewann viele Freunde. Sie genoss ihr Leben in vollen Zügen und dachte immer weniger an Rhy.

Etwa ein Jahr nach der Trennung merkte sie, dass sie sich durch ihre Veränderung von Rhy gelöst hatte. Als sie das nächste Mal einen Scheck von ihm in den Händen hielt, empfand sie beim Anblick seiner Unterschrift nicht mehr den üblichen Schmerz. Sie war über Rhy hinweg. Und nicht nur das: Falls er jetzt zu ihr zurückkehrte, würde sie ihr neues, aufregendes Leben einschränken müssen, und dazu verspürte sie überhaupt keine Lust. Sie hatte sich in die Frau verwandelt, die Frau genug für Rhy Baines war – und erkannte, dass sie ihn nun nicht mehr brauchte. Sie war sich selbst genug.

Es war, als hätte sie sich aus einem Gefängnis befreit. Ihr neues Selbstbewusstsein stieg ihr zu Kopf wie ein Rausch und machte sie übermütig. Nun verstand sie, warum Rhy seine Arbeit wichtiger gewesen war als sie. Genau wie er war auch sie süchtig nach Aufregung geworden, und sie fragte sich, wie er es überhaupt so lange mit ihr ausgehalten hatte.

Mit einem Gefühl großer Erleichterung schickte sie Rhy den Scheck zurück und schrieb dazu, dass sie eine Arbeit habe und selbst für sich sorgen könne, auch wenn sie seine bisherige Unterstützung sehr zu schätzen wisse. Er antwortete nicht, stellte die Zahlungen jedoch ein.

Dann sorgte ein schicksalhaftes Ereignis für eine neuerliche Veränderung in Sallies Leben. Eine Brücke, die sie mit dem Auto überquerte, stürzte ein. Sie war bereits weit genug gefahren, um nicht in die Tiefe gerissen zu werden, aber viele Fahrer hinter ihr hatten dieses Glück nicht. Ohne nachzudenken, half sie den Überlebenden aus dem Wasser und hörte sich ihre Erlebnisse an. Danach fuhr sie in die Redaktion der Tageszeitung, bei der sie arbeitete, schrieb als Augenzeugin einen Artikel über das Unglück und zeigte ihn dem Chefredakteur. Der Artikel wurde gedruckt und sie zur Reporterin befördert.

Jetzt, mit sechsundzwanzig Jahren, hatte sie ihr Studium der Journalistik abgeschlossen und arbeitete als Reporterin für eines der besseren wöchentlichen Nachrichtenmagazine. Ihr Drang nach neuen Erfahrungen war unersättlich. Sie konnte nachvollziehen, warum Rhy sich nicht durch mögliche Gefahren von seiner Arbeit hatte abhalten lassen, denn jetzt liebte sie selbst die Gefahr – das Herzklopfen beim Abheben des Hubschraubers, während Bodentruppen ihm ihre Gewehrsalven hinterherjagten, die Euphorie beim Landen in einem Flugzeug mit beschädigten Motoren, die Befriedigung durch eine gut erledigte Arbeit. Ihr Haus konnte sie vermieten, und nun wohnte sie in einem Zweizimmerapartment in New York, das ihr aber nur als Zwischenstopp diente. Sie hatte weder Pflanzen noch Haustiere, weil sie sich neben ihren Aufträgen in aller Welt nicht um sie kümmern könnte. Auch für Romantik blieb ihr keine Zeit, da sie sich nie lange an einem Ort aufhielt, aber dafür gewann sie sehr viele Freunde und Bekannte.

Nein, dachte sie schläfrig, als sie endlich müde wurde und die Gedanken aufhörten zu kreisen, Rhy konnte sie in ihrem Leben überhaupt nicht gebrauchen. Er würde sich nur in alles einmischen, was ihr Spaß machte. Doch selbst *wenn* er sie erkannte, was sehr unwahrscheinlich war, wäre es ihm bestimmt vollkommen egal, was sie machte. Schließlich war es ihm in den letzten sieben Jahren auch nicht wichtig gewesen.

2. KAPITEL

*S*allie stand vor dem Spiegel, in der Hand ein Foto von sich mit achtzehn. Sie studierte das Foto genau, dann betrachtete sie zum Vergleich ihr Spiegelbild. Der augenfälligste Unterschied war, dass man Wangenknochen anstelle der Pausbacken erkennen konnte. Auch ihre Haare waren deutlich länger: Von einem kurzen Bob, der kaum die Ohren bedeckt hatte, waren sie zu einer langen Mähne gewachsen, die ihr fast bis zur Taille reichte. Das Einzige, was sich nicht verändert hatte, waren ihre großen, dunkelblauen Augen, aber sie könnte ja eine Sonnenbrille tragen, wann immer die Gefahr bestand, Rhy zu begegnen. Vielleicht schaffte sie es auf diese Weise ja, ihre wahre Identität vor ihm zu verbergen.

Noch einmal hatte sie genau über alles nachgedacht und entschieden, nicht auf Rhys Gutmütigkeit zu vertrauen, die ohnehin sehr zweifelhaft war. Er war schon immer aufbrausend, launisch und unberechenbar gewesen. Das Beste war, ihm so weit wie möglich aus dem Weg zu gehen und Greg davon abzubringen, sie ihrem eigenen Ehemann als alte Bekannte aus der Heimat vorstellen zu wollen.

Rhy sollte an diesem Morgen eintreffen. Gestern war offiziell bekannt gegeben worden, dass Rhydon Baines den Verlag gekauft und seine Arbeit als Sonderkorrespondent aufgegeben hatte. In Zukunft wollte er seine Zeit und sein Talent – mit Ausnahme von gelegentlichen Fernsehdokumentationen – dem Zeitungswesen widmen. Die Nachricht hatte eingeschlagen wie eine Bombe. Altgediente Reporter wurden plötzlich unsicher, gingen ihre Artikel noch einmal durch und verglichen sie mit Rhys scharfzüngigem Stil. Überall hörte Sallie Frauen sich aufgeregt zuraunen, wie gut Rhydon Baines doch aussehe. Selbst glücklich verheiratete Frauen waren gespannt darauf, mit ihm zu arbeiten. Er war mehr als ein Topreporter: Er war schon so etwas wie eine Legende.

Sallie fand das alles furchtbar anstrengend. Als Erstes würde sie Greg heute Morgen um einen neuen Auftrag bitten, irgendetwas, damit sie wegfahren könnte, bis sich die Lage beruhigt hätte. Seit ihrer letzten Dienstreise waren bereits drei Wochen vergangen, sodass sich niemand über ihre Rastlosigkeit wundern würde. Der Benefizball in Sakarya fand erst in über einem Monat statt, und Sallie wusste, so lange würde sie niemals still sitzen können.

Auf einmal merkte sie, wie spät es schon war. Sie warf einen letzten Blick in den Spiegel und musterte ihre schlanke Figur in der dunkelblauen Hose und der hellblauen Seidenbluse. Das Haar war zu einem lockeren Zopf gesteckt, und sie hatte sich eine Sonnenbrille mit schwach getönten Gläsern gekauft. Falls sie jemand fragen sollte, würde sie sagen, sie habe Kopfschmerzen und sei im Moment sehr lichtempfindlich.

Sie musste sich beeilen. Da der Aufzug in ihrem Apartmenthaus sehr langsam fuhr, nahm sie vorsichtshalber die Treppe und erreichte ihren Bus nach einem kurzen Sprint gerade in dem Moment, als die Türen sich schlossen. Sie rief laut und klopfte, bis der Busfahrer die Türen wieder öffnete. „Ich hab mich schon gewundert, wo Sie bleiben", lachte er. Tatsächlich musste sie fast jeden Morgen gegen die Türen hämmern.

Eine Minute vor ihrem offiziellen Arbeitsbeginn sank sie keuchend auf ihren Platz und fragte sich, wie sie es über die Straße geschafft hatte, ohne mindestens sechsmal angefahren zu werden. Ihr Puls raste, und sie musste grinsen. Wenn ihr schon der normale Weg zur Arbeit aufregend erschien, dann wurde es deutlich Zeit für etwas mehr Action!

„Hallo", grüßte Brom. „Bereit für die Begegnung mit dem neuen großen Boss?"

„Nein, bereit für den nächsten Ausflug", gab Sallie zurück. „Ich setze allmählich Spinnweben an. Ich glaube, ich überfalle Greg mal in seiner Höhle und sehe zu, dass er mich auf Abenteuerreise schickt."

„Du bist verrückt", kommentierte Brom rundheraus. „Greg ist heute ziemlich angespannt, vielleicht wartest du besser bis morgen."

„Ach, ich versuche es trotzdem", erwiderte Sallie fröhlich.

„Tust du das nicht sowieso immer? Hey, was soll eigentlich die Sonnenbrille? Musst du ein blaues Auge verstecken?", fragte Brom neugierig nach.

„Nein." Um es zu beweisen, hob sie die Brille kurz an. „Ich habe nur Kopfschmerzen, und das Licht stört mich."

„Hast du etwa Migräne?", erkundigte Brom sich teilnahmsvoll. „Meine Schwester hat das manchmal, dann kann sie auch keine Helligkeit vertragen."

„Ich glaube nicht, dass es Migräne ist", meinte Sallie ausweichend. „Wahrscheinlich ist es nur eine Reaktion auf das lange Stillsitzen."

Brom lachte, so wie sie es beabsichtigt hatte, und Sallie machte sich auf den Weg zu Greg, um ihn noch zu erwischen, bevor Rhy eintraf und die Chance vertan wäre.

Als sie sich seinem Büro näherte, hörte sie ihn kurz angebunden und ungeduldig am Telefon sprechen. Sallie hob die Brauen und lauschte.

Offenbar hatte Brom recht gehabt: Greg war heute tatsächlich nervös und reizbar, und Sallie zweifelte keine Sekunde, dass dies an Rhys bevorstehender Ankunft lag.

In dem Moment, da Greg den Telefonhörer auf die Gabel knallte, steckte sie ihren Kopf durch die Tür und fragte: „Würde ein Kaffee helfen?"

Greg fuhr herum und lächelte verkrampft. „Der Kaffee kommt mir bald zu den Ohren wieder raus", erwiderte er. „Ich wusste gar nicht, dass so viele Idioten in diesem Gebäude arbeiten! Wenn mich noch einer anruft, dann schwöre ich …"

„Heute sind doch alle nervös", versuchte sie, ihn zu beruhigen.

„Du nicht", konterte er. „Wozu die Sonnenbrille? Bist du schon so berühmt, dass du inkognito durch die Gegend laufen musst?"

„Für die Brille gibt es einen Grund", gab Sallie zurück. „Aber weil du so ungezogen bist, verrate ich ihn dir nicht."

„Wie du willst", brummte er. „Und lass mich bloß in Ruhe."

„Ich will einen Auftrag, ich will weg hier", jammerte sie. „Ich drehe nämlich auch bald durch."

„Ich dachte, du willst deinen Freund aus der alten Heimat begrüßen?", meinte Greg. „Ich habe auch gar nichts für dich."

„Ach, bitte", flehte Sallie. „Irgendetwas musst du doch haben. Sind denn nirgends Aufstände, Katastrophen oder Entführungen? Es wird doch wohl irgendwo auf der Welt eine Story für mich geben!"

„Vielleicht morgen", erwiderte er ausweichend. „Sei nicht so ungeduldig. Vielleicht brauche ich dich hier, falls der Kerl unangenehm wird. Eine alte Freundin kann Wunder wirken …"

„Wenn man sie dem Löwen zum Fraß vorwirft?", unterbrach sie ihn trocken.

Greg schmunzelte. „Keine Sorge, er wird dich schon nicht in Stücke reißen. Vielleicht nur ein bisschen anknabbern."

„Greg, du hörst mir nicht zu. Seit drei Wochen hocke ich hier schon herum. Ich möchte mir mein Gehalt auch verdienen!"

„Du bist ganz schön hartnäckig", stellte Greg fest.

„Und du bist absolut unbarmherzig", gab sie zurück. „*Bitte,* Greg."

„Warum diese Eile?", polterte er plötzlich los. „Verdammt, Sallie, gleich kommt der neue Verlagsbesitzer, der mit Sicherheit ein harter Knochen ist. Ich werde heute einen schweren Tag haben, also lass mich bitte in Ruhe, ja? Außerdem *will* er dich vielleicht sehen, und dann bestehe ich darauf, dass du dich blicken lässt, verstanden?"

Stöhnend ließ Sallie sich auf einen Stuhl fallen. Sie sah ein, dass sie Greg die Wahrheit sagen musste, sonst würde er sie nicht weglassen. Vielleicht wäre es auch gar nicht so schlecht, wenn Greg Bescheid wüsste. Dann würde er zumindest aufhören, sie und Rhy zusammenbringen zu wollen. Und vermutlich hatte er sogar ein Recht, von den möglichen Komplikationen zu erfahren, die allein ihre Anwesenheit mit sich bringen konnte.

Vorsichtig begann sie: „Greg, ich denke, du solltest wissen, dass Rhy möglicherweise nicht besonders froh sein wird, mich zu sehen."

Greg horchte auf. „Warum nicht? Ich dachte, ihr seid befreundet."

Sie seufzte. „Ich weiß nicht, ob wir Freunde sind oder nicht. Ich habe ihn seit sieben Jahren nicht mehr gesehen, außer im Fernsehen. Und da ist noch etwas. Ich wollte es dir eigentlich nicht sagen, aber nun denke ich, du solltest es doch erfahren. Weißt du, dass ich verheiratet bin und seit Jahren von meinem Ehemann getrennt lebe?"

„Ja, das weiß ich, aber du hast nie erwähnt, wer dein Ehemann ist. Du hast auch deinen Geburtsnamen wieder angenommen, oder?"

„Ich wollte mir aus eigener Kraft einen Namen machen und nicht von seinem profitieren. Er ist nämlich sehr bekannt. Tatsächlich ist mein Mann ... äh ... Rhydon Baines."

Greg schluckte hörbar und sah sie mit großen Augen an. Sallie log nicht, das wusste er, sie war ein durch und durch ehrlicher Mensch. Aber ... Rhydon Baines? Dieser knallharte Macher und diese zierliche kleine Elfe mit den lachenden Augen? „Mein Gott, Sallie, der Mann ist alt genug, um dein Vater zu sein!"

Sallie prustete los. „Das nun wirklich nicht! Er ist nur zehn Jahre älter als ich, und ich bin sechsundzwanzig und keine achtzehn. Ich will nur, dass du verstehst, warum ich einen Auftrag an einem anderen Ort brauche. Je weiter ich von Rhy weg bin, desto besser. Wir sind seit sieben Jahren getrennt, aber die Tatsache, dass Rhy mein Ehemann ist, bleibt bestehen, und persönliche Beziehungen können die Arbeit ganz schön komplizieren, meinst du nicht?"

Greg glaubte ihr. Er konnte es nur nicht fassen. „Was ist passiert?"

Sie zuckte unbekümmert mit den Schultern. „Ich wurde ihm langweilig."

„Du und langweilig?", erwiderte Greg. „So ein Blödsinn!"

Sallie lachte. „Ich bin heute ganz anders als damals. Ich war ein kleines schüchternes Mädchen – kein Wunder, dass Rhy mich verlassen hat! Ich konnte es nicht ertragen, dass er beruflich so viel reisen musste. Ich war krank vor Sorge und jammerte ihm die Ohren voll, und am Ende hat er mich verlassen. Ich kann es ihm nicht verübeln. Ein Wunder, dass er es überhaupt so lange mit mir ausgehalten hat!"

Greg schüttelte den Kopf. Er konnte sich Sallie unmöglich als schüchternes Persönchen vorstellen. Manchmal dachte er sogar, sie habe vor nichts und niemandem Angst. Sie war zu allem bereit, und je gefährlicher es wurde, umso mehr schien sie es zu genießen. Und das war nicht vorgetäuscht – wann immer es brenzlig wurde, begannen ihre Augen und Wangen vor Aufregung zu glühen.

„Damit ich das richtig verstehe …", murmelte er. „Er weiß nicht, dass du hier arbeitest?"

„Ich glaube nicht", erwiderte sie munter. „Wir haben seit sechs Jahren keinen Kontakt mehr."

„Aber ihr seid noch verheiratet. Und er zahlt dir doch sicher Unterhalt …" Beim Anblick ihres entsetzten Gesichtsausdrucks hielt er inne und seufzte. „Entschuldige. Du hast den Unterhalt natürlich abgelehnt, stimmt's?"

„Nachdem ich selbst für mich sorgen konnte, ja. Als Rhy mich verließ, musste ich allein zurechtkommen und habe dabei gelernt, auf eigenen Füßen zu stehen. Ich bin sehr stolz, dass ich das geschafft habe."

„Und du hast nie die Scheidung verlangt?"

„Tja … nein", gab sie zu und zog die Nase kraus. „Ich wollte ja nicht wieder heiraten und er offenbar auch nicht, deshalb bestand kein Bedarf. Vielleicht findet er es sogar ganz praktisch, eine Ehefrau zu haben, die nie da ist. Er hat keine Verpflichtungen und ist vor allzu heiratswütigen Frauen sicher."

„Wird es dir etwas ausmachen, ihn wiederzusehen?", fragte Greg mit rauer Stimme. Dass Sallie mit Rhydon Baines verheiratet war, verwirrte ihn mehr, als er zugeben wollte,

„Rhy? Nein, gar nicht", gab sie offen zu. „Ich bin schon lange über ihn hinweggekommen. Das musste ich, um überhaupt weiterleben zu können. Manchmal kommt es mir fast irreal vor, dass ich mit ihm verheiratet war … äh, bin."

„Wird es *ihm* etwas ausmachen, dich zu sehen?", fragte Greg weiter.

„Gefühlsmäßig bestimmt nicht. Für ihn ist es sicher auch schon lange vorbei. Schließlich ist er damals ja gegangen. Aber er kann sehr launisch sein, weißt du, und vielleicht gefällt es ihm nicht, dass seine Ehefrau für ihn arbeitet, wenn auch unter anderem Namen. Vielleicht hat er auch Angst, ich könnte ihm in die Quere kommen, was ich nicht beabsichtige, aber das weiß er ja nicht. Du siehst also, dass es eine gute Idee wäre, mich mit einem Auftrag wegzuschicken und von ihm fernzuhalten, zumindest anfangs. Ich will meinen Job nicht verlieren." Sie schickte ein charmantes Lächeln hinterher, und Greg seufzte.

„Also gut", brummte er. „Ich werde etwas für dich finden. Aber wenn er irgendwann herausbekommt, dass du seine Frau bist, weiß ich von nichts."

„Was denn auch?", fragte sie mit gespielter Unschuld, und Greg musste schon wieder schmunzeln.

Sallie entschied, dass sie fürs Erste genug erreicht hatte. Sie verabschiedete sich mit einem aufrichtigen „Danke schön!" und kehrte an ihren Schreibtisch zurück. Brom war nicht da, und so hatte sie ein wenig Zeit und Ruhe, um ihr Geständnis Greg gegenüber zu verdauen.

Als Brom mit einer Tasse Kaffee zurückkam, fühlte sie sich schon besser. Sie war erleichtert, dass Greg versprochen hatte, ihr zu helfen. Kurz darauf beendete sie ihren Artikel und war mit dem Ergebnis sehr zufrieden. Sie liebte es, ihre Gedanken und Ideen schriftlich auszudrücken, und spürte eine fast sinnliche Befriedigung, wenn sie genau die richtigen Worte fand.

Um zehn Uhr ließ das übliche Gemurmel in der Redaktion schlagartig nach, um kurz darauf in verminderter Stärke wieder aufgenommen zu werden. Ohne aufzusehen, wusste Sallie, dass Rhy das Großraumbüro betreten hatte. Sie beugte sich tief über ihre Schreibtischschublade und tat so, als müsse sie dringend etwas suchen. Nach einer Weile ertönten die Stimmen wieder in gewohnter Lautstärke, was bedeutete, dass Rhy nach einem kurzen Blick in die Runde das Büro wieder verlassen hatte.

„O, mein Gott!", war eine Frauenstimme deutlich zu vernehmen. „Kaum zu glauben, dass dieser Traummann noch unverheiratet ist!"

Sallie lächelte in sich hinein. Die Stimme gehörte Lindsay Wallis, der Sexbombe des Büros mit sprichwörtlich größerer Oberweite als Verstand. Dennoch zweifelte Sallie keine Sekunde, dass Wallis' Schwärmerei gerechtfertigt war. Sie wusste nur zu gut, welche Wirkung ihr Ehemann auf Frauen ausüben konnte.

Eine Viertelstunde später klingelte ihr Telefon, und zu Broms großer Verwunderung sprang sie sofort auf. „Verlass auf der Stelle das Gebäude", raunte Greg in ihr Ohr, „er ist gerade auf dem Weg, jeden einzelnen Mitarbeiter zu begrüßen. Fahr nach Hause. Ich werde versuchen, dich noch heute Abend aus der Stadt zu kriegen."

„Danke", sagte Sallie, legte auf, schnappte sich ihre Handtasche und rief Brom ein „Bis bald!" zu.

„Fliegst du schon wieder auf und davon?", wollte der wissen.

„Es sieht ganz so aus. Greg meinte, ich soll packen gehen." Winkend verließ sie das Büroabteil. Sie durfte keine Zeit mehr verlieren.

Als sie in den Korridor trat, blieb ihr beinahe das Herz stehen, weil in diesem Moment die Fahrstuhltür aufging und Rhy ausstieg. Er befand sich in Begleitung dreier ihr unbekannter Männer sowie des ehemaligen Verlagsbesitzers, Mr Owen. Sallie drehte sich abrupt um und steuerte mit abgewandtem Blick die Treppe an. Trotzdem spürte sie, dass Rhy stehen geblieben war und ihr nachsah. Auf der Treppe nahm sie zwei Stufen auf einmal. Das war wirklich knapp gewesen!

In ihrer Wohnung auf Gregs Anruf zu warten, machte sie vor Ungeduld fast wahnsinnig. Sie tigerte durch Flur und Wohnzimmer, dann nutzte sie ihre überschüssige Energie, um den Kühlschrank zu putzen und die Küchenschränke aufzuräumen. Das dauerte nicht besonders lang, da sie kaum Lebensmittel noch Gerätschaften oder Geschirr angesammelt hatte. Danach konnte sie schon einmal anfangen, ihre Tasche zu packen – eine Beschäftigung, die sie liebte.

Nachdem sie Laptop, Notizblock, Stifte, Taschenrechner und eine Taschenlampe, die sie aus alter Gewohnheit immer mitnahm, ordentlich verstaut hatte, klingelte das Telefon, und sie hörte Gregs frohe Botschaft, dass er einen Auftrag für sie habe.

„Es war das Beste, was ich finden konnte, und es bringt dich zumindest aus der Stadt", brummte er. „Du nimmst morgen früh einen Flug nach Washington, D. C. Die Frau eines Senators behauptet, ein General habe bei einer feuchtfröhlichen Feier geheime Informationen ausgeplaudert. Geh der Sache nach."

„Klingt doch nett", meinte Sallie.

„Chris Meaker wird dich begleiten", fuhr Greg fort. „Sprich mit dieser Senatorengattin, an den General selbst wirst du wohl nicht herankommen. Chris hat Unterlagen mit allen Informationen dabei. Du triffst ihn morgen um halb sechs am Flughafen."

Nun, da sie das genaue Ziel ihrer Reise kannte, konnte sie zu Ende packen. Sie wählte ein paar konservative Kleider und einen Hosenanzug – nicht ihre Lieblingssachen, aber sie hatte das Gefühl, dass sie mit dieser Kleidung vertrauenerweckender auf die Senatorenfrau wirken würde.

Wie üblich konnte sie in der Nacht vor ihrer Abreise kaum schlafen. Es war ihr immer lieber, wenn Greg sie direkt vom Büro aus zum Flughafen schickte, weil sie sich dann keine Gedanken darüber machen konnte, ob alles gut laufen würde. Und nun kam noch die Sorge dazu, ob Rhy sie erkennen würde, wenn er sie sähe, und was dann geschehen könnte …

Chris Meaker, der Fotograf, wartete bereits am Flughafen, als Sallie am nächsten Morgen fröhlich winkend auf ihn zukam. Er stemmte seinen langen, schlaksigen Körper aus dem Sitz, lächelte müde zurück und drückte ihr einen Kuss auf die Stirn. „Hallo, Kleine", sagte er, und beim Klang seiner ruhigen, tiefen Stimme wurde ihr warm ums Herz. Sie mochte Chris gern. Er ließ sich durch nichts aus der Ruhe oder Fassung bringen. Er hatte dichtes, hellbraunes Haar, dunkle braune Augen, eine breite Stirn und einen entschlossenen Mund. Und das Beste war, dass er nie irgendwelche Annäherungsversuche unternahm. Er behandelte sie freundschaftlich, fast wie eine kleine Schwester, die er beschützen wollte. Sallie war das sehr recht, denn für romantische Verwicklungen hatte sie einfach keine Zeit.

Jetzt musterte er sie von oben bis unten und hob verwundert die Augenbrauen. „Du meine Güte, ein Kleid!", sagte er. „Gibt es einen besonderen Anlass?"

„Keinen Anlass, reine Diplomatie", versicherte sie ihm. „Hast du die Unterlagen dabei, die Greg mir versprochen hat?"

„Ist alles hier. Hast du dein Gepäck schon aufgegeben?"

Sallie nickte. Ihr Flug wurde gerade aufgerufen, und so gingen sie durch den Kontrollbereich zu ihrem Terminal.

Auf dem Flug in die Hauptstadt las Sallie sorgfältig alle Schriftstücke durch, die Greg vorbereitet hatte. In Anbetracht der kurzen Zeit hatte er erstaunlich viele Details zusammengetragen. Diese Reportage war etwas anderes als ihre sonstigen Aufträge, aber Greg hatte ihr einen Gefallen getan, und sie würde sich durch gewohnt gute Arbeit revanchieren.

Nachdem sie ihre Hotelzimmer bezogen hatten, sah es zunächst jedoch so aus, als wäre die gewohnt gute Arbeit nicht gut genug. Während Chris in einem Sessel lümmelte und Zeitschriften durchblätterte, rief Sallie die Frau des Senators an, um den Termin für das Interview zu bestätigen, das Greg für den Nachmittag vereinbart hatte. Doch eine Hausangestellte teilte ihr mit, dass Mrs Bailey an diesem Tag leider keine Reporter empfangen könne. Es war eine höfliche, aber bestimmte Absage, und Sallie wurde sauer. Sie hatte nicht die Absicht, ohne die Story zu Greg zurückzukehren.

Sie hängte sich ans Telefon und telefonierte sich von einem Kontakt zum nächsten, und nach etwa einer Stunde hatte sie ein Interview mit der Gastgeberin jener „feuchtfröhlichen" Party geführt, auf der besagter General die geheimen Informationen ausgeplaudert haben sollte. Die Gastgeberin wusste nichts von solchen Geheiminformationen und bestätigte nur, dass sowohl der General als auch Mrs Bailey auf ihrer Party gewesen seien. Doch als sie beiläufig murmelte: „Es gibt nichts Schlimmeres als eine verschmähte Frau", gewann Sallie den Verdacht, dass Mrs Bailey ihre Behauptung aus Eifersucht erfunden haben könnte.

Das war durchaus eine Möglichkeit. Der General war ein gut aussehender, distinguierter Mann mit grauen Schläfen und humorvollem Blick. Nachdem Sallie ihre Theorie mit Chris besprochen hatte, einigten sie sich auf eine neue Vorgehensweise.

Achtundvierzig Stunden später bestiegen sie müde, aber zufrieden das Flugzeug zurück nach New York. Obwohl weder die Senatorengattin noch der General ihre Theorie bestätigt hatten, war Sallie überzeugt, den Grund für die Verleumdung zu kennen. Sie hatten mehrere Restaurants in und um Washington ausgemacht, in denen der General mit einer attraktiven Frau gesehen worden war, auf die die Beschreibung von Mrs Bailey passte. Senator Bailey hatte überraschend eine Reise nach Übersee abgesagt, um bei seiner vorgeblich leicht erkrankten Ehefrau zu bleiben. Die Frau des Generals, die zwanzig Pfund abgenommen und ihre grauen Haare in ein schmeichelhaftes Blond gefärbt hatte, war plötzlich auffallend häufig an der Seite ihres Mannes zu sehen. Es gab nur Mrs Baileys Anschuldigung, niemand sonst hatte ihre Aussage bestätigt, und der General war trotz des Aufruhrs in der Presse noch immer in Amt und Würden.

All das hatte Sallie Greg sofort per Handy mitgeteilt, und er schloss sich ihrer Meinung an. Er wollte ihren Artikel unbedingt für die Ausgabe dieser Woche haben, und Sallie hatte es gerade noch geschafft, ihn rechtzeitig per E-Mail in die Redaktion zu schicken.

Über Rhy sagte Greg nicht viel, nur, dass der Mann „Bewegung in den Verlag" bringe, woraus sie ableitete, dass er einige Veränderungen vornahm. Sie wäre gern sofort zu einem weiteren Auftrag aufgebrochen, aber Greg hatte im Moment nichts anzubieten. Zum Glück war aber erst einmal Wochenende.

Am Montagmorgen fuhr sie mit einem Kribbeln im Bauch zur Arbeit, doch zu ihrer großen Überraschung und Erleichterung ließ ihr

Ehemann sich an diesem Tag kein einziges Mal blicken. Sallie mied die oberen Etagen und ging nicht mehr einfach zu Greg hoch, wenn sie eine Idee hatte, sondern rief ihn lieber an. Brom kommentierte, er habe sie noch nie so lange ununterbrochen an ihrem Platz gesehen.

Der Dienstag verlief ähnlich, abgesehen davon, dass die neue Ausgabe erschien und Greg anrief, um ihr zu gratulieren. „Gerade hat Rhy sich bei mir gemeldet", sagte er. „Senator Bailey hat ihn heute Morgen zu Hause angerufen."

„Will er mich etwa verklagen?", wollte Sallie wissen.

„Nein. Der Senator hat die Situation erklärt, und seine Frau zieht ihre Anschuldigung gegen den General offiziell zurück. Du hattest den richtigen Riecher, Sal!"

„Ich wusste es!", rief sie erfreut. „Hast du schon etwas Neues für mich?"

„Nimm dich bloß in Acht. Ein paar Redakteure sind sauer, dass du als Einzige den Braten gerochen hast."

Lachend legte Sallie auf. Die Gewissheit, dass sie ihrem Instinkt trauen konnte, bescherte ihr für den Rest des Tages ein Hochgefühl. Gegen Mittag kam Chris vorbei und fragte, ob sie mit ihm ein Sandwich essen gehen wolle, und sie sagte zu. In ihrem Verlagsgebäude gab es eine kleine Cafeteria, die wenig ausgefallene, dafür aber günstige Sachen wie Suppen, Sandwichs, Kaffee und kalte Getränke für all diejenigen bot, die keine Zeit hatten, außer Haus essen zu gehen.

Als sie gerade mit dem Essen fertig waren, hörten sie aufgeregtes Getuschel, und Sallie spürte ein warnendes Kribbeln im Nacken. „Da ist der Boss", informierte Chris sie beiläufig. „Mit seiner Freundin."

Sallie widerstand der Versuchung, sich umzudrehen, doch aus dem Augenwinkel sah sie zwei Personen den Tresen entlanggehen. „Ich frage mich, was die hier wollen", murmelte sie.

„Na, vermutlich das Essen testen", meinte Chris und wandte den Kopf, um die Frau neben Rhy unverhohlen zu mustern. „Er hat sich alles andere angesehen, warum also nicht auch die Cafeteria? Die Frau kommt mir übrigens bekannt vor. Weißt du, wer das ist, Sal?"

Sallie konzentrierte sich auf die Frau, das war insofern gut, da es sie davon abhielt, Rhy anzustarren. „Du hast recht, ich kenne sie auch. Ist das nicht dieses Model – Coral Williams?" Sie war sich fast hundertprozentig sicher, denn so eine perfekte, klassische Schönheit gab es nicht allzu häufig.

„Ja, genau", stimmte Chris zu.

In diesem Moment drehte Rhy sich um. Hastig senkte Sallie den Kopf, doch der Augenblick hatte gereicht, um sein Gesicht und seine Statur aufzunehmen. Ihr Herz machte einen Satz. Er hatte sich überhaupt nicht verändert. Noch immer wirkte er schlank und muskulös, sein Haar war noch immer schwarz, sein kantiges Gesicht hart und streng und durch die häufigen Reisen in sonnenreiche Länder dunkel gebräunt. Die blonde Frau wirkte neben ihm blass und zerbrechlich.

„Gehen wir", raunte Sallie ihrem Kollegen zu und stand auf. Sie merkte, dass Rhy in ihre Richtung sah, und verließ die Cafeteria bewusst ruhig, ohne sich umzusehen. Auch diesmal spürte sie Rhys Blick auf sich. Das war schon das zweite Mal, dass er ihr nachstarrte. Hatte er sie erkannt? Vielleicht ihren Gang? Oder war es ihr Haar? Die lange Mähne war natürlich auffällig, aber sie wollte sie auch nicht abschneiden lassen, dann würde er sie mit Sicherheit noch schneller wiedererkennen.

Als sie sich wieder an ihren Schreibtisch setzte, merkte sie, dass sie zitterte. Kein anderer Mann hatte sie je so angezogen wie Rhy, und es war ein Schock zu erkennen, dass es ihr heute noch genauso ging. Rhy strahlte herbe Männlichkeit aus, eine Aura ungezügelter Energie, die ihr Herz höher schlagen ließ und sie an die Nächte erinnerte, die sie in seinen Armen verbracht hatte. Emotional mochte sie über ihn hinweg sein, doch die körperliche Anziehung war so stark wie damals, und sie fühlte sich vollkommen ausgeliefert.

Aus alter Gewohnheit rief sie bei Greg an, doch der war zum Essen außer Haus. Seufzend legte sie wieder auf. Sie konnte nicht einfach so dasitzen, sie musste irgendetwas unternehmen. Schließlich kritzelte sie eine Nachricht für Brom, er möge Greg informieren, dass sie Kopfschmerzen habe und nach Hause fahre. Greg würde den Vorwand durchschauen, Brom jedoch nicht.

Sie hasste es, vor etwas davonzulaufen, aber sie wusste, dass sie sich mit ihrer Reaktion auf Rhy auseinandersetzen musste, und zu Hause angekommen, tat sie genau das. Lag es nur daran, dass er ihr Mann war und sie ihn in einer Weise kannte wie sonst keinen anderen? Er war ihr einziger Liebhaber gewesen. Kein anderer Mann hatte sie je gereizt. War es einfach nur aus alter Vertrautheit geschehen, die sie längst vergessen hatte, ihr Körper aber nicht? Sie hoffte es und stellte zudem ziemlich erleichtert fest, dass sie auf diese Coral Williams kein bisschen eifersüchtig war, denn das bestätigte ihrer Meinung nach, dass sie über Rhy hinweg war. Was sie da spürte, war nichts weiter als die natürliche Spannung zwischen einem Mann und einer Frau, die eine sexuelle Anziehung verband. Und sie war alt genug, solche Gefühle zu kontrollieren, wie ihr die letzten sieben Jahre bewiesen hatten.

Am späten Nachmittag klingelte das Telefon. Es war Greg. „Was ist passiert?", wollte er wissen.

„Rhy und Coral Williams kamen heute Mittag in die Cafeteria, als Chris und ich dort aßen", erklärte sie ohne Zögern. „Ich glaube nicht, dass er mich erkannt hat, aber er hat mich so komisch angesehen. Das war schon das zweite Mal, dass ich ihm fast über den Weg gelaufen wäre, sodass ich dachte, ich gehe besser." Dies war nicht der eigentliche Grund gewesen, aber warum sollte sie Greg erzählen, dass Rhys Anblick sie so aus der Fassung gebracht hatte?

„Das war auch gut so." Greg seufzte. „Nicht lange nachdem Brom deine Nachricht gebracht hatte, kam er nämlich in mein Büro, um sich nach dir zu erkundigen. Er wollte dich sehen, weil du die einzige Mitarbeiterin bist, mit der er noch nicht persönlich gesprochen hat. Dann bat er mich, dich zu beschreiben, und machte ein ganz seltsames Gesicht."

„O nein!", entfuhr es Sallie. „Er ahnt bestimmt etwas … Natürlich! Er ist ja nicht dumm! Hat er gefragt, woher ich stamme?"

„Das nicht, aber halt dich fest: Er hat nach deiner Telefonnummer gefragt."

„Ach, du meine Güte!" Sie stöhnte auf. „Danke für deine Hilfe, Greg. Falls Rhy alles herausfindet, werde ich dich nicht verraten."

Sie legte auf und ging unruhig hin und her, da sie jeden Moment mit Rhys Anruf rechnete. Was sollte sie sagen? Sollte sie ihre Stimme verstellen? Als er bis zum späten Abend immer noch nicht angerufen hatte, ging sie in die Badewanne und dann zu Bett. Doch sie wälzte sich unruhig hin und her und fiel erst in den frühen Morgenstunden in tiefen Schlaf.

Sie erwachte nur mit großer Mühe, als am Morgen ein wiederholtes Klingeln in ihr Bewusstsein drang. Zuerst dachte sie, es sei der Wecker, und versuchte, ihn auszuschalten, doch das Klingeln hörte nicht auf. Endlich registrierte sie, dass es ihr Telefon war, und bei dem schlaftrunkenen Versuch, es aufzunehmen, fiel es ihr aus der Hand. Endlich hatte sie es geschafft und murmelte schläfrig ein „Hallo" in den Hörer.

„Ist dort Miss Jerome?", ertönte eine tiefe, leicht raue Stimme, die ihr, wäre sie nicht noch im Halbschlaf gewesen, eine Gänsehaut verursacht hätte.

„Ja, das bin ich", bestätigte sie und unterdrückte ein Gähnen. „Wer spricht dort?"

„Hier ist Rhydon Baines", sagte die Stimme, und Sallie riss vor Schreck die Augen auf. „Habe ich Sie geweckt?"

„Ja, das haben Sie", erwiderte Sallie unverblümt, da ihr im Moment keine Entschuldigung für ihr spätes Abheben einfiel. Ein leises Lachen am anderen Ende ließ sie erschauern. „Stimmt irgendetwas nicht, Mr Baines?"

„Nein, alles in Ordnung. Ich wollte Ihnen nur zu Ihrem Einsatz in Washington gratulieren. Das war gute Arbeit. Wenn Sie demnächst mal etwas Zeit haben, kommen Sie doch bitte in mein Büro. Ich glaube, Sie sind die einzige Reporterin, die ich noch nicht persönlich kennengelernt habe, und das, wo Sie zu den Besten gehören!"

„Das ... das werde ich", stammelte sie. „Danke, Mr Baines."

„Rhy", korrigierte er freundlich. „Ich würde alle Mitarbeiter auch gern mit Vornamen anreden. Entschuldigen Sie bitte, Sallie, falls ich Sie geweckt habe, aber wenn Sie rechtzeitig an Ihrem Arbeitsplatz sein wollen, sollten Sie jetzt sowieso aufstehen." Er lachte noch einmal verhalten und verabschiedete sich dann. Erschrocken sah Sallie auf die Uhr. Wenn sie sich nicht beeilte, würde sie tatsächlich zu spät kommen. Aber dass sie sich in seinem Büro blicken ließe – darauf konnte Rhy lange warten!

3. KAPITEL

*D*er Vormittag verging ohne besondere Vorkommnisse. Sallie vertraute darauf, dass Greg sie warnen würde, falls es angebracht wäre, sodass sie kurzfristig auf der Toilette verschwinden könnte, doch das Telefon blieb still. Brom war zu einer Sportreportage nach L. A. geschickt worden, und in ihrem kleinen Büroabteil war es ungewöhnlich ruhig. Sallie wurde vor Anspannung immer nervöser. Zu Mittag aß sie einen Apfel an ihrem Schreibtisch, da sie sich aus Angst, Rhy über den Weg zu laufen, nicht traute, in die Cafeteria zu gehen oder das Gebäude zu verlassen. Allmählich fühlte sie sich wie eine Gefangene!

Kurz nach der Mittagszeit rief Greg an. „Sallie, könntest du bitte kurz raufkommen? Ich will am Telefon nicht darüber sprechen."

Das Herz schlug ihr plötzlich bis zum Hals, und über die Treppe rannte sie ins nächsthöhere Stockwerk. Gregs Bürotür stand wie immer offen, und als sie hineinging, sah er sie betreten an. „Rhys Sekretärin hat gerade angerufen. Er will deine Personalakte sehen. Ich hatte keine Wahl – ich musste sie ihm hochbringen lassen. Er ist noch beim Essen, also hast du ein paar Minuten, um dich darauf einzustellen. Ich dachte, ich warne dich lieber."

Sallie schluckte schwer. „Danke für deine Hilfe." Sie lächelte schwach. „Es war sowieso eine dumme Idee, mich vor ihm verstecken zu wollen. Wahrscheinlich ist es ihm auch vollkommen egal."

Greg erwiderte ihr Lächeln, doch als sie sein Büro verließ, sah er ihr sorgenvoll hinterher.

Ganz in Gedanken versunken, drückte Sallie den Fahrstuhlknopf. Nun musste sie sich wohl innerlich darauf gefasst machen, dass Rhy ihre wahre Identität erkannte. Tief atmete sie durch und versuchte, ruhig zu bleiben.

Mit einem Mal wurde ihr bewusst, dass sie vor dem Fahrstuhl stand, der gleich anhalten und sich öffnen würde. Sie ärgerte sich, dass sie nicht nachgedacht hatte, und machte auf dem Absatz kehrt, um die Treppe zu nehmen. Doch als sie gerade die Tür zum Treppenhaus erreicht hatte, hörte sie, wie die Fahrstuhltüren sich öffneten und eine tiefe Stimme rief: „Sallie Jerome! Bitte warten Sie doch!"

Sie drehte den Kopf und starrte Rhy einige Sekunden lang an. Wie angewurzelt stand sie da, dann zog sie die schwere Tür auf und machte einen Schritt nach vorn, um wegzulaufen. Im selben Moment erkannte sie jedoch, dass es sinnlos war. Rhy hatte sie deutlich gesehen, und ihr Gesichtsausdruck hatte Bände gesprochen. Sie konnte es nicht länger hinausschieben; er wusste, wer sie war, und würde die Sache nicht einfach auf sich beruhen lassen. Sie ließ die Tür los, wandte sich um und reckte das Kinn vor. „Sie wollten mich sprechen?", fragte sie herausfordernd.

Rhy kam langsam auf sie zu. Er wirkte angespannt, seine Wangen waren eingefallen, die Lippen zusammengepresst. „Sarah", flüsterte er rau. Der Blick aus seinen grauen Augen schien sie zu durchbohren.

„Sallie", korrigierte sie und schob ihre Mähne über die Schulter zurück. „Ich heiße jetzt Sallie."

Seine Hand schoss vor und fasste ihr Handgelenk. „Du heißt jetzt nicht nur Sallie anstatt Sarah, du heißt auch Jerome anstatt Baines", knurrte er. Sallie begann zu zittern. Sie kannte Rhys Stimme in allen Gemütslagen und erinnerte sich sehr gut an den heiseren Unterton, durch den seine Stimme fauchend und bedrohlich klingen konnte, wenn er verärgert war, oder eindringlich, wenn er im Fernsehen einen Standpunkt vertrat, oder tief und unglaublich verführerisch beim Liebesspiel. In diesem Moment war er verärgert, und es war besser, sich in Acht zu nehmen.

„Ich denke, du kommst jetzt lieber mit", beschloss er, ließ seine Hand ihren Unterarm hinaufgleiten und fasste ihren Ellbogen. So dirigierte er sie zum Fahrstuhl. „Wir haben uns eine Menge zu erzählen, und das will ich nicht hier im Korridor tun."

Er hielt sie sanft, aber mit Nachdruck fest, während sie darauf warteten, dass der Fahrstuhl zurückkam. Ein Mitarbeiter aus der Kopierabteilung, der gerade vorbeikam, starrte sie neugierig an. „Lass mich los", raunte sie.

„Keine Chance, Mrs Baines", widersprach er leise. Der Fahrstuhl kam, die Türen öffneten sich mit einem „Ping", und Rhy zog sie mit sich in die Kabine. Als die Türen sich schlossen, war Sallie auf engstem Raum mit ihm allein. Er drückte den Knopf zur Chefetage, und der Fahrstuhl setzte sich in Bewegung.

Sallie nahm all ihren Mut zusammen und lächelte ihn höflich an, um ihre Angst zu verbergen. „Was sollten wir uns zu erzählen haben? Es ist immerhin sieben Jahre her."

Er lächelte ebenfalls, aber nicht höflich, sondern grimmig. „Dann lass uns über alte Zeiten sprechen", zischte er zwischen zusammengebissenen Zähnen.

„Kann das nicht warten?"

„Nein", widersprach er. „Jetzt. Ich habe eine Menge Fragen und will Antworten."

„Aber ich muss arbeiten ..."

„Schluss jetzt", warnte er, und sie gehorchte.

Der Fahrstuhl hielt mit einem Ruck, und Sallies Magen krampfte sich zusammen. Durch Rhys gebieterische Art fühlte sie sich unwohl, und sie wollte nicht mit ihm allein bleiben, geschweige denn, die Inquisition über sich ergehen lassen, die ihr zweifelsohne bevorstand.

Mit sanftem Druck schob er sie aus der Kabine und durch den Flur zu seinem Büro. Seine Sekretärin sah auf und lächelte, als sie an ihr vorbeigingen, doch als sie etwas sagen wollte, brachte Rhy sie mit einem knappen „Ich möchte nicht gestört werden!" zum Schweigen. Im Büro angekommen, schloss er hinter ihr die Tür.

Sallie blinzelte nervös und versuchte, mit der Situation irgendwie klarzukommen. Damals war er einfach verschwunden und hatte sie allein gelassen, nun war er einfach wieder da. Es kam ihr fast unwirklich vor, aber Rhy war viel zu präsent und eindringlich, um nicht real zu sein.

Im Moment stand er nur da und beobachtete sie, aber sie mied den Blick in seine grauen, durchdringenden Augen. Stattdessen betrachtete sie seinen Anzug und registrierte, wie tadellos der dunkle Stoff an ihm saß und seine breiten Schultern sowie die langen, muskulösen Beine modellierte. Sie spürte, wie ihr Herz schneller schlug, und sie biss sich auf die Unterlippe.

„Rhy ...", begann sie, doch ihre Stimme war belegt, sodass sie sich räuspern musste. Dann versuchte sie es erneut. „Rhy, warum tust du das?"

„Was meinst du?", gab er zurück. Seine Augen funkelten gefährlich. „Du bist meine Frau, und ich will wissen, was los ist. Seit meiner Ankunft im Verlag bist du mir bewusst aus dem Weg gegangen. Soll ich dich etwa ebenso ignorieren, wie du mich anscheinend ignorieren wolltest? Entschuldige, wenn ich etwas langsam bin, das alles zu begreifen, aber ich war nicht darauf vorbereitet, dir plötzlich wiederzubegegnen. Und ich habe nicht die Absicht, so zu tun, als würden wir uns nicht kennen."

Erleichtert atmete sie aus. „Ach, das meinst du", seufzte sie. Endlich wusste sie, worauf er hinauswollte. „Ja, ich bin dir aus dem Weg gegangen. Ich wusste nicht, wie du darauf reagieren würdest, dass ich für dich arbeite, und ich wollte meinen Job nicht verlieren."

„Hast du irgendjemandem gesagt, dass wir verheiratet sind?"

Sie schüttelte den Kopf. „Jeder hier kennt mich als Sallie Jerome. Ich habe meinen Geburtsnamen wieder angenommen, weil ich nicht von deinem Namen profitieren wollte."

„Wie grandios von Ihnen, Mrs Baines", kommentierte er voller Sarkasmus und ging zu seinem Schreibtisch. „Setz dich. Ich beiße nicht."

Sallie nahm Platz. Jetzt war sie entspannt genug, um seine Fragen zu beantworten, denn wenn er sie hinauswerfen wollte, hätte er das schon längst getan. Ihre Stelle war ihr also sicher.

Rhy setzte sich nicht, sondern lehnte sich gegen den Tisch, kreuzte die Beine an den Knöcheln und verschränkte die Arme. Eine ganze Weile sagte er gar nichts, sondern musterte sie nur eingehend von oben bis unten. Nun wurde sie doch wieder nervös. Sie wusste nicht, warum, aber sie fühlte sich trotz ihres räumlichen Abstands von ihm bedroht. Schließlich hielt sie es nicht mehr aus. „Worüber willst du mit mir sprechen?"

„Du hast dich sehr verändert, Sarah … Sallie", korrigierte er sich selbst. „Nicht nur den Namen … Du hast lange Haare und bist so dünn geworden, dass ein starker Windhauch dich umpusten könnte. Vor allem aber leistest du verdammt gute Arbeit auf einem Gebiet, von dem ich geschworen hätte, dass du dich nie dafür interessieren würdest. Wie bist du Reporterin geworden?"

„Ach, das war einfach Glück", erwiderte sie. „Ich fuhr auf einer Brücke, die hinter mir einstürzte. Ich schrieb darüber, reichte es beim Chefredakteur der Zeitung ein, für die ich damals als Aushilfe arbeitete, und er bot mir eine Stelle als Reporterin an."

„Du sagst das so, als wäre es eine vollkommen logische Folge, dass du jetzt einer der besten Reporter eines erstklassigen Nachrichtenmagazins bist", erwiderte er trocken. „Ich nehme an, deine Arbeit gefällt dir."

„O ja!" Eifrig lehnte sie sich vor. Ihre Augen begannen zu funkeln, und die Worte sprudelten nur so aus ihr heraus. „Ich liebe sie! Damals habe ich nie verstanden, warum du es kaum erwarten konntest, wieder wegzufahren, aber jetzt hat mich dasselbe Fieber gepackt. Man kommt nicht davon los, stimmt's? Ich schätze, ich bin ein Adrenalin-Junkie geworden. Wenn ich hier im Büro festsitze, fühle ich mich nur halb am Leben."

„Deine Augen haben sich nicht verändert", sagte er leise. „Sie sind immer noch so dunkelblau wie das Meer und so groß und tief, dass man darin versinken möchte. – Warum hast du deinen Namen geändert?", wechselte er abrupt das Thema.

„Das habe ich doch schon gesagt: Ich wollte nicht, dass mir dein Name irgendwelche Vorteile bringt", erklärte sie geduldig. „Ich wollte zur Abwechslung mal auf eigenen Füßen stehen, und dann merkte ich, dass er mir sogar gefiel. Auf dem College fingen die anderen irgendwann an, mich Sallie anstatt Sarah zu nennen, und das ist hängen geblieben."

„Du warst auf dem College?"

„Ja, ich habe sogar einen richtigen Abschluss gemacht", bestätigte sie. „Nachdem du weg warst, habe ich Kurse belegt ... für Sprachen, Werken und Basteln, literarisches Schreiben ... Dabei merkte ich dann, wie sehr mir das Schreiben liegt. Doch als ich dann tatsächlich Reporterin wurde, blieb für das Studium kaum noch Zeit, sodass ich meine Scheine und Prüfungen nach und nach zusammenstückeln musste."

„Hast du auch eine Abmagerungskur gemacht? Nach dem Motto: Alles wird anders, warum nicht auch die Figur?" Er klang fast zornig, und sie sah ihn verständnislos an. Warum sollte er etwas dagegen haben, dass sie ein wenig schlanker geworden war? So viel war es ja nun auch nicht gewesen.

„Nein, das war keine besondere Diät, es hat sich einfach so ergeben", entgegnete sie. „Ich war viel unterwegs oder hatte so viel zu tun, dass oft gar keine Zeit zum Essen blieb. Und eigentlich ist das noch immer so."

„Warum? Aus welchem Grund hast du dich so dramatisch verändert?"

Jetzt kam er endlich zur Sache. Letztlich war es doch kein harmloses Gespräch unter alten Freunden, die sich lange nicht gesehen hatten und ein paar Neuigkeiten austauschten. Rhy ging es nicht um das Was, sondern vor allem um das Warum, und anscheinend hatte er sie ganz bewusst zu dieser Frage geführt. Aber es machte ihr nichts mehr aus, ihm die Wahrheit zu sagen. Wenn er wollte, konnte er ruhig über sie lachen. „Als du mich verlassen hast, Rhy, sagtest du, ich solle dich anrufen, wenn ich Frau genug für dich geworden bin. Ich bin fast gestorben. Ja, ich wollte am liebsten sterben. Doch dann beschloss ich, um dich zu kämpfen und mich in die Frau zu verwandeln, die du begehren kannst, also belegte ich all diese Kurse und probierte herum und büffelte, und bei alledem lernte ich ganz nebenbei, wie ich ohne dich zurechtkomme. So war das. Ende der Geschichte."

„Nicht ganz", entgegnete er sardonisch. „Der Schurke taucht wieder auf, ein neues Kapitel beginnt, und um alles noch spannender zu machen, ist er jetzt dein Boss. Und? Wie sieht's aus? Sind private Bindungen zwischen Verlagsangehörigen verboten?"

„Und wenn schon", gab sie keck zurück, „ich war zuerst da."

„Aber ich bin der Boss", erinnerte er sie. „Mach dir keine Sorgen, Darling. Ich habe nicht vor, dich zu feuern. Du bist zu gut, als dass ich dich einem anderen Verlag überlassen möchte." Er stand vom Tisch auf, und auch Sallie erhob sich, doch er sagte: „Bleib ruhig sitzen, wir sind noch nicht fertig." Tapfer setzte sie sich wieder. Er ging um den Schreibtisch herum, setzte sich ebenfalls und nahm eine Akte auf, die vor ihm lag.

Sallie erkannte sofort, dass es eine Personalakte war – vermutlich ihre eigene. Inzwischen gab es keinen Grund mehr, warum er sie nicht lesen sollte, also beobachtete sie ihn schweigend beim Durchblättern.

„Jetzt bin ich neugierig auf deine Unterlagen", sagte er. „Du hast behauptet, niemand wüsste, dass wir verheiratet sind, aber was hast du dann bei ‚Familienstand' eingetragen?" Er blätterte weiter. „Ah, da ist es ja. Du hast ganz ehrlich ‚verheiratet' angegeben. Aber bei ‚Name des Ehegatten' steht: ‚GETRENNT LEBEND – VERTRAULICHE INFORMATION'."

„Ich sagte doch, dass es niemand weiß."

Er überflog die Seite und runzelte plötzlich die Stirn. „Nächste Verwandte – keine?", fragte er barsch. „Und wenn du verletzt worden wärst – oder gar getötet? So was kann passieren, weißt du? Wie hätte ich davon erfahren?"

„Ich dachte nicht, dass es dich interessieren würde", verteidigte sie sich. „Eigentlich habe ich überhaupt nicht darüber nachgedacht, aber jetzt erkenne ich, dass es wohl wichtig für dich gewesen wäre. Dann hättest du ohne Scheidung wieder heiraten können. Es tut mir leid, das war gedankenlos von mir."

Sie beobachtete, wie eine Ader in seiner Schläfe deutlich zu pochen begann. Es bedeutete, dass er wütend war, wie sie sich nur allzu gut erinnerte, aber sie konnte sich keinen Reim darauf machen. Schließlich *war* sie ja nicht umgekommen, also gab es keinen Grund, sich zu ärgern.

Er klappte die Akte zu und warf sie auf den Tisch zurück. „Wieder heiraten!", rief er plötzlich laut. „Warum sollte ich so dumm sein? Einmal war schon genug."

„Da stimme ich dir zu", bestätigte sie aus vollem Herzen.

Er kniff die Augen zusammen und zwang sich sichtbar zur Ruhe. „Willst *du* denn nicht wieder heiraten?", fragte er betont sanft.

„Für einen Mann hätte ich neben meiner Arbeit keine Zeit", sagte sie kopfschüttelnd. „Nein, ich bleibe lieber allein."

„Hast du keinen ... äh ... keine engen Freunde, die sich beschweren, wenn du über Tage oder sogar Wochen unterwegs bist?"

„Ich habe viele Freunde, doch, aber sie sind in derselben Branche und verstehen es, wenn ich wegfahren muss", antwortete sie ruhig und ignorierte absichtlich seine Anspielung. Es ging ihn überhaupt nichts an, ob sie einen Liebhaber hatte oder nicht, und auf einmal war es ihr für ihren Stolz sehr wichtig, ihn nicht wissen zu lassen, dass er der einzige Mann gewesen war, mit dem sie je geschlafen hatte. Rhy dagegen hatte ganz sicher nicht wie ein Mönch gelebt, was der Besuch von Coral Williams ja nur allzu deutlich bewies.

„Ich habe viele deiner Artikel gelesen", sagte er nun. „Du kommst viel herum: Libanon, Afrika, Südamerika. Hat keiner deiner *Freunde* Angst, dass du einen Unfall haben könntest?", versuchte er es erneut.

„Wie ich schon sagte, arbeiten auch sie in dieser Branche. Es könnte jeden von uns erwischen", erwiderte sie trocken. „Bei dir war es doch dasselbe, und du bist trotzdem immer wieder losgefahren. Aber warum hast du dich jetzt an den Verlag gekettet? Du konntest dir deine Aufträge aussuchen, und wir haben sogar vom Angebot deines Senders gehört, dich zum ersten Nachrichtensprecher zu machen."

„Vielleicht liegt es am Alter, aber ich wurde es langsam leid, andauernd in der Schusslinie zu stehen", gab er zurück. „Außerdem wurde es langweilig, ich wollte Abwechslung. Ich habe mein Geld über die Jahre gut investiert, und als eure Zeitschrift zum Verkauf stand, habe ich zugeschlagen. Ich habe meinem Sender für das nächste Jahr noch vier Dokumentarfilme zugesagt. Da kann ich in aller Ruhe Hintergrundinformationen zu meinen Themen sammeln und bin nicht andauernd unterwegs."

Sallie sah ihn zweifelnd an. „Ich glaube, ich bin lieber dauernd unterwegs."

Er wollte gerade etwas sagen, als sein Telefon klingelte. Irritiert drückte er auf die Gegensprechanlage und fauchte: „Ich sagte doch, ich will nicht gestört werden!"

Im selben Moment schwang die Tür auf, und eine sanfte Stimme sagte: „Aber ich wusste doch, dass du mich nicht als Störung betrachtest, Darling. Und falls da irgendein armseliger Reporter vor dir auf dem Teppich kriecht, bin ich sicher, du hast bereits alles gesagt, was zu sagen war."

Sallie wandte den Kopf und erblickte Coral Williams, die in ihrem streng geschnittenen, schwarzen Kleid, das ihre blonde Schönheit perfekt betonte, atemberaubend aussah. Selbstbewusst lächelte sie Rhy an, als wäre es selbstverständlich, dass er sie mit ausgebreiteten Armen empfing.

Ruhig sagte Rhy: „Ich verstehe Ihr Problem, Miss Meade", und legte auf. Zu Coral sagte er ebenso ruhig: „Es sollte jetzt lieber wirklich wichtig sein, Coral, denn ich habe hier eine Menge zu tun."

Ja, zum Beispiel muss er damit fertigwerden, dass er über seine verschollene Ehefrau gestolpert ist, dachte Sallie und musste unwillkürlich lächeln. Sie stand auf. „Wenn das alles war, Mr Baines …?"

Er wirkte verärgert und schlecht gelaunt. „Wir reden später weiter", sagte er, und sie entnahm daraus, dass sie fürs Erste entlassen war. Mit einem triumphierenden Lächeln ging sie aus dem Büro und hinterließ eine sichtlich verwirrte Coral.

Als Erstes sollte sie wohl Greg beruhigen, also ging sie auf ihrem Weg nach unten bei ihm vorbei. „Er weiß es", berichtete sie nüchtern. „Aber es ist in Ordnung. Er hat mich nicht entlassen."

Greg fuhr mit den Fingern durch sein grau meliertes Haar, sodass es wirr vom Kopf abstand. „Du hast mich um zehn Jahre altern lassen, Kindchen." Er seufzte. „Aber ich bin froh, dass er Bescheid weiß, denn jetzt habe ich eine Sorge weniger. Wird es noch allgemein bekannt gegeben?"

„Das glaube ich nicht", meinte sie. „Davon hat er nichts gesagt. Coral ist gerade bei ihm, und ich denke nicht, dass er seine Beziehung mit ihr auch noch gefährden will."

„Was für eine verständnisvolle Ehefrau du bist", kommentierte Greg ironisch, und Sallie streckte ihm die Zunge heraus.

Nachdem nun alle Anspannung von ihr abgefallen war, setzte sie sich mit frischer Kraft an ihren begonnenen Artikel und schrieb ihn noch am Nachmittag zu Ende. Dann kam Chris vorbei, diesmal, um ihr zu sagen, dass er noch in dieser Nacht nach Miami fliegen würde. „Bringst du mich zum Flughafen?", bat er, und sie sagte spontan zu.

Manchmal war es nett, ein bekanntes Gesicht in der Menge zu sehen, wenn man mitten in der Nacht abreisen musste, deshalb dachte Sallie sich nichts weiter dabei. Doch auf der Fahrt zum Flughafen fiel ihr ein, dass Chris ihre Gesellschaft in letzter Zeit häufig gesucht hatte.

Sie mochte Chris gern, er war ein guter, treuer Freund, aber sie wusste, dass von ihr aus niemals mehr daraus entstehen könnte. Um nicht weiter darüber nachzugrübeln, sprach sie das Thema offen an. „Wir sehen uns in letzter Zeit auffallend oft. Beim Mittagessen, am Flughafen ... Gibt es dafür einen bestimmten Grund?"

„Ich benutze dich", gestand er ebenso offen. „Ich fühle mich wohl mit dir, und du erwartest nichts anderes als Freundschaft. Und du schmeichelst meinem Ego, weil du wahnsinnig gut aussiehst."

Sie musste lachen. Ihrer Meinung nach hatten gut aussehende Frauen im Gegensatz zu ihr sicher mehr Modebewusstsein als Tatendrang, trotzdem tat es gut, dieses Kompliment von einem Mann zu hören. „Danke sehr", erwiderte sie fröhlich, „aber das sagt noch immer nichts über deine Gründe."

Er hob die Brauen. „Der Grund ist eine andere Frau, was denn sonst?"

„Kenne ich sie?"

„Nein, sie arbeitet nicht in der Branche. Sie wohnt in meinem Apartmenthaus und ist mehr der Nestbautyp. Will einen Mann mit normaler Arbeitszeit, aber so sehe ich mich nicht. Wir kommen nicht weiter. Keiner von uns will nachgeben."

„Was wirst du tun?"

„Abwarten. Ich bin ein geduldiger Mensch. Entweder findet sie sich mit meinem Job ab, oder wir trennen uns – ganz einfach."

„Warum muss denn nur sie nachgeben?", fragte Sallie herausfordernd. Sie wunderte sich, dass selbst der vernünftige Chris alle Zugeständnisse allein von der Frau erwartete.

„Weil ich weiß, dass ich das nicht schaffe", gab er zurück und lächelte leicht schuldbewusst. „Ich kenne meine Grenzen, Sal. Und ich kann nur hoffen, dass sie stärker ist als ich und in der Lage, sich zu ändern."

Dann wechselte er abrupt das Thema, und Sallie verstand, dass er alles gesagt hatte, was er dazu sagen wollte. Bis sein Flug aufgerufen wurde, sprachen sie hauptsächlich über die Arbeit. Sallie spürte, dass Chris sich einsam fühlte, und war froh, ihm mit einer freundschaftlichen Verabschiedung ein wenig Trost geben zu können.

Es war schon weit nach zehn, als sie in ihr Apartment zurückkehrte. Schnell ging sie unter die Dusche und dann rasch zu Bett. Kurz nachdem sie das Licht ausgeschaltet hatte, klingelte das Telefon. Sie knipste die Lampe wieder an und nahm das Telefon auf.

„Sallie? Wo, zum Teufel, bist du gewesen?", hörte sie Rhys beunruhigte Stimme, und wie immer lief Sallie bei ihrem Klang ein Schauer über den Rücken.

„Am Flughafen", antwortete sie automatisch wahrheitsgemäß.

„Um jemanden abzuholen?", fragte er scharf.

„Nein, um jemanden zu verabschieden." Sie hatte sich wieder gefangen und fragte zurück: „Weshalb rufst du an?"

„Du bist heute Nachmittag gegangen, bevor wir irgendetwas klären konnten."

Verdutzt wiederholte sie: „Klären? Was gibt es da zu klären?"

„Unsere Ehe zum Beispiel?", gab er ungeduldig zurück.

Sie versuchte, ihn zu beruhigen. „Es ist bestimmt kein Problem, umgehend geschieden zu werden, wenn man bedenkt, wie lange wir schon getrennt sind. Und eine Scheidung ist eine gute Idee. Wir hätten das schon viel früher machen sollen. Sieben Jahre sind eine lange Zeit, und es ist offensichtlich, dass unsere Ehe in jeder Hinsicht vorbei ist, nur eben nicht offiziell. Ich sehe keinen Grund, warum wir das nicht zügig klären können."

„Du redest zu viel", bemerkte er scharf.

Verwirrt hielt Sallie inne. Was hatte sie jetzt wieder gesagt, dass er so aufgebracht war? Warum hatte er das Thema angesprochen, wenn er gar nicht darüber reden wollte?

„Ich will keine Scheidung", verkündete er plötzlich. „Ich fand es immer sehr praktisch, irgendwo eine Frau zu haben, die mir nicht in die Quere kommt."

Lachend setzte Sallie sich auf und schob ein Kissen hinter ihren Rücken. „O ja, das kann ich mir gut vorstellen", erwiderte sie. „Das hält die heiratswütigen Damen auf Abstand, nicht wahr? Trotzdem sind wir an einen Punkt gekommen, an dem es sinnlos wäre, verheiratet zu bleiben. Soll ich die Scheidung einreichen oder du?"

„Bist du so begriffsstutzig, oder tust du nur so?", fragte er barsch. „Ich sagte doch, ich will keine Scheidung!"

Sallie verstummte. „Aber, Rhy!", protestierte sie dann. „Warum denn nicht?"

„Das habe ich doch schon gesagt", erwiderte er, als wäre jede weitere Erklärung unnötig. „Ich finde es praktisch, verheiratet zu sein."

„Du könntest doch lügen!"

„Warum soll ich mir die Mühe machen? Und eine Lüge könnte jederzeit auffliegen. Nein, danke für den Vorschlag, aber ich denke, ich behalte dich lieber – ganz egal, wer vielleicht schon darauf wartet, meinen Platz einzunehmen."

Nun wurde Sallie sauer. Warum hatte er überhaupt angerufen, wenn er keine Scheidung wollte, und was fiel ihm ein, abfällige Bemerkungen über einen etwaigen Freund zu machen? „Du bist unmöglich!", eiferte sie sich. „Was ist los mit dir, Rhy? Wird Coral zu besitzergreifend? Brauchst du deine ,praktische' Ehefrau, damit sie dich beschützt? Du kannst dich gern hinter jemand anderem verstecken, denn ich brauche deine Zustimmung gar nicht, um eine Scheidung zu bekommen! Du hast mich verlassen und dich sieben Jahre nicht mehr blicken lassen, jedes Gericht in diesem Land wird mir problemlos die Scheidung gewähren!"

„Das denkst du!", entgegnete er herausfordernd und lachte kurz auf. „Versuch's doch. Ich habe gute Beziehungen. Dich von mir scheiden zu lassen, könnte schwieriger werden, als du denkst. Du solltest eine Menge Zeit und Geld haben, bevor du loslegst, und vor allem eine sichere Arbeitsstelle. Du bist in einer sehr schwachen Position, finde ich. Du kannst es dir nicht leisten, deinen Boss zu verärgern."

„Mein Boss kann mich mal!", rief sie erbost, legte auf und knallte das Telefon auf den Nachttisch. Sofort klingelte es erneut. Wütend starrte sie es einen Moment lang an, dann zog sie kurz entschlossen den Stecker aus der Buchse; das hatte sie noch nie getan, da sie für Greg permanent erreichbar sein wollte.

Dann machte sie das Licht aus und knüllte ihr Kissen zurecht, doch an Schlaf war nicht mehr zu denken. Sie lag im Dunkeln, spürte ihre Wut und wünschte, sie könnte sie an Rhy auslassen. Warum hatte er angerufen? Wenn er jemanden brauchte, um Coral auf Abstand zu halten, sollte er sich eine andere suchen! Sallie fand, dass Coral gut zu ihm passte: eine selbstsichere, unabhängige Frau, die sicher damit zurechtkam, wenn ihr Mann mehr Zeit mit seiner Arbeit verbrachte als mit ihr.

Dann ging ihr plötzlich ein Licht auf, und sie ahnte, warum Rhy so stur an ihrer Ehe festhielt, warum er all diese neugierigen Fragen über ihre Freunde gestellt hatte. Wenn sie in ihrem einen gemeinsamen Jahr etwas über Rhy gelernt hatte, dann, dass er überaus besitzergreifend war. Er war nicht bereit, etwas aufzugeben, das ihm gehörte, und das galt wohl auch für seine Ehefrau. Es schien ihm egal, dass mittlerweile Welten zwischen ihnen lagen und dass sie sich jahrelang nicht gesehen hatten – er schien zu denken: einmal seine Frau, immer seine Frau. Er liebte sie zwar nicht, war aber zu stolz, sie aufzugeben, damit kein anderer sie heiraten konnte. Dabei begriff er nicht, dass sie ebenso dachte wie er: Eine Heirat war genug!

Allerdings musste sie sich eingestehen, dass sie keinen anderen Mann je so lieben könnte, wie sie Rhy geliebt hatte. Obwohl sie mittlerweile über ihn hinweg war, würde sie nie mehr so leidenschaftlich, so hingebungsvoll lieben können wie damals. Und sie war nicht bereit, sich mit einer lauwarmen, bequemen Beziehung abzufinden, nachdem sie diese Art von Liebe erlebt hatte.

Natürlich würde er ihr niemals glauben, dass sie die Scheidung nicht wollte, um einen anderen zu heiraten. Nie würde er ihr Bedürfnis verstehen, frei von ihm zu sein! Als er noch irgendwo in der Weltgeschichte herumgegondelt war, hatte es sie nicht weiter gestört, doch nun, da er ständig in ihrer Nähe sein würde, fühlte sie sich eingeengt. Rhy war zu dominant, zu besitzergreifend. Er würde nicht zögern, alle Mittel auszuschöpfen, um seinen Willen durchzusetzen.

Zum ersten Mal dachte Sallie ernsthaft darüber nach, sich eine andere Stelle zu suchen. Sie liebte ihre Arbeit bei *World in Review*, aber es gab schließlich noch andere Magazine. Wenn Rhy ihr mit Entlassung drohte, falls sie die Scheidung einreichte, war es das Beste, dieses Druckmittel außer Kraft zu setzen, bevor er sich dessen bedienen konnte.

4. KAPITEL

*M*ürrisch starrte Sallie auf ihre Tastatur und suchte vergeblich nach Worten, die einen sinnvollen Satz ergaben, doch ihr Kopf war ebenso leer wie der Bildschirm. Normalerweise flossen ihr die Texte geradezu aus den Fingern, weil sie Spaß an ihrer Arbeit hatte, aber im Moment verspürte sie eine richtige Blockade. Noch nie zuvor hatte sie so etwas erlebt und fühlte sich völlig hilflos. Wie sollte sie über etwas schreiben, das sie langweilte? Und dieser Artikel war *entsetzlich* langweilig!

Brom war vorhin in Gregs Büro gerufen worden und kam nun zurück. „Ich muss los", verkündete er und räumte seinen Schreibtisch auf. „München."

Interessiert blickte Sallie zu ihm auf. „Irgendwas Interessantes?"

„Irgend so ein Wirtschaftstreffen der EU. Ich werde für ein paar Tage weg sein."

„Ja, bis bald." Sallie versuchte zu lächeln.

Auf seinem Weg aus dem Büro legte Brom ihr noch die Hand auf die Schulter. „Stimmt irgendetwas nicht? Seit einigen Wochen bist du so komisch. Musst du vielleicht zum Arzt?"

„Nein, es ist nichts", versicherte sie ihm, und Brom ging. Missmutig starrte Sallie wieder auf die Tastatur. Natürlich musste sie nicht zum Arzt, gegen Langeweile hatte der auch kein Rezept. Warum hing sie hier in ihrem Büro fest? Greg wusste doch, dass sie draußen am besten arbeitete, aber seit sie vor drei Wochen aus Washington zurückgekehrt war, hatte sie keinen Auftrag mehr außerhalb der Stadt bekommen. Stattdessen wurden ihr Artikel zugewiesen, die jeder hätte schreiben können. Bislang hatte sie mitgemacht, aber jetzt litt sie unter dieser Schreibblockade und wurde allmählich wütend. Sie musste herausfinden, weshalb Greg sie nicht mehr auf Recherchetour beorderte!

Energisch stand sie auf und machte sich auf den Weg zu Greg. Er war nicht da, also setzte sie sich in sein Büro und wartete. Dabei ließ zwar ihr Ärger nach, nicht aber ihre Entschlossenheit. Ihre Ausdauer und Beharrlichkeit, die sie sonst immer bis ans Ende einer Story führten, sorgten dafür, dass sie erst Ruhe geben würde, wenn sie wusste, warum Greg sie nicht mehr losschickte. Sie hatten immer ein gutes Verhältnis gehabt, freundschaftlich und respektvoll, aber jetzt sah es aus, als würde Greg ihr die Arbeit nicht mehr zutrauen.

Nach etwa einer Dreiviertelstunde kam Greg zurück, und als er Sallie in seinem Büro sitzen sah, wirkte er zunächst ganz betreten. Doch dann lächelte er. „Hallo, Sal, wie läuft's mit dem Artikel?"

„Gar nicht. Ich kann das nicht schreiben."

Auf diese ehrliche Antwort stieß er einen tiefen Seufzer aus und setzte sich an seinen Schreibtisch. Nachdem er etwa eine Minute lang mit seinem Kugelschreiber herumgespielt hatte, sagte er: „Wir haben alle mal Probleme beim Schreiben. Was ist denn mit dem Artikel? Stört dich etwas daran?"

„Er ist langweilig", stellte sie geradeheraus fest. „Ich weiß nicht, warum ich über all diese Belanglosigkeiten schreiben soll. Ich bin eine gute Reporterin, aber du lässt mich nicht meine Arbeit tun. Willst du mich dazu bringen, dass ich kündige? Hat Rhy entschieden, dass er seine Frau doch nicht als Angestellte will, traut sich aber nicht, mich zu entlassen, weil es ihn in ein schlechtes Licht rückt?"

Greg strich sich über das graubraune Haar und seufzte erneut. „Jetzt bringst du mich in eine schwierige Position", murmelte er. „Können wir die Dinge nicht einfach eine Weile ruhen lassen?"

„Nein!", entfuhr es ihr. Dann beruhigte sie sich wieder. „Es tut mir leid. Ich weiß, dass es nicht an dir liegt, du hast mir sonst immer gute Aufträge gegeben. Es ist Rhy, nicht wahr?"

„Ja, er hat dich für alle Auslandsaufträge gesperrt", gab Greg zerknirscht zu.

Obwohl Sallie sich schon so etwas gedacht hatte, war es dennoch ein Schock, diese Worte tatsächlich zu hören. Sie wurde blass und sank sichtlich in sich zusammen. Keine Auslandsaufträge mehr! Das war ein schwerer Schlag. All die Leidenschaft, die sie für Rhy empfunden hatte, war nach der Trennung in ihren Beruf geflossen, und dabei hatte sie erlebt, wie sehr eine befriedigende Arbeit ihr Leben bereicherte. Sie war sicher, dass jeder Psychologe sagen würde, ihre Arbeit sei nur ein Ersatz für das, was sie wirklich wolle – einen Mann –, und vielleicht war es am Anfang tatsächlich so gewesen. Aber sie war heute nicht mehr dieselbe wie vor sieben Jahren. Sie war eine reife, unabhängige Frau und kam sich nun vor wie eine Musikerin, die beide Hände verloren hatte – als wäre ihr ganzes Leben zerstört.

„Warum?", wollte sie wissen. Ihre Stimme war belegt.

„Ich weiß nicht, warum", antwortete Greg. „Alles, was ich weiß, ist, dass er deine Auslandseinsätze gestrichen hat. Du kannst immer noch Reportagen über Vorkommnisse hier in den Staaten schreiben, und es hat auch schon ein paar nette Sachen gegeben, aber ich wollte dich noch nicht darauf ansetzen, weil ich dachte, es kommt bestimmt noch was Besseres. Aber vielleicht war es falsch, zu warten. Ich will für unser Magazin nur das Beste, aber natürlich weiß ich auch, dass du nicht lange still sitzen kannst. Der nächste Auftrag, der reinkommt, gehört also dir – du musst es nur sagen."

„Ach", erwiderte Sallie resigniert, „das ist jetzt auch egal." Greg wunderte sich. Es war nicht Sallies Art, sich geschlagen zu geben. Und tatsächlich hob sie nach kurzer Zeit den Kopf, und ihre dunkelblauen Augen begannen wie gewohnt zu funkeln. „Andererseits ... Ja, doch! Ich will den nächsten Auftrag, was auch immer es ist. Und wenn ich sechs Monate im langweiligsten Ort von Amerika bleiben soll, ist mir das auch recht! Das würde mich immerhin davon abhalten, Rhy an die Kehle zu springen. Sollte es eigentlich geheim bleiben, dass ich keine Auslandsaufträge mehr bekomme?"

„Ich glaube nicht", erwiderte Greg. „Ich habe es dir nur nicht gesagt, weil ich gehofft hatte, dich mit anderen guten Aufträgen beschäftigen zu können, aber es kam ja nichts Gescheites. Warum?"

„Weil ich Rhy jetzt fragen werde, was das soll", erwiderte sie und lachte vergnügt in sich hinein bei der Vorstellung, ihren arroganten Ehemann zur Rede zu stellen.

Greg lehnte sich zurück und betrachtete ihr plötzlich vor Eifer glühendes Gesicht. Eben noch hatte er sich Sorgen um Sallie gemacht und befürchtet, ihr Tatendrang wäre versiegt, aber jetzt freute er sich über ihre neue Energie. Wenn es hart und kritisch wurde, blühte Sallie auf, und genau das machte sie zu einer der besten Reporterinnen, die er hatte. „Ja, häng dich rein", ermunterte er sie. „Ich brauche dich da draußen wieder."

Amanda Meade, Rhys Sekretärin, lächelte Sallie entgegen. Amanda war auch die Sekretärin des vorherigen Verlagsbesitzers gewesen und kannte alle Mitarbeiter. Sallie hatte es als Beweis für ihre Diskretion gewertet, dass nichts über ihr privates Gespräch mit Rhy nach außen gedrungen war, und dafür war sie sehr dankbar. Sie wollte nicht, dass Gerüchte über sie beide in Umlauf gesetzt wurden, sonst könnte Rhy diese am Ende doch noch als Anlass nehmen, sie zu entlassen.

„Hallo, Sallie", grüßte Amanda. „Kann ich Ihnen helfen, oder wollen Sie den Chef sprechen?"

„Den Chef, falls er Zeit hat."

„Im Moment ist er frei", sagte Amanda, „aber um zwölf hat er eine Verabredung mit Miss Williams zum Lunch. Viel Zeit bleibt also nicht."

„Es wird nicht lange dauern", versprach Sallie. „Fragen Sie bitte, ob er für mich zu sprechen ist."

Amanda telefonierte kurz, lächelte dann wieder. „Gehen Sie rein, er möchte Sie sehen. Und er ist ziemlich guter Laune."

Sallie lachte. „Danke für die Information, aber ich bin nicht wegen einer Gehaltserhöhung hier."

Rhy stand am riesigen Panoramafenster und blickte auf das Getümmel in der Straße. Er hatte sein Jackett ausgezogen und die Hemdsärmel aufgekrempelt, sodass seine muskulösen Unterarme zu sehen waren. Als er sich umdrehte, bemerkte Sallie, dass er auch seine Krawatte abgelegt hatte. Er wirkte eher wie ein Reporter und nicht wie ein Verlagsbesitzer und strotzte nur so vor männlich-herber Erotik.

„Hallo, Darling", begrüßte er sie mit tiefer, samtweicher Stimme, in der etwas sehr Vertrauliches mitschwang, sodass Sallie merkte, wie ihr Puls sich beschleunigte. „Du hast lange gebraucht, um herzukommen. Ich dachte schon, du hättest Angst vor mir."

Was meinte er damit? Hatte Greg etwa angerufen und ihn gewarnt? Nein, denn Greg wollte ja, dass sie sich mit Rhy aussprach, damit sie wieder für gute Reportagen auf Reisen geschickt werden konnte. Durch Gregs Adern lief kein Blut, sondern Druckerschwärze.

„Ich verstehe nicht", entgegnete sie. „Was meinst du damit, dass ich lange gebraucht habe?"

„Zu merken, dass du hier festsitzt." Lächelnd kam er auf sie zu. Ehe sie ausweichen konnte, stand er vor ihr und fasste mit warmen, kräftigen Händen ihre Arme. Sallie erschauerte. Sie wollte sich ihm entwinden, doch er hielt sie fest – nicht *zu* fest, aber fest genug. „Ich wollte es dir neulich Nacht am Telefon sagen, aber du hast ja einfach aufgelegt." Er lächelte immer noch. „Also habe ich gewartet, bis du zu mir kommst."

Sallie besaß ein feines Geruchsempfinden, und so nahm sie neben dem Rasierwasser seinen ganz eigenen, männlichen Duft wahr. Sie registrierte außerdem, dass er genau wie früher kein Unterhemd trug, denn durch den dünnen Stoff seines Oberhemds konnte sie den Abdruck der gekräuselten Brusthaare sehen. Sie riss sich vom Anblick seines breiten Oberkörpers los und sah sein glatt rasiertes Kinn, die entspannt lächelnden Lippen und schließlich die dunkelgrauen Augen unter den dichten, schwarzen Brauen.

Mit äußerster Willensanstrengung versuchte sie, seine körperlichen Reize zu ignorieren. „Warum?", fragte sie mit schwacher Stimme. „Du weißt doch, wie sehr ich Auslandseinsätze liebe. Warum darf ich nicht mehr reisen?"

„Weil ich in deinem Fall Privates und Berufliches nicht trennen kann", erwiderte er trocken. Verständnislos sah sie ihn an. Er ließ seine Hände an ihren Armen entlangwandern und zog Sallie mit sich zum Schreibtisch. Dort setzte er sich auf die Schreibtischkante, sodass sie zwischen seinen Beinen zum Stehen kam, ihre Gesichter auf gleicher Höhe. Er sah ihr geradewegs in die Augen, und sie war unfähig, zu protestieren.

„Wie meinst du das?", fragte sie ziemlich verunsichert. Sie spürte seine warmen Finger auf der nackten Haut ihrer Oberarme und begann leicht zu zittern.

„Ich meine, ich könnte den Gedanken nicht ertragen, dass du irgendwo unterwegs bist, wo es gefährlich ist", erklärte er ruhig. „Südamerika, Afrika, der Nahe Osten – das sind alles politische Zeitbomben, und ich werde nicht riskieren, dass du dort feststeckst, wenn eine von ihnen explodiert. Selbst in Europa gibt es Terroristen, Entführungen und Bombendrohungen. Ich habe dich von Auslandsaufträgen abgezogen, um meinen eigenen Seelenfrieden zu schonen, auch wenn Downey fast der Schlag traf, als ich es ihm sagte. Er hält dich für eine seiner besten Reporterinnen. Aber wenn ich mir vorstelle, wo er dich schon überall hingeschickt hat, könnte ich ihm den Hals umdrehen."

„Greg ist ein Vollprofi", verteidigte Sallie ihren Chefredakteur. „Und das bin ich auch. Ich bin kein wehrloses Opfer, Rhy. Ich kann mit Waffen umgehen und habe Selbstverteidigungskurse besucht. Ich kann auf mich aufpassen. Wenn ich hierbleiben muss, werde ich verrückt! Ich komme mir wie eingesperrt vor!"

Rhy lachte, fasste hinter ihren Kopf und holte den Zopf nach vorn, den sie sich heute geflochten hatte. Er fing an, damit zu spielen, und schmunzelte in sich hinein. Dann sagte er: „Du hast dir eine ganz schöne Mähne wachsen lassen. Ich würde sie gern ausgebreitet auf meinem Kissen sehen, während ich mit dir schlafe."

Sallie wurde blass. Dass er etwas Derartiges sagen würde, hätte sie niemals erwartet! Sie sah, wie seine Pupillen sich vor Verlangen weiteten. Plötzlich beugte er sich vor, schlang die Arme um ihren Rücken und presste sie an sich. Sallie spürte seinen gesamten Körper an ihrem.

Sie stöhnte auf und spürte dieselbe Reaktion auf seine Berührung wie früher. In ihrem Kopf drehte sich alles, doch sie versuchte verzweifelt, nicht die Kontrolle zu verlieren. Sie wollte ihm sagen, dass er sie loslassen solle, doch als sie ihn ansah, nutzte er die Gelegenheit und beugte sich über sie. Sein Mund kam immer näher, und dann besaß er tatsächlich die Kühnheit, seine Lippen fordernd auf ihre zu pressen. Sallie wand sich in seiner Umklammerung und wollte fliehen – vor ihm ebenso wie vor ihrer unausweichlichen Reaktion. Nur durch äußerste Willenskraft schaffte sie es, seiner drängenden Zunge zu widerstehen und die Zähne fest zusammenzubeißen. Nach einer Weile ließ er von ihr ab. Sein Atem ging heftig, seine Augen leuchteten vor Begierde.

„Mach den Mund auf", forderte er heiser. „Du weißt, dass ich dich küssen will. Lass mich deine kleine, feste Zunge spüren."

Wieder beugte er sich über sie, und nun war es um ihre Standhaftigkeit geschehen. Als seine Lippen ihren Mund berührten, explodierte in ihr ein Feuerwerk sinnlicher Gefühle, und als er seine Zunge vorschob, öffnete sie willenlos ihre Lippen. Rhy stöhnte auf und drängte sich gegen sie. Sallie ließ automatisch ihre Hände nach oben gleiten und umfasste seinen Nacken. Ihr schmaler, zierlicher Körper war einem regelrechten Gefühlssturm ausgesetzt, sie zitterte, klammerte sich an ihn und seufzte lustvoll, als sie merkte, wie stark erregt er bereits war.

So war es immer gewesen. Vom ersten Kuss bis hin zum letzten Liebesakt hatten sie körperlich immer heftig aufeinander reagiert. Noch nie hatte Sallie Verlangen nach einem anderen Liebhaber verspürt, sie wusste, dass kein anderer Mann sie je so erregen könnte wie Rhy, so wie er sie jetzt erregte, obwohl ihr unendlich viele Gründe einfielen, *nicht* auf ihn zu reagieren. Ihr Körper hörte einfach nicht auf ihren Verstand, und nach kurzer Zeit gab sie es auf, sich gegen das Gefühl zu sträuben. Sie fühlte sich berauschend lebendig, gleichzeitig aber wie eine Ertrinkende, die sich gegen ihren Retter zur Wehr setzte.

Als er seinen Mund von ihrem löste, fühlte sie sich so schwach und zittrig, dass sie sich an ihm festhalten musste. Triumph glänzte in seinen Augen, während er sie mit einem Arm um die Taille hielt und dabei mit der freien Hand unter ihr Kinn fasste und kleine, sanfte Küsse auf ihrem Gesicht verteilte.

„Mmmm", erklang es tief aus seiner Kehle, „das hat sich nicht geändert. Es ist immer noch Wahnsinn."

Seine Worte ließen ihr wonnetrunkenes Hirn wieder nüchtern werden, und sie drehte sich aus seiner Umarmung, um etwas mehr Abstand zu gewinnen. Ja, es war tatsächlich Wahnsinn, allerdings im wahrsten Sinne des Wortes. Sie wäre verrückt, sich nur wegen der Wirkung, die Rhy auf sie ausübte, davon abbringen zu lassen, gegen ihre Auslandssperre zu protestieren.

„Rhy – nein!", rief sie und drehte den Kopf zur Seite, als er nicht aufhörte, sie zu küssen. „Lass mich los. Ich bin hergekommen, weil ich mit dir sprechen wollte …"

„Wir haben bereits miteinander gesprochen", unterbrach er sie. Seine Stimme war tief und samtweich, mit diesem typischen heiseren Timbre, das ihr sagte, dass er noch lange nicht aufhören wollte. „Jetzt würde ich gern mit dir schlafen. Es ist lange her, aber nicht lange genug, als dass ich vergessen hätte, wie es mit uns war."

„Tja, ich *habe* es vergessen!", log Sallie und wich erneut seinem Mund aus. „Hör auf damit! Meine Arbeit bedeutet mir sehr viel, und ich will nicht hier festsitzen, nur weil du meinst, dass eine Frau im Notfall nicht auf sich aufpassen kann!"

Endlich ließ er von ihr ab, aber aus seinen Augen sprach Ungeduld. „Also gut, reden wir über deine Arbeit, aber dann ist mit dem Thema endgültig Schluss. Ich habe nicht gesagt, dass ich glaube, eine Frau könne nicht auf sich aufpassen. Ich sagte, ich will *dich* keiner gefährlichen Situation mehr aussetzen, weil *ich* es nicht ertragen könnte."

„Warum sollte es dich in irgendeiner Weise berühren?", wollte Sallie wissen. „Seit du damals gegangen bist, hast du dich doch auch nicht um mein Wohlergehen gesorgt, also verdirb mir jetzt nicht meine Arbeit, indem du den Beschützer spielst."

Unvermittelt ließ Rhy sie los, und sie wich einige Schritte zurück. Der Abstand tat ihr gut – sie brauchte all ihren Verstand, um gegen Rhy zu argumentieren, und seine Nähe vernebelte ihre Gedanken. „Meine Entscheidung ist endgültig", sagte er knapp. „Du wirst keine Auslandsaufträge mehr bekommen – *nie* mehr."

Sie starrte ihn an und fühlte sich elend. Nie mehr? Eher könnte sie aufhören zu essen, als den erregenden Nervenkitzel der Arbeit aufzugeben, die sie liebte! Mit nichts in der Welt hätte er sie mehr verletzen können als mit dieser Entscheidung. „Hasst du mich denn so sehr?", flüsterte sie gequält. „Was habe ich nur verbrochen, dass du mir das antust?"

„Ich hasse dich nicht", entgegnete er unwirsch und fuhr sich mit der Hand durchs Haar. „Ich versuche nur, dich zu schützen. Du bist meine Frau, und ich will nicht, dass dir etwas zustößt."

„Blödsinn!", rief sie und ballte ihre Hände. „Hier nicht weg zu dürfen, ist schlimmer für mich als alles, was mir woanders zustoßen könnte! Ich fühle mich hier nur wie ein halber Mensch. Ich werde verrückt, wenn ich stundenlang auf meinen leeren Bildschirm starre und warte, dass mir etwas einfällt. Und hör auf damit, dass ich deine Frau wäre! Unsere Beziehung bestand daraus, dass wir ein Jahr lang hin und wieder miteinander geschlafen haben, wenn du gerade zugegen warst. Dann bist du deinen Weg gegangen und ich meinen, und ich bin jetzt weitaus glücklicher, als ich es je mit dir war. Du warst als Ehemann ein noch größerer Reinfall als ich als Ehefrau!" Schwer atmend hielt sie inne und widerstand dem Bedürfnis, irgendetwas zu zerschlagen oder mit den Fäusten auf ihn loszugehen. Obwohl sie durchaus aufbrausend sein konnte, hatte sie sich normalerweise gut im Griff. Doch im Moment war sie einfach zu wütend.

„Reinfall oder nicht – du bist und bleibst meine Frau", konstatierte er kühl. Jedes Wort war wie ein Schlag ins Gesicht. „Und meine Frau wird keine Auslandsaufträge mehr erhalten."

„Warum erschießt du mich nicht einfach?", schleuderte sie ihm wütend entgegen. „Das wäre gnädiger, als mich mit Langeweile in den Wahnsinn zu treiben! Verdammt, Rhy, ich habe keine Ahnung, warum du mich damals überhaupt geheiratet hast!", beendete sie ihre Tirade.

„Du hast mir leidgetan", gab er unverblümt zu. Sallie war schockiert.

„Du warst so einsam und so hilflos", erklärte er ohne jede Rücksicht darauf, wie sehr seine Worte sie demütigten. „Du warst hungrig nach Zuneigung, nach Berührung. Ich dachte: Zum Teufel, warum nicht? Ich war achtundzwanzig – höchste Zeit zu heiraten! Und dann war da der Extrabonus."

„Ach ja?", rief sie und ging zum Fenster, um auf die Straße zu sehen – alles, nur nicht diesen spöttischen Gesichtsausdruck, diesen hämischen Blick! „Den Bonus, dass du vor anderen bindungswütigen Frauen geschützt bist?" Sie verspürte den dringenden Wunsch, Rhy einfach ins Gesicht zu schlagen, aber sie wusste, das würde sie nicht weiterbringen.

Rhy lächelte und stellte sich hinter sie – so nahe, dass sie seinen Atem an ihrer Schläfe spürte. „Nein, Liebling, der Extrabonus war, dass du bei jeder meiner Berührungen vor Leidenschaft wild wurdest. Du warst so sanft und ruhig, ein kleines, unschuldiges Täubchen, aber im Bett wurdest du zur Wildkatze. Der Kontrast war faszinierend."

„Ja, ich kann mir gut vorstellen, wie oft du dich darüber amüsiert haben musst!" Ihre Wangen röteten sich vor Scham und Erniedrigung.

„Nein, ich habe mich nie darüber amüsiert", erwiderte er mit plötzlich wieder sanfter Stimme. „Unser Sex war einfach zu gut. Keine andere Frau konnte dir je das Wasser reichen. Du magst dich in sonst jeder Hinsicht verändert haben, aber die Art, wie du auf mich reagierst, ist immer noch dieselbe."

„Vergiss es! Es hatte nichts zu bedeuten."

„Das sehe ich aber anders. Es bedeutet, dass ich meine Frau wiedergefunden habe. Ich will dich zurück, Sallie", forderte er eindringlich.

Sie war so überrascht, dass sie herumfuhr und ihn mit großen Augen anstarrte. „Du machst wohl Witze!", sagte sie mit bebender Stimme. „Das ist unmöglich!"

„Ich finde nicht, dass es unmöglich ist", murmelte er, zog sie wieder an sich und vergrub sein Gesicht in ihrem Haar. „Ich hatte nie vorgehabt, dich gehen zu lassen", fuhr er fort. Seine Stimme klang tief und betörend. Sallie wusste, dass er seine erotische Anziehungskraft bewusst einsetzte, um sie zu verführen, aber diese Erkenntnis half ihr nicht dabei, sich zu wehren. Sie versuchte, sich zu befreien, aber er hielt sie fester.

„Ich dachte, du würdest irgendwann klein beigeben und mich anrufen. Ich hatte genug von deinem Gejammer und wollte dir nur eine Lektion erteilen", erklärte er. „Aber du hast nicht angerufen, und ich musste mich um meine Karriere kümmern, und so kam eins zum anderen. Sieben Jahre Trennung sind eine lange Zeit, aber wir sind reifer geworden, und ich habe vor, dich bei dem Wort zu nehmen, dass du mir einst gegeben hast, Darling."

„Sei nicht albern!", schimpfte sie und schüttelte vehement den Kopf. Wenn er dachte, sie würde sich einfach so von ihm vereinnahmen lassen, kannte er sie aber schlecht! „Es würde nicht funktionieren, Rhy. Wir sind ganz andere Menschen als damals, wir haben andere Bedürfnisse. Ich werde mich nie mehr damit zufriedengeben, nur im Haushalt zu arbeiten. Es gibt so viele Dinge, die ich tun und erleben will, dass ich es in einem einzigen Leben vermutlich gar nicht schaffen kann. Ich will etwas von der Welt sehen."

„Für die Dokumentarfilme werde ich auch reisen müssen. Du könntest deinen Job aufgeben und mit mir reisen", schlug er vor, und sie zuckte zusammen.

„Meine Arbeit aufgeben?", wiederholte sie entsetzt. „Bist du verrückt? Ich will mein Leben doch nicht damit verbringen, dir hinterherzuzockeln! Dies ist nicht nur irgendein Job für mich, das ist meine Karriere. Wenn du dir so sehr wünschst, dass wir zusammen sind, dann gib *du* doch deine Arbeit auf!" Sie presste die Lippen zusammen und sah ihn herausfordernd an.

„Ich verdiene mehr als du", erwiderte er lakonisch. „Es wäre dumm, wenn ich aufhörte. Außerdem gehört mir der Verlag."

„Diese ganze Idee, dass wir zusammenleben sollten, ist doch Unfug", beharrte sie. „Warum nicht einfach die Scheidung? Du brauchst keine Angst zu haben, dass ich Alimente fordern werde. Ich kann für mich selbst sorgen …"

„Nein", unterbrach er sie, „keine Scheidung. Auf gar keinen Fall."

„Also gut, vielleicht kannst du es mir schwer machen, die Scheidung durchzusetzen", räumte sie ein. „Aber ich muss nicht mit dir leben und auch nicht für dich arbeiten. Es gibt andere Verlage oder sogar Sender, und ich bin gut in meinem Job. Ich brauche weder dich noch deine Zeitschrift!"

„Ach nein? Wie ich schon sagte, habe ich eine Menge Freunde, und wenn ich es darauf anlege, wird keiner von denen dich einstellen, glaub mir. Vielleicht könntest du als Bedienung arbeiten oder als Taxifahrerin, aber sogar daran könnte ich dich hindern, wenn ich wollte." Er sah sie scharf an. „Und du bist immer noch meine Frau, und so werde ich dich auch behandeln."

Nie hätte Sallie gedacht, dass ihre Ehe einer Bedrohung gleichkommen würde. Besaß er tatsächlich eine solche Macht? „Ich werde eine Verfügung erwirken, dass du dich von mir fernhalten musst!", zischte sie. Sie war zu wütend, um klein beizugeben, auch wenn sie Rhy in diesem Moment zutraute, dass er, wenn sie ihn reizte, seinen Willen mit allen Mitteln durchsetzen würde.

„Wenn ich die richtigen Hebel drücke, wirst du auch keine gerichtliche Verfügung bekommen", kommentierte er trocken. Er schien seine Macht zu genießen. „Vielleicht gefällt es dir ja nach einer Weile, mich um dich zu haben, so wie früher. Wenn ich mich recht erinnere, hast du dich doch immer darüber beschwert, dass ich *nicht* da war. Lass es uns noch einmal versuchen, hm?", lenkte er beschwichtigend ein. „Du wolltest doch Kinder – wir werden Kinder haben, so viele du willst. Tatsächlich bin ich sogar bereit, auf der Stelle mit diesem Projekt zu beginnen."

Sallie hätte beinahe mit den Zähnen geknirscht vor Wut. Rhy hatte keine Ahnung, wie sehr er sie mit seiner Anspielung auf Kinder in Rage brachte. „Ich hatte schon ein Kind, vielen Dank!", stieß sie hervor. Am liebsten hätte sie mit den Fäusten auf ihn eingetrommelt, um ihm wehzutun, so wie er ihr wehgetan hatte. Sie spürte den Schmerz noch immer. „Und wenn du dich so gut an alles erinnern kannst, Mr Baines, dann weißt du auch noch, dass du es *nicht* wolltest! Ich habe es allein ausgetragen, es allein zur Welt gebracht und allein begraben! Ich brauche dich nicht!"

„Es ist mir egal, ob du mich brauchst oder nicht", entgegnete Rhy. „Ich kann dich dazu bringen, dass du mich willst, und das ist alles, was zählt. Du kannst so viel Feuer spucken, wie du willst, aber wir beide wissen, dass ich dich haben kann, wenn ich es will. Finde dich damit ab: Du gehörst zu mir, und ich habe nicht die Absicht, dich gehen zu lassen. Jetzt bin ich bereit, eine Familie zu gründen. Du bist meine Frau, und ich will Kinder, bevor wir zu alt dafür sind."

Ihre Kehle war vor Empörung wie zugeschnürt. „Nein!", schrie sie halb erstickt. „Nein zu allem! Nein zu dir und nein zu deinen Kindern. Diese Ehre kannst du einer anderen erweisen; ich bin sicher, Coral wäre nur allzu bereit, diese Aufgabe zu übernehmen! Und da sie ohnehin auf dich wartet, will ich dich jetzt nicht länger aufhalten!"

Sein lautes Lachen klang ihr im Ohr, als sie aus seinem Büro und an der verdutzten Amanda Meade vorbeistürmte. Ohne ein weiteres Wort schlug Sallie die Tür hinter sich zu und blieb zitternd und schwer atmend im Korridor stehen. Das Schlimmste an der Sache war, dass sie sich nicht wehren konnte. Rhy besaß die Macht, ihre so mühsam und sorgfältig aufgebaute Karriere zu zerstören.

Völlig aufgewühlt kehrte sie an ihren Schreibtisch zurück und merkte, dass ihre Hände immer noch zitterten. Warum tat er ihr das an? Das konnte er doch nicht ernst meinen – oder doch? Die Erinnerung an seine heißen Küsse drängte sich in ihr Bewusstsein, und sie spürte, wie ihre Wangen heiß wurden. Das hatte sich wahrhaftig nicht geändert! Sah er in ihr nur das Sexobjekt – und eine Herausforderung seines männlichen Egos? Einst hatte sie ihm gehört, und nun konnte er es nicht ertragen, dass sie ihn zurückwies.

Allerdings war sie sich im Moment nicht so sicher, ob sie ihn tatsächlich nicht wollte. Der Sex mit ihm war immer fantastisch gewesen, und den sinnlichen Zauber seiner Berührungen hatte sie nie vergessen. Eine Minute lang gab sie sich der betörenden Vorstellung hin, wie es wohl wäre, wieder seine Frau zu sein, mit ihm zu leben und mit ihm zu schlafen. Doch wenn sie zu Rhy zurückkehrte – was dann? Hausarrest hatte sie jetzt schon – womöglich würde er ihr das Arbeiten ganz verbieten und ihr ein Kind aufdrängen. Sallie sehnte sich zwar nach einem Kind, aber sie kannte Rhy gut genug, um sich von seinen Versprechungen nicht blenden zu lassen. Sie war überzeugt, dass Rhy sich bald wieder langweilen und ihre Schwangerschaft bereuen würde. Auf seine Unterstützung konnte sie nicht hoffen. Er tat es jetzt nicht, warum also sollte er es später tun?

Rhy würde ihrer überdrüssig werden, dann säße sie ohne Arbeit und allein mit einem Kind da. Gute Jobs als Reporter waren schwer zu bekommen und erforderten mehr als nur viel Einsatz – man musste sein ganzes Leben darauf einrichten. Wenn sie erst einmal aus dem Beruf heraus wäre, würde sie nicht so einfach zurückkommen können, und mit einem Kind wäre es natürlich noch viel schwieriger.

Die Vorstellung, was alles passieren könnte, wenn sie zu Rhy zurückkehrte, machte ihr Angst, und sie wusste, dass sie sich immer für ihre Arbeit entscheiden würde. Dort war sie nie so enttäuscht worden wie von Rhy. Ihre Unabhängigkeit war ihr zu kostbar, als dass sie sie für körperliche Befriedigung aufgeben würde.

Sallie wusste nicht, was sie tun sollte. Es lag in ihrer Natur, zu handeln, aber in dieser Situation gab es nichts, das sie unternehmen konnte. Rhy würde jede ihrer Bemühungen, eine neue Arbeit zu finden, untergraben, es sei denn, sie zöge unter neuem Namen in einen entlegenen Teil des Landes. Es lag nicht in ihrer Natur, vor Problemen davonzulaufen, aber trotzdem spann sie den Gedanken weiter. Was sollte sie von einer weiteren Namensänderung abhalten? Hatte sie nicht gelernt, dass sie fast alles erreichen konnte? Natürlich gäbe sie diesen Job nur ungern auf, aber wenn es sein müsste, könnte sie auch etwas anderes finden. Das Wichtigste war, sich Rhys Zugriff zu entziehen.

Bis zur Mittagspause waren es noch ein paar Minuten, aber sie schaltete den Computer aus und schlang sich ihre Tasche über die Schulter. So wie sie Rhy kannte, würde er schon bald anfangen, eventuelle Maßnahmen ihrerseits zu verhindern, deshalb musste sie sich rechtzeitig schützen.

Mit einem Taxi fuhr sie zu ihrer Bank, hob ihr ganzes Geld von ihrem Konto ab und löste ihr Sparbuch auf. Sie wusste nicht, ob Rhy Zugriff auf ihr Konto erlangen könnte, aber sie wollte es nicht darauf ankommen lassen. Über die Jahre hatte sie einige Tausend Dollar angespart, genug, um sich während der Suche nach einer neuen Arbeit über Wasser halten zu können, und mit dem Barscheck in der Tasche fühlte sie sich schon bedeutend sicherer. Rhy würde schon sehen, dass sie kein hilfloses kleines Seelchen mehr war, das sich von ihm einschüchtern ließ!

Sallie verspürte selten richtigen Hunger, aber an diesem Morgen hatte sie durch all den Ärger schon so viele Kalorien verbrannt, dass ihr nun der Magen knurrte. Spontan kehrte sie in einen schummrigen Imbiss ein, der nur eine Straßenecke von der Redaktion entfernt lag, und fand in der hintersten Ecke einen leeren Tisch. Sie kam sich vor wie in einer Höhle, und als ihre Augen sich an die Dunkelheit gewöhnt hatten, erkannte sie vorn an der Theke und in anderen Sitznischen einige Kollegen. Sie bestellte ein überbackenes Käsesandwich und Kaffee und wartete gerade auf ihr Essen, als Chris sich in die leere Sitzbank gegenüber schob. Es war das erste Mal seit seiner Rückkehr aus Florida, dass sie ihn sah, und sie konnte trotz der Dunkelheit erkennen, wie braun gebrannt er war.

„Florida ist dir offenbar gut bekommen", meinte sie. „Wie geht es dir?"

Er zuckte mit den Schultern. „Die Situation mit meiner Freundin ist leider immer noch nicht geklärt, falls du das meinst. Aber was ist mit dir? Es geht das Gerücht, dass du Hausarrest hast."

„Stimmt", bestätigte Sallie. „Befehl von ganz oben."

„Von Baines selbst? Was hast du ausgefressen?"

„Es ist nichts, was ich *getan* habe, sondern was ich *bin*. Er findet, Auslandsaufträge seien zu gefährlich."

Chris schnaubte ungläubig. „Ach, komm schon! Baines ist doch viel zu gut, als dass er dich mit einer so dummen Begründung aus dem Verkehr zieht! Raus mit der Sprache, Sal! Was ist los? Ich habe mitbekommen, wie er dich neulich in der Cafeteria angestarrt hat."

„Doch, wirklich! Er meint, Auslandsaufträge seien zu gefährlich für mich", wiederholte sie. „Aber du hast recht, das ist nur ein Teil der Geschichte. Er denkt wohl, ich würde mich gut in seiner Trophäensammlung machen, wenn du weißt, was ich meine. Leider teile ich seine Meinung nicht."

Chris pfiff leise durch die Zähne. „Der große Boss ist hinter dir her? Na ja, ich kann ihm nur zustimmen. Du bist wirklich ein heißer Feger – allerdings habe ich mich nie an dich herangetraut …"

Sallie musste lachen. Sie wusste ganz genau, dass Chris sie zwar mochte, dass sie aber überhaupt nicht sein Typ war. Er wollte eine beständige Frau, die zu Hause auf ihn wartete, wenn er unterwegs war. Sallie war ebenso rastlos wie er selbst und kam damit für ihn überhaupt nicht infrage. Während sie sich vor Lachen ausschüttete, machte er ein betont ernstes Gesicht, doch seine braunen Augen funkelten verschmitzt.

Arm in Arm kehrten sie vergnügt ins Verlagshaus zurück, und als sie die Eingangshalle betraten, standen sie auf einmal Rhy gegenüber, der auf den Fahrstuhl wartete. Ungläubig starrte er die beiden an, registrierte ihre vertrauliche Pose, worauf seine Augen zornig aufblitzten.

„O je, das gibt Ärger", flüsterte Chris und schmunzelte. Als die Fahrstuhltür sich öffnete und Rhy in die Kabine trat, legte Chris noch eins drauf, indem er Sallie an sich zog und ihr einen Kuss aufs Haar drückte. Das Letzte, was Sallie von Rhy sah, ehe die Tür sich wieder schloss, war, wie er sie mit seinen Blicken durchbohrte.

5. KAPITEL

*B*lödmann", raunte Sallie, hin- und hergerissen zwischen Übermut und Sorge. Wenn er wütend war, konnte Rhy durchaus gefährlich werden. Er war stark, entschlossen und rücksichtslos genug, um mit fast jedem fertigzuwerden, der sich mit ihm anlegte. Wie sie wusste, war er neben Selbstverteidigung auch im Nahkampf ausgebildet und könnte Chris tatsächlich ernsthaft verletzen. „Bist du lebensmüde? Mit Rhy ist nicht zu spaßen!"

„Ich will nur nicht, dass er meint, er könne dich so leicht haben", erklärte Chris salopp und schmunzelte. „Tu dir keinen Zwang an, mich vorzuschieben, falls du Rückendeckung brauchst. Dass ich mich für deine guten Taten revanchiere, ist ja wohl das Mindeste, was ich tun kann. Ich benutze dich, dafür darfst du mich auch benutzen."

Sallie schüttelte den Kopf. Die Idee, Chris gegenüber Rhy als ihren Liebhaber auszugeben, war verlockend, allerdings fürchtete sie, dass sie nicht gut genug schauspielern konnte, um überzeugend zu sein. Zudem hatte sie Angst, Rhy so sehr zu provozieren, dass er Chris womöglich wirklich etwas antat.

„Danke für das Angebot, aber ich halte es nicht für klug, solche Spielchen zu veranstalten", wehrte sie ab. „Dein Gesicht gefällt mir besser so, wie es ist. Aber wenn du nichts dagegen hast, werde ich deinen Namen vielleicht erwähnen, um ein bisschen Abstand zu schaffen."

„Nur zu." Er musterte sie ernst. „Warum willst du nichts von ihm wissen? Er hat alles, was ein Mann – oder eine Frau – sich nur wünschen kann."

„Ich kannte Rhy schon, bevor er den Verlag übernommen hat", erklärte Sallie vorsichtig, da sie nicht zu viel verraten wollte. „Er will die Beziehung wieder aufnehmen, ich nicht. So einfach ist das."

„Warum habe ich trotzdem das Gefühl, dass du mir eine Menge verschweigst?", murmelte Chris halblaut, winkte ihr lächelnd zum Abschied und verschwand.

Nach der Rückkehr an ihren Schreibtisch wartete Sallie den ganzen Nachmittag darauf, in Rhys Büro beordert zu werden, doch als kein Anruf kam, ahnte sie, dass er weitaus subtiler vorgehen würde. Er wollte sie schmoren lassen, bis sie unruhig werden und die Geduld verlieren würde. Aber da konnte er lange warten!

Entschlossen speicherte sie den halb fertigen Artikel, an dem sie gerade arbeitete, und öffnete eine neue Datei. Wenn Rhy sich ihr gegenüber so gemein verhielt, dann hatte sie keine Skrupel, ihre Arbeit zu vernachlässigen. Anstatt weiter an diesem blödsinnigen Artikel herumzudoktern, würde sie ihre Memoiren schreiben! Wenn sie ihre Lebensgeschichte schon jetzt begann, während sie noch gegenwärtig war, müsste sie sich später im Alter nicht damit abplagen, alte Erinnerungen zusammenzukratzen.

Sie merkte, wie das Adrenalin durch ihre Adern schoss, und ihre Finger tanzten über die Tastatur. Zum ersten Mal seit Wochen flossen die Worte wieder mühelos aus ihr heraus, und sie musste kaum über ihre Formulierungen nachdenken. Sie fühlte sich wieder frisch, lebendig und voller Enthusiasmus.

Plötzlich hielt sie inne und starrte auf den Bildschirm. Warum sollte sie sich nur mit Erinnerungen abgeben? Warum nicht die eigenen Erfahrungen zu einer Geschichte verweben und einen Roman verfassen? Schon immer träumte sie davon, ein Buch zu schreiben, hatte aber nie Zeit dafür gefunden. Jetzt war es möglich, und beinahe hätte sie laut aufgelacht, dass sie ihre Anstellung bei Rhy dazu missbrauchte, eine neue Karriere aufzubauen.

Fieberhaft öffnete sie eine neue Datei und starrte einige Minuten auf den leeren Bildschirm, während sie über ihr erstes Problem nachsann: Welchen Namen sollte ihre Heldin tragen? Sollte sie einfach einen Leerraum lassen und den Namen später einsetzen? Aber dann wurde ihr klar, dass sie einen Namen brauchte, um die Figur zu entwickeln, und dieser Gedanke führte zu der Überlegung, wie ihre Heldin aussehen sollte. Ein Buch zu schreiben, war etwas ganz anderes, als einen Zeitungsbericht zu verfassen. Dort hatte sie sich an Fakten zu halten – hier jedoch musste sie alle Details selbst erfinden. Abgesehen von dem einen Kurs in literarischem Schreiben hatte sie bisher nur mit Fakten gearbeitet, und die Fiktion war schwieriger, als sie gedacht hatte.

Doch bis zum Ende ihrer Arbeitszeit hatte sie acht Seiten geschafft, und sie sah ungehalten zur Uhr, die das Ende ihrer Arbeitszeit anzeigte. Sallie speicherte die kostbaren Seiten auf ihrem USB-Stick und steckte ihn in die Handtasche. Zu Hause könnte sie an ihrem Laptop weiter daran arbeiten.

Es lag zwar in ihrer Gewohnheit, dass sie konzentriert arbeitete, aber so stark von etwas gefesselt zu sein, war auch für Sallie außergewöhnlich, und als sie in dieser Nacht zu Bett ging, schwirrten ihr Handlung und unterschiedliche Szenen immer noch durch den Kopf. Sallie empfand ihr Projekt als eine ebensolche Herausforderung wie die abenteuerlichsten Auslandsaufträge und spürte denselben Enthusiasmus, denselben Drang, den selbst erwählten Auftrag perfekt durchzuführen. Fast ärgerte sie sich über die Stunden, die sie mit Schlaf vergeuden musste, aber als der Schlaf dann irgendwann kam, war er so tief und erholsam wie schon lange nicht mehr.

Eine Woche lang arbeitete sie jede freie Minute an ihrem Manuskript, in der Arbeit und zu Hause, oft bis spät in die Nacht. Rhy meldete sich nicht, und sie war so sehr mit ihrem Buch beschäftigt, dass sie auch nicht darauf wartete und kaum darüber nachdachte. Solange er ihre Beziehung ruhen ließ, konnte die Zeit getrost vergehen, und den häufigen Besuchen von Coral Williams im Verlag nach zu urteilen, schien auch Rhy nicht viele Gedanken an sie zu verschwenden.

Eines Nachmittags, als sie gerade gehen wollte, klingelte das Telefon, und Sallie schrak zusammen, da sie dieses Klingeln nur noch selten hörte. Brom war noch immer unterwegs, daher nahm sie den Hörer ab und hörte Rhys knappes Kommando: „Komm rauf, Sallie, es gibt ein Problem."

Sallie legte auf, starrte noch eine Weile auf das Telefon und überlegte, um welches „Problem" es sich handeln mochte. Meinte er ein persönliches Problem zwischen ihnen beiden – da könnte sie nur zustimmen –, oder ging es um ein Problem des Verlags? War ihr fachliches Können am Ende doch noch gefragt? War Rhy gezwungen, sie für eine Story einzusetzen, die er sonst nicht bringen könnte?

Amanda winkte sie mit einem drängenden „Sie werden schon erwartet!" durch, und als Sallie das Büro betrat, sah sie, dass Greg ebenfalls anwesend war und unruhig auf und ab tigerte, während Rhy in seinem Schreibtischsessel lehnte. Körperlich wirkte er zwar entspannt, doch das Glitzern in seinen Augen verriet eine innere Unruhe.

Greg drehte sich mit finsterem Gesicht zu ihr um. Sallie erschrak.

Ohne Rhy zu grüßen, fragte sie Greg sofort: „Was ist los? Ist jemandem etwas passiert?" Vor zwei Jahren war einer ihrer besten Freunde in Südamerika ums Leben gekommen, als er über eine Revolution berichten sollte, und diese Tragödie hatte ihr die Risiken ihres Berufs deutlich vor Augen geführt. Um sich selbst machte sie sich keine Sorgen, aber nun bereitete sie sich innerlich auf die schlimme Nachricht vor, dass wieder ein Kollege verletzt oder gar umgekommen sei. Die Angst war ihrer Stimme deutlich anzuhören, und Greg reagierte sofort.

„Nein, niemand ist verletzt", versicherte er freundlich und dachte wohl an das einzige Mal, dass er sie zusammenbrechen sah: als er ihr Artie Hendricks' Tod hatte mitteilen müssen.

Erleichtert seufzte sie auf und ließ sich in einen Sessel fallen. Rhy saß noch immer reglos da und funkelte sie wütend an.

Verwirrt blickte sie wieder zu Greg. „Aber was gibt es dann?"

„Nächste Woche findet der Benefizball in Sakarya statt", sagte Greg und setzte sich neben sie.

„Ich weiß. Ich hätte ja hinfahren und darüber schreiben sollen", kommentierte sie trocken und sah Rhy vielsagend an. „Wen wirst du an meiner Stelle hinschicken?"

„Ich *habe* bereits Andy Wallace und Patricia King geschickt", erwiderte Rhy. „Aber Marina Delchamp hat ihnen ein persönliches Interview verweigert. – Verdammt!", entfuhr es ihm, und er schlug mit der Faust auf die Sessellehne. „Es war alles ausgemacht, und jetzt sagt sie einfach ab!"

„Das klingt nicht nach Marina", protestierte Sallie. „So hochnäsig ist sie nicht. Für ihr Verhalten muss es irgendeinen Grund geben."

„O ja, den gibt es", brummte Rhy. „Sie will mit niemandem reden außer mit dir – sagt sie zumindest. Warum du? Kennst du sie persönlich?"

Sallie frohlockte innerlich, als sie erkannte, dass ihr heimlicher Wunsch in Erfüllung gegangen war. Marina hatte Rhy das Messer auf die Brust gesetzt, und das gefiel ihm überhaupt nicht.

„Ja, ich bin mit ihr befreundet", antwortete sie, und falls Rhy sich wunderte, dass sie das atemberaubende Exmodel kannte, ließ er sich zumindest nichts anmerken. Marina war jetzt die Frau eines der mächtigsten Männer in Sakarya, und der Wohltätigkeitsball fand unter ihrer Schirmherrschaft statt. Sie konnte sich jeden Reporter aussuchen, den sie wollte.

„Sprich mit ihr. Überrede sie, mit Patricia King zu reden statt mit dir", befahl Rhy. „Oder führ das Interview übers Telefon." Sein Ton hatte etwas Endgültiges, und sicher hielt er sein Problem durch diesen Schachzug für gelöst. Sallie konnte nur mit Mühe ruhig bleiben.

„Ich schätze, wenn man die Frau des Finanzministers ist, kann man Interviews geben oder auch nicht – je nachdem, wozu man Lust hat", meinte sie betont freundlich.

„Sallie", erwiderte Rhy ebenso ruhig, aber ohne jede Freundlichkeit in der Stimme, „ich befehle dir, dieses Interview übers Telefon zu führen."

„Aber das wird nicht funktionieren!", protestierte sie. „Marina kann jederzeit mit mir sprechen, wenn sie das möchte. Aber sie will mich *sehen*. Außerdem habe ich eine Einladung zu dem Ball erhalten", fügte sie hinzu. Und tatsächlich wollte sie in der nächsten Woche Urlaub nehmen und auf eigene Kosten nach Sakarya fliegen, aber nun sah sie die Gelegenheit, Rhy eins auszuwischen. Sie musste schmunzeln.

„So geht das nicht", warnte Rhy. „Ich sagte keine Auslandsaufträge, und dabei bleibt es. Du darfst nicht nach Sakarya."

Greg erhob sich mit leisem Fluchen und schob die Fäuste in die Taschen. „Sallie ist die beste Reporterin, die ich habe", zischte er voll unterdrücktem Zorn. „Sie verschwenden ihr Talent."

„Ach, papperlapapp", eiferte sich Rhy, glitt geschmeidig aus seinem Stuhl und baute sich vor ihnen auf. Sallie spürte, dass er in gefährlicher Stimmung war. „Wie ich schon sagte, Greg, sie wird nirgends mehr eingesetzt, wo es auch nur im Entferntesten nach Gefahr riecht, und eine Party in einer Wüste voller Erdöl fällt zweifellos in diese Kategorie, wenn dort alle Mächtigen der Welt versammelt sind und fieberhaft überlegen, wie sie an dieses Öl rankommen können."

„Sind Sie blind?", konterte Greg. „Sallie *lebt* von Gefahr. Sie braucht das Abenteuer. Sie kann noch nicht einmal auf normale Weise einen Bus besteigen, wenn sie zur Arbeit fährt! Ihr ganz normales Alltagsleben würde jedem anderen Menschen graue Haare bescheren!"

Sallie stellte sich zwischen die beiden Streithähne und reckte Rhy entschlossen ihr Kinn entgegen. „Wenn Marina es ablehnt, Patricia zu sehen, schätze ich, dass du dein Interview vergessen kannst", brachte sie das Gespräch wieder zum eigentlichen Thema zurück. Aus ihren dunkelblauen Augen leuchtete Triumph. „Entweder mache ich es – oder keiner. Bist du nun ein Nachrichtenprofi oder nicht?"

Rhy presste die Kiefer aufeinander und sah mit einem kurzen Seitenblick zu Greg. „Raus hier", sagte er dann zu Sallie. „Meine Antwort ist und bleibt Nein."

„Wie du willst." Sie verließ das Büro aufrechter, als ihr zumute war, musste aber immer wieder kopfschüttelnd vor sich hin lachen, während sie ihre Sachen zusammenräumte und nach Hause ging.

Es überraschte sie nicht, dass sie am nächsten Morgen sofort nach dem Betreten des Verlagsgebäudes in Rhys Büro gebeten wurde. Sie nahm sich betont viel Zeit, um ihren Schreibtisch zu sortieren, und genoss es, ihn warten zu lassen. Während sie nach oben ging, bemühte sie sich, ein Schmunzeln zu unterdrücken.

Doch anders, als sie erwartet hatte, wirkte Rhy keinesfalls verärgert, sondern höchst zufrieden, und Sallie bekam ein ungutes Gefühl. „Ich habe unser Problem gelöst", rief er ihr freudestrahlend entgegen, ging auf sie zu und streichelte ihr Haar.

Irritiert schlug sie seine Hand fort. „Ich werde mir die Haare schneiden lassen!", verkündete sie. „Vielleicht schaffst du es dann, deine Hände von mir zu lassen."

„Nicht abschneiden!", protestierte er sofort. „Das Ergebnis würde dir nicht gefallen."

„Ich trage meine Haare, wie es mir passt. Darüber hast du nicht zu bestimmen!"

„Lass uns jetzt nicht streiten, aber ich warne dich: Wenn du dir die Haare schneiden lässt, werde ich dich übers Knie legen." Mit dieser Drohung wischte er das Thema vom Tisch und sah sie eindringlich an. „Willst du gar nicht wissen, welche Lösung ich gefunden habe?"

„Nein. Wenn du so begeistert von ihr bist, halte ich wahrscheinlich nur wenig davon", erwiderte Sallie.

„Nun, das werden wir ja noch sehen", murmelte er. „Du darfst nach Sakarya reisen, Darling." Er hielt inne und beobachtete, wie ihre Augen vor Freude aufleuchteten. Dann ließ er die Bombe platzen. „Und ich komme mit."

Aus Sallies Blick sprach das reine Entsetzen. Verzweifelt suchte sie nach irgendeinem Ausweg aus dieser unangenehmen Situation, doch außer einem schwachen „Das meinst du doch nicht ernst, oder?" fiel ihr nichts ein.

„Natürlich meine ich das ernst", entgegnete er und lächelte selbstgefällig. „Das Magazin gehört mir, und ich bin Reporter. Außerdem bin ich dein Ehemann – das alles sind gute Gründe, dich nach Sakarya zu begleiten."

„Aber ich will dich nicht dabeihaben! Ich brauche dich nicht."

„Keine Widerrede. Wenn du gehst, gehe ich mit. Ich werde aufpassen, dass dir kein einziges deiner wunderbar weichen Haare gekrümmt wird."

„Ich bin kein kleines Kind mehr, Rhy! Ich kann auf mich selbst aufpassen."

„Das sagst du. Trotzdem wirst du mich nicht davon abbringen. Tut mir leid, wenn ich deine Pläne durchkreuze – du hattest dir sicher gewünscht, dass dein Freund dich begleitet, oder? Wie heißt er noch gleich, dieser Fotograf?"

Der bedrohliche Ton seiner Stimme verursachte Sallie eine Gänsehaut. „Lass Chris in Ruhe!", fuhr sie ihn an. „Er ist ein guter Freund."

„Das kann ich mir vorstellen. Ihr wart doch zusammen in Washington, stimmt's?" Jäh fasste Rhy ihr Handgelenk und zog sie zu sich. „Und er war es auch, den du zum Flughafen gebracht hast, richtig?"

„Ja, das stimmt", sagte sie, verwundert, dass er sich daran noch erinnerte. Sie versuchte, ihre Hand zu befreien, aber er schlang den anderen Arm um ihre Taille und hielt sie noch fester.

„Hier ist noch eine Warnung an dich", knurrte er. „Du bist immer noch meine Frau, und ich werde keinen anderen Mann in deinem Bett dulden. Es ist mir egal, wie lange wir getrennt waren. Wenn ich ihn bei dir erwische, werde ich ihm alle Zähne ausschlagen, und danach werde ich dir zeigen, wer dein Mann ist. Ist es das, was du willst? Soll ich dir beweisen, wie sehr ich dich begehre?" Ohne eine Antwort abzuwarten, beugte er sich über sie, presste seinen Mund auf ihren und zwang sie, ihre Lippen zu öffnen.

Der vertraute Geschmack seiner Lippen ließ sie all die Jahre der Trennung mit einem Schlag vergessen. Von sich selbst völlig überrascht über den plötzlichen Anfall von Begehren, schlang sie ihre Hände um seinen Hals, während sie sich an ihn presste. Es war wie ihr allererster Kuss; sie gab sich ihm ganz und gar hin und vergaß die Welt um sich herum. Allein für und durch diesen Mann existierte sie. Noch während ihrer Reaktion wand sie sich innerlich vor Scham, dass sie nicht mehr Selbstachtung besaß, um ihm zu widerstehen. Er hatte sich nie viel aus ihr gemacht, das hatte er selbst zugegeben, aber den Sex hatte er immer genossen, und sie war zu schwach, sich ihm zu widersetzen. Es war seltsam, dass kein anderer Mann sie je so erregt hatte wie Rhy, aber sie war auch keinem Mann mehr wie ihm begegnet. Er mochte hart und dominant sein, besaß dabei aber so viel Präsenz und Charme, dass andere neben ihm verblassten.

Und nicht nur sie war erregt, wie sie kurz darauf feststellen konnte, als er sie mit beiden Händen fest um die Taille packte, eng an seinen Körper zog und stöhnend erschauerte. „Sallie", raunte er gegen ihren Mund. „Lass uns in meine Wohnung gehen. Hier können wir uns nicht lieben, jemand könnte hereinkommen." Seine Stimme klang rau und heiser vor Verlangen, und Sallie überlief ein prickelnder Schauer.

„Lass mich los", protestierte sie und fand überraschend die Kraft, sich gegen ihn zu stemmen, während ihr gleichzeitig voller Panik bewusst wurde, dass es vielleicht gar nicht mehr möglich war, ihn jetzt noch aufzuhalten. In ihrer wenn auch nur kurzen Ehe hatte sie ihn immerhin gut genug kennengelernt, um seine jeweilige Stimmung deuten zu können. Der Anflug dunkler Röte auf seinen Wangen, seine tiefe, kehlige Stimme, das begierige Glitzern seiner Augen zeigten ihr, dass er vor Verlangen brannte und kurz davor stand, sie ungeachtet ihrer Umgebung einfach zu nehmen.

„Nein", flüsterte er. „Ich habe dir doch gesagt, dass ich dich niemals gehen lassen werde."

Mit aller Macht kämpfte sie sich frei, hatte dabei aber das ungute Gefühl, dass sie es nur schaffte, weil er sie gewähren ließ. „Das musst du aber", sagte sie laut und bestimmt. „Denn ich will dich nicht mehr!"

„Deine Reaktion hat ja wohl gerade bewiesen, dass das nicht stimmt", erwiderte er und schnaubte.

„Ich rede nicht von Sex! Ich will nicht mit dir leben, und ich will nicht deine Frau sein. Ich kann dich nicht davon abhalten, mit mir nach Sakarya zu reisen, du bist der Boss, aber ich werde nicht mit dir schlafen."

„Ach, nein?", meinte er. „Du bist meine Frau, und ich will dich zurückhaben – mit allen ehelichen Pflichten."

In seinen grauen Augen lag wilde Entschlossenheit, und Sallie wich einen Schritt zurück. In ihrer Not dachte sie an Chris und schob nun seinen Namen wie ein Schild zwischen sich und Rhy. „Hör zu, Rhy, du bist ein erwachsener Mann und kannst sicher verstehen, dass ich dich abweisen *muss*, weil ich gefühlsmäßig anderweitig gebunden bin. Chris bedeutet mir sehr viel ..."

Sallie sah, wie in Rhys Kinn ein kleiner Muskel zu zucken begann. Fasziniert beobachtete sie ihn und vergaß darüber, was sie hatte sagen wollen. Da spürte sie seine Hände plötzlich wieder fest und beinahe schmerzvoll um ihre Taille. „Ich habe dir doch gesagt, was ich tun werde, wenn ich dich mit ihm erwische", zischte er zwischen zusammengebissenen Zähnen, „und das meinte ich absolut ernst!"

„Sei doch vernünftig", flehte sie und versuchte vergeblich, seinen Griff zu lösen. „Ich verlange ja auch nicht, dass du deine Beziehung zu Coral aufgibst!"

Sein Gesichtsausdruck war unergründlich. „Nein, das würdest du niemals tun, oder?", meinte er bedächtig.

Trotz ihres inneren Aufruhrs gelang Sallie ein nonchalant wirkendes Lachen. „Ich hatte niemals angenommen, du würdest all die Jahre wie ein Mönch leben", versuchte sie ihn zu besänftigen. „Ich finde, ich hätte auch gar kein Recht gehabt, das von dir zu verlangen."

Doch ihre Worte schienen ihn noch wütender zu machen. Er packte sie so fest, dass er sie beinahe vom Boden hochhob. „So modern und freizügig bin ich nicht", stieß er beinahe tonlos hervor. „Ich will nicht, dass ein anderer Mann dich berührt!"

„Ist das nicht eine sehr egoistische und heuchlerische Einstellung?", konterte sie und stöhnte auf, weil sein harter Griff sie schmerzte. „Rhy, bitte! Du tust mir weh!"

Rhy unterdrückte einen Fluch und ließ sie abrupt los, wie einen Vogel, dem er die Freiheit gab. Sallie wich mehrere Schritte zurück und rieb sich die schmerzenden Stellen. Er beobachtete sie stumm und rührte sich nicht. Sallie entschied, dass es das Beste wäre, jetzt zu gehen.

Sie ging einen weiteren Schritt zur Tür, doch im nächsten Moment löste Rhy sich aus seiner Erstarrung und fuhr geschmeidig zwischen sie und ihren Fluchtweg. „Versuch nicht, es mit mir aufzunehmen", warnte er sie mit noch immer bedrohlich leiser Stimme. „Du kannst nicht gewinnen, und ich will dich nicht verletzen. Du gehörst mir, Sallie."

Jetzt bekam sie es ernsthaft mit der Angst zu tun. Sie hatte Rhy schon in vielen Stimmungen erlebt, aber noch nie so eine wilde Wut in seinen Augen gesehen. „Ich muss weiterarbeiten", sagte sie gepresst und achtete aufmerksam auf jede seiner Bewegungen.

„Du arbeitest für mich – du gehst, wenn ich sage, dass du gehen kannst." Er fixierte sie, und sie war nicht in der Lage, ihren Blick zu lösen. Fühlte sich so eine Maus vor der Schlange?

Verzweifelt suchte sie nach irgendetwas, das sie sagen könnte, um ihn von sich abzulenken. Doch ihr fiel nichts ein, und so straffte sie entschlossen die Schultern, bereit, zu kämpfen, falls es notwendig werden würde. Sie würde sich nicht sexuell belästigen lassen, auch nicht von ihrem eigenen Mann! All ihren Stolz legte sie in ihren Blick und reckte das Kinn. „Bedräng mich nicht", warnte sie ihn mit erzwungen ruhiger Stimme. „Wenn du nur halb der Mann bist, der du mal warst, dann weißt du, dass ich das nicht will."

„Das würdest du aber – nach nur einer Minute", gab er zurück und hatte damit sicher nicht unrecht, doch sie verriet nicht einmal mit dem leisesten Wimpernzucken, wie sehr seine Äußerung ins Schwarze traf.

„Verwechsle die Vergangenheit nicht mit der Gegenwart. Die Tage, an denen ich dachte, dass mit dir die Sonne auf- und untergeht, sind längst vorbei."

„Gut", sagte er und verzog das Gesicht. „So ein Idol wollte ich auch nie sein. Aber mach bitte auch keinen Unhold aus mir."

Erleichtert spürte Sallie, dass die Gefahr vorbei war, zumindest für diesen Moment. Eigentlich verspürte sie immer noch Lust, mit ihm über die Reise nach Sakarya zu diskutieren, wusste aber, dass es klüger wäre, ihn jetzt nicht wieder zu provozieren. „Ich muss wirklich wieder an die Arbeit gehen", beharrte sie.

Nach einem kurzen Augenblick trat Rhy zur Seite. „Also gut", gab er nach, wobei er sanft und bedrohlich zugleich klang. „Aber wir sind noch nicht fertig, und in Sakarya werde ich nicht von deiner Seite weichen."

Sallie schlüpfte an ihm vorbei und kehrte an ihren Schreibtisch zurück. Dort erst begann sie in verzögerter Reaktion zu zittern und konnte sich kaum auf die Arbeit an ihrem Buch konzentrieren. Allerdings war sie ohnehin an einen kritischen Punkt gelangt, an dem sie nicht genau wusste, wie sich die Handlung weiterentwickeln sollte, und so kehrten ihre Gedanken immer wieder zurück zu Rhy.

Einst hätte sie sich vor Freude wohl überschlagen, wenn Rhy verkündet hätte, er wolle wieder mit ihr zusammenleben und Kinder mit ihr haben. Aber das war lange her, und damals war sie ein anderer Mensch gewesen. Warum konnte er das nicht akzeptieren? Warum bestand er so beharrlich darauf, ihre Ehe wiederaufzunehmen?

Sie glaubte nicht, dass Eifersucht der Grund war. Es lag wohl eher an einer Art Besitzanspruch, denn Eifersucht schloss ein, dass sie ihm etwas bedeutete, und sie war sicher, dass Rhy sie nie geliebt hatte, nicht zu Beginn ihrer Ehe und auch jetzt nicht. Was sie damals verbunden hatte, war einzig und allein der Sex gewesen, und diese Verbindung wollte er erneuern. Doch sie war wild entschlossen, ihre Schwäche zu bekämpfen, die sie immer wieder dazu brachte, seiner körperlichen Anziehung nachzugeben.

Auf einmal kam ihr der Gedanke, sie könnte jetzt einen weitaus interessanteren Fang für ihn darstellen als damals. Früher war sie die schüchterne, stille, kleine Hausfrau gewesen, heute war sie eine weitgereiste, erfolgreiche Reporterin. War das der Grund, weshalb er sich nach all den Jahren so plötzlich wieder für sie interessierte? Die Vorstellung machte sie wütend, aber dann fiel ihr ein, dass Rhy sie in diesem Fall wohl nicht von den Auslandsreisen abgezogen, sondern im Scheinwerferlicht belassen hätte.

Sie verstand ihn einfach nicht, hatte ihn noch nie verstanden. Warum ließ er sie nicht einfach in Ruhe?

Es musste an ihrer aufreibenden Szene in Rhys Büro gelegen haben, dass sie am Nachmittag auf dem Nachhauseweg plötzlich rasende

Kopfschmerzen bekam. Sie sehnte sich nach Ruhe und Frieden und verwöhnte sich mit einem heißen Schaumbad, nach dem sie sich bequem ihren Schlafanzug und Bademantel überzog und versuchte, mit ihrem Buch weiterzukommen.

Es war immer noch früh, nicht einmal sieben Uhr, als es bei ihr klingelte. Verwundert speicherte sie den geschriebenen Text ab und ging zur Tür. „Wer ist da?", fragte sie in die Sprechanlage.

„Coral Williams", kam die Antwort, und Sallie hob erstaunt die Brauen. Sie drückte den Türöffner und schloss die Wohnungstür auf.

„Kommen Sie herein", bat sie das perfekt gestylte Model und deutete dabei auf ihre eigene, wenig präsentable Erscheinung. „Entschuldigen Sie bitte meinen Aufzug, aber ich habe nicht mehr mit Besuch gerechnet."

Coral stolzierte in ihre Wohnung. In ihrem zitronengelben Abendkleid wirkte sie kühl und dramatisch. „Rhy führt mich heute zu einer Broadway-Premiere aus, daher wusste ich, dass er nicht hier sein würde."

Aha, dachte Sallie bei sich, Coral will wohl die Konkurrenz auskundschaften. Aber wer hatte es ihr verraten? „Es ist auch nicht sehr wahrscheinlich, ihn an einem anderen Abend hier anzutreffen", erwiderte sie, und Coral musste ihre Belustigung herausgehört haben, denn sie biss sich auf die Unterlippe und wurde rot.

„Versuchen Sie nicht, es zu leugnen", riet sie heiser, und ihre Stimme klang halb erstickt, als würde sie mit den Tränen kämpfen. „Rhy hat es mir selbst gesagt."

„Was hat er gesagt?" Wollte Rhy etwa offiziell bekannt geben, dass sie verheiratet waren? Dachte er, dass sie sich dann nicht mehr so leicht gegen seine Vereinnahmung sträuben könne?

„Ich weiß, wie schwer es ist, Rhy zu widerstehen, wenn er eine Frau will", begann Coral nun ehrlich. „Glauben Sie mir, ich weiß es wirklich. Aber Sie spielen ganz und gar nicht in seiner Liga, und er wird Ihnen nur wehtun. Immer wieder hatte er andere Frauen, aber er ist immer wieder zu mir zurückgekommen. Diesmal wird es nicht anders sein. Ich dachte nur, ich sage es Ihnen, bevor Sie sich zu sehr in die Sache hineinsteigern."

„Danke für die Warnung", erwiderte Sallie und musste nun offen lachen, sodass Coral sie verwundert ansah. Aber Sallie fand es zu komisch, dass ausgerechnet die Geliebte ihres Mannes sie davor warnen wollte, sich allzu ernsthaft auf ihn einzulassen. „Ich glaube jedoch nicht, dass Sie sich Sorgen um mich machen müssen. Ich habe im Moment überhaupt kein Interesse an einer Affäre, und Sie würden mir sogar einen großen Gefallen tun, wenn Sie Rhy von mir fernhielten."

„Das täte ich nur zu gern!", gestand Coral und verzog bedauernd das Gesicht. „Aber ich habe vom ersten Moment an gemerkt, dass Rhy sich für Sie interessiert, und so leicht wird er nicht aufgeben. Warum, glauben Sie, will er wohl mit Ihnen nach Sakarya fliegen? Wenn ich Sie wäre und Sie tatsächlich kein Interesse an einer Affäre mit ihm haben, würde ich die Hotelreservierungen überprüfen, denn wie ich Rhy kenne, wird nur noch ein einziges Doppelzimmer frei sein, wenn Sie ankommen."

„Ich weiß." Sallie kicherte. „Deshalb habe ich bereits eine andere Unterkunft für mich arrangiert. Bei einer Freundin." Sie erwähnte nicht, dass es sich dabei um Marina Delchamp handelte und dass sie hoffte, im Palast wohnen zu können. Sie war überzeugt, dass Marina ihr Unterschlupf gewähren und mit größtem Vergnügen helfen würde, Rhy eins auszuwischen.

Plötzlich lachte Coral laut auf. „Offensichtlich habe ich mir ganz unnötig Sorgen gemacht. Sie scheinen durchaus in der Lage zu sein, selbst auf sich aufzupassen. Es muss daran liegen, dass Sie so klein sind – dadurch wirken Sie noch so jung und unerfahren."

„Vielleicht", meinte Sallie und dachte bei sich, dass sie aller Wahrscheinlichkeit nach im selben Alter war wie Coral.

„Nun, Sie haben mich beruhigt. Dann kann ich ja wieder gehen. In einer halben Stunde bin ich mit Rhy verabredet und werde vermutlich zu spät kommen." Coral schwebte zur Tür, die Sallie ihr öffnete und sich dabei fast wie die Dienerin einer Königin vorkam. Trotzdem musste sie noch immer schmunzeln, als sie sich wieder an ihren Laptop setzte. Zu sehen, wie Coral die besorgte Geschlechtsgenossin mimte, war eine amüsante Vorstellung gewesen! Sallie hatte keine Sekunde ernsthaft geglaubt, dass Coral sich tatsächlich um ihren Seelenfrieden sorgte. Das Einzige, was sie interessierte, war Rhy, und Sallie fragte sich kopfschüttelnd, was diesen Mann nur so verdammt attraktiv machte.

Wenn sie nur wüsste, was sie an Rhy so anzog, könnte sie ihm vielleicht besser widerstehen, aber sie hatte keine Ahnung, woran genau es lag. Irgendwie war es wohl alles an ihm, selbst die Dinge, die sie in Rage brachten. Er war eben der einzige Mann, den sie je begehrt hatte.

Und plötzlich traf sie die Erkenntnis wie ein Schlag. Kalter Schweiß brach ihr aus, doch sie zwang sich, die Wahrheit einzugestehen. Sie liebte ihn noch immer, hatte nie aufgehört, ihn zu lieben. Sie hatte ihre Liebe verdrängt, um den Schmerz zu lindern, den Rhy durch die Trennung verursacht hatte, aber sie hatte sie nicht vollständig auslöschen können. In einer dunklen Ecke ihres Unterbewusstseins war sie weitergewachsen, und nun konnte sie dieses Gefühl nicht länger leugnen. Sie saß über ihrem Laptop, starrte auf die Tasten und wurde ganz und gar von der Erkenntnis übermannt. Tränen stiegen ihr in die Augen, doch sie wehrte sich dagegen, zu weinen. Liebe war eine Sache, aber ein gemeinsames Leben war eine andere, und sie war nicht mehr das naive kleine Mädchen, das dachte, Liebe könne alles überwinden. Sie und Rhy passten einfach nicht zusammen, jetzt noch weniger als früher. Immerhin hatte sie ihn damals für das Zentrum des Universums gehalten und wäre ihm blindlings in den Tod gefolgt, wenn er sie nur darum gebeten hätte.

Doch das hatte er nicht. Er war allein gegangen, ungeachtet ihrer Klagen und ihrer klammernden Angst, ihn zu verlieren. Wann hatte er sich je darum gekümmert, wie es ihr ging? Er war zu stark und zu egoistisch, um ihre Meinungen und Gefühle zu berücksichtigen. Das war früher so gewesen, und heute war es noch genauso. Was sie wollte, zählte einfach nicht. In selbstherrlicher Weise hatte er ihre Karriere gestoppt und verlangt, dass sie wieder eine Ehe führten. Was war mit ihren eigenen Plänen, ihren Wünschen für ihr Leben?

Sallie atmete mehrere Male tief durch und zwang sich, Ordnung in ihre wirren Gedanken zu bringen. Was hätte sie davon, wenn sie zu ihm zurückginge? Die Antwort war einfach: Sie hätte Rhy – so lange, wie sie ihn interessierte. Vielleicht hätte sie nicht einmal von Anfang an seine ungeteilte Aufmerksamkeit. Da war Coral, und Rhy hatte ihr nie versprochen, treu zu sein. Er hatte ihr überhaupt nichts versprochen, außer sexuellem Vergnügen. Wenn sie also zu ihm zurückkehrte, bekäme sie nichts weiter als sexuelle Befriedigung und alle Freude, die seine Gesellschaft ihr bereiten konnte.

Auf der anderen Seite: Was hätte *er* von einer Versöhnung? Als Erstes fiel ihr natürlich wieder Sex ein. Die körperliche Anziehung war gegenseitig, leider, denn sie schaltete seine Vernunft aus. Falls Coral ihn gerade zu einer festen Bindung drängen wollte, würde Sallies Rückkehr dem ein Ende setzen, und ihren Worten nach zu urteilen, müsste Rhy trotzdem nicht befürchten, dass sie ihn dann für immer verließ. Coral würde so lange bleiben, wie Rhy es wollte, und wenn er beide Frauen haben könnte, würde er das bestimmt ausnutzen.

Sallie wand sich bei der Vorstellung. Nein, so war Rhy nicht. Sie hielt ihn zwar für unfähig, einer Frau treu zu sein, aber er spielte keine Spielchen. Eine Frau musste ihn so nehmen, wie er war, und genau das war damals ihr Problem gewesen. Sie hatte etwas gewollt, das er nicht war: ein normaler Ehemann. Rhy war nicht willens gewesen, sich zu ändern oder auch nur Kompromisse einzugehen.

Also hatte sie sich geändert, hatte sich seinem Willen entzogen, und das missfiel ihm ebenso sehr, wie es ihn reizte. Sie hatte einst zu ihm gehört, und er konnte den Gedanken nicht ertragen, dass sie dies nicht mehr wollte. Sein Besitzdenken war immens. Sie hatte ihm gehört, er wollte sie zurück und würde alles in seiner Macht Stehende tun, um sie zu bekommen, selbst wenn er dabei ihre Karriere zerstörte.

Sie *konnte* nicht zu ihm zurück, auch wenn sie sich tief in ihrem Innern danach sehnte. Ihre Selbstachtung stand auf dem Spiel. Rhy würde sie überrollen, vereinnahmen, klein machen. Und wenn er dann das Interesse verloren hätte, würde er wieder gehen. Sie konnte sich nicht vorstellen, dass sie das noch einmal würde ertragen können.

Nein, sie musste ihren eigenen Weg gehen, und wenn er sie von Rhy wegführte, musste sie das akzeptieren. Seltsam, wie man jemanden lieben und dennoch gewillt sein konnte, sein Leben ohne ihn zu verbringen! Instinktiv wusste sie, dass Rhy ihr innerstes Wesen, ihr Selbstbewusstsein zerstören würde, wenn sie es erneut zuließe, dass er ihre Gefühle kontrollierte.

Es gab nichts weiter zu überlegen: Sie musste den Weg wählen, der für sie der beste war, und dieser Weg führte nicht zu Rhy. Vielleicht würde kein anderer Mann ihr Herz je so zum Rasen bringen, wie Rhy es mit der leisesten Berührung vermochte, aber wenn das der Preis war, würde sie ihn zahlen. Es musste sein.

Nach Sakarya würde sie ihre Kündigung einreichen und die Stadt verlassen. Sie durfte nicht länger warten. Rhy zog die Schlinge langsam zu, und sie musste immer mehr auf sich aufpassen.

6. KAPITEL

*J*n der Nacht vor ihrer Abreise nach Sakarya ging Sallie früh zu Bett und hoffte auf einen guten Schlaf, da es ein langer Flug werden würde und sie im Flugzeug noch nie hatte schlafen können. Sie war immer viel zu aufgeregt und ruhelos, und mit Bedauern musste sie feststellen, dass es ihr jetzt genauso erging. Die Vorstellung, in Begleitung von Rhy zu reisen, während ihr Selbsterhaltungstrieb ihr dringend riet, sich von ihm so fernzuhalten wie nur irgend möglich, ließ ihre Nerven in einer Mischung aus Angst und Erwartung vibrieren.

Unruhig wälzte sie sich in ihrem Bett, knüllte Kissen und Decke zusammen, und als die Türglocke Sturm klingelte, sprang sie beinahe erleichtert auf und zog sich noch im Laufen den Bademantel über. Als sie die Tür erreichte, hörte das Klingeln gerade auf. „Wer ist da?", fragte sie in die Gegensprechanlage.

„Chris", ertönte eine gedämpfte Stimme, und Sallie runzelte verwundert die Stirn. Was wollte er hier? In der letzten Zeit war er viel unterwegs gewesen, was er zweifellos Rhy zu verdanken hatte, aber er war am Vortag wieder angekommen, und als sie ihn am Nachmittag kurz begrüßt hatte, schien alles in Ordnung gewesen zu sein. Nun hörte es sich an, als ob er krank wäre oder Schmerzen hätte.

Hastig löste sie die Schlösser an ihrer Tür und öffnete. Chris lehnte bereits am Türrahmen und straffte sich, als er sie sah. Sein Gesicht wirkte traurig und müde. „Was ist los?", fragte sie besorgt und zog ihn am Ärmel in ihre Wohnung. Sie schloss die Tür wieder ab und drehte sich zu ihm um. Er hatte die Hände tief in die Hosentaschen geschoben und sah sie leidend an.

Sallie erschrak. War jemand umgekommen? Das war immer ihr erster Gedanke, ihre größte Angst. Sie reichte ihm die Hand, und er nahm sie und drückte sie so fest, dass es fast schmerzte. „Was ist los?", wiederholte sie ihre Frage. „Chris?"

„Ich hätte nie gedacht, dass es so wehtun würde", stöhnte er so leise, dass sie ihn kaum hören konnte. „Oh Gott, Sallie, es tut so weh."

„Wer ist es?", drängte sie und packte ihn mit der freien Hand am Arm. „Chris Meaker, wenn du mir nicht sofort erzählst …"

Heftig schüttelte er den Kopf, als wäre ihm gerade erst klar geworden, was sie dachte. „Nein", beruhigte er sie schwach. „Niemand ist gestorben, obwohl ich mich wie tot fühle. Sie hat mich verlassen, Sallie."

Sallie erinnerte sich, dass er eine Frau liebte, die dasselbe wollte, was sie einmal gewollt hatte: einen netten, normalen Ehemann, der jeden Abend nach Hause kam, der seinen Kindern ein Vater war, sie liebte und aufwachsen sah. Anscheinend hatte diese Frau entschieden, dass sie mit Chris' Arbeit nicht leben konnte, wo sie bei jeder Reise fürchten musste, es könnte die letzte sein. Auch Sallie war nicht in der Lage gewesen, dieses Risiko zu ertragen, die andauernde Sorge um den einen geliebten Menschen. Erst als Rhy aus ihrem Leben verschwand, war sie in der Lage gewesen, normal zu leben.

„Wie kann ich dir helfen?", fragte sie voller Mitgefühl. „Sag mir, was ich tun kann."

„Sag, dass es besser wird", bat er. Seine Stimme brach. „Und bitte halt mich fest, Sallie. Halt mich, bitte!" Sallie erschrak, als sein Gesicht sich verzerrte und er zu weinen begann. Voller Verzweiflung zog er sie in seine Arme und klammerte sich so fest an sie, dass sie kaum noch Luft bekam. Sein ganzer Körper wurde von Schluchzern geschüttelt, er vergrub sein Gesicht an ihrem Hals und benetzte ihre Haut, ihr Haar und ihren Kragen mit seinen Tränen. Sallie nahm ihn nun ebenfalls in den Arm. Sie konnte sehr gut nachfühlen, wie es ihm erging – du liebe Zeit, sie wusste *haargenau*, wie es ihm erging! Genau so hatte sie um Rhy geweint: mit dem Gefühl, als hätte er ihr die Eingeweide herausgerissen und sie vor Schmerzen sterben müssen.

„Es wird wieder besser werden", versprach sie und schluckte heftig. Auch ihr stiegen Tränen in die Augen. „Ich weiß es, Chris; ich habe das auch durchgemacht."

Chris antwortete nicht, hob sie aber einen Moment hoch, sodass ihre Füße über dem Boden schwebten. Er atmete tief ein, schluckte und versuchte, sich zusammenzunehmen. „Schlimmer kann es ja auch gar nicht mehr werden", flüsterte er und hob den Kopf. Mit seinen tränennassen braunen Augen sah er sie an, dann neigte er den Kopf und küsste sie in stummer Verzweiflung. Sallie erwiderte seinen Kuss. Er küsste sie nicht aus Begierde, er suchte nur freundschaftlichen Kontakt und Trost. Sie hatte Chris immer gern gemocht, und in diesem Moment war es aufrichtige Liebe. Nicht die tiefe, verschlingende Liebe, die sie für Rhy empfand, eher eine platonische Liebe zwischen zwei Menschen, die einander verstanden, achteten und unterstützten. Chris brauchte sie jetzt. In ihrem ganzen Leben hatte noch nie jemand sie gebraucht. Erst war sie von ihren Eltern abhängig gewesen, dann von Rhy. Und Rhy hatte sie bestimmt niemals gebraucht!

Chris löste sich von ihr und seufzte. Dann lehnte er seine Stirn gegen ihre. „Was kann ich tun?", fragte er, aber sie wusste, dass er keine Antwort erwartete. „Wie lange wird es dauern?"

Nun, diese Frage *konnte* sie beantworten. „Ich habe viele Monate gebraucht, bis ich wieder einigermaßen normal leben konnte", erwiderte sie wahrheitsgemäß, und Chris zuckte zusammen. „Aber ich habe so hart daran gearbeitet, wie an nichts anderem in meinem Leben, weder davor noch danach."

„Ich kann nicht fassen, dass sie das getan hat", stöhnte er.

„Habt ihr euch gestritten?", wollte Sallie wissen, während sie ihn zum Sofa führte und wortlos zum Sitzen aufforderte.

Nachdenklich schüttelte er den Kopf. „Nein. Sie hat nicht mal ein Ultimatum gestellt. Mein Gott, man hätte doch meinen können, dass sie mich erst einmal vorwarnt! Nein, sie ist gleich zur Sache gekommen."

Sallie setzte sich neben ihn und nahm seine Hand. Sie hatte Ähnliches erlebt und konnte die Beweggründe seiner Freundin sehr gut verstehen. Er fand es ganz und gar in Ordnung, draußen in der Welt sein Leben zu riskieren, während sie zu Hause geduldig auf ihn warten sollte – wie viel Vorwarnung würde *sie* denn bekommen, wenn er umkäme? Männer waren ja so selbstgerecht und egoistisch, sogar Chris, obwohl er zu den liebenswertesten Menschen gehörte, die sie kannte. Laut sagte sie: „Erwarte nicht von ihr, dass sie einen Kompromiss eingeht, nur weil du es nicht kannst. Ihr hättet euch gegenseitig das Leben schwer gemacht. Nimm es hin, wie es ist: Ihr seid ohne einander besser dran."

„Ich habe noch nie zuvor jemanden geliebt", sagte er. „Es ist nicht so leicht, jemanden aufzugeben, den man ernsthaft liebt!"

„Ich habe auch einmal geliebt und hatte keine andere Wahl. Er hat mich einfach sitzen lassen."

Chris starrte auf das Muster ihres Teppichs, und Sallie konnte ihm seine Qual am Gesicht ablesen. Er hatte immer jünger ausgesehen, als er tatsächlich war, als hätte das wahre Leben ihn nie wirklich berührt und gezeichnet. Nun schien er gealtert, und alle Jungenhaftigkeit war aus seinem Gesicht verschwunden.

„Sie heißt Amy", sagte er unvermittelt. „Ein ruhiger Typ, fast ein bisschen schüchtern. Ich glaube, es hat fast zwei Monate gedauert, bis sie bei unseren zufälligen Begegnungen im Flur einmal zurücklächelte. Dann dauerte es weitere Monate, bis ich sie ins Bett bekam ..." Er hielt abrupt inne und sah Sallie an. „Entschuldige, normalerweise plaudere ich solche Sachen nicht aus."

„Ich habe es schon vergessen", versicherte Sallie. „Hast du ihr einen Antrag gemacht?"

„Erst wollte ich nicht. Ich wollte überhaupt niemals heiraten, Sal; ich bin ein einsamer Wolf, so wie du." Er schüttelte den Kopf, als könnte er sich selbst nicht verstehen. „Plötzlich war der Gedanke da, ich wollte für immer mit ihr zusammen sein. Also habe ich sie gefragt, und sie hat geweint. Sie sagte, sie liebt mich, könne aber nicht mit meiner Arbeit leben. Sie würde mich nur heiraten, wenn ich einen anderen Job annähme. Teufel auch, ich liebe meine Arbeit! Was für eine verfahrene Situation!"

„Für sie war es Schadensbegrenzung", murmelte Sallie.

„Oh, sie hat sich aber gut abgesichert." Chris lächelte bitter. „Sie hatte noch etwas mit einem Bürotypen laufen. Heute Abend sagte sie mir, sie würden noch dieses Jahr heiraten."

„Denkst du, sie blufft?"

Chris schüttelte den Kopf. „Das glaube ich nicht. Sie trägt einen Verlobungsring."

Nachdem sie eine Weile schweigend dagesessen hatten, sagte Sallie: „Du hast die Wahl. Du kannst Amy haben oder deinen Job, aber nicht beides. Du musst entscheiden, was dir wichtiger ist, und das andere vergessen."

„Hast du deinen Kerl vergessen, nachdem du dich für deine Arbeit entschieden hattest?", fragte Chris zurück.

„Das hast du falsch verstanden. Ich war an Amys Stelle, nicht an deiner. Als er zwischen seiner Arbeit und mir wählen musste, entschied er sich für seinen Job", sagte Sallie. „Ich habe ihn nie vergessen, aber ich komme sehr gut ohne ihn zurecht, vielen Dank."

Erst als Chris wieder sprach, wurde ihr bewusst, wie viele Informationen sie ihm nach und nach mit ihren gelegentlichen Kommentaren geliefert hatte. Oder lag es daran, dass Chris sehr sensibel und einfühlsam war? Einen Moment lang sah er sie nachdenklich an, dann sagte er: „Es ist Baines, stimmt's? Er ist der Kerl, der dich verlassen hat."

Ihr Gesichtsausdruck verriet ihm sofort, dass er recht hatte, und nach einigen Sekunden hatte sie sich so weit gefangen, dass sie es auch zugeben konnte. „Ja, er ist es. Ohne mit der Wimper zu zucken, hat er mich verlassen."

„Er ist ein Idiot", schimpfte Chris. „Und jetzt will er dich zurück?"

„Nicht für immer", antwortete Sallie bitter. „Er will nur eine Weile mit mir spielen."

Chris sah sie lange an, aber ihr Gesicht gab keine innere Regung mehr preis. Als er merkte, dass sie nichts mehr dazu sagen wollte, beugte er sich vor und küsste sie sanft, diesmal jedoch, um Trost zu spenden, nicht, um ihn zu bekommen. Sallie schloss die Augen und ließ es zu; sie erwiderte den Kuss nicht, wehrte ihn aber auch nicht ab, sondern genoss nur das Gefühl seiner weichen, warmen Lippen auf ihren. Auf diese Weise war sie noch nie geküsst worden, ganz ohne Leidenschaft, nur als Freundin.

Auf einmal klingelte laut und aufdringlich das Telefon. Chris fuhr zurück, und mit einem gemurmelten „Entschuldige, bitte" griff Sallie nach dem Hörer. Ärger stieg in ihr hoch, als sie eine bekannte, raue Stimme hörte.

„Bist du mit dem Packen schon fertig?"

„Natürlich", antwortete sie indigniert. Wollte Rhy sie überprüfen? Dachte er etwa, sie würde bis zur letzten Minute warten und dann einfach irgendetwas in den Koffer werfen? Aus Wut, aber auch aus Gründen, die sie nicht näher hätte erklären können, fügte sie hinzu: „Ich bin mitten in einem Gespräch mit Chris."

Die darauffolgende Stille klang bedrohlich, dann ließ Rhy seinem Zorn freien Lauf. „Ist er etwa bei dir?" Sie konnte sich gut vorstellen, wie er mit grimmigem Gesicht sozusagen sprungbereit dasaß. Ihr Ärger wandelte sich in etwas wie Schadenfreude.

„Natürlich ist er hier", erwiderte sie, wohl wissend, dass sie seine Wut weiter schürte. Was würde sie tun, wenn Rhy außer Kontrolle geriete? Das Letzte, was sie wollte, waren irgendwelche Unannehmlichkeiten für Chris, aber manchmal brachte Rhy sie dazu, ihren Verstand einfach auszuschalten. „Ich gebe doch nicht meine Freunde auf, nur weil du mit den Fingern schnippst", hörte sie sich selbst sagen.

Seine Stimme wurde zu einem Donnergrollen. „Wirf ihn raus, Sallie. Auf der Stelle!"

„Nein, ich werde ihn ni…", protestierte sie, wurde aber sogleich unterbrochen.

„Sofort", flüsterte er drohend. „Oder ich komme zu dir rüber. Das meine ich absolut ernst. Wirf ihn raus, und dann kommst du zurück ans Telefon und sagst mir, dass er weg ist."

Aufgebracht knallte sie das Telefon auf den Tisch und stand auf. Wortlos, damit Rhy nicht hören konnte, was sie Chris noch sagen wollte, streckte sie ihre Hand aus und bedeutete ihm, aufzustehen. Sie führte ihn zur Tür, stellte sich auf Zehenspitzen und gab ihm einen sanften Kuss. „Es tut mir leid", sagte sie leise. „Er hat gesagt, ich soll dich rauswerfen, oder er kommt her und wird gewalttätig."

Einen Moment lang schien Chris wieder ganz der Alte und sah sie keck an. „Das klingt ja ernst. Du musst bei deiner Geschichte eine Menge ausgelassen haben."

„Das habe ich, ja, aber es hat keinen Sinn, immer wieder die alten Zeiten durchzukauen. Kommst du klar?", fragte sie fürsorglich, und er nahm sie zur Beruhigung noch einmal in den Arm.

„Natürlich. Allein, dass ich es dir erzählen konnte, hat schon geholfen. Und das Küssen hat noch mehr geholfen ..." Er lächelte schief. „Ich werde nicht aufgeben. Als sie von dem anderen Kerl erzählte, hat sie geweint. Dann kann ich doch noch hoffen, oder?"

Sallie lächelte zurück. „Ich denke schon. Ich hoffe es für dich."

Er streichelte kurz ihre Wange. „Ich wünsch dir eine schöne Zeit in Sakarya", neckte er sie, und Sallie streckte ihm die Zunge heraus. Als er fort war, schloss sie sorgsam die Tür ab und kehrte zum Sofa zurück, wo das Telefon noch immer auf dem Tisch lag und Rhy auf ihre Bestätigung wartete. Sie war versucht, ihn noch ein paar Minuten warten zu lassen, dachte dann aber, es sei wie bei bitterer Medizin: Je eher man sie schluckte, desto eher hatte man es überstanden.

Sie schnappte sich den Hörer und zischte erbost: „Also gut, er ist weg!"

„Wieso hat das so lange gedauert?", wollte er wissen.

„Ich habe ihm noch einen Abschiedskuss gegeben!", gab sie wütend zurück. „Und jetzt werde ich dich verabschieden!"

„Leg nicht auf!", warnte er sanft. „Ich werde Meaker ausreichend Zeit geben, zu Hause anzukommen, dann rufe ich ihn dort an. Du kannst um deinetwillen nur hoffen, dass er sofort nach Hause geht."

„Deine Drohungen werden allmählich langweilig", erwiderte sie, unterbrach die Verbindung und zog das Kabel aus der Telefonbuchse. Dann ging sie ins Schlafzimmer, um auch dort den Stecker zu ziehen, und hörte es gerade noch einmal klingeln. Halblaut fluchend stapfte sie durch die Wohnung und schaltete überall das Licht aus, dann warf sie sich aufs Bett und versuchte zu schlafen. Doch was vorher schon schwierig gewesen war, war jetzt geradezu unmöglich. Sie fühlte sich von Rhy gedemütigt und war außer sich, wie er nur so heuchlerisch sein konnte. Für ihn war es offenbar vollkommen in Ordnung, seine Affäre mit Coral Williams direkt vor ihren Augen zu bekunden, aber *ihr* wollte er eine ähnliche Freiheit nicht gewähren! Nicht dass sie eine

Affäre mit Chris oder sonst jemandem haben *wollte* – aber darum ging es gar nicht.

Dann dachte sie an ihre Reise nach Sakarya. Rhy würde bestimmt mit aller Macht versuchen, sie zu verführen, und mit großer Bestürzung dachte sie daran, dass er früher niemals Schwierigkeiten gehabt hatte, sie zum Sex zu überreden. Es war pures Glück gewesen, dass er sie bisher nur in seinem Büro geküsst hatte, was die Möglichkeiten einer Verführung enorm einschränkte, denn sie zweifelte nicht daran, dass sie ihn sonst nicht daran hätte hindern können, mit ihr zu schlafen. Auch wenn die Wahrheit schmerzte, war sie ehrlich genug, sich das einzugestehen. Sie liebte Rhy, aber selbst wenn sie es nicht täte, würde ihr körperliches Verlangen nach ihm weiter bestehen bleiben. Nur ihr Stolz und ihre tiefe Angst, erneut verletzt zu werden, hielten sie davon ab, sich ihm hinzugeben.

Es war schon weit nach Mitternacht, als sie endlich einschlief, und der Flug nach Paris, die erste Etappe auf ihrer Reise nach Sakarya, ging sehr früh. Blass und mit Ringen unter den Augen verließ sie ihre Wohnung, aber sie war fest entschlossen, sich vor Rhy so professionell wie möglich zu geben – zum einen, um ihn auf Distanz zu halten, und zum anderen, um ihm zu zeigen, dass sie sich von seiner gestrigen Eifersuchtsaktion nicht beirren ließ. Doch er machte es ihr von Anfang an sehr schwer, die professionelle Reporterin zu geben. Schon als sie im Flughafen auf ihn zuging, stand er auf und kam ihr entgegen. Er nahm ihr das Handgepäck ab und drückte ihr einen kurzen, warmen Kuss auf die Lippen. „Guten Morgen", sagte er und musterte sie von oben bis unten. „Das Kleid gefällt mir. Du solltest öfter eins tragen."

Er wollte den letzten Abend also ignorieren. Auch wenn sie dasselbe vorgehabt hatte, spürte sie doch eine gewisse Irritation, dass er ihr zuvorgekommen war. Kühl sah sie ihn an. „Ich dachte, in Sakarya sieht man Frauen lieber in Kleidern als in Hosen." Normalerweise trug sie auf Reisen lieber Hosen, weil sie bequemer waren, doch in Anbetracht ihres Auftrags hatte sie nur Kleider eingepackt. Für den Flug hatte sie sich ein leichtes beigefarbenes Kleid mit dazugehöriger langärmeliger Jacke ausgesucht, weil sie in den klimatisierten Flugzeugen meistens fror. Ihr Haar trug sie dazu in einem festen Knoten.

„Auch ich sehe dich lieber in Kleidern", bemerkte er und nahm ihren Arm. „Du hast tolle Beine, die solltest du nicht immer verstecken. Früher hast du oft Kleider getragen."

Ja, ja, erinnere mich nur an früher, dachte sie grimmig, wählte aber eine neutrale Antwort. „Als ich anfing zu arbeiten, merkte ich, dass Hosen viel praktischer sind." Und um das Thema zu wechseln, fügte sie hinzu: „Hast du die Bordkarten?"

„Ja, es ist alles organisiert", versicherte er ihr. „Möchtest du noch einen Kaffee, bevor wir durch die Sicherheitskontrolle gehen?"

„Nein, danke. Ich trinke auf Reisen niemals Kaffee", fügte sie noch erklärend hinzu und setzte sich in einen Sessel. Rhys Augen blitzten auf, während er ihr gegenüber Platz nahm, was ihr zeigte, dass er sehr wohl wusste, warum sie nicht das Sofa gewählt hatte. Doch sie kümmerte sich nicht weiter um ihn und beobachtete die morgendlichen Reisenden.

Ihr Flug hatte etwas Verspätung, und als ihre Flugnummer endlich aufgerufen wurde, stand Rhy auf, zog Sallie ebenfalls hoch und lächelte plötzlich verschmitzt. „Du trägst aber ganz schön hohe Absätze", stellte er fest. „Damit reichst du mir ja fast bis zum Kinn."

„Es sind auch gefährliche Waffen", erwiderte sie drohend.

„Ach ja? Aber die willst du doch bestimmt nicht gegen mich einsetzen", meinte er, und ehe sie ihn abwehren konnte, hatte er sich über sie gebeugt und küsste sie so heftig, dass es ihr den Atem verschlug.

„Rhy, bitte!", protestierte sie, bemüht, die gewohnt heftige körperliche Reaktion zu verbergen. „Wir sind doch in der Öffentlichkeit!"

„Ja, und in der Öffentlichkeit habe ich viel häufiger Gelegenheit, dich zu berühren, und das nutze ich aus", flüsterte er grinsend.

„Wir sind beruflich unterwegs!", zischte sie. „Denk daran! Es wird dem Magazin nicht guttun, wenn seine Reporter sich in der Öffentlichkeit nicht benehmen können."

„Niemand hier weiß, dass du Reporterin bist", gab er lächelnd zurück. „Außerdem bin ich dein Boss, und ich erlaube es."

„Ich halte mich an gewisse Grundregeln, auch wenn du das nicht tust, und ich werde nicht gern sexuell belästigt! Wollen wir nun unseren Flug erwischen oder nicht?"

„Um nichts in der Welt würde ich die Gelegenheit, mit dir zu verreisen, verpassen wollen", erwiderte er schmunzelnd, und Sallie wurde rot. Zweifellos spekulierte Rhy auf eine Versöhnung während des Flugs, aber Sallie war entschlossen, das zu verhindern. Sie genoss schon den Gedanken an Rhys Empörung, wenn er merkte, dass sie sich nicht von ihm gängeln ließ.

Im Moment jedoch stand ihr ein langer Flug an seiner Seite bevor, was sie nicht im Mindesten genoss. Nicht nur, dass seine Nähe sie nervös machte – auch sonst war sie eine unruhige Reisende. Noch ehe sie eine Stunde in der Luft waren, hatte Sallie bereits mehrere Zeitschriften durchgeblättert, in ihrem Taschenbuch gelesen und dann mit Kreuzworträtseln begonnen. Als sie die beiseitelegte, um erneut in ihrem Buch zu lesen, griff Rhy zu ihr hinüber und nahm ihre Hand.

„Entspann dich", sagte er freundlich und streichelte mit dem Daumen ihren Handrücken – eine Geste, die sie mit Sicherheit nicht zum Entspannen brachte! „Das wird ein langer Flug, und du zappelst herum wie ein Goldfisch auf dem Trockenen. Du wirst schon erschöpft sein, wenn wir in Paris ankommen – wie soll es dir dann erst in Sakarya gehen?"

„Ich kann auf Reisen schlecht entspannen", gestand sie ihm. „Ich kann einfach nicht still sitzen und nichts tun." Sie langweilte sich und sehnte sich nach der Arbeit an ihrem Manuskript, aber sie hatte aus Angst davor, entdeckt zu werden, die Datei von ihrem Laptop gelöscht und alle Sicherungskopien zu Hause gelassen.

„Versuch zu schlafen", riet er ihr. „Du kannst die Erholung gut gebrauchen."

„Das schaffe ich nicht", entgegnete sie. „Ich bin in dieser Höhe nervös, weil ich dem Piloten nicht traue, dass er allein zurechtkommt, wenn ich schlafe."

„Ich wusste ja gar nicht, dass du Flugangst hast."

„Ich habe keine Angst, ich bin nur nervös", erwiderte sie aufgebracht, „das ist ein Unterschied. Ich fliege sehr oft – beziehungsweise *tat* ich das – und war schon an vielen gefährlichen Orten, ohne dass ich Angst gehabt hätte. Manchmal genieße ich es sogar. Außerdem habe ich selbst schon ein paar Flugstunden genommen, aber das ist auch so eine Sache, die ich zeitlich leider nicht schaffe."

„Du hast ja wirklich viel geleistet", bemerkte er mit seltsamem Unterton. „Was hast du denn sonst noch gelernt, seit wir uns trennten?"

Es schien ihm zu missfallen, und plötzlich war sie sehr stolz, dass sie in ihrem Leben schon so viel erreicht hatte. Zumindest würde er merken, dass sie sich nicht nach ihm verzehrt hatte! „Ich spreche sechs Fremdsprachen, drei davon fließend", zählte sie kühl auf. „Ich kann ganz gut schießen und auch ein bisschen reiten. Viele Dinge, die ich ausprobiert habe, musste ich wieder aufgeben – dazu gehören Kochen, Nähen und Töpfern, weil ich sie zu langweilig fand. Willst du sonst noch etwas wissen?"

„O nein", gab er zurück und lächelte amüsiert. „Kein Wunder, dass

Downey dich an so viele gefährliche Orte geschickt hat; du hast ihn wahrscheinlich eingeschüchtert."

„Greg lässt sich nicht einschüchtern, er ist ein zäher Knochen", verteidigte Sallie ihren Chefredakteur. „Und er wäre selbst da draußen, wenn er könnte."

„Und warum kann er nicht? Ich weiß noch, dass auch er einer der Besten war, aber dann hat er die Reportagen plötzlich aufgegeben, und ich habe nie erfahren, warum."

„Er wurde in Vietnam sehr schwer verletzt", erklärte Sallie. „Und während er sich noch erholte, starb seine Frau an einem Herzinfarkt. Das war ein großer Schock, ohne jede Vorwarnung. Plötzlich war sie tot. Sie hatten zwei kleine Kinder, einen Jungen und ein Mädchen, und vor allem das Mädchen hat sehr unter ihrem Tod gelitten. Also beschloss Greg, zu Hause bei den Kindern zu bleiben."

„Das ist hart", meinte Rhy betroffen.

„Er redet nicht viel darüber."

„Aber dir hat er es erzählt?", bohrte Rhy nach.

„Stück für Stück. Wie ich schon sagte, er redet nicht viel darüber."

„Ein Auslandsreporter braucht keine Familie. Schon der alte Ponyexpress-Postdienst im neunzehnten Jahrhundert warb um Reiter ohne familiäre Bindungen, und manchmal denke ich, das sollte heute bei Reportern auch so sein."

„Da stimme ich dir zu", bestätigte sie, ohne ihn anzusehen. „Deshalb will ich mich ja auch nicht binden."

„Aber du bist keine Auslandsreporterin mehr", murmelte er und fasste ihr Handgelenk. „Betrachte das hier als deinen Schwanengesang, denn nach Sakarya wirst du wieder Mrs Rhydon Baines sein."

Sallie riss sich los und starrte auf die Wolkendecke unter ihnen. „Willst du mich etwa feuern?", fragte sie erbost.

„Wenn du mich dazu zwingst, ja. Du kannst gerne arbeiten, solange du jeden Abend bei mir zu Hause bist. Wenn wir Kinder haben, will ich natürlich, dass du ständig für sie da bist, solange sie klein sind."

Voller Zorn sah sie ihn an. „Ich will nicht mit dir zusammenleben", konterte sie entschlossen. „Ich *kann* nicht mit dir leben und mich nur halb lebendig fühlen. Die Vorstellung, nur noch Hausfrau zu sein, macht mich krank."

„Du belügst dich selbst, wenn du das glaubst. Du magst dich in vielem geändert haben, aber was deine Einstellung zu Kindern betrifft, sicher nicht. Ich weiß noch, als du mit unserem Sohn schwanger warst ..."

„Hör auf!", zischte sie und ballte ihre Hände so fest, dass die Fingernägel sich in ihre Haut bohrten. „Sprich nicht von meinem Kind!" Auch nach sieben Jahren war der Schmerz über den Verlust ihres Kindes noch nicht geheilt, und sie würde seinen Tod für den Rest ihres Lebens betrauern.

„Es war auch mein Sohn", sagte Rhy hart.

„Ach ja?", meinte sie herausfordernd und senkte die Stimme, damit die anderen Passagiere sie nicht hörten. „Du warst zur Geburt nicht da und während meiner ganzen Schwangerschaft nur selten zu Hause. Die einzige Rolle, die du spieltest, war die des Erzeugers, danach war ich auf mich allein gestellt." Sie wandte sich ab und kämpfte mit den Tränen, die immer kamen, wenn sie an ihren Sohn dachte. Sie hatte ihn nie weinen gehört, ihn nie staunend in die große Welt hinausblicken sehen, aber mehrere magische Monate lang hatte sie seine Bewegungen in sich gespürt, und er war real gewesen, ein richtiger Mensch mit einem Namen. Irgendwie hatte sie gewusst, dass es ein Junge werden würde – David Rhydon Baines, ihr Sohn.

Rhy packte ihr Handgelenk so fest, dass sie vor Schmerz zusammenzuckte. „Ich wollte ihn auch", sagte er barsch, dann stieß er ihre Hand von sich. Die nächsten Stunden verbrachten sie schweigend.

In Paris erwartete sie kein Aufenthalt, und Sallie vermutete, dass Greg die Flüge gebucht hatte; er bemaß die Anschlüsse immer ziemlich knapp, und sie hatte sogar schon einmal einen Anschlussflug wegen einer Verspätung verpasst. Sie und Rhy waren gerade durch den Zoll gegangen, da wurde bereits ihr nächster Flug aufgerufen, und sie mussten zum Flugsteig rennen. Von Paris aus waren es weitere sieben Stunden bis zur Landung in Khalidia, der Hauptstadt von Sakarya, und aufgrund der Zeitverschiebung war es dort nicht Nacht, so wie ihre müden Körper es spürten, sondern helllichter Tag.

Die Müdigkeit hatte die Spannung zwischen ihnen vergessen lassen, und so wehrte Sallie sich nicht, als Rhy ihren Arm nahm und sie über das Rollfeld zu dem kleinen Flughafengebäude führte. Es herrschte eine unglaubliche Hitze, und Sallie war ihm sogar dankbar, dass er sie stützte.

„Ich hoffe, das Hotel ist einigermaßen sauber", murmelte Rhy, „aber so, wie ich mich im Moment fühle, ist mir das eigentlich egal, solange ich mich irgendwo hinlegen kann."

Sallie kannte dieses Gefühl nur zu gut. Jetlag war schlimmer, als einfach nur nicht ausgeschlafen zu sein; es zehrte einen vollkommen aus.

Sie würde ganz bestimmt nicht mehr mit Rhy darüber streiten können, wo sie schlafen sollte.

Sie fanden niemanden, der englisch sprach, aber einige Sakaryaner sprachen französisch, was sie und Rhy fließend beherrschten. Der Taxifahrer, der sie in einem heftig zerbeulten Renault ins Hotel brachte, sprach ebenfalls gebrochen französisch, und sie erfuhren, dass Sakarya momentan von Besuchern aus dem Western überrannt wurde. Viele Europäer waren angereist, aber auch Amerikaner, einer davon ein Mann mit einer großen Kamera, und es hieß, der König würde im amerikanischen Fernsehen gezeigt werden. Der Taxifahrer sagte, er selbst besitze zwar keinen Fernseher, habe aber schon mal einen gesehen, und die große Kamera müsse wohl dafür sein, um Bilder für dieses Gerät zu schießen.

Er war sehr redselig, wie vermutlich alle Taxifahrer dieser Welt, und deutete stolz auf die riesigen neuen Gebäude neben den alten Gemäuern der Stadt, die von der gnadenlosen Sonne weiß gebleicht waren. Es war faszinierend, Altes und Neues so eng nebeneinander zu sehen. Auf den Straßen glitten funkelnde Mercedes-Limousinen an Eselfuhrwerken vorüber. Durch die Wüstenlandschaft zogen Kamele, während sich hoch über ihren Köpfen Kondensstreifen von Düsenjets der königlichen Luftwaffe auflösten.

Der König hatte in Oxford studiert, doch trotz seiner Aufgeschlossenheit gegenüber der europäischen Kultur war er ein vorsichtiger Mann, der den Wandel scheute. Sakarya war ein sehr alter Staat, gegründet zu Lebzeiten Mohammeds, und seine Könige stammten seit über fünfhundert Jahren aus dem Geschlecht Al Mahdi. Wann immer eine Modernisierung in Betracht gezogen wurde, mussten tief verwurzelte Traditionen berücksichtigt werden, und vielerorts spielte sich das Leben noch genauso ab wie früher. Motorisierte Fahrzeuge waren schön und gut, aber die Sakaryaner waren früher auch gut ohne sie ausgekommen und hätten nichts dagegen gehabt, wenn sie wieder verschwänden. Auf das neue große Krankenhaus war man jedoch sehr stolz, und die Kinder gingen gern in die neuen Schulen.

Der Mann, der diese Modernisierung vorangetrieben hatte, war Marina Delchamps Ehemann Zain Abdul Ibn Rashid, Finanzminister von Sakarya und ein einflussreicher Mann am Königshof. Er war ein dunkler, raubvogelartiger Mann mit kohlrabenschwarzen Augen, und zu seiner Collegezeit in Europa war er ein international bekannter Playboy gewesen. Sallie fragte sich, ob er Marina wirklich liebte oder nur ihre blonde Schönheit an seiner Seite zur Schau stellen wollte. Wusste er auch ihren sprühenden Intellekt, ihre natürliche Persönlichkeit zu schätzen?

Es war nicht einfach, wenn Menschen aus Ost und West zusammentrafen, ihre kulturellen Unterschiede waren enorm. Trotz ihres eher sporadischen schriftlichen Kontakts und den seltenen Besuchen betrachtete Sallie Marina als gute Freundin und wünschte ihr, dass sie glücklich war. Sallie war so sehr in ihre sorgenvollen Gedanken versunken, dass sie ihre Umgebung gar nicht mehr wahrnahm und erstaunt aufhorchte, als der Fahrer auf Französisch sagte: „Das Hotel Khalidia. Ist neu und teuer. Gefällt Ihnen, ja?"

Sallie blickte über Rhys Schulter und musste zugeben, dass es ihr gefiel, ja. Das Hotel war auf drei Seiten von sorgsam angelegten Baumreihen geschützt, und hinter den Bäumen befand sich eine hohe Steinmauer. Die Architektur war nicht ultramodern; man hatte sich bemüht, das Gebäude gut in seine Umgebung einzufügen. Im Inneren bot es wahrscheinlich jeglichen Komfort, wie Sallie sehr hoffte, aber mit seiner glatten weißen Steinmauer und den tief liegenden Fenstern wirkte es von außen zeitlos.

Sie versuchte, mit Rhy Schritt zu halten, und merkte, dass sie überhaupt nicht beachtet wurde, als sie zu erklären versuchte, welche Koffer ihr gehörten und welche Rhy. Ein schwarzäugiger junger Mann in westlicher Kleidung kümmerte sich ausschließlich um Rhy und würdigte sie keines Blickes, und der Rezeptionist hinter der Empfangstheke tat es ihm gleich. Dann verschwand der Hoteljunge mit ihren Koffern, und Rhy steckte einen Zimmerschlüssel in seine Hosentasche.

Als sie einige Schritte vom Empfang entfernt waren, fasste Sallie ihn am Arm. „Ich will ein eigenes Zimmer", sagte sie nachdrücklich und sah ihm fest in die Augen.

„Tut mir leid, ich habe uns als Ehepaar eingetragen, und du wirst dich schwertun, einen Moslem davon zu überzeugen, dass er dir ein eigenes Zimmer gibt", informierte er sie mit offenkundiger Genugtuung. „Du wusstest, was dich erwartet, als du diesen Auftrag angenommen hast."

„Was muss ich denn noch alles sagen, damit du endlich begreifst …", begann sie entnervt, doch er schnitt ihr das Wort ab.

„Später. Dies ist nicht der richtige Ort, um zu streiten. Nun sei doch nicht so schwierig; ich will nichts weiter als duschen und ein paar Stunden schlafen. Glaub mir, im Moment bist du vor mir absolut sicher."

Sie glaubte ihm nicht, aber sie brauchte natürlich ihr Gepäck, und so folgte sie ihm in den Fahrstuhl, wo er den Knopf zur dritten Etage drückte.

So müde sie auch war, beim Anblick des Zimmers stockte ihr der Atem. Es war eigentlich nur ein einziges Zimmer, das aber durch raffinierte, schmiedeeiserne Trennwände in zwei Bereiche geteilt war, das Wohnzimmer vorn und das Schlafzimmer dahinter. Der Balkon verlief über die gesamte Breite des Zimmers, auf ihm standen zwei weiße Korbstühle mit dicken Kissen und eine Korbliege. Zwischen den beiden Stühlen stand ein kleiner Tisch. Als Sallie nach draußen trat, sah sie unten zwischen hohen Palmen einen riesigen Swimmingpool und fragte sich, ob Frauen ihn wohl überhaupt benutzen durften.

Wieder im Zimmer, inspizierte sie das Bett; mit seinen vielen bunten Kissen erinnerte es sie an einen orientalischen Diwan. Auf dem Parkettboden lag ein Perserteppich, der aber sicherlich industriell hergestellt worden war. Doch das war egal, die Wirkung war überwältigend. Von allen Hotels, in denen sie bisher gewohnt hatte, war dieses das schönste.

Dann sah sie auf, bemerkte Rhys Blick und wurde blass. Er hatte sein Jackett ausgezogen, und seine breiten Schultern zeichneten sich deutlich unter dem dünnen Hemdstoff ab. Irgendetwas an seiner Haltung sagte ihr, dass er jede ihrer Bewegungen aufmerksam beobachtete. „Warum gehst du nicht als Erste ins Bad?", schlug er vor. „Ich will noch ein paar Telefonate erledigen und sicherstellen, dass für das Interview alles bereit ist. Das kann eine Weile dauern."

Am liebsten hätte Sallie sich ihren Koffer geschnappt und wäre davongerannt, aber sie wusste, dass Rhy nur darauf wartete. Sie würde ihn überlisten müssen, hatte aber im Moment keine Ahnung, wie sie das anstellen sollte. Und ein Bad klang äußerst verlockend …

„Also gut", erklärte sie müde, nahm ihren Koffer mit ins Bad, das sich rechts neben dem Schlafbereich befand, und schloss sorgsam die Tür ab.

Auch das Badezimmer war wunderhübsch gestaltet. Die Badewanne war halb in den Boden eingelassen, und rundherum glänzte ein Mosaik in bunten Farben wie Edelsteine. Sallie zog ihr Kleid aus, schälte sich die verschwitzte Unterwäsche vom Leib und genoss die kühle Luft auf ihrer Haut. Dann ließ sie Wasser in die Wanne, glitt mit einem zufriedenen Seufzer ins erfrischend kühle Nass und gab sich der Fantasie hin, von Bediensteten abgetrocknet und mit duftenden Ölen eingerieben zu werden, um sie auf ihre Nacht mit einem exotischen Sultan vorzubereiten …

Nein! Mit einem Ruck riss sie sich in die Realität zurück, in der sie wahrhaftig genug Probleme hatte, da musste sie nicht noch einen Sultan dazu erfinden! Sie stieg aus der Wanne und trocknete sich ab; dann überlegte sie, was sie anziehen sollte. Wenn sie Straßenkleidung anzöge, könnte Rhy Verdacht schöpfen, aber sie hatte auch keine Lust, im Nachthemd vor ihm herumzuspazieren. Schließlich entschied sie sich für einen saphirblauen Kaftan und löste den Haarknoten, um ihr Haar kräftig zu bürsten.

Sie war zu müde, um sich weiterzufrisieren, also ließ sie das Haar offen. Nachdem sie ihre Kleider aufgesammelt und das Bad gesäubert hatte, schloss sie die Tür auf und nahm ihren Koffer wieder mit ins Zimmer.

Rhy telefonierte noch und beachtete sie kaum, während sie ihre Sachen weglegte und so tat, als würde sie bleiben. Träge wanderte sie durchs Zimmer, rang mit der immer stärker werdenden Müdigkeit und lauschte Rhys Gesprächen.

Nach einiger Zeit legte er eine Hand über die Sprechmuschel und sagte: „Warum legst du dich nicht schon hin und schläfst ein bisschen? Ich weiß nicht, wie lange ich noch brauche."

Aber sie wollte sich nicht hinlegen, ihr Instinkt sprach mit aller Macht dagegen, doch ausreißen, ohne dass Rhy es mitbekäme, schien absolut unmöglich. Außerdem war sie müde, jeder Knochen und jeder Muskel in ihrem Körper schmerzten vom langen Sitzen im Flugzeug. Vielleicht könnte sie sich ja einfach ein paar Minuten ausruhen, bis Rhy mit dem Telefonieren fertig wäre. Sie hatte einen leichten Schlaf und würde es bestimmt hören, wenn er ins Bad ginge.

Sallie zog die Vorhänge vor die Balkontüren, um den Raum abzudunkeln, und kroch mit wohligem Seufzen unter die Decke des Diwans. Sie streckte ihre schmerzenden Beine aus, legte den Kopf auf ein Kissen und schlief augenblicklich ein.

Sie befand sich noch halb im Schlaf, als jemand „Rutsch rüber" murmelte, und machte Platz für einen warmen Körper, der sich neben sie schob. Vage wurde ihr bewusst, dass sie aufwachen sollte, aber es war herrlich bequem im Bett, und das leise Summen der Klimaanlage lullte sie wieder in den Schlaf.

Als sie erneut erwachte, war es dunkel. Schlaftrunken nahm sie die Umrisse einer Gestalt wahr, die auf das Bett zukam. „Wer ist da?", fragte sie mit belegter Stimme. Es war, als müsste sie sich durch dichte Spinnweben in die Realität zurückkämpfen, denn sie wusste im Moment nicht einmal, wo sie war.

„Ich bin es, Rhy", antwortete eine leise, raue Stimme. „Tut mir leid, wenn ich dich geweckt habe; ich habe mir nur etwas zu trinken geholt. Möchtest du auch ein Glas Wasser?"

Das klang wunderbar! Sallie bejahte und setzte sich schwerfällig auf. Sofort reichte Rhy ihr ein Glas kühles Wasser, das sie gierig trank. Dann brachte er das Glas ins Bad zurück, und sie kuschelte sich wieder unter die Decke und dachte, dass er Augen wie ein Luchs haben musste, weil er das Ganze ohne Licht bewerkstelligt hatte.

Erst als die Matratze unter seinem Gewicht nachgab, erinnerte Sallie sich daran, dass sie ja hatte flüchten wollen. „Warte …", sagte sie und griff hinter sich, um Rhy abzuwehren; da spürte sie weiche, warme Haut unter ihrer Hand. „Du hast ja gar nichts an!", rief sie erschrocken aus und vergaß völlig, was sie hatte sagen wollen.

Sie hörte, wie Rhy im Dunkeln leise lachte und sich zu ihr drehte. Dann schob er seinen kräftigen Arm um ihre Taille und zog sie trotz ihres Protests zu sich. „Ich schlafe doch immer nackt … Weißt du das nicht mehr?", fragte er und berührte mit den Lippen ihre Schläfe.

Sallie stockte der Atem. Sie spürte seinen muskulösen, warmen Körper direkt an ihrem und begann zu zittern. Sein vertrauter Duft stieg ihr in die Nase und vernebelte ihr die Sinne. Verzweifelt versuchte sie, ihr stetig wachsendes Bedürfnis zu unterdrücken, sich an ihn zu pressen und ihn gewähren zu lassen, was immer er auch tun wollte. Sie legte beide Hände auf seinen Brustkorb, um ihn fortzuschieben. Doch kaum hatte sie ihn berührt, konnte sie nicht anders, als mit ihren Fingern durch die feinen Härchen über seine harten Muskeln zu fahren.

„Sallie", raunte er heiser, suchte und fand ihre Lippen, und mit einem tiefen Seufzer schlang sie die Arme um seinen Nacken und erwiderte seinen Kuss. Sie wusste, sie sollte ihm widerstehen, aber dazu war sie noch nie in der Lage gewesen, und selbst jetzt, wo sie wirklich gute Gründe hatte, ihn abzuwehren, war es ihr einfach unmöglich.

Und auch er schien höchst erregt. Sie spürte die Hitze seines Körpers, während er von ihrem Mund abließ und ihr Gesicht mit Küssen bedeckte. Er schob ihr den Kaftan von den Schultern, befreite ihre Arme und erkundete ihre entblößten Brüste. Willenlos vergrub sie ihren Kopf an seiner Schulter und staunte, wie stark das Verlangen war, das er in ihr weckte. Sie wollte nicht, dass er aufhörte, würde es nicht ertragen, wenn er von ihr abließe.

Mit einer kräftigen Bewegung schob er den Kaftan über ihre Hüften und warf ihn beiseite. Als er sich ihr wieder zuwandte, siegte für einen Moment ihre Vernunft. Vorsichtig legte sie die Hände auf seine Schultern und sagte schwach: „Rhy … nicht. Wir sollten das nicht tun."

„Du bist meine Frau", flüsterte er zur Antwort, nahm sie wieder in seine Arme und presste sie an sich. Sallie stöhnte auf, als sie seinen nackten, warmen Körper auf ihrer Haut spürte, und sein leidenschaftlicher Kuss erstickte ihren Protest.

Es war, als hätte es die Jahre der Trennung nie gegeben. Ihre Körper waren einander so vertraut wie früher. Sie konnte nicht mehr denken, nur noch fühlen und die Lust erwidern, die er ihr spendete. Er war nicht behutsam, abgesehen vom ersten Mal war Rhy nie ein behutsamer Liebhaber gewesen. Er war wild, leidenschaftlich, hart und athletisch, und sie reagierte mit wachsender Erregung auf die wechselnden Facetten seines Liebesspiels. Es war wie früher – nein, es war sogar besser; es schob für diesen Moment all ihre Gedanken und Sorgen, all ihre Vernunft und sogar ihr Verantwortungsgefühl beiseite. Es gab nichts mehr außer Rhy und ihr.

7. KAPITEL

*S*allie erwachte ganz langsam und fühlte sich so behaglich und zufrieden, dass sie den Schlaf gar nicht loslassen wollte. Sie kam sich vor, als würde sie schweben oder dahintreiben. Ihr Körper wurde sanft auf und ab geschaukelt, und in ihrem Ohr klang ein gleichmäßiger, beruhigender Rhythmus im Takt ihres eigenen Herzens. Sie fühlte sich himmlisch, so sicher und geborgen …

Das schrille Läuten des Telefons durchbrach diesen idyllischen Zustand, und verstimmt knurrte sie vor sich hin. Dann bewegte sich plötzlich das Bett unter ihr, sodass sie sich festhalten musste, doch statt der Matratze spürte sie feste, warme Haut. Sie schlug die Augen auf und hob den Kopf, während Rhy sich unter ihr ausstreckte und den Hörer vom Telefon neben dem Bett nahm. „Hallo", murmelte er schläfrig und mit noch rauerer Stimme als gewöhnlich. Er lauschte eine Weile, sagte „Danke", legte auf und schloss seufzend wieder die Augen.

Heiße Röte schoss Sallie in die Wangen, und sie versuchte, von Rhy herunterzurollen und ihren nackten Körper zu bedecken, doch er hielt sie auf sich fest. Dann öffnete er halb die Augen, betrachtete Sallie durch seine dichten, langen Wimpern und schmunzelte über ihr gerötetes Gesicht und die zerzausten Haare.

„Hiergeblieben", befahl er heiser und fuhr mit den Händen über ihren Rücken. „Mir ist so, als hätte ich ein kleines Kätzchen auf der Brust", raunte er in ihr Ohr. „Du wiegst fast überhaupt nichts."

Sein warmer Atem auf ihrer Haut löste einen wohligen Schauer in ihr aus, aber trotzdem stemmte sie sich gegen ihn. „Lass mich aufstehen, Rhy, ich will mich anziehen …"

„Noch nicht, Liebling", flüsterte er, schob ihre Haare nach hinten und küsste die empfindliche Haut hinter ihrem Ohr. „Es ist noch früh, und wir haben nichts Wichtigeres zu tun, als uns wieder aneinander zu gewöhnen. Du bist meine Frau, und ich genieße es, dich in meinen Armen zu spüren."

„Deine von dir *getrennt lebende* Frau", beharrte sie und legte den Kopf in den Nacken, um sich seinen Küssen zu entziehen. Dabei gab sie ihm jedoch unbedacht noch offeneren Zugang zu ihrem Hals. Ihr Herz schlug schneller, als er die Stelle fand, unter der ihr Puls schlug, und daran sog.

„Gestern Nacht hat uns nichts getrennt", sagte er leise.

„Gestern Nacht …" Ihre Stimme versagte, und sie konnte erst nach

einer Weile fortfahren: „Gestern Nacht, das war die Folge aus alten Erinnerungen, aus der Anziehungskraft von damals, nichts weiter. Lass
es uns einfach unter dem Kapitel ‚Längst vergangene Zeiten‘ abhaken
und vergessen, ja?"

Rhy lehnte sich wieder gegen die Kissen, hielt Sallie aber weiter fest
an sich gedrückt. Seltsamerweise schien ihre Bemerkung ihn gar nicht
zu stören, denn er lächelte noch immer. „Du kannst dich jetzt ruhig
geschlagen geben", informierte er sie freundlich. „Die Schlacht habe
ich gestern Nacht schon gewonnen."

Bei dem Gedanken, ihn wieder aufzugeben, spürte sie beinahe körperlichen Schmerz, aber sie wusste, sie könnte mit ihm nie mehr glücklich sein. Sie ließ ihren Kopf auf seine Schulter sinken und erlaubte sich
für diesen kurzen Moment, seine Nähe zu genießen. Er streichelte ihren
Rücken und ihre Schultern, spielte mit ihrem Haar und kämmte es mit
den Fingern auf eine Seite, sodass es fast seinen gesamten Oberkörper
bedeckte. Seine sanften Berührungen würden ihr gleich alle Kraft nehmen, das wusste sie, und solange sie noch einigermaßen klar denken
konnte, musste sie ihren Standpunkt klarmachen. Sie hob den Kopf
und sah ihn ernst an.

„Es wird nicht funktionieren", flüsterte sie. „Wir haben uns beide
sehr verändert, und es gibt noch anderes zu bedenken. Coral liebt dich,
Rhy. Du kannst sie nicht einfach fallen lassen – oder hattest du vor, die
Sache mit ihr weiterlaufen zu lassen?"

„Du bist wie eine kleine Raubkatze", sagte er, während er seine
Hände wieder abwärtsgleiten ließ, „beißt und kratzt die ganze Zeit,
aber ich habe ein dickes Fell, und es macht mir nichts aus, wenn du ein
bisschen übermütig wirst. Mach dir keine Gedanken um Coral. Was
kümmert sie dich überhaupt?"

„Sie kam zu mir nach Hause", gestand Sallie, „um mich zu warnen,
dass du es mit mir nicht ernst meinst und immer wieder zu ihr zurückkommen würdest." Sie versuchte, sich seinen immer forscheren Berührungen zu entwinden, musste dann aber feststellen, dass der Druck und
die Reibung ihrer Bewegungen sie stattdessen erregten.

Rhy fluchte verhalten. „Frauen", knurrte er, „die hinterhältigsten
Geschöpfe der Welt! Glaub ihr kein Wort, mein Liebling. Coral hat
keinerlei Einfluss auf mich. Ich tue, was immer ich will und mit wem
ich es will – und jetzt will ich meine Ehefrau."

„So einfach ist das nicht", beharrte sie. „Bitte, Rhy, lass mich los. Ich
kann es dir nicht verständlich machen, wenn du mich so festhältst …"

„Dann werde ich dich weiter festhalten", unterbrach er sie. „Tatsache ist: Du gehörst zu mir und wirst immer zu mir gehören. Ich kann dich nicht mehr gehen lassen, und ich hoffe, du bist in diesen Fotografen nicht verliebt, denn sonst glaube ich, dass ich ihn umbringen muss!"

Sallie war entsetzt. Er reagierte fast urzeitlich auf die Vorstellung, dass ein anderer Mann sie berühren könnte, und schlagartig wurde ihr klar, wie dumm es von ihr gewesen war, ihn denken zu lassen, sie hätte eine Affäre mit Chris. Damit hatte sie nicht nur sein Rivalitätsdenken herausgefordert – es war auch Chris gegenüber nicht fair, ihn als Schild zu benutzen. Rhy war gefährlich, und falls er Chris verletzte, wäre sie dafür verantwortlich.

Andererseits ging es ihr gegen den Strich, Rhy in allem seinen Willen zu lassen, vor allem nach letzter Nacht. Gut, abgesehen von ihrem anfänglichen schwachen Protest hatte sie sich nicht weiter gegen ihn gewehrt, und dieser eine Versuch zählte ohnehin kaum, weil sie nicht mit aller Kraft versucht hatte, sich zu widersetzen. Sie hatte nur „Nein" gesagt und hätte Rhy gut genug kennen sollen, um zu wissen, dass sie sich den Atem auch hätte sparen können.

Allerdings fühlte sie sich auch nicht befugt, ihm die Wahrheit über Chris' Besuch zu erzählen. Noch immer war sie überrascht, dass er sich ihr anvertraut hatte, und wollte dieses Vertrauen auf keinen Fall missbrauchen, nur um Rhys Ego zu versöhnen.

Die ganze Zeit über hatte sie geschwiegen, und nun riss Rhy der Geduldsfaden. Er packte sie fester und rollte sich mit ihr herum, sodass sie unter ihm gefangen war. „Vielleicht muss ich dir noch einmal deutlich zeigen, zu wem du gehörst", knurrte er zornig. Seine Augen funkelten, doch es lag nicht nur Eifersucht in seinem Blick.

Sallies Herz klopfte schneller, als sie spürte, wie seine muskulösen Beine ihre Knie auseinanderschoben. Heiße Erregung durchflutete ihren Körper, und ihr Puls raste. Doch noch während sie ihre Arme um seinen Hals legte, hörte sie sich selbst störrisch sagen: „Ich gehöre nur mir selbst und niemandem sonst!"

„Du gehörst *mir*, Sallie! Verdammt noch mal, du gehörst *mir*!"

Den Klang seiner dominanten Worte noch im Ohr, gab sie sich seinem überwältigenden Verlangen hin. Obwohl ihr Verstand protestierte, ließen ihre Sinne sich von seiner so dominanten wie lustvollen Verführung betören, sodass sie gegen seinen blinden Besitzanspruch nicht aufbegehrte. Sie liebte ihn. Sie liebte ihn so sehr, dass sie sich nach den sieben langen, einsamen Jahren ohne jeden Kontakt zu ihm nichts anderes wünschte, als ihn in nächster und intimster Nähe zu spüren. Er konnte ihr zwar keine Liebe geben, aber er gab ihr Leidenschaft, und mehr konnte wohl keine Frau von ihm erwarten. Aufgewühlt klammerte sie sich an seine breiten Schultern und erwiderte seine fordernden Küsse und Berührungen.

Nach ihrem innigen, kraftraubenden Liebesspiel lagen beide zufrieden und erschöpft auf dem Rücken nebeneinander. Plötzlich konnte Sallie selbst diese Distanz nicht mehr ertragen. Sie schmiegte sich eng an ihn, bedeckte seinen Hals und Oberkörper mit Küssen und schlief in dieser Position ein. Dabei hielt sie Rhy fest, als wollte sie ihn nie wieder gehen lassen.

Als Sallie später die Augen öffnete, sah sie, dass auch Rhy gerade wach wurde. Die Erinnerung an die vielen Morgenstunden vor langer Zeit, an denen sie ebenfalls nach dem Liebesspiel wieder eingeschlafen waren, gab ihr das Gefühl, als hätte es die Jahre dazwischen nie gegeben. Rhy strich ihr das Haar aus dem Gesicht und schob dann seine kräftige Hand in ihren Nacken. „Du hast es mir gar nicht mehr gesagt", sagte er rau. „Bist du nun in ihn verliebt oder nicht?"

Resigniert schloss sie die Augen. Er war so hartnäckig wie eine Bulldogge. Aber was sollte sie ihm erzählen? Würde er ihr glauben, wenn sie sagte, dass die Art und Weise, in der sie Chris liebte, weder romantisch noch sexuell war? „Chris geht dich nichts an", sagte sie bestimmt. „Aber ich habe nicht mit ihm geschlafen. Mach daraus, was du willst."

Rhy schwieg eine Weile, und als sie den Mut aufbrachte, ihn wieder anzusehen, erkannte sie ungezügeltes Begehren in seinem Blick. „Sieh mich nicht so an", flüsterte sie und senkte die Augen.

„Ich begehre dich", sagte er rau. „Und nun habe ich dich wieder. Ich bin froh, dass du keinen Liebhaber hast, ich mag keine Komplikationen."

Sie schüttelte den Kopf. „Du verstehst immer noch nicht. Nur weil ich nicht mit jemandem schlafe, bedeutet das nicht, dass ich unsere Ehe fortsetzen will. Ich gebe zu, dass ich nie mit einem anderen Mann geschlafen habe, aber trotzdem will ich nicht wieder mit dir leben. Es würde einfach nicht funktionieren. Verstehst du das nicht?", flehte sie. „Ich brauche meine Arbeit, so wie du früher deine, als wir heirateten. Ich kann nicht glücklich werden, wenn ich zu Hause bleiben und Hausfrau spielen soll; ich brauche mehr – mehr, als du zu geben bereit bist. Ich brauche meine Freiheit."

Mit reglosem Gesicht starrte er sie an, nur seine Augen bewegten sich. „Bitte mich nicht, dich wieder auf gefährliche Reportagereisen zu schicken", sagte er. „Das kann ich nicht. Falls dir irgendetwas passieren sollte, könnte ich mit dieser Schuld nicht leben. Aber was deine Arbeit betrifft … Vielleicht finden wir einen Kompromiss. Lass es uns doch versuchen und sehen, wie wir miteinander auskommen. Alles, was uns früher verbunden hat, war Sex; wir haben uns nie wirklich kennengelernt. Wir werden noch drei weitere Tage hier sein. Lass uns diese Zeit einfach genießen und uns erst wieder Gedanken über die Zukunft machen, wenn wir zurück sind. Was meinst du: Halten wir es drei Tage miteinander aus, ohne zu streiten?"

„Ich weiß nicht", erwiderte sie vorsichtig. Die Versuchung, diese drei Tage einfach zu genießen, nahm ihr die Kraft zum Widerstand. Sie kannte Rhy, sie ahnte, dass seine Vorstellung von Kompromiss so aussah, dass sie sich seinen Wünschen fügen sollte, aber während sie hier waren, konnte er nichts Schlimmes tun. Ihre Ersparnisse hatte sie ja bereits von ihrem Konto abgehoben, und sobald sie wieder in New York wären, würde sie die Stadt verlassen, aber jetzt und hier …? Warum sollte sie diese drei Tage mit ihrem Ehemann nicht einfach genießen? Drei Tage waren eine sehr kurze Zeit, um Erinnerungen zu schaffen, die für ein ganzes Leben ausreichen sollten. Warum begriff er nicht, dass sie beide einfach überhaupt nicht zueinanderpassten?

„Also gut", stimmte sie schließlich zu. „Aber wenn wir zurück sind, erwarte nicht automatisch, dass ich bei dir einziehe. Das musst du versprechen."

Er schmunzelte. „Ich hätte nichts anderes erwartet", gab er zu, fuhr mit der Hand durch ihr Haar und zog ihr Gesicht zu sich, um sie zu küssen. Der Kuss begann sanft und harmlos und wurde dann immer intensiver, immer tiefer, bis sie sich vor Verlangen erneut aneinanderklammerten und ihre Lust nur noch auf eine Weise befriedigen konnten.

Während sie sich für den Empfang ankleideten, den Marina vor dem Benefizball halb als Party, halb als Pressekonferenz organisiert hatte, staunte Sallie, wie vertraut und routiniert alles zwischen Rhy und ihr ablief, ohne dass sie groß darüber reden mussten. Sie ging zuerst ins Bad, und während sie sich schminkte und frisierte, konnte Rhy duschen und sich rasieren. Er wartete, bis sie ihren Lippenstift aufgetragen hatte, dann packte er sie, drehte sie zu sich herum und küsste sie, sodass die ganze Farbe wieder verschmiert war. Während sie das Rot abwischte und von Neuem begann, lachte er in sich hinein. Wie oft hatte er das früher getan? Sie wusste es nicht. Es war wie ein Bestandteil ihrer Ehe gewesen, und als sie seinen Blick im Spiegel einfing, wusste sie, dass auch er sich daran erinnerte, und sie lächelten einander zu.

Das Kleid, das sie für den Abend ausgesucht hatte, war aus blassrosa Seide und schlicht geschnitten, da pompös gerüschte Kleider ihr wegen ihrer Größe nicht standen; sie sähe darin wie ein Püppchen aus. Die Farbe schmeichelte ihren dunkelblauen Augen und dem haselnussbraunen Haar, und als Rhy ihr den Reißverschluss hochzog, lag Bewunderung in seinem Blick.

„Ich glaube, es ist nicht sicher für dich, diesen Raum zu verlassen." Er neigte sich vor und flüsterte ihr ins Ohr: „Irgendein Scheich wird dich in die Wüste entführen, und ich muss einen Krieg beginnen, um dich wieder freizubekommen."

„Was? Und damit eine gute Story ruinieren?", erwiderte sie spitzbübisch. „Ich bin sicher, ich könnte allein entkommen. Denk nur, was das für Schlagzeilen machen würde!"

„Darüber würde ich ja gern lachen", sagte er, „aber leider weiß ich aus erster Hand, welchen Gefahren du dich bei deinen Reportagen ausgesetzt hast, und das lässt mir fast das Blut in den Adern gefrieren. Es ist *eine* Sache, wenn *ich* meine Haut riskiere, aber eine ganz andere, wenn *du* in Gefahr gerätst."

„Wieso?", wollte sie wissen und beugte sich näher zum Spiegel, um einen kleinen Fleck unter einem Auge wegzuwischen, den sie gerade entdeckt hatte. „Als wir früher zusammen waren, lebte ich während deiner Reisen stets in Panik, weil du verletzt werden könntest, und als du angeschossen wurdest, bin ich vor Angst fast gestorben. Jetzt verstehe ich, was dich damals dennoch so schnell wieder in dieselbe Arbeit getrieben hat, weil auch ich nach diesem Abenteuer süchtig bin."

„Es wird schwächer", kommentierte er und wirkte dabei fast müde. „Die Gefahr wird mit der Zeit langweilig, und die Vorstellung, länger als nur ein paar Tage im selben Bett schlafen zu können, wird immer attraktiver. Wurzeln halten einen nicht nur fest, Darling; sie helfen einem auch, zu wachsen."

„Das stimmt, aber nur wenn der Topf groß genug ist, dass sie sich ausstrecken können", erwiderte sie schlagfertig und drehte sich zu ihm um. Sie lächelte zwar, doch ihr Blick war ernst. Rhy legte einen Finger unter ihr Kinn und hob es an.

„Es macht aber sehr viel Spaß, dich ganz eng festzuhalten", neckte er.

„Denkst du eigentlich nie an etwas anderes?" Leise lachend schüttelte sie den Kopf.

„Wenn ich mit dir zusammen bin – selten." In seinen Augen blitzte Leidenschaft auf. „Noch ehe ich wusste, wer du wirklich bist, musste ich nur dein Haar über deinem hübschen Hintern wippen sehen, und schon wollte ich dich den Korridor hinunterjagen."

Sallie lächelte, aber ihr wurde erneut bewusst, dass all seine Worte und Taten auf körperlicher Anziehung beruhten und nicht auf tiefen Gefühlen. Rhy begehrte sie, daran bestand kein Zweifel, doch allmählich kam ihr der Verdacht, dass er einfach nicht lieben konnte. Aber vielleicht war das auch gut so. Wenn er so sehr lieben könnte, wie er begehrte, würde seine Liebe sicher auch ihre Seele zerstören.

Der Empfang fand in einem Hotel statt, da im Königspalast der Al Mahdi der große Benefizball vorbereitet wurde und Marinas Mann ihr eigenes Zuhause aus Sicherheitsgründen nicht der Presse und den zahlreichen geladenen Gästen zugänglich machen wollte. In der Auffahrt zum Hoteleingang drängten sich die edlen Limousinen, und aus jeder Richtung hörte man Stimmengewirr aus unterschiedlichen Sprachen. Die Sicherheitsvorkehrungen waren enorm: Sämtliche Türen und Fenster im Erdgeschoss wurden von militärischen Sicherheitskräften bewacht, die die ausländischen Besucher mit finsteren Augen musterten. Sallies und Rhys Einladungen und Presseausweise wurden doppelt geprüft, ehe man sie einließ.

Im Hotel selbst wurden sie zügig in die entsprechende Suite geleitet, wo sich nur wenige Sicherheitskräfte dezent im Hintergrund hielten. Man hörte gedämpfte, ruhige Musik und das feine Klirren von Eiswürfeln in den Drinks der Gäste.

Die Suite war in arabischem Stil eingerichtet, und es gab ausreichend Sitzplätze für alle, die nicht gerne standen. Die Farben der Möbel, Wände und Vorhänge waren in Gold-, Braun- und Weißtönen gehalten, und zahlreiche Blumen und Grünpflanzen vermittelten eine Atmosphäre der Ruhe, aber auch beschwingte Ungezwungenheit. Sallie sah sich angestrengt nach ihrer Freundin um, konnte sie inmitten der wogenden Menschenmenge aber nicht entdecken.

„Warum sind draußen so viele Wachen aufgestellt?", fragte sie Rhy so leise, dass kein anderer sie hören konnte.

„Weil Zain nicht dumm ist und nichts riskiert", antwortete Rhy. „Es gibt eine Menge Leute, die seinen Tod begrüßen würden: Verwandte des Königs, die eifersüchtig auf seinen Einfluss sind, Religionsfanatiker, die seine progressive Politik verdammen, terroristische linksgerichtete Zellen, die keinen bestimmten Grund brauchen, sogar Kommunisten. Jeder hätte gern ein Stück von dem Kuchen, weil sich mit Sakarya eine Menge Geld machen lässt."

„Und das liegt nur am Öl?", flüsterte Sallie weiter.

„Ja. Wenn die Gutachten stimmen, wird Sakarya nur noch von den Saudis übertroffen."

„Ich verstehe", meinte Sallie. „Und weil der Finanzminister mit einer Amerikanerin verheiratet ist, sympathisiert er mit dem Westen. Damit ist sein Einfluss auf den König umso größer. Du meine Güte, ist es für Marina überhaupt sicher, hier zu leben?"

„So sicher, wie Zain es organisieren kann. Aber er plant, an Altersschwäche zu sterben."

Sallie wollte gerade noch etwas fragen, als sie aus dem Augenwinkel einen blonden Haarschopf wahrnahm. Sie drehte den Kopf und sah Marina auf sich zukommen. Ihre Freundin sah umwerfend aus, und ihre grünen Augen funkelten vor Freude. „Sallie!", rief sie lachend, und beide Freundinnen umarmten sich herzlich. „Ich war nicht sicher, ob du es schaffen würdest! Stell dir vor, da wollte jemand eine andere Reporterin als dich schicken! Ich habe natürlich abgelehnt", fügte sie triumphierend hinzu.

„Natürlich", sagte Sallie. „Ein gutes Stichwort, um dir unseren neuen Verleger vorzustellen: Rhydon Baines. Er ist derjenige, der uns in die Quere kommen wollte."

„Nein, wirklich?" Marina lächelte Rhy an und reichte ihm die Hand. „Wussten Sie denn nicht, dass Sallie und ich alte Freundinnen sind?"

„Nicht, bevor Sallie mir die Hölle heiß gemacht hat", erwiderte er. „Ist Zain auch in der Nähe? Es ist lange her, dass ich ihn gesehen habe."

„Ach, Sie sind *der* Rhy Baines? Ja, er ist hier irgendwo." Sie blickte in die Menge, um ihren Mann ausfindig zu machen. „Da ist er ja! Er kommt gerade zu uns herüber."

Zain Ibn Rashid war ein großer schlanker Mann mit raubtiergleichen Bewegungen, Hakennase und schmalen Lippen, er trug seinen maßgeschneiderten Anzug so lässig wie ein amerikanischer Teenager Jeans und T-Shirt. Überrascht stellte Sallie fest, dass dieser Mann eine ähnliche sexuelle Ausstrahlung wie Rhy besaß. Es war wohl Schicksal, dass sie und Marina denselben Typ Mann geheiratet hatten.

„Rhy!" Zain streckte ihm seine Hand entgegen. „Wie ich hörte, solltest du den König interviewen, aber dann wurde das Programm geändert. Was ist: Führst du nun doch das Interview mit dem König?"

„Nein, ich bin aus einem ganz anderen Grund hier", erwiderte Rhy und nickte in Sallies Richtung. „Ich bin sozusagen Leibwächter der Reporterin von *World in Review*. Sallie, darf ich dir Zain Abdul Ibn Rashid vorstellen, den Finanzminister von …"

„Und mein Mann", warf Marina dazwischen. „Zain, Sallie ist die Freundin aus New York, von der ich schon so viel erzählt habe." Dann sah sie zu Rhy. „Was meinen Sie mit Leibwächter? Ich dachte, Sie wären der Verleger dieser Zeitschrift."

„Das bin ich", gab er unbeirrt zu. „Und außerdem bin ich Sallies Ehemann."

Marina klatschte begeistert in die Hände und drückte Sallie fest an sich. „Du bist verheiratet? Seit wann? Warum hast du mir nichts davon erzählt?"

„Ich bin nicht dazu gekommen", entschuldigte sich Sallie, ohne nachzudenken, während sie Rhy einen strafenden Blick zuwarf. Doch er lächelte nur und schien mit seiner Bekanntgabe höchst zufrieden.

Zain grinste. „Dann hast du dich am Ende doch einfangen lassen. Das müssen wir feiern, aber ich weiß noch nicht, wann. Marina hat das ganze Land in Aufruhr versetzt. Ich bin froh, wenn das hier erst einmal vorüber ist." Er warf seiner Frau einen langen, zärtlichen Blick zu, ehe er sich wieder Rhy zuwandte. Sallie freute sich für ihre Freundin: Sein Blick hatte verraten, dass er Marina aufrichtig liebte.

„Leider kann ich nicht länger bei euch bleiben", erklärte Marina nun, „ich muss die anderen Gäste begrüßen." Sie legte ihre Hand auf Zains Arm. „Sallie, ich verspreche dir aber, dass wir uns nach dem Ball treffen und ausgiebig reden."

Sallie nickte. „Ja, bis dann."

„Sie ist sehr hübsch", kommentierte Rhy.

„Ja." Sie sah ihn von der Seite an. „Sogar hübscher als Coral."

„Erwartest du jetzt, dass ich dagegen protestiere?", erwiderte er.

Sallie zuckte mit den Schultern und schwieg. Dann fragte sie: „Wie lange kennst du Zain schon?"

„Ein paar Jahre."

„Und wie hast du ihn kennengelernt?"

„Was ist das hier, ein Verhör?", gab Rhy zurück, nahm ihren Arm und führte sie zur Seite. Er winkte einem Kellner, der ein Tablett mit

Gläsern trug. Rhy nahm zwei Gläser Champagner und reichte eines davon Sallie.

„Warum antwortest du mir nicht?", fragte sie nach, und Rhy stöhnte verhalten.

„Weil, mein lieber Schatz, ich es nicht gut fände, wenn jemand meine Antwort darauf mitbekäme. Und Zain ebenfalls nicht. Nun sei ein braves Mädchen, und hör auf, so neugierig zu sein."

Sallie sah ihn böse an, drehte sich um und steuerte wieder auf die Menge zu. *Neugierig!* Fragen zu stellen, war ihr Beruf, das wusste er doch. Er war der widersprüchlichste Mann, den sie kannte. Widersprüchlich, arrogant und er hatte keine Ahnung, wie es sich anfühlte, wenn jemand einem ständig Vorschriften machte.

„Hör auf zu schmollen, und mach dir lieber Notizen", zischte Rhy ihr ins Ohr. Er hatte sie wieder eingeholt. „Schreib auf, wer hier ist und wer nicht."

„Ich habe es nicht nötig, mir von dir sagen zu lassen, wie ich meine Arbeit erledigen soll", zischte sie zurück und entfernte sich erneut von ihm.

„Nein, was du nötig hast, ist, dass dir jemand den Hintern versohlt", murmelte er und war mit wenigen langen Schritten wieder an ihrer Seite.

Vielleicht hatte er gehofft, sie mit dieser Bemerkung zu provozieren, aber sie beachtete ihn nicht weiter und setzte ihren Rundgang durch die Suite fort. Bei Anlässen wie diesem machte sie sich selten Notizen, weil die Erfahrung ihr gezeigt hatte, dass es die Menschen verunsicherte. Sie besaß ein ausgezeichnetes Gedächtnis und erkannte nun aufgrund ihrer Recherchen alle namhaften europäischen Adligen und Finanzgrößen. Gesellschaftliche Ereignisse waren zwar nicht ihr Spezialgebiet, aber allen wichtigen Gästen konnte sie Namen und Herkunftsland zuordnen.

Rhy fasste sie wieder am Arm. „Da hinten rechts steht der stellvertretende Außenminister. Und neben ihm der Außenminister von Frankreich."

„Ich weiß", erwiderte Sallie, die die beiden bereits entdeckt hatte. „Aber ich habe noch keinen Vertreter eines kommunistischen Landes entdeckt. Wahrscheinlich macht sich damit Zains Einfluss bereits bemerkbar."

In diesem Moment kam ein großer, schlanker, distinguiert wirkender Herr mit grauem Haar und freundlichen blauen Augen auf sie zu und streckte seine Hand aus. „Mr Baines", begrüßte er Rhy freundschaftlich und mit englischem Privatschulakzent. „Wie schön, Sie wiederzusehen!"

„Ich freue mich ebenfalls, Mr Ambassador", entgegnete Rhy und schüttelte dem Mann die Hand. „Sallie, darf ich dir Sir Alexander Wilson-Hume vorstellen, den britischen Botschafter in Sakarya? Mr Ambassador, dies ist meine Frau Sallie."

Freudestrahlend nahm der Botschafter auch Sallies Hand und führte sie galant an seine Lippen. „Es ist mir ein großes Vergnügen. Sind Sie schon lange verheiratet, Mrs Baines?"

Sallie schmunzelte. „Acht Jahre, Mr Ambassador."

„Nein! Acht Jahre schon?" Erstaunt sah er sie an, und Sallie fragte sich plötzlich, ob er einen Grund haben könnte zu denken, dass Rhy früher nicht verheiratet gewesen war. Doch falls dies zutraf, wusste der Botschafter es geschickt zu überspielen, denn er fuhr augenscheinlich ungerührt fort: „Sie sehen kaum alt genug aus, um *ein* Jahr verheiratet zu sein!"

„Das stimmt", bestätigte Rhy lachend. „Sie hat sich gut gehalten."

Der Botschafter machte ein irritiertes Gesicht, doch Sallie lächelte nur über Rhys unverschämte Bemerkung und ignorierte den beißenden Schmerz, den sie beim Gedanken an Rhys Untreue empfand. Aber sie würde wohl darüber hinwegsehen müssen. Nur ein naives Dummchen konnte von einem Mann wie Rhy Treue erwarten, dazu war er viel zu triebgesteuert und auch viel zu attraktiv!

Erst einige Stunden später, als sie mit einem Taxi in ihr Hotel zurückfuhren, kommentierte Sallie mit ruhiger Stimme: „Der arme Botschafter! Da hat er dich aber nett in Schutz genommen, oder? Und nun hält er dich für einen Schürzenjäger."

„Ich hatte gehofft, du würdest es nicht merken", erwiderte Rhy zerknirscht, „aber dir entgeht nicht viel, wie? Mal mich nur nicht schwärzer, als ich bin, Sallie. Du sagtest, du hättest nicht erwartet, dass ich wie ein Mönch gelebt habe, aber eigentlich war es doch fast so. Ich bin mit vielen Frauen ausgegangen, habe sie aber immer nur ritterlich bis an die Haustür begleitet, mehr nicht."

„Du lügst", konstatierte sie kühl. „Erwartest du etwa, dass ich auch Coral Williams nur als deine gute Freundin betrachte?"

„Sie ist jedenfalls keine Feindin", erwiderte er und schmunzelte verwegen. „Ich wollte dich glauben machen, sie wäre meine Geliebte, damit du eifersüchtig wirst, aber ich schätze, es hat nicht funktioniert."

Sallie musste lauthals lachen. So eine lächerliche Ausrede hatte sie in ihrem ganzen Leben noch nicht gehört! Rhy war ein leidenschaftlicher und leicht erregbarer Mann. Es wäre ausgesprochen dumm, zu glauben, er wäre ihr in den sieben Jahren der Trennung treu gewesen. Sie glaubte nicht einmal mehr, dass er vorher treu gewesen war! „Tut mir leid." Sie lachte wieder. „Aber versuche es bitte mit einer Geschichte, die glaubwürdiger ist. Abgesehen davon ist es mir auch egal."

Er schnaubte empört und sah sie missmutig an. „Ich werde dafür sorgen, dass es dir nicht mehr egal ist", versprach er knurrend – oder war es eine Drohung?

Ihr war klar, dass er vorhatte, mit ihr zu schlafen, sobald sie zurück im Hotelzimmer waren, um sie wieder versöhnlicher zu stimmen. Sie hatte sich darauf eingelassen, drei Tage mit ihm zusammen zu sein, und natürlich wusste sie, dass sie Sex haben würden. Doch sie beabsichtigte, ihr Liebesleben auf die Nächte zu beschränken. Schließlich kannte sie ihn diesbezüglich bereits in- und auswendig – viel wichtiger war ihr jetzt, mit ihm zu reden und etwas über ihn zu erfahren, das sie noch nicht wusste. Er war ihr Ehemann, und dennoch war er für sie ein Fremder. Beschämt erkannte sie, dass sie trotz ihrer Fluchtpläne immer noch daran glauben wollte, dass sie und Rhy eine gemeinsame Zukunft hatten, auch wenn das vollkommen unsinnig war.

Sie hatten gerade das Zimmer betreten und Rhy seine Smokingjacke abgelegt, als das Telefon klingelte. Ungehalten nahm Rhy den Hörer auf. „Ja?"

Sallie beobachtete, wie er die Stirn runzelte. „Ich komme sofort runter", sagte er barsch und legte auf. Dann zog er die Jacke wieder an.

„Wer war das?", wollte Sallie wissen.

„Die Rezeption. Sie haben eine Nachricht für mich. Ich bin gleich zurück."

Nachdem er fort war, tauschte sie ihr festliches Kleid gegen ein leichtes Blousonkleid und dachte über seine Worte nach. Eine Nachricht? Warum hatte man ihm diese nicht am Telefon mitgeteilt oder, besser noch, sie ihm vor fünf Minuten gegeben, als sie an der Rezeption vorbeigegangen waren? Es klang unlogisch, und sie beschloss, nachzusehen, was los war. Schließlich verdiente sie mit Neugier ihren Lebensunterhalt.

Aber sie war nicht nur neugierig, sondern auch vorsichtig. Schon im ersten Stock stieg sie aus dem Fahrstuhl und ging den Rest über die Treppe zu Fuß. Ihre Vorsicht wurde belohnt: Als sie die Tür zur

Lobby öffnete und nach ihrem Mann Ausschau hielt, sah sie ihn Arm in Arm mit Coral Williams, die mit tränenfeuchten Augen zu ihm aufsah. Sallie konnte nicht hören, was sie sagten, aber sie beobachtete, wie Rhy das Model in die nächste Fahrstuhlkabine schob, deren Türen sich daraufhin schlossen.

Umgehend machte Sallie kehrt und packte im Zimmer hastig ihre Sachen zusammen. So viel also zu seiner Behauptung, treu gewesen zu sein! Es musste mehr als nur eine oberflächliche Freundschaft sein, wenn Coral ihm bis nach Sakarya hinterherflog. Und Sallie würde nicht auf ihn warten und sich noch mehr Lügen von ihm anhören!

Sie musste schnell handeln, da sie nicht wusste, wie lange er bei Coral bleiben würde. Hastig schrieb sie eine Notiz, ohne ihre Worte groß zu überlegen – irgendetwas, dass es ihr leid tue, sie aber kein Interesse mehr an ihm habe. Dann nahm sie ihren Koffer und die Handtasche und verließ das Hotel wiederum über die Treppe.

Ein Taxi zu bekommen, war einfach, denn es warteten etliche draußen vor dem Hotel. Ihr Problem bestand eher darin, eine Unterkunft zu finden. Auf Französisch erklärte sie dem Fahrer, dass sie in ein anderes Hotel wolle, das nicht so bekannt sei. Er schien zu verstehen, und als Sallie das neue Hotel sah, wusste sie gleich, warum es nicht so beliebt war. Es war alt, unscheinbar und sah aus, als würde gleich die französische Fremdenlegion über die Mauer springen. Der bärtige Mann, der es offenbar führte, musterte sie erst eingehend von oben bis unten, bevor er in seiner Sprache mit dem Taxifahrer redete.

„Er sagt, er habe ein Zimmer, falls Sie das wollen, aber es ist nicht das beste", übersetzte der Fahrer. „Außerdem müssen Sie im Voraus bezahlen und auf Ihrem Zimmer bleiben, weil Sie keinen Schleier tragen und ohne Ihren Mann hier sind."

„Das verstehe ich", erwiderte Sallie. Sie wollte auch gar nichts anderes, als auf ihrem Zimmer zu bleiben; nur so war sie vor Rhy sicher. „Aber wo soll ich essen?"

Der Hotelbesitzer fixierte sie erneut und gab dann zu erkennen, dass er ebenfalls etwas Französisch sprach. Er sagte, seine Frau werde ihr das Essen aufs Zimmer bringen.

Sallie war froh, dass sie sich hatte verständlich machen können, und lächelte den Mann dankbar an. Nachdem das Taxi abgefahren war, nahm Sallie ihren Koffer und wartete darauf, dass ihr Gastgeber ihr den Weg zeigte. Doch er sah sie nur finster an, bückte sich und nahm ihr den Koffer ab. „Sie sind zu dünn", brummte er. „Meine Frau wird Sie gut füttern."

Daraufhin führte er sie eine schmale Treppe hinauf in ihr Zimmer und ließ sie dort allein. Sallie besah sich das Zimmer, das für zwei Nächte ihre Unterkunft sein würde, und war zufrieden. Es war sauber, hatte ein Einzelbett mit einer bunten, exotischen Bettdecke und vielen Kissen sowie einen Waschtisch mit blauem Wasserkrug und Schüssel.

Die Frau des Hotelbesitzers kam und brachte ein Tablett mit Käse, Brot, Orangensaft und Kaffee. Sie betrachtete Sallie von Kopf bis Fuß, zuckte beim Anblick ihrer schlanken Beine zusammen, lächelte ihr dann aber schüchtern zu.

Nach dem Essen zog Sallie Kleid und Schuhe aus; wenn sie schon achtundvierzig Stunden in diesem Zimmer verbringen musste, dann wollte sie es wenigstens bequem haben. Sie zog ein langes T-Shirt aus dem Koffer und dachte, wenn sie nur dies und ihren Slip trüge, würde sie es einigermaßen kühl haben. Dann packte sie ihre Kleider aus und hängte sie zum Lüften auf.

Da sie nichts weiter zu tun hatte, legte sie sich aufs Bett und versuchte, eines der Taschenbücher zu lesen, die sie mitgebracht hatte, aber die Hitze wurde immer drückender, und sie dachte sehnsüchtig an den klimatisierten Komfort des Hotels Khalidia zurück. Sie legte sich auf den Rücken und fächelte sich mit dem Buch Luft zu, da entdeckte sie an der Decke einen altmodischen Ventilator. „Wie in Casablanca!", rief sie erfreut, sprang auf und suchte nach dem Schalter. Obwohl sie nicht damit gerechnet hatte, dass das Hotel Strom hatte, entdeckte sie tatsächlich einen Schalter an der Wand und stellte den Ventilator ein. Der schwache Luftzug auf ihrer Haut linderte das heiße, stickige Gefühl, und sie ließ sich wieder aufs Bett fallen.

Sallie versuchte wieder, ihr Buch zu lesen, aber Gedanken an Rhy störten immer wieder ihre Konzentration. Plötzlich musste sie laut aufschluchzen. Überrascht stellte sie fest, dass ihr Tränen über die Wangen liefen. Sie war unfähig, sie aufzuhalten, und so vergrub sie ihr Gesicht in ein Kissen und weinte, bis ihr der Hals schmerzte und die Augen ganz geschwollen waren. Weinte sie um Rhy? Vor sieben Jahren hatte sie geschworen, nie wieder eine Träne seinetwegen zu vergießen. Sie dachte, endgültig über all ihre Illusionen hinweg zu sein, aber ihn Arm in Arm mit Carol zu sehen, war wie ein Schlag ins Gesicht gewesen. Würde sie denn nie von diesem Mann loskommen?

Eigentlich sollte sie froh sein, Coral gesehen zu haben, bevor sie sich vor Rhy vollkommen zur Idiotin gemacht hätte. Nur ihrer vermaledeiten Willensschwäche hatte sie es zu verdanken, dass sie sich in vollem

Bewusstsein ihrer Dummheit auf seine Verführung und sein Liebesspiel eingelassen, ja, es sogar herbeigesehnt hatte, wenn sie ehrlich war. Und unbewusst hatte sie wohl gehofft, dass sich die Dinge zwischen ihnen gut entwickeln würden. Aber sie sollte der Wahrheit ein für alle Mal ins Gesicht sehen: Dass Rhy sie zurückwollte, hatte nichts mit seinen Gefühlen für sie zu tun, sondern allein mit seiner Lust. Der Sex zwischen ihnen war gut. Mehr als gut. Sie passten in ihren Bedürfnissen, Trieben und Reaktionen perfekt zueinander, und jeder wusste, wie er den anderen aufs Höchste erregen konnte. Sie mussten darüber nicht nachdenken, es geschah einfach, als wäre ihnen diese gegenseitige Anziehung angeboren.

Hatte sie nicht alle anderen Männer vor allem deshalb abgewiesen, weil sie wusste, dass keiner von ihnen ihr sexuell das geben könnte, was Rhy ihr gegeben hatte? Allerdings dachte sie nicht, dass Rhy aus diesem oder einem anderen Grund andere Frauen ablehnte; dafür war sein sexueller Appetit zu groß, doch es bestand kein Zweifel, dass er insbesondere für sie große Leidenschaft hegte. Aber Sex war ihr einfach nicht genug! Sie liebte ihn und wollte, dass er diese Liebe erwiderte. Sie konnten nicht ihr ganzes Leben im Bett verbringen, es musste noch etwas anderes geben.

Entschlossen trocknete sie ihre Tränen und suchte nach einer Ablenkung. Lesen half nicht, und sie wünschte, sie hätte ihre Manuskriptdatei auf dem Laptop dabei. Aus Angst, Rhy könnte sie entdecken, hatte sie alle Sicherungskopien zu Hause gelassen. Doch dann fiel ihr ein, dass sie ja auch so weiterschreiben und den neuen Text zu Hause in die bestehende Datei einfügen könnte. Sie wusste, beim Schreiben würde sie alles andere vergessen und den Schmerz überwinden.

Also holte sie ihren Laptop hervor, setzte sich mit gekreuzten Beinen aufs Bett und balancierte das Gerät auf ihrem Schoß. Zum Glück hatte sie es nach dem letzten Aufladen kaum benutzt, sodass der Akku eine Weile reichen würde, denn sie war sich nicht sicher, ob es in diesem Haus einen passenden Stromanschluss gab.

Konzentriert überlegte sie, wo sie das letzte Mal aufgehört hatte, und schon binnen weniger Minuten ging ihr das Schreiben wie gewohnt leicht von der Hand. Rhy hatte sie wieder enttäuscht – na und? Sie hatte immer noch sich selbst, ihr neu entdecktes Talent und ihre Selbstachtung. Schließlich hatte sie bereits gelernt, ohne Rhy zu leben, und es war ausgesprochen dumm gewesen, in der Redaktion zu bleiben, nachdem sie erfahren hatte, dass Rhy der neue Verlagschef werden würde. Bei ihm wurde sie schwach, das war schon immer so gewesen, aber sie wusste, dass sie ihm nie wieder diese dominante Rolle in ihrem Leben einräumen durfte, so wie früher. Ihre unbändige Sehnsucht nach seiner Berührung, seinem Lächeln, seiner Gegenwart hatte sie damals beinahe zerstört.

Was aber, wenn sie schwanger war? Der Gedanke kam wie aus dem Nichts, und sie hörte auf zu tippen und legte eine Hand auf ihren Bauch. Sie rechnete zurück und erkannte, dass es durchaus möglich wäre, sogar wahrscheinlich. Doch diesmal wäre es anders: Sie hätte keine Angst mehr vor dem Alleinsein; sie wäre froh über die Möglichkeit, ein Kind für sich allein zu haben. Sie sehnte sich sehr nach einem Baby, danach, einen kleinen, strampelnden Körper im Arm zu halten. Ihren Sohn hatte sie nie halten dürfen; man hatte ihn sofort weggebracht, und sie hatte nur einen kurzen Blick auf sein kleines, blaues Gesicht werfen können. Noch ein Baby … noch einen Sohn. Auf einmal wünschte sie sich, dass sie tatsächlich schwanger war. Vielleicht konnte sie Rhy nicht halten, aber sie konnte sein Kind haben und ihm die Liebe geben, die Rhy ihr versagte.

8. KAPITEL

*A*m Morgen des Benefizballs war Sallie schrecklich nervös, teils, weil sie seit zwei Tagen in diesem kleinen Zimmer eingesperrt war, teils, weil sie Angst davor hatte, Rhy gegenüberzutreten. Sie war ganz sicher, dass er die Stadt nicht verlassen hatte, weil er erwartete, dass sie beim Ball auftauchte. Er würde wütend sein, nein, außer sich vor Wut, und auch das wäre noch eine Untertreibung.

Dennoch zog sie unbeirrt das lavendelfarbene Kleid an, das sie für den Ball ausgesucht hatte, und stellte vor dem Spiegel fest, dass ihre Augen damit beinahe violett wirkten. Ein Hauch blasslila Lidschatten verlieh ihrem Blick etwas Geheimnisvolles, und sie unterstrich diese Aura, indem sie ihre Haare streng aus dem Gesicht kämmte, zu einem dichten, langen Zopf zusammendrehte und mit kleinen, strassbesetzten Haarspangen feststeckte.

Ihr Taxi würde gleich kommen, also nahm sie den Koffer und stieg in ihren hohen Schuhen vorsichtig die Treppe hinunter. Der Hotelbesitzer saß neben dem Treppenaufgang und stand auf, als er sie kommen hörte. Er musterte sie eingehend, und sie bekam das unangenehme Gefühl, dass dieser Sakaryaner am liebsten auf der Stelle einen Harem eröffnen würde, mit ihr als erster Konkubine!

Doch dann sagte er in seinem gebrochenen Französisch: „Es ist gefährlich für Sie, in diesem Teil der Stadt allein herumzulaufen. Ich werde Sie zu Ihrem Taxi bringen, ja?"

„Ja, vielen Dank", erwiderte sie und registrierte, dass er diesmal nicht ihren Koffer nahm, aber sie war ihm für seine Begleitung dankbar, selbst wenn es bis zum Taxi nur wenige Meter waren. Der Fahrer stieg aus, um ihr die Tür zu öffnen.

Sallie musste das Taxi am äußeren Tor des Palastes verlassen, da der Taxifahrer nicht die Erlaubnis besaß, bis zum Haupteingang vorzufahren. Ihr Name wurde auf der Gästeliste abgehakt, und ein Wachmann mit Hakennase geleitete sie ins Schloss. Er verstaute den Koffer in einer Garderobe und führte Sallie in den riesigen Ballsaal, der für das Fest pompös geschmückt war.

Obwohl Sallie früh dran war, standen bereits unzählige Leute in kleinen Gruppen herum. Die Frauen waren in bunte Gewänder gekleidet und mit Juwelen behängt. Auch muslimische Gäste waren zugegen, dunkelhäutige Männer mit und ohne Turban sowie gut gekleidete Frauen mit großen, schwarzen Augen. Sallie hätte sich gern mit ihnen unterhalten und sie nach ihrem Leben befragt, aber sie hatte das Gefühl, ihre Neugier würde nicht gut aufgenommen werden.

Plötzlich spürte sie ihre linke Gesichtshälfte kribbeln und fasste sich an die Wange. Als sie den Kopf drehte, sah sie in Rhys zornig funkelnde Augen. Sallie reckte das Kinn und versuchte, so selbstbewusst wie möglich auszusehen, während er mit langen Schritten auf sie zukam.

Mit festem Griff packte er ihr schmales Handgelenk. „Dir muss man wohl ständig zeigen, wer der Boss ist, wie?", grollte er. „Na, dafür bin ich ja zum Glück der Richtige. Wo, zum Teufel, bist du gewesen?"

„In einem anderen Hotel", informierte sie ihn leichthin. „Ich habe dir von Anfang an gesagt, dass ich unsere Ehe nicht wieder aufnehmen möchte, und das meinte ich auch so."

„Aber du hast eingewilligt, es drei Tage lang zu versuchen."

„Das habe ich, ja. Ich hätte auch eingewilligt, eine Bank auszurauben, wenn du dann aufgehört hättest, mich auf Schritt und Tritt zu beobachten. Na und?" Sie hob den Kopf und sah ihm direkt in die Augen. „Ich habe dich angelogen, und du hast mich angelogen. Also sind wir quitt."

„Wann habe ich dich angelogen?", gab Rhy erbost zurück.

„Na, als du von Coral erzählt hast." Sallie lächelte eisig. „Du scheinst immer noch nicht zu begreifen, dass es mir vollkommen egal ist, ob du andere Frauen hast." Das war die Lüge des Jahrhunderts. „Aber ich hasse es, angelogen zu werden. Du hast also angeblich wie in Mönch gelebt, ja? Soll ich wirklich glauben, dass Coral dir den ganzen Weg nach Sakarya als platonische Freundin gefolgt ist?"

„Ich weiß nicht, wie du das mit Coral herausgefunden hast …", begann er ungeduldig, aber sie schnitt ihm das Wort ab.

„Ich bin dir gefolgt. Ich bin eben neugierig, das gehört zu meinem Job. Und so musste ich mit ansehen, mein lieber Ehemann, wie du deine Geliebte tröstest und sie auf ihr Zimmer begleitest. Und du bist eine ganze Weile dort geblieben, sonst hättest du mich nämlich noch in unserem Zimmer erwischt."

„Es ist deine Schuld, dass ich mit auf ihr Zimmer gegangen bin", knurrte er und drückte ihr Handgelenk so fest, dass es wehtat. „Ich hatte sie nicht darum gebeten, mir nachzufliegen, und ich habe dich nicht angelogen; sie ist nicht meine Geliebte, ist es noch nie gewesen. Aber plötzlich war sie da und weinte, und ich überlegte, ob du nicht doch recht hattest, als du sagtest, sie sei in mich verliebt. Ich hätte das nie vermutet, sie ging auch mit anderen Männern aus und ich mit anderen Frauen. Aber vielleicht hast du etwas bemerkt, was mir entgangen war. Ich dachte, ich schulde ihr zumindest eine Erklärung, und bin deshalb mit auf ihr Zimmer gegangen. Ich habe ihr die Wahrheit über uns erzählt. Eine Viertelstunde später ging ich in unser Zimmer zurück und fand dort nur deine verdammte Nachricht! Ich könnte dir den Hals umdrehen, Sallie! Ich war außer mir vor Sorge um dich!"

„Ich habe dir doch gesagt, ich kann gut auf mich selbst aufpassen", murmelte sie, unsicher, ob sie seiner Erklärung Glauben schenken durfte. Sie wagte es nicht, kannte sie ihn doch nur allzu gut und wusste, wie groß sein sexueller Hunger war.

Doch jeder weitere Streit wurde in diesem Moment durch den Auftritt des Königs von Sakarya, seiner königlichen Hoheit Abu Harun Al Mahdi, verhindert. Die Herren im Saal verbeugten sich, alle Damen – auch die Amerikanerinnen – sanken in einen tiefen Knicks, und der König nickte ihnen wohlwollend zu. Dass seine Familie bereits fünfhundert Jahre an der Macht war, wurde in seiner stolzen Haltung und dem festen, geraden Blick deutlich. Er begrüßte seine Gäste erst in perfektem Englisch, dann auf Französisch und schließlich auf Arabisch.

Sallie stellte sich nach ihrem Knicks auf die Zehenspitzen, um den König besser sehen zu können, und für einen Moment trafen sich ihre Blicke. Der König hielt eine Sekunde inne und nickte ihr dann mit verhaltenem Lächeln zu. Danach wurde ihr die Sicht von weiteren Gästen versperrt.

„Du hast wohl Eindruck auf ihn gemacht", sagte Rhy und sah sie scharf an.

„Ich habe ihn nur angelächelt", verteidigte sich Sallie, die seinen Vorwurf spürte.

„Dein Lächeln ist aber eine offene Einladung", bemerkte Rhy trocken.

Er benahm sich unmöglich, anscheinend wollte er ihr den Abend gründlich verderben. „Fängt nicht gleich die Modenschau an?", fragte sie in der Hoffnung, dass diese geeignet wäre, Rhy von ihr abzulenken.

„Erst in einer halben Stunde", erwiderte er und führte sie in den Raum, in dem die Modenschau stattfinden sollte. Einige der namhaftesten Modedesigner hatten diese Vorführung für Marina zusammengestellt, und die Stühle entlang des Laufstegs waren bereits zur Hälfte besetzt.

Plötzlich fiel Sallie etwas ein. „Wird Coral hier eigentlich auch als Model auftreten?"

„Natürlich", antwortete er kühl.

„Dann sollten wir uns lieber schnell einen Platz suchen", meinte sie schnippisch. „Dich werden ja sicher keine zehn Pferde mehr von hier wegbringen."

Seine Finger bohrten sich schmerzhaft in ihren Arm. „Lass das", schimpfte er. „Mein Gott, kannst du nicht einfach still sein?" Bevor sie protestieren konnte, zerrte er sie aus dem Raum. Mit lauter Stimme rief er einer Wache etwas zu. Der Wachmann salutierte und führte sie einen Gang hinunter in ein kleines Zimmer. Rhy schob Sallie unsanft hinein und schloss hinter ihnen die Tür.

Fieberhaft überlegte Sallie, wie sie seine Wut mindern könnte „Was ist das denn für ein Raum?" Mit gespieltem Interesse sah sie sich um.

„Das ist mir vollkommen egal", zischte Rhy so scharf, dass die Worte kaum zu verstehen waren. Dann kam er auf sie zu. Sallie wich zurück, doch nach ein paar Schritten stand er direkt vor ihr.

Er sagte kein weiteres Wort, sondern zog sie einfach in seine Arme und küsste sie mit solcher Leidenschaft und solchem Hunger, dass sie ihre Abwehr einfach vergaß. Es wäre ohnehin nutzlos gewesen, denn er war ungleich stärker und hielt sie so eng an sich gepresst, dass ihre Körper von den Schultern bis zu den Knien fest aneinandergedrückt wurden. Sallie rauschte das Blut in den Ohren, und ihre Knie wurden weich; nur Rhys fester Griff hielt sie aufrecht.

Minuten später hob er den Kopf und musterte ihr gerötetes, vor Lust glühendes Gesicht. „Rede nicht mit mir über irgendwelche anderen Frauen", flüsterte er drohend, und sein Atem umspielte ihre Lippen. „Keine andere Frau erregt mich so wie du, selbst wenn du es nicht willst, du kleine Hexe. Ich will mit dir schlafen!" Er stöhnte leise und strich mit den Lippen sanft über ihren Mund.

„Das ... das ist unmöglich", stammelte sie, doch ihr Protest war nicht wirklich ernst gemeint. Sie spürte die gleiche Begierde wie er, und hätte er weitergemacht, wäre sie nicht in der Lage gewesen, ihm zu widerstehen. Allerdings war auch ihm ihre unpassende Umgebung bewusst, und er ließ mit sichtlichem Widerstreben von ihr ab.

„Ich weiß, verdammt!" Er seufzte. „Ich schätze, wir sollten lieber zurückgehen, wenn du die Modenschau wirklich sehen willst. Aber ich will kein Wort mehr über Coral hören!", warnte er erneut.

Mit zitternden Fingern zog sie ihren Lippenstift nach und gab Rhy ein Papiertuch, damit er sich die Spuren vom Mund wischen konnte.

„Was hast du der Wache gesagt?", wollte sie wissen.

„Ich sagte, dass du dich nicht wohlfühlst", antwortete er. „Du hast auch wirklich sehr blass ausgesehen."

„Jetzt immer noch?" Sie berührte ihre Wangen.

„Nein. Jetzt siehst du frisch geküsst aus."

Ihr Herz schlug noch immer heftig und voller Sehnsucht, als sie sich zur Modenschau hinsetzten, und sie nahm die Parade der vorbeistaksenden Models kaum wahr. Zu sehr war ihr Rhys Nähe bewusst, seine Wärme, sein einzigartiger Duft. Allein Coral registrierte sie kurz, wie sie mit Blick auf Rhy vorbeistolzierte und ihr schmollend-sinnliches Lächeln nur für ihn lächelte. Sallie sah zu Rhy, wie er mit ungerührtem Gesicht dasaß – nur einmal presste er kurz die Kiefer zusammen, und Sallie war sicher, ein unterdrücktes Verlangen herauszulesen. Als sie wieder zu Coral blickte, spürte sie Übelkeit in sich aufsteigen.

Das Programm war bis zur letzten Minute des Abends ausgefüllt. Nach der Modenschau gab es das mehrgängige Festmenü, das jeden Gast tausend Dollar Spendenbeitrag gekostet hatte. Danach wurde die Tanzfläche eröffnet, und ein bekannter amerikanischer Sänger gab ein Konzert. Sallie nahm alles nur dumpf wahr, wie unter Wasser. Rhy befand sich jede Sekunde neben ihr, und sie konnte seinen verräterischen Gesichtsausdruck bei Corals Anblick nicht vergessen.

Warum ließ sie es zu, dass er sie so quälte? Aber sie gab sich keinen weiteren Illusionen mehr hin und hatte ihr weiteres Vorgehen bereits geplant. Sobald sie in New York wären, würde sie die Stadt verlassen – ganz einfach. Doch aus irgendeinem Grund konnte sie das elende Gefühl nicht abschütteln und trank daher mehr Champagner, als sie eigentlich wollte, was sie aber erst merkte, als sich der Raum leicht um sie zu drehen begann. Sie klammerte sich an Rhys Arm.

„Das reicht", sagte er freundlich und nahm ihr das Glas ab. „Ich glaube, du solltest noch etwas essen, vielleicht ein Stück Kuchen? Komm mit." Er ließ sie keinen Moment aus den Augen, bis sie ein ganzes Stück Kuchen aufgegessen hatte. Als sie sich besser fühlte, lächelte sie ihn dankbar an. „Wie lange noch bis zum Interview?", murmelte sie.

„Nicht mehr lange, Darling", erwiderte er tröstend, als könnte er ihr Elend spüren.

Und endlich war die Party vorbei. Sallie und Marina zogen sich in einen der Privaträume zurück, die ihnen der König extra zur Verfügung gestellt hatte. „Er ist wirklich sehr nett", sagte Marina. „Ich glaube, im Grunde ist er sehr schüchtern und versucht alles, um es zu verbergen. Außerdem wurde er natürlich so erzogen, dass er Frauen keinerlei Bedeutung beimessen darf – es sei denn, für körperliches Vergnügen.

Trotz seiner Zeit in England kann er sich nur schwer daran gewöhnen, sie auch als soziale Wesen und Gesprächspartner zu betrachten ..."

„War dein Mann mit ihm zusammen in England?", fragte Sallie, der aufgefallen war, dass Zain ähnliche Probleme mit Frauen nicht zu kennen schien.

„Nein, aber seine Einstellung könnte sich auch noch etwas bessern", entgegnete Marina schmunzelnd. „Denk nur: Bevor wir uns verlobten, hatte er noch einen Harem! Aber auf mein Drängen gab er ihn auf, sonst hätte ich seinen Antrag nicht angenommen!"

Sallie lachte laut auf. „Tatsächlich, ein Harem? Gibt es das denn immer noch?"

„Natürlich, was glaubst du denn, warum die Königsfamilien hier so viele Prinzen haben? Der Islam erlaubt drei Ehefrauen und so viele Konkubinen, wie der Mann ernähren kann. Zain hatte bestimmt eine Menge Konkubinen, die ihm die Nächte versüßten."

„Wie hast du es geschafft, dass er sie aufgab?"

„Ich stellte ihn vor die Wahl: Er könnte entweder mich haben oder andere Frauen – ich gab ihm deutlich zu verstehen, dass ich nicht gewillt war, ihn zu teilen. Es gefiel ihm zwar nicht, seinen Harem aufzulösen, aber irgendwann sah er wohl ein, dass ich es mit meiner ignoranten amerikanischen Gesinnung einfach nicht akzeptieren konnte."

Die Frauen sahen einander an und brachen wieder in Gelächter aus. In diesem Moment betraten Rhy und Zain den Raum. „Ich dachte, dies sei ein seriöses Interview", meinte Rhy, während er sich neben Sallie setzte.

„Und ich dachte, es sei ein privates", konterte Sallie.

Zains Mundwinkel zuckten, als er sich neben Marina setzte. „Wir konnten einfach nicht widerstehen", erklärte er. „Ich habe Rhy seiner Majestät, dem König, vorgestellt", sagte er dann und lächelte bei der Erinnerung daran. „Ich glaube, ein paar Diplomaten sind ganz eifersüchtig geworden, weil die beiden sich so lange unterhalten haben."

„Das Außenministerium wird mich bestimmt vernehmen wollen", fügte Rhy hinzu.

Wie beiläufig erkundigte sich Sallie bei Zain: „Wie haben Sie Rhy kennengelernt?"

„Er hat mir das Leben gerettet", antwortete Zain prompt. Und als keine weitere Erklärung folgte, zog Sallie fragend die Augenbrauen in die Höhe.

„Mehr musst du nicht wissen", sagte Rhy. „Wir waren beide an einem Ort, an dem wir nicht hätten sein dürfen, und kamen gerade noch mit dem Leben davon. Frag nicht weiter, Liebling. Erzähl uns lieber, wie ihr, du und Marina, euch kennengelernt habt."

„Oh, das war nicht weiter aufregend", erzählte Marina. „Auf dem College. Aber warum geht ihr zwei jetzt nicht woanders hin? Wie sollen Sallie und ich in Ruhe reden, wenn Zeugen anwesend sind?"

Beide Männer lachten, aber keiner von ihnen machte Anstalten, den Raum zu verlassen, sodass die Frauen sie in das Gespräch mit einbeziehen mussten. Rhy hatte zwar nicht den Auftrag, ein Interview mit Zain zu führen, aber da er durch und durch Reporter war, bekam er am Ende dennoch eines. Trotz ihrer trüben Stimmung konnte Sallie ihn nur dafür bewundern, wie geschickt er seine Fragen stellte. Manche waren geradeheraus, andere deutete er nur an und ließ Zain so taktvoll die Möglichkeit, sie entweder zu beantworten oder zu ignorieren. Zain schien sein Feingefühl zu schätzen und gab sehr offene Antworten, und Sallie ahnte, dass sie gerade hochbrisante Informationen zu hören bekam. Zain erzählte Rhy Einzelheiten, von denen möglicherweise nicht einmal die Staatschefs anderer Länder wussten, und er schien Rhy vollkommen zu vertrauen, dass dieser genau wusste, was er veröffentlichen durfte und was nicht.

Nach und nach begriff Sallie, wie klug und messerscharf dieser Mann dachte, der die Finanzen des aufstrebenden arabischen Staates steuerte und ihn sanft ins einundzwanzigste Jahrhundert führte. Er war ein Abenteurer, aber auch ein Patriot. Vielleicht war genau das der Grund, weshalb der König ihm, so jung er auch war, vertraute und es gestattete, dass die Politik Sakaryas sich am Westen orientierte.

Marinas Rolle in diesem politischen Prozess war nicht gerade klein. So wie Zain großen Einfluss auf den König ausübte, hatte sie großen Einfluss auf Zain. Sallie war nicht sicher, ob er dies zugeben würde – ein Mann, der bis vor nicht allzu langer Zeit noch einen Harem gehabt hatte, würde vermutlich nicht einmal sich selbst eingestehen, dass seine Ehefrau bei allen politischen Entscheidungen eine wichtige Rolle spielte. Diese schöne, junge und offenkundig in ihren Mann verliebte Frau hielt eine mächtige Position inne, in der sie Einfluss auf die ganze Welt nehmen konnte.

Gegen Ende wandte man sich wieder allgemeinen Gesprächsthemen zu, und Marina fragte Sallie, ob sie später im Jahr noch einmal zu Besuch kommen würde. Sallie wollte gerade zusagen, als Rhy ihr ins Wort fiel. „Ich werde im späten Herbst und frühen Winter einen Dokumentarfilm in Europa drehen, und Sallie wird mich begleiten. Ich weiß zwar noch nicht, wie der genaue Drehplan aussieht, aber wir werden es euch wissen lassen."

„Ja, bitte", drängte Marina. „Wir sehen uns so selten. Als ich noch in New York lebte, konnten wir uns mindestens einmal im Monat treffen."

Sallie sagte nichts dazu, dachte aber bei sich, dass Rhy vieles als selbstverständlich hinnahm. Wie würde er sich wundern, wenn sie bald für immer aus seinem Leben verschwunden wäre!

Es war schon spät, als sie den Palast verließen, und Zain ließ sie in seiner privaten Limousine zum Flughafen bringen, damit sie ihren Flug erreichten.

Rhy war auf der ganzen Fahrt auffallend still und schwieg auch noch, als sie sich auf ihren Sitzen festschnallten. Doch das kam Sallie sehr gelegen, denn sie war müde und hatte keine Lust, mit ihm zu streiten. Aus irgendeinem Grund war immer sie diejenige, die dabei verlor. Sie war zu impulsiv, zu unbesonnen und unfähig, ihre Stimmung zu kontrollieren, während Rhy jeden Schritt kühl im Voraus plante.

Nachdem das Flugzeug abgehoben hatte, verteilten die Flugbegleiterinnen Kissen und Decken an alle, die schlafen wollten. Da sie erschöpft war, beschloss Sallie, es auch zu versuchen, und stellte ihre Rückenlehne nach hinten. „Ich bin müde", sagte sie zu Rhy, der gedankenverloren vor sich hin starrte. „Gute Nacht."

Schweigend sah er sie an. Dann stellte auch er seinen Sitz zurück, schob seinen Arm unter ihren Kopf und zog sie zu sich, damit sie sich an seine Schulter lehnen konnte. „Ich habe zwei höllische Nächte gehabt vor lauter Sorge, wo du steckst", knurrte er, während er die Decke über ihr ausbreitete. „Aber in Zukunft wirst du dort schlafen, wo du hingehörst." Er drehte ihr Gesicht zu sich und küsste sie fest und besitzergreifend – so lange, bis er eine Reaktion von ihr spürte. Danach bettete er ihren Kopf wieder an seine Schulter, und sie war froh, ihr glühendes Gesicht verstecken zu können. Warum war sie nur so schwach und dumm? Warum konnte sie ihre Reaktion auf ihn nicht verbergen?

Nach diesem Kuss kann ich bestimmt nicht schlafen, dachte sie, fiel aber dennoch sofort in tiefen Schaf und wachte während des gesamten Fluges nur einmal auf, als sie sich umdrehte und Rhy die Decke erneut um sie feststeckte. Sie öffnete die Augen, sah im Dämmerlicht der Kabine zu ihm auf und flüsterte: „Kannst du nicht schlafen?"

„Ich *habe* geschlafen", flüsterte er zurück. „Ich wünsche mir nur gerade, wir wären allein." Er zog sie an sich und küsste sie, damit ihr unzweifelhaft klar würde, warum er mit ihr allein sein wollte. Sein Kuss wurde immer leidenschaftlicher und drängender, bis er schließlich mit einem unterdrückten Fluchen von ihr abließ. „Ich kann warten", sagte er rau. „Aber nur mit größter Mühe."

Sallie lehnte gegen seine Schulter und biss sich auf die Lippen, um ihm nicht laut ihre Liebe zu gestehen. Tränen brannten ihr in den Augen. Sie liebte ihn! Es tat so weh, dass sie dachte, schreien zu müssen. Sie liebte ihn, aber sie konnte ihm ihre Liebe nicht anvertrauen.

In Paris mussten sie wieder umsteigen, und da die Tage in Sakarya nicht gerade geruhsam gewesen waren, traf sie der Jetlag hart. Als sie in New York landeten, hatte Sallie rasende Kopfschmerzen, und Rhys müdem, angespannten Gesicht nach zu urteilen, ging es ihm nicht viel besser. Wenn ihm jetzt eingefallen wäre, zu streiten, hätte sie einen hysterischen Anfall bekommen, doch er setzte sie nur an ihrer Wohnung ab und fuhr sogar ohne Abschiedskuss weiter.

Paradoxerweise hätte sie gerade deswegen am liebsten laut losgeheult. Sie brachte ihren Koffer nach oben und packte ihre Sachen aus. Nach einer kurzen Dusche fiel sie erschöpft ins Bett, musste zu ihrem Ärger jedoch feststellen, dass sie keine Ruhe fand. Sie dachte an die schläfrig-sinnlichen Küsse während des Fluges und wie gemütlich sie an seiner Schulter gelegen hatte. Nun kamen ihr tatsächlich heiße Tränen, und irgendwann hatte sie sich in den Schlaf geweint.

Doch als sie am nächsten Morgen erwachte, sah sie alles wieder ganz klar. Rhy machte sie verrückt, und wenn sie nicht wie geplant die Stadt verließe, würde er sie am Ende vollkommen fertigmachen. Sie würde heute zur Arbeit gehen, das Interview niederschreiben, das sie mit Marina geführt hatte, und still und leise ihre Kündigung bei Greg einreichen. Dann würde sie wieder nach Hause fahren, ihre Sachen packen, die Wohnung kündigen und in den nächsten Bus steigen, der weit, weit weg fuhr.

Sie machte sich auf den Weg zur Arbeit und kam etwas zu spät, weil ein Verkehrsunfall einen Stau verursacht hatte. Als sie die Redaktion betrat, wurde es mit einem Schlag mucksmäuschenstill, und ihr schien, als würden alle sie anstarren. Ohne zu wissen, warum, wurde sie rot, und sie hastete in ihr kleines Büroabteil. Brom saß am Computer und schrieb, aber als sie sich an den Schreibtisch setzte und ihren eigenen Computer einschaltete, drehte er sich mit seinem Stuhl herum und sah sie erwartungsvoll an.

„Was ist los?", wollte Sallie wissen und lachte verlegen. „Habe ich irgendwas in meinem Gesicht?"

Statt einer Antwort lehnte Brom sich vor und drehte ihr hölzernes Namensschild herum. Voller Entsetzen musste Sallie feststellen, dass es ein neues Schild war, auf dem anstelle von SALLIE JEROME für alle Welt sichtbar SALLIE BAINES stand. Völlig perplex ließ sie sich auf ihren Stuhl zurückfallen und zog ein entnervtes Gesicht.

„Herzlichen Glückwunsch", gratulierte Brom. „Das scheint ja eine aufregende Reise gewesen zu sein."

Sallie wusste nicht, was sie erwidern sollte; sie starrte weiter auf das Namensschild. Anscheinend war es diesen Morgen gerade erst ausgetauscht worden, und sie fragte sich, warum Rhy das veranlasst hatte. Ihr wurde unbehaglich bei dem Gefühl, dass er die Schlinge immer enger zog, und sie fürchtete, dass sie mit ihrer Flucht bereits zu lange gewartet hatte. Doch daran war nun nichts mehr zu ändern, und ihr Pflichtbewusstsein hinderte sie daran, vor der Fertigstellung des Interviews mit Marina die Redaktion zu verlassen.

„Und?", meinte Brom. „Ist es wahr?"

„Dass wir verheiratet sind?", erwiderte sie säuerlich. „Ja, das stimmt, was auch immer du dir darunter vorstellen magst."

„Was soll das denn heißen, liebe Sphinx?"

„Das heißt, dass eine Heirat noch keine Ehe macht", gab sie rätselhaft zurück. „Nimm das nur nicht zu ernst."

„Hör mal, du kannst doch nicht nur ein bisschen verheiratet sein oder so etwas. Entweder du bist es oder nicht", entgegnete er verständnislos.

„Ach, das ist eine lange Geschichte", sagte sie ausweichend und wurde vom Klingeln des Telefons vor weiteren Fragen gerettet. Erleichtert hob sie ab. „Sallie Jerome."

„Falsch", knurrte Greg ihr ins Ohr. „Sallie Baines! Dein heimlicher Ehemann hat es gerade öffentlich gemacht, und mir ist deutlich leichter ums Herz. Es wäre knifflig geworden, wenn Rhy herausgefunden hätte, dass ich eingeweiht war. Aber nun ist die Sache ja geklärt und geht nur euch beide etwas an."

„Was meinst du damit?", wollte Sallie wissen, die bereits befürchtete, dass Rhy sich noch andere Sachen ausgedacht hatte, um sie zu bevormunden.

„Nur das, was ich sage. Was mich betrifft, bis du nicht mehr eine meiner besten Reporterinnen, sondern nur noch seine Frau."

In ihrer Wut vergaß Sallie, dass sie ja ohnehin ihre Kündigung hatte einreichen wollen, und zischte wütend: „Heißt das, dass du mir keine Aufträge mehr geben wirst?"

„Genau das heißt es. Du musst das jetzt alles direkt mit Rhy ausma-chen. Du meine Güte, er ist immerhin dein Mann, und wie es für mich aussieht, tut er alles, um euch zu versöhnen."

„Ich will aber keine Versöhnung", entgegnete sie scharf und ver-suchte, sich zu beherrschen und leiser zu sprechen, damit Brom nicht alles mitbekam. „Ich will nur ein Zeugnis. Schreibst du mir eins?"

„Das kann ich nicht, nun, da alle wissen, dass du seine Frau bist. Er ist schließlich auch mein Boss", erklärte Greg. „Und er hat mir deutlich zu verstehen gegeben, dass alles, was dich betrifft, von ihm persönlich genehmigt werden muss."

„Ach ja?" Nun wurde sie doch wieder laut. „Das wollen wir ja mal sehen!" Sie knallte den Hörer auf die Gabel, starrte ihn wütend an und sah dann zu Brom, der hilflos die Hände hob und sich abwandte.

Sallie rechnete jeden Moment damit, in Rhys Büro gerufen zu wer-den, und war unschlüssig, ob sie ihn sehen wollte oder nicht. Es wäre eine gute Gelegenheit, ihre Wut an ihm auszulassen, aber sie wusste, dass Rhy jeden Kontrollverlust ihrerseits zu seinem Vorteil nutzen und sie möglicherweise dazu bringen würde, ihre Pläne zu verraten. Das Einzige, was sie tun konnte, war, ihren Artikel zu Ende zu schreiben und zu gehen. Sie kannte ihre Schwächen genau, und die beiden schlimmsten waren ihr aufbrausendes Temperament und Rhy. Das einzig Vernünftige wäre, keinem von beiden die Oberhand zu lassen.

Also tat sie alles, um sich zu konzentrieren, doch das war fast un-möglich. Ihre Gedanken überschlugen sich, sie überlegte, was sie alles einpacken wollte und wie sie am besten nach und nach die Wohnung auflösen könnte. Sie grübelte darüber nach, wo sie hingehen könnte, und mitten in ihren Überlegungen hatte sie plötzlich Rhy vor Augen, der nackt und mit lüsternem Blick auf sie zukam. Vor Sehnsucht begann sie zu zittern. Es tat so weh! Warum war er gestern nicht mit in ihre Wohnung gekommen? Natürlich waren sie beide müde, erschöpft und gereizt gewesen, aber trotzdem … Nein, was für dumme Gedanken! Noch mehr seiner süchtig machenden Liebesspiele waren das Letzte, was sie brauchte! Es war schon jetzt schwer genug, über ihn hinweg-zukommen, erneut die wilde Sinnlichkeit zu vergessen, die sie betört und berauscht hatte.

Der Morgen schlich dahin, und Sallie beschloss, über Mittag durch-zuarbeiten, doch daraus wurde nichts, da plötzlich Chris vor ihrem Schreibtisch stand. Wortlos betrachtete er das neue Namensschild, dann fragte er: „Hast du einen Moment Zeit für mich?" Sallie hörte seiner Stimme sofort an, dass etwas nicht stimmte – vermutlich machte einen das eigene Unglück sensibel für das der anderen.

„Es ist sowieso Mittag", erwiderte sie ohne Zögern und schaltete den Computer ab. „Wohin gehen wir?"

„Wird er denn nichts dagegen haben?" Sallie wusste natürlich sofort, wen er meinte.

„Nein", log sie und sah ihn spitzbübisch an. „Aber ich frage ihn erst gar nicht."

Auf ihrem Weg nach draußen und durch die pausenfreudige Menge sprach Chris zunächst kein Wort. Dann platzte er heraus: „Bist du wirklich mit ihm verheiratet? Man kann doch gar nicht so schnell heiraten, außer man fährt nach Las Vegas."

„Wir sind seit acht Jahren verheiratet", gestand Sallie, ohne ihn anzusehen. „Und sieben dieser acht Jahre lebten wir getrennt."

Eine Weile gingen sie schweigend nebeneinander her, dann nahm Chris ihre Hand und führte sie in einen Coffeeshop, wo sie an einem kleinen Tisch an der Wand Platz nahmen. Sallie hatte keinen Hunger und bestellte nur Saft und einen Salat, von dem sie wusste, dass sie ihn nicht anrühren würde. Chris schien ebenfalls nicht hungrig zu sein, denn als ihr Essen kam, trank er nur seinen Kaffee und blickte missmutig auf das Thunfischsandwich auf seinem Teller.

„Wie es aussieht, seid ihr also wieder zusammen", sagte er schließlich.

Sallie schüttelte den Kopf. „So sieht *er* die Sache."

„Du nicht?"

„Er liebt mich nicht. Ich bin für ihn nur eine Herausforderung. Wie ich dir schon sagte: Er will nur eine Weile mit mir spielen. Dass er dabei mein Leben zerstört, ist ihm vollkommen egal. Meine Karriere hat er bereits auf dem Gewissen. Er hat geschworen, dafür zu sorgen, dass ich nirgendwo sonst eine Stelle als Reporterin bekomme."

Chris fluchte laut, was er selten tat, und als ihre Augen sich trafen, sah Sallie kalte Wut in seinem Blick. „Wie kann er dir das nur antun?!"

Sallie zuckte mit den Schultern. „Er sagt, er habe Angst, dass mir etwas zustößt. Dass er den Gedanken an mich mitten in einer Revolution nicht ertragen könne." Aber wie oft hatte Rhy sie früher mit ebendieser Sorge allein gelassen?

„*Das* kann ich immerhin verstehen", entgegnete Chris und lächelte schief. „Ich gebe zu, dass selbst ich mir hin und wieder Sorgen um dich mache, auch wenn ich nicht mit dir verheiratet bin."

„Aber für Amy würdest du die Arbeit auch nicht aufgeben", erinnerte sie ihn geradeheraus. „Und ich nicht für Rhy – falls ich da überhaupt eine Wahl habe. Er engt mich vollkommen ein, Chris. Er bindet mich fest und erstickt mich."

„Du liebst ihn."

„Ich wehre mich dagegen, bisher leider mit wenig Erfolg." Sie schüttelte den Kopf. „Aber zerbrich dir meinetwegen nicht weiter den Kopf. Wie sieht denn die Situation mit dir und Amy aus?"

Chris neigte den Kopf zur Seite. „Ich liebe sie immer noch und will sie auch immer noch heiraten. Aber sie will meinen Antrag nur annehmen, wenn ich meine Stelle als Reporter aufgebe, und der Gedanke an einen gewöhnlichen Bürojob lässt mich in kalten Schweiß ausbrechen."

„Kannst du nicht nachgeben? Greg hat es doch auch getan – für seine Kinder."

„Aber nicht für seine Frau", betonte Chris. „Er musste sie erst verlieren, um den Reporterberuf an den Nagel zu hängen. Wäre sie noch am Leben, würde er wahrscheinlich immer noch da draußen herumlaufen und nach einer Story suchen."

Das stimmte wohl. Sallie seufzte. Die Bedürfnisse von Kindern kann man so viel schwerer ignorieren als die von Erwachsenen, dachte sie, weil Kinder die Dinge nur in Bezug auf sich selbst sehen und nicht begreifen können, dass die Bedürfnisse ihrer Eltern ebenso wichtig sind wie ihre eigenen. Sie haben keine Hemmungen, ihre Wünsche kundzutun und darauf zu drängen, dass man sie ihnen erfüllt, während Erwachsene sich aus irgendwelchen Gründen zurücknehmen und nichts fordern, weil sie wissen, dass ihnen niemand etwas schuldig ist. Nun, sie hatte Rhy damals gebeten – nein, von ihm *verlangt* –, dass er seinen Beruf wechseln und bei ihr bleiben solle, doch es hatte nichts genutzt. Rhy hatte ihr klar und deutlich zu verstehen gegeben, dass er nicht für ihr Glück verantwortlich war; er wollte sein eigenes Leben leben. Sie konnte Chris keine Hoffnung machen und keine Lösung anbieten, da sie für sich selbst ebenfalls keine sah. Egal was sie taten, sie würden unglücklich dabei werden.

„Ich werde die Stadt verlassen", sagte sie laut und sah Chris erschrocken an, da sie eigentlich nicht vorgehabt hatte, ihre Pläne aufzudecken.

Er sah ihren Schreck und winkte ab. „Keine Sorge. Ich werde nichts verraten", versicherte er. „Ich habe sowieso damit gerechnet, dass du das tust. Du hast den nötigen Mut dazu, egal wie weh es tut. Du versuchst, den Schaden möglichst gering zu halten – ich wünschte, ich könnte das auch."

„Wenn du dazu bereit bist, wirst du es können. Vergiss nicht, dass ich sieben Jahre Zeit hatte, mich an ein Leben ohne ihn zu gewöhnen." Sie lächelte schwach. „Ich war sogar davon überzeugt, dass es zwischen uns ganz aus wäre. Tja, Rhy hat nicht lange gebraucht, um mich eines Besseren zu belehren."

Chris' Blick schweifte in die Ferne, da er wohl über seine Situation nachdachte. Er war verletzt worden, genau wie sie. Es gab nichts Wirkungsvolleres, um das Selbstbewusstsein zu erschüttern, als einen geliebten Menschen sagen zu hören: „Du musst dich ändern", was in Wahrheit bedeutete: „Ich liebe dich nicht so, wie du bist; du bist nicht gut genug." Es gab schlimmere, grausamere Verletzungen, aber diese Aussage versetzte einem dennoch einen ganz besonderen Stich. Sallie wusste das selbst nur zu gut und hatte geschworen, nie wieder jemanden zu bitten, sich zu ändern. Hatte es Rhy damals verletzt? Sie versuchte, sich einen verunsicherten, leidenden Rhy vorzustellen, was ihr jedoch misslang. Er war hart, rechthaberisch und unnachgiebig und ließ keinerlei Verletzlichkeit zu. Ihre umschlingenden Arme hatte er abgeschüttelt wie Spinnweben und war davongegangen.

„Ich werde über sie hinwegkommen", sagte Chris leise. In seinem Blick lag Resignation. „Ich schätze, das muss ich, oder?"

Schweigend kehrten sie zum Verlag zurück, und als sie den leeren Fahrstuhl betraten und Chris den Knopf drückte, sah er sie einen Moment eindringlich an.

„Melde dich mal", sagte er. „Ich wünschte, du wärst die Richtige für mich gewesen, Sal." Zärtlich legt er seine Hand um ihren Nacken und strich einmal sanft mit seinen Lippen über ihre. Sallie spürte Tränen in ihre Augen steigen. Ja, warum hatte es nicht Chris sein können, dem sie verfallen wäre, anstelle von Rhy?

Sie konnte nicht versprechen, Kontakt mit ihm zu halten, auch wenn sie es wollte. Sobald sie die Stadt verlassen hätte, wollte sie nichts unternehmen, das Rhy auf ihre Spur bringen könnte. Und was Chris nicht wusste, konnte er weder absichtlich noch aus Versehen verraten. Sie sah ihn beim Aussteigen also nur lange an und schwieg. Dann ging sie an ihren Schreibtisch und nahm sich entschlossen das Interview vor.

Ein Gefühl von „jetzt oder nie" verlieh ihr die nötige Konzentration, und in weniger als einer Stunde konnte sie den fertigen Bericht an Gregs Büro mailen. Sie stand auf, streckte die müden, verkrampften Muskeln, schnappte sich ihre Handtasche und verließ das Gebäude ohne Abschiedsworte, so als würde sie nur kurz zu einer Verabredung aufbrechen, während sie in Wahrheit nie wieder zurückkehren würde. Sie bedauerte sehr, dass sie gehen musste, ohne Greg Bescheid zu sagen, aber er hatte ihr deutlich zu verstehen gegeben, dass er Rhy gegenüber vollkommen loyal war, was bedeutete, dass er ihre Kündigung sofort an ihn weitergereicht hätte.

Aus Vorsicht löste sie ihren Barscheck ein und tauschte ihn in Reiseschecks um. Wer wusste schon, was Rhy alles einfallen würde, um sie zurückzuhalten? Sie musste fort, und das auf der Stelle.

Als sie ihre Wohnung erreichte, war es schon fast halb vier, und sie wunderte sich sehr, dass sich ihr beim Aufschließen der Tür instinktiv die Nackenhaare sträubten. Sie sah sich inmitten der vertrauten Möbel um und wusste, irgendetwas war anders. Schnell merkte sie, dass etliche Dinge fehlten: ihre gerahmten Urkunden, ihre Bücher, ihre Standuhr. Du meine Güte: Diebe!

Hastig rannte sie ins Schlafzimmer und starrte auf die offen stehenden Schranktüren: Ihre ganzen Kleider waren fort! Sie eilte ins Badezimmer und stellte fest, dass ihre Toilettensachen ebenfalls fehlten, einschließlich der Zahnbürste. Alle persönlichen Dinge waren verschwunden! Sie wurde blass und lief zurück ins Schlafzimmer, wo sie fassungslos auf den leeren Schreibtisch starrte, auf dem ihr Laptop samt CD-Box und ausgedrucktem Manuskript gelegen hatten. Alles war gestohlen!

An der Tür ertönte ein Geräusch, und sie fuhr kampfbereit herum, um sich notfalls gegen die Diebe zu verteidigen, doch es war ihre Vermieterin. „Dachte ich mir doch, dass ich Sie gesehen habe", rief Mrs Landis fröhlich. „Ich bin ja so glücklich für Sie. So ein nettes Mädchen, und ich habe mich immer gefragt, wann Sie wohl endlich heiraten! Natürlich sehe ich Sie nicht gerne gehen, aber ich weiß ja, dass Sie es kaum erwarten können, bei Ihrem gut aussehenden Ehemann einzuziehen."

Sallies Magen krampfte sich zusammen. „Ehemann?", fragte sie kaum hörbar nach.

„Er ist der erste berühmte Mensch, den ich getroffen habe", plapperte Mrs Landis weiter. „Aber er ist ja so nett, und er hat veranlasst, dass Ihre Möbel bis zum Wochenende abgeholt und eingelagert werden, damit ich die Wohnung wieder vermieten kann. Ich finde das ja sehr fürsorglich von ihm, dass er sich um alles gekümmert hat, während Sie arbeiten."

Inzwischen hatte Sallie sich wieder einigermaßen unter Kontrolle und schaffte sogar ein Lächeln. „Ja, so ist er", stimmte sie zu und ballte dabei die Hände zu Fäusten. „Rhy denkt wirklich an alles!!"

Aber trotzdem hatte er noch nicht gewonnen!

9. KAPITEL

*S*allie war so wütend, dass sie unwillkürlich zitterte. Sie hatte keine Ahnung, was sie tun sollte. Schließlich stieg sie in einen Bus, fuhr ziellos umher und hegte Mordgedanken. Er hatte all ihre Kleidung und sonstigen persönlichen Besitz gestohlen! Das Schlimmste aber war, dass er auch ihr Manuskript samt Datei und Sicherungskopien an sich genommen hatte, und ihr fiel nichts ein, wie sie es wieder zurückbekommen könnte. Sie wusste nicht einmal, wo Rhy wohnte, und im Telefonbuch war sein Name nicht verzeichnet.

Aber irgendwo musste sie die Nacht ja verbringen, und so stieg sie irgendwann aus dem Bus und lief die vor Hitze flirrenden Straßen entlang, um ein Hotel zu finden. Nachdem sie ein Zimmer bezogen hatte, saß sie wie benommen da, unfähig, ihre nächsten Schritte zu koordinieren. Ihre Gedanken rasten wild durcheinander; irgendwie musste sie an ihren Laptop gelangen, ohne Rhy dabei über den Weg zu laufen. Doch um ihren Laptop zu finden, musste sie herausfinden, wo Rhy wohnte, und dazu musste sie mit ihm sprechen; das wiederum wollte sie unbedingt vermeiden.

Dass er ihr Buch gestohlen hatte, entsetzte Sallie so sehr, dass sie wie gelähmt war. Ihr fiel nichts anderes ein, als wieder von Neuem zu beginnen, doch sie wusste, es würde nicht mehr derselbe Text werden. Sie konnte sich nicht mehr an alle Details und den genauen Wortlaut erinnern. Aus lauter Wut und Verzweiflung begann sie zu weinen, und als sie schließlich beschloss, Rhy doch im Büro anzurufen, merkte sie, dass es bereits zu spät war. Inzwischen mussten alle bereits nach Hause gegangen sein.

Also blieb ihr nichts anderes übrig, als zu warten. Sie ging unter die Dusche, legte sich dann aufs Bett und schlief bei eingeschaltetem Fernseher ein. In den frühen Morgenstunden weckte sie das statische Rauschen eines Testbilds.

Sie verspürte schrecklichen Hunger, da sie am Vortag weder zu Mittag noch zu Abend gegessen hatte. Verzweifelt rollte sie sich auf dem Bett zusammen und musste schon wieder weinen. Was fiel diesem Mann nur ein!

Aber Rhy konnte alles Mögliche einfallen, wie sie ja schon immer am eigenen Leib erlebt hatte. Erneut fiel sie in einen dumpfen Schlaf, und als sie das nächste Mal aufwachte, quälten sie starke Kopfschmerzen. Es war fast zehn Uhr. Sie duschte, zog sich an, atmete mehrere Male tief durch und schaltete ihr Handy ein. Es gab keinen anderen Ausweg. Sie musste ihn anrufen.

Ehe der Mut sie wieder verließ, wählte sie seine Büronummer. Natürlich war Amanda dran, und Sallie gelang eine ruhige Begrüßung, bevor sie um ein Gespräch mit Rhy bat.

„Natürlich. Er hat schon gesagt, ich solle Sie sofort durchstellen", erwiderte Amanda freundlich, während Sallies Nerven zum Zerreißen gespannt waren.

„Sallie." Seine dunkle, raue Stimme ließ sie zusammenfahren. „Liebling, wo steckst du denn?"

Sallie schluckte schwer und forderte heiser: „Ich will mein Buch zurückhaben!"

„Ich habe dich gefragt, wo du bist!"

„Das Buch …", begann sie erneut.

„Vergiss das verdammte Buch!", grollte er, worauf sie endgültig die Fassung verlor. Sie versuchte, die aufsteigenden Tränen zu unterdrücken, doch schließlich wurde sie von Weinkrämpfen geschüttelt.

„Du … du hast es gestohlen!", rief sie anklagend zwischen den Schluchzern. „Du wusstest, dass ich ohne dieses Buch nicht weggehen würde, und du hast gestohlen! Ich hasse dich, hörst du? Ich hasse dich! Ich will dich nie wiedersehen …"

„Nun wein doch nicht", bat er energisch. „Darling, bitte weine nicht. Sag mir, wo du bist, und ich komme, so schnell ich kann. Du bekommst dein Buch zurück, das verspreche ich."

Sallie erwiderte nichts. Sie rieb mit der Hand über ihre nassen Wangen.

Rhy atmete hörbar ungeduldig ein. „Hör zu, du wirst mich treffen müssen, wenn du dein Buch wiederhaben möchtest. Und da das für mich die einzige Möglichkeit ist, dich zu sehen, nutze ich sie aus. Geh mit mir Mittag essen …"

„Nein", unterbrach sie ihn und blickte auf ihre zerknitterten Sachen. „Ich … ich habe nichts anzuziehen."

„Dann essen wir eben in meiner Wohnung", entschied er knapp. „Ich werde meine Haushälterin etwas vorbereiten lassen. Komm um halb eins, dann können wir reden."

„Ich weiß gar nicht, wo du wohnst", gestand sie kleinlaut und fügte sich dabei in ihr unvermeidliches Schicksal, Rhy nun doch treffen zu müssen. Sie wusste, es war ein Fehler. Sie sollte einfach weggehen, das Buch vergessen und neu anfangen, doch sie konnte nicht.

Er gab ihr die Adresse und beschrieb den Weg. Kurz bevor er auflegte, fragte er freundlich: „Ist jetzt alles in Ordnung?"

„Ja, es geht", erwiderte sie resigniert und beendete das Gespräch.

Sie stand auf, um sich zu frisieren, und starrte entsetzt in ihr Spiegelbild. Sie war furchtbar blass, mit tiefen Augenringen, und ihre Kleidung war total zerknittert. So sollte Rhy sie nicht sehen! Und sie hatte nicht einmal einen Lippenstift in ihrer Handtasche.

Aber sie hatte Geld, und unten im Hotel gab es ein paar Geschäfte. Sie fuhr also hinunter, kaufte sich ein hübsches weißes Sommerkleid mit kleinen Blümchen darauf und ein Paar hochhackige weiße Sandaletten.

Im nächsten Geschäft kaufte sie Make-up und Parfüm und kehrte auf ihr Zimmer zurück. Sie schminkte sich sorgfältig, übermalte die Spuren ihrer Angst und Tränen, und zog dann das Kleid und die neuen Schuhe an. Es blieb keine Zeit mehr, das Haar hochzustecken, also bürstete sie es nur durch und verließ das Hotel.

Sie nahm ein Taxi, da sie zu nervös war, um den zur Mittagszeit vollgepferchten Bus zu ertragen. Als sie an Rhys Apartmenthaus ausstieg, sah sie auf die Uhr und stellte fest, dass sie bereits ein paar Minuten zu spät war. Sie bezahlte den Fahrer und eilte zum Fahrstuhl.

Rhy öffnete, sobald sie die Klingel gedrückt hatte. Groß, dunkel und mit ausdruckslosem Gesicht stand er vor ihr.

„Tut mir leid, dass ich zu spät komme …", begann sie schnell, um ihre Nervosität zu überspielen.

„Das macht nichts", unterbrach er sie und trat beiseite, um sie vorbeizulassen. Er hatte sein Jackett ausgezogen, die Krawatte abgenommen und das Hemd bis fast zur Hälfte aufgeknöpft. Beim Anblick seiner fein gekräuselten Brusthaare fuhr Sallie sich unwillkürlich mit der Zunge über die Lippen. Allein sein Anblick machte sie schon schwach!

Seine Augen glänzten wie schwarzer Samt. „Du verführerisches kleines Biest", raunte er und begann, die restlichen Knöpfe an seinem Hemd zu lösen. Dann zog er es aus dem Hosenbund, streifte es von den Schultern und ließ es zu Boden fallen. Das Sonnenlicht, das durch die großen Fenster drang, glänzte auf seinem muskulösen Oberkörper.

Sallie wich einen Schritt zurück. Sie musste den Wunsch, ihn zu berühren, seine warme Haut und die darunter liegenden harten Muskeln zu spüren, unbedingt unterdrücken! Doch sie machte den Fehler, ihm in die Augen zu blicken, und sah dort unverhohlene, hungrige Begierde.

„Ich will dich", flüsterte er und kam näher. „Jetzt."

„Dafür bin ich nicht hergekommen", protestierte sie schwach und versuchte, ihm zu entwischen. Doch er hatte sie schon mit den Armen umschlungen und zog sie an seinen halb nackten Körper. Sallie erschauerte wie elektrisiert. Seine sexuelle Macht über sie war ihr unbegreiflich, aber er besaß sie immer noch. Der Duft seiner Haut, seine Wärme, seine erotische Ausstrahlung waren wie eine Droge, die ihren Verstand betäubte und ihre Abwehr schwächte.

Er küsste sie, hart und fordernd, und brach damit den letzten Rest ihres Widerstands, sodass sie sich nicht wehrte, als er mit eifrigen Händen ihren Körper erkundete. Wie benommen legte sie die Arme um seinen Nacken und erwiderte seine Küsse mit gleicher Leidenschaft.

Als er den Kopf hob und nach Luft rang, lehnte sie ihren Kopf gegen seine Brust. Aus dem Augenwinkel sah sie, wie er die Lippen kurz zu einem triumphierenden Lächeln verzog. Er war sich seines Sieges bewusst, sie hatte kapituliert.

Mit langsamen, vorsichtigen Bewegungen, als wollte er sie nicht verschrecken, löste er den Reißverschluss ihres Kleides und streifte die Träger über ihre Schultern, sodass der Stoff zu Boden glitt. Sallie beobachtete ihn schweigend. Ihre Pupillen waren vor Lust so geweitet, dass ihre Augen ganz schwarz waren. Sie konnte ihm nicht widerstehen, sie konnte nicht an Flucht denken. Sie konnte nur fühlen und reagieren. Sie liebte ihn und war diesem Gefühl hilflos ausgeliefert.

Doch zumindest ihre Lust wurde erwidert. Sie spürte, dass er bebte, dass seine Muskeln sich kraftvoll anspannten, als er sie sanft auf seine Arme hob und sie in sein Schlafzimmer trug. Er legte sie aufs Bett, schob sich neben sie und entfernte auch die letzten Kleidungsstücke, die ihm den direkten Kontakt zu ihrer Haut verwehrten. Er konnte seine Erregung ebenso wenig verbergen wie sie ihre Begierde zügeln. Mit rauer Stimme flüsterte er ihr lüsterne Worte ins Ohr, unzusammenhängende, halbe Sätze, Aufforderungen, die ihre Begierde immer weiter steigerten, bis sie sich schließlich lustvoll an ihn klammerte, um im Höhepunkt ihrer Erregung zu versinken und mit ihm eins zu werden.

Als die Welt um sie herum sich nicht mehr drehte, lag sie in seinen Armen, und er streichelte sanft ihr Haar und ihren Rücken. „Ich hatte das nicht geplant", murmelte er gegen ihre Schläfe. „Ich wollte erst reden, dann mit dir essen und zusehen, dass wir uns wie zivilisierte Menschen benehmen. Aber in dem Moment, als ich dich sah, konnte ich an nichts anderes mehr denken, als mit dir zu schlafen."

„Das war doch sowieso alles, was du je von mir wolltest", entgegnete sie mit leiser Bitterkeit in der Stimme.

Nachdenklich sah er sie an. „Findest du? Das war auch etwas, worüber ich mit dir sprechen wollte, aber lass uns erst einmal essen."

„Ist das Essen nicht schon kalt?", fragte sie, setzte sich auf und schob das Haar aus dem Gesicht.

„Es gibt Steaks und Salat. Der Salat ist im Kühlschrank, und die Steaks liegen zum Braten bereit. Und Mrs Hermann habe ich für den Rest des Tages freigegeben, sodass wir ungestört sind."

„Da hast du ja wirklich an alles gedacht, hm?", meinte sie, während sie sich anzog. Er erhob sich ebenfalls und beobachtete ihre lethargischen Bewegungen.

„Was ist los?", fragte er scharf, ging auf sie zu und hob ihr Kinn an, damit er ihr blasses Gesicht sehen konnte. „Bist du krank?"

Sie fühlte sich tatsächlich krank und nach der Intensität ihres Liebesspiels geradezu deprimiert. Sie war dumm und schwach. Doch sie wusste, dass ihr einziges Leid darin bestand, dass sie unfähig war, Rhy die Stirn zu bieten – und darin, dass sie seit über vierundzwanzig Stunden nichts mehr im Magen hatte.

„Es geht mir gut", wehrte sie ab. „Ich glaube, ich bin nur hungrig. Ich habe seit gestern Morgen nichts mehr gegessen."

„Na, toll", schimpfte er. „Als ob du es dir leisten könntest, noch mehr abzunehmen! Du solltest mindestens fünfzig Kilo wiegen! Du brauchst unbedingt jemanden, der auf dich aufpasst!"

Wahrscheinlich meinte er damit sich selbst, aber sie wollte nicht mit ihm streiten. Schweigend kleidete sie sich weiter an und wartete, bis auch er wieder angezogen war; dann folgte sie ihm in die sauber aufgeräumte Küche. Er lehnte kategorisch jede Hilfe ab und ließ sie auf einem Stuhl Platz nehmen, während er die Steaks briet und im kleinen Esszimmer den Tisch deckte.

Zum Essen entkorkte er eine Flasche kalifornischen Rotwein, und die ersten Minuten am Tisch verbrachten sie schweigend. Dann fragte Sallie, ohne von ihrem Teller aufzusehen: „Wo ist mein Manuskript?"

„Im Arbeitszimmer", erwiderte er. „Du hast wirklich schriftstellerische Begabung. Es liest sich gut."

Erbost hob sie den Kopf. „Du hattest kein Recht, es zu lesen!"

„Ach, nein?", fragte er trocken. „Ich dachte, ich hätte jedes Recht, zu lesen, was du die ganze Zeit über, in der du für mich arbeiten solltest, geschrieben hast. Du hast jeden Monat dein Gehalt bekommen, aber kein Wort für die Artikel geschrieben, die dir zugeteilt wurden. Wenn es mir nicht so gut gepasst hätte, dass du ruhig an deinem Schreibtisch sitzt, hätte ich dich schon vor Wochen gefeuert."

„Ich werde dir jeden Penny zurückzahlen, den ich bekommen habe, seit du den Verlag übernommen hast", rief sie. „Du hattest trotzdem kein Recht, es zu lesen!"

„Hör auf, zu zetern und zu kratzen, du kleine Katze", erwiderte er amüsiert. „Ich habe es nun mal gelesen, und daran ist jetzt nichts mehr zu ändern. Denk doch mal konstruktiv. Du hast ein Manuskript mit viel Potenzial verfasst, aber es hat auch noch ein paar Ecken und Kanten und muss überarbeitet werden. Du brauchst einen Platz, um ungestört daran arbeiten zu können, ohne dich um Mietzahlungen oder Lebensmitteleinkäufe sorgen zu müssen."

„Warum?", murmelte sie. „Tausende von Schriftstellern leben mit diesen Sorgen."

„Du aber nicht", erläuterte er. „Dein ganzes Leben lang warst du finanziell abgesichert, und das bist du so gewohnt. Jetzt wird kein Gehalt mehr kommen, weil du gestern deine Kündigung bekommen hast, und sobald deine Ersparnisse zusammenschrumpfen, wirst du dir große Sorgen machen. Es dauert Zeit, ein Buch zu schreiben und einen Verleger zu finden; dein Geld wird dir sicher vorher ausgehen."

„Ich bin kein hilfloses Baby, und ich habe keine Angst vor Arbeit", entgegnete sie.

„Das weiß ich, aber warum solltest du dir überhaupt Sorgen machen, wo du doch hier wohnen, ungestört an deinem Buch arbeiten und dazu noch deine Ersparnisse behalten kannst?"

Sallie seufzte. Sie saß in der Falle. Auf den ersten Blick war es ein logischer Vorschlag. Doch sie wusste, dass es Rhy nur darum ging, sie wieder an sich zu binden, weil er meinte, dass sie zu ihm gehörte. Wenn sie nur einen Funken Verstand besäße, hätte sie sich schon bei der ersten Gelegenheit davongemacht, selbst wenn sie dafür ihr Buch opfern musste. Aber diese Möglichkeit hatte sie im Grunde schon lange verpasst, und sie musste sich schmerzvoll eingestehen, dass es nun zu spät für sie war, ihre Freiheit zurückzubekommen. Wieder einmal war sie in ihrer naiven, hilflosen Liebe für Rhy gefangen und wusste doch, dass diese Liebe nicht erwidert wurde, außer in Form von körperlicher Begierde. Er begehrte sie, und aus diesem Grund wollte er sie bei sich haben, aber was wäre, wenn er ihrer wieder überdrüssig würde? Würde er dann einfach gehen, so wie damals? In dem Bewusstsein, dass sie sich ein weiteres Mal auf ein gebrochenes Herz einließ, sagte sie: „Also gut."

Rhy sah sie eindringlich an. „Einfach so? Ohne Diskussion, ohne Bedingungen? Und ganz ohne Fragen?"

„Die Antworten interessieren mich nicht", erwiderte sie achselzuckend. „Ich bin es müde, gegen dich zu kämpfen, und ich will mein Buch zu Ende schreiben. Alles andere ist mir egal."

„Du verstehst es wirklich, das Ego eines Mannes aufzubauen", murmelte er beleidigt vor sich hin.

„Mein Ego hast du mit Füßen getreten", gab sie schnippisch zurück. „Erwarte also nicht, dass ich dich mit Samthandschuhen anfasse. Du hast bekommen, was du willst: Ich arbeite nicht mehr und wohne bei dir, aber erwarte nicht, dass ich dich bewundere."

„Das habe ich noch nie erwartet", entgegnete er behutsam. „Und damit du's weißt: Ich will dich nicht einsperren. Es war nur diese eine bestimmte Arbeit, gegen die ich etwas hatte, und den Grund dafür habe ich dir genannt. Alles, worum ich dich bitte, ist, dass du uns Zeit gibst, unsere Ehe wieder in den Griff zu bekommen. Wenn wir nach sechs Monaten doch nicht zusammenleben können, werde ich eine Scheidung in Betracht ziehen, aber ich finde, wir sollten es wenigstens versuchen."

„Und wenn es nicht funktioniert, lassen wir uns scheiden?", fragte sie vorsichtig nach, um sicherzugehen.

„Das werden wir dann diskutieren."

Seinem Gesicht war abzulesen, dass er ihr keine definitive Zusage geben würde, also lenkte sie ein weiteres Mal ein. „Na gut, sechs Monate. Aber ich werde an meinem Buch arbeiten und weder für dich kochen noch waschen oder putzen. Wenn du eine brave Hausfrau erwartest, wirst du eine Enttäuschung erleben."

„Falls du es noch nicht bemerkt hast, Sallie: Ich bin ein wohlhabender Mann", erwiderte er sarkastisch. „Ich erwarte nicht von meiner Ehefrau, dass sie meine Wäsche wäscht."

Sallie starrte ihn an. „Was hast du dann überhaupt davon, Rhy? Abgesehen von einer Bettgefährtin, meine ich, die du jederzeit ohne diesen ganzen Aufwand haben könntest."

Rhy senkte den Blick und sagte mit leicht heiserer Stimme: „Reicht das denn nicht? Ich will dich. Was müssen wir da noch weiterreden?"

Zu Sallies Überraschung funktionierte ihre Übereinkunft recht gut, und sie entwickelten bald eine Art Routine. Rhy stand jeden Morgen als Erster auf und machte sich Frühstück, dann weckte er sie mit einem Kuss, bevor er ging. Sallie frühstückte ebenfalls allein und verbrachte den Rest des Vormittags an ihrem Laptop. Mrs Hermann entpuppte sich als draller, grauhaariger Ausbund an Effizienz, die sich genauso zuverlässig und gründlich um die Wohnung kümmerte wie zuvor. Sie kochte Sallie ein Mittagessen, bereitete das Abendessen vor und ging, kurz bevor Rhy wiederkam.

Sallie trug das Essen auf, und während sie am Tisch saßen, erzählte Rhy vom Verlag und fragte nach ihrem Buch. Sie fühlte sich überraschend wohl mit ihm, auch wenn sie in ihrer Beziehung keine echte Offenheit spürte. Der Eindruck ließ sie nicht los, dass jeder von ihnen etwas von sich zurückhielt, aber vielleicht war das ganz normal, wenn zwei willensstarke Menschen versuchten, zusammenzuleben. Manchmal dachte sie, dass das dünne Band ihrer Ehe nur deshalb nicht endgültig zerriss, weil sie sich beide an ihre guten Manieren hielten.

Aus Tagen wurden Wochen, der ausgedruckte Manuskriptstapel wuchs immer höher, und mittlerweile wusste sie Rhys Rat und Erfahrung wohl zu schätzen. Es wurde ihnen zur Gewohnheit, dass Sallie ihm nach dem Essen ihre neuen Seiten vorlas und er dazu seinen Kommentar gab. Wenn ihm irgendetwas nicht gefiel, dann sagte er es, betonte dabei jedoch immer, dass der allgemeine Tonfall gut sei. Manchmal verwarf sie aufgrund seiner Kritik ganze Abschnitte und schrieb sie neu, andere Male hielt sie stur an ihren eigenen Worten fest, wenn sie fand, dass sie ihre Gedanken besser transportierten.

Am besten schien sie abends voranzukommen, wenn Rhy mit ihr im Arbeitszimmer saß und Artikel und andere Schriftstücke las, die er aus der Redaktion mitgebracht hatte, oder wenn er an Recherchen für den geplanten Dokumentarfilm arbeitete, den er binnen der nächsten drei Monate abdrehen sollte. Er wirkte zufrieden, und alle Anzeichen der Ruhelosigkeit, wie Sallie sie von früher kannte, waren verschwunden, als wäre sein Drang nach Abenteuern tatsächlich erloschen. Auf eine eigenartige Weise war auch sie zufrieden; die geistige Stimulation, die sie beim Schreiben ihres Buches erhielt, reichte aus, um ihren Intellekt und ihre Fantasie auf Trab zu halten. Sie arbeiteten in Harmonie und Ruhe, die nur durch das gelegentliche Klingeln des Telefons unterbrochen wurde, wenn Greg anrief oder wenn sie ein paar Worte miteinander wechselten.

Wenn es spät wurde, schaltete Sallie ihren Laptop ab und ging ins Bad, um sich bettfertig zu machen. Manchmal arbeitete Rhy dann noch weiter, manchmal folgte er ihr in die Dusche, aber immer – immer! – ging er mit ihr ins Bett, nahm sie in die Arme, und die anfängliche Zurückhaltung dieses Gutenachtsagens endete jedes Mal in hungrigem, ungezügeltem Liebesspiel. Sie hatte angenommen, seine Leidenschaft würde nachlassen, sobald er sich an ihre Anwesenheit gewöhnt hatte, aber seine Lust war ungebrochen. Hin und wieder, wenn sie zusammen arbeiteten, beobachtete sie sein konzentriertes Gesicht und war fasziniert, dass er so ruhig aussehen und dennoch zum wilden Tier werden konnte, sobald sie die Arme um ihn schlang und ihn küsste. Die Vorstellung erregte sie dann so sehr, dass sie drauf und dran war, genau das zu tun, um zu sehen, ob sie ihn tatsächlich von der Arbeit ablenken könnte, doch sie hatte über die Jahre einen tiefen Respekt vor der Arbeit anderer entwickelt und hütete sich, ihn zu stören.

Nur zwei Mal geriet die oberflächliche Harmonie dieser ersten Wochen ins Wanken. Beim ersten Mal war Sallie gerade in der Küche und räumte die Teller vom Abendessen in die Spülmaschine, als das Telefon klingelte. Rhy war bereits im Arbeitszimmer und las, was sie tagsüber geschrieben hatte, also nahm sie den Hörer vom Küchenanschluss ab.

„Ist Rhy da? Könnte ich ihn bitte sprechen?", fragte eine kühle, weibliche Stimme, die Sallie sofort erkannte.

„Aber sicher, Coral, ich hole ihn ans Telefon", antwortete sie, legte den Hörer auf die Küchentheke und ging ins Arbeitszimmer.

Rhy blickte kurz auf. „Wer war das?", fragte er abwesend und sah wieder auf die Seiten in seiner Hand.

„Coral ist dran. Sie will dich sprechen", sagte Sallie mit bemerkenswert ruhiger Stimme und kehrte in die Küche zurück. Rhy ging an den schnurlosen Apparat, der gerade im Wohnzimmer lag, und Sallie spürte kurz die Versuchung, in der Küche mitzuhören, doch dann legte sie den Hörer fest auf die Gabel.

Sie versuchte, sich einzureden, dass es nichts zu bedeuten hatte, wurde aber trotzdem schrecklich eifersüchtig. Trafen die beiden sich noch? Rhy erzählte nie, wohin er zum Mittagessen ging – oder mit wem –, und etwa einmal pro Woche kam er abends später nach Hause. Sallie war so sehr in ihr Manuskript vertieft, dass sie sich nichts weiter dabei gedacht hatte, und sie wusste auch, dass manche Redaktionstermine gelegentlich Überstunden notwendig machten.

Aber Coral war so atemberaubend schön! Wie sollte ein Mann sich nicht geschmeichelt fühlen, wenn eine so wunderbare Frau ihn ganz offensichtlich anhimmelte?

129

Sallie könnte es nicht ertragen, wenn er sie immer noch träfe, das spürte sie jetzt. Eine Zeit lang hatte sie sich eingeredet, dass es ihr egal wäre, falls Rhy andere Frauen hätte, da sie keine Ansprüche an ihn stellte, doch nun wusste sie es besser. Sie liebte ihn und war dadurch zutiefst verletzlich. Er hatte gesiegt, aber noch wusste er es nicht, denn sie hatte noch nie laut ausgesprochen, dass sie ihn liebte. Und da auch er nie von Liebe sprach, fühlte sie sich nicht ermutigt.

Als sie nicht wieder ins Arbeitszimmer zurückkam, suchte Rhy nach ihr und fand sie in der Küche, wo sie mit geballten Fäusten am Fenster stand.

„Kommst du nicht mehr …“, begann er und hielt inne, als er ihr verzerrtes Gesicht sah.

„Ich kann dich nicht davon abhalten, sie zu treffen“, sagte Sallie bitter, und ihre Augen blitzten vor Schmerz und Wut. „Aber sie soll hier nie wieder anrufen! Das werde ich nicht mehr dulden!“

Rhy presste die Kiefer aufeinander. Als wären die Wochen der höflichen Umgangsformen nie gewesen, brach nun bei beiden der Zorn aus wie eine Herde Wildpferde, die zu lange eingesperrt gewesen waren. „Solltest du nicht lieber erst einmal die Fakten recherchieren, bevor du solche Anschuldigungen machst?“, schnaubte er und trat drohend vor sie hin. „Du hättest ja am anderen Apparat mithören können, wenn dich meine Freizeitgestaltung so brennend interessiert! Tatsächlich war es so, dass Coral morgen mit mir essen gehen wollte, ich aber habe abgelehnt.“

„Oh, um meinetwillen musst du dir nichts verkneifen!“, fauchte sie zurück.

Er verzog den Mund zu einem schiefen Lächeln. „Kurioserweise habe ich genau das getan“, knurrte er. „Und mit deiner Erlaubnis werde ich dir jetzt zeigen, was genau ich mir sonst noch verkneife!“

Sallie reagierte zu spät, denn schon hatte er sie gepackt und auf seine Arme geschwungen. Sie wand und wehrte sich, während er sie ins Schlafzimmer trug, aber seine Größe und Kraft machten es ihr unmöglich, zu entkommen. Er warf sie aufs Bett, beugte sich über sie und küsste sie so hart und fordernd, dass sie ihren Protest bald aufgab und sich willig fügte. Ihr Liebesspiel war wild und aufwühlend und glich einem erotischen Kampf, in dem sich ihre angestaute Frustration entlud.

Danach hielt er sie an sich gepresst und streichelte mit der freien Hand ihre nackte Haut. „Ich treffe mich nicht mit Coral“, flüsterte er in ihr Haar. „Und auch mit keiner anderen Frau. So wie ich nachts über dich herfalle, müsstest du wissen, dass ich immer nur auf dich warte."

„Als sie anrief, habe ich rotgesehen", gestand Sallie, drehte den Kopf und hauchte einen Kuss auf seine feuchte Schulter.

Sie spürte, wie er augenblicklich erschauerte und sie fester an sich zog. „Du warst eifersüchtig", meinte er, und sie hörte deutlich den selbstzufriedenen Ton heraus. Verärgert wollte sie sich ihm entwinden, erreichte aber nichts weiter, als dass er ein zweites Mal mit ihr schlief.

Der zweite Streit war ihre eigene Schuld gewesen. Eines Morgens beschloss sie, einen Einkaufsbummel zu machen – zum ersten Mal, seit sie bei Rhy eingezogen war. Sie benötigte einige Sachen und verbrachte einen vergnüglichen Vormittag. Dann beschloss sie, in der Redaktion vorbeizuschauen, ihre alten Freunde zu besuchen und vielleicht mit Rhy zu Mittag zu essen, falls er Zeit hätte.

Zuerst ging sie in das Großraumbüro, in dem sie früher gearbeitet hatte, und wurde laut und herzlich begrüßt. Brom war zu einer Reportage unterwegs, und einen Moment lang stach sie der Neid, aber dann ließ sie das freundliche Willkommen der anderen vergessen, dass sie nicht mehr frei wie ein Vogel war. Nach einer Viertelstunde entschuldigte sie sich und ging nach oben, um mit Greg zu sprechen. Sie war nicht sicher, ob sie ihm je vergeben könnte, dass er sich auf Rhys Seite geschlagen hatte, auch wenn sie jetzt relativ harmonisch mit ihm zusammenlebte. Aber Greg war ein alter Freund und handelte treu danach, was er für die Arbeit für richtig hielt. Sie wollte nicht, dass zwischen ihnen schlechte Stimmung herrschte.

Nach einer zurückhaltenden Begrüßung fanden sie schnell wieder zu ihrem gewohnten lockeren Umgangston zurück. Als sie sich verabschiedete, kommentierte Greg mit einem Grinsen, dass ein Vollzeit-Ehemann ihr wohl gut bekomme, da sie rundum zufrieden aussehe.

Sallie machte sich auf den Weg zu Rhys Büro. Immer noch lächelnd trat sie aus dem Fahrstuhl und lief sprichwörtlich Chris in die Arme.

„Du bist wieder da!", rief er froh gelaunt und musterte sie von oben bis unten. „Du siehst blendend aus!"

Erschrocken fiel Sallie ein, dass sie Chris gar nicht über ihren Einzug bei Rhy informiert hatte. Zwar wusste Greg Bescheid, aber der sprach im Allgemeinen nicht über die privaten Angelegenheiten anderer. „Ich war nie weg", gestand sie nun und lächelte schwach. „Rhy hat mich gefangen genommen."

Chris zog die Brauen hoch. „Du siehst aber nicht aus, als würdest du sehr darunter leiden", meinte er freundlich. „Es ist wohl nicht so schlimm, wie du befürchtet hattest?"

„Offensichtlich nicht", erwiderte sie lachend. „Greg meinte auch gerade, ich sähe rundum *zufrieden* aus! Ich weiß nicht, ob ich mich geschmeichelt fühlen soll oder nicht."

„Bist du denn glücklich?", hakte Chris nach. Er machte ein ernsthaftes Gesicht.

„Auf eine pragmatische Weise bin ich glücklich, ja", erwiderte Sallie nachdenklich. „Ich erwarte nicht mehr den siebten Himmel und werde auch nicht am Boden zerstört sein, wenn es endet."

„Aber du bist sicher, dass es enden wird?"

„Ich weiß nicht. Wir kommen jetzt gut miteinander aus, aber wer kann sagen, ob das immer so bleiben wird? Was ist mit dir? Sind du und Amy …?" Sie hielt inne, sah in Chris' ernste braune Augen und wusste, dass er allein war.

„Es sollte nicht sein." Er zuckte mit den Schultern, nahm ihre Hand und zog sie zum Fenster am Ende des Korridors, weg von den Fahrstuhltüren. „Sie hat diesen anderen Kerl geheiratet. Nicht einmal am Telefon will sie noch mit mir reden."

„Das tut mir sehr leid", murmelte Sallie. „Das ging aber wirklich schnell. Ich dachte, sie wolle erst später im Jahr heiraten."

„Sie ist schwanger." Chris' Gesicht zuckte kurz, dann atmete er tief durch und verzog den Mund. „Ich glaube, es ist mein Baby. Gut, vielleicht ist es auch von dem anderen, ich weiß es nicht, aber ich weiß, dass es meines sein *könnte*. Ich bin nicht einmal sicher, ob Amy genau weiß, wer der Vater ist. Es ist mir egal. Ich würde sie auf der Stelle heiraten, aber sie sagte, ich sei zu ‚unbeständig', um ein guter Vater zu sein."

„Du würdest sie heiraten, obwohl du weißt, dass sie mit einem anderen geschlafen hat, während sie mit dir zusammen war?", fragte Sallie erstaunt nach. Das musste Liebe sein, eine Liebe, die alles akzeptierte!

Chris zuckte die Achseln. „Ich weiß nicht, ob sie das wirklich getan hat, aber es würde für mich keinen Unterschied machen. Ich liebe sie und würde sie so nehmen, wie sie nun mal ist. Wenn sie jetzt anriefe, würde ich sofort zu ihr fahren – zum Teufel mit ihrem Mann!" Er sagte das ganz gefasst, dann schüttelte er den Kopf. „Mach kein so besorgtes Gesicht", sagte er und lächelte. „Es geht mir gut, ich breche nicht zusammen."

„Aber ich mag dich gern und will, dass du glücklich bist."

„Ich mag dich auch gern." Jetzt grinste er und hob sie plötzlich mit Schwung in die Arme und drehte sich mit ihr herum. Lachend setzte er sie ab. „Ich habe dich ganz schön vermisst", sagte er. „Außer dir kann und darf mir niemand Ratschläge für mein Liebesleben erteilen ..."

„Nehmen Sie Ihre verdammten Finger von meiner Frau!"

Die Worte klangen kalt und tonlos. Sallie befreite sich aus Chris' Umarmung und fuhr herum. Sie sah Rhy in seiner geöffneten Bürotür stehen, die Augen zu Schlitzen verengt. Automatisch blickte sie auf seine Hände. Sie waren zwar nicht zu Fäusten geballt, aber es fehlte nicht viel. Sallie wusste, dass diese Hände ohne Vorwarnung zuschlagen konnten, und Rhys Blick sah äußerst bedrohlich aus. Sie trat ein, zwei Schritte vor und positionierte sich so zwischen Rhy und Chris, doch Rhy wich seitwärts aus, sodass er wieder freie Bahn hatte. Noch während er sich bewegte, kam Amanda aus dem Vorzimmer. Als sie Rhys bleiches Gesicht sah, blieb sie abrupt stehen.

Chris schien ungerührt, er blieb entspannt stehen und lächelte müde. „Immer mit der Ruhe", sagte er in seiner schleppenden, humorvollen Art. „Ich will ja gar nichts von Ihrer Frau, ich habe auch so schon genug Probleme."

Mittlerweile war Sallie an Rhy herangetreten und legte eine Hand auf seinen angespannten Arm. „Das stimmt", sagte sie und lächelte betont fröhlich, um ihre Angst zu verbergen. „Er liebt eine Frau, die von ihm erwartet, dass er sesshaft wird und aufhört, durch die Weltgeschichte zu gondeln, und wollte mir alles darüber erzählen. Kommt dir dieses Szenario bekannt vor?"

„Also gut", presste Rhy zwischen starren Lippen hervor. In seinem Gesicht spiegelte sich noch immer Eifersucht, doch zu Amanda sagte er: „Gehen Sie ruhig Mittag essen. Es ist alles in Ordnung."

Nachdem Amanda und Chris gegangen waren, standen Rhy und Sallie im Korridor und starrten einander an. Nach und nach entspannte er sich und sagte müde: „Lass uns aus dem Flur verschwinden, im Büro sind wir für uns."

Sallie nickte und folgte ihm. Sobald die Tür geschlossen war, zog er sie in seine Arme und hielt sie so fest an sich gedrückt, dass ihr die Rippen schmerzten.

„Ich bin nie mit ihm ausgegangen", brachte sie mühsam hervor, während sie nach Luft schnappte.

„Ich glaube dir", flüsterte er, berührte ihre Schläfe und ihre Wange sanft mit den Lippen. „Ich konnte es nur nicht ertragen, dich in seinen

Armen zu sehen. Du gehörst zu mir, und ich will nicht, dass ein anderer Mann dich berührt."

Ihr Herz klopfte schneller. Sie legte die Arme um seinen Nacken und hielt ihn fest. Durfte sie hoffen, dass sie ihm doch mehr bedeutete, als sie angenommen hatte? Seine heftige Reaktion konnte doch nicht von bloßem Besitzanspruch herrühren. So, wie er bebte und sie an sich presste, war sein Gefühl offenbar stark in Mitleidenschaft gezogen. Doch sie konnte sich dessen nicht sicher sein und hielt den Satz zurück, der ihr auf der Zunge lag und der ihn mehr beschwichtigt hätte als alles andere: Ich liebe dich. Noch konnte sie die Worte nicht sagen, aber in ihr keimte die Hoffnung, es irgendwann zu können.

„Hey, eigentlich bin ich hergekommen, um zu fragen, ob du mit mir essen gehst", sagte sie schließlich betont fröhlich und sah ihn an.

„Ich würde lieber etwas anderes mit dir tun", raunte er verführerisch und blickte ostentativ zu seiner Couch, „aber da das nicht geht, gebe ich mich auch mit einem Essen zufrieden."

„Ich fürchte, wir haben gerade einen kleinen Skandal verursacht", meinte sie neckend, als sie mit ihm zum Fahrstuhl ging. „Die Szene von vorhin wird sich bis zum Ende des Tages im ganzen Gebäude herumgesprochen haben."

Gleichgültig zuckte er mit den Schultern. „Das ist mir egal. Sollen alle anderen ruhig gewarnt sein, dass sie dich nicht so mir nichts, dir nichts in den Arm nehmen können! Ich bin eben ein alter Platzhirsch. Ich markiere mein Territorium und ertrage es nicht, wenn andere dort eindringen."

Sallie spürte einen eisigen Stich im Herzen. War das nun doch alles, was sie für ihn war? Sein Territorium, sein Besitz? Gott sei Dank hatte sie gerade eben den Mund gehalten und war nicht mit ihren tiefsten Gefühlen für ihn herausgeplatzt! Er schien diese Gefühle doch nicht zu empfinden, und sie hatte das immer gewusst. Ja, er *war* ein Platzhirsch mit seinen primitiven Instinkten. Er befriedigte seine Triebe und verschwendete keine Zeit mit so überflüssigen Dingen wie Liebe.

10. KAPITEL

*D*as Gefühl, etwas Bedeutendes geleistet zu haben, als sie die letzte Seite ihres Manuskripts ausgedruckt in ihren Händen hielt, übertraf alles, was Sallie je als Reporterin empfunden hatte. Sie hatte es geschafft! Ihr Roman war kein Wunschdenken mehr, kein bloßes Hirngespinst – er war real, er existierte, er hatte Bestand. Sie wusste, dass noch viel Arbeit auf sie wartete, sie musste Korrektur lesen, verbessern, umändern, aber im Großen und Ganzen war ihr Roman fertig. Sie griff zum Telefon, um Rhy anzurufen und diesen besonderen Moment mit ihm zu teilen, aber ein plötzlicher Schwächeanfall ließ sie auf ihren Stuhl zurücksinken.

Der Schwindel ließ sofort wieder nach, doch sie blieb noch eine Weile reglos sitzen und überlegte. Dies war schon das vierte Mal in dieser Woche, dass ihr plötzlich schwindelig wurde … Natürlich! Warum hatte sie nicht schon eher daran gedacht? Aber vielleicht wusste sie es insgeheim schon länger und erlaubte sich nur nicht, es richtig wahrzunehmen und zu deuten. Das Buch beanspruchte ihre ganze Aufmerksamkeit und Energie, und bis zu seiner Fertigstellung hatte sie alles andere verdrängt. Und nun, da es vollendet war, konnte sie ihre Schwangerschaft ganz bewusst zur Kenntnis nehmen.

Aufgeregt blätterte sie in ihrem Schreibtischkalender und entschied, dass es in ihrer ersten Nacht in Sakarya passiert sein musste. „Wann sonst?", murmelte sie vor sich hin. Rhy und sie hatten zum ersten Mal nach den sieben Jahren der Trennung wieder miteinander geschlafen, und prompt war sie schwanger geworden. Voller Selbstironie schüttelte sie den Kopf, doch dann begann sie zu lächeln und zog den Kalender wieder heran, um die Wochen zu zählen. Das Baby würde um den Frühlingsanfang herum zur Welt kommen, und sie sah es als das wunderbare Zeichen eines Neubeginns.

Dieses Baby würde leben, das wusste sie. Es war mehr als ein neues Leben, es war eine Bekräftigung ihrer Ehe, ein weiteres Band zwischen ihr und Rhy. Er würde jetzt ein wundervoller Vater sein, viel besser als damals. Und er würde sich über das Kind freuen.

Doch dann runzelte sie die Stirn. Die Dreharbeiten für den Dokumentarfilm sollten Anfang nächsten Monats beginnen, und Rhy hatte sie nach Europa mitnehmen wollen. Wenn er wüsste, dass sie schwanger war, könnte er seine Meinung ändern. Also würde sie es ihm erst hinterher sagen! Sie würde nicht zulassen, dass er ohne sie wegfuhr!

Das wäre so wie in früheren Zeiten, und sie war sich noch nicht sicher, ob sie beide eine längere Trennung ertragen könnten.

Sie erkannte, dass sie vor ihrer Abreise noch eine Menge erledigen musste. Zunächst sollte sie einen Arzt aufsuchen und sicherstellen, dass alles in Ordnung war und die Reise dem Baby nicht schaden würde. Sie musste neue Kleider kaufen, denn zu Ende der Dreharbeiten würden ihr ihre jetzigen Sachen nicht mehr passen. Im Geiste sah sie sich schon dick und rund durch die Gegend watscheln und musste lächeln. Von ihrer ersten Schwangerschaft hatte Rhy so gut wie gar nichts mitbekommen, doch diesmal würde sie darauf bestehen, dass er ihr bei all den kleinen Dingen half, die sie damals allein hatte bewerkstelligen müssen, zum Beispiel morgens aus dem Bett zu kommen.

Muss Rhy denn ausgerechnet an diesem Abend später kommen, dachte sie. Er hatte um fünf Uhr angerufen und mit trauriger Stimme verkündet, er werde vermutlich erst nach acht zu Hause sein. „Iss schon mal ohne mich, Liebling", hatte er gesagt. „Aber halt mir etwas warm, nur auf ein Sandwich habe ich keine Lust."

Sie hatte ihre Enttäuschung hinuntergeschluckt und dann im Scherz gesagt: „Kannst du vielleicht Hilfe gebrauchen? Denk dran, ich bin auch vom Fach."

„Du weißt gar nicht, wie verlockend dein Angebot ist", hatte er seufzend erwidert. „Aber schreib lieber an deinem Buch weiter, und ich komme nach Hause, sobald ich kann."

„Mit dem Buch bin ich heute fertig geworden", sagte sie und griff das Telefon fester. „Ich kann mir also eine Auszeit nehmen." Eigentlich hatte sie es ihm erst sagen wollen, wenn er zur Tür hereinkam, aber nun konnte sie es nicht mehr erwarten.

„Du bist was? Oh, verdammt!", rief er verärgert, und Sallies Lippen begannen zu zucken. Sie fühlte sich verletzt. Doch dann sprach er weiter, und ihr Gesicht hellte sich wieder auf. „Ich sollte mit dir feiern gehen, anstatt so spät noch zu arbeiten. Aber ich komme, so schnell ich kann, damit wir noch Zeit haben, dich zu belohnen, wenn du weißt, was ich meine."

„Ich dachte, du bist müde." Sie lachte und hörte ihn lüstern durch den Hörer knurren.

„Ich bin tatsächlich müde, aber sicher nicht bewegungsunfähig", erwiderte er humorvoll. „Also dann, bis in ein paar Stunden."

Lächelnd legte Sallie auf. Nach ihrem einsamen Abendessen ging sie unter die Dusche und setzte sich dann ins Arbeitszimmer, um das ausgedruckte Manuskript noch einmal durchzulesen. Schon jetzt schrieb sie einige Änderungen an den Rand und war so vertieft in die Arbeit, dass sie bei Rhys Eintreffen staunte, wie schnell die Zeit vergangen war. Sie legte das Manuskript beiseite und sprang auf, musste sich dann aber einen Moment an der Stuhllehne festhalten, weil ihr wieder schwindelig wurde. Langsam! Sie musste daran denken, sich langsam zu bewegen.

Rhy kam ins Arbeitszimmer, und sein müdes Gesicht hellte sich schlagartig auf, als er sie in ihrem durchsichtigen dunkelblauen Nachthemd mit passendem Morgenrock sah. Er warf sein Jackett zu Boden und zog die bereits gelöste Krawatte ganz aus dem Kragen. Während er auf sie zuging, knöpfte er sein Hemd auf. „Wie schön es doch ist, wenn die Frau zu Hause im Negligé auf einen wartet!", kommentierte er, schlang die Arme um Sallie und hob sie auf die Zehenspitzen, um sie zu küssen. „Der reinste Adrenalinstoß!"

„Gewöhn dich nur nicht zu sehr daran", warnte Sallie. „Ich habe heute nur deshalb früher geduscht, weil ich nichts anderes zu tun hatte. Hast du großen Hunger?"

„Ja", knurrte er. „Willst du mich etwa hinhalten?"

„Du weißt, dass ich das Essen meine!" Lachend ging sie zur Tür. „Du kannst dich frisch machen, während ich den Tisch decke. Deine Portion ist noch warm."

„Du musst nicht im Esszimmer decken", rief er ihr nach. „Die Küche reicht vollkommen aus und ist praktischer."

Sallie deckte ihm also den Tisch in der Küche. Während er aß, sprachen sie über ihr Buch. Rhy hatte bereits mit einer Agentur gesprochen, die er kannte, und wollte ihnen das Manuskript zusenden, bevor sie zu den Dreharbeiten nach Europa reisten.

„Aber es ist noch nicht ganz fertig", protestierte Sallie. „Ich habe gerade erst mit den Korrekturen angefangen, die ich noch einarbeiten will."

„Ich möchte es dieser Agentin aber jetzt schon geben", beharrte Rhy. „Es ist eben noch eine Rohfassung, da wird sie nicht erwarten, dass jedes Wort perfekt passt."

„Sie?" Sallie horchte auf.

„Ja, sie", wiederholte Rhy lachend. Seine grauen Augen blitzten. „Sie ist eine spindeldürre Kneifzange namens Barbara Hopewell und zwanzig Jahre älter als ich. Du kannst deine Krallen also einfahren."

Sallie sah ihn verärgert an. Sie hatte das Gefühl, dass er sie absichtlich zur Eifersucht gereizt und sie in eine schwache Position gedrängt hatte.

„Warum hast du es so eilig?", wollte sie wissen.

„Ich will nicht, dass du dir wegen des Buches Sorgen machst, während wir in Europa sind. Such dir eine Schreibkraft und tu, was immer du tun musst, aber ich hätte gerne, dass du das Buch abgibst, bevor wir losfahren."

Da sie ihm immer noch böse war, weil er sie absichtlich eifersüchtig machen wollte, stützte sie die Ellbogen auf den Tisch und erwiderte schnippisch: „Ist dir schon mal der Gedanke gekommen, dass mir jetzt, wo ich das Buch fertig habe, zu Hause langweilig werden könnte? Ich sollte mir lieber eine neue Arbeit suchen, anstatt in Europa herumzureisen."

Wenn sie ihn hatte provozieren wollen, so war ihr das bestens gelungen. Rhy wurde erst blass, dann rot. Er knallte die Gabel auf den Tisch, griff nach Sallies Handgelenk und zog sie hoch, während er selbst ebenfalls aufstand. „Du lässt dir keine Chance entgehen, Salz in die Wunde zu streuen, wie?", sagte er rau. „Manchmal würde ich dir am liebsten den Hals umdrehen!" Dann zog er sie an sich und presste seine Lippen hart auf ihre. Noch während er sie küsste, schob er einen Arm unter ihre Knie und hob sie so mühelos hoch, als hätte sie kaum Gewicht.

Sallie musste sich an ihm festhalten; die schnelle Bewegung, mit der er sie vom Boden hob, verursachte ihr leichten Schwindel, und sie bekam Angst, sie könnte in Ohnmacht fallen. Sie verstand nicht, warum er so heftig reagierte oder was er mit dem Salz in der Wunde gemeint hatte. Sie wusste nur, dass sie ihn verärgert hatte, was überhaupt nicht ihre Absicht gewesen war; dann sorgte sie auf bewährte Art für eine Wiedergutmachung: Sie erwiderte seinen Kuss und schmiegte sich mit ihrem ganzen Körper an ihn. Hungrig nahm er ihr Angebot an; der Druck seiner Lippen war nicht mehr schmerzhaft, sondern eindringlich, fordernd, betörend, und er trug sie ins Schlafzimmer.

Später lag sie schläfrig an ihn gekuschelt, umhüllt von seinem besonderen, männlichen Duft und der Wärme seines Körpers, während er sanft ihren Bauch streichelte und ihre Schulter küsste.

„Habe ich dir wehgetan?", flüsterte er und meinte sein heftiges Liebesspiel, doch Sallie verneinte.

„Das ist gut", erwiderte er mit heiserer Stimme. „Ich würde dich nie …" Er hielt kurz inne, dann fuhr er fort: „Meinst du nicht, dass es Zeit wird, mir von dem Baby zu erzählen?"

Sallie setzte sich abrupt auf und starrte ihn mit großen Augen an. „Woher weißt du das?", fragte sie fassungslos. „Ich habe es doch selbst erst heute gemerkt."

Rhy blinzelte erst verwirrt, dann legte er den Kopf aufs Kissen zurück und begann zu lachen. Er zog sie wieder an seine Brust. „Dann habe ich ja richtig geraten", meinte er lachend und strich ihr die Haare aus dem Gesicht. „Du warst so sehr in dein Buch vertieft, dass du nicht darauf geachtet hast, wie die Tage vergingen. Und ich bin darauf gekommen, weil ich nicht ganz dumm bin und durchaus zählen kann. Ich dachte, du würdest es mir absichtlich verschweigen, weil du mir nicht die Genugtuung gönnen wolltest, zu erfahren, dass ich dich geschwängert habe."

„Na, du hältst mich ja offenbar für eine außerordentlich nette Person", brummte sie missmutig, drehte den Kopf und biss ihm in die Schulter. Rhy stöhnte auf, und sofort bedeckte sie die gerötete Stelle mit Küssen. Dennoch meinte sie: „Das hast du verdient."

„In Anbetracht deiner delikaten Situation lasse ich dich noch einmal davonkommen", erwiderte er neckend, hob ihr Gesicht an und küsste sie lange auf den Mund.

„Aber ich wollte es dir tatsächlich erst einmal verschweigen", gestand Sallie nach einer Weile.

Rhy fasst ihr Kinn und sah ihr tief in die Augen. „Warum?"

„Weil ich mit dir nach Europa fliegen will", antwortete sie leise. „Ich hatte Angst, du würdest mich hierlassen, wenn du von der Schwangerschaft erfährst."

„Auf gar keinen Fall. Ich war damals kaum da, und für dieses Mal habe ich mir vorgenommen, jeden Tag der Schwangerschaft bei dir zu sein und, Ihre Erlaubnis vorausgesetzt, Mrs Baines, sogar bei der Geburt."

Sallie blieb vor Überraschung und Freude fast das Herz stehen, dann klopfte es ihr vor Aufregung bis zum Hals. Überwältigt und sprachlos vergrub sie ihren Kopf an seiner Schulter und klammerte sich an ihm fest. Trotz allem, was er bisher gesagt hatte – und allem, was er nicht gesagt hatte –, begann sie zu hoffen, dass er doch tiefe Gefühle für sie empfand. „Rhy … oh, Rhy!", flüsterte sie mit erstickter Stimme.

Rhy, der den Grund für ihren Gefühlsausbruch missverstand, drückte sie eng an sich und streichelte ihren Kopf. „Mach dir keine Sorgen", murmelte er in ihr Haar. „Mit dem Baby wird alles gut gehen, das verspreche ich dir. Wir werden zum besten Frauenarzt im ganzen

Bundesstaat gehen. Wir werden noch ein ganzes Haus voller Kinder haben, du wirst sehen."

Sallie schmiegte sich an ihn und dachte, dass ihr dieses eine schon reichen würde, wenn es denn lebend zur Welt kam. Dieses Kind und Rhys Liebe würden ihr Leben perfekt machen.

In den nächsten Wochen vor ihrer Abreise nach Europa war Sallie viel zu beschäftigt, um nachzudenken. Sie musste ihre eigenen und auch Rhys Kleider für die Reise sortieren, da er immer häufiger spät arbeitete, um den Verlag auf seine Abwesenheit vorzubereiten. Außerdem gab sie ihrem Buch den letzten Schliff. Der Arzt hatte ihr versichert, dass sie rundum gesund sei, gern noch ein wenig zunehmen könne und dass das Baby sich normal entwickle. Er war mit ihrer Europareise einverstanden, solange sie daran dächte, ausreichend zu essen.

Nie war sie in ihrem Leben glücklicher gewesen als jetzt. Vor vier Monaten noch hatte sie geglaubt, dass Rhy ihr nichts mehr bedeutete, und sich ihm ganz und gar entziehen wollen. Hin und wieder ärgerte sie sich über die arroganten Methoden, mit denen er sie wieder auf ihre Position als Ehefrau gedrängt hatte, aber die meiste Zeit war sie froh darüber, dass er ihr Nein nicht als Antwort hatte gelten lassen. Heute war sie noch viel mehr in ihn verliebt als damals, da sie sich in den Jahren ohne ihn von einem unsicheren Teenager zu einem eigenständigen, gefestigten Charakter entwickelt hatte. Ihre Liebe war stärker, ihre Gedanken und Gefühle reifer. Und er wirkte, als würde er sie nie mehr aus den Augen lassen wollen, und schien so stolz auf das Kind, das sie in ihrem Leib trug, dass sie manchmal dachte, er würde ihr am liebsten ein Schild um den Hals hängen, um allen ihre Schwangerschaft kundzutun.

Das Desaster kam ohne Vorwarnung, eine Woche vor ihrer Abreise nach Europa. Es war einer jener bilderbuchschönen Herbsttage mit warmer Sonne und tiefblauem Himmel, an denen jedoch schon eine Vorahnung des Winters in der Luft liegt. Sallie war noch ein letztes Mal einkaufen gewesen und beschwingt nach Hause gefahren. Sie fühlte sich großartig; ihre Augen leuchteten, ihre Haut strahlte, und sie räumte lächelnd die erstandenen Kleidungsstücke in den Schrank.

Plötzlich klingelte es, und sie rief Mrs Hermann zu: „Ich gehe schon, ich bin fast an der Tür!"

Doch nachdem sie geöffnet hatte, versiegte ihr Lächeln abrupt. Vor der Tür stand Coral Williams. Das Model sah wie immer großartig aus, doch der Ausdruck ihres schönen Gesichts schien gequält, und Sallie fragte sich, ob Rhy sich nicht doch geirrt hatte – ob Coral nicht doch darunter litt, dass er sich nicht mehr mit ihr traf.

„Hallo", begrüßte sie Coral. „Möchten Sie hereinkommen? Kann ich irgendetwas für Sie tun?"

„Danke", hauchte Coral fast unhörbar, ging an Sallie vorbei und blieb unsicher im Flur stehen. „Ich … Ist Rhy hier? Ich habe versucht, ihn anzurufen, aber seine Sekretärin sagte, er sei außer Haus, und ich dachte, er sei vielleicht …" Ihre Stimme erstarb, und Sallie verspürte plötzlich Mitleid mit der Frau. Sie wusste nur zu gut, wie man sich bei unerwiderter Liebe fühlte, und hatte keine Ahnung, was sie tun sollte. Coral tat ihr zwar leid, aber deswegen würde sie Rhy natürlich trotzdem niemals hergeben!

„Nein, hier ist er nicht", sagte sie. „Rhy ist in letzter Zeit selten im Büro anzutreffen, weil er unsere Reise nach Europa vorbereitet."

„Europa!" Coral wurde bleich, und nur ihr perfekt aufgetragenes Make-up verlieh ihrem Gesicht noch ein wenig Farbe. Sie wirkte ohnehin unnatürlich blass, und das streng geschnittene schwarze Kleid, das sie trug, betonte ihre eingefallenen Wangen und ihre zerbrechliche Erscheinung noch mehr.

„Er arbeitet an einem Dokumentarfilm", erklärte Sallie. „Wir werden wohl gut drei Monate unterwegs sein."

„Das … das geht nicht!", stammelte Coral und ballte die Hände.

Ein eiskalter Schauer lief Sallie über den Rücken. Sie ahnte, dass gleich etwas Schreckliches geschehen würde, und straffte unweigerlich die Schultern. „Was wollen Sie von Rhy?", fragte sie das Model unverblümt.

Coral sah Sallie von oben herab an. „Es tut mir leid, aber das ist privat."

„Das lasse ich nicht gelten. Wenn es Rhy betrifft, dann geht es auch mich etwas an. Wie Sie ja wissen, ist er mein Mann", fügte sie sarkastisch hinzu.

Coral zuckte zusammen wie nach einem Hieb, dann fasste sie sich wieder und sagte höhnisch: „Ein schöner Ehemann! Glauben Sie wirklich, er hat auch nur einen Gedanken an Sie verschwendet, während Sie getrennt lebten? Das alte Sprichwort ‚Aus den Augen, aus dem Sinn!' traf bei Rhy ganz genau zu. Er war jeden Abend mit anderen Frauen aus, bis er mich traf."

Sallie verspürte das dringende Bedürfnis, ihrem Gegenüber auf den hübsch geschminkten Mund zu schlagen. Coral sprach aus, was sie selbst immer gedacht hatte, obwohl sie Rhys Beteuerungen, er habe zu anderen Frauen nur platonische Beziehungen unterhalten, natürlich nur allzu gern hatte glauben wollen. Allerdings war an seinem Verhalten, seit sie wieder zusammen wohnten, bislang nichts auszusetzen gewesen. Einen aufmerksameren Ehemann hätte Sallie sich nicht wünschen können.

„Ich weiß alles über Ihre Beziehung mit Rhy", erklärte sie mit fester Stimme. „Als er mich bat, zu ihm zurückzukommen, hat er mir alles erzählt."

„Ach, ja?", fragte Coral und lachte schrill. „Das bezweifle ich. Einige Details sind doch zu intim gewesen."

Nun hatte Sallie genug und ging wieder zur Tür, um sie zu öffnen. „Es tut mir leid", sagte sie, „aber ich muss Sie bitten zu gehen. Rhy ist mein Mann, und ich liebe ihn, und seine Vergangenheit ist mir egal. Es tut mir leid, dass Sie ihn verloren haben, aber es ist nun einmal so, und Sie sollten der Realität ins Gesicht sehen. Er wird nicht wieder zu Ihnen zurückkommen."

„Was macht Sie da so sicher?", keifte Coral, die nun jegliche Kontrolle verlor und deren Gesicht sich vor Wut zu einer hässlichen Fratze verzerrte. „Wenn er hört, was ich ihm zu sagen habe, *wird* er zu mir zurückkommen! Er wird Sie verlassen, ohne sich noch einmal umzublicken!"

Einen Augenblick lang ließ ihre Selbstsicherheit Sallie zögern; dann dachte sie an das Kind in ihrem Bauch und war sicher, dass Rhy sie nie verlassen würde. „Das denke ich nicht", sagte sie leise und spielte ihren Trumpf aus. „Ich bin schwanger. Unser Kind wird im März zur Welt kommen, und ich glaube nicht, dass Ihre Reize in irgendeiner Weise damit konkurrieren können."

Coral schwankte, als würde sie gleich in Ohnmacht fallen, und Sallie sah sie besorgt an. Doch dann erholte sich das Model wieder und brach in hysterisches Gelächter aus. „Unschlagbar!", rief sie, als sie wieder sprechen konnte. „Ich wünschte, Rhy wäre hier; nur seine Anwesenheit fehlt noch, um dies hier zur Schlagzeile des Jahres werden zu lassen!"

„Ich weiß nicht, wovon Sie sprechen", unterbrach Sallie sie steif, „aber ich glaube, es ist besser, wenn Sie jetzt gehen." Das amüsierte, hinterhältige Glitzern in Corals Augen war ihr unangenehm, und sie wollte nur noch, dass diese Frau ging, damit sie allein sein und das Vertrauen in ihre Beziehung zu Rhy zurückgewinnen konnte.

„Seien Sie sich nur nicht so sicher!", zischte Coral hasserfüllt. „Sie haben es geschafft, sein Interesse zu wecken, indem Sie die Unnahbare spielten, aber inzwischen haben Sie bestimmt begriffen, dass er es nicht schafft, irgendeiner Frau treu zu sein. Ich verstehe ihn; manche Männer sind eben so, und ich liebe ihn trotz seiner Schwäche für andere Frauen. Ich bin gewillt, ihm seine kleinen Affären zu erlauben, solange er zu mir zurückkommt, während Sie ihn sicher schon vor Ablauf eines Jahres langweilen werden. Und denken Sie nicht, dass ein Kind da einen Unterschied macht!"

Hinter Coral sah Sallie Mrs Hermann im Türrahmen stehen, die mit gerunzelter Stirn Corals unfreundlicher Tirade lauschte. Da es ihr unangenehm war, auch noch Zeugen dieser unerfreulichen Begegnung zu haben, riss Sallie die Wohnungstür auf und herrschte Coral an: „Raus mit Ihnen!"

„Oh, ich gehe sehr gern!", erwiderte Coral. „Aber glauben Sie nicht, dass alles nur nach Ihren Vorstellungen läuft! Frauen wie Sie machen mich krank – ihr seid euch eurer immer so sicher und steckt eure Nasen in Angelegenheiten, die euch nichts angehen, weil ihr denkt, dass ihr die Männer dadurch in der Hand habt! Deshalb hat Rhy Sie auch von den Auslandsreportagen abgezogen. Er sagte, Sie machten sich nur lächerlich dadurch, dass Sie versuchten, wie ein Mann aufzutreten. Und jetzt halten Sie sich für etwas Besonderes, nur weil Sie schwanger sind! Das ist aber überhaupt nichts Besonderes – Rhy hat wohl ein besonderes Talent dafür, Frauen zu schwängern!"

Corals letzte Worte versetzten Sallie einen Schock, obwohl sie nicht sicher war, dass sie ihre Bedeutung richtig verstand. Sie fühlte sich blass und kraftlos, was Coral zu freuen schien, denn sie fügte voller Genugtuung hinzu: „Ja, genau! Das Baby in Ihrem Bauch ist nicht das einzige Kind, das Rhy gezeugt hat. Auch ich bin schwanger – von Rhy! Und ich bin im zweiten Monat, Schätzchen, also kann es mit Ihrer wunderbaren Ehe ja nicht weit her sein, oder? Ich habe es Ihnen gesagt: Er kommt immer zu mir zurück."

Nachdem sie ihre Giftpfeile abgeschossen hatte, drehte Coral sich um und stolzierte davon. Sallie konnte noch immer nicht ganz begreifen, was sie eben gehört hatte. Sie schloss die Tür und sah zu Mrs Hermann, die sich entsetzt eine Hand vor den Mund hielt.

„Mrs Baines", sagte sie voller Anteilnahme. „Ach, Mrs Baines!"

Erst jetzt begriff Sallie in vollem Umfang, was Coral ihr gerade eröffnet hatte. Sie war ebenfalls schwanger – und auch von Rhy! Seit zwei Monaten, hatte sie gesagt. Das bedeutete, dass Rhy nicht nur hinsichtlich seiner Beziehung zu Coral gelogen, sondern diese Beziehung auch nach ihrer Versöhnung noch fortgesetzt hatte. Sallie dachte an all die Abende, an denen er angeblich länger arbeiten musste. Nie wäre es ihr in den Sinn gekommen, ihn im Büro anzurufen, um seine Aussage zu überprüfen. Hätte Rhy sie auf diese Weise überwacht, wäre sie tief gekränkt gewesen, und so behandelte sie ihn mit demselben Respekt und Vertrauen, wie sie selbst es für sich erwartete. Doch er hatte ihr Vertrauen missbraucht.

Wie benommen taumelte sie an Mrs Hermann vorbei ins Schlafzimmer, Rhys Schlafzimmer, in dem sie so viele glückliche Nächte in seinen Armen verbracht hatte. Sie starrte aufs Bett und wusste, sie würde nie wieder darin schlafen können.

Ohne nachzudenken, zerrte sie ihre Koffer vom Kleiderschrank und begann, hektisch zu packen. Sie hatte Geld, und es gab einen Ort, an den sie gehen konnte. Es gab keinen Grund, auch nur eine Minute länger hierzubleiben.

Als sie an ihr Buch dachte, hielt sie kurz inne, doch das lag sicher in den Händen von Barbara Hopewell, die sie später kontaktieren würde. Später … wenn sie wieder klar denken konnte und der Schmerz nachgelassen hatte, der sie in diesem Augenblick zu zerreißen schien.

Als sie die Koffer in den Flur trug, stand dort Mrs Hermann, die aufgebracht die Hände rang. „Mrs Baines, bitte gehen Sie nicht! Versuchen Sie, darüber zu reden – Männer sind nun mal so, das wissen Sie doch. Ich bin sicher, es gibt für alles eine Erklärung."

„Ja, vermutlich", entgegnete Sallie müde. „Rhy ist gut darin, Erklärungen zu finden. Aber im Moment will ich keine mehr davon hören. Ich gehe. Ich werde irgendwo bleiben, wo es friedlich ist und ich in Ruhe mein Baby bekommen kann. Ich will nicht mehr über meinen Ehemann und seine Affären nachdenken!"

„Aber wo wollen Sie hin? Was soll ich Mr Baines sagen?"

„Was Sie ihm sagen sollen?" Sallie dachte einen Moment lang nach, konnte aber keine Botschaft finden, die ihren Zustand auch nur annähernd wiedergab. „Sagen Sie ihm, was passiert ist. Ich weiß nicht, wo ich hingehen werde, aber ich weiß, dass ich ihn nie mehr wiedersehen will." Mit diesen Worten ging sie aus der Tür.

11. KAPITEL

*D*ie Tage vergingen unerträglich langsam. Wie ein Lachs, der zum Laichen an seinen Ursprung zurückkehrt, war auch Sallie an ihren Geburtsort zurückgekehrt – in die kleine Stadt im Norden des Bundesstaates New York, in der sie aufgewachsen war, Rhy kennengelernt und geheiratet hatte. Das Haus ihrer Eltern stand leer. Viele der alten Nachbarn waren gestorben oder fortgezogen, und sie kannte keines der Kinder, die jetzt auf den Straßen spielten. Aber es war ruhig dort, und sie bezog das alte Haus, säuberte es und richtete es mit dem Nötigsten ein. Dann wartete sie darauf, dass der Heilungsprozess eintrat.

Zu Beginn fühlte sie sich durch seinen Betrug und ihren Verlust wie betäubt. Gerade hatte sie sich daran gewöhnt, mit Rhy zusammenzuleben, und nun war sie wieder allein und musste die einsamen Nächte ertragen, die wie ein schweres Gewicht auf ihr lasteten. Sie versuchte nicht, darüber nachzudenken oder eine Erklärung zu suchen; es gab keinen Grund, sich durch Grübeleien über „hätte", „wäre" und „könnte" weiter verrückt zu machen. Sie musste es einfach hinnehmen – so, wie man auch den Tod hinnehmen musste.

In gewisser Weise fühlte es sich auch so einsam und leer an wie ein Tod. Sie hatte ihren Ehemann so unwiderruflich verloren, als wäre er gestorben. Er war jetzt in Europa, eine halbe Welt entfernt, aber ebenso gut hätte er sich auf einem anderen Planeten befinden können.

Doch dann erkannte sie, dass sie weder allein noch leer war. Eines Tages spürte sie, wie sich ihr Kind in ihrem Bauch bewegte. Sie hielt beide Hände auf das leise Flattern gepresst und wurde von einem Gefühl der Ehrfurcht erfasst, weil in ihrem Leib ein lebendiges Wesen entstand. Rhys Baby, ein Teil von ihm. Auch wenn sie ihn nie mehr wiedersehen würde, wäre er ihr durch das Kind immer nahe. Dieser Gedanke war tröstend und schmerzhaft zugleich, ein Versprechen und eine Drohung.

Das Gefühl der Taubheit ließ schlagartig nach. Eines Morgens erwachte sie in den dunklen, stillen Stunden vor Sonnenaufgang und spürte den Schmerz ihres Verlustes am ganzen Körper. Zum ersten Mal weinte sie und vergrub das Gesicht tief in ihrem Kissen. Immer wieder dachte sie über das Wie und Warum seines Verhaltens nach. War es *ihr* Fehler gewesen? Hatte sie irgendetwas an sich, das Rhy dazu brachte, sie erst beherrschen zu wollen und dann fallen zu lassen, nachdem er sie unterworfen hatte? Oder lag es, wie Coral behauptet hatte, einfach an Rhy selbst, dass er keiner Frau treu sein konnte?

Doch diese Annahme würde eine gewisse Charakterschwäche bedeuten, und das passte nicht zu Rhy. Man konnte ihm vieles nachsagen – dass er arrogant, hitzig oder störrisch sei –, aber Schwäche gehörte sicher nicht zu seinen hervortretenden Eigenschaften. Sallie war sicher, dass er in beruflicher Hinsicht stets seine Integrität wahrte, und sie war überzeugt, dass Integrität nicht nur einen Lebensbereich betraf. Wenn ein Mensch Integrität besaß, dann in allen Aspekten seines Lebens.

Wie sollte sie sich seine Untreue also erklären? Sie konnte es nicht, und die Frage zog und zerrte an ihren Nerven. Nur um des Kindes willen zwang sie sich zu essen und wurde dennoch immer blasser und schmaler. Manchmal wachte sie mitten in der Nacht auf und merkte, dass sie ihr Kopfkissen nass geweint hatte. Dann sehnte sie sich so sehr nach Rhy, dass es ihr unmöglich war, wieder einzuschlafen. In diesen Momenten fragte sie sich, warum sie wie eine Idiotin davongelaufen war und Coral freiwillig das Feld geräumt hatte. Warum war sie nicht geblieben? Warum hatte sie nicht um ihn gekämpft? Er hatte sie verletzt, er war ihr untreu gewesen, aber sie liebte ihn noch immer, und es hätte doch sicher auch nicht mehr wehgetan, wenn sie geblieben wäre. Dann hätte sie zumindest seine Nähe zum Trost gehabt, und sie hätten das Wunder des Kindes, das in ihrem Leib heranwuchs, gemeinsam erleben können. In derartig dunklen Stunden beschloss sie, gleich früh am Morgen ihre Sachen zu packen und Rhy nach Europa zu folgen, aber sobald die Sonne schien, dachte sie wieder an Coral und deren Baby. Rhy wollte vielleicht gar nicht, dass sie zu ihm zurückkam, weil Coral bei ihm war. Das Model war ohnehin viel glanzvoller als sie und für das Leben mit Rhy im Rampenlicht deutlich besser geeignet.

So eine Unentschlossenheit lag normalerweise nicht in ihrer Natur, aber sie hatte zum zweiten Mal in ihrem Leben vollkommen die Orientierung verloren. Und beide Male war Rhy die Ursache dafür gewesen. Beim ersten Mal war sie irgendwann wieder auf die Füße gekommen und hatte sich ein Ziel gesetzt, doch diesmal fühlte sie sich nicht in der Lage, komplexere Dinge als ihre täglichen Grundbedürfnisse zu organisieren. Sie aß und trank, sie wusch sich, sie schlief, sie tat, was getan werden musste. Sie hatte sich ausreichend informiert, um zu wissen, dass ihre Lethargie zum Teil von der Schwangerschaft herrührte, aber es war keine Erklärung für das mangelnde Interesse an allem, was über den nächsten Moment hinausging.

Während die Herbsttage verstrichen und der Winter allmählich näher rückte, wurde ihr bewusst, dass bald Weihnachten war. Seit dem Tod ihrer Eltern hatte sie die Weihnachtstage stets allein verbracht, und diesmal würde es wohl nicht anders sein. Aber im nächsten Jahr, so versprach sie sich selbst, während sie auf dem Weg zum nächsten Lebensmittelladen einen prächtig geschmückten Baum betrachtete, würde sie ein richtiges Weihnachtsfest feiern. Ihr Kind wäre dann etwa neun Monate alt und würde mit großen, fragenden Augen in die Welt hinausblicken. Sie würde einen Baum schmücken und wunderbare Geschenke für ihren kleinen Schatz darunter auftürmen.

Es war nur ein vager Plan, aber es war der erste Vorsatz, den sie seit ihrer Abreise aus New York fasste. Um des Kindes willen musste sie ihre Depression bekämpfen. Sie hatte ein Buch geschrieben – es war an der Zeit, dass sie ihre Agentin kontaktierte und nachfragte, ob sie einen Verleger gefunden hatte. Vielleicht könnte sie mit einem neuen Buch beginnen. Sie musste Geld verdienen, damit sie ihr Kind versorgen konnte, sonst würde Rhy ihr sicher das Sorgerecht entziehen lassen. Entschlossen schwor sie sich, dass dies nie geschehen würde. Rhy war Vater eines weiteren Kindes, aber sie hatte nur dieses eine und würde es niemals hergeben!

Zwei Wochen vor Weihnachten traf sie endlich eine Entscheidung und rief Barbara Hopewell in ihrer Agentur an. Sallie meldete sich in ihrer gewohnt forschen Art, und noch ehe die Agentin etwas sagen konnte, fragte sie, ob sie schon einen Verlag für das Buch gefunden habe.

„Mrs Baines!", rief die Agentin überrascht. „Wo sind Sie? Mr Baines wird schon ganz verrückt, weil er seine Filmerei in Europa erledigen muss und während seiner freien Tage nach Amerika zurückfliegt, um Sie zu suchen. Sind Sie in der Stadt?"

„Nein", erwiderte Sallie. Sie wollte nichts von Rhy oder seiner Suche nach ihr hören. Sie hatte damit gerechnet, dass er sie ausfindig machen wollte – natürlich wegen des Kindes. „Und wo ich bin, spielt auch keine Rolle. Falls es Ihnen nichts ausmacht, möchte ich nur über das Buch sprechen. Hat sich ein Verlag gefunden?"

„Aber …", begann Barbara Hopewell, dann hielt sie inne und fuhr in geschäftsmäßigem Tonfall fort: „Ja, wir haben einen Verlag, der sehr interessiert ist. Ich muss Sie aber dringend um ein Treffen bitten, Mrs Baines, um die Vertragsdetails zu besprechen. Können wir einen Termin vereinbaren?"

„Ich will nicht nach New York zurückkehren", sagte Sallie. Schon bei dem bloßen Gedanken daran schnürte es ihr die Kehle zu.

„Dann treffe ich Sie, wo immer Sie wollen. Sagen Sie mir einfach eine Zeit und einen Ort."

Sallie zögerte, da sie ihr Versteck nicht preisgeben, zu einer Verabredung aber auch nicht meilenweit fahren wollte. Sie rechnete kurz nach und stellte fest, dass Rhy noch einen weiteren Monat in Europa drehen musste. Mrs Hopewell hatte zwar gesagt, er fliege zwischendurch häufig in die Staaten, aber Sallie wusste, dass der enge Drehplan nur wenige freie Tage zuließ. Es war unwahrscheinlich, dass Rhy kurzfristig abreisen könnte, selbst wenn er Kontakt zu ihrer Agentin hatte und durch diese erfahren würde, dass sie miteinander telefonierten.

„Also gut", willigte sie widerstrebend ein und gab Mrs Hopewell ihre Adresse. Sie verabredeten eine Uhrzeit für den kommenden Donnerstag, zu der die Agentin sie besuchen würde.

Das war in nur zwei Tagen, und Sallie hoffte inständig, dass Rhy so bald nichts von ihrem Versteck erfahren würde. Wenn sie Mrs Hopewell am Donnerstag sähe, würde sie ihr das Versprechen abnehmen, Rhy nichts zu sagen. Am Telefon hatte sie nicht darüber sprechen wollen, aus Angst, dass jemand anderes in der Agentur das Gespräch mithörte.

In dieser Nacht konnte sie nicht schlafen, da sie dennoch fürchtete, einen Fehler begangen zu haben. Sie überkam das ungute Gefühl, dass Rhy ihr wie gewöhnlich einen Schritt voraus war. Was, wenn Rhy gerade zufällig in New York war? Wenn er sogar in Barbara Hopewells Büro gewesen und jetzt auf dem Weg hierher war? Was wäre, wenn er morgens vor ihrer Tür stand? Was würde sie ihm dann sagen? Was gab es überhaupt zu sagen?

Tränen quollen zwischen ihren geschlossenen Lidern hervor, die sie fest zusammenpresste, um das Bild zu verscheuchen, das sie plötzlich von Rhys dunklem, schmalem Gesicht vor Augen hatte. Sie spürte abgrundtiefen Schmerz, drehte sich auf die Seite, vergrub ihr Gesicht im Kissen und versuchte, ihr Schluchzen zu ersticken. „Ich liebe ihn", klagte sie laut. Das hatte sich nicht geändert, und jeder Tag, den sie von ihm getrennt war, schien wie eine Ewigkeit.

Plötzlich, so verzweifelt in ihrer Einsamkeit, gestand sie sich ein, dass sie zu ihm zurückkehren wollte. Selbst wenn sie seine Liebe nicht haben konnte, so sehnte sie sich nach seiner Kraft und seiner körperlichen Nähe. Sie wollte ihn bei sich, damit er ihre Hand hielte, während sie ihr gemeinsames Kind zur Welt brachte, und sie wollte weitere Kinder. Der Gedanke an Coral und das andere Baby tat schrecklich weh, aber nach und nach erkannte sie, dass ihre Liebe zu Rhy und ihre Sehnsucht nach ihm stärker waren als ihre Wut. Wenn sie mit ihm leben wollte, musste sie ihn so akzeptieren, wie er war.

Gegen Morgen fiel sie in unruhigen Schlaf und erwachte wenige Stunden später zum monotonen Klopfgeräusch des kalten Regens, der auf das Dach prasselte. Der Himmel war grau, die Straßen verlassen und trübe. Es war noch kein Schnee gefallen, der alles in eine Winterwunderlandschaft hätte verwandeln können, doch die Bäume trugen schon keine Blätter mehr, und die kahlen Zweige schlugen gegeneinander wie die Knochen eines Skeletts. Es gab keinen Grund aufzustehen, aber sie tat es trotzdem und schaffte es sogar, einen groben Entwurf für ihr nächstes Buch zu schreiben. Das zweite würde schwieriger werden, das wusste sie, da das erste teilweise autobiografisch gewesen war. Für das nächste Buch würde sie ganz und gar auf ihre Fantasie zurückgreifen müssen.

Am Nachmittag hörte der Regen auf, und es wurde deutlich kühler. Als sie den Fernseher einschaltete, hörte sie, dass es in der Nacht erneut Niederschlag geben und am Morgen vermutlich Schnee liegen würde. Sallie verzog das Gesicht. Die schlechten Straßenverhältnisse würden Barbara Hopewell möglicherweise davon abhalten, sie zu besuchen, und sie war schrecklich enttäuscht. Ihr Interesse an der Welt war wieder geweckt, und sie wollte mit ihrem Leben fortfahren.

Nach einer Stunde öden Herumtigerns in der Wohnung wurde ihr langweilig, und sie fühlte sich eingesperrt. Draußen war es kalt und feucht, aber sie dachte, ein kurzer Spaziergang würde ihr guttun, sodass sie in dieser Nacht besser schlafen könnte.

Sallie zog ihre kniehohen Winterstiefel an und schob das Haar unter eine dunkle Fellmütze, die bis über ihre Ohren reichte. Dann nahm sie ihren dicken Mantel, wickelte einen Schal um den Hals und stapfte los. Zuerst war es noch kalt, aber nach einer Weile wurde ihr vom Gehen warm, und sie genoss es, die Straßen für sich allein zu haben. Die Sonne würde bald untergehen, und wegen der Wolken am Himmel war es bereits sehr dunkel. Das Wasser, das von den Bäumen auf die Gehwege und Straßen tropfte, war außer ihren Schritten das einzige Geräusch, das sie hörte. Sallie erschauerte, aber der Grund war diesmal nicht die Kälte. Warum lief sie an einem feuchtkalten Winterabend wie eine Idiotin durch die Gegend, wo sie doch warm und gemütlich zu

Hause sitzen konnte? *Und warum lief sie vor Rhy davon, wo sie sich doch nichts sehnlicher wünschte, als wieder bei ihm zu sein?*

Dumm, schimpfte sie mit sich selbst, während sie eilig nach Hause zurückkehrte. Dumm, dumm, dumm! Und feige obendrein! Sie war wirklich der größte Dummkopf auf Erden, weil sie Coral mit ihrer Flucht freiwillig das Feld geräumt hatte. Sobald das Wetter sich besserte und sie sicher reisen konnte, würde sie das nächste Flugzeug nach Europa nehmen, und wenn sie Coral bei Rhy antreffen würde, könnte sie ihr die blonden Haare einzeln vom Kopf reißen! Und auch Rhy würde nicht ungeschoren davonkommen, das versprach sie sich, während ihre Augen kampflustig aufblitzten. Sie hatte ihm eine Menge zu sagen, aber sie wollte ihn nicht verlieren. Hatten die letzten sieben Jahre denn nicht deutlich bewiesen, dass er der einzig richtige Mann für sie war?

Sallie ging immer schneller, umrundete die letzte Ecke und konnte nun ihr Haus sehen. Sie war so in Gedanken vertieft, dass sie das Taxi gar nicht wahrnahm. Erst als ein großer Mann ausstieg und eine Reisetasche aus dem Kofferraum holte, wurde sie aufmerksam. Abrupt blieb sie stehen, und als sie die stolze Haltung des Mannes registrierte, der trotz des schlechten Wetters keine Mütze trug, stockte ihr der Atem. Das Taxi fuhr weiter. Der Mann stellte den Koffer ab und starrte wie gebannt auf ihr Haus. Es brannte kein Licht, und das Haus hätte auch leer stehen können, wie ihr plötzlich auffiel, abgesehen davon, dass Gardinen vor den Fenstern hingen. War es das, was auch er dachte? Dass das Haus leer stand?

„Rhy", flüsterte sie und setzte sich wieder in Bewegung. Das Geräusch ihrer Stiefel ließ den Mann herumfahren. Einen Moment lang verharrte er still, dann kam er mit entschlossenen Schritten auf sie zu. Typisch Rhy, dachte sie. So etwas wie Selbstzweifel kannte dieser Mann gar nicht. Auch wenn er im Unrecht war, blieb er absolut selbstbewusst.

Doch als er näher kam und nur einen Meter vor ihr stehen blieb, biss sie sich vor Schreck auf die Lippen. Sein schmales Gesicht zeigte deutlich, dass er gelitten hatte. Unter den Augen lagen tiefe Schatten und Falten, die vorher nicht da gewesen waren. Dazu wirkte er müde und erschöpft, was seinen leidenden Gesichtsausdruck noch verstärkte. Und er hatte abgenommen, wodurch auch sein Gesicht ausgezehrt wirkte.

Tief schob er die Hände in die Manteltaschen und sah sie an. Am liebsten hätte Sallie sich ihm in die Arme geworfen, doch er hatte sie nicht für sie geöffnet, und plötzlich bekam sie Angst, dass er sie nicht mehr wollte. Aber warum war er dann hier?

„Sie hat gelogen", sagte er tonlos. Seine Lippen bewegten sich kaum, als er die nächsten Worte hinauspresste. „Ohne dich sterbe ich, Sallie. Bitte komm zurück."

Eine Welle unbeschreiblichen Glücks durchströmte ihren Körper, und sie musste für einen Moment die Augen schließen und sich zusammennehmen, um nicht vor Freude laut aufzuschreien. Als sie die Augen wieder öffnete, sah er sie voller Verzweiflung an und schien das Schlimmste zu befürchten. „Ich hatte es bereits vor", sagte sie wie im Traum. „Gerade hatte ich beschlossen, das nächste Flugzeug nach Europa zu nehmen, sobald das Wetter besser würde."

Rhy zog die Hände aus den Taschen und streckte sie nach ihr aus, und im selben Moment ging sie auf ihn zu. Er schloss sie fest in die Arme, und Sallie umfasste seinen Nacken und klammerte sich an ihn, während ihr die Tränen über die Wangen liefen. Rhy beugte sich vor und küsste sie voller Leidenschaft, um ihnen beiden die Gewissheit zu verschaffen, dass sie wieder zusammen waren. Dabei hob er sie hoch und drehte sich mehrere Male mit ihr im Kreis.

Unterdessen hatte der Regen wieder eingesetzt, und sie waren bis auf die Haut durchnässt. Sallie blickte auf und lachte. „Wie dumm wir sind!", rief sie. „Warum gehen wir nicht ins Haus, anstatt hier im Regen herumzustehen?"

„Ja, du solltest dich auf keinen Fall erkälten", fügte er hinzu, stellte sie wieder auf die Erde und nahm seine Tasche. „Lass uns trockene Sachen anziehen, dann können wir reden."

Er bestand darauf, dass sie eine heiße Dusche nahm, während er sich umzog, und als sie aus dem Badezimmer kam, hatte er bereits Kaffee gekocht; zwei dampfende Becher standen auf dem Tisch.

„Oh, das tut gut", seufzte sie, während sie vorsichtig daran nippte und spürte, wie die Wärme sich nun auch in ihrem Körper ausbreitete.

Rhy setzte sich auf einen Stuhl und rieb seinen Nacken. „Das ist in letzter Zeit das Einzige, was mich wach hält", gestand er müde.

Sallie sah sein erschöpftes Gesicht, und ihr Herz krampfte sich zusammen. „Es tut mir leid", sagte sie leise.

Er winkte ab, und sie schwiegen. Es schien, als hätten beide Angst davor anzufangen, Angst, etwas Persönliches zu sagen, und Sallie starrte in ihren Becher.

„Chris ist weg", sagte Rhy plötzlich, ohne sie anzusehen.

Sallie zuckte zusammen. „Weg?"

„Er hat gekündigt. Ich weiß es von Downey, aber ich könnte dir jetzt nicht einmal sagen, wann das war, verdammt. Alles ist so verschwommen. Aber er hat gekündigt und gesagt, er wolle in eine andere Stadt ziehen."

Einen Moment lang hoffte Sallie, dass Chris und Amy wieder zusammengekommen waren, dass er gekündigt hatte, um mit ihr zu leben, aber wenn er wegziehen wollte, war klar, dass es mit den beiden nicht geklappt hatte. Sallie durchfuhr ein scharfer Schmerz, als sie erkannte, wie nahe sie davor gewesen war, Rhy zu verlieren, und sie trank schnell einen Schluck Kaffee. Dann sagte sie: „Ich nehme an, Barbara Hopewell hat dich angerufen?"

„Ja, sofort", bestätigte er ihre Vermutung. „Für diesen Gefallen bin ich ihr großen Dank schuldig. Ich habe den Drehplan komplett über den Haufen geworfen, um den nächstmöglichen Flug nach New York zu bekommen. Aber die denken sowieso schon alle, ich sei total verrückt geworden, weil ich bei jeder sich bietenden Gelegenheit hin und her geflogen bin. Ich bin auch wirklich fast wahnsinnig geworden", gestand er. „Weil ich nicht wusste, wo du bist und wie es dir geht, und weil mir klar war, dass du diesem hinterhältigen Miststück geglaubt hast."

„Dann hat Mrs Hermann dir erzählt, was passiert ist?" Eine vage Hoffnung keimte in ihr auf. Rhy hatte behauptet, Coral habe gelogen, und er verhielt sich nicht gerade so, als müsste er ein schlechtes Gewissen haben.

„Ja. Wort für Wort hat sie wiederholt, was Coral gesagt hat, während ihr die Tränen nur so übers Gesicht liefen", grollte Rhy. Er griff jäh über den Tisch und nahm Sallies freie Hand. „Sie hat gelogen", wiederholte er und sah ihr tief in die Augen. „Das musst du mir glauben. Coral mag tatsächlich schwanger sein, ich weiß es nicht, aber wenn, dann bin ich ganz sicher nicht der Vater. Ich habe nie mit ihr geschlafen, obwohl sie einige Male versucht hat, ein Verhältnis mit mir anzufangen."

Sallie war verblüfft. Seine Worte klangen aufrichtig, aber es fiel ihr dennoch schwer, ihm zu glauben. „Nie?"

Leichte Röte überzog seine Wangen. „Nein, wirklich nicht. Ich glaube, ich war so etwas wie eine Herausforderung für sie. Sie hat sich einfach nicht damit abfinden können, dass ich nicht mit ihr schlafen wollte – obwohl ich ihr immer wieder gesagt habe, dass ich verheiratet bin und keine Frau auch nur annähernd so attraktiv finde wie meine eigene." Er hielt ihre Hand ganz fest und sah sie liebevoll an. „Ich glaube, aus diesem Grund hat sie dich gehasst", fuhr er fort. „Ich habe sie deinetwegen zurückgewiesen, also hat sie alles versucht, um uns auseinanderzubringen und dich zu verletzen. Vielleicht hat sie nicht alles genau so geplant, wie es dann geschehen ist. Falls sie tatsächlich schwanger ist, wollte sie von mir vielleicht das Geld für eine Abtreibung haben. Für ein Model bedeutet eine Schwangerschaft nicht selten das Ende der Karriere, und ich kann mir Coral auch nicht als hingebungsvolle Mutter vorstellen."

Sallie sog scharf die Luft ein. „Und? Hättest du ihr das Geld denn gegeben?"

„Nein", sagte er. „Und ich hätte sie umbringen können, als ich hörte, was Mrs Hermann mir weiter erzählte."

„Aber … Coral hat doch sicher selbst genug Geld, oder nicht?"

„Oh, nein", erwiderte er. „Sie liebt das luxuriöse Leben zu sehr, als dass sie etwas sparen könnte, und wenn sie tatsächlich mal Geld hat, verliert sie es in Atlantic City oder Las Vegas. Sie ist eine schlechte Spielerin."

„Aber warum bist du überhaupt mit ihr ausgegangen, wenn dich ein Verhältnis mit ihr nicht gereizt hat?", wollte Sallie wissen. Das war für sie der größte Haken an Rhys Geschichte. Er und Coral hatten nach außen hin wie ein Paar gewirkt, und sie konnte kaum glauben, dass ihre Beziehung nicht übers Händchenhalten hinausgegangen war.

„Ich mochte sie eben", sagte er kurz. „Bitte mich nicht um Beweise meiner Treue, denn die kann ich dir nicht geben. Ich kann dir nur versichern, dass Coral nicht meine Geliebte war, auch vor unserem Wiedersehen nicht."

„Ich soll dir einfach vertrauen?", fragte sie nach.

„Genau", entgegnete er. „So wie ich dir vertrauen muss, dass auch du keinen anderen Mann hattest. Du hast ebenfalls keine Beweise."

Sallie starrte auf das Tischtuch und zog mit der freien Hand das Muster nach. „Ich habe mich nie für andere Männer interessiert", gestand sie widerstrebend. Es war ihr unangenehm, ihm dieses Geheimnis zu verraten. „Ich hatte nicht einmal Lust, mit irgendjemandem auszugehen."

„Und du warst acht Jahre lang die einzige Frau, mit der ich zusammen sein wollte", erwiderte er, ließ ihre Hand los und stand auf, um in der kleinen Küche auf und ab zu gehen. „Ich kam mir vor wie ein Idiot. Ich konnte nicht verstehen, wie ein kleines scheues Reh, wie du es damals warst, mich so aufwühlen und fesseln konnte. Von einer anderen Frau hätte ich mir diese Vorwürfe wegen meiner Arbeit kein zweites Mal angehört. Aber zu dir kam ich immer wieder zurück, weil ich hoffte, du würdest mit der Zeit verstehen, dass ich diese Arbeit brauche. Du hast selbst gesagt, wie sehr du dem Abenteuer und der Gefahr verfallen bist, und genauso war es bei mir. Ich war ein Adrenalinjunkie."

„Ich hatte nie vorgehabt, dich für immer zu verlassen", fuhr er fort. „Ich wollte dir nur eine Lektion erteilen – ich wollte, dass du darum bettelst, dass ich zurückkomme. Aber das tatest du nicht. Du hast dein Leben weitergelebt, als würdest du mich überhaupt nicht brauchen. Und schließlich hast du dann sogar meine Unterhaltszahlung abgelehnt. Ich habe mich in die Arbeit vergraben und mir geschworen, dich ebenso zu vergessen, und manchmal ist es mir sogar gelungen. Ich ging mit anderen Frauen aus, aber immer wenn es ernst zu werden drohte, konnte ich einfach nicht. Ich war wütend deswegen, aber ich musste immer an uns denken und wie überwältigend es war und wollte mich nicht mit weniger zufriedengeben."

Er sah sie an, als hätte sie etwas Schreckliches verbrochen. „Ich habe viel Geld verdient", sagte er fast vorwurfsvoll. „Sehr viel Geld. Ich habe Aktien gekauft, alles lief fantastisch, und ich wurde ein reicher Mann. Es gab keinen Grund mehr, mein Leben für eine Story zu riskieren, und es verlor irgendwie auch seinen Reiz. Ich sehnte mich plötzlich danach, jede Nacht in demselben Bett schlafen zu können, und schließlich gestand ich mir ein, wenn es je wieder eine Frau in diesem Bett geben würde, dass du es wärst. Ich kaufte den Verlag und wollte dich hier ausfindig machen, aber du warst schon vor etlichen Jahren weggezogen, und niemand wusste, wo du bist."

„Du hast versucht, mich zu finden?", fragte Sallie verwundert nach. Dann hatte er sie also doch nicht vergessen! „Und jetzt hast du es wieder versucht."

„Ja, wie es scheint, ist es mir schon zur Gewohnheit geworden, nach dir zu suchen." Es klang, als wollte er einen Witz daraus machen, aber sein Gesicht war viel zu ernst und angespannt. „Ich hatte überhaupt nicht mehr daran gedacht, dich hier zu suchen. Ich habe bei Zeitungsredaktionen in allen größeren Städten nachgefragt, weil ich dachte, du würdest wieder als Reporterin arbeiten wollen. Du hast mir so oft vor die Nase gehalten, wie sehr du dich ohne Job langweilst, dass ich dachte, du würdest sofort wieder anfangen zu arbeiten."

„Ich *dachte*, ich würde mich langweilen", gab sie zu, „aber das habe ich nicht. Ich hatte mein Buch, aber vor allem hatte ich dich."

In seinen Augen blitzte es. „Du hast aber wie eine Wolfsmutter um deinen Job gekämpft", sagte er und lachte bitter.

„Ich hatte doch überhaupt keine Chance", erwiderte sie. „Da du der Boss warst, hattest du alle Trümpfe in der Hand."

„Glaub das ja nicht", meinte er rau. „Als ich dich von hinten sah, wie deine lange Mähne über deinem festen, kleinen Po wippte, war es um mich geschehen. Ohne auch nur dein Gesicht zu kennen, wollte ich dich haben. Ich dachte, es sei ein grausamer Scherz des Schicksals, dass ich gerade in dem Moment, da ich angefangen hatte, nach meiner verschollenen Ehefrau zu suchen, eine Frau treffe, die mich ähnlich in ihren Bann zieht. Und dann traf ich dich zufällig im Korridor und erkannte dich wieder. Dieses zierliche, bezaubernde Wesen war meine eigene Frau, fast bis zu Unkenntlichkeit verändert – wären da nicht immer noch diese wunderschönen großen Augen gewesen. Dann sagtest du mir klipp und klar, du wollest nichts mehr mit mir zu tun haben. Da verbringe ich fast acht Jahre mit deinem Bild in meine Seele gebrannt, sodass ich keine andere Frau näher kennenlernen wollte, und ich bin dir vollkommen egal!"

„Natürlich warst du mir nicht egal!", unterbrach sie ihn und erhob sich ebenfalls. „Aber ich wollte nicht wieder von dir verletzt werden, Rhy. Es hat mich damals fast umgebracht, als du mich verlassen hast, und ich dachte, so etwas könnte ich nie wieder ertragen. Ich habe versucht, mich vor dir zu schützen und mir einzureden, ich wäre über dich hinweg. Aber es hat nicht funktioniert", fügte sie kleinlaut hinzu und sah zu Boden.

Rhy atmete tief durch. „Wir sind aus demselben Holz geschnitzt", stellte er selbstkritisch fest. „Wir sind beide so vorsichtig und freiheitsliebend wie wilde Tiere. Wir versuchen, uns um jeden Preis zu schützen, und es wird schwer sein, das zu ändern. Aber ich *habe* mich schon verändert, Sallie. Ich bin erwachsen geworden. Ich brauche dich mehr, als ich andere Abenteuer brauche. Es fällt mir schwer, das zu sagen", murmelte er. „Es ist schwer, sich so verletzbar zu machen. Liebe macht einen Menschen verletzbar, und man brauchte eine Menge Vertrauen, um zuzugeben, dass man jemanden liebt. Warum sonst versuchen wir so hartnäckig, eine Liebe zu verbergen, von der wir wissen, dass sie nicht erwidert wird? Ich liebe dich. Vertrauen muss irgendwo anfangen, Sarah, und ich bin bereit, den ersten Schritt zu tun. Ich liebe dich."

Als sie hörte, dass er sie Sarah nannte, waren all die Jahre der Einsamkeit und Qual wie weggewischt, und sie hob den Kopf und sah ihn mit tränennassen Augen an. „Ich liebe dich auch", sagte sie leise, aber bestimmt. „Ich habe dich immer geliebt. Ich bin weggelaufen, weil ich verletzt war; ich war unsicher und habe deine Liebe nicht gespürt, und mit ihren boshaften Anschuldigungen hat Coral mir den Rest gegeben. Aber heute hatte ich bereits beschlossen, dass ich dich zu sehr liebe, um dich gehen zu lassen, um dich kampflos aufzugeben. Ich wollte zu dir fliegen, Rhy Baines, und dich dazu bringen, an unsere Liebe zu glauben!"

„Mein Liebling", sagte er und breitete die Arme aus. „Komm her und lass es mich glauben."

Sallie fiel ihm in die Arme und fühlte, wie fest er sie umklammerte. Sie konnte die Tränen nicht mehr zurückhalten, und er versuchte, sie zu trösten, indem er ihre feuchten Augen und Wangen sanft küsste.

Sie waren zu lange getrennt gewesen. Seine Küsse wurden hungriger, und er hielt sie nicht mehr einfach nur fest, sondern streichelte ihren Körper und presste sich fordernd an sie. Sallie stöhnte auf und erwiderte seine Liebkosungen. Er hob sie hoch und trug sie ins Schlafzimmer, dasselbe Zimmer, in das er sie auch vor acht Jahren als unschuldige Braut getragen und in dem er ihr die berauschende Sinnlichkeit der Liebe gezeigt hatte. Es war jetzt genauso wie damals; er war liebevoll und leidenschaftlich, und sie ging ohne jede Zurückhaltung auf sein Begehren ein. Als ihrer beider Leidenschaft gestillt war, blieb sie erschöpft auf den zerwühlten Laken liegen. Sein Kopf lehnte an ihrer Schulter. Sanft liebkoste er mit den Lippen ihre Brüste, während er behutsam ihren bereits leicht gewölbten Bauch streichelte. „War es in Ordnung so? Schadet es dem Kind auch nicht, wenn wir zusammen schlafen?"

„Überhaupt nicht", versicherte sie und fuhr mit den Fingern in sein dichtes Haar. Sie konnte nicht aufhören, ihn zu berühren.

Schon halb im Schlaf murmelte er: „Ich will dich nicht einsperren. Ich will nur, dass du jeden Abend zu mir zurückgeflogen kommst."

„Deine Liebe sperrt mich nicht ein", antwortete sie und küsste seine Stirn. Sie war selbst überrascht, aber sie fühlte sich tatsächlich nicht eingesperrt. Wohin waren all ihre Ängste um den Verlust ihrer Unabhängigkeit verschwunden? Dann erkannte sie, dass sie in Wahrheit immer nur Angst gehabt hatte, wieder verletzt zu werden. Rhys Liebe war wie ein Sprungbrett, mit dem sie zu ungeahnten Höhen emporsteigen würde. Sie war so frei wie nie zuvor, weil sie sicher war. Er hielt sie nicht fest, er gab ihr seine Stärke noch dazu.

„Du hast Talent", flüsterte er. „Echtes Talent. Nutze es, Darling. Ich werde dir helfen, so gut ich kann. Ich will dir deine Flügel nicht stutzen. Ich habe mich wieder ganz neu in dich verliebt. Auch du bist erwachsen geworden: eine starke Frau, die mich ganz verrückt macht, wenn sie bei mir ist, und wahnsinnig vor Sehnsucht, wenn sie fort ist."

Sallie lächelte im Dunkeln in sich hinein. Wie es aussah, hatten sich all die Kurse, die sie damals besucht hatte, doch noch bezahlt gemacht.

Rhy schlief an ihrer Schulter ein, und Sallie war rundum glücklich und zufrieden. Zum ersten Mal war sie sicher, dass ihre Sehnsucht nach dem anderen bestehen bliebe. Sie hatte dieses Band, das sie bei ihm hielt, immer gespürt, aber bisher nicht gewusst, dass auch er sich an sie gebunden fühlte. Deshalb wollte er auch nie die Scheidung. Sie gehörten zusammen, jetzt und für alle Zeit.

– ENDE –

Julie Cohen

Heute Nacht riskier' ich alles …

Roman

Aus dem Amerikanischen von
Sonja Sajlo-Lucich

1. KAPITEL

*A*lso gut, mal sehen, ob ich das hinkriege. Erst Tequila, dann Salz ..." Marianne hielt den Behälter mit Salz über den Cocktailshaker.

„Um Himmels willen, nein!" Warren hechtete über die Bar, um ihre Hand zu packen. „Das Salz nicht in die Margarita streuen! Es gehört auf den Glasrand!"

Nichtsdestotrotz landete wegen der ruckartigen Bewegung eine großzügige Prise Salz in dem Aluminiumbecher. Betrübt starrte Marianne hinein, dann schüttelte sie den Kopf und lächelte.

„Vielleicht schmeckt salziger Tequila ja auch gut." Sie nippte vorsichtig an dem Becher und verzog prompt das Gesicht. „Oh ja, das ist eine ganz neue Erfahrung."

Warren lachte. „Schätzchen, du brauchst noch reichlich Training, bevor ein anständiger Barkeeper aus dir wird."

Marianne schüttete den missglückten Drink in den Ausguss und spülte den Becher aus. „Sei nicht so unleidlich, Warren. Schließlich habe ich gestern erst angefangen. Ich versuch's eben noch mal." Sie maß Tequila ab und goss ihn in den Becher. „Okay, kein Salz. Was kommt als Nächstes?"

Ihr Cousin lehnte sich mit der Hüfte an den Tresen, für den Moment offenbar beruhigt, dass Marianne nicht seinen gesamten Spirituosenvorrat verschwenden würde. „Triple sec. Aber nur einen Schuss."

Es dauerte mehrere Minuten, bevor Marianne die Flasche Orangenlikör in dem Regal gefunden hatte. Unsicher hielt sie den Flaschenhals über den Shaker. Der Verschluss fiel ab, und ein wahrer Wasserfall von Likör ergoss sich in den Tequila.

„Marianne!"

Warrens Miene bot ein Bild der Verzweiflung. Marianne hielt sich den Bauch und lachte, bis ihr die Tränen kamen.

„Also ehrlich! Du ..." Er schnappte nach Luft. „Nur gut, dass ich weiß, dass du einen MBA von einer der renommiertesten Universitäten des Landes hast, Cousinchen. Jeder andere, der dich gerade bei diesem kläglich fehlgeschlagenen Versuch, eine Margarita zu mixen, beobachtet hätte, würde behaupten, dass du schlichtweg beschränkt bist."

„In Wirtschaftsseminaren bringen sie dir eben nicht bei, wie man Drinks mixt." Sie steckte sich die dunklen Strähnen hinters Ohr, die sich aus ihrem Pferdeschwanz gelöst hatten.

„Merkt man." Er nahm ihr den Shaker ab und schnupperte daran. „Vermutlich hast du auf dem College auch nicht viele Partys gefeiert, was? Ganz das brave Mädchen, oder?"

„Deshalb muss ich ja auch jetzt alles nachholen." Übermütig grinste sie ihren Cousin an.

Diesmal goss Warren den Behälter aus und blickte Marianne dann direkt in die Augen. „Schätzchen, du kannst so viel von meinem Tequila vergeuden, wie du willst, das weißt du. Aber ich muss ehrlich sagen, ich war überrascht, dich hier zu sehen."

Marianne schenkte sich ein Glas Mineralwasser ein. Sie fragte sich, wie viel sie ihrem Cousin erzählen sollte.

„Du hast doch alles daheim in Webb", fuhr er fort. „Du bist so was wie die Prinzessin dort. Schulsprecherin bei der Abschlussfeier, Webb County Cotton Queen, genau wie deine Frau Mama ... Wie oft? Zwei Jahre hintereinander?"

„Drei."

„Drei also. Du bist hübscher, als ich dich in Erinnerung hatte, die bestaussehende Verlobte des Staates, wie ich gehört habe. Ganz Webb liegt dir zu Füßen ... ach was, gesamt South Carolina! Wieso kommst du nach Maine und willst plötzlich lernen, wie man Margaritas macht?"

Marianne seufzte. „Ich bin's leid, Marianne Webb zu sein."

Und Marianne Webb war nicht immer einfach gewesen. Doch sie redete nicht darüber, wie der Druck, perfekt zu sein, sie zu Essstörungen getrieben hatte. Das Kapitel war vorbei. Endgültig.

„Ich wollte einfach mal niemand sein, Warren. Eine unbekannte Barkeeperin in einer fremden Stadt." Sie trank das Wasser auf einen Zug und stellte das Glas lautstark ab. „Und ich will endlich Spaß haben. Ich will mich austoben und tanzen und mir nicht ständig Gedanken machen müssen, was die Leute wohl sagen könnten. Ich will Nächte durchmachen und mir den Sonnenaufgang ansehen und dann schlafen bis Mittag. Ich will nackt schwimmen und zu schnell fahren und mich mit unpassenden Männern einlassen. Vor allem Letzteres."

„Aha. Dann ist die Verlobung mit Mr Perfekt geplatzt, nehme ich an?"

Sie ließ ein hartes, trockenes Lachen hören. „Das kann man wohl sagen."

„Was ist passiert? Ich dachte, ihr beide wärt wie Barbie und Ken?"

Ken war eigentlich eine passende Beschreibung für Jason: eine perfekte, leblose Puppe mit einem aufgemalten Lächeln. „Jason war stolz darauf, mit der ehemaligen Schönheitskönigin von Webb zusammen zu sein. Noch toller fand er es, dass mein Daddy der reichste Mann der Stadt ist. Und er war begeistert davon, dass wir beide ein so schönes Paar abgaben. Er liebte auch die Aussicht auf die schönen Kinder, die wir zusammen haben würden. Nur mich, mich liebte er nicht."

„Das tut mir so leid für dich, Schätzchen. Ich hatte wirklich für dich gehofft, du hättest den Richtigen gefunden."

Sie schüttelte den Kopf. „Ich habe ihn auch nicht wirklich geliebt. Ich dachte nur, er wäre der Typ Mann, den ich heiraten müsste, weil er so perfekt war. Deshalb sitze ich jetzt auch nicht mit gebrochenem Herzen hier und muss auch nicht getröstet werden. Ich will einfach nur für eine Weile das Leben genießen."

„Was du mir also damit sagen willst, ist, dass die biedere Marianne Webb vor zwei Tagen ihre Koffer gepackt hat und losgezogen ist, um eine kesse Draufgängerin zu werden."

„Genau."

„Glückwunsch, dafür hast du den richtigen Zeitpunkt gewählt, denn in knapp zwei Stunden werden hier eine Menge ungebundener Männer auftauchen. Hier in der Bar findet nämlich heute Abend eine Junggesellenauktion statt, selbstverständlich für einen guten Zweck."

„Das klingt super." Marianne lächelte. Sie konnte nicht sagen, ob es ein draufgängerisches Lächeln war, auf jeden Fall fühlte es sich so an. „Bietest du mit?"

Warren schüttelte den Kopf. „Die Jungs sind alle hetero. Zu schade aber auch. Nun, ich will mich nicht beschweren. Die Bar wird zum Bersten voll sein. An deinem ersten Abend kannst du Gläser einsammeln, okay? Ein Gefühl für den Ablauf bekommen …"

„Ich kann auch hinter der Bar arbeiten." Sie schnappte sich die halb leere Flasche Triple sec, versteckte sie hinter dem Rücken und strahlte Warren an.

„Schätzchen, du kannst alles, wenn du es dir vornimmst. Aber heute Abend bleibt es beim Gläsereinsammeln. Gewöhn dich erst einmal an den Betrieb. Und lass das Schnapsregal vorerst in Ruhe." Er blinzelte ihr zu. „Vielleicht siehst du ja einen Junggesellen, für den du bieten willst."

„Für was bietet man eigentlich? Für eine Verabredung?"

„Offiziell ja. Wenn das Geld erst bezahlt ist, dann können du und dein Junggeselle die Regeln selbst bestimmen, wie es weitergehen soll." Das Telefon klingelte, und Warren nahm den Anruf entgegen.

Die Regeln selbst bestimmen. Nach Jahren, in denen andere die Regeln für sie gemacht hatten, hörte sich das genau nach dem an, was sie suchte.

Eine kesse Draufgängerin brauchte einen forschen Draufgänger. Verwegen, feurig und verboten sexy. Jemand, der nur nach seinen eigenen Regeln lebte.

Marianne verzog spöttisch das Gesicht. Als ob sie wüsste, wie Draufgänger zu sein hatten!

„Ich kann es immer noch nicht glauben, dass ich mich tatsächlich habe überreden lassen, meinen Körper auf einem öffentlichen Fleischmarkt zu verkaufen."

Oz stand in Jacks Wohnzimmer und betrachtete sein Konterfei im Spiegel. Er trug genug Leder am Körper, um ein Sofa zu beziehen. Gut, die Jacke gehörte ihm, und die war ja auch in Ordnung. Die Stiefel mit den Nieten und Kettchen mochten auch manchen Leuten gefallen.

Leuten aus der Sado-Maso-Szene.

Was nun das Stück zwischen Jacke und Stiefeln anging …

Chaps!

Schwarzes Leder, knapp über der Hüfte mit einem Gürtel zusammengehalten. Dazu ein schwarzes T-Shirt mit Harley Davidson-Aufdruck.

„Ich finde diese Chaps übertrieben", meinte Oz.

„Die sind perfekt", versicherte Jack. „Die Mädels stehen auf so was."

„Na, du bist der Experte!"

„Dieser Tage bin ich nur noch Experte für Kitty", erklärte Jack. „Sie wird dir bestätigen, dass ich recht habe." Er trat einen Schritt zurück und musterte Oz nachdenklich. „Noch besser wäre es, wenn du Jacke und T-Shirt weglässt."

„Kommt nicht infrage! Es gibt Grenzen. Ich habe nicht neun Jahre Universität hinter mich gebracht, um dann halb nackt auf einer Bühne zu tanzen."

„He, reg dich wieder ab. Ich werde dich schon nicht zwingen, halb nackt auf der Junggesellenauktion zu erscheinen. Obwohl dann wahrscheinlich sehr viel mehr Geld für das Jugendzentrum zusammenkommen würde. Ich würde ja selbst mitmachen, wenn ich nicht glücklich verheiratet wäre. Gib mir noch mal das T-Shirt."

Mit einem Seufzer schüttelte Oz die Jacke ab und zog sich das T-Shirt über den Kopf. „Das wird nicht funktionieren. Mir nimmt doch niemand ab, dass ich Chaps trage."

„Natürlich nicht. Portland ist eine kleine Stadt. Die meisten Frauen hier aus der Gegend wissen, dass du Dr. Oscar Strummer bist, praktizierender Psychologe, Universitätsprofessor – und eben begehrter Junggeselle. Du regst nur ihre Fantasie ein bisschen an." Mit einem Ruck riss Jack die Ärmel von dem T-Shirt und verwandelte es damit in ein lässiges Muskelshirt. „Perfekt! So wirkst du wie eine Mischung aus Oz, coolem Biker und Rowdy. Ich sag's dir, die werden sich beim Bieten überschlagen. Jede Frau wünscht sich doch jemanden, der intelligent und verantwortungsbewusst ist, aber auch mal kräftig über die Stränge schlägt."

Oz steckte gerade die Arme durch die zerfetzten Armlöcher.

„Wow!"

Die Stimme kam von der Tür her und gehörte Kitty, Jacks Frau. Sie schüttelte die roten Locken zurück und starrte Oz an.

Er sah an sich herunter. Tja, die Chaps waren immer noch da. „Gefällt dir dieser Aufzug etwa?"

Kitty nickte wild. „Du siehst umwerfend aus. Also, ich würde für dich bieten."

„Da hast du's!", triumphierte Jack. „Ich hab dir doch gesagt, die Mädels mögen das." Er legte seiner Frau den Arm um die Schultern und zog sie an sich. „Dass du mir aber nicht zu hingerissen von Oz bist, Darling."

Kitty schmiegte sich enger an ihn und drückte einen Kuss auf seine Wange. „Du solltest dir auch so eine Lederhose anschaffen, Jack. Der Easy-Rider-Look würde dir gut stehen."

Oz wandte den Blick von seinen verliebten Freunden und betrachtete sich im Spiegel. Er versuchte, das wirre blonde Haar in Ordnung zu bringen, vergeblich. Wie immer.

Du bist zu reif und ausgeglichen, um neidisch auf deinen besten Freund zu sein.

Jack Taylor, der niemals heiraten wollte, hatte seine Traumfrau getroffen. Und Oscar Strummer, der sich schon immer nach einer glücklichen Ehe und nach jemandem, der zu ihm gehörte, sehnte, hatte bisher noch niemanden kennengelernt, der auch nur annähernd dieser Vorstellung entsprach.

„Man sollte annehmen, ein Doktor in Psychologie müsste seine eigene Psyche unter Kontrolle haben", murmelte er seinem Spiegelbild zu.

„Vergiss den Doktor." Jack trat hinter ihn und schlug ihm jovial auf die Schulter. „Heute Abend bist du das Sexobjekt für Dutzende von Frauen, vielleicht Hunderte. Entspann dich und genieße es."

„Aber erst gibst du mir noch deinen Arm." Kitty zog an seinem Handgelenk. „Es tut auch nicht weh, Ehrenwort." Sie hielt eine Folie und einen nassen Schwamm in der Hand.

„Was ist das? Ein temporäres Tattoo?" Er gewöhnte sich wohl besser daran, dass er heute Abend wie ein Mitglied der Hell's Angels aussehen würde.

„Genau. Das ist das I-Tüpfelchen." Kitty drückte die Folie auf Oz' Arm und fuhr mit dem feuchten Schwamm darüber.

„Das letzte Mal, als ich solche Abziehbilder benutzt habe, war ich noch auf der High School. Wir wollten älter wirken, damit wir Bier kaufen konnten."

Kitty konzentrierte sich ganz auf ihre Aufgabe. „Und? Hat es funktioniert?"

„Keine Chance. Ich war sechzehn und sah aus wie zwölf, selbst mit Tattoo." Oz lachte laut auf. „Ich muss wohl der linkischste Teenager der Portland High gewesen sein."

„Nun ..." Kitty zog vorsichtig die Folie ab und begutachtete ihre Arbeit. Jetzt prangte ein Schwert auf Oz' Bizeps, um das sich eine Schlange wand.

Eindeutige Phallussymbole. Diskretion konnte man Jack und Kitty nun wirklich nicht nachsagen.

„Jetzt bist du auf jeden Fall nicht mehr linkisch." Sie grinste ihn an. „Und wie zwölf siehst du auch nicht mehr aus. Wie groß bist du? Einsneunzig?"

„Mit diesen Stiefeln ... eher einsfünfundneunzig."

„Du wirst dich großartig auf dem Motorrad machen", sagte Kitty.

Oz kniff die Augen zusammen. „Welches Motorrad?"

Jetzt grinste auch Jack. „Komm mit nach draußen, mein lederumhüllter Freund."

Die beiden hatten doch nicht etwa ...? Oz folgte seinen Freunden. Doch, sie hatten!

Vor dem Haus parkte eine chromblitzende Harley Davidson. Für einen Moment erlaubte Oz es sich, in seiner Vorstellung das sonore Brummen der Maschine zu hören, das machtvolle Vibrieren unter seinen Händen zu fühlen, den Wind in den Haaren ...

Dann kehrten Wirklichkeit und Verantwortungsbewusstsein zurück. Er war ein angesehener Arzt und Dozent an der hiesigen Universität.

„Ich fahre keine Harley", sagte er. „Seit acht Jahren habe ich nicht mehr auf einem Motorrad gesessen."

„Keine Angst, das ist wie Fahrrad fahren. Das verlernt man nie." Kitty ging zu der Maschine und strich mit den Fingern zärtlich über den Chrom. „Sie ist wunderschön, nicht wahr? Mein Bruder Nick hat sie uns fürs Wochenende geliehen. Sie ist sein ganzer Stolz. Und sie ist schnell."

Langsam dämmerte es Oz. Für einen eigentlich intelligenten Menschen konnte er manchmal ziemlich begriffsstutzig zu sein. Er drehte sich zu Jack. „Du hast das lange geplant, oder?"

„Es ist nur zu deinem Besten, Oz", erklärte Jack ausweichend. „Du brauchst eine Frau in deinem Leben. Meinst du, mir wäre nicht aufgefallen, dass du seit fast einem Jahr mit niemandem mehr ausgegangen bist?"

Oscar schluckte. „Meine neunzehnjährige Schwester hat bei mir gelebt. Und seit sie ausgezogen ist, hatte ich noch keine Zeit für Verabredungen. Die Vorlesungen und meine Patienten …"

Kitty legte die Hand auf seinen Arm. „Genau das ist das Problem, Oz. Du arbeitest zu viel."

Natürlich arbeitete er viel. Es war die klassische Ersatzhandlung. Wenn ein Teil im Leben zu kurz kam, richtete man seine gesamte Energie eben auf einen anderen, um sich dort seine Erfolgserlebnisse zu holen. Beziehungen waren nicht existent. Arbeit befriedigte.

Er war sich bewusst, dass er genau das tat. Er kannte auch den Grund. Nur half dieses Wissen ihm nicht, etwas daran zu ändern.

Jack stieß ihn leicht mit dem Ellbogen an. „Komm schon, wir wollen doch nur, dass du ein bisschen Spaß hast. Eine von diesen Frauen wird gutes Geld bezahlen, um eine Verabredung mit dir zu ergattern. Gutes Geld für einen guten Zweck. Vielleicht werden mehrere Verabredungen daraus …", er senkte seine Stimme zu einem verschwörerischen Flüstern, „… und vielleicht sogar Sex."

Oz sah von Jack zu Kitty, sah deren Anteilnahme. Dann schaute er auf die Harley.

Freiheit auf zwei Rädern.

Es war keine Lösung für seine Probleme, doch es würde ihn für ein paar Stunden von ihnen ablenken.

Die Bar platzte aus allen Nähten.

Marianne bahnte sich einen Weg zurück zum Tresen und stellte das Tablett mit den leeren Gläsern ab, um sich dann den Schweiß von der Stirn zu wischen. Sie trug nur eine leichte Baumwollbluse, Jeans und offene Sandaletten, trotzdem war es unerträglich heiß. Scheinbar hielt man in Maine nichts davon, im Oktober die Klimaanlage einzuschalten.

Aber, Mann, hier herrschte Bombenstimmung!

Ein halbes Dutzend Junggesellen war bereits ersteigert worden. Soweit Marianne mitbekommen hatte, ein Anwalt, ein Hummerfischer, ein Vertreter, ein Mechaniker, ein Lehrer und ein Elektriker.

Jeder von ihnen war unter donnerndem Applaus und lauter Musik auf die Bühne gekommen und dort oben herumstolziert, während die Leiterin des Jugendzentrums, eine resolute Frau in den Fünfzigern, vor dem Mikro Name, Beruf, Alter und andere unerlässliche Daten über den jeweiligen Junggesellen verkündete.

Einige waren ganz süß, aber die meisten eher durchschnittlich, was aber völlig okay war. Hier ging es schließlich nicht um eine Star-Auktion. Heute Abend war das Aussehen der Männer nicht wichtig. Heute war jeder Junggeselle begehrt.

Die Frauen im Publikum johlten bei jedem Auftritt. Applaus, Lachen, anerkennende Pfiffe und dann das lautstarke Bieten. Es hatte weder etwas Kultiviertes noch Manierliches an sich, geschweige denn Dezentes.

Dafür war es ein Riesenspaß und herrlich aufregend.

Marianne schlüpfte hinter den Tresen und goss sich ein Glas Wasser ein. Gestern war sie zum ersten Mal in Warrens Bar gekommen, aber es sah genau so aus, wie sie sich vorgestellt hatte. Schon als Kind hatte ihr Cousin alles Mögliche gesammelt – Gartendekorationen, seltsam geformte Tonkrüge, Kitsch und Kunst. Folglich war auch seine Bar vollgestopft mit Tand und Tinnef und Erinnerungsstücken aus seiner Zeit als DJ in New York.

Ein neuer Song für den nächsten Junggesellen dröhnte aus den Lautsprechern. *Born to be Wild*, Marianne erkannte den Song sofort. Das perfekte Lied für ihre Stimmung. Ein Lächeln auf den Lippen, schaute sie zur Bühne, um sich den nächsten Mann anzusehen. Aber … Da war niemand.

Erwartungsvolles Schweigen senkte sich über den Raum, nur die Gitarren des Songs waren zu hören und der Bass, den Marianne wie einen zweiten Puls in ihrer Brust spürte.

Dann heulte ein Motor auf. Röhrend brauste ein schweres Motorrad auf die Bühne, ein Blitz in Silber und Rot. Doch Marianne hatte nur Augen für den Fahrer.

Er war groß und stark und muskulös. Das ärmellose T-Shirt gab den Blick auf seinen Bizeps frei. Auf der golden gebräunten Haut prangte ein Tattoo, allerdings konnte sie von hier aus nicht erkennen, was es war. Aber seine Hände schienen groß genug zu sein, um ihre Taille zu umspannen.

Allein bei dem Gedanken wurde ihr Mund plötzlich trocken.

Er war blond. Dunkelblond mit von der Sonne gebleichten weißblonden Strähnen. Lang war sein Haar nicht, nicht für einen Biker. Aber es war wirr und zerzaust. So als würde der Wind darin wohnen.

„Nach diesem Auftritt muss ich Oz wohl nicht mehr vorstellen, Ladies, oder?", sagte die Auktionatorin ins Mikro. „Also, wer will für unseren Bikerboy bieten? Höre ich achtzig Dollar?"

Arme wurden in die Höhe gerissen, ein ganzes Meer. Und der Biker lächelte. Er hatte einen wunderbaren Mund, volle Lippen, gerade weiße Zähne, er sah aus, als würde er oft und gerne lachen.

„Grundgütiger, siehst du gut aus", murmelte Marianne vor sich hin.

„Hundert Dollar von der Dame in Blau. Einhundertzwanzig von der Lady bei der Jukebox. Höre ich irgendwo hundertfünfzig?"

Oz hieß er also, das hatte die Moderatorin gesagt. Oz war ein guter Name für einen Biker. Ein Zauberer auf einem Motorrad.

War er auch ein Zauberer im Bett?

Marianne schnappte nach Luft.

Das waren hundert Prozent Mann, von den blonden Haarspitzen bis zu den schweren Lederstiefeln.

Gefährlich.

„Zweihundertfünfzig Dollar, Mädels. Das ist das höchste Gebot heute Abend. Höre ich dreihundert? Ist für einen guten Zweck – und für ein Date mit Oz. Also, wer bietet dreihundert?"

Marianne stützte die Hände auf den Tresen, stemmte sich hinauf und kniete sich auf das polierte Holz, um einen besseren Blick zu haben.

Da, endlich. Jetzt konnte sie auch das Tattoo erkennen. Ein Schwert mit Schlange. Und er trug keine Lederhose, sondern Chaps. Der Kontrast zwischen der ausgewaschenen Jeans, die er darunter anhatte, und dem schwarzen Leder zog den Blick automatisch auf den Schritt.

Dieser Mann würde nicht höflich sein. Er würde sich keinen Deut um Regeln scheren. Er würde genau das tun, was er wollte, und auf die Konsequenzen pfeifen.

Dieser Mann war der böseste Bube, dem sie in ihrem ganzen Leben begegnet war.

Er hatte sie bemerkt, wie sie da auf der Theke kniete und zu ihm hinüberstarrte. Er lächelte ihr zu und drehte am Gas, ließ die Maschine aufheulen.

Sein Lächeln jagte einen Stromschlag durch ihren ganzen Körper. In dem Moment wusste Marianne, dieser Mann war genau der Grund, weshalb sie von zu Hause weggegangen war.

Sie stellte sich auf die Bar und schwenkte die Arme durch die Luft, damit auch wirklich jeder sie sehen konnte.

„Dreitausend Dollar!", rief sie über die Köpfe der Menge hinweg, und dann sprang sie von der Theke, um sich zur Bühne vorzuarbeiten und ihren Mann abzuholen.

2. KAPITEL

*I*hr war heiß! Nur konnte sie nicht sagen, ob es an der Temperatur in der Bar lag oder einfach an der Präsenz des unglaublich erotischen Mannes, den sie gerade ersteigert hatte.

Begleitet von donnerndem Applaus kämpfte Marianne sich durch den Raum. Einige der Frauen schüttelten ihr die Hand und beglückwünschten sie. Sie merkte es kaum, sie war zu beschäftigt damit zuzuschauen, wie ihr böser Bube sich von der Maschine schwang und lässig an den Rand der Bühne schlenderte, um sie in Empfang zu nehmen. Mit einem umwerfenden Lächeln auf dem Gesicht.

So hoch war das Podium gar nicht, doch da oben wirkte er wie ein Riese. Er beugte sich vor und streckte den Arm nach unten, um Marianne auf die Bühne zu ziehen. Ihr Herz setzte einen Schlag lang aus, als er ihre Hand fasste, um ihr nach oben zu helfen. Sie landete auf den Füßen neben ihm, ihre Hand noch immer in seiner.

„Hi", sagte er. Seine Stimme klang tief und warm, begleitet von diesem glorreichen Lächeln. „Ich bin Oz."

„Hi. Ich heiße Marianne."

Er drückte ihre Hand. „Der Applaus gilt dir, Marianne."

„Tatsächlich?" Sie konnte den Blick nicht von seinem Gesicht losreißen.

„Ja." Schwungvoll hob Oz sie auf seine Arme, und instinktiv klammerte sie sich an seinem Hals fest, ihre Wange ganz nah an seiner bloßen Schulter. „Wink ihnen zu."

Viel lieber hätte sie mit der Zunge seine Haut geschmeckt. Er war frisch rasiert und roch nach Aftershave und Zahnpasta, was sie überraschte. Gleich darauf wunderte sie sich über sich selbst. Warum sollten Biker sich nicht rasieren und die Zähne putzen?

„Warum applaudieren eigentlich alle?", fragte sie. Nicht weil es sie interessierte, sondern weil seine Nähe ihren Verstand benebelte.

„Du hast da auf der Bar gestanden und das Zehnfache des geforderten Preises geboten", antwortete er. „Ich denke, sie sind alle beeindruckt."

„Du auch?"

Er sah sie an. Grünbraune Augen, dachte sie benommen. Das hatte sie auch nicht erwartet. Sie hatte mit glühendem Schwarz gerechnet, oder mit Stahlblau.

„Ich bin sogar sehr beeindruckt", sagte er.

Grundgütiger, wie sehr sie diesen Mann küssen wollte! Dabei kannte sie ihn noch keine fünf Minuten. Nein, sie kannte ihn überhaupt nicht. Trotzdem wollte sie ihn küssen, so sehr, dass sie sich auf die Lippe beißen musste, um es nicht zu tun.

Dafür tat er es.

Seine Lippen waren fest und warm und fühlten sich richtig und gut an. Mariannes Lider schlossen sich wie von allein, ihre Umarmung wurde fester. Der Kuss dauerte und dauerte, und als Oz endlich den Mund von ihrem löste, da hörte sie einen Seufzer tief in seiner Kehle. Einen Seufzer, der Verlangen und Leidenschaft ausdrückte.

Ihr Herz machte einen Sprung, das Blut pulsierte wie wild durch ihre Adern, und in ihrem Kopf hallten tausend Stimmen nach. „Ja!"

Doch die Stimmen waren nicht nur in ihrem Kopf. Denn im selben Moment brach die gesamte Bar in tosenden Jubel aus.

Er hatte soeben eine wildfremde Frau auf seine Arme gehoben und vor einem Raum voll applaudierender Frauen geküsst.

Es war das Beste, was er seit Langem erlebt hatte! Besser sogar noch als die Fahrt auf der Harley, und das wollte etwas heißen.

Diese Frau hier hängte die großartige Maschine meilenweit ab.

Sie war schön. Schlank, endlose Beine, strahlend blaue Augen, dunkelbraunes Haar, von dem sich Strähnen aus dem Pferdeschwanz gelöst hatten und nun schimmernd ihr Gesicht umrahmten. Ihre Jeans betonten ihre Kurven und Beine auf das Perfekteste, und das weiße Top schmiegte sich um ihre hohen festen Brüste und ließ den graziösen Hals und ein wenig der runden Schultern frei. Als Oz den Kopf beugte, erhaschte er einen Blick auf Spitze unter dem Top. Ihm stockte der Atem.

Sie war ihm schon aufgefallen, als sie sich auf den Tresen gekniet hatte, schließlich war sie schön genug, um Model oder Schauspielerin zu sein, bewegte sich mit der Grazie einer Tänzerin. Doch was ihn wirklich an ihr fasziniert hatte, war ihre Haut. Makellos, schimmernd und irgendwie … rein.

Jetzt, da sie in seinen Armen lag, konnte er ihren Duft wahrnehmen. Frisch, weiblich. Er sog tief die Luft ein, schnupperte und hatte das Gefühl, sie wieder zu küssen.

Dieses wunderbare Wesen hatte dreitausend Dollar hingelegt für *ihn*? Als er sie küsste, da hatte sie ihn zurückgeküsst. Mehr als das. Sie hatte die Arme fester um ihn geschlungen und sich an ihn geschmiegt.

„Ich bin ein wenig überrumpelt", meinte er leise.

172

„Ich bin völlig überrumpelt", lautete ihre Erwiderung.

Sie lächelte ihn an. Zwei perfekte Grübchen zeigten sich auf ihren perfekten Wangen.

Der unsinnige Impuls schoss in ihm hoch, sie erneut zu küssen, vor allen Leuten. Und nóch ein anderer Impuls machte sich bemerkbar. Verdammt. Er stand auf einer Bühne, vor hundert Frauen, er hielt eine Fremde auf den Armen – und war sichtbar erregt.

Oz drehte sich um und ging zur Harley zurück. Behutsam ließ er Marianne auf den Sitz gleiten, dann schwang er sich vor ihr auf die Maschine und lenkte das Motorrad vorsichtig von der Bühne. Tosender Jubel folgte ihnen.

Eine Doppeltür bildete den Seiteneingang, der auf den Parkplatz führte. Oz fühlte die kühle Nachtluft auf Gesicht und Armen, als sie zum Gebäude hinausrollten.

Auf die Hitze in seinen Adern und Lenden jedoch schien sie keine Wirkung zu haben. Es war unmöglich, dass er noch immer Mariannes Duft wahrnahm, sie saß hinter ihm, und der Wind blies ihm ins Gesicht. Er hätte schwören mögen, dass er ihre Haut dennoch riechen konnte.

Ein kurzfristiger Anfall von Wahnsinn? Eine Fehlfunktion des Geruchssinns?

Oz schüttelte den Kopf. Was sollte das? Er hatte kaum ein Dutzend Worte mit dieser Frau gewechselt.

Gekonnt stellte er den Motor ab, kickte die Stellbügel aus, streckte seine Hand aus, um Marianne beim Absteigen zu helfen. Ihre Hand fühlte sich winzig an in seiner.

Hier draußen war es still, der Parkplatz nur von einer einzelnen Laterne beleuchtet. Oz war sich extrem bewusst, dass er noch immer ziemlich erregt war und zudem nicht die geringste Ahnung hatte, was er sagen sollte.

„Nett, dich kennenzulernen, Marianne."

Erbärmlich. Man sollte nicht annehmen, dass er sein Geld mit Reden verdiente.

„Ich freue mich auch sehr, dich kennenzulernen, Oz." Wieder diese Grübchen und auch der leicht schleppende Akzent, der ihm vorhin schon aufgefallen war.

„Du bist nicht von hier, oder?"

„Ich bin gestern erst angekommen. Woher wusstest du das?"

„Dein Akzent. Du hörst dich an wie Scarlett O'Hara."

Sie ähnelte ihr auch, mit dem schimmernden dunklen Haar und den strahlenden blauen Augen. Jetzt steckte sie eine Hand in die Hüfte und schob die Unterlippe vor. Die Ähnlichkeit wurde stärker.

„Du bist ein typischer Yankee. *Vom Winde verweht* spielt in Georgia. Ich komme aus South Carolina. Wir reden ganz anders."

„Ich verstehe." Er grinste breit. „Vermutlich wäre ich auch beleidigt, wenn man mir sagen würde, ich hörte mich an wie jemand aus Boston."

Sie lachte. Ein rauer, kehliger Laut. Eine dreckige Lache.

Sofort musste Oz daran denken, wie sich ein Stöhnen von ihr anhören würde, wenn sie ihre Lust hinausseufzte. Er stellte sich vor, wie er mit den Fingern über die Innenseite ihrer wohlgeformten Schenkel glitt. Er hörte ihr Stöhnen in seinem Kopf.

Also sowohl Halluzinationen des Geruchssinns als auch des Gehörs, ganz zu schweigen von diesen fast obsessiven Sexfantasien. Er wurde verrückt, das war's.

So gut hatte er sich noch nie gefühlt.

„Gefällt es dir hier?"

„Ja."

Oz verfolgte, wie ihr Blick von seinem Gesicht über seine Brust an seinem Körper hinunterwanderte. Als sie bei seinem Schritt angekommen war, riss sie unmerklich die Augen auf. Natürlich, sie konnte genau sehen, wie sehr *sie* ihm gefiel …

Sie blickte wieder in sein Gesicht, mit roten Wangen. Trat auf ihn zu, so nah, dass ihr Duft wieder in seiner Nase brannte und er ihre Körperwärme fühlen konnte.

„Mir gefällt es sogar ausnehmend gut hier."

Das war eine Einladung, genau das zu tun, was er wollte. Er wollte seine Hand in ihr Haar schieben, ihren Kopf leicht nach hinten beugen und sie küssen. Ihren Mund in Besitz nehmen, dieses Mal richtig. Ihren Geschmack erkunden und seinen Kopf mit ihrem Duft füllen. Die Hand unter ihr Top schieben, um ihre Haut fühlen zu können.

Er hob die Hand – und ließ sie wieder fallen.

Sein Körper begehrte sie, so wie ihr Körper ihn ganz offensichtlich begehrte. Aber sie beide waren eben mehr als nur Körper.

„Du bist gestern erst in Portland angekommen. Du weißt doch gar nichts über mich."

Sie lächelte verführerisch. „Ich weiß, dass mir deine Harley gefällt. Ich weiß, dass ich es toll finde, wie du aussiehst." Mit den Fingerspitzen strich sie über die ledernen Chaps. „Und ich weiß, dass ich dich genug mag, um dreitausend Dollar für ein Date mit dir zu zahlen."

Geliehene Maschine. Geliehene Kluft. Sie mochte das an ihm, was nichts mit ihm zu tun hatte. Er hatte also zu Recht gezögert, bevor er die körperliche Anziehungskraft noch weiter wilde Blüten hatte treiben lassen.

Oz trat einen Schritt zurück. „Ich finde, das reicht nicht, oder?"

„Dreitausend Dollar ist nicht genug?" Sie runzelte die Stirn.

„Die Maschine und mein Äußeres sind nicht genug, um zu wissen, dass du dich mit mir einlassen willst." Still ermahnte er sich, sich den eigenen Rat zu Herzen zu nehmen.

So wie ihre Grübchen, ihr Lachen, ihr Akzent und ihre wunderbar perfekte Haut nicht genug waren, damit er sich mit ihr einließ.

Sicher, ihm gefielen ihre Beine. Und ihre blauen Augen. Ihr Haar. Ihre Courage, sich in einer vollen Bar auf die Theke zu stellen. Und vor allem ihre Großzügigkeit, dreitausend Dollar für einen wohltätigen Zweck zu spenden.

Aber selbst das reichte nicht.

Vielleicht konnte er sie ja besser kennenlernen. Damit es reichte.

„Was machst du hier in Portland?", fragte er.

„Ich arbeite für Warren und suche nach jemandem wie dir." Sie strich sich die losen Strähnen hinters Ohr. „Auch wenn ich dich noch nicht gut kenne."

„Wieso suchst du nach jemandem wie mir?"

Der Ausdruck auf ihrem Gesicht raubte ihm den Atem. „Ich suche nach einer Fantasie", sagte sie. „Ich glaube, du kannst sie mir schenken."

Tja … Das war's dann. Da stand sein Über-Ich oder Gewissen oder Anstand, wie immer man es nennen wollte, stramm Wache, und was machte seine Libido? Scherte sich keinen Deut darum, drängte sich rabiat an der Wache vorbei und legte ein Tempo vor, dass niemand sie mehr aufhalten konnte.

Oz ballte die Hände zu Fäusten, um nicht nach Marianne zu greifen und ihre Fantasie gleich hier und jetzt zu erfüllen.

„Was für eine Art Fantasie soll das denn sein?" Selbst für seine eigenen Ohren klang seine Stimme rau und heiser.

„Nun, zuerst einmal, Oz, möchte ich, dass du mich auf deiner Harley mitnimmst. Ich habe noch nie auf einem Motorrad gesessen."

„Und danach?"

„Danach tun wir, wozu immer wir Lust haben." Ihre blauen Augen lagen unverwandt auf ihm, das Licht der Laterne spiegelte sich in ihnen. Dann blinzelte sie. Es war das Erotischste, was er je gesehen hatte.

„Für dreitausend Dollar sollte ich dich wohl in das schickste Restaurant von Portland ausführen. Dich richtig von den Füßen hauen." Allerdings fragte er sich, welches schicke Restaurant in Portland eine Frau in Jeans und Sandaletten und einen Mann in Chaps abends um zehn Uhr einlassen würde.

Sie fuhr sachte mit den Fingern über das Harley-Davidson-Logo. „Du hast mich doch schon von den Füßen gehauen."

Zweimal. Schließlich hatte er sie zweimal auf seine Arme gehoben. Und er wollte sie wieder hochheben. Irgendwie gehörte sie auf seine Arme.

„Dieses ganze Motorradzeug gefällt dir, oder?"

Sie nickte. „Es hat so etwas von … von ‚böser Bube' an sich."

Oz schluckte. Sie hielt ihn für einen Rebellen auf dem Motorrad. Weder war er ein Rebell noch ein böser Bube. Weit gefehlt.

„Marianne", setzte er an. „Da gibt es etwas, das ich dir sagen sollte …"

Es musste wohl daran liegen, wie er es gesagt hatte. Sie wirkte plötzlich gequält.

„Nicht", sagte sie.

„Nicht – was?"

„Sag's nicht. Bitte. Nimm mich einfach mit auf eine Spritztour auf deinem Motorrad. Lass meine Fantasie Wirklichkeit werden. Nur ein einziges Mal."

Ihre Stimme bebte nicht, war noch immer fest und entschlossen und verlockend. Und doch hörte er da ein Flehen heraus, etwas, das ihn packte und gefangen hielt.

„Es ist spät", sagte er.

„So spät ist es noch gar nicht. Wir haben doch die ganze Nacht."

Die ganze Nacht. Um ihre Fantasie Wirklichkeit werden zu lassen. Und vielleicht auch seine.

3. KAPITEL

*H*inter dem Gebäude führte eine Treppe zu Mariannes Ein-Zimmer-Apartment hinauf. Warren hatte ihr das Extra-Zimmer in seiner Wohnung angeboten, doch Marianne zog die Unabhängigkeit einer eigenen Wohnung vor.

Jetzt stürmte sie die Treppe hinauf, um sich für die Motorradfahrt umzuziehen, festes Schuhwerk und eine Jacke. Ihre Hände zitterten, als sie den Schlüssel im Schloss drehte.

Ich tue es. Ich tue es wirklich. Ein Mal im Leben mache ich genau das, was ich will, nur für mich.

Sie rannte zum Bett, ließ sich auf die Knie fallen und zog den Koffer unter dem Bett hervor. Der Umschlag mit dem Bargeld steckte in einer der Seitentaschen. Mit fahrigen Fingern zählte sie die Scheine.

„Vierundzwanzig Dollar zu wenig." Seufzend setzte sie sich auf die Fersen zurück. Aus Webb hatte sie Bargeld mitgebracht, aber sie musste wohl mehr ausgegeben haben als angenommen.

Im Zeitalter des bargeldlosen Zahlungsverkehrs waren 2976 Dollar in Scheinen eine Masse Geld, um sie unter einem Bett im Koffer aufzubewahren. Natürlich hatte Marianne Schecks dabei und die Brieftasche voller Kreditkarten. Aber die wollte sie nicht benutzen. Dann wäre es ein Leichtes, sie ausfindig zu machen. Ihre Familie sollte nicht wissen, wo sie war. Noch nicht.

„Man stelle sich vor", murmelte sie vor sich hin. „Das reichste Mädchen von ganz Webb hat nicht genug Geld, um sich einen Mann zu kaufen."

Abrupt stand sie auf und ging zur Kommode, holte einen Pullover aus der Schublade und schlüpfte in Turnschuhe, dann rannte sie zur Wohnung hinaus und den Korridor entlang, der in die Bar führte.

Die Auktion war noch in vollem Gange. Oben auf der Bühne wiegte gerade ein Junggeselle seine Hüften zu den Klängen von *I'm too sexy*. Marianne kämpfte sich zu Warren durch.

„Warren!"

Ihr Cousin reichte soeben Cocktails über die Theke an zwei Kunden. Er drehte sich zu ihr um.

„Marianne! Frau, du bist absolute Spitzenklasse!" Er beugte sich über die Theke und umarmte sie.

„Du musst mir vierundzwanzig Dollar leihen", sagte sie. „Und ich brauche den Rest des Abends frei."

„Nach dieser Show kannst du alles von mir haben, was du willst."
Er zückte seine Brieftasche und gab ihr das Geld. „Das heißt, ihr habt euer Date schon heute Abend?"

Marianne grinste. „Liebster Cousin, heute Abend tue ich, was immer ich will."

„In dem Falle …" Warren griff unter die Bar und reichte ihr eine kleine Schachtel. „… solltest du die hier mitnehmen."

Kondome.

Diese Schachtel rief für Marianne plötzlich die Wirklichkeit auf den Plan. Sie stand im Begriff, mit einem wildfremden Mann wegzufahren. Mit Kondomen. Sie kannte nicht einmal seinen Nachnamen.

Einen Moment lang zögerte sie.

„Marianne?" Warren kniff die Augen zusammen. „Du weißt, wer Oz ist, oder?"

Ihre ganze Erziehung, all ihre Erfahrungen, die sie bisher in ihrem Leben gemacht hatte, sträubten sich, sich mit einem Fremden einzulassen, wenn der einzige Schutz aus einem Paket Kondomen bestand.

Nein, sie kannte Oz nicht. Und doch hatte sie das Gefühl, ihn schon ewig zu kennen. Sie dachte daran, wie er sie geküsst hatte, wie er sie auf seinen Armen gehalten hatte. Er war gefährlich, und doch fühlte sie sich sicher bei ihm.

„Ich weiß nur, was er in mir auslöst", antwortete sie schließlich.

„Das ist mein Mädchen!" Warren grinste. „Also dann los, amüsier dich." Als sie sich zum Gehen wandte, hielt er sie am Ellbogen fest und wurde ernst. „Marianne … Sei trotzdem vorsichtig. Die Sache mit Mr Perfekt ist noch nicht lange her."

„Ich werde vorsichtig sein." Seine Sorge rührte sie. „Es ist doch nur Spaß. Ich werde mich schon nicht in ihn verlieben."

Sie ging zu dem Tisch, an dem zwei Frauen das Geld der Auktion einsammelten. Sie begrüßten Marianne sogar mit Handschlag.

„Glückwunsch, da haben Sie sich aber einen verteufelt gut aussehenden Mann ergattert", meinte eine von den beiden mit einem breiten Lächeln, während Marianne die dreitausend Dollar auf den Tisch zählte.

„‚Verteufelt' ist richtig", erwiderte Marianne. „Ich mag Rebellen."

Die beiden Frauen tauschten einen Blick. „Sie sind nicht von hier, oder?"

„Nein. Aber es fängt an, mir hier richtig gut zu gefallen." Sie steckte die Quittung in die Rücktasche ihrer Jeans zu den Kondomen und ging zum Ausgang.

Die Tür war aus Glas, und einen Moment lang blieb Marianne stehen. Auf der anderen Straßenseite stand Oz mit vor der Brust verschränkten Armen an die Maschine gelehnt und wartete.

In den wenigen Minuten hatte sie glatt vergessen, wie sexy er war. Und er wirkte ruhig und nachdenklich. Während Mariannes Herz Kapriolen schlug.

Sie blinzelte und schluckte. Sie wollte das hier. Sogar sehr. Den Mann, das Motorrad, diese Nacht. Dann schob sie die Tür auf.

Er kam ihr auf halbem Weg entgegen, stellte sich vor sie, ohne sie zu berühren.

„Ich dachte schon, ich hätte dich nur geträumt."

„Es hat ein paar Minuten gedauert, bis ich die dreitausend Dollar zusammen hatte."

„Noch nie hat jemand für meine Gesellschaft dreitausend Dollar bezahlt." Oz schien seine Worte zu überdenken. „Zumindest nicht im Voraus."

„Ich wette, du bist jeden Cent wert." Sie fragte sich, wieso ihr das Flirten bei Oz so leichtfiel.

„Ich werde mein Bestes geben." Er musterte sie von Kopf bis Fuß, und Marianne überlief ein prickelnder Schauer. „Die Turnschuhe sind okay, aber in dem Pullover wirst du frieren. Hier." Er hielt ihr seine Lederjacke hin.

Marianne zog sie über. Die Jacke reichte ihr bis zur Mitte der Schenkel hinunter, ihre Hände verschwanden völlig in den Ärmeln. Sie stellte den Kragen auf und schnupperte. Die Jacke roch nach Oz – Leder, Aftershave, Mann.

„Wird dir nicht kalt sein?", fragte sie.

Er sah sie noch immer an. „Unwahrscheinlich."

Die Bedeutung seiner Worte fuhr ihr direkt in den Magen. „Fertig?", fragte sie ihn.

„Ja." Doch er setzte sich nicht auf die Maschine, sondern zog den Reißverschluss der Jacke zu. Seine Hand berührte ihr Kinn, als er oben ankam. Er ließ sie dort. Marianne glaubte, die flüchtige Berührung sei das Einzige, was sie noch aufrecht hielt.

„Ich hätte einen Helm für dich mitbringen sollen."

Sie konnte nicht anders, sie lachte auf. Der Rocker machte sich Sorgen um die entsprechende Sicherheitsausrüstung. „Hast du denn einen?"

Er schüttelte den Kopf. „Sein eigenes oder das Leben eines anderen Menschen zu riskieren, sind zwei verschiedene Dinge."

Eine Falte stand auf seiner Stirn, und Marianne strich sie sanft glatt. „Ich vertraue darauf, dass du keinen Unfall baust."

Er nickte. „Das wird dann wohl reichen müssen. Komm, fahren wir."

Er nahm sie bei der Hand und führte sie zu der Harley. Seine Haut war warm, Marianne konnte die Schwielen an seiner Handfläche fühlen. Vom Motorradfahren, dachte sie, und ihr Magen zog sich zusammen. Wie sich diese rauen Hände wohl auf ihrer Haut anfühlen mochten …

Er schwang sich auf die Maschine und wartete, dass Marianne hinter ihm aufsaß. „Schon mal so eine Maschine gefahren?", fragte er über die Schulter zurück.

„Noch nie."

„Diese tief gelegten Maschinen sind eher für Komfort gebaut, nicht für Tempo. Die hier ist trotzdem ziemlich schnell. Du hältst dich besser gut an mir fest."

Als ob man ihr das zweimal sagen müsste! Marianne rutschte weiter vor und schlang die Arme um Oz' Hüfte. Sie klammerte sich an ihn, ihre Schenkel lagen an seinen.

Er fühlte sich wunderbar an. Sie schmiegte die Wange zwischen seine Schulterblätter und spürte jeden seiner Atemzüge. Sie hörte sogar seinen Herzschlag. Und sog tief seinen Duft ein.

Ihre Hände lagen auf seinem harten flachen Bauch. Vorhin, als er sie auf dem Parkplatz geküsst hatte, da hatte sie seine Erregung bemerkt, und ein Speer purer Lust war durch sie hindurchgeschossen. Sie fragte sich, ob er noch immer erregt war. Sie war es auf jeden Fall. Sie bräuchte nur die Hände ein wenig weiter nach unten gleiten zu lassen, dann könnte sie es herausfinden.

Herr im Himmel, was dachte sie da nur!

„Halt dich gut fest." Mehr fühlte sie Oz' Stimme, als dass sie sie hörte. „Lehn dich an mich und pass dich mir an. Unsere Körper müssen zusammenarbeiten."

Seine Muskeln unter ihren Händen und an ihrer Wange waren hart wie Stein. Er wirkte irgendwie angespannt. Sie sah und fühlte, wie er leicht den Kopf zurücklehnte und schüttelte und dann tief durchatmete. Er startete die Maschine, und Marianne schnappte nach Luft.

Die Vibrationen gingen durch ihren ganzen Körper. Ihre Brüste waren an Oz' Rücken gepresst, ihre Schenkel zitterten. Der Stoff ihres T-Shirts rieb an den Spitzen ihrer Brust. Ein harter warmer Puls begann zwischen ihren Beinen zu schlagen. Überwältigend, unwiderstehlich.

Es war das exquisiteste Vorspiel, das sie je erfahren hatte, dabei hatten sie sich noch keinen Zentimeter von der Stelle gerührt. Sie standen noch immer vor der Bar, das Dröhnen der Harley füllte die stille Nachtluft.

„Oz?" Marianne streckte sich ein wenig, um in sein Ohr zu sprechen. „Worauf warten wir?"

„Ich versuche, mich auf das Fahren zu konzentrieren und nicht daran zu denken, dass du so dicht hinter mir sitzt."

„Oh." Also war er auch erregt. Das war ein noch besseres Vorspiel als das Motorrad. „Meinst du, du schaffst es?", fragte sie leicht bebend.

„Ich werd's versuchen. Los geht's."

Die Harley schoss vor, der Ruck riss Marianne zurück. Sie schrie auf und klammerte Arme und Beine noch fester um Oz.

Marianne Webb saß auf einer schweren Rockermaschine, zusammen mit dem attraktivsten Mann, der ihr je untergekommen war. Ein breites Grinsen zog langsam auf ihr Gesicht.

Dann schrie sie wieder auf, diesmal, weil sie nach vorn geschleudert wurde, als der Motor plötzlich ausging und sie mit Stirn und Nase auf Oz' Rücken stieß.

Oz drehte sich halb zu ihr um. „Alles in Ordnung?"

Sie rieb sich die schmerzende Nasenspitze. „Sicher. Was ist passiert?"

Oz verzog das Gesicht. „Ich bin von der Kupplung gerutscht, hab die Maschine abgewürgt. Sorry."

Sie konnte nicht anders, sie begann zu kichern. Er sah aus wie ein sehr großer, sehr starker kleiner Junge, der gerade dabei ertappt worden war, wie er etwas Dummes anstellte. „Mit den Gedanken nicht bei der Sache?"

„Nein. Ich bin schon lange nicht mehr gefahren ... Mit Beifahrer, meine ich natürlich", fügte er hastig hinzu.

Dann sprang die Harley wieder an, und Marianne stieß unwillkürlich ein Stöhnen aus, als jedes Nervenende in ihr wieder zu vibrieren begann. Als sie sich in Bewegung setzten, hörte sie auf zu denken.

Es war einfach so ... so unglaublich!

Sie kamen am Ende der Straße an, und Marianne meinte, sie würden umfallen. Oz lehnte sich nach links, die Maschine lehnte sich nach links, Marianne lehnte sich nach links ... Jede Sekunde würden sie stürzen ...

Marianne riss die Augen auf, hielt die Luft an.

Sie bogen nach links ab, aber sie fielen nicht, sondern fuhren weiter. Dann nach rechts. Die beiden Körper auf dem Motorrad bewegten sich wie einer, zusammen mit der Maschine.

„Wow!", entfuhr es Marianne, als sie den Fahrtwind auf den Wangen spürte.

Sie fuhren jetzt auf einer langen geraden Straße, und Oz drehte das Tempo auf. Wahrscheinlich gar nicht so viel, sie waren noch immer in der Stadt, dennoch genug, dass der Wind mit ihren Haaren spielte. Auf einem Motorrad spürte man die Geschwindigkeit viel intensiver als in einem Auto. Ihre Füße waren nur Zentimeter vom Asphalt entfernt, die Gebäude, an denen sie vorbeirauschten, schienen sehr viel klarer als durch eine Wagenscheibe betrachtet, selbst Schatten und Licht waren deutlicher.

Und die Gerüche. Marianne konnte das Laub an den Bäumen riechen. Herbst lag in der Luft. Der Geruch von Asphalt und Benzin.

„Das ist großartig!", rief sie Oz zu, und sie konnte fühlen, wie er lachte.

„Warte, bis wir erst auf dem Highway sind", sagte er. Der Wind trug ihr die Worte zu. Wieder bogen sie nach links ab, auf eine Brücke, und Marianne roch den salzigen Geruch der See.

Dann waren sie auf einer vierspurigen Straße, zwei Spuren davon gehörten ihnen. Oz drehte das Gas auf, und sie schossen über den Asphalt dahin. Die Bäume am Straßenrand verschwammen zu dunklen Schatten, es roch nach Pinien.

Sie sog tief die Luft ein, Euphorie breitete sich in ihr aus. „Yee-haw!", rief sie dem Wind und den Sternen über sich zu, die einzigen Dinge, die auf dieser Welt neben Spaß und Schnelligkeit noch existierten. Sie löste ihren Pferdeschwanz und schüttelte den Kopf zurück, ließ ihr Haar fliegen.

Marianne hatte keine Ahnung, wie schnell sie fuhren, wusste nur, so schnell war sie noch nie gefahren. Als würde man frei durch die Luft rauschen, auch wenn sie die Straße und das schwere Motorrad unter sich fühlen konnte. So viel Kraft, so viel Energie.

Von Oz kontrolliert.

Oz, der zwischen ihren Schenkeln saß.

Sie lachte glücklich auf.

Vor zwei Tagen hatte sie ihr altes Leben hinter sich gelassen und sich geschworen, ein neues, anderes Leben anzufangen. Bisher machte sie sich richtig gut.

Sie war frei, sie war sie selbst, und sie konnte alles tun, was sie wollte.

„Kannst du mich hören?", rief sie gegen den Wind und das Brummen des Motors an.

Der Wind wirbelte durch Oz' Haar. Er schien gespürt zu haben, dass sie etwas gesagt hatte, und drehte den Kopf leicht zur Seite.

„Ich verstehe kein Wort."

Natürlich. Der Wind trug die Worte zurück zu ihr, aber er konnte sie nicht hören.

„Ich will wilden, ungezügelten, hemmungslosen Sex mit dir haben!"

„Was?"

„Nichts." Lachend warf sie den Kopf zurück, dann beugte sie sich vor, bis ihr Mund an seinem Ohr war. „Schneller!"

Oz nickte, und Marianne krallte ihre Finger in seine harten Bauchmuskeln, presste die Schenkel an seine.

Dann wurde alles zu purem Adrenalin.

Es schien ewig zu dauern, bevor Oz das Tempo verlangsamte und die Maschine schließlich am Straßenrand ausrollen ließ. Außer Bäumen und Gebüsch konnte Marianne nichts erkennen.

Er stellte den Motor ab, das Summen in Mariannes Ohren blieb.

„Ich möchte dir etwas zeigen." Seine Stimme war überlaut im Nachhall des Motors.

Er kickte den Ständer nach unten und schwang sich von der Maschine, hielt Marianne seine Hand hin, um ihr beim Absteigen zu helfen. Die Straße schien zu beben, als sie auf eigenen Füßen stand.

Marianne stolperte einen Schritt vor und hielt sich an Oz' Arm fest. „Jetzt verstehe ich, wieso du dieses Ding fährst", sagte sie. „Das ist wie Sex auf Rädern, nicht wahr?"

„Dieses Mal noch mehr. Alles in Ordnung mit dir?"

„Ich bin völlig hin und weg."

Er lächelte. „Ich weiß, wie du dich fühlst."

Ihre Beine hatten sich wieder an den festen Boden gewöhnt. Sie schob sich das Haar aus dem Gesicht und blieb mit den Fingern in der wirren Mähne hängen.

„Warte hier einen Moment", sagte Oz. „Ich will erst etwas nachsehen. Bin gleich wieder da."

Er drückte ihre Hand und verschwand zwischen den Büschen.

Was hatte er vor? Mit den Fingern versuchte Marianne, die Knoten im Haar zu lösen. Austreten? Gab es hier vielleicht einen geheimen Biker-Treff? Es raschelte im Gebüsch, dann wurde es wieder still.

Sehr still. Es musste inzwischen recht spät sein. Ein Windstoß wehte Herbstblätter von den Bäumen. Der Motor der Harley tickte regelmäßig, während er auskühlte. Das Rauschen des Ozeans drang herüber, sie waren also in Küstennähe. Die Häuser auf der anderen Straßenseite lagen dunkel und still da.

Marianne erschauerte und gab es auf, sich das Haar mit den Fingern kämmen zu wollen. Sie steckte die Hände in die Jackentaschen. In einer Tasche fühlte sie eine Brieftasche. Und noch etwas anderes. Sie zog beides hervor.

Eine schwarze Brieftasche aus Leder. Und ein Plastikpäckchen. Auf dem ein gelber Post-It-Zettel klebte.

Oz. Denk dran, ein Bier für mich für jedes, das du benutzt.

Marianne zog den Zettel ab. Ein Paket Kondome, identisch mit dem, das sie in der Rücktasche ihrer Jeans trug. Sie klebte den Zettel wieder auf, steckte Brieftasche und Päckchen zurück in die Jackentasche.

War das ein Zeichen?

Oder eine Warnung?

Die Büsche teilten sich, eine große dunkle Gestalt trat aus den Schatten. Marianne wusste, dass es Oz war, dennoch wich sie an die Harley zurück.

Was treibst du hier mitten im Nirgendwo, mit einem wildfremden Mann, ohne Schlüssel für das Motorrad, geschweige denn eine Vorstellung, wie so ein Ding überhaupt zu fahren ist? Ihr brach der Schweiß aus, das Herz klopfte ihr bis in den Hals.

„Ich bin's", sagte Oz.

Er war so groß. Sie konnte sein Gesicht nicht erkennen, sah nur seine breiten Schultern, seine große Hände. Als ihre Beine an die Maschine stießen, blieb sie stehen. Ihr Puls beruhigte sich dennoch nicht.

Was, um alles auf der Welt, tat sie hier?

Es war nicht nur so, dass sie Oz nicht kannte. Sie kannte überhaupt keine Leute wie ihn. Sie war noch niemals in einer solchen Situation gewesen.

Sie sollte in Warrens Bar zurückkehren und sich darauf konzentrieren zu lernen, wie man eine Margarita mixte. Ihr neues Leben Schritt für Schritt in Angriff nehmen. Sie musste ja nicht mit Anlauf und zwei Päckchen Kondomen hineinspringen.

„Oz …", hob sie an, und dann trat er auf sie zu, und das Mondlicht fiel auf sein Gesicht und sein Haar. Ein Lächeln spielte um seine vollen Lippen, seine Augen schimmerten im silbrigen Licht.

Er war so perfekt, dass sie keinen klaren Gedanken mehr fassen konnte. Sie wollte auch nicht mehr umkehren. „Ist Oz dein richtiger Name?"

„Ein Spitzname."

„Wie bist du daran gekommen? Von Ozzy Osbourne?" Biker hörten doch Heavy Metal, oder?

Er lachte leise. „Nein, von meiner kleinen Schwester. Daisy. Ich heiße Oscar, aber sie konnte es nicht aussprechen, als sie klein war. Also hat sie mich Oz genannt. Es ist an mir hängen geblieben."

Sie nickte und kam sich albern vor. Da hatte sie einen gefährlichen Rocker auf einer Wohltätigkeitsveranstaltung kennengelernt, und seinen Spitznamen hatte er von seiner kleinen Schwester Daisy bekommen.

Die Chancen standen also gut, dass er kein psychopathischer Serienmörder war. „Ich hätte auch nicht gesagt, dass du Ähnlichkeit mit Ozzy hast."

„Ich habe noch keiner Fledermaus den Kopf abgebissen, und ich habe auch noch nie an einem texanischen Denkmalsgebäude meine Blase entleert." Er trat noch näher. „Es hat mir sehr gefallen, wie du dich auf dem Motorrad an mich geklammert hast. Aber ich glaube, so gefällst du mir noch besser. Jetzt kann ich sehen, wie schön du bist." Mit einer Hand strich er ihr das Haar aus dem Gesicht. „Ich hätte nie gedacht, dass ich heute jemanden wie dich treffe."

Marianne musste sich daran erinnern, Luft zu holen.

Sie mochte Oz nicht kennen, aber wie sie zu Warren gesagt hatte – sie wusste nur, was er in ihr auslöste und wie sie sich in seiner Gegenwart fühlte: frei und schön und sinnlich und voller Lebensfreude.

Wie die Person, die sie sein wollte.

Sie nahm seine Hand und presste einen Kuss in seine Handfläche. Seine Haut roch leicht nach Motoröl.

„Was ist es, das du mir zeigen willst?"

4. KAPITEL

*H*ier entlang."

Die Büsche schluckten das Licht des Mondes, doch vor sich konnte Marianne Oz' Umrisse sehen. Sie konnte auch erkennen, dass er einen Ast beiseite hielt.

„Da ist ein Loch in der Mauer. Für mich wird's etwas eng, aber du müsstest leicht hindurchpassen."

Die Öffnung konnte sie nicht wirklich sehen, nur das Mondlicht auf der anderen Seite. „Was ist denn da?"

„Klettere hindurch, dann siehst du es."

Unbefugtes Betreten. Das war verboten.

Großartig. Außer einem Protokoll für falsches Parken hatte Marianne noch nie gegen ein Gesetz verstoßen.

Marianne schlüpfte durch das Loch und fand sich auf einer großen gemähten Rasenfläche wieder. Ein Haus war nicht zu sehen. Zu ihrer Linken schimmerte ein Weg hell im Licht.

Oz musste sich ebenfalls durch die Maueröffnung gezwängt haben, sie spürte ihn neben sich. „Wo sind wir?", flüsterte sie.

„Südlich von Portland. Komm." Er nahm ihre Hand und zog sie mit sich. „Als Teenager bin ich immer durch dieses Loch geschlüpft", sagte er. Er sprach laut, so als hätte er keinerlei Befürchtungen, dass sie erwischt wurden. „Erstaunlich, dass es noch immer nicht repariert worden ist."

„Was hat dich hier so gereizt?" Es musste wohl eine Art Park sein, die Rasenfläche war endlos.

„Ich wollte allein sein. Ich bin mit fünf jüngeren Geschwistern aufgewachsen. Manchmal brauchte ich eben meine Ruhe." Oz blieb stehen und Marianne mit ihm. „Hör nur. Man könnte nicht einmal vermuten, dass wir in der Nähe einer Stadt sind."

Irgendwo bellte ein Hund. Sie lauschten eine Weile der Stille und gingen schließlich weiter. Die Luft war frisch und klar, Marianne konnte das Meer riechen.

„Du hast fünf Geschwister?", fragte sie.

„Vier Jahre lang war ich Einzelkind. Dann kamen Michael, Jennifer, die Zwillinge Alice und Joe und dann noch Daisy. Sie haben unglaublich viel Lärm gemacht."

„Sie müssen deine Mutter sehr auf Trab gehalten haben."

„Meine Mutter ist eine sehr beschäftigte Frau." Sein Ton hatte sich unmerklich verändert. Von gut gelaunt zu etwas anderem.

„Wie ist es, wenn man mit einer großen Familie aufwächst?"

„Na, auf jeden Fall weiß ich alles über das Konkurrenzverhalten unter Geschwistern." Jetzt klang er wieder unbeschwert.

„Muss ein beruhigendes Gefühl sein, nicht der Einzige zu sein, in den die Eltern ihre Hoffnungen setzen können."

Marianne presste die Lippen zusammen. Warum hatte sie das jetzt gesagt? Sie hatte keineswegs vor, einem Mann, den sie gerade erst getroffen hatte, von dem Druck zu erzählen, den sie zu Hause ständig gespürt hatte. Oder dass sie die an sie gestellten Erwartungen nicht erfüllt hatte.

„Ich meine, es muss doch Spaß gemacht haben, auch wenn es laut war."

„Meine Geschwister sind großartig. Ich als der Älteste musste natürlich viel Verantwortung übernehmen, aber zumindest ist mir erspart geblieben, zu klein gewordene Kleidung aufzutragen." Oz wandte ihr das Gesicht zu. „Bist du Einzelkind?"

„Ja."

„Muss ziemlich einsam sein, oder?"

Marianne lachte. „Ich wurde von vorne bis hinten verwöhnt, ganz wie ich es mag. Was mich zu jemandem macht, der sofortige Belohnung erwartet. Bei allem."

„Überrascht mich nicht." Noch immer sah er sie an, und zum ersten Mal fiel ihr bewusst auf, dass er nicht nur ein schönes, sondern auch ein intelligentes Gesicht hatte.

Wo stand geschrieben, dass ein Rebell nicht intelligent sein konnte? Sie war ja auch clever, und sie rebellierte. Gegen das Image, das man ihr aufgedrückt hatte.

Dennoch … Sein Blick machte sie nervös. So als könne er direkt in sie hineinsehen und jede ihrer Ängste, jede ihrer Schwächen erkennen.

Sie blieb stehen, als sie sah, wo sie waren. „Oh."

Sie standen in einer kleinen Bucht, eingerahmt von Felsen. Die Wellen, silbern vom Mondlicht, schwappten gegen die Steine. Rechter Hand reckte sich ein Leuchtturm in den Nachthimmel, das helle Licht blitzte in regelmäßigen Abständen in ihrer Richtung auf.

„Portland Head Light, der älteste Leuchtturm in Maine." Oz setze sich in den Sand und klopfte einladend mit der Hand neben sich. Marianne kam lächelnd seiner Aufforderung nach.

„Er ist wunderschön."

Oz legte den Arm um ihre Schultern und zog sie an seine Seite. „Du musst ihn mal hören, wenn Nebel aufzieht. Dann klingt er wie ein mächtiger Geist. Eine Feuersäule bei Nacht, so hat Longfellow, der berühmte Dichtersohn unserer Stadt, ihn in seinem Gedicht genannt." „Ein kaltes Feuer, vielleicht", warf sie ein. „Schön, perfekt – und allein." Ein schmerzhafter Schauer durchlief sie bei ihren Worten.

Oz drückte sie fester an sich. „Alles in Ordnung mit dir, Marianne?" Sie atmete durch und roch die See und Oz. Heute Nacht war sie nicht allein. Sie hatte auch nichts mehr mit diesem perfekten und einsamen Leuchtturm gemein. Sie war hergezogen, um ein neues Leben anzufangen. Um glücklich und ohne Sorgen leben zu können.

Und tollkühn zu sein.

„Hör auf zu reden und küss mich, Oz." Sie drehte sich in seinem Arm, nahm seinen Kopf in ihre Hände und zog ihn zu sich herunter. Ihre Lippen trafen aufeinander, und wieder hörte sie dieses Geräusch tief in seiner Kehle.

Ihr erster Kuss, der auf der Bühne, war nahezu keusch gewesen, bis auf diesen Laut, den Oz dabei von sich gegeben hatte.

Dieser Kuss hier hatte nicht das Geringste von Keuschheit an sich. Sie küssten sich, als wollten sie sich gegenseitig verschlingen. Marianne schob die Finger in sein Haar und sog an seiner Unterlippe, knabberte daran. Er schmeckte nach Minze und nach Mann.

Oz stöhnte und küsste sie noch gieriger. Zungen stießen aufeinander, seine war stark und heiß und wild und alles, was Marianne sich erträumt hatte. Verlangen brannte in ihr auf, sammelte sich in ihrem Schoß.

So war sie noch nie geküsst worden. Nach diesem Kuss hier konnte sie nicht einmal mehr sagen, ob die Küsse, die sie vorher bekommen hatte, überhaupt als Küsse zu bezeichnen waren.

Ohne die Lippen von ihrem Mund zu lösen, zog Oz sie auf seinen Schoß. Sie setzte sich rittlings auf ihn und schlang die Beine um seine Hüften, fühlte seine Brust an ihrer.

Wildes, ungehemmtes Verlangen. Keine Finesse, keine Grazie, nur … Lust.

Sie fühlte, wie er sich an dem Reißverschluss ihrer – seiner – Jacke zu schaffen machte, sie ihr von den Schultern strich. Dann waren seine Hände auf ihrer bloßen Haut, und sie hörte sich selbst stöhnen.

„Marianne", murmelte er rau an ihren Lippen, „du bist unglaublich."

Sie wollte nicht reden, sie wollte fühlen. Sie presste ihre Lippen auf seine Wange, fuhr mit der Zunge über die Haut. Er schmeckte nach Seife und ein wenig nach Salz, wie der Ozean. Als sie seinen Hals küsste, konnte sie seinen Puls hämmern fühlen.

„Du machst mich verrückt", knurrte er.

Marianne bog sich Oz ungeduldig entgegen. Ihre Brüste verlangten danach, berührt zu werden. Jetzt. Sofort. Wenn Oz sie nicht in dieser Sekunde berührte, dann würde sie verrückt werden.

Sie hielt den Atem an, als Oz ihr das T-Shirt an den Seiten hochschob. Ließ die Luft entweichen, als sie seine Finger unter der Spitze ihres BHs fühlte. Und stieß einen Lustschrei aus, als er mit Lippen und Fingern die harten Spitzen liebkoste.

„Wunderschön", hörte sie ihn murmeln und fühlte die kühle Nachtluft auf ihrer Haut, weil er den BH heruntergezogen hatte, um freien Zugang zu ihren Brüsten zu haben, dann seinen heißen Mund.

Die Lust war so überwältigend, dass sie nicht wusste, was sie tun sollte. Instinktiv bäumte sie sich auf und schmiegte sich enger an ihn, umklammerte ihn fester mit ihren Beinen.

Es pochte immer stärker im Zentrum ihrer Lust. Sie krallte die Finger einer Hand in seine Schulter, mit der anderen Hand fuhr sie zu seinem Schenkeln, fühlte das weiche Leder der Chaps, fühlte seine Erregung unter dem Stoff seiner Jeans. Das war es, was sie wollte …

„Marianne." Er hob den Kopf. Der kalte Windhauch, der über ihre aufgerichteten, feuchten Brustspitzen strich, schien Teil seiner Liebkosung zu sein. „Sag mir, was du willst. Denn gleich werde ich die Kontrolle verlieren." Sie sah, wie er die Zähne zusammenbiss, sah, wie seine Wangenmuskeln zuckten. „Sag mir, dass du das hier genauso sehr willst wie ich. Ich will dich."

Sein Geständnis jagte einen Stromstoß durch sie hindurch. So nah. Sie stand so kurz davor. Noch eine Berührung, noch ein Kuss, und sie würde sich ihm bedingungslos hingeben. Würde ihn nehmen, so wie er sie nehmen würde. Sie wollte ihn, gierte nach ihm, verlangte nach ihm. Wie sie seit Langem nach nichts mehr verlangt hatte …

Marianne versteifte sich in seiner Umarmung. Das letzte Mal, als sie etwas so sehr gewollt hatte, hatte sie sich fast selbst zerstört.

Die Erinnerung ließ sie erstarren. Ihre Hände, die eben noch fieberhaft über seinen Körper gestrichen waren, verharrten reglos.

Oz stutzte. „Marianne? Was ist denn?"

Sie öffnete den Mund, ohne dass ein Laut herauskam.

Ich kann nicht. Ich darf es nicht so sehr wollen.

Oz hob sie an, schob sie von sich fort und rollte sich zur Seite. Er lag neben ihr, berührte leicht ihre Schulter. „He, ist schon in Ordnung."

Ohne ihn war ihr kalt. Sie setzte sich auf und zog das Shirt wieder hinunter. Ihr Körper sehnte sich nach Oz, wollte ihn zurückhaben. Jede Faser in ihr schmerzte, verlangte nach der Erlösung, die so greifbar nah gewesen war.

Nun, sie war gut darin, sich zu versagen, wonach ihr Körper verlangte. Immerhin hatte sie fast ein ganzes Jahr kaum gegessen, war immer magerer geworden, bis sie fast nicht mehr gewesen wäre.

Sie schob sich das Haar zurück, blieb darin hängen. Sah an sich herunter. Ihr T-Shirt war völlig zerknittert. Sie stand auf.

Oz erhob sich ebenfalls. „Marianne, kannst du mir nicht sagen, was los ist?"

Konnte sie? *'Tschuldigung, Oz, aber Sex mit dir erinnert mich zu stark an die Zeit, als ich mich fast selbst umgebracht hätte.* Wohl kaum.

„Ich möchte einfach nur zurück, okay?" Selbst für ihre eigenen Ohren klang ihre Stimme fremd.

Er sah sie wieder mit diesem Blick an, so als wolle er in sie hineinsehen. Marianne wandte sich ab und klopfte sich den Sand von der Hose.

Oz hob seine Jacke auf und hängte sie ihr über die Schultern. „Sicher. Lass uns fahren."

Sie nickte. Etwas Weißes lag neben ihrem Schuh. Sie bückte sich, um es aufzuheben. Die Auktionsquittung. Und das Päckchen Kondome, die ihr auf der Rücktasche gefallen war.

Na, sie war ja richtig tollkühn. Das mit dem Leben ändern hatte sie gründlich verbockt. Nicht ein einziges Kondom hatte sie benutzt.

Sie steckte Quittung und Päckchen zurück in die Jeans und schob die Arme in die Ärmel.

Als sie zurück durch das Loch in der Mauer krochen, ertönte das Nebelhorn des Leuchtturms.

Genau wie Oz gesagt hatte – es klang wie ein mächtiger Geist.

Marianne biss die Zähne zusammen und lehnte sich an Oz' Rücken. Die Herfahrt auf der Harley war berauschend gewesen, die Rückfahrt eine Tortur.

Oz saß wieder zwischen ihren Schenkeln, doch jetzt wusste sie, wie seine Hände sich auf ihrem Körper anfühlten, sein Mund, sein Gewicht. Die Vibrationen der schweren Maschine gingen ihr durch und durch, machten ihr klar, dass sie völlig versagt hatte.

Welche kesse Draufgängerin kniff schon im allerletzten Moment? Ihr war übel vor Frustration und Selbstvorwürfen. Mit geschlossenen Augen und zu Fäusten geballten Händen überstand sie den Rest der Fahrt.

Nach einer halben Ewigkeit lenkte Oz die Maschine auf den Parkplatz vor der Bar und schaltete den Motor aus. Marianne löste sich von ihm und stieg ab. Die Bar war geschlossen, alles lag im Dunkeln.

„Wo wohnst du?", fragte Oz.

„Direkt über der Bar. Ich gehe dann jetzt. Danke."

„Es ist es spät und dunkel. Ich bringe dich bis zur Tür."

Der Rebell ist ein Gentleman. Seite an Seite gingen sie die schmale Seitenstraße entlang, die auf den hinteren Parkplatz führte. Er hatte recht, alles war duster, die Schatten unheimlich. Sie war dankbar, dass er sie begleitete.

Im Stillen schnaubte sie abfällig über sich. Erbärmlich.

Der Eingang zur Treppe, die zum Apartment hinaufführte, lag neben dem Notausgang der Bar. Marianne blieb stehen. „Gute Nacht also."

Sie wollte sich die Jacke ausziehen.

„Ich begleite dich bis zur Wohnung."

Also hob sie die Jacke wieder auf die Schultern und kramte nach dem Schlüssel. Das Treppenhaus war eng und dunkel, die Treppe steil.

„Geh voraus, ich komme mit", sagte Oz.

Auch wenn sie ihn nicht sehen konnte, so spürte sie ihn hinter sich und konnte ihn riechen und hören. Oben auf dem Treppenabsatz tastete sie nach dem Lichtschalter. Als die Lampe aufflammte, musste sie blinzeln. Sie sah die vergilbten Wände, den zerkratzten Boden. An der nackten Glühbirne baumelten Spinnweben. Und Oz stand groß, mit vom Wind zerzaustem Haar und noch attraktiver als im Mondlicht neben ihr.

Dummes, dummes braves Mädchen.

Sie drehte sich um und schloss die Wohnungstür auf.

„Marianne", sagte er leise. „Lass uns nicht so auseinandergehen. Darf ich dich morgen Abend einladen? Ich meine, eine richtige Verabredung."

„Ich arbeite in der Bar."

„Dann morgen Mittag. Ich lade dich zum Lunch ein. Wir können uns unterhalten."

„Klingt aufregend", sagte sie ohne große Begeisterung. „Lunch mit Unterhaltung."

„Bitte, Marianne. Ich möchte herausfinden, wer du bist."

Wer sie war. Als ob jemand wie er, jemand, der frei und draufgängerisch war, jemanden wie sie, verklemmt und spießig, mögen würde.

Sie zog seine Jacke aus. Die Jacke war groß und schwer und schien ihr wie ein Teil von ihm. Sie wollte sie nicht zurückgeben.

Mit einer ruckartigen Geste warf sie ihm die Jacke zu, viel heftiger als nötig. Als Oz sie auffing, fiel etwas aus der Tasche, schlug dumpf auf und rutschte ein Stück über den Boden.

Oz' Brieftasche. Marianne bückte sich, um sie aufzuheben, froh über den Vorwand, ihn nicht länger ansehen zu müssen.

Die Brieftasche klaffte auseinander, eine Kreditkarte war herausgefallen. Ein Biker mit einer goldenen Kreditkarte.

Marianne nahm die Karte auf. In dem grellen Licht blitzte der Name auf, der darauf stand.

Dr. Oscar Strummer.

Marianne riss die Augen auf, ihr Herz begann ungut zu klopfen. Sie richtete sich auf, hielt Oz die Karte entgegen. Oz, mit dem Tattoo, den wuchtigen Motorradstiefeln mit Ketten und dem Harley-T-Shirt mit den ausgerissenen Ärmeln.

„Du bist Arzt?", fragte sie ungläubig.

5. KAPITEL

*A*h, nun … ja", antwortete Oz.

„Ein richtiger Doktor? Wie in ‚geachtetes Mitglied der Gemeinde' und ‚Stütze der Gesellschaft'?"

Immerhin hatte er genügend Anstand, betreten auszusehen. „Ich bin kein Arzt, aber ich trage einen Doktortitel. Und Stütze der Gemeinde – ja."

„Warum, um alles in der Welt, ziehst du dich wie ein Biker an?"

Oz sah an sich herunter und zupfte an den Chaps. „Ich dachte, es gefällt dir."

Marianne stand der Mund offen. „Ich …" Ihr Blick fiel auf das Tattoo auf seinem rechten Arm. Im Licht der Flurlampe konnte sie sehen, dass es sich langsam von der Haut ablöste. „Die Tätowierung ist auch nicht echt, oder?"

Er wandte den Kopf. „Zum Glück. Schlangen und Schwerter sind nicht unbedingt mein Ding."

„Was …" Marianne brach ab und funkelte ihn wütend an. Der Abend lief noch einmal vor ihr ab, in einem ganz neuen Licht, jetzt, da sie wusste, dass ihr böser Bube einen Doktortitel und eine goldene Kreditkarte besaß. „Was für ein Mensch bist du! Du hast mich angelogen."

„Ich habe dich nicht …"

Sie spürte die Hitze, die ihr in die Wangen stieg. „Holst du dir so deine Kicks? Indem du dich für jemanden ausgibst, der du nicht bist, und dann fremde Frauen verführst?"

Oz trat einen Schritt zurück und hob abwehrend die Hände. „He, Moment mal. Ich habe dich nicht verführt."

„Du hattest Kondome dabei, und es war auch vorausgesetzt, dass du sie benutzt!"

Verdutzt schaute er sie an. „Ich hatte Kondome in meiner Tasche?"

Sie streckte den Arm aus und zeigte auf seine Jacke. Oz suchte in den Taschen und förderte das Päckchen mit dem gelben Post-It-Zettel zu Tage.

„Oh." Er las die Notiz. „Das war mein Freund Jack."

„Du bekommst ein Bier für jedes, das du verbrauchst. Was ist das, eine kranke Wette?"

Oz schüttelte den Kopf. „Keine Wette, eher eine langfristige Absprache. Als Jack die Frau traf, die er heiraten wollte, da …"

„Hat er mit dir um ein Bier gewettet, dass er sie flachlegt." Marianne war weit über den Punkt hinaus, noch auf ihre Ausdrucksweise zu achten. „Ich kann nicht glauben, wie blöd ich bin!"

Damit stürmte sie in ihre Wohnung und wollte die Tür hinter sich zuknallen, doch Oz fing die Tür ab.

„Marianne", er stand im Türrahmen, „beruhige dich bitte. Denk doch mal nach. Ich wollte dir sagen, wer ich bin, aber du hast mich gebeten, nicht zu reden. Und du hattest auch ein Päckchen Kondome dabei. Ich verstehe ja, dass du wütend bist. Aber in Wirklichkeit bist du nicht wütend auf mich."

Sie wirbelte herum. „Sondern?"

Er trat in den Raum, zögernd, den Blick fest auf sie gerichtet. „Ich vermute, du bist wütend auf dich selbst."

Jetzt war es an ihr, betreten auszusehen. Oz hatte recht. Er hatte nur das getan, worum sie ihn gebeten hatte. Er war ein Gentleman in Chaps und Biker-Stiefeln. Wenn sie vom äußeren Schein ausgegangen war, so war das allein ihre Schuld.

Deshalb war sie ja auch so wütend auf sich. Weil sie mit ihrem neuen Leben nichts anfangen konnte, selbst wenn sich ihr die goldene Chance bot. „Was, zum Teufel, bist du? So eine Art Amateur-Psychologe?"

„Nein, ein professioneller Psychologe." Oz sah sich nach einem Stuhl um. Auf dem einzigen, der im Zimmer stand, lag ein Stapel ordentlich gefalteter Wäsche. Also lehnte er sich mit dem Rücken gegen die Wand, versuchte, sich kleiner zu machen. Es funktionierte nicht wirklich.

„Ich bin Therapeut mit eigener Praxis. Und ich halte Vorlesungen an der Uni."

„Grundgütiger!" Marianne schloss entsetzt die Augen. „Du bist genau der Mann, den meine Eltern für mich aussuchen würden."

„Ist das schlecht?", hakte er leise nach.

Nach Jason? Ja.

Wenn sie ein völlig anderer Mensch werden wollte? Definitiv.

Sie holte tief Luft. „Warum hast du dich in diese Verkleidung geworfen?"

Oz sah wieder an sich herab. „Mein Freund Jack glaubte, es würde helfen, mehr Geld bei der Auktion für das Jugendzentrum zu erzielen."

Marianne lachte humorlos auf. „Na, das hat ja geklappt."

„Es war nicht gedacht, um jemanden zu täuschen. Die meisten Bieter waren ja hier aus der Stadt."

Was bedeutete, dass sie die Einzige war, die sich hatte täuschen lassen. Sie erinnerte sich an den wissenden Blick der beiden Frauen, als sie gesagt hatte, sie würde Rebellen mögen. Die beiden hatten gewusst, wer Oz war.

Sie kam sich vor wie ein Idiot. „Gehört die Harley wenigstens dir?"

Er schüttelte wortlos den Kopf.

Marianne seufzte. „Oz … Dr. Strummer, ich möchte jetzt wirklich, dass Sie gehen."

Er trat auf sie zu. „Marianne, das muss doch kein Problem sein."

Seine Augen … Sie waren intelligent, sahen so viel. Sie konnten in einen Menschen hineinsehen. Ein Psychologe und Therapeut, Herrgott. Genau das, was sie nicht gebrauchen konnte. „Danke für Ihre Zeit, Dr. Strummer." Sie fiel in den Tonfall einer Südstaaten-Debütantin zurück. Süß, höflich – und unnachgiebig. Magnolien aus Stahl. „Gute Nacht."

Oz wirkte, als wolle er noch etwas sagen. Dann überlegte er es sich anders. „Gute Nacht", meinte er nur und zog die Tür leise hinter sich ins Schloss.

Marianne hörte die klobigen Stiefel auf der wackeligen Treppe. Dann warf sie sich aufs Bett und zog sich das Kissen über den Kopf.

Oz ließ die Maschine an und fuhr über die leeren Straßen durch die Nacht, weg von der Bar, weg von Marianne.

Sein ganzes Leben beschäftigte er sich schon mit der menschlichen Psyche, hatte praktische Erfahrungen mit Kinderpsychologie durch seine Geschwister gesammelt. Und trotzdem konnte er nicht ausmachen, was, zum Teufel, hier gerade geschehen war.

Mondschein, der Leuchtturm, die attraktivste Frau, die ihm je begegnet war, in seinen Armen. Ein lang gehegter und endlich wahr gewordener Traum. Perfekt. Mit jeder Berührung, jedem Kuss war es perfekter geworden.

Und dann war die perfekte Frau … ausgeflippt. Sicher kein Begriff aus der medizinischen Fachterminologie, aber passend.

Diese Frau hatte ganz offensichtlich Probleme. So, wie sie es vermied, ihre Vergangenheit zu erwähnen, lagen die Probleme wahrscheinlich dort verwurzelt. Sie hatte auch ganz offensichtlich kein Interesse daran, sie zu bewältigen.

Das brauchst du jetzt wirklich nicht, Oz, ermahnte er sich im Stillen. Du brauchst eine Pause von deinem Beruf, nicht noch jemanden, den du heilen musst.

Er seufzte. War wohl besser, wenn die Realität jetzt sofort einsetzte, bevor er sich zu sehr engagierte.

Er gab Gas, fühlte den Wind auf seinem Gesicht.

Und ihre Arme um seine Taille. Den Geschmack ihrer Haut auf seinen Lippen. Hörte ihre lustvollen Seufzer, wie sie „Ich will wilden, ungezügelten, hemmungslosen Sex mit dir haben!", gerufen hatte, weil sie glaubte, er könne sie nicht hören.

Er grinste vor sich hin. Marianne hatte dreitausend Dollar für ihn geboten, hatte ihn vor versammelter Mannschaft geküsst, und dann hatte sie diese Worte hinausgeschrien. Wenn er eine Abwechslung von seinem üblichen Leben suchte … Etwas Besseres hätte er nicht finden können.

Er bog in das Viertel ein, wo Kitty und Jack lebten, und parkte die Maschine vor ihrem Haus. Es wäre jetzt schön, ihnen für alles zu danken, aber die Fenster waren dunkel. Sicherlich schliefen die beiden längst tief und fest.

Nun, dann würde er den Schlüssel für die Harley in den Briefkasten werfen und Jack morgen anrufen, um ihm zu sagen, dass er recht gehabt hatte. Oz brauchte eine Pause von seinem Job. Danach würde er sich wieder mit voller Kraft auf die Arbeit konzentrieren können.

Oz saß auf der Harley, lauschte auf das Knistern des auskühlenden Motors und sah zu den dunklen Fenstern hinauf. Er erinnerte sich an etwas, das Jack einmal zu ihm gesagt hatte.

„Weißt du, was ich nie erwartet hätte, als ich mich verliebte?", hatte Jack gesagt. „Ich liebe es, neben Kitty zu schlafen. Ihren Atem zu hören, zu wissen, dass sie das Erste ist, was ich sehe, wenn ich morgens die Augen aufschlage." Er hatte gelacht wie ein Mann, der sein Glück nicht fassen konnte. „Hättest du wohl auch nicht gedacht, dass ich mal sagen würde, Schlafen ist genauso schön wie Sex, was?"

Oz wandte den Blick ab. Er hatte plötzlich das Gefühl, ein Eindringling zu sein, weil er hier draußen vor den Fenstern seiner schlafenden Freunde stand, die selig in ihrem ganz eigenen Universum schlummerten.

Er musste die Harley abstellen, seinen Wagen holen und nach Hause fahren. Um zu schlafen. Allein.

Damit er morgen aufstehen und wieder in sein normales Leben zurückkehren konnte. Allein.

Seine Hand lag auf dem Schlüssel, er hatte ihn bisher nicht abgezogen.

Also drehte er ihn. Startete die Harley.

Noch war nicht morgen. Er konnte die Maschine auch später abgeben. Heute Nacht würde er sich noch ein wenig mehr von der Fantasie gönnen.

Mit Marianne war er Richtung Norden gefahren, also schwenkte er jetzt Richtung Süden. Doch nach einer halben Stunde drehte er wieder um, nach Hause zurück. Die Fantasie wirkte nicht mehr.

Die Harley war ein Wunderwerk der Technik. Sie reagierte auf den kleinsten Befehl mit perfekter Präzision, in Sekundenbruchteilen.

Aber wenn er allein auf ihr saß, schien sie ihm wie ein alberner Haufen aus Blech und Gummi.

Oz fuhr nach Hause. Das große viktorianische Haus war dunkel, doch er machte sich nicht die Mühe, Licht auf dem Weg in die Küche einzuschalten. Er kannte jeden Zentimeter, wusste genau, wo die Möbel standen. Als Daisy hier gewohnt hatte, war er über einzelne Turnschuhe und Schulbücher gestolpert. Jetzt nicht mehr.

Er zog den Kühlschrank auf und nahm eine Wasserflasche heraus. Zum x-ten Mal fiel sein Blick auf die Diät-Limonade, die Daisy, als sie vor einem Monat ausgezogen war, vergessen hatte. Und zum hundertsten Mal dachte er, dass er die Limonade in die Praxis mitnehmen sollte, für seine Arzthelferin.

Zum ersten Mal wurde ihm bewusst, warum er es jedes Mal vergaß. Er mochte diese Erinnerung an Daisy in seinem Kühlschrank. Dann hatte er das Gefühl, als wäre noch jemand im Haus.

Er fragte sich, ob Marianne auch Diät-Limonade trank. Nötig hatte sie es nicht, ihre Figur war perfekt. Anderseits, Daisy hatte auch eine großartige Figur, trotzdem zählte sie jede Kalorie.

Mariannes Figur ... Wie sie die langen Beine auf der Maschine an seine Schenkel gepresst hatte ... Das Gefühl ihrer vollen Brüste unter seiner Hand ... Ihr knackiger Po auf seinem Schoß ...

Der traurige Blick, als sie sagte, der Leuchtturm sei perfekt und einsam. Und dann ihr sexy Lächeln mit den wunderbaren Grübchen ...

Oz starrte mit leeren Augen in den Kühlschrank und spürte das eindeutige Ziehen in den Lenden. Mit einem Schnauben schlug er die Tür zu und trank einen großen Schluck Wasser.

Kein Wunder, dachte er, als er die Treppe zu seinem Schlafzimmer hinaufstieg. Sein Körper reagierte so heftig, weil er schon seit ... nun, seit Längerem seine Bedürfnisse in dieser Hinsicht unterdrückte. Irgendwann flammten verdrängte Bedürfnisse auf. Meist dann, wenn man es am wenigsten erwartete.

Mondlicht fiel durch die Fenster im Schlafzimmer. Oz setzte sich auf sein Bett und zog die Stiefel von den Füßen. Dann begann die knifflige Arbeit, die Chaps von den Beinen zu bekommen.

Wie lange Marianne wohl dafür gebraucht hätte? Was hätte sie wohl gesagt, in diesem wunderbaren Südstaaten-Akzent? Welche Überraschungen wären ihr eingefallen?

Er schüttelte den Kopf. Ihr Akzent war sexy. Ihr Körper war sexy. Und ihre Überraschungen waren auch sexy.

Trotzdem sollte er sich von ihr fernhalten. Er brauchte keine Frau mit Problemen.

Tja, nur … Selbst ihre Probleme waren sexy.

Sie war forsch und dreist und trotzdem unschuldig. Sie war selbstsicher und dennoch einsam. Sie wohnte in einem Ein-Zimmer-Apartment über einer Bar und hatte Geld und die Grazie und Würde einer Prinzessin.

Sie war das, was man eine heiße Braut nannte, und hatte voller Leidenschaft auf seine Berührungen reagiert. Und hatte dann gezögert, bis zum Letzten zu gehen, und einen Rückzieher gemacht.

Oz streifte die Chaps ab und zog Jeans und T-Shirt aus. In Boxershorts tappte er ins Bad, schaltete Licht ein und zog eine Grimasse, als er im Spiegel das Tattoo auf seinem Arm sah. Er griff nach einem Waschlappen und begann zu reiben.

Nichts. Wie bekam man diese Dinger wieder ab?

Marianne hatte es gefallen. Und dann hatte sie es gehasst.

Er hörte mit dem Schrubben auf. Es war ebenso unmöglich, ihre Berührungen von seiner Haut abzuwaschen. Marianne war nicht nur eine schöne Frau, sie war ein Rätsel. Zu ergründen, was sie antrieb, war eine faszinierende Herausforderung.

Als er in die Duschkabine griff, um das Wasser aufzudrehen, erhaschte er einen Hauch ihres Dufts auf seiner Schulter. Frisch. Feminin. Rein.

Sofort sah er sich wieder im Park, zusammen mit ihr in der Nacht. Wenn er mit ihr zusammen war, fühlte er sich unbesiegbar und frei, so als stünde ihm die ganze Welt offen, als wäre alles möglich.

Er stellte das Wasser wieder ab. Er wollte ihren Duft nicht abwaschen. Noch nicht.

Und ja, es war völlig irrational. Aber heute Nacht schien „irrational" genau das Richtige zu sein.

„Du wirst Augen machen, Warren Webb."

Marianne warf einen prüfenden Blick auf die Gläserreihe auf der Bar. Frisch gezapftes Fassbier. Southern Comfort und Cola. Margarita auf gestoßenem Eis. Martini, geschüttelt, nicht gerührt. Und ein Shirley Temple.

Letzte Nacht war sie entmutigt zu Bett gegangen, in dem Glauben, ihr neues Leben sei ein ebensolcher Fehlschlag wie ihr altes.

Doch der neue Morgen hatte auch neuen Optimismus mitgebracht. Fein, sie hatte nicht genügend Mumm gehabt, um mit einem Fremden zu schlafen, aber das hieß ja nicht, dass sie nicht noch ein paar andere neue Tricks lernen konnte. Sie war die Sache nur falsch angegangen. Sie hatte vom Zehn-Meter-Brett springen wollen, bevor sie überhaupt einen Zeh ins Wasser gesteckt hatte.

Sie würde noch mal anfangen, und zwar ganz klein.

Deshalb war sie auch nicht wirklich schockiert gewesen, ihre neue Wohnung im hellen Tageslicht zu begutachten: Weder das abgetretene Linoleum noch die Risse im Putz oder die Stockflecken konnten ihre Laune trüben. Und als die Dusche in dem winzigen Bad nicht mehr als ein dünnes Rinnsal lauwarmen Wassers hergeben wollte, da hatte sie frierend laut *Yankee Doodle* angestimmt.

Sie hatte genug von luxuriösen Badezimmern und prasselnden heißen Duschen. Sie würde es genießen, für eine Weile in einer Bruchbude zu leben.

Erst einmal würde sie alles über die Arbeit hinter einer Bar lernen. Lässige Konversation mit den Kunden, unverbindliches Flirten. Sie könnte sich auch Stilettos zulegen und sich die Fußnägel rot lackieren. Sie würde Kaugummi kauen üben, sich ein paar Schimpfwörter aneignen und irgendwo in der Stadt tanzen gehen.

Ja, sie würde ganz unten anfangen und sich langsam hocharbeiten. Zu etwas Großem. Wie Oz.

Aber ohne Doktortitel in Psychologie, fügte sie noch hinzu.

Neugierig beäugte sie die Gläserreihe. Was konnte sie noch zusammenmixen, bevor Warren auftauchte? Was tranken die Leute denn? Wein? Piña Colada? Harvey Wallbanger?

Marianne grinste. Da gab es ein ganzes Universum von Drinks mit den bizarrsten Namen zu erforschen.

Sie hörte die Tür gehen. „He, Warren", rief sie. „Komm her und probier meine Spezialdrinks."

„Sind die alle für dich oder schon für die Sonntag-Morgen-Stammkunden?"

Es war nicht Warren, es war Oz.

Fast wäre ihr die Flasche Wodka aus der Hand gefallen. Oz stand auf der anderen Seite der Theke. Er trug Jeans, ein Flanellhemd und die Lederjacke von gestern. Sein Haar wirkte windzerzaust, Lachfältchen lagen in seinen Augenwinkeln und um seine Lippen.

Marianne wich einen Schritt zurück. Da hatte sie gedacht, sein Biker-Look hätte sie angezogen. Heute gab es weder Chaps noch Harley-Shirt oder Tattoo. Und er sah einfach hinreißend aus.

„Dr. Strummer." Mit übermenschlicher Anstrengung gelang es ihr, ihre Stimme neutral und freundlich zu halten. „Wie nett, Sie wiederzusehen. Was darf ich Ihnen anbieten?"

„Für Alkohol ist es noch zu früh am Tag", erwiderte er. „Außerdem mag ich mein Bier mit mehr Bier." Er hob das Glas mit dem Fassbier an. „Über die Hälfte ist Schaum."

„Der Zapfhahn ist eigen. Er hat mich angespuckt." Sie wurde rot, als er sie angrinste. „Nun, was kann ich für Sie tun, Dr. Strummer?"

„Ich wünschte, du würdest mich wieder Oz nennen. Du bist ja keine von meinen Patientinnen." Er setzte sich auf einen Barhocker.

„Richtig. Bin ich nicht. Also, was kann ich für dich tun, Oz?", wiederholte sie in genau dem gleichen Tonfall – distanziert, höflich, mit einem Charme, der das Bier gefrieren lassen könnte.

Sie beobachtete, wie er die anderen Drinks auf der Theke inspizierte, das letzte Glas anhob und daran schnupperte. „Ein Shirley Temple?"

Sie nickte.

Oz nahm den Strohhalm in den Mund und saugte daran. Marianne starrte wie gebannt auf seine Lippen, die sich um den Halm schlossen. Gestern Nacht hatten diese Lippen auf ihrer Haut gelegen. Hatten sich um ihre Brustspitzen geschlossen ...

Hastig verschränkte sie die Arme vor der Brust, trotzdem konnte sie den Blick nicht von seinem Mund abwenden.

„Der ist gut", urteilte er.

„Mit Ginger Ale und Grenadine kann ich umgehen. Du hast immer noch nicht gesagt, was du willst."

Gestern Nacht hatte er es ihr gesagt. Sehr deutlich sogar.

„Ich wollte dich zum Lunch abholen. Ich habe dich gestern eingeladen, weißt du noch?"

„Ja, ich entsinne mich. Ich habe die Einladung ausgeschlagen."

„Wirklich abgelehnt hast du nicht. Du bist abgelenkt worden, als du meine wahre Identität herausfandest, und hast angefangen, mit wilden

Vorwürfen um dich zu werfen." Lächelnd lehnte er sich zurück. „Daher beschloss ich, das als ein Ja anzusehen."

Sie nahm das schaumige Bier und goss es in den Ausguss. „Ich arbeite", meinte sie knapp.

„Draußen auf dem Schild steht, dass die Bar erst um vierzehn Uhr öffnet. Jetzt ist Mittag."

„Ich lerne, wie man Drinks mixt."

„Bier zapfen und Shirley Temples kannst du schon. Die anderen mit den ausgefallenen Namen können warten." Er stand auf und griff über die Theke nach ihrem Handgelenk. „Marianne, ich mag dich. Ich würde dich gern besser kennenlernen. Bitte geh mit mir aus."

Allein diese harmlose Berührung ließ heißes Verlangen in ihr auflodern. Sie kaute an ihrer Unterlippe.

„Ich fühle mich so stark zu dir hingezogen, dass ich nicht mehr klar denken kann", gestand er leise. „Und ehrlich gesagt, ich bezweifle, dass du so viel Geld für mich geboten hast, nur weil dir meine Chaps gefielen."

„Nein", gab sie zu, „es lag nicht nur an den Chaps." Sie hatte Schwierigkeiten mit dem Atmen. „Aber, Oz, ich …"

„Ich werde deine Grenzen respektieren." Seine grünbraunen Augen lagen eindringlich auf ihr. „Komm schon, Marianne. Riskier was. Geh mit mir aus."

Damit hatte er sie überzeugt. Ein extrem attraktiver Mann sagte ihr, dass sie genau das tun sollte, was sie so oder so beschlossen hatte zu tun – Risiken eingehen. Also nickte sie.

Für einen Mann, der vorhin noch so selbstsicher hier hereinstolziert war, machte er jetzt einen auffallend erleichterten Eindruck.

Die Harley parkte vor der Bar, an genau derselben Stelle wie gestern.

Marianne blieb stehen. „Ich dachte, die Maschine gehört dir nicht."

„Tut sie auch nicht. Ich habe sie mir fürs Wochenende von einem Freund geliehen." Oz strich mit der Hand über den Sattel. „Seit acht Jahren bin ich nicht mehr gefahren. Deswegen ist sie mir gestern Abend auch ausgegangen." Er lächelte sie an, mit diesem schiefen Klein-Jungen-Lächeln. „Ich hatte ganz vergessen, wie viel Spaß es macht."

„Wieso magst du es so sehr?" Sie erinnerte sich daran, dass sie an ein sexuelles Vorspiel hatte denken müssen.

Oz schien ihre Gedanken zu erraten. „Außer dass eine schöne Frau sich an mich klammert?"

Mehr als ein stummes Nicken brachte sie nicht zustande.

„Das Gefühl von Freiheit", antwortete er. „Ich hab dir doch gestern erzählt, dass ich mich früher von meiner Familie weggeschlichen habe, in den Park. Es ist das gleiche Gefühl. Nur viel schneller."

„Und wovon musst du dich befreit fühlen?"

„Von der Verantwortung. Von meiner Arbeit. Von dem Mann, der ich bin." Mit leicht zur Seite gelegtem Kopf betrachtete er sie. Inzwischen wusste sie, dass er dann nachdachte. „Verspürst du etwa nicht ein ähnliches Bedürfnis?"

Genau das gleiche, dachte sie. „Magst du den Mann nicht, der du bist?"

„Doch, natürlich. Aber manchmal wäre ich gern ein anderer." Oz hob zwei Helme vom Boden auf, die Marianne vorher nicht aufgefallen waren. „Diesmal habe ich vorgesorgt. Ohne Helm zu fahren, macht mehr Spaß, aber so fliegen einem wenigstens keine Insekten in die Augen."

Marianne setzte den Helm auf. „Wohin fahren wir?" Ihre Stimme klang gedämpft durch den Helm, sie wusste nicht, ob Oz sie überhaupt hörte.

„Vertraust du mir?"

Sie zuckte die Schultern. Seltsam. Gestern, als sie überhaupt nichts von ihm gewusst hatte, da hatte sie ihm völlig vertraut. Jetzt kannte sie seinen Namen und seinen Beruf und wusste, wie er normalerweise aussah, und ein gewisser Argwohn ließ sich nicht unterdrücken.

„Anders gefragt – vertraust du mir als Fahrer?"

„Ja. Aber lass sie nicht wieder ausgehen."

„Dein Wunsch", er setzte seinen Helm auf, „ist mir Befehl."

Wirklich, fragte sie sich, als sie hinter ihm aufsaß. Er hatte versprochen, ihre Grenzen zu respektieren. Aber meinte er das auch so? Würde er seine Psychologen-Nase aus ihrem Kopf heraushalten?

Und was war mit ihren anderen Wünschen? Wie zum Beispiel dem, dass sie die Hände unter sein Flanellhemd stecken wollte? Oder dem, dass sie ihre Wange an seinen Hals schmiegen wollte, um seinen Puls zu fühlen und seinen Duft einatmen zu können?

Waren diese Wünsche ihm auch Befehl?

Hoppla, Mädel, immer schön einen Schritt nach dem anderen.

Na ja, vielleicht zwei Schritte auf einmal.

„Dreh das Tempo wieder auf, ja?", sagte sie.

6. KAPITEL

*S*ie fuhren zu einem Rastplatz an der Straße, und Oz parkte die Harley. Marianne nahm den Helm ab und stieg von der Maschine. Ihre Knie gaben nach, aber Oz fing sie mit beiden Händen auf und stützte sie.

„Bekommst du immer weiche Knie, wenn du auf einer kraftstrotzenden schweren Maschine sitzt?"

„Müssen Psychologen sich immer auf Freud'schen Symbolismus berufen?", schoss sie zurück.

„Sicher, das ist doch der ganze Spaß an dem Job." Er strich ihr übers Haar. „Ich hatte recht."

„Womit?"

„Das Fahren macht mehr Spaß, wenn du dabei bist."

„Mir hat es gefallen." Die Untertreibung des Jahres. Sie hatte euphorisch gejubelt. Die Begeisterung war in ihr aufgeschäumt und hatte sich nicht eindämmen lassen.

„Soll ich dir mein dunkelstes Geheimnis verraten?" Sein Blick lag unverwandt auf ihr, seine Stimme klang tief und samten. So wie gestern Nacht. Marianne fühlte den Schauer über ihren Rücken laufen. Sie nickte.

„In den letzten beiden Jahren habe ich zwei Verwarnungen wegen Geschwindigkeitsübertretung bekommen. Mit dem Auto auf der leeren Landstraße." Er lachte auf. „Das weiß niemand außer dir. Und natürlich die Polizei."

„Ohoh. Dr. Strummer führt das Doppelleben eines Gesetzesbrechers."

„Genau. Jetzt kann ich nur hoffen, der Lunch ist so gut, dass er dich davon abhält, mich zu erpressen." Er holte eine Leinentüte aus der Satteltasche und hängte sie sich über die Schulter, dann nahm er Mariannes Hand. „Weiter hinten gibt es den perfekten Platz für ein Picknick."

Das Herbstlaub raschelte, als sie im Sonnenschein über den Pfad gingen.

„Ich bin froh, dass du doch nicht das Paradebeispiel für Anstand und Sitte bist." Marianne hielt ihre Stimme leicht und unbeschwert, auch wenn sie sich nur zu deutlich daran erinnerte, wie sündhaft sinnlich Oz sein konnte.

Oz lachte. „Jede Wette, gestern hast du dir viel Schlimmeres über mich ausgemalt als nur zwei Verkehrsprotokolle."

„Nein." Sie wurde rot. Natürlich hatte sie das. „Ich bin kein solcher Idiot, dass ich Menschen nach dem Äußeren beurteile." Sie selbst war immer nur nach dem Äußeren beurteilt worden.

„Mir hat es nichts ausgemacht, für wild und rebellisch gehalten zu werden", sagte Oz. „Im Gegenteil. Ich hab dir gern deine Fantasie erfüllt." Er legte die Fingerspitzen an ihre Jacke. Marianne senkte den Kopf, doch er zupfte lediglich ein Blatt ab, das dort hängen geblieben war. Es flatterte zu Boden, Oz nahm seine Hand nicht weg. „Ob ich wohl noch immer deine Fantasie sein könnte?"

„Du meinst, trotz des Doktortitels und der geregelten Arbeitszeiten?" Sie schaffte es nicht, ihm direkt ins Gesicht zu sehen. Denn sobald sie seinen Mund sah, würde sie ihn auf ihrem fühlen wollen. Unbewusst fuhr sie sich mit der Zungenspitze über die Lippen.

„Es ist noch viel schlimmer als das", behauptete Oz. „Mein Vater ist Pastor, und meine Mutter unterrichtet in der Sonntagsschule."

Marianne brach in helles Lachen aus. „Ach du meine Güte! Und mich nennen sie ein braves Mädchen!"

„Wirklich?"

Echte Neugier klang in seiner Stimme mit, und Marianne sah den Ernst in seinen Augen.

„Nicht mehr, seit mich die Pfadfinder hinausgeworfen haben", log sie. Sie entzog ihm ihre Hand und ging weiter. „Also … Was hat dich dazu bewegt, Therapeut zu werden?", wechselte sie das Thema. „Gefällt es dir, Menschen zu analysieren?"

„Es gefällt mir, Menschen zu verstehen." Er sagte es so, als wäre ihm nicht aufgefallen, dass sie ihn auf Abstand hielt.

Was sie irgendwie störte. „Wieso? Hast du dann das Gefühl von Macht?"

„Macht?" Oz runzelte die Stirn. „Nein, natürlich nicht. Wenn ich einen Menschen verstehe, kann ich ihm helfen."

„Gilt das nur für deine Patienten oder für jeden?"

„Für jeden, einschließlich mir selbst."

Oz würde sie verstehen, wenn sie ihm von ihrer Vergangenheit erzählte. Ihre einsame Kindheit, das Gefühl, dass immer Bedingungen an die Liebe der Eltern geknüpft waren, ihre Magersucht – alles würde er verstehen. Schließlich traf er ständig Leute mit Essstörungen.

Patienten.

Wollte sie von ihm als Patient angesehen werden? Trotzdem war die Idee, verstanden zu werden, verlockend.

„Kann ich dich etwas fragen?", drang seine Stimme in ihre Gedanken.

„Was?" Wenn er sie über ihre Vergangenheit befragte, was würde sie antworten?

„Darf ich dich auf den Arm nehmen?"

Verwirrt sah sie ihn an.

„Ich meine, nicht ‚auf den Arm nehmen' wie ‚verspotten', sondern wörtlich. Wie gestern auf der Bühne." Er nahm die Hände aus den Taschen und sah auf sie hinunter. „Ich spüre dich gerne ganz nah bei mir. Seit gestern konnte ich an nichts anderes denken als daran, dich wieder in den Armen zu halten."

Das Atmen fiel Marianne plötzlich sehr schwer. Seine Worte fuhren ihr wie eine Liebkosung über die Haut, weckten unbändiges Verlangen in ihr. Sie nickte. Mehr brachte sie nicht zustande.

„Großartig." Mit einer schwungvollen Bewegung umfasste er sie. Marianne klammerte sich an seinen Hals, roch seinen Duft, nach Shampoo und Leder und Mann.

Er war so stark, und er war so zärtlich. Sanfte Männer hatten sie noch nie gereizt. Jason war stark gewesen, aber eher abrupt in seinen Bewegungen. Entschlossen. Als zukünftiger Firmenchef musste man wohl so sein. Oz war sich seiner Stärke bewusst, fühlte sich wohl in seiner Haut. Und achtete daher auf andere, die kleiner und schwächer waren als er. In seinen Armen fühlte sie sich wertvoll und geschätzt.

Er rieb die Wange an ihrem Haar und atmete tief ein. „Ich dachte, das gestern Abend sei nur ein Anfall von Verwirrung gewesen. Ich dachte, ich würde aufwachen und alles würde wieder normal sein. Doch als ich heute Morgen die Augen aufmachte, da fühlte ich noch immer das Gleiche. Ich konnte nur daran denken, dass ich dich wiedersehen, dass ich dich wieder berühren wollte."

Sein Blick glitt über ihren Körper, sie fühlte es, dann sah er ihr ins Gesicht.

„Noch nie ist es mir passiert, dass ich mich so spontan zu jemandem hingezogen fühle. Ich kannte nicht einmal deinen Namen, aber ich begehrte dich, sobald ich dich da auf der Theke sah. Ich weiß eigentlich noch immer nichts von dir, und doch kriege ich dich nicht aus meinem Kopf heraus. Es ist völlig irrational. Ich verstehe es nicht."

„Ich verstehe es auch nicht." Oz war nicht der Typ Mann, den sie beschlossen hatte zu wollen. Doch sie wollte ihn. Sehr.

„Ich habe eine jahrelange Ausbildung hinter mir, um so etwas zu verstehen", fuhr Oz fort. „Und es nützt mir gar nichts!"

Sie musste lachen. Was nicht half, um ihre sexuelle Anspannung zu lockern, im Gegenteil. „Solch eine Verschwendung eines geschärften Geistes."

„Allerdings. Meinst du, es hat mit Pheromonen zu tun?" Er beugte den Kopf und schnupperte an ihrem Hals. „Es kann nur an der Chemie liegen, weshalb ich dir bei hellem Tageslicht die Kleider vom Leib reißen und an einem öffentlichen Picknickplatz mit dir schlafen will."

Das Lachen war ihr längst vergangen. „Ich …"

„Du fühlst genauso, das weiß ich." Während er einen Fuß vor den anderen setzte, durchbohrte er sie mit seinem Blick. „Ich spüre deinen Herzschlag an meiner Brust. Entweder du bist erregt, oder du hast Angst."

Sie kam vor Angst halb um. Weil er diese neuen Empfindungen in ihr auslöste. Weil das Verlangen nach ihm so intensiv war. „Angst? Vor dem Sohn einer Predigers?", tat sie ab und schüttelte das Haar zurück.

„Da sind wir", sagte er.

Sie waren bei einem Fluss angekommen. Wasser, so dunkelblau, dass es fast schwarz wirkte, umspülte Felsbrocken, weiße Schaumkronen tanzten um Granitfelsen. Die Bäume zeigten sich in ihrem schönsten Herbstkleid, leuchtende Farben vor dem dunklen Grün der Tannen.

Oz stellte Marianne auf die Füße und ließ seinen Arm um ihre Schultern liegen. Sie standen auf einem flachen Felsen über dem Fluss. „Hast du Lust auf Lunch?"

Sie hatte Lust auf viele Dinge. Lunch gehörte nicht dazu.

Sie nickte trotzdem. Lunch war ungefährlich. Viel ungefährlicher als Oz' Hände auf ihrem Körper, seine Lippen an ihrem Mund, seinen Körper an ihren gepresst. Lunch, dabei konnte sie die Kontrolle behalten.

Oz zog sie zu sich hinunter auf den Felsen. Der Granit war warm und blitzte im Sonnenlicht. Aus der Leinentasche kramte er in Alufolie eingewickelte Sandwichpakete hervor.

„Du kannst wählen zwischen Erdnussbutter, Marmelade und Käse." Er hielt ihr die Pakete hin und grinste entschuldigend. „Ich hatte nicht viel Zeit zum Einkaufen."

„Erdnussbutter", entschied sie und nahm ihm das Paket aus der Hand, berührte dabei seine Finger.

Sie kam sich vor wie eine Prinzessin im Märchen, mit den strahlenden Farben um sich herum und den glitzernden Steinen. Oz hielt sie an seiner Seite, innig, nicht fiebrig, und doch fühlte sie die Anspannung in ihm, weil er sich zurückhalten musste.

„Wie würde ein Therapeut einen solchen Themenwechsel beurteilen?" Mit fahrigen Fingern wickelte sie ihr Sandwich aus. „Von Sex zu Erdnussbutter?"

„Vermutlich würde sich da ein interessantes pathologisches Muster ausmachen lassen – Erdnussbutter-Fetischismus." Er hielt sein Sandwich in der Hand, machte aber keine Anstalten hineinzubeißen. „Der wahre Grund jedoch ist, dass ich verzweifelt versuche, mich irgendwie abzulenken." Er sah auf in den blauen Himmel. „Das ist es ja, was überhaupt keinen Sinn für mich ergibt. So stark kann physische Lust allein nicht sein. Natürlich habe ich vorher schon Frauen begehrt, aber nie mit dieser Intensität. Du bist anders." In diesem Licht wirkten seine Augen eher grün als braun, als er sie ansah. „Warum bist du anders, Marianne?"

„Ich weiß es nicht." Doch. Ihr ganzes Leben war sie anders als andere gewesen. Das Mädchen der reichsten Familie in der Provinz, mit dem Puppengesicht und den Puppenkleidern. Als sie älter wurde, merkte sie, dass andere Kinder von ihrem Namen, von ihren hervorragenden Schulnoten, von ihren guten Manieren eingeschüchtert wurden. Sie verstand, warum, dennoch tat es weh. Warren war der Einzige, bei dem sie sich wohlgefühlt hatte, aber sie war zu beschäftigt gewesen, um ihn öfter zu treffen. Und dann war er aus Webb fortgegangen, um sein eigenes Leben zu leben.

Marianne biss in ihr Sandwich. Zumindest konnte sie jetzt essen. In der Beziehung war sie endlich wie jeder andere.

„Es muss einen Grund geben", sinnierte Oz weiter. „Wenn ich dich besser kennenlerne, verstehe ich vielleicht, warum. Erzählst du mir von dir, Marianne?"

Sein Arm lag noch um ihre Schultern, er spielte mit den seidigen Strähnen, die sich aus ihrem Pferdeschwanz gelöst hatten. Wie offen er zu seinem Verlangen stand, zu seiner Zärtlichkeit. Wenn sie ihm von ihrer Vergangenheit erzählte, würde er sie verstehen. Aber dann würde er sie mit anderen Augen sehen. Nicht mehr als mysteriöse, interessante Frau, sondern als Frau mit Problemen. Der Fall Marianne.

„Du willst wissen, warum die Pfadfinder mich hinausgeworfen haben? Du bist indiskret, Dr. Strummer." Noch ein Biss von dem Sandwich. Damit sie nicht der Versuchung erlag, ihm von sich zu erzählen. Stattdessen kaute sie lieber.

Die nachdenkliche Falte auf seiner Stirn war überdeutlich. „Auch gut. Können wir dann über deine Gegenwart reden?"

Der Mann war wahrscheinlich der cleverste Mensch, den sie getroffen hatte, und das wollte was heißen. Er verfolgte einen Plan. Auf einem Erdnussbuttersandwich herumzukauen, würde ihr nicht helfen. „Sicher. Du fängst an. Sehen wir mal, wie clever du bist."

Er wirkte völlig lässig, überhaupt nicht kalkulierend. „Ein Barkeeper bist du auf jeden Fall nicht. Du hast noch nie hinter einer Bar gestanden."

„Ich lerne es gerade."

„Fein. Du bist also den weiten Weg hierhergekommen, um zu lernen, wie man Drinks mixt und Bier zapft. Gibt es bei euch in der Gegend keine Kneipen?"

„Von denen gefiel mir keine. Ich kann Country-Musik nicht ausstehen."

„Du kommst aus dem tiefsten Süden in *den* Yankee-Staat. Hier ist alles anders als das, was du kennst. Bist du deshalb hier?"

„Ich wollte was Neues ausprobieren", antwortete sie unverbindlich.

„Wirst du in Maine bleiben?"

Bisher waren ihr die Antworten sofort eingefallen, doch nun zögerte sie. „Weiß ich noch nicht", sagte sie schließlich.

„So weit im Voraus planst du also nicht." Oz holte eine Flasche Wasser aus der Tasche. „Ich habe nur eine mitgebracht. Macht es dir etwas aus, wenn wir sie uns teilen?"

Mit einem Kopfschütteln nahm sie die Flasche von ihm entgegen und trank. Das Wasser war frisch und kühl. Sehr viel kühler, als sie es war. Sie reichte die Flasche an Oz zurück und wappnete sich für die nächsten Fragen.

Stattdessen setzte er die Flasche an und trank. Marianne konnte den Blick nicht abwenden. Eben noch hatte sie den Plastikhals an den Lippen gehabt, nun umschlossen seine Lippen die Öffnung. Das Wasser floss in seinen Mund, seine Kehle hinunter …

Marianne fühlte sich dahinschmelzen, als er sich nach dem Trinken mit dem Handrücken über die Lippen fuhr. Wie konnte eine so schlichte Geste so umwerfend sexy sein? Sie biss erneut von dem Sandwich ab.

„Weißt du, ich sehe dir zu, wie du dein Sandwich isst, und alles, woran ich denken kann, ist, dass ich unbedingt herausfinden will, wie viel süßer die Erdnussbutter schmeckt, wenn sie in deinem Mund ist." Er fuhr sich mit der Hand durch das zerzauste Haar. „Vielleicht bin ich ja tatsächlich ein Erdnussbutter-Fetischist."

„Falls ja, dann bin ich ein Wasserflaschen-Fetischist", gestand sie freimütig.

Oz betrachtete die Flasche und begann zu grinsen. „Normal ist das nicht, oder? Erklären lässt es sich auch nicht. So etwas habe ich noch nie erlebt. Aber es kann nicht echt sein, Marianne. Echte Beziehungen bauen nicht auf reiner Anziehungskraft auf, ohne dass man auch nur das Geringste vom anderen weiß. Ich will alles mit jemandem teilen, aber nicht mit jemandem, der jederzeit auf dem Sprung ist weiterzuziehen."

„Ich habe nie gesagt, dass ich auf der Suche nach einer Beziehung bin", hielt sie dagegen. „Ich habe dich für eine Verabredung gekauft, weißt du nicht mehr?"

„Nein, eine Beziehung suchst du nicht, das ist offensichtlich. Deshalb bist du nicht hergekommen. Du rennst vor etwas weg."

Sie öffnete den Mund, wollte es leugnen, doch er ließ sie nicht zu Wort kommen.

„Du kannst es abstreiten, doch es ist für jeden deutlich, der ein wenig genauer hinsieht. Leute, die vor ihren Problemen fortlaufen, werden entweder irgendwann von ihnen eingeholt und rennen immer weiter. Oder sie gehen dahin zurück, wo sie ursprünglich hergekommen sind. So oder so, du wirst nicht lange hierbleiben."

Marianne stand abrupt auf. „Moment mal, Mister", fuhr sie Oz wütend an. „Du hast gerade selbst gesagt, dass du nichts über mich weißt. Und nur, weil du ein ‚Dr.' vor deinem Namen tragen darfst, heißt das noch lange nicht, dass du jeden meiner Schritte voraussagen kannst."

Mit seiner lässigen Selbstsicherheit schürte er ihre Wut nur noch mehr. „Du bist verärgert, weil ich die Wahrheit ausspreche, die du dir nicht einmal selbst eingestehen willst."

Sie ballte die Hände zu Fäusten. „Ich will nicht hier sein, wenn du meinst, mich analysieren zu müssen. Ich bin von zu Hause weggegangen, um ein neues Leben anzufangen, und genau das werde ich tun. Ob du mir das zutraust oder nicht."

Er kam ebenfalls auf die Füße. „Wie willst du ein neuer Mensch werden, wenn du vor dem Menschen, der du warst, davonläufst?"

Das Herz schlug ihr bis in den Hals. „Indem ich zur Abwechslung mal genau das tue, was ich will." Sie achtete nicht mehr auf ihre Worte, sprach ihre Gedanken laut und wütend aus. „Indem ich völlig idiotische Dinge tue, ohne auf die Konsequenzen zu achten. Dinge wie … wie das hier."

Ohne wirklich zu wissen, was sie tat, fasste sie sein Gesicht mit beiden Händen, zog seinen Kopf zu sich und küsste ihn. Heiß, gierig und wild.

7. KAPITEL

*S*ofort geriet alles außer Kontrolle. In der Sekunde, da Marianne Oz fühlte, seine Lippen auf ihrem Mund, wollte sie alles von ihm. Sie wollte ihm die Kleider vom Leib reißen, jeden Zentimeter seines Körpers erforschen. Sie wollte sein Gewicht auf sich spüren, er sollte sie verführen, jetzt sofort, im hellen Tageslicht, auf dem warmen Felsen.

Niemals hatte sie einen Mann so sehr begehrt. Er hatte recht mit dem, was er sagte. Es war nicht nur Lust, es war ... noch etwas anderes.

Als wäre eine Mauer eingerissen worden, genau wie gestern Abend. Zwei Fremde, zueinander hingezogen von einem unerklärlichen Gefühl.

Nur waren sie jetzt keine Fremden mehr. Und das Gefühl war noch stärker.

Marianne drückte mit den Händen gegen seine Schultern. Sie starrten einander an, beide atemlos nach dem Kuss, beide mit aufgerissenen Augen.

Seine hell und klar im Sonnenlicht, ihre schockiert.

„Ich habe dich angeschrien", meinte sie fassungslos. „Ich ... Ich schreie nie."

„Jetzt tust du es."

Sie versuchte, sich zu erinnern, ob sie jemals so wütend geworden war, bevor sie Oz getroffen hatte. Auf Jason war sie wütend gewesen, als sie sich getrennt hatten. Aber es war kalte Wut gewesen, eher verächtlicher Widerwille, als sie die Wahrheit erkannte. Nicht diese leidenschaftliche Reaktion, die sofort in eine andere Hitze umgeschlagen war, sobald sie Oz berührte.

Es lief allem zuwider, mit dem sie aufgewachsen war.

Ihre Haut prickelte, sie fühlte sich lebendig. Alles war voller Leben, Farbe und Gefühl.

Genau deshalb war sie von zu Hause weggegangen. Um so zu fühlen.

Oz zeichnete mit dem Zeigefinger die Konturen ihrer Lippen nach. „Ich kann dir nicht geben, was du suchst", sagte er bedrückt. „Ganz gleich, wie wunderbar es sich anfühlt." Er nahm seine Hand zurück. „Ich will nichts Kurzfristiges."

Marianne hatte bei der Berührung überwältigt die Augen geschlossen. „Ich will mich aber wunderbar fühlen." So einfach war das.

Er beugte sich vor. Für einen glorreichen Moment konnte sie seinen warmen Atem über ihre Wangen streichen spüren.

Dann schrillte etwas laut auf.

„Mein Handy." Oz richtete sich auf und zog das Telefon aus der Tasche. „Tut mir leid, Marianne, aber das muss ich annehmen", sagte er leise, als er die Nummer auf dem Display sah.

Sie schlang die Arme um sich. Das Handy war ihm offensichtlich wichtiger als sie.

„Daisy", sagte er in die Muschel. „Was ist, Kleines?"

Dieser plötzliche Stich der Eifersucht war ebenso schmerzhaft wie unsinnig. Marianne hob das Kinn. Natürlich würden einem Mann wie Oz Hundertschaften von Frauen zu Füßen liegen! Dann erinnerte sie sich daran, dass er gestern von einer kleinen Schwester namens Daisy gesprochen hatte. Es milderte den Stich nur unwesentlich. Oz klang so … so geduldig. So liebevoll.

„Jetzt beruhige dich", hörte sie ihn sagen. „Komm schon, Daisy. Hör auf zu weinen und erzähl mir, was los ist."

Um sich beschäftigt zu halten, packte Marianne die Picknickreste zusammen. Nur gut, dass das Telefon sie unterbrochen hatte. Sie hatte glatt vergessen, dass sie sich nicht mit diesem Mann einlassen konnte.

„Ich bin in zehn Minuten da. Warte auf mich." Damit unterbrach er das Gespräch. „Marianne, würdest du mitkommen? Danach setze ich dich zu Hause ab. Aber meine Schwester braucht meine Hilfe."

Marianne runzelte die Stirn. „Ist alles in Ordnung mit ihr?"

„Sie wird's überleben. Sie hat einen Hang zur Dramatik." Er kniete sich neben sie. „Tut mir leid, Marianne." Er streckte die Hand nach ihr aus, überlegte es sich anders und zog den Arm wieder zurück.

„Misch dich einfach nicht in mein Leben ein, Dr. Strummer." Sie wagte es nicht, ihn anzusehen, wusste nicht zu sagen, was schlimmer war: die Leidenschaft oder die Wut.

„Ich weiß nicht, ob ich das kann, wenn wir uns weiter treffen."

Sie stand auf und ging zur Harley. „Sehen wir nach deiner Schwester."

Die Rückfahrt auf dem Motorrad war nicht weniger aufregend als die Hinfahrt, Oz nicht weniger überwältigend, doch dieses Mal jubelte Marianne nicht.

Heute Morgen hatte sie beschlossen, nichts mehr mit Oz zu tun zu haben. Eigentlich hatte sie das schon, als sie das „Dr." vor seinem Namen gesehen hatte. Es sollte sie also überhaupt nicht stören, dass er sich nicht mehr mit ihr treffen wollte.

Schließlich hatte sich nichts geändert. Sie hatten nur ein paar Sandwichs zusammen gegessen.

Sie war so sehr in ihre Gedanken verstrickt, sie merkte nicht einmal, dass die Harley immer langsamer wurde und Oz schließlich auf dem Parkplatz eines Einkaufszentrums stehen blieb.

Schon flog die Tür eines der Geschäfte auf, und eine zierliche Blondine kam auf hohen Absätzen auf sie zugestöckelt.

In dem hässlichsten Brautkleid, das Marianne jemals gesehen hatte.

Daisy sah aus, als würde sie mit einem weißen Satinballon kämpfen. Und als hätte sie die Schlacht verloren.

„Großer Gott! Was hast du denn da an?"

Bei Oz' Kommentar brach Daisy in Tränen aus. „Ich weiß! Es ist grässlich. Und sie wollen mir einfach nicht zuhören!" Sie warf sich in die Arme ihres Bruders.

Beruhigend strich er ihr über den Kopf. „Das kommt schon wieder in Ordnung, Kleines." Er sah zu Marianne. „Das ist meine Schwester Daisy. Sie plant gerade ihre Hochzeit."

„Das sehe ich." Marianne nickte, ohne den Blick von dem monströsen Kleid wenden zu können.

„Ich muss die Hochzeit absagen. In diesem Ungetüm kann ich nicht heiraten", schluchzte Daisy.

„So ein Unsinn! Es muss noch andere Kleider in dem Laden geben." Zweifelnd beäugte er die Stoffmassen, die die grazile Gestalt seiner Schwester umhüllten. „Es sei denn, dieses Monstrum hat sie alle verschluckt."

Marianne kam um die Harley herum und legte Daisy die Hand auf die Schulter. „Kommen Sie, meine Liebe. Dieses Kleid ist einfach unmöglich. Aber darum werden wir uns sofort kümmern." Sie schoss einen giftigen Blick auf Oz ab. „Dein Kommentar mit dem Verschlucken hilft nicht viel."

Daisy sah auf. „Wer sind Sie?"

„Ich bin Marianne. Wenn ich auch nicht viel weiß, aber ich weiß, wie man einkauft. Gehen wir erst einmal in den Laden zurück. Und dann sagen Sie mir, was Sie sich vorstellen." Sie legte den Arm um Daisys Schultern und führte sie zurück in das Brautgeschäft. Oz trottete hinter den beiden her und kam sich unnütz vor.

Innerhalb von Sekunden waren die beiden Frauen konzentriert in ein Gespräch vertieft und benutzten Ausdrücke, die Oz noch nie gehört hatte. Sie nahmen Bügel heraus, hielten Kleider hoch, befühlten Stoffe, begutachteten, diskutierten. Oz stand hilflos herum und fühlte sich überflüssig.

Daisy ging zum nächsten Kleiderständer, und Marianne nutzte die Gelegenheit.

„Warum macht sie das hier allein?", raunte sie Oz zu. „Warum ist eure Mutter oder eine eurer Schwestern nicht mitgekommen?"

„Sie hat sich mit ihnen gestritten. Sie halten sie für zu jung, um zu heiraten. Also redet Daisy nicht mehr mit ihnen."

Marianne runzelte die Stirn. „Wie alt ist sie?"

„Dieses bauschige hier gefällt mir ganz gut, Marianne." Daisy steckte kurz den Kopf hinter dem Kleiderständer vor und verschwand wieder dahinter.

„Zwanzig", antwortete er flüsternd. „Gerade geworden."

„War sie Cheerleader?"

Er nickte.

„Das erklärt einiges. Wir müssen sie unbedingt von diesen überladenen Kleidern wegbekommen."

Wieder ein Kopfnicken.

Daisy tauchte hinter dem Kleiderständer auf. Sie hielt ein Kleid hoch, das noch bombastischer wirkte als das, das sie anhatte. Mit riesigen Schleifen.

Oz überlegte, wie er es seiner Schwester am taktvollsten würde beibringen können, doch Marianne war schneller.

„Liebes, das ist ganz reizend, aber ich wette, Sie werden sich sofort in dieses hier aus Rohseide verlieben. Kommen Sie her und sehen Sie es sich an. Wenn Sie hier nichts finden, probieren wir es mit dem, ja?"

Hundert Jahre Südstaaten-Charme schwangen in ihrer Stimme mit, Einfühlungsvermögen und Großzügigkeit – und ein unmissverständlicher Anklang von Unnachgiebigkeit und Autorität. Oz sah verdutzt zu, wie seine sture kleine Schwester glücklich zustimmte und schließlich mit dem Kleid in einer der Umkleidekabinen verschwand.

Er folgte Marianne zu den Umkleideräumen. Neben ihr kam er sich sehr groß und sehr fehl am Platz vor in dieser Umgebung aus Satin und Spitze. „Das hast du schon einmal gemacht, oder?"

„Shopping? Sicher."

„Nach einem Brautkleid gesucht, meinte ich."

Sie blieb stehen und nahm ein weiteres Kleid von der Stange, begutachtete es kritisch. Oz wusste, sie tat es nur, um von seiner Frage abzulenken.

„Glaubst du auch, dass Daisy zu jung für die Ehe ist?", konterte sie mit einer Gegenfrage.

„Sie geht noch aufs College. Sie ist von zu Hause aus- und bei mir eingezogen. Dann hat sie sich mit Steve verlobt und ist zu ihm gezogen. Sie war noch nie auf sich allein gestellt."

„Also hältst du sie für zu jung. Du sagst nur nichts, weil du Angst hast, dass sie dann auch nicht mehr mit dir redet."

Oz zog sie am Ellbogen ein wenig zur Seite. „Ich sage nichts zu Daisy, weil sie trotzdem genau das tun wird, was sie will, ganz gleich, was ich denke. Sie ist meine kleine Schwester, ich habe sie praktisch großgezogen. Es wird mich umbringen, sollte sie verletzt werden. Aber sie ist alt genug, ihre eigenen Entscheidungen zu treffen."

Mit Daisy war sie ganz Warmherzigkeit und Verständnis gewesen, doch bei ihm versprühten ihre blauen Augen Blitze. Es missfiel ihr zutiefst, dass er so über seine kleine Schwester urteilte. Sie versuchte, ihre Vergangenheit zu verbergen, aber sie hinterließ überall Hinweise und Anhaltspunkte.

„Ich denke, jeder sollte die Freiheit haben, eigene Fehler zu machen, meinst du nicht auch?" Er beobachtete sie, um sich auch nicht die geringste Reaktion entgehen zu lassen.

Sie schnappte unmerklich nach Luft, dann wurde sie wieder geschäftsmäßig. „Sicher. Aber dieses pompöse Unding wird sie nicht kaufen. Nur über meine Leiche!"

Was mochte der Fehler gewesen sein, den Marianne in der Vergangenheit nicht hatte machen dürfen? Oder welche Fehler hatte sie gemacht, für die sie sich noch heute selbst bestrafte? Sie würde es ihn niemals wissen lassen.

„Oz?" Daisy hörte sich an wie das kleine Mädchen, das begeistert zu ihm gerannt gekommen war, weil sie einen Preis in der Schule gewonnen oder weil man ihr die Hauptrolle in dem Stück der Schultheatergruppe gegeben hatte.

Doch als er sich umdrehte, stand kein kleines Mädchen vor ihm.

Das Kleid war elfenbeinfarben und ließ Daisys Haut schimmern. Die eng anliegende Korsage schmiegte sich um jede Kurve ihrer Figur, der schmale lange Rock lief in einer Schleppe aus.

„Oh, Daisy", entfuhr es ihm ehrfürchtig. „Du siehst aus wie eine Prinzessin."

Und so erwachsen.

Während er seine Schwester beobachtete, wie sie sich glücklich vor dem Spiegel drehte, eingehüllt in das Symbol von Unschuld und Beständigkeit, fragte er sich, wann seine kleine Schwester eine erwachsene Frau geworden war, die ihn nicht mehr brauchte.

„Ich liebe es", sagte sie selig. „Zuerst gefiel es mir nicht, aber jetzt … Es ist …"

„Perfekt." Oz ging zu ihr und zog sie an sich. Barg sein Gesicht in ihrem Haar, erinnerte sich an die Zeiten, als sie noch nach Babypuder und Milch gerochen hatte.

„Oz, du zerdrückst das Kleid", protestierte Daisy.

Er gab sie frei.

„Es ist wirklich perfekt", bestätigte Marianne. „Sie sehen fantastisch aus. Möchten Sie die anderen noch anprobieren? Nur um sicher zu sein."

Daisy schien sich nicht von ihrem Spiegelbild losreißen zu können, nur widerwillig verschwand sie wieder in der Umkleidekabine.

Oz sah Marianne an. Sie besaß einen ausgezeichneten Geschmack in Brautkleidern. Dieses Wissen steigerte sein Verlangen nach ihr nur noch weiter.

„Ich muss mit dir unter vier Augen sprechen." Er fasste sie bei der Hand und zog sie in die nächste Kabine. Der Raum war groß und hatte solide Wände, es gab sogar einen Sessel in einer Ecke. Trotzdem schien Oz hier zu wenig Platz zu sein, wenn er mit Marianne allein war.

Er lehnte sich gegen den Wandspiegel und verschränkte die Arme vor der Brust. Eine Haltung, die Autorität ausdrückte, dabei war das überhaupt nicht seine Absicht. Aber wenn er seine Arme nicht irgendwie kontrollierte, würde er sich nicht zurückhalten können, Marianne an sich zu ziehen.

„Ich muss dir etwas erklären", setzte er an. „Damit du verstehst, warum ich dich nicht mehr treffen kann, auch wenn ich mir nichts lieber wünsche."

„Nur zu." Sie verschränkte ebenfalls die Arme, wirkte kampfbereit und absolut anbetungswürdig.

„Ich bin der Älteste von sechs Geschwistern. Ab meinem vierten Lebensjahr musste ich mein Zimmer, meine Spielsachen und die Liebe meiner Eltern teilen. Meine Eltern waren zu beschäftigt mit der Pfarrei und der Gemeindearbeit, um viel Zeit für sechs quicklebendige, wissbegierige Kinder zu haben. Ich musste auf meine Geschwister aufpassen, und es hat mir auch nichts ausgemacht. Alle in meiner Familie sind wunderbare Menschen, aber ich hatte eben nichts für mich allein. Nicht einmal meine Zeit."

Ein Brautkleid hing hier vergessen an einem Haken. Er musste wieder an Daisy in ihrem Kleid denken. „Ich war neun, als Daisy geboren wurde." Er fuhr sich mit der Hand durchs Haar. „Ich war ihr ganz spezieller großer Bruder. Ich tat alles für sie. Ich reiste sogar von Harvard an, um bei ihren Ballettabenden dabei zu sein. Jetzt ist sie erwachsen, und ich habe niemanden mehr."

Noch immer hielt Marianne die Arme verschränkt, das Kinn trotzig erhoben. Doch in ihren Augen lag der Ausdruck eines viel komplexeren Gefühls. Fast so etwas wie Traurigkeit.

„Und deshalb kann ich mich nicht mehr mit dir treffen, Marianne. Ich brauche etwas, das langfristig ist."

Ihre Lippen wurden schmal. „Ich verstehe." Ihr Kinn kam noch einen Zentimeter höher. „Das ist logisch. Kann ich dann jetzt Daisy mit ihrem Kleid weiterhelfen?"

Er trat beiseite, als sie an ihm vorbeirauschte, mit gereckten Schultern und geradem Rücken.

Daisy stand noch immer vor dem Spiegel, in demselben Kleid.

„Ich brauche die anderen nicht anzuprobieren", sagte sie, als sie Marianne im Spiegel herankommen sah. „Das hier ist das richtige."

„Ich denke, Sie haben recht. Bei solchen Dingen muss man sich auf sein Gefühl verlassen. Entweder es ist richtig oder eben nicht."

Bildete er sich das nur ein, oder galt diese Botschaft auch ihm?

Daisy griff Mariannes Arm. „Werden Sie mir helfen, den Schleier und die Schuhe und die anderen Sachen auszusuchen? Ich weiß, wir haben einander gerade erst kennengelernt, aber … Sie haben einen großartigen Geschmack, und Sie scheinen genau zu wissen, was mir gefällt."

Marianne sah auf ihre Uhr. „Nun, Oz muss mich jetzt zur Arbeit zurückfahren, aber ja … Ich gehe gern mit Ihnen auf die Suche nach Hochzeitsaccessoires. Nächste Woche vielleicht?" Sie warf Oz einen vernichtenden Blick zu. „So lange bin ich bestimmt noch hier."

„Na bravo", war alles, was Oz dazu einfiel. Seine Schwester freundete sich mit der Frau an, die er nicht haben konnte.

8. KAPITEL

*A*lso, was steht heute auf dem Programm?" Jack schlenderte neben Oz her und rieb sich erwartungsvoll die Hände. „Wir sind schon seit Ewigkeiten nicht mehr zusammen ausgegangen."

„Wir gehen in eine Bar", informierte Oz seinen Freund. *Jetzt wird er mir einen Vortrag halten, dass ich zu viel arbeite.*

„Mitten in der Woche, abends um elf? Wow! Wann musst du morgen aufstehen?"

„Die erste Patientin kommt um acht. Ich stehe um sechs Uhr auf und trainiere."

„Du bist ja ein richtiger Partylöwe. Und weshalb rauben wir dir deinen wertvollen Schlaf, wenn du arbeiten musst?"

Oz lief eine Weile schweigend weiter, bevor er antwortete. „Ich habe jemanden kennengelernt."

Jack blieb wie vom Donner gerührt stehen. „Mann, Oz! Das ist riesig! Wer ist sie? Wo hast du sie getroffen? Stopp – es war die Harley, oder?"

„Ja."

„Ha!" Jack reckte die Faust in die Luft. „Ich wusste es." Er versetzte Oz einen kräftigen Schlag auf den Rücken. „Und mich nimmst du in die Bar mit, weil du absolut verrückt nach ihr bist."

„Nun, ich ... Ich denke öfter an sie."

Die Untertreibung des Jahres. Er dachte an Marianne, er träumte von ihr, er roch sie überall, jede einzelne Sekunde der letzten anderthalb Wochen.

Natürlich hatte er versucht, sie zu vergessen. Patienten, Vorlesungen, Stunden auf dem Rudergerät, um dieses brennende Verlangen aus seinem Körper zu vertreiben. Er hatte alles versucht, um sich wieder normal zu fühlen.

Er wusste gar nicht mehr, was normal war.

Sie bogen in die Straße ein, in der die Bar lag. Oz erinnerte sich an das letzte Mal, als er hier gewesen war – auf der Harley, Marianne von hinten an sich geklammert. Prompt meldete sich das Ziehen in den Lenden.

Es war eine Obsession. Kontrollverlust. Hyperaktive Libido. Er sollte öfter kalt duschen.

„Um genau zu sein, ich glaube, meine Hormone haben die Oberhand über mein Gehirn gewonnen", gestand er Jack.

„Das ist doch großartig."

„Nein. Das ist extrem schlecht. Ich bin ein Wrack."

Jack nickte weise. „Läuft wohl nicht gut, was? Was ist passiert? Hast du versucht, sie zu analysieren?"

Oz biss die Zähne zusammen. „Ich habe nur versucht, sie zu verstehen."

„Und was hat sie gemacht?"

„Sie ist wütend geworden. Dann hat sie mich geküsst."

Jack warf lachend den Kopf zurück. „Die Frau klingt interessant. Kann's gar nicht abwarten, sie kennenzulernen."

„Das wirst du gleich."

Sie standen vor dem Eingang der Bar. Über der Tür blinkten rote und blaue Neonleuchten. Oz' Puls beschleunigte sich.

Er freute sich darauf, Marianne wiederzusehen. Und er fürchtete sich davor. Sein Leben hatte sich verändert, seit er sie getroffen hatte.

Veränderungen bringen Unsicherheiten mit sich. Das war es, was er seinen Patienten erzählte, um sie zu beruhigen, dass Ängste völlig normal waren. Mit dem Kopf hatte er es immer verstanden, aber bisher noch nie mit dem Gefühl. Nicht so, wie er es jetzt nachvollziehen konnte.

Er legte die Hand an die Klinke. Und öffnete die Tür nicht.

„Was ist, worauf wartest du?"

Oz sah düster zu Jack. „Wahrscheinlich bilde ich mir nur ein, dass ich sie mag. Ich habe Fantasien um eine Frau aufgebaut, die sie gar nicht ist. Das ist ein in der medizinischen Literatur häufig beschriebener Fall."

Jack schüttelte den Kopf. „Mann, dich hat's erwischt. Komm jetzt, ich hab Durst."

Oz atmete tief durch. „Wahrscheinlich ist sie gar nicht mehr hier."

Sie war noch hier, stand hinter der Bar. Ihr dunkles Haar schimmerte, ihre Haut strahlte, in ihren Augen und auf ihren Lippen stand ein Lächeln.

Ihm galt das Lächeln nicht. Sie hatte ihn noch nicht bemerkt. Sie wischte die Theke mit einem feuchten Tuch ab und unterhielt sich mit jemandem neben ihr. Oz konnte ihren wunderbar trägen Akzent hören, konnte ihre samtene Haut an seinen Fingern spüren und ihre warmen Lippen auf seinem Mund, konnte ihren Duft riechen …

„Wer ist es?"

Jacks Frage riss Oz in die Wirklichkeit zurück. Die Musik war laut, sie standen am anderen Ende des Raumes. Es war unmöglich, dass er ihre Stimme hörte oder ihren Duft wahrnahm. „Gibt es denn noch mehr Frauen in diesen Raum?"

Jetzt erst wurde ihm klar, dass Marianne sich mit einem Mann unterhielt. Einem großen, gut aussehenden Mann. Vor Eifersucht wurde sein Magen hart wie Stein.

„Sie ist die Brünette bei Warren, oder?"

Oz sah noch einmal genauer hin und atmete erleichtert aus. Jack und Warren gehörten zu einer Gruppe von jungen Geschäftsleuten in der Stadt, die auch privat miteinander verkehrten. Von Zeit zu Zeit gesellte sich Oz auf ein Bier zu der Clique oder spielte Fußball mit ihnen. Er wusste, dass Warren schwul war. Und dass er aus dem Süden kam.

„Sie kommen beide aus South Carolina", sagte er zu Jack. „Ich wette, sie kennen sich von dort."

„Ist doch prächtig. Dann kannst du ihn fragen, wenn du etwas über sie wissen willst."

„Unmöglich. Ich würde sie niemals derart hintergehen."

Jack pfiff durch die Zähne. „Dich hat's wirklich erwischt."

In diesem Moment sah Marianne auf und direkt zu ihm hin. Ihr Lächeln erstarb, dann kehrte es auf ihre Lippen zurück, langsam und verlockend und sexy, ließ die Grübchen auf ihren Wangen erscheinen.

Sie war das Schönste, das Oz in seinem ganzen Leben gesehen hatte. Der Raum und alles andere existierten nicht mehr, Oz sah nur noch ihren blauen Augen, ihre roten Lippen, ihren schlanken Hals.

Er ging zur Bar. „Hi", sagte er. Und atmete endlich wieder.

„Oz." Allein seinen Namen aus ihrem Mund zu hören, war ein solches Vergnügen, dass er fast aufgestöhnt hätte. „Ich dachte, du wolltest Abstand von mir halten."

„Dachte ich auch."

„Nun, ich bin noch immer nicht weg." Sie zog ihn auf. Nicht nur mit ihrer Bemerkung, auch mit dem spöttischen Lächeln, das ihre Mundwinkel nach oben zog. Sie trug enge Jeans und ein knappes Top, das ihren Bauchnabel frei ließ. Oz wäre am liebsten über die Bar gehechtet und hätte sie in seine Arme gezogen.

Sie räusperte sich. „Also, was kann ich für dich tun, Oz?"

„Ich denke, diese Frage sollte ich nicht in der Öffentlichkeit beantworten."

Die Grübchen wurden tiefer. „Warum nicht? Das könnte doch sehr aufregend werden."

Oz fragte sich, was seine Libido ihm wohl als Antwort suggerieren würde, als Jack neben ihm auftauchte und die Hand über die Theke streckte. „Hi, Marianne. Ich bin Jack, Oz' Freund. Ich warte schon ewig darauf, Sie endlich kennenzulernen."

Marianne verschränkte die Arme vor der Brust und warf einen Blick auf die ausgestreckte Hand. „Jack." Ihre Stimme war süß und kühl wie Eistee. „Nett, Sie zu treffen. Wahrscheinlich wollen Sie in Erfahrung bringen, ob Oz Ihnen ein Bier schuldet."

Die Hand reglos über dem Tresen, schaute Jack sie verdutzt an, sah zu Oz, dann wieder zu ihr zurück – und begann breit zu grinsen. „Sie haben also meine Nachricht an Oz gelesen."

„Habe ich. Sie werden wohl selbst für Ihr Bier zahlen müssen." Damit schüttelte sie endlich Jacks Hand, zapfte zwei Bier und stellte die Gläser vor die beiden Männer hin.

Das Bier war klar und golden, mit einer perfekten Schaumkrone obenauf.

„Du hast Zapfen gelernt." Oz war überrascht.

„Ich habe vieles gelernt." Sie lächelte unschuldig und zugleich vielsagend.

Jack stieß Oz den Ellbogen in die Seite. „Habe ich dir eigentlich schon gesagt, dass die Frau perfekt für dich ist?"

„Entschuldige uns." Oz schob Jack unsanft zu einem Tisch. „Hör auf damit", zischelte er, sobald sie außer Hörweite waren. „Marianne hält nichts von langfristigen Bindungen. Du verschreckst sie nur."

„Ich glaube, da braucht es schon viel mehr, um diese Frau zu verschrecken." Jack setzte sich und nahm einen kräftigen Schluck von seinem Bier. „Zwischen euch fliegen die Funken. Gerade so, als wärt ihr die einzigen beiden Lebewesen in eurem ganz eigenen Universum."

Auf halbem Wege zum Mund hielt Oz mit seinem Bierglas inne. Im eigenen Universum. Das waren genau die Worte, die ihm zu Jack und Kitty einfielen. Er stellte das Glas ab.

„Wieso warst du eigentlich so überrascht, dass sie Bier zapfen kann?", hörte er Jack fragen.

„Vor zehn Tagen noch war sie der unfähigste Barkeeper, der mir je untergekommen ist." Mit den Augen suchte Oz nach Marianne. Sie trug gerade ein volles Tablett mit Getränken zu einem Tisch, an dem mehrere Männer saßen. Jetzt konnte er auch sehen, dass sie hochhackige rote Sandaletten trug. Ihre Fußnägel waren kirschrot lackiert. Bei jedem Schritt wiegte sie sich in den Hüften, doch das Tablett lag absolut ruhig und sicher auf ihrer Handfläche.

„He, Schönheit", drängte sich einer der Männer ihr auf, als sie die Drinks servierte. „Was machst du nach deiner Schicht?"

„Ich hab schon was vor." Sie stellte das letzte Glas ab und klemmte sich das Tablett unter den Arm.

„Versuchs doch mal mit mir. Ich garantiere dir, mit mir wirst du dich großartig amüsieren." Er machte eine obszöne Geste mit der Hand. „Ich hab den Zauberfinger."

Ein Hauch Pink zog auf ihre Wangen. „Danke, aber nein danke." Sie wandte sich zum Gehen.

Oz ging in Stellung, bereit, jede Sekunde aufzuspringen und einzugreifen.

„Komm schon, Sexy." Der Mann ließ nicht locker. „Wenn ich dich nur ein Mal nackt sehen kann, werde ich als glücklicher Mann sterben."

Sie hatte sich schon einige Schritte vom Tisch entfernt, jetzt drehte sie sich wieder um. Mit zusammengekniffenen Augen musterte sie den Mann. „Das glaube ich gern", flötete sie dann zuckersüß. „Aber wenn ich dich nackt sähe, würde ich vor Lachen sterben." Damit ging sie zurück hinter die Bar.

„Jetzt ist sie nicht mehr unfähig", kommentierte Jack die kleine Szene.

„Nein." Oz entspannte sich und setzte sich in den Stuhl zurück. „Sie ist gut."

Jack lehnte sich ein wenig näher zu Oz. „Ich verstehe nur nicht, warum ihr beide nicht jede Gelegenheit wahrnehmt, um euch zusammen abzusetzen und genau das zu tun, was der Typ da eben angedeutet hat."

„Wie ich schon sagte, sie ist nicht auf der Suche nach einer festen Beziehung."

„Da beißt sich die Katze doch in den Schwanz. Wie willst du sie dazu bringen, eine feste Bindung mit dir einzugehen, wenn du ständig Abstand zu ihr hältst?"

Jack hatte da sicher einen Punkt. „Es ist nicht nur das. Sie hat Probleme."

„Na, für dich sollte das doch perfekt sein", trumpfte Jack sofort auf. „Du magst Leute mit Problemen."

„Marianne verdrängt ihre Probleme schon lange. Und ich vermute, das macht sie ebenso lange mit der eigenen Sexualität."

Jack sah nachdenklich von Oz zu Marianne und wieder zurück. „Wenn du so redest, mein Freund, unterdrückst du mit Sicherheit deine eigene Sexualität. Die Frau ist schön, zwischen euch beiden brodelt es. Wieso hältst du dich von ihr fern und analysierst dein Verhalten dann auch noch?"

Oz überlegte eine Weile und kam sich wie ein Trottel vor. „Ich wusste, dass du das sagen würdest." Und unbewusst hatte er Jack wohl mit in die Bar gebracht, damit der Freund genau das zu ihm sagen würde.

Sie tranken ihr Bier aus, Jack verabschiedete sich, und Oz wechselte an die Bar über. Hinter der Theke kam Marianne grinsend auf ihn zu.

„Hast du das gesehen?", fragte sie mit leuchtenden Augen. „Dem hab ich es aber gegeben, was? Ich bin ja soo gut!"

Sie hielt beide Hände zum Victory-Zeichen hoch und trippelte in ihren Sandaletten zu der Heavy-Metal-Musik, die aus den Lautsprechern dröhnte. „Oh ja, Baby! Ich bin gut, und ich kann zu Metallica tanzen!"

Oz lachte, griff über den Tresen nach ihrer Hand und drehte sie mehrere Male im Kreis. Als sie seine Hand losließ, schwankte sie, weil ihr schwindlig war. Oz sprang auf, um sie zu stützen, doch Warren war zuerst zur Stelle und fing sie auf. Kichernd ließ sie sich in seine Arme fallen und strahlte Oz an.

Warren ließ den Arm auf ihrer Schulter liegen. „Dr. Oz." Sein Südstaatenakzent war eine tiefere Version Mariannes. „Ich hoffe doch, dass Sie meine Cousine gut behandeln, nachdem sie drei Riesen für Sie hingeblättert hat."

„Cousine?" Oz sah den warnenden Blick, den Marianne Warren zuwarf. Jetzt lächelte sie auch nicht mehr.

So, so, Warren gehörte also zur Familie. Bestimmt wusste er Dinge von Marianne, die sie Oz nicht wissen lassen wollte.

Seltsamerweise machte ihn das nur noch entschlossener, Warren nicht über Marianne auszufragen.

„Versprochen, ich werde sie anständig behandeln", erwiderte er.

Marianne machte sich aus Warrens Umarmung frei und lehnte sich an die Theke – was ihm einen besonders guten Einblick in ihr perfektes Dekolletee bot. Doch Oz war mehr an ihrem Gesicht und ihren strahlenden Augen interessiert.

„Was hättest du denn gerne?", fragte sie ihn.

„Was immer du mir geben möchtest", sagte er und schaute ihr dabei tief in die Augen.

Langsam kehrte das Lächeln auf ihre Lippen zurück. „Wie sieht's aus, Dr. Strummer? Hast du Lust auf ein wenig Spaß mit Portlands neuester heißer Braut?"

Lust. Allein bei der Vorstellung von Spaß mit Marianne flammte genau die in ihm auf. Sie mochte ihre Sexualität ja unterdrückt haben, aber im Moment war sie die fleischgewordene Verlockung. Und ehrlich gesagt, ihm gefiel dieser Verführerin, vor allem weil er wusste, dass darunter eine herzliche und verletzliche Marianne lag. „Was genau hattest du denn im Sinn?"

Marianne legte den Kopf leicht schief. „Die Bar schließt in einer Viertelstunde. Kannst du noch bleiben?"

Mitten in der Woche? Oz hörte Jacks spöttische Stimme, doch er brauchte die Aufmunterung des Freundes nicht mehr. Er würde genau das tun, was er wollte. „Ja."

Marianne lehnte sich noch weiter über die Theke, bis ihr Gesicht nur Zentimeter von Oz' entfernt war. „Wie wäre es mit einer Partie Strip-Poker?"

9. KAPITEL

*D*ie Gäste waren gegangen, die Tür verschlossen, das Licht in der Bar heruntergedreht. Die Jukebox spielte leise schwülen Soul.

„Ich bin so weit, wenn du so weit bist." Oz fuhr sich mit der Hand durch das blonde Haar, eine Geste, die er seit seiner Ankunft in der Bar schon Dutzende Male gemacht hatte.

Marianne hielt einen Stapel Karten in der Hand, und der erotischste Mann der Welt wartete darauf, dass sie austeilte. Damit er sich für sie ausziehen konnte.

In genau diesem Moment fiel Marianne allerdings ein, dass sie in ihrem ganzen Leben noch nie gepokert hatte.

Sie mischte die Karten. „Bist du ein guter Pokerspieler?" Sie musste Zeit schinden, bis sie sich überlegt hatte, was sie nun tun sollte. Und wie war es möglich, dass er noch heißer wirkte, wenn er lächelte?

„So gut, dass du nach zwei Runden in deiner Unterwäsche vor mir stehen wirst."

Ach, du meine Güte! Marianne mischte weiter. Wobei sie nicht sagen konnte, ob sie sich damit noch mehr Zeit erschwindeln wollte, oder ob sie es tat, um zu verhindern, dass sie die ganze Geschichte mit dem Pokerspiel vergaß, sich auf ihn stürzte und ihm die Kleider vom Leib riss.

Ihr Verstand kam ihr zur Hilfe. „Du scheinst dir ja ziemlich sicher zu sein. Ich möchte dein männliches Ego nicht zerstören, aber bevor ich dich bei einem Spiel, in dem du dich für so gut hältst, bis aufs letzte Hemd ausziehe … Warum spielen wir nicht einfach etwas anderes?"

Sein Lächeln wurde zu einem breiten Grinsen. „Du weißt gar nicht, wie man Poker spielt, richtig?"

So viel also zur rettenden Idee!

„Was würdest du denn lieber spielen?", fragte er.

Marianne suchte verzweifelt nach einer Lösung. Welche Kartenspiele kannte sie überhaupt? Sie hatte nie viel Freizeit gehabt, und die Nachmittage, an denen sie ihrer Großmutter und der Runde alter Damen beim Bridge zugesehen hatte, schienen ihr eher unpassend für das, was sie vorhatte.

„Nun …" Dann fielen ihr wieder die gestohlenen Stunden mit Warren ein. Seine Mutter hatte die beiden Kinder im Wohnzimmer mit Decken und Kissen eine Höhle bauen lassen. Sie hatten Kekse stibitzt und sich Gruselgeschichten erzählt, und manchmal hatten sie auch Karten gespielt.

„Wie wäre es mit Mau-Mau?"

Oz biss sich auf die Lippe. Marianne wusste genau, dass er sich nur mühsam das Lachen verkniff.

„Strip-Mau-Mau. Einverstanden", stimmte er nüchtern zu. „Dann hat keiner von uns einen unfairen Vorteil."

Erst legten sie die Regeln fest, dann teilte Marianne die Karten aus. Ihre Hände zitterten.

Es gibt keinen Grund, nervös zu sein. Ich tue genau das, was ich will, wie ich es mir versprochen habe. Und es ist großartig, ich habe Spaß dabei.

So viel Spaß, wie ein Mensch haben konnte, wenn er vorgab, jemand zu sein, der er nicht war.

Noch nicht, fügte sie ihren Gedanken hinzu. „Okay. Ich habe gegeben, du fängst an."

Sie spielten konzentriert, Marianne gewann und rief „Mau-Mau".

Oz rührte sich nicht, sah sie nur an. Schließlich fragte er: „Was soll ich zuerst ausziehen?"

Alles. „Äh … Deine Schuhe vielleicht?"

Noch vor einer halben Stunde war sie keck und draufgängerisch gewesen, hatte fachmännisch Drinks eingeschenkt und mit den Gästen geflirtet, hatte einen höchst appetitlichen Hünen zu einer Partie Strip-Poker aufgefordert … Und jetzt bekam sie kaum über die Lippen, dass er die Schuhe ausziehen sollte? „Und die Socken", fügte sie also noch hinzu. Schon besser.

Mit einem Lächeln beugte Oz sich vornüber und zog sich Schuhe und Socken aus.

Er hatte schöne Füße. Feingliedrig und stark, wie seine Hände. Und groß.

„Stimmt es, was man über Männer mit großen Füßen sagt?"

Oz grinste. „Da wirst du wohl noch ein paar Mal Mau-Mau rufen müssen, um das herauszufinden."

„Genau das habe ich vor", gab sie leichthin zurück und gratulierte im Stillen, dass sie so gelassen und vorwitzig war.

Die nächste Runde gewann Oz. Er streckte die Hand aus. „Ich hätte gern diese hübschen roten Stilettos von dir."

Keck. Sei keck und verführerisch.

Also stand Marianne auf und ging auf Oz zu. Eine Hand auf den

Tisch gestützt, hob sie ihr Bein und legte ihren Fuß in Oz' ausgestreckte Hand.

Ihr Fuß sah so klein und zierlich aus auf seiner Handfläche. Er legte die Finger um ihr Fußgelenk und streifte langsam die hochhackige Sandalette ab, ließ ihren Fuß aber nicht los. Mit dem Daumen streichelte er über ihren Spann, hinunter bis zu ihren Zehen.

Die Berührung prickelte und brannte. Marianne klammerte sich an die Tischkante, als klammere sie sich an ihr Leben. Zum ersten Mal wurde ihr bewusst, dass ein Fuß eine erogene Zone sein konnte.

Behutsam setzte Oz ihren Fuß auf den Boden. Der Holzboden fühlte sich kalt an ihrer erhitzten Haut an. Er hielt die Hand hin für den anderen Fuß, und Marianne folgte seiner Aufforderung. Dieses Mal ließ er sich noch mehr Zeit, erkundete die Sohle, zog mit dem Finger die Konturen nach, seine Miene ganz auf das konzentriert, was er tat.

Grundgütiger, wenn er so viel Sorgfalt auf ihre Füße verwandte, wie würde er es dann mit ihren anderen Körperteilen halten?

Oz sah auf und lächelte. „Du bist dran", sagte er und setzte ihren Fuß ab.

Die nächste Runde gewann wieder Oz. „Dein Oberteil", knurrte er leise.

„M…mein Oberteil?", stotterte Marianne. Dann ermahnte sie sich, dass sie seit über eine Woche daran arbeitete, mehr Courage zu zeigen. Also griff sie an den Saum ihrer Bluse, bevor sie es sich anders überlegen konnte, zog sie über den Kopf und warf sie achtlos hinter sich zu Boden.

Ihr BH war rot, Satin mit Spitze. Die gleiche Farbe wie die Schuhe und der Nagellack auf ihren Fußnägeln. Unter der Jeans trug sie das passende Höschen dazu. Es war das verführerischste Ensemble gewesen, das sie hatte finden können. Diese neue „Garderobe" hatte sie das Trinkgeld einer gesamten Woche gekostet. Sie musterte Oz' Gesicht, schließlich wollte sie wissen, ob sich die Investition gelohnt hatte.

Er saß da und starrte sie an, absolut regungslos. Sein Mund stand leicht offen, aber er schien nicht zu atmen. Sein Blick war wie eine Liebkosung auf ihrer Haut. Sie fühlte, wie die Spitzen ihrer Brüste sich unter dem Satin aufrichteten.

Oh ja, der Kauf war jeden Cent wert.

Und da von frechen Gören, wie sie eine werden wollte, beim Kartenspiel wohl erwartet wurde, dass sie mogelten, gewann Marianne die nächste Runde. Sie würde nicht die Einzige sein, die hier mit freiem Oberkörper herumsaß.

„Dein Hemd bitte."

Erst knöpfte Oz die Manschetten auf, dann machte er sich an den restlichen Knöpfen zu schaffen. Schließlich schälte er sich unendlich langsam aus dem Hemd heraus.

Marianne starrte. Starrte auf seinen Hals, auf seine sehnigen Schultern, auf die markanten Schlüsselbeine. Dann auf den breiten Oberkörper, den Bizeps an seinen Armen, seine Brustmuskeln. Hinunter zu seinem flachen Bauch, jeder Muskel deutlich sichtbar unter der goldenen Haut. Wunderschön, perfekt.

„Mein lieber Herr Gesangsverein!", entfuhr es ihr atemlos. „Wie bist du zu einem solchen Oberkörper gekommen?"

„Ich war ein Sechzig-Kilo-Schwächling", sagte er, „also wurde ich Mitglied im Ruderteam von Harvard. Und in letzter Zeit verbringe ich ziemlich viel Zeit auf der Rudermaschine." Er grinste schief, was ihren Puls nur noch mehr in die Höhe jagte. „Ich scheine im Moment einen enormen Überschuss an Energie zu haben."

Er verschränkte die perfekten Arme über der perfekten Brust und betrachtete Marianne nachdenklich. „Ich werde nicht schlau aus dir. Du bist die verführerischste Frau, die mir je begegnet ist, du trägst sündhaft sexy Dessous, und du sagst ständig diese aufreizenden Dinge. Du schlägst eine Partie Strip-Poker vor, ohne dass du überhaupt Poker spielen kannst, du läufst rot an, wenn du deine Bluse ausziehen sollst, und wenn mir meine Ohren keinen Streich gespielt haben, dann hast du eben ‚mein lieber Herr Gesangsverein' gesagt, als ich mir das Hemd ausgezogen habe."

Sie hätte sich auch ein paar anständige Flüche aneignen sollen, als sie Bier zapfen gelernt hatte. „Ich bin eben ein vielschichtiger Charakter."

„Ist mir aufgefallen. Wie bist du ein so guter Barkeeper geworden?"

„Ich habe geübt."

„Du hast dich selbst Portlands neueste heiße Braut genannt. Hast du das auch geübt?"

Der Mann konnte Gedanken lesen. Es war hart, sich auf eine Unterhaltung zu konzentrieren, wenn er mit bloßer Brust vor ihr saß. Sie schluckte. „Magst du keine heißen Bräute?"

„Ich mag dich. Deshalb will ich ja auch wissen, wer du wirklich bist."

Bei seinen Worten begann es gefährlich in ihren Augen zu brennen. Wann hatte jemals jemand wissen wollen, wer sie wirklich war?

Und wer war sie überhaupt?

Sie nahm die Karten auf und starrte angestrengt darauf.

Die echte Marianne steckte voller Ängste und Unsicherheiten. Die echte Marianne war so eingeschüchtert von ihren eigenen Wünschen und Bedürfnissen, dass sie sich völlig schutzlos vorkam, als Oz diese erweckte.

Wenn sie also eine Wahl hatte, dann entsprach sie lieber dem stereotypen Bild einer Frau, die kess war und selbstsicher und genau wusste, was sie wollte.

„Hast du gezogen?", fragte sie.

„Mau-Mau."

Sie stand auf und kam um den Tisch herum. Vor Oz blieb sie stehen und zog den Reißverschluss ihrer Jeans herunter.

Bis jetzt hatte er ihr in die Augen geschaut, doch nun, da sie die Daumen in den Bund steckte und die Jeans langsam an ihren Beinen hinunterschob, folgte sein Blick ihren Bewegungen und blieb auf dem winzigen roten Satindreieck haften.

Er hatte einen Doktortitel und konnte Gedanken lesen, aber er war auch ein Mann. Der regelrecht hypnotisiert wirkte, als sie da vor ihm stand, in den roten Dessous.

Sie sah, wie er sich über die Lippen leckte und scharf die Luft einsog. Den Mund öffnete, ihn wieder schloss.

„Dr. Strummer ist sprachlos. Es gibt also immer ein erstes Mal", sagte sie.

Oz bewegte sich nicht, schaute sie nur an. Ein Blick wie ein Streicheln. Sie fühlte sich bewundert. Und mächtig.

„Alles, was mir einfällt, sind Klischees", brachte er schließlich heraus.

„Sag's trotzdem."

Er fuhr sich mit den Fingern durch sein ohnehin schon wieder völlig zerzaust wirkendes Haar. „Du bist die schönste Frau, die ich je gesehen habe."

Sie lächelte. Ihr ganzes Leben schon hörte sie, wie hübsch sie doch sei, aber noch nie hatte es sich so gut wie aus Oz' Mund angehört. „Was noch?"

„Meine Selbstbeherrschung hängt hier wirklich an einem seidenen Faden." Er schluckte hart. „Mir läuft das Wasser im Mund zusammen."

„Das ist nicht gerade ein Klischee, oder?" Sie schüttelte ihre braunen Locken zurück und griff zum Stapel, um eine Karte zu ziehen. Oz erhielt so einen tiefen Einblick in ihr Dekolletee. Er schluckte erneut.

Pik-Sechs. Vielleicht war das ja ihre Glückskarte.

Sie spielten weiter. Marianne legte ab.

„Mau-Mau."

Oz stand auf. Jetzt war es an Marianne mit dem Starren, als er nach seinem Gürtel griff, seine Jeans aufknöpfte, an den Beinen herabschob und mit dem Fuß wegkickte.

Als er sich aufrichtete, trat Marianne einen Schritt zurück.

Er trug eng anliegende Boxershorts, die jede Kontur seines Körpers betonten: die schmalen Hüften, die muskulösen Oberschenkel und – den beeindruckendsten Beweis von Männlichkeit, der ihr je untergekommen war.

„Ich glaube nicht, dass ich dir noch sagen muss, was mich im Moment beschäftigt, oder?", lautete sein trockener Kommentar.

Sie hörte ihn kaum. In ihrem Kopf sah sie sich selbst, wie sie zu ihm ging und ihn berührte, wie heiß er sich durch den Stoff unter ihrer Handfläche anfühlen musste, wie Oz' Stöhnen klingen würde, wenn sie ihm Vergnügen schenkte.

Eine Draufgängerin würde es tun.

Und wenn sie im letzten Moment die Nerven verlor und wieder einen Rückzieher machte? So wie in der ersten Nacht mit Oz?

Es wäre so viel einfacher, wenn Oz mich einfach an sich reißen würde. Wenn er die Entscheidung treffen würde. Dann will ich heute Nacht alles für ihn sein, was er sich wünscht.

Das war es. Ihre Lösung. Sie lächelte und trat einen Schritt auf ihn zu. „Doch. Was genau beschäftigt dich denn?"

„Das, was mich konstant beschäftigt, seit ich dich zum ersten Mal gesehen habe." Seine Stimme klang rau und heiser. „Dass ich mit dir schlafen will. Immer und immer wieder. Im Moment allerdings ist es relativ dringend."

„Wie dringend?" Sie trat noch näher, die Spitzen ihrer Brüste pressten sich gegen seinen muskulösen Oberkörper. Sie spürte die Hitze, die sein Körper ausstrahlte, hörte seinen harschen Atem, nahm seinen maskulinen Duft wahr.

Berühr mich, flehte sie in Gedanken.

Oz schloss die Augen, holte tief Luft, blieb lange so stehen, ohne sich zu rühren. Dann hob er die Lider, und sein Blick war klar und intelligent, aber er selbst wirkte, als würde er leiden.

„Ist es wirklich das, was du willst?", fragte er. „Sex in einer Bar, auf einem Tisch, nach einem Kartenspiel?"

Sie runzelte die Stirn. „Du willst es doch auch, oder?"

„Sicher will ich es."

„Also dann ..." Sie schenkte ihm das laszive Lächeln, das sie so oft geübt hatte.

„Du hast meine Frage nicht beantwortet. Ist es das, was du willst?"

Ihr Lächeln erstarb. „Ich ..." Sie brachte es nicht über die Lippen. Es war zu direkt, zu aufregend, zu neu.

„Du willst, dass ich die Entscheidung für dich treffe, nicht wahr?", fragte er sanft.

Sie nickte stumm.

Er nahm sie beim Arm und führte sie zu ihrem Stuhl zurück, dann kniete er sich vor sie und hielt ihre Hände.

„Wenn ich mit dir schlafe, dann weil wir beide es wollen, nicht weil ich mich nicht mehr zurückhalten kann, da du so sexy und begehrenswert bist. Oder weil du vorgibst, jemand anderes zu sein." Er führte ihre Hand an seinen Mund und küsste die Innenfläche. Die Berührung seiner Lippen ließ Verlangen in ihr aufbranden wie eine Flutwelle. „Es soll etwas Besonderes sein, Marianne. Denn du bist etwas Besonderes."

Er richtete sich auf, nahm seine Jeans vom Boden und stieg hinein. Seine Erregung war nicht abgeklungen, das konnte Marianne sehen.

„Du bist ein Ehrenmann." Endlich bekam sie die Lippen auseinander, jetzt da er angezogen war.

„Glaub mir, am liebsten würde ich mich dafür treten." Er hob ihre Bluse und ihre Jeans auf und reichte ihr die Sachen. Sie nahm sie wortlos entgegen, und er küsste sie auf die Stirn. Noch eine Berührung, die das Verlangen in ihr schmerzhaft werden ließ.

„Wir werden miteinander schlafen, Marianne." Sein Atem strich über ihre Wangen. „Die Frage ist nicht, ob, sondern wann. Wenn du bereit dafür bist, werde ich da sein. Das Warten wird es nur noch besser machen."

10. KAPITEL

*D*as erste richtige Date mit Oz!
In der Woche nach dem Strip-Mau-Mau-Spiel, in der sie sich beide bis auf die Unterwäsche ausgezogen hatten, war Oz jeden Abend in die Bar gekommen, hatte sich zu Marianne an die Theke gesetzt, und sie hatten sich unterhalten, über Gott und die Welt. Und dann, vor zwei Tagen, hatte Oz Marianne offiziell eingeladen. Zu einer Halloween-Party in Jacks Kino. Die Kostüme sollten sich an Spielfilme anlehnen.

Natürlich verbrachte Marianne Stunden mit der Suche nach dem passenden Kostüm. Sie verwarf den Teufel in Rot, weil sie in dem eng sitzenden Lackleder kaum atmen konnte, bei Lara Croft und Catwoman ergab sich kostümtechnisch gesehen das gleiche Problem. Für Marilyn Monroe wäre eine Perücke notwendig geworden, und Perücken juckten schrecklich. Eine Cruella DeVil hätte viel zu viel Make-up erfordert.

Letztendlich ließ Marianne den Zufall entscheiden. Mit geschlossenen Augen griff sie in dem Kostümgeschäft an die Kleiderstange und zog ein verspieltes Schürzenkleid hervor.

Perfekt! Sie besaß sogar die passenden Schuhe dafür.

Marianne stand an der Tür der Bar und wartete auf Oz. Er hatte zu ihrer Wohnung kommen wollen, doch das Apartment war noch immer so schäbig, dass er es nicht unbedingt öfter sehen musste. Sie hatte angeboten, sich vor dem Kino mit ihm zu treffen, doch Gentleman, der er war, hatte er darauf bestanden, sie abzuholen.

Sie hatte das Kostüm ein wenig abgewandelt. Anstatt eine hochgeschlossene Bluse unter dem reich bestickten Oberteil zu tragen, hatte sie sich für ein weißes Top mit Rüschenkragen entschieden, was der Fantasie wesentlich mehr Spielraum ließ. Die weißen Söckchen hatte sie weggelassen, stattdessen trug sie Seidenstrümpfe zu den roten Schuhen. Und wenn sie ihr Haar auch zu Zöpfen geflochten hatte, die ihr über die Schulter hingen, so hatte sie doch ihren Mund kirschrot geschminkt.

Na schön, eine freche Göre würde sie nie sein, aber eine Nonne war sie auch nicht.

Marianne fragte sich, als was Oz sich wohl verkleidet haben mochte. Vielleicht kam er wieder im Biker-Look. Sie schloss die Augen, und ein Lächeln stahl sich auf ihre Lippen, als sie ihn sich vorstellte.

Die Tür ging auf, Marianne hob die Lider. Es war Oz, in Jeans und einem braunen Flanellhemd. Um die Hüfte hatte er einen Strick gebunden, auf seinem Kopf saß ein schwarzer Schlapphut. Das blonde Haar lugte wirr darunter hervor, so wie aus seinen Hemdsärmeln und aus den Jeansbeinen Strohhalme staken.

„Du gehst als die Vogelscheuche!"

Und zur gleichen Zeit rief er aus: „Du gehst als Dorothy!"

Marianne verstand erst nicht, weshalb er so laut lachte, doch mit einem Mal wurde ihr klar, was er meinte. Natürlich, mit ihrem Schürzenkleid sah sie aus wie Dorothy aus dem *Zauberer von Oz.*

„Du bist eine sehr sexy Dorothy", fuhr er fort und musterte sie von Kopf bis Fuß. Marianne fühlte, wie ihre Wangen zu brennen begannen.

„Ich habe mich für das erstbeste Kostüm entschieden", behauptete sie. „Ich habe gar nicht ..." Und dann begriff sie, wieso Oz sich als die Vogelscheuche verkleidet hatte. Sein Name. Der Zauberer von Oz. Die Hitze in den Wangen wurde stärker. „Ich habe das Kostüm nicht gewählt, weil du so heißt ... Ich meine, ich habe die Augen zugemacht. Es war eine spontane Wahl. Zufall." Sie brach ab. „Jetzt wirst du mir sagen, dass nichts im Leben Zufall ist, oder?"

„Es gilt als allgemein anerkannte Theorie, dass unser Unterbewusstsein uns dazu bringt, uns nach geheimen Wünschen zu richten, wenn wir spontan handeln." Er lachte schallend auf.

Wie witzig. Natürlich wusste sie das auch. Und selbstverständlich hatte sie bei der Wahl des Kostüms an Oz gedacht, ob nun blind gegriffen oder nicht.

Trotzdem gab sie sich gleichgültig. „Du musst es ja wissen, Doc. Aber lass dir das jetzt bloß nicht zu Kopf steigen." Sie stolzierte an ihm vorbei zur Tür hinaus.

Er holte sie ein und nahm ihren Arm. „Ich bin die Vogelscheuche." Er tippte sich mit dem Finger an den Kopf. „Da oben ist nur Stroh drin", meinte er lächelnd.

Das Delphi lag gleich um die Ecke von Warrens Bar. Oz hielt die schwere Holztür für Marianne auf, und sie spazierten in eine Fantasiewelt hinein.

Das Lichtspieltheater war riesig, mit hoher Decke und edler Holzvertäfelung. Jetzt tummelten sich hier sämtliche Filmhelden, vom Cowboy bis zu King Kong. Man hielt Drinks in der Hand und lachte und tanzte auf dem schimmernden Parkett.

Eine Frau kam auf die beiden Neuankömmlinge zu, kostümiert als Prinzessin Leia aus *Star Wars*, nur dass die Haarschnecken an ihren Schläfen leuchtend rot waren statt braun.

„Oz!" Sie stellte sich auf die Zehenspitzen und küsste ihn auf die Wange, dann drehte sie sich strahlend zu Marianne um und schüttelte ihr die Hand. „Ich bin Kitty Taylor. Sie müssen Marianne sein. Jack, mein Mann, hat mir alles von Ihnen erzählt."

„Freut mich", grüßte Marianne zurück. „Ich glaube, ich war ein wenig schroff zu Ihrem Mann, als wir uns vorgestellt wurden."

„Wahrscheinlich hatte er es verdient." Kitty war überhaupt nicht abgeschreckt, im Gegenteil. „Mindestens einmal pro Tag muss ich ihn zusammenstutzen. Ich bin froh, dass Sie zu unserer Party kommen konnten."

Marianne ließ den Blick durch den Raum gleiten. „Das Kino ist wunderschön. Als würde man in der Zeit zurückversetzt werden."

„Um achtzig Jahre, um genau zu sein. Das Delphi wurde 1926 als Konzerthalle errichtet." Jack gesellte sich zu ihnen, in weißem Hemd, einer Hose mit Streifen an den Seiten und schwarzer Weste – Han Solo für Prinzessin Leia. „Erst letztes Jahr sind wir mit der Restaurierung fertig geworden. Wenn es Sie interessiert, erzähle ich Ihnen gern von der Geschichte und …"

„Lass die Frau doch erst einmal etwas für sich zu trinken besorgen", fiel Kitty ihm lachend ins Wort. „Er kann stundenlang über das Kino referieren", sagte sie zu Marianne.

„Und frag ihn besser erst gar nicht nach Filmen, sonst hört er nicht mehr auf", fügte Oz noch an.

Jack ließ ein spöttisches Schnauben hören. „Was soll das für ein Kostüm sein? Die Vogelscheuche hatte keinen Verstand, du aber schon. Genau der bringt dich ja ständig in Schwierigkeiten."

„Schon mal was von Ironie gehört?"

Jack lachte. „Touché. Marianne, Sie geben eine großartige Dorothy ab."

„Dieser Akzent ist aber nicht aus Kansas, oder?" Kitty hakte sich bei Marianne ein und führte sie zur Getränkebar. Die Männer folgten den beiden.

„Nein, aus South Carolina."

„Wirklich? Ich liebe den Akzent. Ich habe mal für eine Designerfirma in Kalifornien gearbeitet, meine Kollegin kam aus Charleston."

Jacks Frau war wirklich nett, aber Marianne hatte keineswegs vor, mit ihr über Webb zu reden. „Ich bin noch weiter südlich aufgewachsen. Stammen Sie aus Maine?"

Kitty stutzte nur einen Sekundenbruchteil. Natürlich war ihr Mariannes ausweichende Antwort aufgefallen, aber sie stellte keine weiteren Fragen. Stattdessen plauderte sie heiter über ihre Erfahrungen in Kalifornien und ihre Rückkehr nach Portland.

„Ich kam zurück, um meine eigene Firma zu gründen." Sie reichte Marianne ein Glas Punsch. „Ich hatte mir eingebildet, es würde leicht werden, aber überall, wohin ich auch gehe, holt mich meine Vergangenheit ein. Es ist schwierig, ganz von vorn anzufangen. Aber es lohnt sich." Sie stieß an Mariannes Glas, signalisierte damit, dass sie Mariannes Wunsch, nicht über die eigene Vergangenheit zu sprechen, respektierte.

„Cousinchen!" Warren schlenderte auf die Gruppe zu, ein perfektes Abbild des jungen Marlon Brando, an seiner Seite eine Frau in einem bunten Peter-Pan-Kostüm. „Hi, Kitty. Marianne, ich möchte dir Lizzie vorstellen, die Leiterin des Jugendzentrums. Ich denke, du wirst dich noch an sie erinnern."

Lizzie umarmte Marianne stürmisch. „Sie sind der großzügigste Mensch, den ich kenne. Danke, danke, danke für Ihre Spende! Ich hätte nie erwartet, dass wir so viel Geld einnehmen würden. Wir können es gebrauchen."

„Gern geschehen." Lizzies Begeisterung überrumpelte Marianne ein wenig, vor allem, da sie bei ihrem Gebot eigentlich überhaupt nicht an den guten Zweck gedacht hatte, sondern nur an Oz. „Ich fürchte, meine Motive waren eher egoistischer Natur."

Lizzie sah zu Oz, der zusammen mit Jack die wunderbar altmodische Popcorn-Maschine in Betrieb setzte. „Wer sollte Ihnen das verübeln?", meinte sie verschwörerisch. „Oz Strummer ist ein Hauptgewinn. Er hat oft geholfen, wenn einige unserer Jugendlichen Probleme hatten. Ihn kenne ich noch aus der Zeit, als ich als Grundschullehrerin unterrichtete. Er war der Magerste in meiner Klasse und immer so ernst. Er beantwortete alle Fragen, noch bevor ich sie überhaupt gestellt hatte. Und sie hier", sie zupfte an Kittys Schnecken, „war damals eine Klasse tiefer. Schüchtern wie eine kleine Maus. Trotz der roten Haare."

Kitty lachte. „Sehen Sie, was ich meine, Marianne? Die Vergangenheit holt mich immer wieder ein."

„Lizzie hat mir gerade erzählt, dass das Jugendzentrum noch immer mit Schwierigkeiten zu kämpfen hat, obwohl bei der Auktion so viel Geld zusammengekommen ist", warf Warren ein. „Sie könnten jemanden gebrauchen, der sich ehrenamtlich um die geschäftliche Seite kümmert." Sein Blick lag durchdringend auf Marianne. „Am besten jemand mit Erfahrung in Finanzen und Marketing. Was meinst du, Marianne?"

Sie wusste genau, worauf er hinauswollte. Er hatte ihr fest versprochen, nichts über ihren Hintergrund auszuposaunen, aber das hier war wohl eine Ausnahme.

Natürlich könnte sie dem Jugendzentrum helfen – wenn sie es wollte. Sie war gut in ihrem Job, wahrscheinlich noch besser, wenn es für einen guten Zweck war, anstatt Geld für ein Unternehmen anzuhäufen.

Doch wenn sie sich freiwillig meldete, dann musste sie sich auch ihrer Vergangenheit stellen.

Sie wich Warrens Blick aus. „Vielleicht kann der Rotary Club helfen?", schlug sie Lizzie vor.

„Das wäre eine Idee", ging Lizzie auf den Vorschlag ein.

Oz kam mit großen Popcorntüten auf die Gruppe zu. „Hi, Lizzie. Warren." Er reichte Kitty eine Tüte. „Möchtest du auch Popcorn, Marianne, oder lieber tanzen?"

„Tanzen", antwortete sie sofort. Sie wollte von Warren und Lizzie fort, weil sie sich so eigennützig vorkam. Außerdem konnte sie dann Oz berühren.

„Das hatte ich gehofft." Er gab Lizzie die zweite Tüte Popcorn und zog Marianne auf die Tanzfläche. Zusammen begannen sie sich langsam zum Takt der Musik zu bewegen. Eng aneinandergeschmiegt. Wange an Wange.

Ja, sie war eigennützig, und sie war ein Feigling. Für die Herzlichkeit, mit denen ihr die Leute hier in Portland begegneten, zahlte sie es ihnen mit Misstrauen und Heimlichtuerei heim.

„Oz", hob sie leise an, „warum magst du mich eigentlich? Ich meine, außer dieser Sache mit dem Sex."

„Du meinst den Sex, den wir noch nicht gehabt haben?" Lachfältchen bildeten sich um seine Augen.

„Ich meine, außer der Anziehungskraft, die zwischen uns besteht. Du weißt nichts von mir. Wieso magst du mich dann?"

Mit schief gelegtem Kopf studierte er ihr Gesicht. „Zuerst warst du für mich eine Herausforderung. Du warst so voller Widersprüche. Ich wollte herausfinden, was dich antreibt."

„Und? Hast du es herausgefunden?" Falls ja, vielleicht konnte er ihr ja den einen oder anderen Tipp geben.

„Nicht wirklich. Aber jetzt interessiert mich nicht mehr so sehr die

Herausforderung, sondern du selbst. Mir gefällt dein Humor, dein Feingefühl, dein Durchsetzungsvermögen, deine Intelligenz. Ich mag es, wie du aufbraust und mir Fragen stellst, die ich nie erwartet hätte."

„So wie diese?"

„Richtig, wie diese." Er führte sie in eine gekonnte Drehung. „Und ich mag es, dass du beim Tanzen leicht wie eine Feder bist."

Ihr Dad hatte ihr das Tanzen beigebracht, sie hatte sich von ihm über die Tanzfläche dirigieren lassen. Wie sie sich in allem von ihm hatte bestimmen lassen.

„Die Leute verkleiden sich, um nicht als die erkannt zu werden, die sie wirklich sind. Doch mit der Wahl der Verkleidung geben sie viel mehr preis, als ihnen bewusst ist." Oz zog sie enger in seine Arme. „Zuerst kam ich mir in dem Biker-Outfit lächerlich vor, aber dann wurde mir klar, dass es eine abenteuerlustige Seite an mir gibt, die ich immer unterdrückt habe."

„Du bist aber auch nicht ohne Verstand, wie die Vogelscheuche."

„Nein, am Ende des Films findet die Vogelscheuche ja heraus, dass sie schon immer Verstand gehabt hat. Mein ganzes Leben lang war ich der Außenseiter und Sonderling. Ich glaube, ein Sonderling bin ich noch immer. Aber ich beginne zu begreifen, dass es mehr an mir gibt als nur den Intellekt."

„Viel mehr." Marianne nickte wild. „Du hast ein Herz größer als der Blechmann."

„Und wie Dorothy musst du einen weiten Weg gehen, bevor du entscheiden kannst, ob es wirklich keinen besseren Ort als zu Hause gibt."

Sie blinzelte. „Dieses Kostüm habe ich wirklich völlig zufällig gewählt."

„Nein, hast du nicht", widersprach er überzeugt. „Wie auch deine anderen Verkleidungen kein Zufall sind. Ich hoffe wirklich, eines Tages vertraust du mir so weit, dass du mir von deiner Vergangenheit erzählst. Aber bis dahin macht es mir Spaß, dich hinter all deinen Masken zu suchen."

Sie tanzten viel und oft zusammen. In Gesellschaft von Kitty und Jack stellte Oz Marianne seinen Freunden und Bekannten vor. Um Mitternacht wechselten alle in den Vorführraum über und sahen sich *Halloween* an. In den herrlich bequemen Plüschsesseln hielt Oz den Arm um Marianne gelegt und zog sie schützend an seine Seite, jedes Mal, wenn sie bei einer Szene erschreckt zusammenzuckte.

Nach dem Film verabschiedeten sie sich von allen – außer von Warren, der in ein angeregtes Gespräch mit einem jungen Mann, in einem Aufzug wie John Travolta in *Grease*, vertieft war – und verließen Hand in Hand das Delphi.

Es war kalt geworden. In dem dünnen Kleidchen begann Marianne schnell zu zittern. Oz zog sie eng an sich heran.

„Mit deinen roten Schuhen könntest du uns vielleicht schneller nach Hause bringen. Dann bräuchtest du nicht zu frieren", meinte er.

„Nirgendwo ist es so schön wie zu Hause", sagte sie und schlug die Fersen zusammen. Es war ein so magischer Abend gewesen, Marianne wäre nicht überrascht, wenn ein Tornado sie in die Luft gehoben hätte.

So schön wie zu Hause.

Sie fragte sich, was „zu Hause" für sie überhaupt hieß. Webb? Oder ein Ort, wo die Menschen sie akzeptierten, ohne ihren Hintergrund zu kennen? So wie heute Abend.

„Hunger?", fragte Oz, als sie an einem Diner vorbeikamen, der so spät noch geöffnet hatte. Das Licht fiel aus den Fenstern auf den Bürgersteig, es roch nach heißen Pommes frites und Grillfleisch.

Mariannes Magen meldete sich knurrend. „Und wie."

Sie gingen hinein und setzten sich in eine Nische beim Fenster, bestellten Cheeseburger und Fritten, warfen Geld in die Jukebox und wählten ein paar Songs.

Als Marianne in ihren Burger biss, musste sie daran denken, wie viel sich für sie geändert hatte. Vor nicht allzu langer Zeit hätte sie sich niemals einen Cheeseburger gegönnt, geschweige denn Pommes frites. Und schon gar nicht hätte sie bei einem Fenster gesessen und gegessen, wo jeder sie sehen konnte. Es wäre eine unverzeihliche Schwäche gewesen.

Ja, sie hatte einen langen Weg hinter sich, aber sie war noch nicht zu Hause angekommen. Wäre sie das, dann könnte sie ihre Sehnsucht nach Oz zeigen. Dann könnte sie über ihre Vergangenheit reden, mit der gleichen Lässigkeit, mit der sie die Bestellung aufgegeben hatte.

„Ich habe mich heute Abend großartig amüsiert." Oz schob seinen leeren Teller zurück.

„Ja, ich mich auch." Überrascht stellte Marianne fest, dass ihr Teller ebenfalls leer war.

„Ich schulde dir noch immer eine richtige Verabredung. Ich meine, so mit schick anziehen und in einem Restaurant essen gehen. Dafür hast du schließlich dreitausend Dollar bezahlt."

Die Erwähnung der dreitausend Dollar brachte ihr wieder zu Bewusstsein, dass sie ihre Vergangenheit noch nicht so weit verarbeitet hatte, dass sie ihre Fähigkeiten freiwillig für Lizzie einsetzen konnte. „Ich bin zufrieden mit dem heutigen Abend", antwortete sie. „Spende das Geld, das du ausgeben würdest, lieber dem Jugendheim."

„Ich werde beides tun." Er gähnte mit vorgehaltener Hand. „Nein, ich langweile mich nicht im Geringsten, aber ich bin heute Morgen früh aufgestanden, um Fallstudien durchzugehen."

„Ein harter Tag mit dem Analysieren von Patienten, und ein langer Abend mit dem Analysieren von Kostümen", meinte sie leichthin. „Kitty hatte also recht damit, dass du zu viel arbeitest."

„Ja, tue ich", stimmte er zu. Er legte ein paar Geldscheine auf den Tisch und stand auf. „Ich trage die Verantwortung für meine Patienten, und ich renne nie vor meiner Verantwortung davon."

Auf dem Weg zurück zu ihrem Apartment überdachte Marianne Oz' Wortwahl. Wenn er etwas mit doppelter Bedeutung sagte, dann legte er normalerweise den Kopf schief und sah sie dabei nachdenklich an. Doch dieses Mal hatte er es nicht getan, er hatte einfach nur von sich erzählt.

Dennoch rührten seine Worte etwas in ihr an. *Sie* war vor ihrer Verantwortung davongerannt – ihre Familie, ihr Job, ihre gesellschaftliche Stellung in Webb. Und sie hatte nicht genug Mut, um neue Verantwortlichkeiten in Portland zu übernehmen.

Oz führte sie die Seitenstraße entlang bis zu ihrer Haustür. „Danke für einen wundervollen Abend", sagte er leise.

„Ich möchte dir ebenfalls danken." Am liebsten würde sie sich an ihn schmiegen, damit er sie halten und an sich drücken konnte.

„Ich würde dir jetzt wirklich gern einen Gutenachtkuss geben, aber wenn ich das tue, ist dieser Abend nicht zu Ende."

Sie nickte stumm. Dann stellte sie sich auf die Zehenspitzen und drückte einen Kuss auf seine Wange, fast am Kinn, wo sie seinen Puls schlagen fühlen konnte. Tief sog sie seinen Duft ein.

„Gute Nacht", flüsterte sie, dann drehte sie sich um und rannte die Treppe zu ihrer Wohnung hinauf. Die roten Schuhe schimmerten geheimnisvoll in der dämmrigen Flurbeleuchtung.

11. KAPITEL

*D*ie Eiswürfel klingelten im Shaker. Marianne tauschte Deckel gegen Sieb und goss die Flüssigkeit in ein Glas, steckte noch eine Kirsche und ein Papierschirmchen hinein, hängte eine Ananasscheibe an den Rand und schob das Cocktailglas über die Theke zu Warren.

Warren nippte an dem Glas und schloss genießerisch die Augen. „Ein perfekter Zombie in weniger als einer Minute. Cousinchen, du hast es zu wahrer Meisterschaft gebracht."

Sie zeigte auf das zerfledderte Buch mit den Cocktail-Rezepten, das sie unter der Theke gefunden hatte. „‚Von A–Z in drei Wochen'. Alles eine Frage der Übung."

Warren stützte die Ellbogen auf die Theke. Sonntagnachmittag war wenig Betrieb in der Bar, er war gerade fertig damit geworden, eine Lichterkette aus Plastikchilischoten an den Tresen zu hängen. „Nein, das ist eine Frage der Hingabe. Du hast immer alles geschafft, wenn du es dir vorgenommen hast." Er nippte noch einmal an dem Cocktail und schob ihn dann zu ihr zurück. „So was kann ich mittags um zwei nicht trinken. Willst du deine eigene Kreation nicht probieren?"

„Nein, danke. Ich mag Alkohol überhaupt nicht." Sie goss den Cocktail in den Ausguss, ließ Wasser über die Kirsche und die Ananasscheibe laufen und steckte sie sich dann in den Mund.

Warren lachte. „Du bist selbst gut in den Dingen, die du nicht magst. Ich werde mir deine ersten Bierzapfversuche gut merken müssen. Das war wahrscheinlich das letzte Mal, dass ich in etwas besser war als du."

Marianne warf ihm einen kritischen Blick zu. „Warren, höre ich da etwa so etwas wie Neid aus deiner Stimme heraus?"

„Schätzchen, ich war immer neidisch auf dich. Gib mir ein Ginger Ale, ja?"

Der sorgenfreie Warren mit dem sonnigen Gemüt. Ihr Cousin, der immer spielen durfte, der eine warmherzige, liebevolle Mutter hatte und ein Zimmer vollgestopft mit den interessantesten Dingen.

„Du bist so viel cooler als ich." Sie stellte ihm die eisgekühlten Limonade hin. „Du hast immer getan, was du wolltest, und dir um nichts und niemanden Gedanken gemacht."

„Oh, Cousinchen." Er schüttelte den Kopf. „Ich habe mir viele Gedanken gemacht, glaub mir. Wachse du mal in Webb als Schwuler auf, vor allem mit unserem Namen."

„Deiner Mutter hat es doch nichts ausgemacht." Marianne hatte Tante Judy immer geliebt und sich gewünscht, ihre Mutter könnte so sein. Onkel Graham, der jüngere Bruder ihres Vaters, war jung gestorben. Judy und Warren waren viel freier als ihre eigene Familie.

„Nein, meiner Mutter hat es nichts ausgemacht."

Er sprach so betont, Marianne verstand nicht, warum. Er hatte doch keinem vorgegebenen Bild entsprechen müssen. Sie hätte gedacht, dass er glücklich gewesen wäre. „Aber du wolltest doch fortgehen, oder? Du wolltest nach New York gehen, wo alles viel aufregender war."

„Mir blieb keine große Wahl, ich …" Er brach ab, nippte an seinem Ale und lächelte sie an. „Wie auch immer. Ich war nie wie du, Marianne. Du gehörtest einfach nach Webb, dir stand dort alles offen. Deshalb war ich ja auch so überrascht, als du hier auftauchtest und alles hinter dir gelassen hast." Er nickte ihr zu. „Aber ich kann auch verstehen, wie schwer es für dich gewesen sein muss. Damals jedoch dachte ich, du hättest alles." Er trank sein Glas aus. „Letztendlich bin ich froh, dass ich nicht dorthin passte. Ich dachte, mich würde das schnelle Leben in New York reizen, doch dann entschied ich, dass mir das ruhige Leben als Geschäftsinhaber in Maine mehr zusagt."

Die Tür ging auf, herein kam ein großer junger Mann mit einer schicken Frisur. Es war der, der auf der Halloween-Party als John Travolta verkleidet gewesen war. Er winkte Warren zu.

„Ein relativ ruhiges Leben." Warren blinzelte Marianne zu und glitt vom Barhocker, um seinem Freund entgegenzugehen.

Marianne sah ihm nach. Jetzt sah er glücklich aus. Warren war nach Maine gekommen und hatte sich selbst gefunden.

Und sie war nach Maine gekommen und hatte … wen gefunden?

Auf jeden Fall keine draufgängerische Göre. Nun, gewisse Aspekte mochte sie – die Courage, das Gefühl von Macht. Aber Oz hatte recht, das war nur eine Rolle. Es war nicht wirklich sie.

Marianne stieg die staubige Treppen zu ihrem Apartment hinauf, überließ es Warren und seinem Freund, die Stellung zu halten. Eigentlich hatte sie heute ihren freien Tag, sie war nur nach unten gegangen, um den letzten Cocktail aus dem Buch zu üben und ein wenig mit Warren zu plaudern.

Wenn man den Dreh mit den Drinks erst einmal heraushatte, war der Job des Barkeepers keine wirkliche Herausforderung. Es machte Spaß, war sogar entspannend. Es gefiel ihr, sich mit den Leuten zu unterhalten. Aber auf Dauer war es bestimmt nicht erfüllend.

Nachdenklich schloss sie die Tür auf. Im Türrahmen blieb sie stehen und betrachtete das Apartment, in dem sie nun seit drei Wochen lebte. Oz würde bestimmt von der Wohnung eines Menschen Schlüsse auf den Charakter ziehen können. Was sagte dieser Raum über sie aus? Nun, wenn man sich die Risse im Linoleum ansah, die abgelaufenen Teppiche und die altmodischen Vorhänge, den unschönen Tisch und den wackeligen Stuhl – die einzige Sitzgelegenheit –, dann musste sie den Charakter einer traurigen grauen Maus haben.

„Es reicht."

Für eine Herumtreiberin, die sich um nichts scherte, mochte es ja angehen, aber sie lebte nun mal nicht gerne in einer verwahrlosten Bruchbude. Sie wollte ein bequemes Sofa haben, auf dem sie mit Freunden sitzen und sich unterhalten konnte. Und sie wollte auf einer Matratze schlafen, die nicht in der Mitte durchhing. Sie wollte nicht jeden Morgen Spinnen aus der Dusche sammeln und nach draußen vors Fenster setzen. Um genau zu sein, sie wollte nicht duschen, sondern baden. In duftendem heißen Wasser sitzen und genießen.

Sie wollte den Nachmittag mit jemandem verbringen, den sie mochte. Sich entspannen und Spaß haben und nicht einem Image entsprechen.

Sie schloss die Tür hinter sich und ging zu dem avocadogrünen Kühlschrank aus den Siebzigerjahren. Eine Visitenkarte war unter den Magneten in Hummerform geschoben, auf der Rückseite stand eine Telefonnummer. Oz' Handschrift war ausdrucksstark, deutlich lesbar und schwungvoll. Diese Handschrift reflektierte seine Persönlichkeit in dem gleichen Maße, in dem dieses Apartment Mariannes Persönlichkeit *nicht* wiedergab.

Sie nahm den Telefonhörer auf.

Jetzt war es amtlich. Er hatte den Verstand verloren.

Oz stand auf seiner Auffahrt, die Hände in die Hosentaschen geschoben. Sein Atem formte Wölkchen in der kalten Luft, während er auf die Harley sah.

Die jetzt *seine* Harley war. Seine Harley, in Rot und blitzendem Chrom. Freiheit auf Rädern. Die ihn einen ansehnlichen Teil seiner Ersparnisse gekostet hatte und einen noch größeren Teil seiner Würde.

Er hatte Kittys Bruder Nick anflehen müssen, sie ihm zu verkaufen. Er hatte Kitty überreden müssen, sich auf seine Seite zu schlagen und Nick zusammen mit ihm zu bearbeiten. Sein Verhalten war obsessiv, manipulativ und absolut irrational. Er hatte ein Motorrad gekauft, weil er dann wenigstens ein winziges bisschen von dem fühlte, was er gefühlt hatte, als Marianne mit ihm auf der Maschine gefahren war.

Er war zu verantwortungsbewusst gewesen, mit ihr zu schlafen, obwohl sie ihn praktisch dazu aufgefordert hatte. Und dann drehte er sich um und kaufte sich als eine Art Trotzreaktion eine Harley.

Was hatte er sich nur dabei gedacht? Er hatte Patienten. Er hatte zwei Jobs. Und der Winter stand vor der Tür. Er würde die Maschine in den nächsten fünf Monaten nicht einmal fahren können. Schon jetzt roch es nach Schnee, obwohl es erst Anfang November war.

Allein in der letzten Stunde war er dreimal hier draußen gewesen, um sich die Harley anzusehen, während er eigentlich seine Vorlesung vorbereiten müsste. Und jedes Mal, wenn er das Motorrad ansah, musste er an Marianne denken. Wie sie sich an ihn geklammert hatte, als sie zusammen durch die Nacht gefahren waren.

Mit einem Seufzer schob er die Maschine in die Garage. Wenn es anfing zu schneien, sollte sie geschützt sein.

Das Telefon klingelte gerade, als Oz zurück ins Haus kam. Wahrscheinlich war es Jack, der ihn wegen der Harley aufziehen wollte. Reine Revanche. Als Jack damals das völlig heruntergekommene Delphi erstand, hatte Oz dem Freund immer wieder Ersatzbefriedigung vorgeworfen, weil er seit über einem Jahr keine Frau mehr gehabt hatte.

Er griff nach dem Hörer. „Nein, ich stecke nicht in einer frühen Midlife-Crisis. Und ich will auch nichts davon hören, dass ich mir besser eine Frau gesucht hätte", sagte er ohne Einleitung. „Ich wollte sie einfach haben, okay?"

Einen Moment blieb es still, dann: „Ein Mann, der weiß, was er will, ist immer gut."

„Marianne!" Oz schlug sich die Hand vor die Stirn. „Hallo. Wie geht es dir?"

„Großartig. Du allerdings hörst dich aufgewühlt an. Sag, gibt es bei dir eine Badewanne?"

„Ja, sicher." Was sollte das?

„Würde es dir etwas ausmachen, wenn ich sie benutze?"

„Äh …" Sofort sah er Marianne in seiner Wanne sitzen. Nackt. Die Haut rosig vom warmen Wasser, nasse Strähnen, die sich um ihren Hals wickelten, Schaum, der ihre Brüste umspielte. Er schluckte schwer. „Du möchtest ein Bad nehmen?"

„Genau das. Ich habe seit Ewigkeiten nicht mehr gebadet, und ich könnte etwas Entspannung gebrauchen. Hättest du was dagegen?"

Er konnte sich nichts vorstellen, was er sich mehr wünschte als Marianne Webb in seiner Badewanne. *Sie will entspannen, nicht Sex mit dir haben.* „Nein, natürlich nicht." Er tat sein Bestes, um seine Stimme freundlich und aufgeräumt zu halten. „Komm rüber."

„Wo wohnst du?"

Er nannte seine Adresse und erklärte ihr den Weg. War das wieder einer von ihren Verführungsversuchen? Damit er die Kontrolle verlor?

„In einer halben Stunde bin ich da", sagte Marianne. „Schaumbad bringe ich mit, aber du müsstest mir vielleicht ein Badelaken leihen."

Wenn er das Telefon noch fester hielt, würde er es zerdrücken! „Sicher. Also, bis nachher." Er legte den Hörer ab und sank auf den Küchenstuhl.

Er hatte ihr sein Wort gegeben, dass er erst mit ihr schlafen würde, wenn sie bereit dazu war. Sie wollte nur entspannen. Wahrscheinlich wühlte etwas aus ihrer Vergangenheit sie auf. Was also bedeutete, dass sie allein baden würde.

Er besaß jetzt eine unnütze Harley Davidson, und in einer halben Stunde würde die verführerischste Frau, die er kannte, in seiner Badewanne sitzen.

Oz legte die Stirn auf die Tischplatte. Wenn er nicht schon längst wahnsinnig war, würde er es gewiss sehr bald werden.

Genau das, was der Doktor verordnet hatte!

Marianne hob den Fuß aus dem Wasser und stupste mit dem Zeh den Wasserhahn nach oben, sodass mehr heißes Wasser in die Wanne floss. Dichter Dampf waberte durchs Badezimmer, und es duftete blumig nach dem Schaumbad, das sie unterwegs noch schnell gekauft hatte. Ihre Finger und Zehen waren völlig verschrumpelt, sie fühlte sich wunderbar ruhig und zufrieden.

Sie fragte sich, was der Doktor des Hauses wohl gerade machte.

Herauszufinden, dass Oz in einer alten viktorianischen Villa lebte, hatte sie überrascht. Kaum dass er ihr die Tür geöffnet hatte, führte er sie auch schon über die breite Treppe nach oben zum Bad. Zum Gästebad, wie er betonte. Diese formelle Freundlichkeit passte zu ihm, er war sogar ein wenig steif gewesen.

Aber seine Hände hatten ihn verraten. Und seine Augen. Sie konnte sagen, wann ein Mann sie mit Blicken verschlang. Dabei trug sie Jeans und Pullover, nichts besonders Aufreizendes. Sie war nicht hergekommen, um ihn zu verführen. Aber dann hatte er die Tür für sie aufgeschoben, und ihre Blicke waren ineinander verschmolzen …

Mit einem Seufzer sank Marianne tiefer ins heiße Wasser. Dieser Blick hatte sie fast verbrannt, sie hatte genau gewusst, was Oz in dem Moment dachte. *In diesem Raum wirst du dich ausziehen, und ich würde zu gerne dabei sein.*

Sie hatte auf seine Hand gesehen. Er hielt den Türknauf so fest umklammert, dass seine Fingerknöchel weiß hervortraten.

„Genieße es", hatte er mit gepresster Stimme gesagt. „Ich muss eine Vorlesung vorbereiten, ich bin unten in meinem Arbeitszimmer. Wenn du mich brauchst, rufe." Er trat zurück und verbesserte sich. „Ich meine, wenn du etwas brauchst."

„Ich weiß, was du meinst."

Ein Schauer durchlief Marianne, trotz des heißen Wassers. Ihre Haut prickelte. Oz begehrte sie. Sehr sogar. Und er versuchte, sich zu beherrschen. Nur konnte er es nicht verbergen. Ob er wirklich unten arbeitete? Oder dachte er, wie sie, an die Anziehungskraft zwischen ihnen?

Sie lächelte vor sich hin. Ein heißes Schaumbad in einer riesengroßen alten Wanne mit Klauenfüßen in einem weiß gekachelten Bad, flauschige, frisch duftende Handtücher, um sich darin einzuwickeln, warteten auf dem Heizkörper auf sie, und Oz saß in seinem Arbeitszimmer, stellte sie sich hier oben nackt vor und unternahm dennoch nichts, weil er sie respektierte.

Das war es, was sie sich wünschte – solche Momente, die sie in Erinnerung behalten konnte. Momente voller Behaglichkeit und Wärme und Sicherheit, die gleichzeitig auch erregend waren. Keine Erwartungen, denen sie entsprechen musste, niemand, bei dem sie einen guten Eindruck zu machen hatte. Sie hatte nichts anderes zu tun, als das Bad zu genießen und danach nach unten zu gehen und herauszufinden, was Oz vorhatte.

Langsam stieg sie aus der Wanne, trocknete sich ab und zog sich an. Kämmte sich das Haar und hängte die Handtücher sorgfältig zurück über die Heizung. Sie war neugierig, was als Nächstes passieren würde. Während sie die Treppe hinunterstieg, summte sie vor sich hin.

Sie fühlte sich wunderbar.

Oz' Haus war groß, sauber und ordentlich. Alt, aber gemütlich. Weiße Wände, offensichtlich benutzte, aber gepflegte Holzdielen. Marianne schaute ins Wohnzimmer. Die wuchtigen Möbel waren alt, der Teppich an manchen Stellen abgelaufen. Auf dem niedrigen Kaffeetisch waren Kratzer zu sehen. Offensichtlich wurde er als Fußschemel benutzt und – Marianne sah genauer hin – als Flaschenöffner. Sie stellte sich vor, wie Oz hier abends auf dem Sofa lag und ein Buch las, die gelieferte

Pizza in der Schachtel auf dem Tisch. Fünf Bücher wahrscheinlich, so wie sie ihn kannte. Volle Bücherregale verdeckten jede einzelne Wand. Das hier war nicht verwahrlost. Hier war für Gemütlichkeit auf Stil verzichtet worden. Es war so ganz anders als das auf Hochglanz polierte elegante Haus, in dem Marianne aufgewachsen war.

Immer noch summend, setzte sie ihre Entdeckungstour fort und ging in die Küche. Von den sechs Stühlen, die um den Tisch standen, passten nur zwei zusammen, aber der große Raum wirkte einladend und anheimelnd. Als sie zum Fenster sah, riss sie die Augen auf.

Sie war so zufrieden und glücklich, dass sie gar nicht bemerkt hatte, was draußen vor sich ging.

Alles war weiß. Dicke Schneeflocken wirbelten durch die Luft. Sie rannte zum Fenster und sah hinaus in den Garten. Während sie in der Badewanne lag, hatte sich eine weiße Decke über den Rasen gesenkt, die kahlen Bäume trugen Häubchen.

„Oz!", rief sie entzückt und lief den Korridor entlang, in die Richtung, wo sie sein Arbeitszimmer vermutete. Sie kam an einem Esszimmer vorbei und an einem weiteren großen Raum, in dem ein Ruder- und mehrere Krafttrainingsgeräte standen. Das Arbeitszimmer lag am Ende des Korridors, die Tür stand einen Spaltbreit offen. Marianne schob sie auf und sah sich um.

Bücher und Unterlagen. Überall. Auf dem Boden, in Stapeln. Gerahmte Diplome und Fotografien an der Wand zwischen vollen Bücherregalen. Das Chaos eines Intellektuellen, und Oz in einem Bürosessel aus schwarzem Leder mittendrin, die Ellbogen auf den Schreibtisch gestützt, die Finger beider Hände in die Haare geschoben, einen Bleistift hinters Ohr geklemmt.

„Oz!", sagte sie noch einmal.

Er nahm die Finger aus seinem Haar, das ebenso chaotisch war wie der Raum, und sah zu ihr hin. Sah ihre erhitzten Wangen, das frisch gewaschene Haar, die leuchtenden Augen.

„Weißt du eigentlich, dass du die perfekte Frau bist?" Er hörte sich benommen an.

„Es schneit!" Sie platzte schier vor Aufregung.

„Ich weiß. Dabei ist es erst Anfang November. Das ist früh, selbst für Maine."

Sie schlängelte sich durch die Papierstapel, fasste seinen Arm und zog. „Komm schon, Oz, wir müssen unbedingt nach draußen."

Er war so viel größer als sie, an seinem Arm zu zerren, brachte überhaupt nichts. Doch er spielte mit und folgte ihr, als sie ihn zum Zimmer hinauszog. „Hast du noch nie Schnee gesehen?"

„Natürlich. Aber noch nie so viel in so kurzer Zeit. Jetzt komm endlich."

„Du bist ganz schön despotisch", urteilte er, aber er lächelte dabei. Bei der Haustür zogen sie sich die Schuhe an. „Warte." Oz öffnete eine Schranktür und nahm seine Lederjacke und eine dicke Winterjacke hervor, die er ihr gab. „Ich weiß ja nicht, ob sie euch das da unten im Süden beibringen, aber … Schnee ist kalt. Handschuhe findest du in den Taschen."

Die Jacke reichte Marianne bis zu den Knien. Die Handschuhe streifte sie über, aber sie war zu ungeduldig, um den Reißverschluss zu schließen. „Schnell, sonst ist der Schnee gleich wieder geschmolzen."

„Keine Sorge, es ist kalt genug, dass er eine Weile liegen bliebt." Oz hielt die Haustür für sie auf, und sie flog regelrecht in die blitzende weiße Winterwelt hinaus.

„Oh." Sie blieb stehen und drehte sich um die eigene Achse. Da mussten bereits gute fünfzehn Zentimeter gefallen sein. Ihre Turnschuhe versanken völlig, und jeder Schritt verursachte ein leises Knirschen. Alles sah so ganz anders aus, so weich und sanft und rund. Die Grashügel, die Straße ein unberührtes weißes Band, ihr Wagen ein weißer Hügel.

Marianne spürte Oz' große, warme Gestalt neben sich. „Gefällt es dir?", fragte er.

„Er glitzert mehr als in South Carolina", sagte sie. „Und er riecht anders."

„Weil es hier kälter ist." Er schaute in die weißen Wirbel. „Ein richtiger Schneesturm."

Sie waren erst wenige Augenblicke hier draußen, aber schon hatte sich der Schnee auf sein Haar gelegt.

„Lass uns im Schneesturm spazieren gehen." Marianne hakte sich bei Oz unter und steuerte auf die Straße zu. Als sie zurückschaute, sah sie die Spuren im Schnee – Spuren kleiner Füße und die von großen Füßen, einträchtig Seite an Seite.

„Sollen wir einen Schneemann bauen?"

Oz schüttelte den Kopf. „Der Schnee ist zu kalt, er klebt nicht genug. Aber einen Schneeball kannst du wohl machen, wenn du die Handschuhe ausziehst." Er griff in den Schnee und knetete einen Ball.

Marianne wurde viel zu spät klar, dass die einzige Person, die er bewerfen konnte, sie selbst war. Sie kreischte auf, machte sich von seinem Arm los und rannte die Straße entlang. In gebührender Entfernung zog sie sich mit den Zähnen die Handschuhe von den Fingern und bückte sich, um die Munition für die Revanche vorzubereiten.

Sein Schneeball traf sie an der Schulter. Sie wirbelte herum und warf. Ihr Schneeball löste sich mitten im Flug auf.

„Das nennst du einen Schneeball?", spöttelte Oz und griff nach neuer Munition.

Dampfwölkchen stiegen aus ihrem Mund auf, als sie sich lachend daranmachte, einen neuen Ball zu formen, der Oz an der Schläfe traf. Er schlug die Hand an die Stelle und schaute grimmig zu ihr hin.

„Ich lerne schnell, Dr. Strummer", rief sie ihm zu.

„Na schön. Das bedeutet Krieg. Nordstaaten gegen Südstaaten", murmelte er und ging zum Angriff über.

Marianne drehte sich um und wollte losrennen, doch sie rutschte aus und landete lachend im Schnee. Eilig versuchte sie, sich aufzurappeln, lief schon los, noch bevor sie sich ganz aufgerichtet hatte, doch zu spät. Oz hatte sie eingeholt und hielt sie mit beiden Armen um die Taille fest.

„Lass los, du grober Klotz!", wehrte sie sich kichernd. Ihr Fuß suchte nach einem Halt im Schnee und fand etwas, vielleicht die Bürgersteigkante. Sie stieß sich ab, mit aller Kraft.

Oz rutschte und verlor den Halt. Mit einem dumpfen Aufschlag landete er mit dem Rücken in einer Schneewehe. Marianne fiel mit ihm und lag lang ausgestreckt auf ihm. Der Aufprall auf seine harte Brust raubte ihr für eine Sekunde die Luft. Dann sah sie in sein Gesicht, und dieses Mal stockte ihr wirklich der Atem.

Sein perfektes Gesicht, sein Lächeln so bezaubernd wie der Schnee, seine Augen strahlend grün wie der Frühling. Eine Schneeflocke fiel auf seine Lippe, die komplexe Struktur löste sich auf zu einem Wassertropfen.

Er lag warm und reglos unter ihr, war der einzige Fixpunkt in einer wirbelnden weißen Welt.

„Marianne." Ihr Name stieg rau und tief aus seiner Kehle.

„Du hast gesagt, unser erstes Mal soll etwas Besonderes sein", wisperte sie.

„Ja."

„Ich glaube", ihre Stimme wurde noch leiser, „das hier ist etwas Besonderes."

„Es ist schon immer etwas Besonderes gewesen."

Sie presste ihre Lippen auf seinen Mund. Langsam. Genießerisch. Es war genau das, was sie tun wollte.

Seine Lippen fühlten sich kalt an, ihre auch. Marianne küsste Oz, bis sie die Wärme fühlen konnte. Dann sah sie ihm geradewegs in die Augen.

„Ich will dich", sagte sie laut und deutlich.

12. KAPITEL

*D*ieses Mal gab sie nicht vor, jemand anders zu sein.

„Oz, ich will dich", wiederholte sie.

Ernst studierte er ihr Gesicht, dann begann er zu lächeln. „Gut. Im Haus oder gleich hier?"

„Im Haus", antwortete sie und fühlte sich noch besser, als sie sich auf ihm bewegte.

Er stand auf, zog sie auf seine Arme und trug sie sicher durch den Schnee über die Straße zurück zum Haus und die Fronttreppe hinauf. Mit dem Fuß schlug er die Haustür zu und stand atemlos und mit von der Kälte geröteten Wangen in der Halle.

„Bist du dir sicher?" Fest schaute er ihr ins Gesicht.

„So sicher war ich mir in meinem ganzen Leben noch nicht", antwortete sie.

„Ins Schlafzimmer?"

„Ja. Schnell."

Oz verteilte Schneeklumpen und Pfützen auf dem Holzboden und auf der Treppe. Marianne konnte nicht länger abwarten, sie musste ihn berühren. Sie küsste ihn aufs Haar, auf das Kinn, schob ihr Hände unter seine Jacke und sein Hemd, um seine Haut an ihren Fingern zu fühlen.

„Ich will dich ausziehen", hauchte sie, als sie im Schlafzimmer ankamen. Sie hörte den erstickten Laut in seiner Kehle, dann stellte er sie auf die Füße und küsste sie fordernd.

Ohne den Kuss zu unterbrechen, riss und zerrte sie an seinen Kleidern. Schob die Lederjacke von seinen Schultern, ließ sie achtlos zu Boden gleiten. Knopf um Knopf öffnete sie sein Flanellhemd und folgte der Spur ihrer Finger mit den Lippen. Sie merkte, wie er sie auch aus ihrem Winteroutfit befreien wollte, also schüttelte sie die Daunenjacke von den Schultern, ohne sich in ihrer Liebkosung stören zu lassen.

So schön. Noch viel schöner als an jenem Abend, denn jetzt konnte sie ihn tatsächlich berühren, spürte seine Muskeln und hörte sein raues Stöhnen.

Eine Unterbrechung, kurz nur, als er ihr den Pullover über den Kopf zog. „Marianne", knurrte er und zog sie bei den Schultern hoch, um ihren Mund in Besitz zu nehmen. Seine Lippen waren nicht mehr kalt, sie brannten und verbrannten. Mit fahrigen Fingern nestelte sie an seinem Gürtel.

„Hilf mir", murmelte sie an seinem Mund, und in einem seltsamen Tanz schafften sie es, Jeans und Schuhe auszuziehen, ohne den Kuss zu unterbrechen.

„Und so stehen wir wieder hier in unserer Unterwäsche." Ihr Herz hämmerte laut, sie konnte es in ihren Ohren hören und war sicher, dass auch Oz es hören konnte.

Oz ließ seinen Blick bewundernd über sie wandern. „Du bist bildschön. Ich kann mein Glück kaum fassen, dich wirklich hier in meinem Schlafzimmer zu haben."

„Ich war schon mal Schönheitskönigin", sagte sie und wurde sich bewusst, dass sie Oz gegenüber zum ersten Mal etwas von ihrer Vergangenheit erwähnte.

„Wundert mich nicht. Aber du bist nicht Schönheitskönigin-bildschön, du bist du-selbst-bildschön." Mit einem Finger fuhr er unter den Träger ihres BHs, an ihrer Seite hinab, zu ihrem Slip. Heute trug sie bequeme Baumwollwäsche, der krasse Gegensatz zu dem roten Spitzenensemble, das sie sich für ihr Draufgängerinnen-Image zugelegt hatte. Und sie fühlte sich sexy und begehrenswert wie nie zuvor, fühlte sich begehrt und mächtig.

Zusammen fielen sie auf das große Bett, einen Arm um ihre Taille geschlungen, zog Oz sie der Länge nach an sich heran.

„Ich will dir Vergnügen schenken, Marianne. Kannst du dir vorstellen, dass ich zehn Minuten nach unserem ersten Treffen Fantasien über dich gehabt habe, wie du dich anhören wirst, wenn du zum Höhepunkt kommst?"

„Wirklich?"

„Ja." Er streichelte über ihre Hüfte. „Ich kann es gar nicht abwarten herauszufinden, ob ich recht hatte."

„Ich hatte auch eine Fantasie, heute in deiner Badewanne."

„So?" Seine Hand wanderte zu ihren Brüsten. „Worüber denn?"

„Wie du mich berührst und streichelst …" Sie flüsterte nur noch.

Er rollte sie auf den Rücken und legte sich auf sie, stützte sein Gewicht auf den Armen ab. „Habe ich dir schon gesagt, dass du perfekt bist?"

„Es ist eine kleine Weile her."

„Nun, du bist perfekt. Ich werde mein Bestes tun, um unsere Fantasien wahr werden zu lassen."

Oz übernahm die Führung. Alles, was Marianne jetzt noch tun musste, war, ihm zu vertrauen. Ihre Vorsicht fahren lassen, sie selbst sein, stolz auf ihre Bedürfnisse und auf ihre Leidenschaft sein. Und sobald sie es tat, fühlte sie sich wie im siebten Himmel. Das Verlangen wurde übermächtig.

„Ich will dich in mir spüren", brachte sie heraus. „Ich will, dass du wild bist und ungehemmt und ungezügelt. Ich will, dass du alle Selbstbeherrschung aufgibst."

Er ließ ein heiseres Knurren hören und küsste sie so gierig, dass es ihr den Atem raubte. Er fasste ihre Beine und schlang sie sich um die Hüften, zog ihre Hände über ihren Kopf, sodass sie sich ihm unwillkürlich entgegenwölbte. Mit einem kraftvollen Stoß drang er in sie ein und nahm sie in Besitz.

Sie verschmolzen zu einer Einheit. Die Bewegungen wurden schneller, gieriger, wilder mit jeder Sekunde.

In der Hitze des Moments öffnete Marianne benommen die Augen. Oz lächelte sie an. Sein Haar war nass von Schnee und Schweiß, sein Atem ging stoßweise, der Puls an seinem Hals schlug hart. Dann dieses Lächeln. Es war das Lächeln, das er ihr damals in der vollen Bar über die Menge hinweg geschenkt hatte. Es war dieses Lächeln, das sie über die Klippe hinaustrieb.

„Oz." Kein Schrei, nur leise Bestätigung seines Namens, und dann verlor Marianne sich in den Schauern der Lust.

Oz hielt sie fest in seinen Armen. Erst langsam kam sie wieder zu Atem – genau wie er –, auf ihrer makellosen Haut lag ein feiner Schweißfilm.

Er liebte sie.

Er küsste ihre feuchte Stirn und stützte sein Kinn leicht an ihren Kopf, lauschte dem Gleichklang ihrer Herzen.

Die Erkenntnis machte alles so klar und verständlich. Seine wirren Gefühle und die irrationalen Handlungen hatten einen einfachen Grund: Er hatte sich in Marianne verliebt. Schon seit er sie zum ersten Mal gesehen hatte.

„Das war unglaublich", flüsterte sie an seinem Hals.

„Ja, das Unglaublichste, was ich je erlebt habe", stimmte er leise zu. Lebensverändernd, um genau zu sein.

„Lass es uns noch einmal tun."

„Bist du nicht zufrieden?"

„Mehr als zufrieden. Ich will aber noch einmal mehr als zufrieden sein."

„Ich bekomme doch noch gar nicht wieder richtig Luft." Durch sein Lachen pressten sich ihre Brüste fester an seine Haut. Er strich an ihren Seiten entlang hinunter zu ihrem Po. „Gib mir wenigstens fünf Minuten."

Mit funkelnden Augen sah sie ihn an. „Vier."

„Marianne, sei nicht so unerbittlich. Du zerrst mich von wichtiger Arbeit fort, nach draußen in die Eiseskälte, schleuderst mir Schneebälle an den Kopf, wirfst mich in eine Schneewehe, und dann reißt du mir die Kleider vom Leib und laugst mich völlig aus. Gönn mir eine Pause. Wo bleiben da Entspannung und Erholung?"

Die Grübchen erschienen auf ihren Wangen.

„Na schön, zwei Minuten."

Sie war unglaublich. Schön, intelligent und humorvoll. Damenhaft, würdevoll – und absolut losgelöst im Bett. Als ihm das klar wurde, begann es erneut in seinen Lenden zu ziehen.

„Vielleicht auch nur eine Minute", berichtigte er also. „Und neuer Schutz."

Sie gab einen leisen Protestlaut von sich, als er sich etwas von ihr zurückzog, doch gleich darauf war er wieder da. Offensichtlich hatte er vor, ihre Haut mit Lippen und Zunge zu erkunden.

Während er ihre Schulter liebkoste, beschäftigte sich sein Verstand mit der neuen Erkenntnis. Er hatte sich verliebt. Auf den ersten Blick. Es hatte so lange gedauert, bis es ihm klar geworden war, weil er nie daran geglaubt hatte, dass eine tiefe emotionelle Bindung zu jemandem bestehen konnte, den man kaum kannte. Vor allen Dingen jemand, der sich weigerte, etwas von sich oder dem eigenen Hintergrund zu erzählen.

Noch dazu, wenn aller Voraussicht nach davon auszugehen war, dass Marianne wieder aus Portland weggehen würde.

Oz erstarrte mitten in der Bewegung.

Auch Mariannes Hände, die höchst aufreizend seinen Rücken gestreichelt hatten, hielten inne.

„Oz? Stimmt was nicht?"

Er sah sie an. Jetzt da er wusste, was er für sie fühlte, schien sie ihm noch schöner zu sein.

„Nein, alles ist wunderbar", erwiderte er und küsste sie auf den Mund.

Sie hatte es selbst gesagt. Was sie miteinander geteilt hatten, war unglaublich. So etwas kehrte man nicht einfach den Rücken. Na schön, sie hatte also in der Vergangenheit schlechte Erfahrungen gemacht, aber darüber würden sie hinwegkommen. Gemeinsam. Er würde es langsam angehen, würde Dinge über sie herausfinden und ihr beweisen, dass sie ihm vertrauen konnte.

Jetzt öffnete sie die Lippen. Ihre Zunge forderte zu einem erotischen Tanz auf, und er nahm die Einladung an. Ihre Finger kneteten sein Hinterteil, und sie ließ diese sanften kleinen Laute hören, die ihn wahnsinnig machten.

Und Oz stellte fest, dass er keine Pause mehr brauchte. Er konnte auch nicht mehr denken. Nur noch fühlen. Die Rundungen ihres Körpers, wie sie sich an ihn klammerte und auf jede seiner Berührungen reagierte. Er hörte ihre Stimme an seinem Ohr, wie sie ihn antrieb. Spürte die süße Spannung, die sich mehr und mehr zwischen ihnen aufbaute.

Hier, in diesem Bett, waren sie in ihrem ganz eigenen Universum.

Mariannes Flüstern wurde zu einem Stöhnen, ihre Finger bewegten sich fordernder, fiebriger. Er fühlte, wie ihr Körper sich für die Erlösung bereit machte, kurz davor stand. Erstaunlich, aber er konnte erkennen, wenn sie auf den Höhepunkt zusteuerte, an der Art, wie sie sich verspannte, wie sie den Atem anhielt, an der unmerklichen Änderung ihrer Körperwärme. Er nahm sich zusammen, bewegte sich bewusst langsam, wollte es langer hinauszögern.

Dann gab es für Marianne kein Halten mehr. Die Erlösung kam so heftig, dass Oz ihr folgte, während sie sich hilflos an ihn klammerte und verzweifelt küsste.

Er hatte keine Kraft mehr, um seinen Körper zu stützen. Er ließ sich auf seine Bettseite fallen, jeder Muskel in ihm absolut ausgelaugt.

„Grundgütiger", stieß Marianne mit bebender Stimme aus.

Er zog sie zu sich heran. „Du kannst genauso gut den restlichen Tag und die Nacht hierbleiben. In dem Schneesturm kannst du sowieso nicht nach Hause fahren. Und mir fällt da noch vieles ein, was ich mit dir noch gern machen würde." Er barg sein Gesicht in ihrem Haar und sog den Duft ein. „Bleib."

Er fühlte sie nicken. „Einverstanden." Dann kuschelte sie sich an ihn, zufrieden und weiblich und kostbarer als alles, was er kannte.

Oz lächelte und schloss die Augen. Alles würde in Ordnung kommen. Es würde perfekt werden, um genau zu sein.

Er hatte alles im Griff.

o ist die Welt geblieben?"

Marianne stand am Schlafzimmerfenster, in einem viel zu großen T-Shirt von Oz, einen Becher dampfenden Kaffees in der einen, einen Toast in der anderen Hand, und schaute hinaus auf – nichts.

Es musste die ganze Nacht geschneit haben. Die gesamte Nachbarschaft war unter der Schneedecke begraben. Die Häuser staken noch hervor, auch die Bäume, doch der Rest war Schnee. Da war eine Vertiefung zu erahnen, wo die Straße lag, und die Hügel und Buckel mussten wohl Büsche und Autos sein.

Oz schlang von hinten die Arme um ihre Taille. „Weg. Nur noch wir beide sind übrig."

„Mmm, das klingt wunderbar." Sie lehnte sich mit dem Rücken an ihn, trank ihren Kaffee und genoss die Liebkosungen seiner Hände. „Es würde mir gefallen, wenn es nur dich und mich gäbe. Vor allem wenn du nie mit dem aufhörst, was du gerade tust."

Er knabberte an ihrem Hals und küsste dann zärtlich ihr Ohr. „Mir auch. Leider habe ich eine Vorlesung zu halten. Ohne Notizen, da du mich gestern Nachmittag ja vom Arbeiten abgehalten hast. Und gestern Nacht. Und heute Morgen."

Marianne runzelte die Stirn. „Wird die Vorlesung nicht ausfallen wegen der Wetterbedingungen? Die Straßen sind doch unbefahrbar."

„Wir sind hier in Maine. Die Schneepflüge werden die Straßen in Windeseile geräumt haben."

„Ich muss erst einmal meinen Wagen freischaufeln, bevor ich nach Hause kann." Sie seufzte schwer.

„He." Er drehte sie zu sich herum. Er trug nur Boxershorts, und obwohl Marianne Stunden damit verbracht hatte, ihn anzusehen und zu schmecken und zu fühlen, konnte sie immer noch nicht so recht fassen, wie schön er war. „Du musst nicht in deine Wohnung zurück. Du kannst hierbleiben. Ich komme zum Lunch, nach der Vorlesung, bevor die Termine mit meinen Patienten anfangen."

Sie schüttelte den Kopf. „Ich habe Warren versprochen, heute die Buchhaltung für ihn zu machen. Er hasst Zahlen, und ich kann ziemlich gut mit ihnen umgehen."

„Tatsächlich?"

Sie zögerte nur den Bruchteil einer Sekunde, bevor sie nickte. „Ja. Ich habe einen MBA von der Duke."

Oz hob eine Augenbraue. „Beeindruckend."

„Ich weiß. Wir beide sind hoffnungslos überqualifiziert." Da. Sie hatte es gesagt. Sie hatte Oz etwas von sich preisgegeben, und die Welt war nicht zusammengebrochen. Noch nicht.

Sie hauchte einen Kuss auf sein Kinn und dann auf seine Lippen. „Komm heute Abend in die Bar. Ich gebe dir ein Bier aufs Haus aus."

„He, eine Verabredung." Er erwiderte den Kuss, aber viel verlangender. „Trotzdem kannst du nicht fahren, solange nicht auch die Nebenstraßen geräumt sind. Ich laufe mit dir nach Hause. Außerdem habe ich dann deinen Wagen als Pfand, dass du wieder hierher zurückkommst. Und die Nacht mit mir verbringst."

„Noch ein Date." Sie tat, als müsse sie überlegen. „Diese Verabredungen kosten doch jetzt nichts mehr, oder? Ich meine, ich habe keine dreitausend Dollar mehr, die ich bezahlen könnte."

Er lachte. „Nein, ab jetzt sind Verabredungen umsonst. Und häufig, hoffe ich. Möchtest du mehr frühstücken, bevor wir gehen? Ich hab noch Eier da."

Mit einem Kopfschütteln zeigte sie auf das Bett, das voller Krümel von dem Frühstück war, das Oz zubereitet und mit nach oben gebracht hatte. „Ich hatte schon drei Scheiben Toast. Außerdem glaube ich nicht, dass dein wackeliger Küchentisch noch eine von unseren Mahlzeiten überlebt."

In der Nacht waren sie nach unten in die Küche gegangen, hungrig und durstig, um ihren Energievorrat aufzuladen. Oz hatte Pasta und Salat für sie beide gemacht. Sie hatten die Mahlzeit verschlungen, weil der Hunger nacheinander viel größer gewesen war und sich nicht eindämmen ließ. Der arme Küchentisch hatte viel aushalten müssen …

Aus Oz' Miene schloss Marianne, dass auch er sich an die Bilder erinnerte. Und er schüttelte den Kopf, als müsse er seine Gedanken klären.

„Tja …", meinte er nur, dann: „Zieh dich an, ich komme mit dir. Wenn du dir Sorgen um den Küchentisch machst, können wir es ja heute Abend mit der Couch versuchen."

„Oder der Badewanne", kam der Vorschlag von ihr.

„Das wird garantiert eine interessante Vorlesung", murmelte Oz, riss den Blick von Marianne los, die ihre Sachen zusammensuchte, und verschwand im Bad.

„Über welches Thema dozierst du denn?", rief sie über das Wasserrauschen im Bad hinweg, als sie in ihre Jeans stieg.

Den Rasierer in der Hand, das Gesicht voller Schaum, erschien Oz'

Kopf in der offenen Badezimmertür. „Sex-Besessenheit." Er zog eine so gequälte Grimasse, dass Marianne zu ihm rannte und ihn küsste und sich damit ein Gesicht voll Rasierschaum zuzog.

Wenig später war sie unten in der Küche und räumte die Reste des gestrigen Nachtmahls auf, die in der Hitze des Gefechts einfach stehen geblieben waren. Oz kam nach unten, geduscht, rasiert und im Anzug. Marianne stellte die Teller, die sie in die Spülmaschine hatte sortieren wollen, ab und pfiff leise durch die Zähne.

„Wer hätte gedacht, dass ich mal einen Mann finde, der im Anzug ebenso umwerfend aussieht wie in Lederchaps und mit falschem Tattoo!"

„Ich hab auch ein paar bizarre Accessoires für dich." Er warf ihr ein Paar dicke Wollsocken zu. „Zieh die an, und dann setz dich und gib mir deine Füße."

Die Socken waren viel zu groß, aber wunderbar warm. Marianne setzte sich folgsam, und Oz kniete sich vor sie hin und streifte eine Plastiktüte über ihren Fuß.

Entsetzt wollte sie den Fuß zurückziehen. „Was soll das denn?"

„Besonders schick ist es nicht, aber so behältst du wenigstens trockene Füße in deinen Turnschuhen." Er stopfte noch die Jeans hinein und band die Tüte an ihrer Wade mit Klebeband fest.

„Das hast du früher für deine Geschwister gemacht, oder?"

„Richtig." Er nickte. „Wenn man zu sechst ist, dann ist einer immer gerade aus seinen Stiefeln herausgewachsen."

„Eines Tages wirst du einen großartigen Dad abgeben."

Die Worte kamen spontan, ohne nachzudenken, doch als Oz das Gesicht zu ihr hob, da fühlte sie eine Sehnsucht in sich, die kaum zu ertragen war, und ihr Lächeln erstarb.

Oz konzentrierte sich auf den zweiten Fuß. „Da, bitte." Er richtete sich auf und presste ihr einen Kuss auf die Stirn. „Jetzt kannst du deine Turnschuhe anziehen, dann noch Jacke, Handschuhe und Mütze, und dir kann nichts passieren."

Natürlich wollte dieser Mann Kinder haben. Er war in einer großen Familie aufgewachsen, er lebte in einer riesigen Villa, die viel zu groß für einen Junggesellen war.

Marianne folgte ihm in die Halle, bei jedem Schritt knisterten die Plastiktüten. Ergeben zog sie sich den Anorak über und ließ sich von Oz eine Wollmütze aufsetzen. Er selbst stieg in schwere Stiefel und zog dann ebenfalls eine dicke Wollmütze auf.

„Die typische Wintermode in Maine", sagte er grinsend und nahm auf dem Weg nach draußen seinen Rucksack mit.

Es war anstrengend, durch den hohen Schnee zu stapfen. Bei der Straße wurde es etwas leichter, offensichtlich war hier schon in der Nacht der Schneepflug entlanggekommen. Sie hielten einander bei den Händen, auch wenn sie durch die dicken Handschuhe kaum etwas fühlen konnten. Aber zumindest gaben sie so einander mehr Halt. Der Himmel war strahlend blau, und die Sonne brach sich glitzernd in der weißen Pracht.

Es war viel zu grell, Marianne kniff die Augen zusammen. Oz' Wollmütze war zu groß und rutschte ihr ständig über die Augen. Obwohl es kalt war, schwitzte sie in der dicken Winterjacke.

Außerdem wartete sie jede Sekunde darauf, dass er ansprechen würde, was in der Küche passiert war. Dass er aussprechen würde, wie sehr er sich nach einer stabilen Beziehung und einer Familie sehnte. Das hatte er ja schon damals in dem Brautladen anklingen lassen.

„Erzähl mir etwas über deine Vorlesung." Sie fragte, um von der Gefahr abzulenken, nicht weil Sex-Besessenheit sie wirklich interessierte.

Voller Enthusiasmus begann er zu reden. Er war ein guter Lehrer, erklärte, ohne herablassend zu sein, sodass auch jemand ohne Vorbildung verstehen konnte.

Nun, sie hatte ja selbst Erfahrung mit triebhaftem Verhalten. Bei dem Gedanken biss sie die Zähne zusammen.

„Aber ich habe beschlossen, das mit dem Dozieren zurückzuschrauben. Ich werde auch keine neuen Patienten mehr annehmen", schloss er. „Ich habe in letzter Zeit viel zu viel gearbeitet. Ich sollte mir mehr Freizeit gönnen."

Er blieb stehen und schloss sie in seine Arme, um sie ausgiebig zu küssen. Als er den Kopf wieder hob, grinste er von einem Ohr zum anderen.

„Du siehst glücklich aus", bemerkte sie.

„Bin ich auch." Er nahm wieder ihre Hand. „Ich glaube, ich habe endlich alles so arrangiert, wie ich es mir vorstelle."

„Muss ein gutes Gefühl sein."

Der leichte Sarkasmus in ihrer Stimme fiel ihm nicht auf. Marianne war froh darum. Es gab keinen Grund, ihm die gute Laune zu verderben, nur weil sie verschwitzt und in Panik war, dass er vielleicht darauf hoffte, eine Familie mit ihr zu gründen.

Kinder waren … wundervoll. Kinder mit Oz zu haben, wäre noch wundervoller. Es ging nur alles viel zu schnell.

Sie waren bei der Bar angekommen, Oz ging mit ihr die Seitenstraße entlang bis zu ihrer Haustür. Marianne kramte nach dem Schlüssel in ihrer Jeanstasche und wollte aufschließen. Die Haustür schwang auf, ohne dass sie den Schlüssel benutzen musste.

„Hast du gestern nicht abgeschlossen?", fragte Oz.

„Normalweise fällt sie von allein zu." Sie runzelte die Stirn.

Oz schob sie beiseite und ging ihr voran die Treppe hinauf.

Die Tür zum Apartment stand sperrangelweit offen.

„Bleib da", warnte er und näherte sich vorsichtig der Wohnung.

Marianne machte trotzdem einen Schritt vor und steckte den Kopf zur Tür hinein.

Der einzige Stuhl im Zimmer lag auf dem Boden, ein Bein war herausgebrochen. Tassen und Teller lagen in Scherben auf dem Boden, die einst sorgfältig gefalteten Kleidungsstücke waren aufs Bett geworfen worden, selbst die Kühlschranktür stand offen.

Der Streifenwagen setzte sie beide vor Oz' Haus ab. Schweigend stapften Marianne und Oz zur Haustür. Oz trug ihren Koffer. Im Haus zog er sich die Jacke aus und kniete sich hin, um Marianne von Turnschuhen und Plastiktüten zu befreien.

„Bist du in Ordnung?", fragte er besorgt.

„Ich hätte im Apartment bleiben sollen." Sie mied seinen Blick, ohne zu wissen, warum. Sie wusste auch nicht, warum sie sich den ganzen Morgen miserabel fühlte. Oder warum sie wütend auf Oz war.

Er hatte sich perfekt verhalten. Hatte ihr über den Schock hinweggeholfen, hatte sie getröstet, hatte den Schaden begutachtet, dann die Polizei gerufen. Er war der sprichwörtliche Fels in der Brandung gewesen. Hatte ihr geholfen, die Scherben zusammenzufegen. Hatte sogar das Stuhlbein wieder befestigt. Dann hatte er seine Vorlesung abgesagt und darauf bestanden, dass sie in seinem Haus bleiben sollte.

Sie sollte nicht auf Oz wütend sein, sondern auf den Einbrecher.

Und trotzdem …

„Das Apartment ist nicht sicher", sagte er. „Die Schlösser sind beschädigt. Jeder von der Straße kann einfach hereinspazieren. Der Einbrecher könnte zurückkommen."

„Weshalb sollte er zurückkommen? Bei mir gibt es nichts zu stehlen. Das weiß er jetzt." Handy, Laptop, Schmuck – alles, was zu ihrem Reiche-Tochter-Leben gehörte, hatte sie in Webb zurückgelassen.

„Wäre er hinter Geld her, dann hätte er sich wohl eher die Bar ausgesucht", meinte Oz grimmig.

„Oh, sei doch nicht albern." Sie knüllte die Plastiktüten zusammen und ging an ihm vorbei zur Küche.

„Ich bin realistisch." Er folgte ihr. „Du bist eine schöne Frau. An dem Abend in der Bar waren genug Männer da. Jeder von denen hätte dich hier hochgehen sehen können." Er nahm die Dose Kaffee und lud die Kaffeemaschine. „Hier bist du sicherer. Zumindest bis deine Tür repariert ist."

„Ich möchte keinen Kaffee", fauchte sie.

„Ich aber", sagte er mit einem Schulterzucken und setzte sich an den Tisch.

Marianne blieb stehen. „Ich kann bei Warren bleiben. Er ist mein Cousin. Wir passen aufeinander auf."

„Warren ist den ganzen Tag in der Bar. Dann wärst du allein."

„Na, du musst auch arbeiten. Hast du nicht am Nachmittag Sprechstunde?"

„Ich sage alle Termine ab. Du brauchst jemanden, der bei dir ist. Du bist ganz offensichtlich aufgeregt."

Der schwelende Ärger in ihr flammte auf. „Ich bin nicht aufgeregt! Außerdem muss ich heute Abend arbeiten, also bringt es auch nichts, wenn ich den Nachmittag hier herumlungere."

Oz stand auf und kam zu ihr, strich ihr eine Strähne hinters Ohr. „Vielleicht solltest du dir ein paar Tage freinehmen. Bis die Polizei den Täter gefunden hat."

Sie zuckte vor seiner Hand zurück. „Verdammt, du benimmst dich genau wie mein Vater!"

Zu spät wurde ihr klar, was sie gesagt hatte. Entsetzt schlug sie die Hand vor den Mund.

„Marianne, du hast soeben geflucht." Er legte die Hand auf ihren Arm. „Warum bist du so wütend?"

Das Entsetzen über sich selbst wandelte sich in Wut auf Oz. Mit einem Ruck zog sie ihren Arm fort. „Lass mich in Ruhe. Hör auf, mich kontrollieren zu wollen. Hör auf, mich zu analysieren. Hör auf damit, mich in eine Schublade zu pressen, damit ich die perfekte Frau bin. Hör einfach auf."

Oz war sehr still geworden. „Du glaubst, ich wollte dich kontrollieren? Das denkst du von mir?"

„Ja!" Sie konnte kaum atmen, ihr war heiß, und sie glaubte vor Wut ersticken zu müssen. „Aber bilde dir nichts darauf ein. Das denke ich über viele Leute."

Er fuhr sich mit den Fingern durch das ohnehin schon zerzauste Haar. „Ich habe nur versucht, dich zu verstehen. Ich wollte dir helfen, nicht dich kontrollieren."

„Das ist dasselbe."

„Nein!"

Unwillkürlich zuckte Marianne zusammen. Noch nie hatte sie diesen harschen Ton bei Oz gehört. Hart. Tief. Wütend.

„Es ist nicht dasselbe, Marianne." Seine Augen funkelten. „Mir liegt an dir. Ich kommandiere dich nicht herum, solche Machtspielchen spiele ich nicht. Ich bedaure, was immer du in der Vergangenheit hast durchmachen müssen, aber du kannst nicht jedes Mal mir die Schuld zuschieben, wenn du etwas über dich herausfindest, das dir nicht gefällt."

„Es muss doch ein unglaublich gutes Gefühl sein, auf alles eine Antwort zu haben", fauchte sie beißend. Dann schwang sie herum und marschierte zur Küche hinaus, über den Korridor und nach draußen auf die Veranda. Ohne Schuhe. Sie stützte sich auf das Geländer und atmete die eisige Luft ein. Die Kälte schmerzte in den Lungen. Es war irgendwie tröstend.

Verdammt, dachte sie. Verdammt, verdammt, verdammt.

Sie hörte die Haustür gehen, Oz trat neben sie. Er warf einen Blick auf ihre Füße im Schnee, nur in Socken, dann stieg er stumm mit seinen schweren Stiefeln die Treppe hinunter und watete zur Garage. Verschwand darin, kam keine dreißig Sekunde später wieder mit einer Schaufel heraus.

„Hier." Zurück auf der Veranda, hielt er Marianne die Schaufel hin. „Damit du deinen Wagen freilegen kannst. Ich gehe davon aus, du willst keine Hilfe von mir."

Sie nahm die Schaufel an und sah ihm nach, wie er wieder im Haus verschwand. Sie hatte kapiert. Er half ihr nicht, weil sie ihm sonst vielleicht wieder vorwerfen könnte, dass er sie manipulieren wollte.

„Auch gut." Trotzig öffnete sie die Haustür, zog ihre Turnschuhe an, um mit Koffer und Schaufel zu ihrem Auto zu stapfen. Verbissen stach sie die Schaufel in den Schnee vor den Reifen.

Sie brauchte seine Hilfe nicht. Sie brauchte nichts, von niemandem. Sie war nach Maine gekommen, um ein neues Leben anzufangen, um zu sein, wer immer sie sein wollte.

Sie war stark. Sie war clever. Sie würde es allein schaffen.

Es war milder geworden, der Schnee pappte und war schwer. Ihre Füße waren in null Komma nichts nass und kalt.

„Ist mir gleich", fauchte sie den Schnee an. „Tu doch, was du willst. Mir soll's völlig egal sein."

Das Problem war nur, es war ihr nicht egal. Im Gegenteil. Sonst wäre sie nicht so wütend.

Oz war ihr nicht egal, ihr lag an ihm. Und sobald ihr an jemandem lag, meinte sie auch sofort, alles tun zu müssen, um demjenigen zu gefallen.

So hatte sie ihr eigenes Ich aus den Augen verloren. So gänzlich, dass sie sich fast zu Tode gehungert hätte. Um ihren Eltern zu gefallen, ihrem Verlobten und ganz Webb. Und dann, als sie sich aus diesem Treibsand gerettet hatte, da war sie weggelaufen, um jemand anders zu werden. Was nur eine andere Variante des Ich-Verlusts war.

Mit einem dumpfen Knurren warf sie die letzte Schaufel Schnee hinter sich, schloss die Wagentür auf und verstaute ihren Koffer. Dann setzte sie sich hinters Steuer und ließ den Motor an.

Sie drehte die Heizung auf und blieb eine Weile zitternd sitzen. Sie wollte nicht wegfahren. Hier bei Oz war sie glücklich gewesen, zum ersten Mal seit Jahren.

Und wie üblich hatte sie es verbockt.

Viel zu heftig legte Marianne den Gang ein und gab Gas. Die Reifen drehten auf dem Schnee durch, dann setzte sich der Wagen in Bewegung.

Oz stieß einen Seufzer aus, als sich die Praxistür hinter seinem letzten Patienten für heute schloss. Arbeit war für ihn immer wirksame Ablenkung gewesen, doch seit er Marianne kannte, funktionierte das auch nicht mehr.

Hatte er wirklich die Beherrschung bei Marianne verloren? Die Frau fühlte sich von anderen manipuliert, und er wurde wütend und warf ihr eine Schaufel vor die Füße?

Das ist nicht die richtige Art, um mit dem Vorwurf manipulativen Handelns umzugehen, Oscar.

Er stützte den Kopf in die Hände. Er war so wütend geworden, weil er sich ungerecht behandelt gefühlt hatte. Doch heute, nach all den Patienten, fragte er sich, ob sie vielleicht mit ihrer Vermutung richtig lag. Hatte er seinen Beruf gewählt, weil er damit die Möglichkeit erhielt, das Leben anderer zu ändern? Weil es ihm Macht gab?

Tanya, seine Sprechstundenhilfe, steckte den Kopf zur Tür hinein. „Oz, da ist ein Mann, der dich unbedingt sprechen will. Er sagt, es sei dringend. Er hat die ganze Zeit gewartet." Sie rollte mit den Augen. „Auch wenn er mir nicht unbedingt wie der geduldige Typ aussieht."

„Was will er?"

„Hat er nicht gesagt, nur, dass es um eine persönliche Angelegenheit geht. Was soll ich mit ihm machen?"

Oz seufzte noch einmal. Er konnte alle Ablenkung gebrauchen, die er bekommen konnte. „Schick ihn herein."

Der Mann, der wenige Augenblicke später zu Oz ins Sprechzimmer trat, war groß und schlank und trug einen eleganten Wintermantel. Er hatte dunkles Haar mit grauen Strähnen, und als er Oz die Hand schüttelte, blitzte ein goldener Siegelring auf.

„Dr. Strummer", grüßte er mit Südstaatenakzent. „Mein Name ist Robert Webb. Ich würde gern mit Ihnen über meine Tochter Marianne reden."

*O*z erholte sich schnell vom ersten Schock. „Mr Webb. Es ist mir ein unerwartetes Vergnügen." Der Handschlag war kräftig, der Blick abschätzend. Das typische Ritual zweier Männer, denen an derselben Frau lag. „Bitte nehmen Sie doch Platz. Wie kann ich Ihnen helfen?"

Mr Webb blieb stehen. „Das ist leicht, Dr. Strummer. Ich möchte, dass Sie sie nach Hause schicken."

Oz deutete auf einen der Sessel und nutzte die Pause, während Mr Webb sich endlich setzte. Bei dem Ton des anderen hatten sich seine Nackenhärchen aufgerichtet. *Schicken Sie sie nach Hause.* Als wäre Marianne ein kleines Kind.

Er ließ sich in dem Sessel gegenüber nieder. „Eine ungewöhnliche Bitte. Darf ich fragen, warum Sie sich damit an mich wenden?"

„Meine Tochter hat ihre Familie verlassen, ihren Verlobten und ihre Stelle. Es sollte wohl offensichtlich sein, warum sie zurückkommen muss."

Ein Speer bohrte sich in Oz' Herz. „Ihren Verlobten?"

Mr Webb zuckte mit den Schultern. „Sie hat die Verlobung gelöst, bevor sie gegangen ist. Aber es ist klar, dass sie schon seit Längerem nicht sie selbst war." Mit leicht zusammengekniffenen Augen betrachtete er Oz. „Sie wissen nichts über die Umstände, weshalb sie fortgerannt ist?"

Oz schluckte und bewahrte Fassung. „Marianne hat beschlossen, mir die genauen Details nicht mitzuteilen."

„Von heute auf morgen ist sie einfach gegangen, ohne eine Adresse zu hinterlassen. Sie hat nicht einmal in der Firma Bescheid gesagt, hat ihre gesamte Verantwortung und alle Menschen, die sie liebt, zurückgelassen. Wahrscheinlich können Sie sich vorstellen, dass meine Frau umkommt vor Sorge." Mr Webb verzog angewidert das Gesicht. „Und dann kommt sie hierher, um in einer Bar hinter der Theke zu stehen, statt wie bisher bei Webb Enterprises als Marketing Director zu arbeiten."

„Sie ist erwachsen. Erwachsene treffen ihre eigenen Entscheidungen."

„Im Moment ist sie nicht erwachsen, Dr. Strummer. Marianne ist ein sehr krankes kleines Mädchen." Mr Webb sah plötzlich müde und erschöpft aus. „Sie hat uns nicht einmal von ihrem Klinikaufenthalt erzählt. Wenn Jason, ihr Verlobter, uns nichts davon gesagt hätte, wüssten wir es heute noch nicht."

„Klinikaufenthalt?" Am liebsten hätte er Mr Webb bei den Schultern gepackt, um alle Informationen aus ihm herauszuschütteln. Er ballte unauffällig die Hände zu Fäusten. „Aus welchem Grund war Marianne im Krankenhaus?"

„Anorexie. Sie hat sich letztes Jahr selbst in die Klinik eingewiesen. Sie stand kurz vor dem Kollaps. Mein armes kleines Mädchen."

Langsam und bewusst entkrampfte Oz seine Finger, auch wenn er nicht weniger angespannt war. „Marianne ist nicht magersüchtig."

„Doch, ist sie. Sie wäre fast gestorben."

Fast gestorben. Mitgefühl und Liebe für Marianne warfen ihn fast um. Sie hatte unter Essstörungen gelitten. Ihr Verhalten passte auch genau ins Muster: Schwierigkeiten, die Kontrolle über die Situation abzugeben, enorme Selbstdisziplin, Unterdrücken von Ärger, Angst vor der eigenen Körperlichkeit, wie sie sie bei den ersten Treffen gezeigt hatte.

Eine Angst, die Marianne überwunden hatte. Zusammen mit ihm.

Oh, Marianne, dachte er, du bist erstaunlich. Und gleich darauf: Oh Gott, welchen Mist habe ich da nur gebaut?

Oz lehnte sich zurück. „Mr Webb, ich habe viele Menschen mit Essstörungen behandelt. Glauben Sie mir, Marianne leidet nicht mehr an Anorexie. Solange ich sie kenne, hat sie keinerlei zwanghaftes Verhalten gegenüber Nahrungsaufnahme gezeigt. Sie isst gesünder als meine drei Schwestern, die ebenso wenig krankhafte Symptome zeigen."

„Mit welcher Diagnose behandeln Sie sie dann?"

„Behandeln?" Es dämmerte Oz. „Mr Webb, ich bin nicht Mariannes Therapeut."

„Nicht?" Mariannes Vater stand abrupt auf, ganz die Haltung eines mächtigen Mannes, der daran gewöhnt war, dass seine Anordnungen befolgt wurden. „Was sind Sie dann? Ihr Liebhaber?"

Einen Moment lang überlegte Oz, ob er auch aufstehen sollte. Er war größer als Mariannes Vater und kräftiger gebaut. Doch das würde Mr Webbs Aggressivität nicht mildern. Also blieb er sitzen und verschränkte die Hände im Schoß.

„Ja", antwortete er ruhig.

„Ich verstehe." Mr Webb starrte auf Oz herab, der den Blick gelassen erwiderte. Irgendwann wurde ihm wohl klar, dass Einschüchterung hier nicht wirkte. „Nun, Dr. Strummer, trotzdem werde ich meine Bitte wiederholen. Marianne gehört nach Hause. Wenn Sie Gefühle für meine Tochter haben, dann wissen Sie das." Seine Stimme wurde weicher. „Ihre Mutter und ich, wir lieben sie."

Er hatte Mr Webb falsch eingeschätzt. Unter all dem aufgeplusterten Machtgehabe steckte ein Vater, der sich Sorgen um die geliebte Tochter machte. Oz schloss kurz die Augen. Marianne hatte ihm vorgeworfen, wie ihr Vater zu sein. Letztendlich waren sie wohl tatsächlich nicht so verschieden. „Was sagt Marianne dazu?"

Mr Webb setzte sich wieder, stützte die Ellbogen auf die Knie. „Sie ist krank und braucht ihre Familie, die sich um sie kümmert. Sie müssen doch einsehen, dass es das Beste für sie ist."

„Moment ... Wenn Sie mit Marianne gesprochen haben, wieso kommen Sie dann zu mir? Und wieso hielten Sie mich für ihren Therapeuten?"

„Der Privatdetektiv, den ich angeheuert hatte, fand Ihre Visitenkarte in Mariannes Wohnung."

Bisher hatte Oz sich wirklich bemüht, ruhig und vernünftig zu bleiben. Er hatte versucht, Mr Webbs Standpunkt zu verstehen, trotzdem er den Mann blasiert, selbstgefällig und völlig unsensibel für die Bedürfnisse der Tochter fand. Immerhin war er Mariannes Vater, also gebührten ihm Höflichkeit und eine faire Chance.

Zudem hatte Oz heute schon einmal die Beherrschung verloren und damit eine sehr wichtige Sache verkompliziert.

Doch es war ein gutes Gefühl, die Beherrschung fahren zu lassen, sich zu voller Größe aufzurichten und wütend zu werden.

„Sie haben einen Privatdetektiv angeheuert, damit er in die Wohnung Ihrer Tochter einbricht und sie zu Tode erschreckt?", donnerte er los.

Mr Webb sprang ebenfalls auf. „Mariannes Mutter und ich sind vor Sorge halb umgekommen! Wir lieben sie, wir würden alles für sie tun!"

„Warum versuchen Sie es nicht mal mit Zuhören?" Ihm fiel wieder ein, dass er es mit Zuhören versucht hatte und auch nicht weitergekommen war. „Mr Webb", er riss sich zusammen, sprach leiser, „ich liebe Ihre Tochter. Eines Tages hoffe ich, Ihr Schwiegersohn zu werden, aber im Moment ... Ich möchte Sie bitten, jetzt zu gehen."

Er sah Mariannes Vater fest in die Augen. Sie waren blau, wie Mariannes. Da gab es so vieles, das er nicht von ihr wusste, so vieles, das sie vor ihm geheim gehalten hatte. Wie auch vor dem Mann, der ihm gegenüberstand.

Es dauerte, bevor Mr Webb schließlich knapp nickte. „Nun gut", war alles, was er sagte, bevor er sich umdrehte und das Sprechzimmer verließ.

Es fühlte sich keineswegs wie ein Sieg an.

Tanya schaute ins Zimmer. „Oz, alles in Ordnung?"

„Sicher, alles bestens", log er.

„Nein, ist es nicht. Du hast den Mann angeschrien. Das ist sonst überhaupt nicht deine Art. Wer war der Mann?"

„Ich will seine Tochter heiraten."

„Oh." Sie biss sich auf die Lippe. „Dann sieht es mit den Hochzeitsplänen wohl nicht so gut aus, was?"

„Ich glaube nicht, dass es eine Hochzeit geben wird." Er griff den Autoschlüssel vom Schreibtisch. „Schließt du ab, Tanya? Ich muss dringend was erledigen."

„Sicher. Geh und hol sie dir, Großer."

Marianne legte den Telefonhörer auf und steckte die Kreditkarte zurück in ihre Brieftasche.

„Du gehst zurück."

Bei den leisen Worten zuckte sie erschreckt zusammen. Warren lehnte am zersplitterten Türrahmen und sah zu ihr hinüber. Sie hatte ihn nicht die Treppe hinaufkommen gehört. Er kam zu ihr und legte ihr die Hände auf die Schultern.

„Ich dachte, du hast ein neues Leben angefangen."

„Habe ich auch."

„Warum buchst du dann ein einfaches Flugticket nach South Carolina?"

„Weil ich nach Webb gehöre. Du hattest recht. Wenn ich herausfinden will, wer ich bin, muss ich dort anfangen."

„Als du hier ankamst, hast du gesagt, du kannst nicht du selbst sein, weil jeder in Webb Erwartungen an dich stellt."

Mit einem Seufzer sank sie auf die Bettkante. „Es liegt nicht an Webb, es liegt an mir. Ich habe nie gelernt, mich durchzusetzen, den Leuten zu sagen, was ich will. Wenn ich es in Webb nicht schaffe, dann schaffe ich es nirgendwo."

Warren setzte sich neben sie, die Stirn in tiefe Falten gezogen. „Marianne, ich … Bist du sicher, dass es das ist, was du willst?"

„Nein, ich will es nicht." Es war die absolute Untertreibung – alles in ihr wehrte sich dagegen. „Aber ich muss."

„Was ist mit Oz? Ich dachte, ihr beide …"

„Oz will mich nicht. Er weiß ja nicht, wer ich bin. Seit seine Schwester ausgezogen ist, ist er einsam. Er hat nur jemanden gesucht, der den leeren Platz füllt. Er wird anderen Ersatz finden."

„Du gehst also nach Webb und lässt ihn jemand anders finden?"
Oz mit einer anderen Frau. Die Vorstellung zerriss sie. Sie musste sich bewegen, unbedingt. Also stand sie auf und packte ihre restlichen Sachen zusammen.

„Ich hab's hier in Maine versucht." Übertrieben akkurat faltete sie einen Pullover zu einem perfekten Rechteck. „Es hat nicht geklappt. Ich muss nach Webb zurück und die Beziehungen zu den Menschen, die mich lieben, in Ordnung bringen."

Warren setzte sich unruhig auf der Bettkante um. „Cousinchen, ich ... Ich denke, ich sollte dir vielleicht etwas sagen."

Warren war immer so lebenslustig und unbeschwert, doch jetzt klang er so ernst. Sorge machte sich in Marianne breit. „Was denn?"

„Ich habe dir nie erzählt, wie ich aus Webb weggegangen bin." Seufzend lehnte er sich mit dem Rücken an das Kopfende und zog die langen Beine aufs Bett.

„Wie?", fragte sie verständnislos.

„Gegen Ende der High School hatte ich einen Freund. Er war nicht aus Webb, wohnte ungefähr zwanzig Meilen außerhalb. Wir trafen uns heimlich, aber man hat uns wohl zusammen gesehen." Er zuckte mit den Schultern. „Dann kam der Anruf von deinem Vater. Er bat mich, zu ihm ins Büro zu kommen. Zuerst dachte ich, er wolle mit mir über einen Job für den Sommer oder über meine Uni-Bewerbung reden."

Jetzt runzelte Marianne die Stirn. „Du warst doch nie auf der Uni."

„Nein. Onkel Robert ..." Er schüttelte den Kopf. „Oh, Marianne, ich wollte es dir nie sagen. Aber wenn du zurückgehst, musst du es wissen."

Ein mulmiges Gefühl machte sich in ihrem Magen bemerkbar. „Was?", drängte sie.

„Dein Vater hat mich an meine Verantwortlichkeiten gegenüber dem Namen Webb erinnert. So wie er mich daran erinnerte, dass das Erbe meines Vaters seit Jahren aufgebraucht war und er sich seither um meine Mutter und mich kümmerte. Da er plane, mein Studium zu finanzieren, solle ich lernen, mich zu benehmen, wie es von mir erwartet werde, waren seine Worte. Falls das nicht möglich sei, solle ich mir besser überlegen, eine weit entfernte Uni zu besuchen und danach möglichst dort bleiben."

Marianne verschlug es die Sprache.

„Also sagte ich ihm, dass ich sein Geld nicht brauche, und ging nach New York."

„Das hat er mir nie erzählt. Du auch nicht. Warren, warum hast du mir nie etwas davon gesagt?"

Er senkte den Blick. „Dein Vater ließ mich wissen, dass er mich hauptsächlich deinetwegen weit weg wissen wollte. Ich würde einen schlechten Einfluss auf dich ausüben."

Wut wallte in Marianne auf. Langsam gewöhnte sie sich an das Gefühl. Dieses Mal kam noch Schuld hinzu. „Er hat dich meinetwegen aus Webb weggejagt. Oh, Warren, es tut mir so leid!"

Er nahm ihre Hand. „Schätzchen, ich wusste, dass du nichts damit zu tun hast, sobald ich deine Briefe erhielt. Ich bin darüber hinweg. Dein Vater liebt dich, er wollte nur dein Bestes. Dafür kann ich ihm nicht böse sein."

Marianne starrte ihren Cousin an. Die Wut brannte so heiß in ihr, dass ihr übel war. „Warren, wenn es Liebe sein soll, Leute zu vertreiben, dann kann ich gut darauf verzichten."

Wahrscheinlich brachte ihm diese Fahrt die dritte Verwarnung wegen Geschwindigkeitsübertretung ein.

Wen interessierte das schon?

Oz drückte das Gaspedal durch und legte sich zurecht, was er zu Marianne sagen würde.

Nein, er würde die Beherrschung nicht verlieren. Er würde ruhig und sachlich bleiben. Sich dafür entschuldigen, dass sein Verhalten als herrisch verstanden worden war. Denn er respektierte Marianne und sprach ihr keinesfalls die Fähigkeit ab, eigene Entscheidungen zu treffen und ihr eigenes Leben zu leben. Er würde ihr auch erzählen, dass ihr Vater bei ihm gewesen war und ihre frühere Essstörung angesprochen hatte. Es war abzuwarten, wie sie darauf reagieren würde, aber er wollte ihr die Wahrheit nicht verschweigen, sondern ihr im Gegenteil seine Bewunderung ausdrücken, dass sie die Krankheit besiegt hatte. Und natürlich auch, dass ihr Vater ihn aufgefordert hatte, sie darin zu bestärken, nach Hause zurückzukehren.

Mehr würde er nicht sagen. Er würde ihr keine guten Ratschläge geben. Er würde auch nichts von seinen tiefen Gefühlen für sie erwähnen. Das würde nur Druck auf sie ausüben.

Sollte sie ihn natürlich nach seiner Meinung fragen …

Vor einer roten Ampel bremste er ab und runzelte die Stirn. Marianne hatte ungelöste Probleme, die geklärt werden mussten. Früher oder später würde sie mit ihrer Vergangenheit fertig werden müssen, vor allem mit ihrer Familie.

Die Ampel sprang auf Grün. Oz bog in die Straße ein, in der die Bar lag.

Also gut. Ruhig. Ohne Druck. Höflich über ihren Vater reden. Eigene Gefühle nicht erwähnen. Falls – aber wirklich nur falls – sie ihn nach seiner Meinung fragte, dann würde er ihr seine professionelle Meinung offerieren und ihr vorschlagen, nach South Carolina zurückzugehen, auch wenn er persönlich sich nichts sehnlicher wünschte, als dass sie bei ihm blieb.

Das war der logische, der vernünftige Ansatz.

„Ich kann das", sagte er laut in den Wagen hinein und trat abrupt auf die Bremse.

Ein Taxi stand mit laufendem Motor vor der Bar. Marianne trat gerade aus der Tür, einen Koffer in der Hand.

Sie fuhr ab. Sie verließ ihn.

Der Motor stotterte und ging aus, als Oz aus dem Wagen sprang. Den Schlüssel ließ er einfach stecken. Er schlitterte über den glatten Asphalt, am Taxi vorbei und hin zu Marianne. Er packte sie bei den Schultern und riss sie in seine Arme. „Geh nicht", stieß er aus.

Einen Moment gab sie nach und schmiegte sich an ihn, dann machte sie sich von ihm los. „In einer Stunde geht mein Flug nach Charleston. Du selbst hast mir gesagt, dass man nicht vor seinen Problemen weglaufen kann. Hier geht es mir nicht besser als in South Carolina. Ich werde zurückgehen und meine Angelegenheiten regeln. Das hätte ich von Anfang an tun sollen."

„Ich habe mich geirrt." Die Worte sprudelten aus ihm heraus, ohne dass ihm klar war, was er sagte. „Bei dir ist es anders. Bleib bei mir. Wir werden zusammen damit fertig."

Sie schüttelte den Kopf. Traurigkeit lag in ihrem Lächeln, Oz wusste nicht zu sagen, ob über sich selbst oder über ihn. „Ich kann nicht, Oz. Ich muss es allein schaffen." Langsam ging sie auf das Taxi zu.

Sie ließ ihn allein zurück, und dabei hatte er sie doch gerade erst gefunden. Er konnte nicht denken. Zum ersten Mal in seinem Leben waren seine Handlungen allein von seinen Gefühlen bestimmt.

„Marianne!" Er überholte sie und stellte sich vor sie, sodass sie ihn ansehen musste. „Ich weiß über deine Vergangenheit Bescheid. Das mit deiner Krankheit."

Sie blinzelte. Er konnte das Aufflackern von Angst über ihr Gesicht huschen sehen, bevor Misstrauen ihre Züge verhärtete. „Wie hast du es herausgefunden?"

„Dein Vater war heute Nachmittag bei mir in der Praxis."

„Also weiß er es auch." Sie hob das Kinn. „Umso besser. Ich bin diese Geheimniskrämerei leid. Hast du dich mit ihm in Verbindung gesetzt?"

Er verbockte es. Schon wieder. „Nein, ehrlich nicht. Du musst mir glauben."

„Also hat er dich kontaktiert. Nun, freut mich, dass ihr euch so prächtig über mich und meine Krankheit unterhalten habt." Sie hob den Koffer wieder an.

Sie dachte tatsächlich … Oz bemühte sich, seine Gedanken zu ordnen, damit er erklären konnte, irgendetwas sagen konnte, damit sie blieb.

Doch da war nur Chaos, in seinem Kopf und in seinem Herzen. Er hatte sich doch einen Plan zurechtgelegt. Wie hatte der nur ausgesehen?

„Marianne!", rief er ihr nach. Sein Herz hämmerte zum Bersten, er war atemlos. Die Verzweiflung ließ ihn Vorsichtsmaßnahmen vergessen. „Ich liebe dich."

Als sie sich zu ihm umdrehte, war ihr Gesicht bleich, regungslos und verschlossen.

„Leb wohl, Oz", sagte sie und stieg in das Taxi.

15. KAPITEL

*S*ie zählten jeden Bissen, den Marianne sich in den Mund schob.

Also dachte Marianne sich ein Experiment aus. Sie schnitt ein Stück von ihrem Roastbeef ab, spießte es auf die Gabel, führte die Gabel zum Mund und legte sie dann ab, ohne gegessen zu haben.

Ihre Mutter runzelte die Stirn.

Sie griff wieder nach der Gabel und fuhr mit dem Fleischstück auf dem Teller vor und zurück.

Ihr Vater verfolgte die Bewegung genauestens aus den Augenwinkeln.

Marianne war jetzt seit drei Tagen zurück. Ihre Eltern hatten sie jeden Abend zum Dinner eingeladen. Gestern war sie den ersten Tag im Büro gewesen, und ihr Vater hatte darauf bestanden, mit ihr zum Lunch zu gehen. Zuerst hatte sie noch geglaubt, ihre Eltern würden sich einfach freuen, sie wiederzusehen, doch inzwischen war ihr klar, dass die beiden ihre Kalorienzufuhr ausrechneten.

Mit einem Seufzer legte sie das Besteck beiseite. „Mom, Dad. Ich bin nicht mehr magersüchtig. Ihr braucht mich also nicht so anzustarren."

Ihr Vater hörte auf zu essen. „Es war nicht meine Absicht, dich anzustarren. Aber deine Mutter und ich wissen einfach nicht, wie wir uns verhalten sollen."

„Du bist uns so fremd geworden", fügte ihre Mutter an.

Marianne sah von einem zum anderen. Ihre Eltern, die beiden Menschen, die sie ihr ganzes Leben lang kannte – ihre gertenschlanke, elegante Mutter, immer perfekt zurechtgemacht, ihr Vater im Anzug, autoritätsgewohnt und gediegen mit seinen ergrauten Schläfen. Sie sahen aus wie immer und doch anders. So als wären sie in den drei Wochen, die Marianne in Maine verbracht hatte, geschrumpft.

Während der Taxifahrt zum Flughafen hatte Marianne sich gezwungen, nicht an Oz zu denken. Wie er ausgesehen hatte, als er dort auf dem Bürgersteig stand und das Taxi abfuhr. Seine Worte hallten in ihren Ohren nach. „Ich liebe dich", hatte er gesagt.

Ich liebe dich.

Die Vorstellung und alles, was sie beinhaltete, waren einfach zu enorm, um überhaupt daran zu denken.

Also hatte sie stattdessen an Warren gedacht und an das, was er ihr erzählt hatte. Bis sie beim Flughafen angekommen war, schäumte sie innerlich. Als sie dann ihren Vater in der Lounge sitzen sah, mit einem Buch in der Hand auf den gleichen Flug wartend, den sie auch gebucht hatte, da war es mit ihrer Selbstbeherrschung vorbei gewesen.

Sie grüßte ihn nicht einmal, stattdessen richtete sie sich kampflustig vor ihm auf. „Du hast Warren weggeschickt!"

Er nahm langsam die Brille ab, legte sie gemeinsam mit dem Buch auf die Armlehne seines Sessels und blickte sie dann an.

„Ich weiß. Ich tat, was ich für dein Bestes hielt. Aber ich habe versagt."

Und als er das sagte, da sah sie in ihrem Vater zum ersten Mal einen Mann, der Fehler machte. Der nicht unfehlbar war. Ein Mensch wie jeder andere auch.

Er war ein Mensch. Ihre Mutter war ein Mensch. Die ganze Stadt Webb bestand aus Menschen. Keiner von diesen Menschen konnte sie in eine Schublade pressen, es sei denn, sie selbst ließ es zu. Hier, am Dinnertisch mit ihren Eltern, wurde ihr das endlich klar. Sie sah, wie das Gesicht ihrer Mutter sich gequält verzog.

„Haben wir dich krank gemacht?", fragte sie mit erstickter Stimme. „Warum hast du uns nie etwas gesagt? Was haben wir denn falsch gemacht?"

Mahlzeiten im Hause Webb waren immer dazu gedacht gewesen, gute Manieren zu zeigen und über Schule, Arbeit oder eine bevorstehende Veranstaltung zu reden. Gefühle hatten nicht an den Esstisch gehört.

Es wäre leicht, ihren Eltern dafür die Schuld zu geben. Oder ganz Webb und Generationen von Vorfahren. Doch Marianne hatte erkannt, dass ihr Streben nach Perfektion ihre Art gewesen war, Gefühle zu verleugnen. Ärger, Angst, Leidenschaft.

Sie legte die Hand auf die ihrer Mutter und drückte leicht deren Finger. „Das liegt alles in der Vergangenheit", sagte sie sacht. „Mir geht es gut. Und es hat mir gezeigt, dass ich euch lieben kann und nicht perfekt sein muss. Ich kann ich selbst sein."

Moment. Ihre Krankheit zu überwinden hatte ihr gezeigt, wie stark sie war, hatte sie gelehrt, sich selbst zu respektieren. Aber nicht das Bezwingen der Magersucht war verantwortlich für die Erkenntnis, dass sie sie selbst sein konnte.

Das hatte sie Oz zu verdanken.

Sie schluckte trocken.

„Dr. Strummer sagte, dass du völlig geheilt bist", hob ihr Vater an. „Aber wir haben erst kürzlich davon erfahren. Deshalb machen wir uns noch immer Sorgen."

Es dauerte einen Moment, bevor Marianne den Sinn der Worte erfasste. „Oscar? Oz hat dir gesagt, dass ich gesund bin?"

Mr Webb nickte. „Wir haben ein höchst interessantes Gespräch geführt. Er ist ein guter Mann, dein Oscar. Ein starker Mann."

Nicht unbedingt eine Überraschung. Sie hatte ja gewusst, dass ihre Eltern Oz mögen würden, sobald sie das „Dr." auf der goldenen Kreditkarte sahen. „Er ist sehr erfolgreich", meinte sie lahm.

„Er weiß sich zu behaupten. Und ich habe ihm dafür gedankt, dass du wieder bei uns bist."

Marianne runzelte die Stirn. „Wieso?"

„Bei unserer Unterhaltung hat er sich strikt geweigert, dir zu raten, zurück nach Hause zu fahren. Aber letztendlich hat er dich doch davon überzeugt, nicht wahr?"

„Nein. Oz hat nie zu mir gesagt, ich solle nach Hause zurückkehren, im Gegenteil. Er hat mich gebeten, bei ihm zu bleiben. Ich selbst habe beschlossen zurückzukommen."

Ihr Vater nickte. „Er sagte mir auch, dass du alt genug seist, deine eigenen Entscheidungen zu treffen. Deshalb hatte ich mich ja auch auf den Rückweg nach South Carolina gemacht, ohne dich vorher aufzusuchen und mit dir zu reden."

Ohne Vorwarnung schossen ihr Tränen in die Augen.

Marianne dachte an den Laden voller Brautkleider. Jedes einzelne wartete auf die glückliche Frau, die es als Symbol ihrer Liebe tragen würde. Und an Oz, wie er sagte: „Jeder sollte die Freiheit haben, eigene Fehler zu machen."

Was für einen schrecklichen Fehler hatte sie da gemacht!

Sie hatte geglaubt, nur Ersatz für seine Schwester zu sein, nur eine Präsenz in seinem Haus, um die Leere zu füllen. Seine Schwester hatte er nicht angefleht zu bleiben. Er hatte niemand anderen in sein Haus eingeladen, um ihm die Einsamkeit zu nehmen.

Sie hatte geglaubt, er wolle sie kontrollieren, dabei hatte er nie etwas anderes versucht, als ihr ihre Freiheit zu geben.

„Mom, Dad. Ich habe eine Entscheidung getroffen, die ihr hoffentlich akzeptieren könnt."

Das Klingeln des Telefons drang durch den Schlaf an seine Ohren.

Oz öffnete die Augen. Er sah nur weiß und blinzelte. Bis ihm klar wurde, dass die Papiere auf ihn gerutscht waren, während er mit dem Kopf auf der Schreibtischplatte eingeschlafen war.

Er schob die Blätter fort und tastete nach dem Hörer. „Ich bin beschäftigt", knurrte er in die Muschel.

„Erzähl mir was Neues." Jack war am anderen Ende. „Was treibst du eigentlich? Vergräbst du dich in Patientenakten?"

Oz nahm die Aktenmappen von seinem Schoß. „Ich habe viel zu tun."

Am anderen Ende ertönte ein lang gezogener Seufzer. „Oscar. Wenn man sich verliebt, gibt man nicht gleich bei der ersten Hürde auf und fällt wieder in die Rolle des Workaholics zurück."

„Als du davon überzeugt warst, dass es mit Kitty niemals klappen würde, hast du mit der höchst reifen Reaktion aufgewartet, dich volllaufen zu lassen und in einer Kneipe eine andere anzumachen, wenn ich mich recht entsinne. Das hat auch nicht funktioniert. Ich setze meinen Liebeskummer wenigstens für etwas Konstruktives ein."

„Mag sein. Aber wenn *ich* mich recht entsinne, hast du mir damals geraten, mir Knieschoner zu besorgen und vor Kitty auf die Knie zu fallen und zu betteln. Wieso bist du noch hier in Maine und arbeitest? Sie ist schon seit über einer Woche weg."

Jack musste man also das Offensichtliche erklären. „Erstens würde sie es als Versuch, sie zu kontrollieren, auslegen, sollte ich ihr nachreisen. Zweitens hat ihr Vater genau das getan. Und drittens und vorrangig – sie liebt mich nicht. Es wäre also völlig idiotisch, ihr zu folgen. Ich bin ein Risiko eingegangen, Jack. Hat eben nicht geklappt. Übrig bleiben mir ein gebrochenes Herz und eine überteuerte Harley."

„Aber ..."

Die Klingel an der Haustür schrillte durchs Haus.

„Jack, stehst du jetzt etwa mit deinem Handy vor meiner Tür? Ich habe nämlich wirklich viel Arbeit zu erledigen."

„Nein, ich bin zu Hause. Ich habe da so ein Gefühl ... Es ist bestimmt Marianne."

Auf dem Weg zur Haustür blieb Oz stehen und schaute misstrauisch auf das Telefon in seiner Hand. Jack behauptete von sich, einen sechsten Sinn zu haben, seit er angeblich von Kitty geträumt hatte, bevor sie sich überhaupt kannten.

„Ich glaube nicht an solchen Humbug", erwiderte Oz. „Wenn ich jetzt die Tür aufmache und du davorstehst, verpasse ich dir einen Kinnhaken. Also duck dich besser schon mal."

Er zog die Tür auf.

Es war Marianne.

Es war genau wie beim ersten Mal, als sie ihn gesehen hatte – wie ein Stromstoß und eine kalte Dusche, alles zusammen. Nur: Dieses Mal kannte sie ihn. Was den Moment viel schöner machte und gleichzeitig viel schwieriger.

„Hi", sagte Marianne. „Darf ich hereinkommen?"

„Äh … Ich dachte, du … Sicher." Oz trat beiseite, Marianne fiel auf, dass er ein Telefon ans Ohr hielt. „Du hattest recht. Das mit dem Kinnhaken verschieben wir auf später", sagte er in die Muschel und unterbrach die Verbindung.

Marianne war Hunderte von Meilen gereist, um hier zu sein, und jetzt fiel ihr nichts ein, was sie sagen könnte. „Tut mir leid" schien ihr einfach nicht ausreichend zu sein. Oz sah argwöhnisch und alarmiert aus, aber auch irgendwie zerknautscht, so als sei er gerade aufgewacht. Sie fühlte sich auch, als sei sie eben erst aus einem langen Schlaf aufgewacht – sie fühlte sich lebendig.

Und sie fürchtete sich zu Tode. Wieder hatte sie Webb verlassen, um dieses Mal ein noch viel größeres Risiko einzugehen.

Oz räusperte sich. „Was macht South Carolina?"

Zum ersten Mal, seit sie ihn kannte, wirkte er misstrauisch und vorsichtig. Sie erinnerte sich an seine gequälte Miene, als sie in das Taxi gestiegen war.

Das ist meine Schuld.

Na schön, sie hatte einen Fehler gemacht. Sie hatte vorher schon Fehler gemacht und sie wieder gerichtet. Fehler bedeuteten nicht das Ende der Welt.

Nur wenn sie damit Oz verletzte.

„Es war schwierig", antwortete sie schließlich. „Meine Familie ist nicht unbedingt glücklich über manche meiner Entscheidungen. Es ängstigt sie wohl, dass ich nicht mehr das kleine Mädchen bin, das sie so gerne hätten. Ich bin erwachsen, und ich habe meine Macken. Und ein eigenes Leben." Sie lachte trocken auf. „Mein Vater ist übrigens völlig begeistert von dir."

Oz starrte sie an. „Tatsächlich? Ich wäre ihm zu gern an die Gurgel gegangen."

„Er bewundert starke Männer. Und starke Frauen. Ich hätte ihm schon vor Jahren Paroli bieten sollen, dann wäre mir auch klar geworden, dass meine Eltern mich wirklich lieben, ganz gleich, was passiert. Sie zeigen es nur manchmal auf eine recht bizarre Weise. So wie mein Vater, der mir nachgereist ist." Sie schüttelte den Kopf. „Hätte er mich in Ruhe gelassen, wäre ich wahrscheinlich von allein zurückgekommen. Aber er liebt mich, und so musste er die Führung übernehmen."

„So wie ich es deiner Meinung nach tue?"

„Nein", beeilte sie sich zu sagen. „Das ist nicht deine Art, Oz. Es waren meine eigenen Ängste, die mich dir nicht haben vertrauen lassen. Du bist der einzige Mensch, der keine Erwartungen an mich gestellt hat und nur herausfinden wollte, wer ich bin."

Sie standen sich in der Halle gegenüber, einen Meter voneinander entfernt, ohne sich zu rühren. Hoffnung und Verlangen erfüllten Marianne, mit jedem Atemzug, den sie nahm. Oz bewegte sich. Für einen strahlenden Moment glaubte sie, er würde auf sie zutreten, doch er schob nur die Hände in die Hosentaschen.

„Warum bist du hier, Marianne?"

„Um dir zu sagen, wie leid es mir tut, dass ich dich verletzt habe. Ich will mich entschuldigen, dass ich dir nicht vertraut habe. Und dafür, dass ich von dir fortgelaufen bin, nachdem du dich mir völlig geöffnet und mir gesagt hast, was du für mich empfindest."

„Ich hatte nicht vor, dich das wissen zu lassen", sagte er rau. „Ich hatte mir eine ruhige und logische Vorgehensweise zurechtgelegt, so wie ich es immer mache. Dann habe ich einfach alles vergessen und nur noch gefühlt, zum ersten Mal in meinem Leben. Du bist trotzdem gegangen."

Tränen brannten in ihren Augen. „Ich habe genau das getan, was du vorausgesehen hast. Weshalb du dich nicht in mich verlieben wolltest."

„Du hast getan, was du tun musstest." Er fuhr sich mit beiden Händen über das Gesicht. „Manchmal wünschte ich, ich würde dich nicht so gut verstehen."

„Ich bin froh, dass du es tust."

Langsam ließ er den Blick über sie gleiten. Sie musste direkt vom Flughafen hierhergekommen sein, trug noch die leichte Jacke und feinen Stiefel. Perfekt für Webb, aber nicht für den Winter in Maine. „Gehst du wieder zurück?"

„Nein. Ich will von vorn anfangen, aber dieses Mal richtig. Keine Rollenspiele mehr. Ich will einfach nur ich selbst sein. Und mit dir zusammen."

Ein tiefer Atemzug für Mut, dann trat sie auf ihn zu, überbrückte mit ihrem Schritt die Distanz zwischen ihnen, nahm Oscars Gesicht in beide Hände und betrachtete seine markanten Züge, die Lachfältchen um den sinnlichen Mund, dann blickte sie in diese wunderschönen Augen, die vom ersten Moment an in ihre Seele hatten sehen können.

„Ich liebe dich auch", sagte sie, stellte sich auf die Zehenspitzen und küsste ihn.

Sie hörte diesen wunderbaren Laut in seiner Kehle, als Oz die Arme um sie schlang und sie fest an sich zog. Dieses Seufzen, wie damals bei der Auktion, als sie sich zum ersten Mal geküsst hatten. Ein Seufzer aus Verlangen und Leidenschaft. Aber dieses Mal gab es nur sie beide, zusammen in einer eigenen neuen Welt.

Als der Kuss endlich aufhörte, waren sie beide atemlos.

„Ich liebe dich." Oz rang um Luft und küsste sie auf die Stirn. „Ich liebe dich, und ich will dich heiraten und Kinder mit dir haben und mit dir zusammen alt werden. Ich weiß, das ist viel verlangt, wir kennen uns ja auch noch nicht lange. Aber wir können uns so viel Zeit lassen, wie du willst, Marianne. Solange ich dich lieben darf."

Sie lächelte zu ihm auf. Oz, ihr Draufgänger, ihr guter Mann. Sie schmiegte sich an ihn, spürte seine Erregung und legte die Lippen an sein Ohr.

„Ehrlich gesagt", flüsterte sie ihm aufreizend zu, „können wir so schnell machen, wie du willst."

EPILOG

*E*s war die perfekte Hochzeit.

Das Brautkleid war ein Traum, die Brautjungfern trugen dunkelrote Seide, der Bräutigam und die männlichen Trauzeugen Frack. Brautstrauß und Blumengestecke waren farblich abgestimmt und strömten einen exquisiten Duft aus.

Marianne hatte alles selbst ausgewählt.

Sie warf einen Blick in Oz' Richtung. Er sah umwerfend aus in seinem Frack. Am liebsten hätte sie die Arme um ihn geschlungen und ihn geküsst, aber so weit war die Zeremonie, geleitet von Oz' Vater, noch nicht gediehen.

Marianne stand beim Altar, Oz' Schwestern Jennifer und Alice neben ihr. Michael und Joe standen an Oz' Seite. Und vor dem Altar, bedacht mit dem gütigen Lächeln von Pastor Strummer, Daisy und Steve, um sich das Ja-Wort zu geben.

Marianne musste Tränen zurückblinzeln, als die beiden sich den ersten Kuss als Mann und Frau gaben. Sie sah zu Oz. Er lächelte.

Nach der Zeremonie, auf dem Weg nach draußen, nahm er ihren Arm. „Komm", flüsterte er ihr zu. „Ich möchte dir etwas zeigen, bevor wir zum Empfang fahren."

Sie ließ sich von ihm in einen Seitenraum führen, während die anderen Hochzeitsgäste zur Kirche hinausströmten. Hier unterrichtete Oz' Mutter die Sonntagsschule, kleine Pulte und Stühle standen ordentlich in Reih und Glied, an den Wänden hingen bunte Kinderzeichnungen.

„Das war eine wunderschöne Hochzeit", sagte Marianne, als Oz die Tür hinter ihnen schloss.

„Das Lob gebührt dir. Du hast Garderobe und Blumen ausgesucht, und mit deinem Fingerspitzengefühl hast du es geschafft, dass Daisy wieder mit ihrer Mutter und ihren Schwestern spricht."

Sie lächelte. „Wer hätte gedacht, dass ich mal der perfekte Familienvermittler werde, nicht wahr?"

„Ich." Oz zog sie in seine Arme. „Du schaffst alles, wenn du es dir vornimmst."

„Du glaubst nicht mehr, dass deine Schwester zu jung zum Heiraten ist?"

Er schüttelte den Kopf. „Nein. So glücklich habe ich sie noch nie gesehen. Außerdem habe ich inzwischen gelernt, dass man keine Kontrolle darüber hat, wann man sich verliebt." Er küsste sie, zärtlich und leidenschaftlich zugleich. Irgendwann brach er den Kuss ab. „Ich möchte dich etwas fragen." Damit ließ er sich vor ihr auf ein Knie nieder.

Seit drei Monaten und einer Woche war Marianne wieder in Maine. Oz und sie hatten viel Zeit miteinander verbracht, und mit jedem Tag hatte Marianne sich mehr in ihn verliebt. Wie sie jeden Tag gehofft hatte, dass er ihr die eine Frage stellen würde.

„Die Antwort lautet Ja."

Er blinzelte leicht verdattert. „Lass mich doch erst einmal fragen."

„Ich warte schon seit Ewigkeiten. Ich hatte schon mit dem Gedanken gespielt, Lizzie zu bitten, eine Ehemann-Auktion abzuhalten."

„Du bist richtig dreist." Er lächelte verschmitzt, dann wurde er wieder ernst. Er griff in seine Tasche und zog ein kleines Samtkästchen hervor. Ein goldener Ring mit einem Diamanten blitzte auf, als er den Deckel aufschnappen ließ. „Marianne Webb, willst du mich heiraten?"

„Ja. Ja, ja, ja! Das wünsche ich mir mehr als alles andere auf der Welt. Nun steck mir endlich den Ring an."

„Du bist wirklich ein despotisches kleines Ding, und ich liebe es." Oz streifte ihr den Ring über den Finger. Dann zog er sie auf seinen Schoß und küsste sie, dass ihr Hören und Sehen verging.

„Oz", stieß sie irgendwann zwischen den heißen Küssen aus, „da wartet eine Limousine, um uns zum Empfang zu bringen."

„Nein."

„Doch, ich habe sie selbst bestellt."

„Nein", wiederholte er, „wir haben unser eigenes Transportmittel." Er erhob sich mit ihr auf den Armen, um sie nach draußen zu tragen. Dort stand die Harley, geschmückt mit weißen Bändern, chromblitzend in der Februarsonne. „Bereit fürs Vorspiel?"

Marianne lachte glücklich auf. „Immer."

Sie brausten durch die Straßen von Portland, hin zu dem Hotel, in dem der Hochzeitsempfang stattfinden würde, wo Freunde und Familie warteten, um Daisys großen Tag zu feiern.

Eines Tages würde es ihr großer Tag sein. Doch für den Moment schmiegte Marianne sich auf dem Motorrad glücklich an Oz und hoffte einfach nur darauf, dass diese Fahrt nie zu Ende gehen würde.

Oz parkte vor dem Hotel. Marianne nahm den Helm ab und rückte ihre Frisur zurecht.

„Das ist das Problem mit dem rasanten Fahren", schmollte sie gespielt. „Man kommt viel zu schnell an."

„Ich hoffe, ich kann es wiedergutmachen." Oz nahm ihre Hand und führte sie durch den Eingang, der mit weißen Ballons und Bannern dekoriert war.

Der Raum war voller Leute, wie Marianne erwartet hatte. Allerdings war sie nicht auf den Jubel vorbereitet, der ihnen entgegenschlug. All die Hochzeitsgäste klatschten mit lachenden Gesichtern und reckten die Arme in die Höhe.

Marianne sah Leute, die nicht in der Kirche bei Daisys Hochzeit gewesen waren. Da waren Lizzie und die Mitarbeiter aus dem Jugendzentrum, in dem Marianne seit ihrer Ankunft in Portland ehrenamtlich arbeitete, auch einige der Teenager, die sich ganz offensichtlich unwohl in der festlichen Garderobe fühlten.

Und Warren, der jetzt auf sie zukam und sie umarmte. Er trug einen Frack, wie Oz, aber er war nicht in der Kirche gewesen.

„Komm, Cousinchen", sagte er und nahm ihre Hand, um sie zusammen mit Oz nach vorn zu führen.

Dort am Ende des Raumes, vor der großen Fensterfront, die auf die Bucht mit dem Leuchtturm hinauszeigte, standen Oz' Vater in seinem schwarzen Talar, Jack im Frack und Kitty in einem von den roten Seidenkleidern, die Marianne auch für Daisys Brautjungfern ausgewählt hatte, Oz' Mutter und alle seine Geschwister, einschließlich Daisy und Steve.

Mariannes Eltern waren auch da, elegant und perfekt wie immer, die Augen schimmernd vor Tränen. Mariannes Mutter trat vor und überreichte Marianne ein Bouquet aus Calla, Lilien und Rosen, ganz so, wie Marianne sich ihren Brautstrauß immer vorgestellt hatte.

„Hatte ich vorhin eigentlich erwähnt, dass ich dich sofort heiraten will?", meinte Oz verschmitzt an ihrer Seite.

Marianne küsste ihn, unter dem donnernden Applaus von Familie und Freunden. Dann trat sie Hand in Hand mit Oz nach vorn in eine berauschende gemeinsame Zukunft.

– ENDE –

Kimberly Raye

Lektion in Sachen Liebe

Roman

Aus dem Amerikanischen von
Christian Trautmann

1. KAPITEL

Es gibt Männer, die sind einfach nur für Sex geschaffen.

Dieser Gedanke kam Paige Cassidy in dem Moment, als sie den Mann durch den Sucher ihrer Videokamera in der Menschenmenge auf der Hochzeit sah.

Es hatte weniger mit seinem Aussehen zu tun, obwohl er immerhin so gut aussah, dass selbst eine erklärte Männerhasserin wie Imajean Strickner ihre Zweistärkenbrille gerade rückte und ihre Schärpe glättete.

Er war groß, muskulös, gebräunt und über einen Meter achtzig groß. Seine breiten Schultern füllten seine schwarze Smokingjacke prachtvoll aus. In seinen zerzausten blonden sonnengebleichten Haaren fing sich das Licht, und sein kräftiges Kinn, die sinnlichen Lippen und seine ungezähmte Art ließen Paige an die offene Prärie, Wildpferde und heiße Nächte unterm Sternenhimmel denken.

Aber es war eben nicht nur sein Aussehen, das ihn so unglaublich sexy machte. Es war auch die Art, wie er sich bewegte.

Paige blinzelte und regulierte die Schärfe der Kamera. Ihr Blick war auf seine schlanken, gebräunten Finger gerichtet, die den Hals seiner Bierflasche auf und ab strichen, langsam und gleichmäßig, wieder und wieder mit sinnlichen Bewegungen, sodass Paige fast glaubte, seine Finger auf ihrem Körper zu spüren. Ein prickelnder Schauer durchrieselte sie.

Paige beobachtete, wie er sich zu der blonden Frau mit den blauen Augen beugte, die neben ihm an der Bar stand. Sie flüsterte ihm etwas ins Ohr. Seine Mundwinkel hoben sich zu einem verführerischen, zweideutigen Grinsen, das Paiges Herz schneller schlagen ließ.

Und dann die Art, wie seine klaren grauen Augen sich zu verdunkeln schienen, als sein Blick ihrem begegnete …

Ihre Hände wurden schlaff, und ohne den Gurt um den Hals hätte sie glatt die Kamera fallen lassen. Er hatte sich schon wieder der Blondine zugewandt, sodass Paige sich unwillkürlich fragte, ob sie sich diesen atemberaubenden Blickkontakt nur eingebildet hatte. Aber die Intensität seines Blickes, die Glut darin … das war mehr, als ihre Fantasie zustande brachte.

„Was hältst du von einem Tanz, Paige?"

Sie drehte sich um und sah Shelby Hoover mit seinem Strohhut in der Hand. Er starrte auf die verschrammten Spitzen seiner Boots, die

283

unter dem Saum seiner Jeans hervorschauten, und fuhr sich über die am Kopf klebenden schwarzen Haare. Seine schwarzen Schnurrbartenden zuckten, während er auf der Unterlippe kaute und auf ihre Antwort wartete.

Unglücklicherweise brachte Shelby ihre Hormone nicht in Aufruhr. Aber er war immerhin ein anständiger Kerl. Noch wichtiger war, dass er eine Familie gründen wollte. Und er flirtete nicht heftig mit hübschen Blondinen herum, die in Bars auf Männerfang gingen.

Shelby wollte mehr als eine lockere Beziehung, die man irgendwann, wenn sie einem zu kompliziert oder zu langweilig wurde, abbrechen konnte. Er wollte heiraten, träumte von einem eigenen Heim, zu dem selbstverständlich auch Kinder gehörten. Er wollte Beständigkeit.

Genau wie Paige.

Sie schaute auf den Brautstrauß, den sie aufgefangen hatte, und lächelte. In Paiges Vorstellung passten sie und Shelby perfekt zusammen, auch wenn er bis jetzt noch nicht den Mut gefunden hatte, sie um ein Date zu bitten. Aber sie gab die Hoffnung nicht auf. Shelby war einfach schüchtern und unsicher.

Diese Eigenschaften hatte Paige selbst nur zu gut gekannt. Bis vor sechs Monaten, als sie Cadillac, Texas, nach einer gescheitertenBeziehung hinter sich gelassen hatte. Sie hatte sich auf direktem Weg nach Inspiration und in ein besseres Leben gemacht.

Damals war sie zwar entschlossen, aber auch ängstlich gewesen. Aber dann hatte sie Debbie Strickland kennengelernt, die Besitzerin und Herausgeberin der einzigen Zeitung der Stadt und jetzt die schönste Braut, die sie je gesehen hatte.

Paige richtete ihre Aufmerksamkeit auf Debbie, die auf der anderen Seite des Saals neben ihrem Bräutigam stand. Die Frau hatte ihr einen Job gegeben und ihr geholfen, wieder Fuß zu fassen, weswegen Paige gern bereit war, ihre neu erworbenen Kenntnisse im Umgang mit der Videokamera einzusetzen, um die Hochzeit ihrer Freundin mit Jimmy Mission zu filmen, dem attraktivsten Mann im ganzen Bezirk.

Widerstrebend sah sie erneut zur Bar. Na gut, eher einer der attraktivsten Männer im ganzen Bezirk. Seit sein jüngerer Bruder aufgetaucht war, hatte Jimmy eindeutig Konkurrenz bekommen.

Jack Mission war eine Legende in der Stadt. Der kühle, unnahbare „Wanderer", der immer mal wieder nach Inspiration kam und dann wieder verschwand. Laut Debbie, die dank ihrer Klatschkolumnistin Dolores Guiness alles über jeden in der Stadt wusste, war Jack ein berüchtigter Herzensbrecher und daher kein Mann, an den Paige einen Gedanken verschwenden sollte.

Ihre Gedanken sollten bei Debbie sein und dabei, die Hochzeit so gut wie irgend möglich zu filmen. Debbie war eine der wenigen Menschen gewesen, die ihr halfen, nachdem ihr erbärmlicher Exmann sie in dieser kleinen Stadt in Texas sitzen gelassen hatte. Dank ihrer beharrlichen Ermutigung war es Paige gelungen, ihre Schüchternheit zu überwinden und sich dafür ein wenig Frechheit zuzulegen. Sie hatte ihre Zurückhaltung aufgegeben und verhielt sich jetzt freimütiger und selbstbewusster, und das bekam ihr gut.

Woodrow. Sein Name kam ihr in den Sinn, und bevor sie es verhindern konnte, hob sie die Hand, um den Sitz ihrer Haare zu überprüfen. Woodrow hatte ihre wehende Mähne stets gehasst. Entweder waren ihre Haare zu lang oder zu kurz, zu glatt oder zu lockig oder einfach nicht richtig gewesen.

Erneut traf ihr Blick auf ein ausdrucksvolles graues Augenpaar, und sie hielt inne. Ein heißer Schauer überlief sie und verdrängte die lebenslange Unsicherheit, bis sie nur noch ihren Puls spürte und ein vertrautes Kribbeln im Bauch.

Er sah so aus. Diese Augen und diese Lippen … ein wenig voll vielleicht für einen Mann, aber genau richtig zum Küssen …

„Paige?"

Beim Klang von Shelbys Stimme fuhr Paige herum und errötete. Du liebe Güte, sie hatte ihn völlig vergessen! Was war nur in sie gefahren? „Ist alles in Ordnung mit dir?", wollte er wissen. „Deine Wangen sehen ein bisschen gerötet aus." Er betrachtete sie genauer. „Vielleicht sollten wir das mit dem Tanzen lieber auf ein andermal verschieben."

„Nein", platzte sie heraus, denn sie wollte Shelby nicht entmutigen, nachdem er sich endlich ein Herz gefasst und sie zum Tanzen aufgefordert hatte.

„Sei nicht albern." Sie setzte ihr strahlendstes Lächeln auf. „Ich bin nur müde davon, diese Videokamera dauernd mit mir herumzuschleppen. Ich würde sehr gern tanzen. Dann kann ich dieses Ding wenigstens für eine Weile weglegen." Sie legte die Kamera auf einen Tisch und reichte Shelby die Hand. Den Brautstrauß hielt sie immer noch fest in der anderen Hand. Paige war entschlossen, die Anziehung, die der einige Meter entfernt von ihr stehende Jack auf sie ausübte, zu ignorieren.

Ein paar Sekunden später bewegte sie sich über die Tanzfläche, als wäre sie die geborene Tänzerin. Das war umso bemerkenswerter, als sie bis vor einem Monat – bevor sie Earl Sharps Tanzkurs für Anfänger besucht hatte – noch die schlechteste Tänzerin weit und breit gewesen war.

Paige Cassidy war in allem die Schlechteste gewesen.

Aber das war jetzt Vergangenheit.

Sie hatte ein neues Leben begonnen, hatte ein neues Kapitel in ihrem Leben aufgeschlagen. Früher war sie dumm und naiv gewesen. Doch damit war jetzt Schluss. Im Moment steckte sie gerade in einem aufregenden Veränderungsprozess. Sie war dabei, sich von ihrer Herkunft zu befreien und ihr Potenzial auszuschöpfen, indem sie verschiedene Fortbildungskurse absolvierte.

Die Vergangenheit lag endgültig hinter ihr, und Paige sah nach vorn, in die Zukunft, die sie sich um einiges besser vorstellte als das, was hinter ihr lag.

Wie von selbst wanderte ihr Blick jetzt wieder zu dem attraktiven Mann an der Bar, bevor sie sich zusammennahm und im Stillen tadelte.

Männer wie Mr Made For Sex hatten nur eines im Sinn, wenn es um Frauen ging, und das war keine Zukunft mit Frau, Heim und Kindern. Jack mochte für eine heiße, stürmische Nacht gut sein, aber nicht für eine dauerhafte Beziehung mit all den Höhen und Tiefen, die der Alltag so mit sich brachte. Und das war nun einmal die einzige Art von Beziehung, an der Paige an diesem Punkt ihres Lebens interessiert war. Sie war schon einmal auf einen Typ wie Jack Mission hereingefallen, und es hatte ihr nichts außer Kummer bereitet.

Wenn sie das nächste Mal mit einem Mann schlief, dann mit einem, der auch am nächsten Morgen noch da war, und am übernächsten. Es würde jemand sein, der nicht die besten Jahre ihres Lebens nahm und dann eines Tages mit Mary Jean Wallaby verschwand, der Friseuse vom „Piggly Wiggly", die sich rühmen konnte, die größten Brüste in der Gegend zu haben.

Es würde kein notorischer Schürzenjäger sein wie Jack Mission. Auch wenn ihr Herz noch so heftig pochte, sobald sie in seine Richtung sah.

Nachdem er dreißig Jahre gelebt hatte, gab es nur noch zwei Dinge in Jacks Leben, die er sorgfältig vermied: erstens in Reichweite eines frisch zugerittenen Pferdes stehen zu bleiben, und wenn es noch so ruhig erschien, und zweitens zu tanzen.

Natürlich hatte er nichts gegen das Tanzen an sich. Das machte Spaß – das Berühren, das Sich Anschmiegen, das Finden eines gemeinsamen Rhythmus.

Er sah zu der Rothaarigen, die sich mit ihrem Tanzpartner, zu dem sie eine Armlänge Abstand hielt, über die Tanzfläche bewegte, und musste unwillkürlich grinsen. Wenn er sich zu einem sinnlichen Song bewegte, dann so, dass er seiner Partnerin näherkam. Aber nicht jeder schien diese Einstellung zu teilen.

Die Rothaarige tanzte so, wie sie alles andere tat – steif und korrekt. So, wie sie die Videokamera hielt – in gerader Haltung, mit ernstem Gesichtsausdruck, als würde sie einen Nachrichtenbeitrag filmen statt eine Hochzeit. Er dachte daran, wie sie den Brautstrauß gefangen hatte – wieder war ihm ihre hölzerne Art aufgefallen, so als hätte sie sich selbst Zügel angelegt. Sogar als sie ihr Stück von der Hochzeitstorte gegessen hatte – eine Serviette auf dem Schoß, den Mund nach jedem Bissen fest geschlossen, ohne dass auch nur ein Krümel auf ihr hochgeschlossenes geblümtes Kleid fiel –, hatte sie steif und verkrampft gewirkt.

Sein Blick glitt von ihren Schultern zu ihrer Taille – oder wo die Taille in einem Kleid zu erkennen wäre, das die Figur stärker betonte. Dieses Kleid jedoch hing an ihr herunter und ließ sie von den Schultern bis zu den zierlichen Fesseln formlos aussehen. Er registrierte das funkelnde Fußkettchen, und die Vorstellung reizte ihn, es zu berühren.

Verrückt. Sie war überhaupt nicht sein Typ. Sie war wie all die anderen Frauen hier, die sich praktisch darum gerissen hatten, den Brautstrauß seiner neuen Schwägerin aufzufangen. Sie hatten alle die Ehe im Sinn, jede einzelne von ihnen.

Und mit einer solchen Frau zu tanzen, besonders in einer kleinen Stadt wie Inspiration, war gleichbedeutend damit, ihr den Hof zu machen. Eins führte zum anderen, und ehe er wusste, wie ihm geschah, würde er schon wieder im Smoking dastehen, nur dass er dann nicht der Trauzeuge sein würde, sondern derjenige, der das Eheversprechen gab.

Aber diesen Fehler hatte er schon einmal begangen. Er würde ihn nie wieder begehen.

„Wie wär's?" Die attraktive Blondine neben ihm deutete zur Tanzfläche.

„Ich weiß die Einladung wirklich zu schätzen." Er lächelte und hob die Flasche. „Aber ich bin noch mit meinem Bier beschäftigt, Süße." Er trank einen winzigen Schluck.

„Später vielleicht?"

Er wollte schon ablehnen, doch sie machte ein so hoffnungsvolles Gesicht, dass er es nicht übers Herz brachte, sie zu enttäuschen. Ehe er es verhindern konnte, nickte er. „Ja, später." Er sah ihr nach, wie sie zu der Gruppe Frauen zurückkehrte, die sich in der Nähe des Kuchenbüfetts aufhielt. Mindestens die Hälfte von ihnen hatte ihn schon zum Tanzen aufgefordert.

Er schaute auf sein Bier. In spätestens drei Schlucken war „später", und dann würde er bei allen sein Wort einlösen müssen. Himmel, er musste sich schleunigst etwas einfallen lassen, um dem zu entgehen.

„Komm schon, Prachtkerl, lass uns tanzen."

„Tut mir leid, Süße, aber ich bin noch …" Jack verstummte, als er seine Schwägerin sah. Sie lächelte ihn an und war in Weiß genauso schön, wie er es sich vorgestellt hatte, nachdem er erfahren hatte, dass Jimmy endlich den Bund fürs Leben schließen würde. Sie hatte langes dunkles Haar, hellblaue Augen und eine Figur, die seinen Bruder zweifellos angelockt hatte wie der Nektar die Bienen. Jack hatte jedoch keinen Zweifel, dass vor allem ihre Intelligenz und ihr mitfühlendes Wesen ihn eingefangen hatten.

„Das ist Tradition", erklärte Debbie. „Du musst mit der Braut tanzen, besonders dann, wenn der Bräutigam damit beschäftigt ist, neue Zuchttechniken mit seinem neuen Stiefvater an der Bar zu besprechen."

Jack sah zu dem Trio, das ein paar Meter entfernt stand – Jimmy, seine Mutter und ein älterer Mann mit einem grauen Schnurrbart. Der Mann legte den Arm um Jacks Mutter, und sie lächelte.

„Seit die beiden vor ein paar Monaten vor den Altar getreten sind, strahlt sie übers ganze Gesicht. Sie sieht glücklich aus, findest du nicht?"

„Sehr." Das freute Jack, denn als er seine Mutter zuletzt gesehen hatte, war sie in Schwarz gekleidet gewesen und hatte ein tränennasses Taschentuch in der Hand zerknüllt, während der Sarg seines Vaters in die Erde gelassen wurde. Ein Herzinfarkt hatte ihn vor einigen Jahren umgebracht, als er mit dem Pferd unterwegs gewesen war, um die Zäune zu kontrollieren. Jacks Mutter hatte es sehr schwer getroffen, doch irgendwann hatte sie ihr Leben wieder aufgenommen, ganz so, wie sein Dad es gewollt hätte. Jack lächelte. Nach all dem Schmerz hatte seine Mutter ein wenig Glück verdient. „Red scheint ein guter Mann zu sein."

„Das ist er. Apropos Mann, ich habe inzwischen mit jedem hier getanzt, der ein X-Chromosom besitzt, außer mit Jupiter Daniels, von dem im Veteranenverein das Gerücht kursiert, sein X-Chromosom sei fraglich. Bleibt also nur noch mein Schwager übrig."

„Dann bin ich also dein letzter Ausweg?"

„Vielleicht habe ich mir das Beste ja auch nur bis zum Schluss aufgehoben." Sie nahm ihm die Flasche aus der Hand und leerte sie mit einem Schluck. „Jetzt bist du fertig. Komm schon."

„Nette Hochzeit", murmelte er, sobald sie sich über die Tanzfläche bewegten. Er nahm einen schwachen Duft nach Äpfeln und Zimt wahr, und als er den Kopf drehte, entdeckte er die Rothaarige. Sie machte ein ernstes Gesicht, und ihre vollen Lippen bewegten sich, während sie jeden Schritt zählte. Sie war so steif, dass er das verrückte Verlangen verspürte, sie an sich zu ziehen, um herauszufinden, ob er sie nicht ein wenig auflockern konnte.

Natürlich hatte das nichts mit der Tatsache zu tun, dass sie den sinnlichsten Mund besaß, den er je bei einer Frau gesehen hatte. Und es hatte nichts damit zu tun, dass er diese Lippen auf seinen spüren wollte. Vielmehr ging es ums Prinzip. Sie waren auf einer Hochzeit, einem fröhlichen Anlass. Also sollte sie sich auch amüsieren.

„Das ist Paige Cassidy."

„Aha." Er richtete seine Aufmerksamkeit wieder auf Debbie und verdrängte die Fantasien, auf wie viele verschiedene Arten er die Rothaarige dazu bringen würde, sich zu entspannen. Eine Frau wie Paige Cassidy zu berühren oder zu küssen, ja nur an sie zu denken, war wirklich das Letzte, was er gebrauchen konnte. Ganz gleich, wie er sich plötzlich wünschte, er könnte seine Fantasien wahr machen und herausfinden, ob sie wirklich so verklemmt war, wie sie wirkte.

„Sie arbeitet für mich bei der Zeitung."

„Aha."

„Sie ist hübsch, nicht wahr?"

Er kniff die Augen zusammen. „Vergiss es."

Debbie zuckte die Schultern. „Was ist los? Magst du keine Frauen?"

„Nicht diese Sorte Frauen."

„Und was für eine Sorte ist sie?"

„Die heiratswillige."

„Was ist an den Heiratswilligen verkehrt?"

„Nichts. Sie sind nur nicht mein Fall."

Debbie warf ihm einen wissenden Blick zu. „Du hast die freiheitsliebenden Singles lieber, was?"

„Die haben ihre Vorteile."

„Klar, sie bekommen allein von der Vorstellung einer festen Beziehung Ausschlag."

Jack grinste. „Sag mal, hat Jimmy dir Nachhilfe darin gegeben, sich in die Angelegenheiten anderer einzumischen? Du bist nämlich wirklich gut darin."

Sie lächelte zufrieden. „Findest du?"

„Du könntest geradezu dafür geboren sein."

„Vielen Dank, aber deine Schmeicheleien werden mich nicht zum Verstummen bringen." Sie musterte Paige. „Findest du sie nicht schön?"

Er schüttelte den Kopf. „Ich verweigere die Aussage. Nachher wird alles, was ich sage, gegen mich verwendet."

„Doch, sie ist schön. Und sie ist klug. Außerdem ist sie unglaublich nett. Ich finde, ihre Brille macht sie sexy. Findest du nicht?"

„Von mir wirst du nichts hören."

„Ach komm schon, Jack."

„Auf keinen Fall. Wenn ich dir zustimme, schleifst du mich umgehend zu ihr, und wenn ich dir nicht zustimme, trittst du mir wahrscheinlich auf den Fuß."

„Das tue ich sowieso."

Er grinste. „Wie auch immer, die Frau riecht nach Ärger, und davon hatte ich schon genug."

Seine Schwägerin verzog verärgert den Mund. „Du solltest endlich mal eine nette Frau kennenlernen." Als sei ihr gerade klar geworden, was sie da gesagt hatte, schüttelte sie den Kopf. „Du liebe Zeit, was geschieht mit mir? Freiheit war mein Mittelname. Ich bin seit knapp fünf Stunden verheiratet und schon halte Plädoyers für die Freuden der Ehe." Sie runzelte die Stirn. „Such dir deine Frau selbst. Achte nur darauf, dass sie nett ist."

„Jawohl, Ma'am."

„Und klug."

„Klar, Boss."

„Und hübsch." Er hob die Brauen. „Schon gut, schon gut", meinte Debbie beschwichtigend. „Ich höre ja auf. Verrätst du mir, wie lange der verlorene Sohn diesmal bleibt?"

„Wie lange bleibt ihr in den Flitterwochen?"

„Zwei Wochen."

„Dann schätze ich ungefähr zwei Wochen."

„Sehr witzig."

„Das ist mein Ernst."

„Ich weiß. Das ist ja das Problem. Du brauchst nicht sofort wieder zu verschwinden, sobald wir aus dem Flugzeug gestiegen sind", meinte

Debbie. „Du könntest ruhig noch länger bleiben." Da er schon wieder genervt wirkte, fügte sie rasch hinzu: „Es geht nicht ums Heiraten, sondern darum, endlich sesshaft zu werden. Du kannst schließlich nicht ewig von einem Ort zum andern ziehen. Du bist jetzt dreißig. Da wird es allmählich Zeit, irgendwo Wurzeln zu schlagen."

„Es gefällt mir aber, von Ort zu Ort zu ziehen. Deshalb verschwinde ich auch, sobald ihr wieder zurück seid. Ich habe für nächsten Monat einen Job in Santa Fe angenommen, auf einer der größten Ranches im Südwesten. Sie züchten und reiten ihre eigenen Pferde für den Viehtrieb zu. Der Pferdetrainer hat wegen eines Notfalls in seiner Familie gekündigt. Ich springe für ihn ein."

„Vorübergehend."

„Genau."

„Das ist ziemlich weit weg."

„Ja."

„Vermisst du deine Familie nicht?", fragte Debbie.

„Natürlich. Aber Jimmy ist mit dir und seiner neuen Baufirma beschäftigt. Du hast deine Zeitung. Mom ist ab morgen mit Red unterwegs zur Endausscheidung der Senioren-Rodeos in Las Vegas." Red Bailey war der älteste lebende Rodeoreiter und seit fünf Jahren hintereinander Weltmeister in seiner Klasse. „Meine Familie ist also ziemlich beschäftigt, also wird es wohl kaum jemanden kümmern, ob ich nun bleibe oder nicht. Sag mal, ich dachte, du wolltest tanzen?"

„Das tun wir."

„Wir reden. Das hier ist Tanzen." Und damit begann er, sie über die Tanzfläche zu wirbeln.

Zum Glück war die Unterhaltung beendet, und für die nächsten dreißig Sekunden tanzten sie einträchtig, bis der Song zu Ende war und Debbie Jack an sich drückte.

„Danke, Jack. Und viel Glück."

„Sollte ich nicht eher dir Glück wünschen?", entgegnete er. „Immerhin bist du diejenige, die meinen starrköpfigen Bruder geheiratet hat. Du ahnst ja nicht, was du dir da eingehandelt hast."

„Das mag sein. Aber ich denke, damit werde ich locker fertig." Lächelnd schaute sie an ihm vorbei. „Bin ich froh, dass ich nicht derjenige bin, hinter dem ungefähr ein Dutzend Frauen her ist." Sie gab ihm einen Kuss auf die Wange. „Sei tapfer." Dann eilte sie davon.

Jack drehte sich um und sah, wie die Frauen auf ihn zustürmten, um den nächsten Tanz einzufordern.

Einen Moment lang überlegte er, rasch an die Bar zu flüchten. Dann fiel sein Blick auf die Rothaarige, die gerade die Tanzfläche verlassen wollte.

Sie ist nicht dein Typ, Cowboy, sagte eine kleine Stimme in ihm.

Das stimmte. Sie war genau wie die anderen, die es auf einen Ehemann abgesehen hatten. Doch im Gegensatz zu den anderen steuerte sie nicht in seine Richtung. Um genau zu sein, sie hatte ihn nicht einmal angelächelt, als sich ihre Blicke vorhin trafen. Aus welchem Grund auch immer, es hatte den Anschein, als wäre Paige Cassidy nicht im Mindesten an ihm interessiert.

Trotzdem war es eine Schande, dass jemand bei einem so fröhlichen Anlass keinen Spaß hatte. Sie musste unbedingt lockerer werden – und Jack brauchte einen rettenden Engel.

Er machte zwei Schritte und griff nach ihrer Hand.

„Was ... was tun Sie?", rief Paige empört, als Jack Mission seinen Arm um ihre Taille legte und sie wieder auf die Tanzfläche führte.

„Als ich zuletzt hingesehen habe, hieß es noch tanzen", antwortete er, zog sie in seine Arme und begann sich mit ihr zu bewegen.

Paige hatte Mühe, ihm nicht auf die Füße zu treten, so verwirrt war sie von seiner Nähe. Er war ihr zu nah, und es geschah zu plötzlich. Was glaubte er eigentlich, was er da tat? Er hatte sie nicht einmal um diesen Tanz gebeten!

„Ich glaube nicht ...“

„Es hat nichts mit Glauben zu tun, Süße, sondern mit Bewegung. Sie können sich doch bewegen, oder?"

Die Art, wie er sie ansah – die eine blonde Braue gehoben, ein Funkeln in den klaren grauen Augen –, empörte sie. „Selbstverständlich kann ich das." Das hatte sie sich ja auch einiges kosten lassen.

„Dann beweisen Sie es."

Sie hatte zwei Möglichkeiten. Sie konnte flüchten, was allerdings nicht leicht werden würde, da Jack Missions Arm fest um ihre Taille lag. Oder sie konnte sich beruhigen und konzentrieren, um die nächsten Minuten durchzustehen, ohne sich vor allen Leuten zu blamieren.

„Was tanzen wir?"

„Die Entscheidung überlasse ich Ihnen."

„So geht das nicht. Die Art des Tanzes hängt vom Takt und Tempo des Songs ab. Dies ist ein Twostepp. Wir sollten also schneller tanzen." Er zog sie noch näher zu sich heran.

„Mir kommt es schon ziemlich schnell vor."

„Wir tanzen aber zu langsam und zu eng." Paige stemmte sich gegen seine Brust und schaffte dadurch ein wenig dringend benötigten Abstand, sodass sie wenigstens wieder atmen konnte. Noch wichtiger war, dass sie auch wieder klar denken konnte. „Für dieses Tempo brauchen wir mehr Geschwindigkeit und Abstand."

„Der Abstand kommt mir ausreichend vor."

Wenn es nur so wäre, dachte sie. Doch Jimmy Mission schien sie förmlich zu überwältigen mit seiner Wärme, seinem Duft, seiner Nähe. Sie fühlte sogar das gleichmäßige Schlagen seines Herzens …

Der Gedanke riss ab, als sie einen Schritt ausließ und über einen seiner Stiefel stolperte. „Oh nein!", stieß sie hervor, verärgert über ihre Ungeschicktheit.

„Macht doch nichts."

„Ich habe einen Schritt ausgelassen."

„Ich habe es nicht mal bemerkt."

„Ich lasse nie einen Schritt aus."

„Man soll niemals nie sagen."

Sie starrte ihn an. „Sie bringen mich aus dem Takt."

„Wer? Ich?" Ein Lächeln erschien auf seinem Gesicht, das ihren Puls beschleunigte, sodass sie ihm erneut auf den Fuß trat.

„Verdammt!"

Jack grinste breit. „Süße, entspannen Sie sich."

„Wenn Sie mir wenigstens verraten würden, was für einen Tanz Sie tanzen, würde ich nicht ständig Fehler machen."

„Sind Sie immer so steif?"

„Ich bin nicht steif. Ich weiß nur gern, was ich tue."

„Süße, atmen Sie einfach tief durch und entspannen Sie sich. Schließlich sind wir nicht bei einem Tanzturnier."

Atmen? Sich entspannen? War er verrückt? Beim Tanzen musste man doch nicht auf die Atmung achten, sondern auf die Schrittfolge.

Ihre Gedanken schweiften ab, als Jack seine Hand auf ihren Rücken legte und sie wieder an sich drückte. Ihre weichen Rundungen wurden an seine harten Muskeln gepresst, und die Luft entwich aus Paiges Lungen, ehe sie wieder tief einatmete. Das war ein Fehler, da sein Duft erneut ihre Sinne benebelte und sie erschauern ließ, sodass sie nicht mehr auf den Rhythmus achtete, sondern ein zweites Mal tief einatmete, und dann ein drittes Mal.

„So ist es schon besser. Sie waren viel zu angespannt."

„Ich habe nur die klassische Tanzhaltung eingenommen."

„Es sah eher aus, als hätten Sie …"

„Gute Haltung", unterbrach sie ihn. „Lektion Nummer eins."

„Sagt wer?"

„Earl Sharp von Earls Tanzschule. Lektion Nummer zwei", fuhr sie fort und versuchte vergeblich, sich von ihm zu lösen, „besagt, dass stets gute zehn Zentimeter Abstand zwischen den Tanzpartnern befinden sollten."

„Dann macht es doch keinen Spaß."

„Aber so ist es korrekt."

„Aber es macht keinen Spaß. Und ich habe gern meinen Spaß."

„Und ich weiß gern, was ich tue." Nie wieder wollte sie das Gefühl haben, keine Kontrolle mehr zu haben. Doch genau dieses Gefühl weckte Jack Mission in ihr. Kein Wunder, dass sie am liebsten vor ihm geflüchtet wäre.

Er zwinkerte ihr zu. „Sie machen das gut. Sie sind vielleicht ein bisschen unbeholfen mit den Füßen, aber mir gefällt die Art, wie Sie meine Schulter streicheln."

Erst jetzt registrierte sie, dass ihre Hand über den weichen Smokingstoff über seinen breiten Schultern strich. Sofort ballte sie die Faust. Sein Grinsen wurde noch breiter.

„Welche Lektion verrät uns etwas über das Streicheln, Süße? Lektion vier oder fünf? Oder improvisieren Sie einfach?"

„Ja. Ich meine, nein. Ich wollte damit nicht …" Sie runzelte die Stirn. Eine Erklärung? Sie hatte keine Erklärung außer der, dass sie wegen Jack Mission in zwei Minuten alles vergessen hatte, was sie in dem sechswöchigen Tanzkurs gelernt hatte. Sie war ihm auf die Füße getreten und benahm sich wie ein schüchterner Teenager, der zum ersten Mal mit seinem großen Schwarm tanzt. Dabei war Jack ganz und gar nicht ihr Typ. Er verkörperte alles, was sie bei einem Mann ablehnte.

Ihr Körper schien jedoch nicht dem Urteil ihres Verstandes zu folgen, denn ihre Brustspitzen waren hart geworden und hatten sich aufgerichtet.

Als hätte Jack das genau gespürt, lächelte er wissend und neigte den Kopf, sodass sein Mund ihr Ohrläppchen streifte. „Vielleicht sind Sie doch nicht so zugeknöpft, wie Sie aussehen."

„Ich bin nicht zugeknöpft."

Er betrachtete sie einen langen Moment. „Doch, das sind Sie. Und hochnäsig sind Sie auch."

„Das bin ich nicht", protestierte sie und zwang sich, nicht mehr auf seinen wundervollen Duft, seine wirklich prachtvollen breiten Schultern und seine geschmeidigen Bewegungen zu achten. Sie konzentrierte sich krampfhaft auf ihre Schritte, bis der Song endlich zu Ende war und sie sich von ihm lösen konnte.

Sie wollte sich umdrehen und davonlaufen, doch ihre Neugier war stärker. „Was meinen Sie mit hochnäsig?"

„Küssen Sie mich, dann verrate ich es Ihnen vielleicht."

Seine Worte ließen sie erschauern, und ihr Herz schlug schneller. Einen kurzen Moment lang stellte sie sich vor, wie es sein würde, seine Lippen auf ihrem Mund zu spüren. Dann erwachte ihr gesunder Menschenverstand wieder, und mit ihm die Empörung. „Sie küssen?" War das etwa sein Ernst? „Nur zu Ihrer Information: Ich kann Sie nicht mal besonders leiden." Und damit drehte sie sich um und verschwand.

Sein tiefes, leises Lachen folgte ihr. „Was glauben Sie, weshalb ich Sie zum Tanzen aufgefordert habe?"

2. KAPITEL

*H*e, Jack, haben Jimmy und Debbie dir das Aufräumen ganz allein überlassen?" Red Bailey klopfte Jack auf den Rücken und zwirbelte das eine Ende seines grauen Schnurrbartes, während er darauf wartete, dass Jacks Mutter sich von Richter Baines verabschiedete, der die Trauung vorgenommen hatte.

„Sie haben es mir überlassen." Nell Ranger, die Haushälterin der Missions, die praktisch mit zur Familie gehörte, lief mit einem Karton voller Müll vorbei. Sie trug ein blaues Kleid mit einer zerknitterten hellroten Ansteckblume. „Die beiden jungen Leute sind nicht so dumm zu erwarten, dass dieser Junge hinter ihnen aufräumt. Früher hat er nicht mal seine Unterwäsche weggepackt, und ich wette, daran hat sich bis heute nicht viel geändert."

Jack tat empört. „Die Wette verlierst du, weil ich nämlich schon seit Jahren keine Unterwäsche mehr herumliegen lasse."

Nell, die jetzt dabei war, schmutzige Gläser auf ein Tablett zu stellen, hielt inne. „Willst du mir damit etwa sagen, dass du ein neues Leben begonnen hast?"

„Nicht direkt." Er zwinkerte und zog sein Jackett aus. „Ich trage bloß einfach keine Unterwäsche mehr."

„Nur damit du sie nicht mehr aufsammeln musst." Nell schüttelte den Kopf und lud sich schmutzige Kuchenteller auf den Arm.

„Wenn ich es nicht besser wüsste, würde ich glatt behaupten, dass du errötest, Nell Ranger." Jack löste seine Fliege und stopfte sie in die Tasche.

„Unsinn." Sie stellte die Teller auf ein Tablett. „Seit ich für deine Mom arbeite, werde ich nicht mehr rot. Wenn ich jedes Mal einen Penny bekommen hätte, wenn du oder dein Bruder etwas Ungehobeltes von euch gegeben habt, wäre ich jetzt eine reiche Frau."

„Reich?" Er schlang die Arme um ihre üppige Taille und drückte Nell liebevoll. „Ich wollte schon immer eine reiche alte Lady haben." Er gab ihr einen Kuss auf die Wange, bevor sie ihn wegscheuchte.

„Du brauchst nicht zu helfen. Myrtle und die Mädchen kommen zum Aufräumen rüber, sobald sie sich umgezogen haben."

„Ich würde gern helfen."

„Und die alten Schreckschrauben mit deinem Zwinkern und Lächeln von der Arbeit ablenken? Nein danke. Geh ins Bett. Nachdem du heute erst eine halbe Stunde vor der Trauung angerauscht bist, musst du doch todmüde sein."

Was erklären könnte, wieso er etwas so Dummes getan hatte, wie Paige Cassidy zu einem Kuss herauszufordern. Natürlich, Erschöpfung führte dazu, dass ein Mann verrückte Dinge tat. Das sollte er eigentlich wissen. Nach dem Tod seiner Frau hatte er sechs Monate lang kaum gegessen oder geschlafen. Stattdessen hatte er getrunken, nur um eines Morgens in Las Vegas aufzuwachen und festzustellen, dass er zum zweiten Mal verheiratet war, mit einer Frau, die er keine zwei Stunden kannte.

Nie wieder.

Er würde jetzt ein wenig schlafen und Paige vergessen. Auch wenn das kleine Geplänkel mit ihr der größte Spaß gewesen war, den er seit Langem gehabt hatte. Dem Verlangen nach zu urteilen, das er in jenen knisternden Momenten in ihren Augen entdeckt hatte, war sie ebenso fasziniert und erregt gewesen von der Aussicht auf einen Kuss wie er.

Allerdings nur für einen Moment. Dann war Miss Hochnäsig wütend geworden und hatte erklärt, sie könne ihn nicht leiden. Allein diese Tatsache machte sie zur perfekten Frau, um seine Begierde zu stillen. Eine Begierde, die ebenso heftig in ihr loderte wie in ihm. Er war mit genügend Frauen zusammen gewesen, um eine hungrige Frau zu erkennen. Paige sehnte sich ebenso wie er nach Erfüllung. Und sie hatte keinerlei romantische Vorstellungen von ihm. Die Romantik war für ihn seit dem Tag erledigt, als er zugesehen hatte, wie der Pfarrer die erste Hand voll Erde auf den Sarg seiner Frau geworfen hatte. Der einzigen Frau, die er je geliebt hatte.

„Ich kann Sie nicht einmal besonders leiden."

Ja, sie war genau richtig, was bedeutete, dass er ihr gleich morgen einen Besuch abstatten würde, um zu sehen, ob Paige Cassidy seine Herausforderung annehmen würde. Geduld war nie seine Stärke gewesen.

Er konnte nur hoffen, dass Paige ebenso ungeduldig war wie er. Sonst würde ihm die Zeit in Inspiration höllisch lang werden.

„Ich muss sie haben", erklärte Paige dem jungen Mann, der auf der anderen Seite ihres Schreibtisches saß. „Sofort."

Er lehnte sich zurück, die Knöchel gekreuzt. Seine Füße steckten in orangefarbenen Gummisandalen, passend zu den orangefarbenen Blumen auf seiner Hawaiishorts. Wally, Debbies früherer Drucker, der mittlerweile der Redaktion angehörte, hätte in diesem Aufzug eher an den Strand gepasst als in die kleine Redaktion von Inspirations einziger Zeitung „In Touch".

Paige wischte sich den Schweiß von der Stirn. Es war heiß wie an einem Tag am Strand. Noch heißer sogar, dank der fehlenden Fenster und der kaputten Klimaanlage.

„Immer mit der Ruhe." Wally zog am Strohhalm in seinem Eistee, ehe er seine Aufmerksamkeit wieder auf das aufgeschlagene Magazin auf seinem Schoß richtete. „Wieso die Eile?"

„Ich habe in einer halben Stunde ein Meeting und noch jede Menge Arbeit vorher zu erledigen. Ich muss die Notizen zu deinem Artikel sehen, damit ich den Text schreiben kann, bevor ich gehe."

„Dann mach es eben später. Wir haben erst Wochenanfang. Die nächste Ausgabe kommt nicht vor Freitag heraus."

„Bis dahin habe ich noch genug Arbeit. Die Zeitung wird nie pünktlich erscheinen, wenn wir alles bis zur letzten Minute aufschieben. Wir haben Arbeit zu erledigen."

„Arbeite du. Ich streike wegen unerträglicher Arbeitsbedingungen." Er schaute verblüfft auf. „He, wusstest du, dass eine Frau letzte Woche in Gentryville, Kentucky, ein fast fünfzig Pfund schweres Baby zur Welt gebracht hat?"

„Glaubst du etwa, was du in diesen Sensationsblättern liest?"

„Ich schon", mischte sich eine Frau in den Fünfzigern ein, die an einem anderen Schreibtisch saß. Dolores Guiness wusste alles über jeden und verbreitete jedes schlüpfrige Detail in ihrer wöchentlichen Kolumne „Neues in der Stadt", auch bekannt als Klatschkolumne. „Nicht alles, wohlgemerkt. Aber diese Boulevardblätter drucken gelegentlich auch anständige Artikel. Wie zum Beispiel vor ein paar Jahren über unseren Präsidenten und dieses Flittchen. Oder über Michael Jackson und Lisa Marie Presley. Davon war einiges Mist, aber vieles stimmte auch."

„Aber ein fünfzig Pfund schweres Baby?", wandte sich Paige ungläubig an Dolores.

„Möglich ist es. Myrtle Simpcox' Nichte in Stafford kannte eine Frau, deren Nachbarin Zwillinge zur Welt brachte, von denen jeder fünfundzwanzig Pfund wog. Zähl das zusammen, dann hast du deine Fünfzig-Pfund-Geburt."

„Siehst du?", sagte Wally zufrieden.

„Ich halte es trotzdem für keine gute Idee, dieser Klatschzeitung zu glauben. Eine richtige Zeitung ist etwas anderes." Sie tippte auf die Ausgabe auf ihrem Schreibtisch. „Richtige Zeitungen berichten über richtige Nachrichten. Sie haben ihren Lesern gegenüber eine Verantwortung." Sie warf Wally einen Blick zu. „Sagt dir der Begriff Verantwortung noch etwas?"

Er machte ein verärgertes Gesicht. „Was versuchst du mir eigentlich zu sagen?"

„Dass du nicht nur den Lesern gegenüber Verantwortung hast, sondern auch Debbie. Sie hat dir die Leitung überlassen, weil sie dir vertraut."

„Sie lässt mich hier in dieser Hölle schmoren. Bei dieser Hitze kann ich nicht denken. Gib mir eine Klimaanlage, und ich bin ein hervorragender Reporter. Bis dahin kämpfe ich nur darum, meine Körpertemperatur auf einem vernünftigen Niveau zu halten. Möchtest du etwas Himbeertee? Jenny aus dem Imbiss hat ihn gebracht."

„Ist sie immer noch hinter dir her?"

„Leider." Er schüttelte den Kopf. „Du machst mir das Leben wirklich schwer."

Besagtes Elend resultierte aus Debbies berühmter Kolumne – „Debbies frecher Tipp der Woche" –, die Paige vor ein paar Monaten von Debbie übernommen hatte, als diese beschlossen hatte, ihr wildes Single-Dasein aufzugeben. Die Kolumne gab raffinierte Liebestipps für die unverheirateten Frauen aus Inspiration, wie zum Beispiel: „Schnapp ihn dir mit Süßigkeiten" oder: „Reiz ihn mit Reizwäsche". Da Wally einer der wenigen Junggesellen in der Stadt war, hatten die unverheirateten Frauen ihn zum perfekten Kandidaten auserkoren, um die neuesten Tipps auszuprobieren. Den Tee verdankte Wally der Kolumne aus der letzten Woche: „Weck seine Lust mit Eistee".

„Du solltest mir dankbar sein."

„Dafür, dass du mich meiner Privatsphäre beraubt, mich um meine Ruhe gebracht und eine Stadt voller sexhungriger Frauen erschaffen hast?"

„Das nehme ich dir im Namen der Frauen der Stadt übel. Privatsphäre ist ohnehin überbewertet. Und jetzt gib mir die Notizen."

„Sie sind in der obersten Schublade."

„Die neben dir?"

„Ja."

„Die, die knapp zehn Zentimeter von deiner rechten Hand entfernt ist?"

„Ganz genau." Er drehte seine Zeitschrift um und betrachtete das Foto der Frau mit dem fünfzig Pfund schweren Wonneproppen aus verschiedenen Winkeln. „Wahr oder nicht, so eine Geburt muss eine ziemlich schmerzhafte Angelegenheit sein."

„Ich sag dir, was schmerzhaft ist", meldete sich Dolores aus ihrer Ecke zu Wort und fasste sich an den Kopf. „Ich habe mir von Lisa im Cut-n-Curl die Haare färben lassen, und ich schwöre, sie hat mir mehr Haare ausgerissen als gefärbt."

„Du wirst mich nicht dabei ertappen, wie ich Ida an meinen Kopf lasse", erwiderte Wally. „Die Frau ist blind wie ein Maulwurf …"

Die Unterhaltung ging weiter, bis Paige verärgert seufzte, zu Wallys Schreibtisch marschierte und die Schublade aufzog. Sie nahm die Notizen heraus und setzte sich wieder an ihren Schreibtisch. Schweißtropfen liefen ihre Schläfe und ihren Hals herunter, und sie nahm ein Taschentuch, um sie abzutupfen.

Wally warf ihr einen wissenden Blick zu. „Ich habe dir doch gesagt, dass es besser ist, sich bei dieser Hitze nicht zu bewegen."

„Debbie wird dir den Hals umdrehen, wenn sie erfährt, dass du die ganze Woche bloß auf deinem Hintern gesessen hast, während sämtliche Ereignisse an uns vorbeiziehen."

„So wie es aussieht, wird mich vorher die Hitze umbringen. Außerdem ist Debbie tausend Meilen weit weg. Wie soll sie erfahren, dass ich in der Nachmittagshitze Siesta halte?"

„Weil Little Brother dich beobachtet", meinte Dolores.

Paige tupfte sich die Stirn ab. „Meinst du nicht Big Brother?"

„Sie meint Little Brother."

Beim Klang von Jack Missions Stimme richteten sich Paiges Nackenhaare auf. Sie öffnete die Augen und sah ihn am gelb gestrichenen Türrahmen lehnen. Ihr Herz schlug schneller. Er sah einfach zum Anbeißen aus.

Wally setzte sofort die Füße auf den Boden und begann so emsig in den Papieren auf seinem Schreibtisch zu wühlen, dass er fast das Glas Eistee umgeworfen hätte. „Ich wollte gerade wegen eines Reiseberichts recherchieren."

„Für eine Reise nach Gentryville, Kentucky?"

„Nein. Doch. Ich wollte schon immer nach Kentucky. Apropos gehen – ich muss das Interview für ,Menschen in unserer Stadt' mit Loretta Marks führen. Sie ist die neue Sonntagsschullehrerin aus Austin. Also dann bis später."

„Angesichts der Hitze hätte ich nicht gedacht, dass er sich so schnell bewegen kann", bemerkte Dolores, lehnte sich zurück und zielte mit ihrem tragbaren Ventilator auf ihr Gesicht, während sie Jack musterte. „Was bringt dich hierher?"

„Ich wollte meinen Smoking zurückgeben."

„Soweit ich mich erinnere, ist Earlines Reinigung ein ganzes Stück weiter weg von hier. Du bist mindestens einen Block weit vom Weg abgekommen."

„Ich brauchte ein bisschen Bewegung. Sag mal, Dolores, ist das eine neue Frisur?"

Sie lächelte verlegen und berührte ihre Haare. „Eigentlich ist es dieselbe Frisur. Ich habe mir nur letzte Woche die Haare färben lassen."

„Mein Kompliment an die Friseuse. Es sieht gut aus." Er tippte sich an den Hut, und Dolores errötete tatsächlich.

Paige blinzelte, um sicherzugehen, dass sie richtig sah. Dolores Guiness errötete nie. Sie brachte höchstens andere zum Erröten durch ihr Klatschmaul und ihre alles sehenden Augen. Aber diesmal waren ihre runden Wangen zweifelsohne rot geworden.

„Es ist eine Schande, dass ihr alle in dieser Hitze hier drinnen sitzen müsst."

„Was?"

„Na ja, eine hübsche Frisur wie deine wird in dieser Hitze nicht lange halten. Ist es hier immer so heiß?"

„Junge, Junge." Dolores schaltete ihren Ventilator ein. „Es ist wirklich heiß. Ich kann zum Tee der Kirchenfreundinnen nicht mit zusammengefallener Frisur gehen." Dolores suchte ihre Handtasche und ihre Notizen zusammen. „Ich werde meinen Artikel unten im Imbiss beenden, wo es kühler ist."

„Gute Idee." Jack zwinkerte, und Dolores errötete erneut, bevor sie zur Tür hinaus verschwand.

„Sie sind wirklich miteinander verwandt", bemerkte Paige.

„Wovon sprechen Sie?"

„Die einzige andere Person, die Dolores jemals zum Erröten gebracht hat, war Ihr Bruder Jimmy."

„Tja, was soll ich sagen?" Er zuckte die Schultern. „Es ist halt eine Gabe. Entweder man hat sie, oder man sie nicht."

Einige Momente vergingen in Schweigen, ehe Paige fragte: „Weswegen sind Sie denn nun hier?"

„Ich wollte meinen Smoking zurückgeben."

„Ich meine, hier."

„Weil Sie das hier gestern Abend liegen gelassen haben." Er hob die Hand, und erst jetzt fiel ihr der Brautstrauß auf.

„Danke. Den habe ich ganz vergessen."

„Freut mich zu hören."

„Was? Dass ich unter Vergesslichkeit leide?"

Er grinste. „Dass Sie nach unserem Tanz so aufgewühlt waren, dass Sie nicht mehr klar denken konnten."

„Ach, meinen Sie?"

„Schätzchen, ich weiß es. Sie wollten mich küssen."

„Sie wollten, dass ich Sie küsse. Wenn ich es gewollt hätte, hätte ich es getan." Sie schaute auf ihre Uhr. „Ich muss los. Ich muss zu einem J. R.-Treffen drüben im Gemeindezentrum." Sie nahm ihre Handtasche und ihr Notebook.

„Ich zeige Ihnen den Weg."

„Ich kenne den Weg."

„Dann können Sie mir ja den Weg zeigen. Ich glaube, das neue Gemeindezentrum habe ich noch gar nicht gesehen. Wann wurde es gebaut? Letztes Jahr?"

„Vor ungefähr fünf Jahren."

„Tja, ich komme nicht oft in die Stadt, wenn ich zu Hause bin."

„Wieso machen Sie das mit mir?"

„Was?", fragte er und folgte ihr.

„Mir nachlaufen."

„Vielleicht wollte ich schon immer zu einem J. R.-Meeting."

„Wissen Sie überhaupt, wofür J. R. steht?" Da er nur grinste, fuhr sie fort: „‚Jetzt reicht's‘."

„Genau das wollte ich sagen." Er ging neben ihr. „Was reicht den Leuten denn?"

Paige lächelte. Vielleicht war es gar nicht schlecht, dass er mitkam. Wenn er unbedingt ein Ärgernis sein wollte, würde die nächste halbe Stunde seine Meinung bestimmt ändern. „Das werden Sie schon sehen."

„Ich weiß nicht, ob es mir gefällt, wie Sie das sagen."

„Jetzt ist es zu spät für einen Rückzieher. Kommen Sie." Sie nahm seinen Arm und führte Jack die Straße hinunter.

„Und dann habe ich ihm gesagt, dass ich sehr gern ein Dessert möchte", berichtete Harriet Miller. „‚Muss das sein?‘ hat Harvey mich gefragt." Ihre Miene verfinsterte sich. „Also sagte ich, ja, ich will das Dessert. Ich habe es mir verdient, Harvey. Ich habe es verdient." Ihre Worte ernteten Applaus von den übrigen Frauen, die im Kreis saßen. Sie waren die Mitglieder von „Jetzt reicht's", der Frauengruppe zur Förderung des Selbstbewusstseins, die Paige seit einem Monat leitete.

„Das ist wunderbar", lobte sie die Frau und versuchte verzweifelt, dem Mann, der an der Wand neben der Tür lehnte und sie mit vor der Brust verschränkten Armen beobachtete, keine Beachtung zu schenken.

Eigentlich hatte sie damit gerechnet, dass er davonlaufen würde, sobald er begriffen hatte, worum es bei dem Treffen ging. Nicht viele Männer fühlten sich in einer Gruppe Frauen wohl, die ihrem Unmut Luft machten. Doch er hatte bloß gelächelt, einigen Frauen, die er kannte, Hallo gesagt und sich neben die Tür gestellt.

„Und was hast du genommen?", wollte Louisa Jenkins wissen. „Den Schokoladenkuchen oder den Apfelkuchen?"

„Den Apfelkuchen", verkündete Harriet zufrieden. „Mit einer doppelten Portion Eis und Karamellsoße."

„So ist's recht!"

„Gut so!"

„Eins zu null für die Frauen!"

„Danke, Harriet", sagte Paige und war entschlossen, das heiße Prickeln auf ihrer Haut zu ignorieren, das sie jedes Mal verspürte, wenn sie zu Jack sah. Inzwischen achtete sie darauf, ihn nicht anzusehen, ja nicht einmal an ihn zu denken. Fünfundzwanzig Minuten lang hatte sie es nun geschafft. Ein paar Minuten mehr würde sie auch noch schaffen. „Das war ein wundervolles Beispiel für ein neues Selbstbewusstsein. Möchte sonst noch jemand ein Erlebnis berichten?" Paige sah erwartungsvoll in die Runde, wobei sie darauf achtete, den Blick nicht zu lange auf Jenny Turnover ruhen zu lassen, dem jüngsten Mitglied der Gruppe.

Der Großteil der Gruppe setzte sich aus Frauen zusammen, die gegen ihre Ehemänner rebellierten. Paige hatte jedoch den Eindruck, dass Jenny mehr bedrückte als ein Ehemann, der ihr zusetzte, weil sie fünf Pfund abnehmen sollte oder er sein Bier lieber im Glas statt in der Dose gebracht haben wollte. In ihren Augen lag eine Furcht, die Paige nur selbst zu gut kannte.

„Denkt dran, wir sind hier, um uns gegenseitig zu helfen." Die Gruppe blieb stumm, daher klatschte Paige schließlich in die Hände. „Gut, dann beenden wir die heutige Sitzung mit ein paar Worten der Ermutigung. Als Frauen müssen wir uns für unsere Belange einsetzen und tun, was wir für richtig halten. Wir müssen nicht der Rolle entsprechen, in die man uns drängt. Wir bestimmen selbst, was wir wollen, und setzen uns für unsere Ziele ein. Ich hoffe, ihr denkt daran. Und vergesst nicht: Ihr seid etwas Besonderes. Ihr habt ein Recht auf die besten Dinge im Leben. Bis nächste Woche, Ladys."

Nach kurzem Geplauder löste sich die Gruppe auf, und Paige sammelte ihre Notizen ein. Als sie Jacks Hand auf ihrem Arm spürte, hielt sie alarmiert inne. Langsam drehte sie sich zu ihm um.

„Jetzt weiß ich, was mit Ihnen los ist. Das hier ...", er zupfte am kurzen Ärmel ihres Kleides, „… ist bloß eine Verkleidung. Sie sind tatsächlich eine Männerhasserin."

„Ich hasse Männer nicht. Nur weil ich eine fähige Frau bin und andere Frauen zu mehr Selbstbewusstsein ermutige, heißt das noch lange nicht, dass ich Männer nicht leiden kann."

„Mich können Sie jedenfalls nicht leiden." Offenbar war er auch noch stolz auf diese Tatsache.

„Ich habe keine Abneigung gegen Sie. Sie sind nur einfach nicht mein Typ."

„Und trotzdem begehren Sie mich."

„Das tue ich nicht."

„Ach nein?" Durch ihr dünnes Kleid hindurch berührte er ihre aufgerichtete Brustspitze.

Paige überlief es heiß, und sie wich erschrocken zurück. „Das ist rein körperlich."

„Genau davon rede ich ja." Und noch ehe sie etwas erwidern konnte, lagen seine Lippen auf ihren.

Sein Mund bewegte sich auf ihrem, seine Zunge fuhr über ihre Unterlippe und begehrte Einlass. Einen Moment lang konnte Paige weder denken noch atmen. Er legte die Arme um sie, sodass sie die Wärme seines Körpers spürte. Ihr Herz schien auszusetzen, und sie bekam weiche Knie. Seine Lippen und seine Zunge übten beharrlich Druck aus, sodass sie unwillkürlich die Lippen teilte und sich ganz dem leidenschaftlichen Kuss hingab.

Als Jack sich endlich wieder von ihr löste und sie ansah, erwiderte sie einfach nur seinen Blick.

„Ich hatte recht."

„Womit?", fragte sie, noch immer benommen.

„Du wolltest mich küssen."

„Ich …" Ein Ja lag ihr auf der Zunge, doch sie verkniff es sich. „Ich bin spät dran", sagte sie stattdessen. „Ich … ich muss zurück zu meiner Arbeit" Sie nahm ihre Handtasche und ihr Notizbuch und verließ fluchtartig das Gebäude.

Sie war völlig durcheinander und musste dringend in Ruhe nachdenken, um herauszufinden, was um alles in der Welt gerade geschehen war.

Denn das war der schlimmste Kuss ihres Lebens gewesen.

Halt, das stimmte nicht ganz. Nicht der Kuss an sich war schlimm gewesen. Es war ein fantastischer Kuss gewesen. Wundervoll. Überwältigend. Jack Mission verstand etwas vom Küssen, oh ja …

Ein plötzlicher Schauer überlief sie und trieb ihr das Blut in die Wangen. Rasch beschleunigte sie ihre Schritte, um Zuflucht in der Redaktion zu finden.

Nein, der Kuss an sich war nicht schrecklich gewesen, sondern ihre Reaktion darauf. Das Erstaunen, das sie empfunden hatte, die totale Verblüffung. Sie hatte absolut keinen klaren Gedanken mehr fassen können, als sei Jack Missions Kuss der erste ihres Lebens gewesen.

Wie erbärmlich.

Sicher, es war der erste Kuss seit Monaten gewesen, aber es war nicht das erste Mal, dass ein Mann sie geküsst hatte. Natürlich wusste sie, wie man küsste.

Na gut, sie hatte bisher erst drei Männer geküsst und einen, der eher ein Junge gewesen war. Aber seit sie mit dreizehn auf einer Geburtstagsparty zum ersten Mal Flaschendrehen gespielt hatte, hatte sie schon oft geküsst. Immerhin war sie verheiratet gewesen.

„Kannst du denn überhaupt nichts richtig machen, Frau?"

Diese quälende Frage hallte in ihrem Kopf wider und brachte eine Welle der Angst zurück. So lange war sie nicht in der Lage gewesen, etwas richtig zu machen. Sie war nicht in der Lage gewesen, sich richtig anzuziehen, sauber genug zu putzen oder gut genug zu kochen …

Schnee von gestern.

Inzwischen hatte sie ein neues Leben begonnen und ihren Horizont erweitert. Dank ihrer wöchentlichen Kochstunde konnte sie mehr als nur Wasser kochen. Sie konnte ihre Böden sauberer halten als Meister Propper persönlich und trug nicht mehr nur Jeans und weite T-Shirts.

Und das Küssen?

Bevor sie weiter über diese Frage nachdenken konnte, hörte sie eine Stimme hinter sich. Sie verlangsamte ihr Tempo, drehte sich um und sah Shelby, der ihr mit seinem Hut in der Hand folgte.

„Hallo, Shelby."

„Ich hoffe, ich halte dich nicht auf. Du siehst aus, als hättest du es schrecklich eilig. Aber ich wollte unbedingt etwas mit dir besprechen. Ich hoffe, du hast ein bisschen Zeit."

„Ich war auf dem Rückweg, um einen Artikel zu beenden. Du kannst mich gern begleiten."

„Einverstanden. Ich muss eine Fuhre Heu nach Hause fahren. Es dauert auch nicht lang. Tja, du hast ja toll getanzt neulich Abend."

„Was?"

„Ich habe dich mit Jack tanzen gesehen. Du hast einen sehr guten Walzer getanzt."

„Das war ein Walzer?" Natürlich. Einen Walzer würde sie immer erkennen.

Es sei denn, Jack Mission war ihr Tanzpartner.

Er hatte sie an sich gedrückt, und von da an hatte sie nur noch eines wahrgenommen: ihn.

„Also, ich dachte mir, falls du nächsten Freitagabend noch nichts vorhast ..."

Da war er. Der Moment, auf den sie so lange gewartet hatte. Endlich würde Shelby sie um ein Date bitten.

„Tja, also, ich wollte dieses neue Steakhouse an der Route Five ausprobieren und dachte mir, wenn du auch Steak magst ..."

„Du liebe Zeit, ich komme zu spät!" Sie schaute demonstrativ auf ihre Uhr. „Ich bin drüben im Rathaus mit dem Sheriff zu einem Interview verabredet."

„Klar. Ich dachte nur, wenn du auch ..."

„Hast du das gehört?"

Er sah hinter sich. „Was?"

„Das Geräusch. Es klang wie Debbies Katze. Sie ist in der Redaktion und fühlt sich so einsam, seit Debbie fort ist, dass sie herzerweichend jault."

„Die beiden sind doch erst seit zwei Tagen weg."

„Und schon leidet das arme Tier. Ich muss wirklich nach ihr sehen und dann schnell zu meinem Interview. Wir unterhalten uns morgen." Bevor Shelby noch etwas sagen konnte, drehte sie sich um und lief die Straße hinunter.

Was war bloß in sie gefahren? Sie hatte doch so lange darauf gewartet, dass er sie ausführte.

Aber das war vor dem Kuss gewesen. Bevor sie erkannt hatte, wie ungeschickt sie im Umgang mit Männern war. Sie wusste ja nicht einmal, wie man richtig küsste! Wie konnte sie mit Shelby ausgehen, wenn ein Date mit Sicherheit zu Situationen führen würde, denen sie nicht gewachsen war.

Bei ihrer persönlichen Weiterentwicklung hatte sie eine wichtige Hürde noch nicht überwunden. Sie brauchte dringend Nachhilfe in Sachen Liebe und Erotik. Und sie wusste auch schon genau, welcher Mann ihr die erteilen konnte.

3. KAPITEL

Seit Leslie Carter ihn in der achten Klasse zum Tanzen aufgefordert hatte, hatte Jack Mission schon viele Anträge von Frauen bekommen. Er hatte alles gehört, von „Ich wäre so gern mit dir zusammen" bis „Nimm mich, Süßer". Aber eine solche Einladung war ihm noch nie zu Ohren gekommen.

„Ich brauche dich, um … nun, wie soll ich es ausdrücken? Um meine Technik aufzufrischen. Ich bin überzeugt, du könntest mir ein paar gute Tipps geben, wie ich es richtig mache", sagte Paige mit einem ernsten Ausdruck in ihren großen schokoladenbraunen Augen.

Jack ließ den Verteiler seines Motorrads sinken, den er gerade geölt hatte, richtete sich auf und wischte sich ein paar Schweißtropfen von der linken Schläfe. „Habe ich das richtig verstanden? Du willst mit mir schlafen?"

Sie schüttelte den Kopf. „Nein, absolut nicht. Ich habe vor, dabei vollkommen wach zu sein und aufmerksam zuzuhören."

„Ich meinte auch nicht schlafen, sondern wilden, stürmischen …"

„Genau", unterbrach sie ihn und errötete. „Tut mir leid. Als du schlafen sagtest, dachte ich, du meinst tatsächlich schlafen. Aber ich will ja mitbekommen, was du sagst, und deshalb muss ich hellwach sein."

„Was ich sage?"

„Und was du tust. Keine Sorge, ich lerne schnell. Keine Angst, du wirst mir nicht alles mehrfach erklären oder immer wieder das Gleiche tun müssen."

„Aber darin besteht doch der ganze Spaß", neckte er sie, ehe er sich beherrschen konnte. Sie wollte mit ihm schlafen, um Himmels willen! Ihre Direktheit war die größte Überraschung seines Lebens.

„Ich werde dich auch bezahlen. Ich kann schließlich nicht erwarten, dass du das umsonst für mich tust."

„Du willst mich bezahlen?"

„Zwanzig Dollar die Stunde. Das habe ich auch Orlando Giovanni bezahlt, damit er mir beibringt, wie man Antipasti zubereitet. Und Ravioli. Aber das hat nur eine halbe Stunde gedauert, sodass er mir nur fünfzehn berechnet hat." Sie runzelte nachdenklich die Stirn. „Allerdings ist das, was ich von dir verlange, wohl ein bisschen schwieriger, als Antipasti zuzubereiten. Ich könnte dir fünfundzwanzig bieten."

„Fünfundzwanzig Dollar die Stunde?"

„Sechsundzwanzig."

„Sechsundzwanzig?"

„Na schön, dann siebenundzwanzig, aber das ist mein letztes ..."

„Ich handele nicht", unterbrach er sie. „Und ich werde das nicht machen."

„Gut, sagen wir achtundzwanzig ..."

„Nein." Langsam dämmerte ihm die Wahrheit. „Ich hätte es wissen müssen."

„Was?"

Er sah sie durchdringend an. „Es war alles nur gespielt."

„Was war gespielt?"

„Du willst mich."

„Ich will dich nicht."

„Du hast mir gerade achtundzwanzig Dollar die Stunde angeboten für Sex mit mir."

„Du hast gesagt, du würdest nicht handeln. Schon vergessen?"

„Ich habe recht. Du willst mich."

„Nein, will ich nicht. Ich will von dir lernen."

„Süße, du hast es nicht aufs Lernen abgesehen, sondern bloß auf meinen Körper. Und die Antwort lautet Nein." Ganz gleich, wie verlockend die Vorstellung war, dass sie ihn berührte und seinen Körper erforschte. „Du bist nicht mein Typ."

„Du bist auch nicht meiner. Das ist ja gerade das Gute an diesem Arrangement. Wir passen überhaupt nicht zusammen, also brauchen wir keine Angst zu haben, dass die Sache uns entgleitet. Ich will ewige Liebe. Und ich will heiraten." Als würde sie die plötzliche Angst, die ihn packte, spüren, fügte sie hinzu: „Allerdings wünsche ich mir das nicht mit dir. Dafür bist du einfach nicht der Richtige. Mit jemandem wie dir würde es niemals funktionieren."

„Was ist denn verkehrt an mir?"

„Du bist jemand für eine flüchtige Affäre. Ich will jedoch etwas Dauerhaftes."

„Gerüchten zufolge hattest du schon etwas Dauerhaftes."

Ein wachsamer Ausdruck huschte über ihr Gesicht. „Wir machen alle mal Fehler, und Woodrow war mein größter Reinfall. Beim nächsten Mal werde ich keine Fehler machen. Wirst du es nun tun?"

„Sex mit dir haben für Geld?"

„Musst du das ständig sagen?"

„Es ist das, worum du mich bittest."

„Ich bitte dich um Privatunterricht. Aus deinem Mund klingt es so billig."

„Schätzchen, billiger geht's ja wohl kaum noch. Du willst unverbindlichen, stundenweise bezahlten Sex. Wenn das nicht unmoralisch ist!"

„Du wirst unterrichten, und ich werde lernen. Das ist doch kein Unterschied zu den Tanzstunden, die ich nehme. Oder den Kochkursen. Oder den Haar- und Schminkkursen, den Makramee…"

„Makramee? Du bezahlst tatsächlich Geld, um Makramee zu lernen?"

„Ich glaube, wir kommen vom Thema ab."

„Du hast davon angefangen."

„Um dir meinen Standpunkt zu verdeutlichen. Wenn ich etwas lernen will, brauche ich einen Lehrer."

Er musterte sie. „Dir ist klar, worum du mich bittest, oder?"

„Selbstverständlich. Ich will, dass du …"

Sie verstummte, weil er plötzlich die Lippen auf ihre Mund presste und sie leidenschaftlich küsste. Sein Hunger sprach aus diesem Kuss. Gleichzeitig stieg eine seltsame Zärtlichkeit in Jack auf, denn er spürte, dass sie erbebte. Plötzlich verspürte er das verrückte Verlangen, sie so lange zu küssen und zu halten, bis sie sich entspannte und alle Unsicherheit verlor.

Er löste sich von ihr und rang um Atem. „Ich werde nicht lange hier sein."

„Deshalb bist du umso geeigneter. Heute hier, morgen dort. Da brauche ich mir wenigstens keine Sorgen zu machen, dass du auf falsche Gedanken kommst und mich verfolgst. Nicht dass die Gefahr besteht. Der liebeskranke Typ bist du nicht."

„Ich bin der Typ für heißen, wilden Sex."

„Das hoffe ich."

Er schüttelte den Kopf. „Tut mir leid. Du musst dir einen anderen suchen." Er wandte sich ab, bevor er noch etwas Dummes tun konnte. Sie erneut küssen, zum Beispiel. Das hatte ihn ja überhaupt erst in diese Lage gebracht. Er hatte sie geküsst und offenbar so tief beeindruckt, dass sie ihn jetzt sogar für Sex bezahlen wollte. Als würde er jemals Geld für etwas nehmen, das ihm so viel Vergnügen bereitete. Er sollte derjenige sein, der sie bezahlte …

Moment mal. Niemand würde irgendwen bezahlen, weil er sich gar nicht erst auf diesen irren Vorschlag einlassen würde. Er würde es nicht einmal in Betracht ziehen. Er musste sich zwei Wochen lang um eine

Ranch kümmern. Dann war seine Zeit hier um. Jimmy würde nach Hause kommen, und Jack konnte sich dem zuwenden, was immer auf ihn wartete.

Die nächste Stadt. Der nächste Job. Die nächste Frau.

Für eine Weile. Dann würde er wieder unterwegs sein, reisen, sich umschauen und sich treiben lassen. Denn Jack Mission gefiel es nicht, zu häuslich zu werden und sich dauerhaft an jemanden zu binden.

Wurzeln zu schlagen, war für manche Leute ja das Richtige, doch er liebte seine Freiheit und wollte nicht eingeengt sein. Genau, drängte eine kleine Stimme in ihm. Auf einmal hatte er das Gefühl, dass Paige viel zu nah bei ihm stand und seine Sinne mit ihrem Duft nach Äpfeln und Zimt betörte. Wie sollte ein Mann da noch klar denken können?

Er schwang sich auf sein Motorrad und sagte: „Ich habe noch Arbeit zu erledigen."

„Die Arbeit macht absolut keinen Spaß."

Paige sah zu dem jungen Mann am Schreibtisch nebenan, dessen Brille tief auf seiner Nase saß. Mit zweiundzwanzig Jahren studierte Wally Journalismus am staatlichen College. Als Chefreporter hatte er Debbies redaktionelle Pflichten übernommen, während sie ihre Flitterwochen in Aruba verbrachte. Paige hatte Debbies aktuelle Aufgaben übernommen, einschließlich der Kolumne „Debbies frecher Tipp der Woche", was einer der Hauptstreitpunkte geworden war, seit Paige einen Artikel über intellektuelle Männer geschrieben hatte. Da Wally ein ruhiger, schüchterner und intelligenter Mann in einer Kleinstadt voller Rancher war, hatte er Jimmys Platz des begehrtesten Junggesellen eingenommen. Nur war er darüber keineswegs glücklich.

„So schlimm ist es auch nicht", versuchte Paige, ihn zu trösten, obwohl sie selbst einen anstrengenden Tag hinter sich hatte. Sie fühlte sich erschöpft und schämte sich entsetzlich. In Gedanken ging sie zurück zum gestrigen Tag und der schamlosen Art, wie sie Jack Mission förmlich angebettelt hatte, mit ihr zu schlafen. Sofort glühten ihre Wangen wieder. „Es gibt Schlimmeres als ein paar übereifrige Frauen."

„Übereifrig?" Mit finsterer Miene ließ er ein Paar flauschige Handschellen vom Finger baumeln. „Ich würde eher sagen psychotisch."

„Du übertreibst. Du solltest mir dafür dankbar sein, dass ich ein bisschen Schwung in dein Privatleben gebracht habe."

„Mit Hilfe von einem Haufen Frauen, die nur das eine wollen?"

„Heißen Sex?"

„Heißen Sex und einen Ehering."

„Das sind zwei Dinge."

„Die Ehe schließt heißen Sex mit ein."

„Nicht unbedingt." Das wusste Paige nur allzu gut. Bei den wenigen Gelegenheiten, bei denen sie miteinander intim geworden waren, war es zwischen ihr und Woodrow bestenfalls lauwarm gewesen. Heiß jedenfalls war höchstens das Wetter gewesen.

Sie wischte sich ein paar Schweißtropfen von der Schläfe und warf einen wütenden Blick auf die Klimaanlage in der Ecke, die nichts weiter tat, als heiße Luft umzuwälzen.

„Hast du den Handwerker angerufen?"

„Ich habe noch etwas viel Besseres getan", erwiderte Wally. „Ich habe Debbie gestern bei ihrem täglichen Nörgelanruf mitgeteilt, was ich davon halte, dass sie uns hier mit einer kaputten Klimaanlage schmoren lässt."

„Das hast du nicht, oder?" Als Wally nickte, schüttelte sie den Kopf. „Du kannst sie doch nicht in ihren Flitterwochen damit behelligen. Da sollte sie sich nicht mit solchen Dingen herumplagen müssen."

„Das ist ihre Zeitung, und ihre beiden Spitzenreporter stehen kurz vor einem Hitzschlag. Willst du es noch zwei Wochen aushalten, bis sie ihr Sonnenbad in Aruba endlich beendet hat?" Er grinste schief. „Ich wollte sie damit auch nicht belästigen, aber sie hat gefragt. Und als ich ihr sagte, sie solle sich keine Sorgen machen, bohrte sie. Und dann fing sie an, mir damit zu drohen, dass sie mich feuert, wenn ich sie anschwindle. Und da dies die einzige Zeitung in der Stadt ist und ich das Praktikum für mein Studium brauche, habe ich alles gestanden." Er atmete schwer aus und warf den Karton in die unterste Schublade. „Sie sagte, wir könnten ganz beruhigt sein. Sie würde sich heute darum kümmern."

„Wie will sie das anstellen, wenn sie in Aruba ist?"

„Du kennst ja Debbie. Wenn sie sich etwas in den Kopf gesetzt hat, lässt sie nicht locker, bis sie es geschafft hat. Sie glaubt, es sei ihre Schuld, dass wir hier schmoren, also kümmert sie sich darum. Ich hoffe nur, dass sie es rasch tut, denn sonst verglühe ich." Wally stand auf und zupfte sein T-Shirt von seinem schweißnassen Rücken. „Das ist eindeutig der schlimmste Tag meines Lebens", murmelte er, während er die Hintertreppe hinunterging.

Paige konnte es ihm nachfühlen. Es war auch nicht ihr bester Tag. Angefangen hatte es um sechs Uhr morgens, als sie sich bei dem Versuch, ihren alten Plymouth zu starten, einen halben Becher abgestandenen Cappuccino auf ihre weiße Lieblingsbluse gekleckert hatte. Dann hatte sie ihre Schlüssel im Wagen gelassen, als sie ausgestiegen war, um mit ihrer bekleckerten Bluse zu Mobys Werkstatt zu gehen. Sally Crumb, die mit ihren Drillingen unterwegs war, nahm sie mit, sodass sie schließlich mit einem Dutzend Marmelade-Handabdrücken auf der Bluse zusätzlich zu den Cappuccinoflecken bei Moby landete. Anschließend bekam sie einen Strafzettel, weil sie ihren Plymouth vor dem Rathaus im Parkverbot abgestellt hatte. Beim Mittagessen im Imbiss hatte man ihr ein halbes Glas Mayonnaise auf das Truthahnsandwich gestrichen, nachdem sie ausdrücklich Senf verlangt hatte. Obendrein ging ihr langsam das Geld aus. Und es war heiß. Und ihre Frisur war eine einzige Katastrophe.

Und heute war ihr Hochzeitstag.

Exhochzeitstag, erinnerte sie sich und kämpfte gegen die aufsteigenden Tränen an. Nicht dass sie Woodrow nachweinte oder der Tatsache, dass er weg war. Das war eines der guten Dinge momentan. Nein, es ging um das Problem an sich. Heute hätte eigentlich einer der glücklichsten Tage ihres Lebens sein sollen. In einer idealen Welt wäre das auch der Fall gewesen. Sie wäre glücklich verheiratet, mit ihrem Ritter in weißer Rüstung, in ihrem kleinen Häuschen mit einem Garten voller Kinder und einem großen Hund namens Shep.

Statt einen weiteren Jahrestag dieses Happy-Ends zu begehen, wurde Paige an all die Dinge erinnert, die in ihrem Leben schiefgelaufen waren. An all die Dinge, die sie getan hatte …

Sie verdrängte diesen Gedanken und beschäftigte sich mit den Notizen, die sie sich gemacht hatte, während sie die Marmeladenhände der Crumb-Drillinge erduldete. Sally hatte sie fasziniert, daher hatte sie sich entschieden, sie für die wöchentliche Rubrik „Menschen in unserer Stadt" zu porträtieren. Damit erledigte sie zwei Gürteltiere mit einer Steinschleuder, wie ihre Mom zu sagen pflegte.

„Heute ist, was du daraus machst", zitierte sie Dr. Vaughns Power-Mantra. Sie hatte sein Buch gelesen, als sie sich mit Schokoladeneis und Schokolade ins Bett verkrochen hatte, um Woodrows Verlust zu betrauern und das Gefühl, eine totale Versagerin zu sein. Das lag Monate zurück, und seitdem hatte sie Dr. Vaughns Rat in die Praxis umgesetzt. Sie hatte aufgehört, sich für die Vergangenheit verantwortlich zu fühlen, und angefangen, nach vorn zu sehen. „Du hast es in der Hand. Du bestimmst dein eigenes Schicksal. Du …"

„Ich hasse diese verdammte Maschine!" Wally kam die Treppe wieder herauf. „Diese Druckerpresse ist Mist. Mein Leben ist Mist. Die Tom-Drillinge sind Mist."

Wally war eindeutig eine Quelle negativer Energie. „Es gibt schlimmere Probleme als drei wunderschöne Frauen, die es auf dich abgesehen haben", rief sie ihm zu.

„Das stimmt, Miss Hochnäsig. Manchmal reicht schon eine, um einen Mann zum Wahnsinn zu treiben."

Die tiefe Stimme ließ sie erschauern, und ein sinnliches Prickeln überlief sie. Reiß dich zusammen, befahl sie sich. Doch ihr Versuch, sich nicht anmerken zu lassen, welche Wirkung er auf sie hatte, war natürlich von vornherein zum Scheitern verurteilt, wenn Jack Mission im Türrahmen lehnte, ein spöttisches Lächeln auf den Lippen und ein teuflisches Funkeln in den Augen. Unzählige Männer liefen in T-Shirt und Jeans herum, aber keiner sah so aufregend darin aus wie dieser unbekümmerte Cowboy.

„Ich habe es nicht auf dich abgesehen", brachte Paige mühsam hervor.

„Das sehe ich ein wenig anders. Du hast mir sogar Geld geboten."

„Und du hast abgelehnt, also ist das Thema erledigt", konterte sie und ordnete die Unterlagen auf ihrem Schreibtisch, die sie bereits vor ein paar Sekunden geordnet hatte. „Darf man fragen, was du hier willst?"

Er hielt eine Werkzeugkiste hoch. „Ich bin hier, um die Klimaanlage zu reparieren. Debbie rief mich an und sagte, ihr würdet Hilfe brauchen."

Jack war zu dem Schluss gekommen, dass Paige es nicht auf ihn abgesehen hatte. Zumindest nicht im herkömmlichen Sinn. Im nicht herkömmlichen Sinn anscheinend auch nicht, da sie sich seit vier Tagen nicht mehr gemeldet hatte. Vielleicht hatte er sie doch falsch eingeschätzt und sie konnte ihn tatsächlich nicht leiden.

Sein Blick fiel auf ihre wohlgerundeten Brüste und die aufgerichteten Knospen unter ihrer fleckigen Bluse. Heißes Verlangen packte ihn. Ihr Verstand konnte ihn vielleicht nicht leiden, aber ihr Körper reagierte deutlich anders.

Diese Erkenntnis löste eine plötzliche Freude in ihm aus. Es schmeichelte seinem männlichen Ego. Andererseits wusste er, dass er sich davon nicht irreführen lassen durfte. Da Paige einen Mann zum Heiraten suchte, kam sie für ihn nicht infrage. Am besten machte er einen großen Bogen um sie, auch wenn sie ihm noch so viele finstere Blicke zuwarf.

„Hier drüben", sagte sie.

„Was?"

„Die Klimaanlage." Sie zeigte auf den kaputten Kasten in der Ecke und richtete ihre Aufmerksamkeit wieder auf den Papierstapel auf ihrem Schreibtisch.

Jack machte sich an die Arbeit, war sich jedoch jeder von Paiges Bewegungen bewusst und der Tatsache, dass sie offenbar keinen guten Tag hatte. Papier raschelte. Das Telefon klingelte unzählige Male. Doch der Kragen platzte ihr erst, als sie eine Diätcola auf ihrem Schreibtisch umkippte.

Sie fluchte und hatte Tränen in den Augen, und bei diesem Anblick zog sich etwas in ihm zusammen. Er verspürte das unkontrollierbare Bedürfnis, irgendetwas zu tun, damit dieser Ausdruck aus ihren Augen verschwand.

Damit sie wieder lächelte.

Verrückt, sicher, aber er sprach das Wort aus, ohne nachzudenken. Das Wort, von dem er geglaubt hatte, dass er es niemals sagen würde, als sie ihm ihren ungeheuerlichen Vorschlag unterbreitet hatte.

„Einverstanden."

Bei weinenden Frauen war Jack schon immer schwach geworden. Selbstverständlich hatte es nichts damit zu tun, dass es gerade Paige war, die weinte. Er wurde einfach schwach bei Tränen, das war alles. Außerdem hatte sie ja schon bewiesen, dass sie ihn nicht leiden konnte. Und er fühlte sich nun einmal zu ihr hingezogen. Was konnte es schaden, dieser Anziehung nachzugeben und sich zu amüsieren, während er hier war und sich um Jimmys Ranch kümmerte?

„Einverstanden", wiederholte er, diesmal lauter.

Paige sah mit Tränen in den Augen auf. „Was meinst du mit ‚einverstanden'?"

„Ich mache es."

Paige starrte Jack Mission an, und ihre Merkzettel waren vergessen, während sie seine Worte in sich aufnahm. Schmetterlinge flatterten in ihrem Bauch, als sie nun in seine klaren grauen Augen blickte. „Was machst du?" Er meinte doch wohl nicht …?

Ein Grinsen erschien auf seinem Gesicht, und ein Grübchen bildete sich in seiner linken Wange. „Ich nehme dein Angebot an, Süße." Ohne ein weiteres Wort drehte er sich um und ging.

Und plötzlich, einfach so, hatte sich Paiges schlimmster Tag in einen der besten ihres Lebens verwandelt.

„Einverstanden."

Das Wort hallte in Jacks Kopf nach, als er die Hintertreppe der Redaktion von „In Touch" hinunterging. Eigentlich war er kein Mann der Zweifel. Trotzdem plagten ihn in diesem Moment welche. Paige Cassidy war zu süß und zu naiv, und in ihrem geblümten Strandkleid sah sie viel zu gut aus.

Dabei hasste er geblümte Kleider. Er mochte es raffiniert und sexy und ließ sich von einer Frau mit Brille nicht den Kopf verdrehen. Aber ihm gefiel die Art, wie Paiges Brille auf ihrer zierlichen Nase saß.

Es war pure körperliche Anziehung, ganz klar. Schließlich hatte er die letzten sechs Wochen damit zugebracht, ein widerspenstiges Pferd für einen Rancher in New Mexiko zuzureiten. Er war hundert Meilen von der nächsten Stadt entfernt gewesen und vermutlich zweihundert von der nächsten Frau. Dann war Jimmys Anruf gekommen mit der Neuigkeit von der bevorstehenden Hochzeit, und er war auf direktem Weg nach Hause gekommen. Er brauchte eine Frau, und dieses Verlangen an sich löste all diese verrückten Gedanken aus. Wie zum Beispiel den, dass Paige Cassidy mit einem Tintenklecks am Kinn sexy aussah.

Natürlich, er litt unter Entzugserscheinungen. Und einer minderschweren Form von Dummheit.

„Du glaubst wohl, du kannst dich unbemerkt von einem alten Mann davonschleichen." Die tiefe, raue Stimme riss ihn aus seinen Grübeleien und beendete weitere Spekulationen über seine Zurechnungsfähigkeit.

Zum Glück.

Je weniger Jack über seine heftige Reaktion auf Paige Cassidy nachdenken musste, desto besser. Nachdenken brachte ihn stets in Schwierigkeiten, und davon hatte er in den vergangenen Jahren genug gehabt.

Er drehte sich zu dem alten Mann um, der vor dem Lebensmittelladen nebenan stand.

Cecil McGraw hatte sich in den letzten zwanzig Jahren kaum verändert. Mit seinen schneeweißen Haaren und dem faltigen Gesicht sah er immer noch so alt aus wie die Eiche vor dem Haus von Jacks Mutter. Die Zeit war jedoch auch für den alten Mann nicht stehen geblieben, und seine Schultern hingen ein Stückchen tiefer als damals, als Jack für ihn nach der Schule Kartons mit Lebensmitteln gepackt hatte. Andererseits hatte er immer noch dieses schiefe Grinsen und stand noch immer in seiner weißen Schürze und mit der roten Fliege vor seinem Laden und polierte die Äpfel.

Jack lächelte. „Wenn ich mich recht erinnere, habe ich mich nur einmal davongeschlichen, und nur deshalb, weil du mich Überstunden hast machen lassen, als ich mit Janie Sue Grimes ins Kino wollte."

„Ich wollte nur deine Unschuld retten. Das Mädchen war einfach zu wild."

„Du wolltest mich von Janie fernhalten, weil dein Neffe scharf auf sie war." Jack schüttelte dem alten Mann grinsend die Hand. „Wie geht es Janie und Monroe? Wie lange hält das Eheglück schon? Dreizehn Jahre?"

„Und zwei Bengel beweisen es. Mac und Mike sind acht und zwölf und genauso wild wie du und dein Bruder in dem Alter. Sie arbeiten sonntags für mich, obwohl sie mich mehr von der Arbeit abhalten als zu helfen." Er warf Jack einen wissenden Blick zu. „Genau wie zwei Jungen, die ich früher kannte."

„Hast du Jimmy und mir noch immer nicht verziehen, dass wir dir fünf Kartons Weintrauben zertrampelt haben?"

„Diese Weintrauben war für die Kirchenfreundinnen. Sie wollten sie einkochen, und ihr Jungs habt es ihnen verdorben."

„Wir haben versucht, Wein zu machen."

„Eine Mantscherei, das habt ihr gemacht."

„Und du hast uns Überstunden machen lassen, um den Schaden zu bezahlen."

„Ich hätte den Schaden gern selbst bezahlt und es dafür euren Eltern erzählt."

„Nein, danke. Die Überstunden waren uns lieber."

„Ganz bestimmt. Denn euer Daddy hätte euch das Fell über die Ohren gezogen und noch dazu Überstunden machen lassen."

Bei der Erwähnung seines Vaters fühlte Jack einen Stich. James Mission war vor einigen Jahren an einem Herzinfarkt gestorben. Jimmy hatte zu der Zeit seine Baufirma in Houston gehabt, während Jack Rinder in Arizona getrieben hatte. Die Nachricht hatte Jimmy nach Hause zurückgeholt, wo er sich um alles kümmerte. Jack hingegen war nur zur Beerdigung geblieben. Danach hatte er sofort wieder seine Sachen gepackt und sich auf den Weg gemacht, wie er es immer tat.

Und wie er es immer tun würde, denn das war der Lauf der Dinge. Jack war zu rastlos, um längere Zeit an einem Ort zu bleiben, und ihm gefiel es so. Er fand es wunderbar, nicht zu wissen, was der Tag ihm bringen würde, und es gefiel ihm, neue Orte kennenzulernen. Es gefiel ihm sehr.

Zu sehr.

Er verdrängte den Gedanken, nahm sich einen Apfel und biss ab. „Ich sehe, du verkaufst noch immer die besten Produkte in der Gegend."

„Und du isst noch immer meinen Gewinn auf."

Jack grinste und griff in die Tasche, um eine Münze herauszuholen. Doch Cecil winkte ab. „Ich habe eine bessere Idee", erklärte der alte Mann. „Hinten stehen noch zwei solcher Kisten. Wenn du sie mir nach vorn trägst, sind wir quitt."

„Abgemacht." Einige Minuten später stellte Jack die zweite Kiste neben die anderen beiden und klopfte sich die Hände ab.

„Was treibt dich in die Stadt?", fragte Cecil. „Ich dachte, du passt für Jimmy auf die Ranch auf."

„Eine Weile. Ich sollte Debbie einen Gefallen tun und die Klimaanlage in ihrer Redaktion reparieren."

„Oh ja, da steckt der Wurm drin."

„Ehrlich gesagt kann ich den Fehler auch nicht finden. Allerdings funktioniert sie momentan wieder." Er schaute zum Fenster im ersten Stock hoch, hinter dem er Paige Cassidys Profil erkennen konnte. Sie blies sich verärgert die Haare aus der Stirn. „Was weißt du über sie?"

„Na ja, dass sie eine Frau mit einem verdammt frechen Mundwerk ist."

„Nicht Debbie." Jack grinste. „Ich sprach von Paige Cassidy."

„Ein nettes junges Mädchen. Ein wenig schüchtern, die Kleine."

Schüchtern? Jack fragte sich, was Cecil wohl sagen würde, wenn er wüsste, dass sie Männer um Nachunterricht im Bett bat.

Nicht irgendwelche Männer, sondern dich, korrigierte er sich im Stillen.

Dieses Wissen sandte einen heißen Schauer durch seinen Körper, der nichts mit den über dreißig Grad Hitze zu tun hatte, sondern mit der Frau, deren Duft ihn zu verfolgen schien, als hätte Paige ihn verhext. Er atmete tief ein. Ja, da war er wieder, dieser angenehme Duft nach Äpfeln und Zimt.

„Aber das kann man durchaus verstehen", fuhr Cecil fort. „Ich wäre auch ziemlich still, wenn ich das durchgemacht hätte, was sie durchgemacht hat."

„Und was ist das?"

„Sie hat einen bösartigen Exmann, der sie schon früh eingeschüchtert hat. Das behauptet jedenfalls Myrtle Connelly vom ‚Piggly Wiggly', und die müsste es wissen."

Das stimmte. Es gab zwei Dinge, auf die die Einwohner von Inspiration sich verlassen konnten – den Gewinn der landesweiten Highschool-Footballmeisterschaft und Myrtle Connelly. Sie wusste alles über jeden.

„Paige Cassidy ist hierher gezogen, um von ihm wegzukommen", erzählte Cecil weiter. „Er hat ihr ziemlich zugesetzt. Aber jetzt ist sie zur Ruhe gekommen. He, weißt du, was Myrtle noch sagt?" Cecils Augen funkelten.

„Ich glaube nicht, dass ich das hören will."

„Dass du in der Großstadt für Geld gestrippt hast."

„Wie bitte?"

„Du hast dir die Sachen ausgezogen, mit dem Hintern gewackelt und dir von kreischenden Frauen Dollarscheine zustecken lassen."

„Wie kommt sie denn auf diese lächerliche Idee?"

„Keine Ahnung. Ich weiß nur, dass Myrtle seit zwanzig Jahren immer bestens über alle Leute informiert ist und dass du auf einem verdammt teuren Motorrad in die Stadt gebraust bist. Hat sicher eine Stange Geld gekostet. Oder sollte ich besser sagen, einen Haufen Dollarscheine?"

„Eher mehrere gebrochene Knochen. Ich habe ein Biest von einem Pferd ausgebildet, das partout keinen Reiter auf sich dulden wollten." Jack aß den letzten Bissen von seinem Apfel und warf das Kerngehäuse in die Mülltonne. „Apropos Pferd. Jimmy hat eine Stute, die bald fohlen wird. Ich muss also wieder an die Arbeit."

Cecil wackelte mit den Brauen. „Arbeite nicht zu hart. Eines Tages wirst du dich niederlassen und eine Familie gründen wollen. All das Rütteln und Schütteln kann für die Gesundheit eines Mannes nicht gut sein."

„Du bist wirklich witzig. Hast du dir jemals überlegt, Komiker zu werden, statt einen Lebensmittelladen zu führen?"

„Du kannst mich jeden dritten Samstag im Monat abends drüben im Hotel sehen, wenn du es genau wissen willst. Und jetzt verrate mir mal, wieso du so an Paige interessiert bist. Hast du vor, ihr den Hof zu machen?"

„Wohl kaum." Deshalb war es auch eine gute Idee, ihren Vorschlag anzunehmen. Sie erwartete nicht von ihm, dass er vor ihr auf die Knie sank und ihr einen Heiratsantrag machte. Paige wollte weder Liebe noch eine Ehering von ihm. Und er hatte diesen Dingen glücklicherweise schon vor langer Zeit abgeschworen. Also ging keiner von ihnen mit falschen Erwartungen an die Sache heran. So würde es ihm leicht fallen, auch an diesem Abend seiner Lebensphilosophie zu folgen, die sich in drei Worten zusammenfassen ließ: Genieße den Augenblick.

*D*u hier?", platzte Paige heraus, als sie die Tür öffnete und Jack Mission draußen stehen sah.

Es hatte weniger mit der Tatsache zu tun, dass er vor ihr stand, groß und gut aussehend in seinem ärmellosen schwarzen T-Shirt und der dazu passenden Jeans, sondern eher damit, dass er so gut aussah, während sie nur ein weites T-Shirt und eine alte Trainingsshorts trug und ihre Haare ein feuchtes Durcheinander waren. „Du solltest nicht hier sein."

Er grinste nur. „Das stimmt", sagte er mit seiner tiefen, sinnlichen Stimme, der sie stundenlang hätte lauschen können. „Ich sollte dort sein." Er zeigte an ihr vorbei in Richtung Wohnzimmer und zwinkerte. „Das werde ich auch, sobald du mich hereingebeten hast."

Diese Bemerkung weckte erneut Fantasien in ihr, die sie verfolgten, seit er ihr seine Entscheidung mitgeteilt hatte. Fantasien von Jack, wie er nackt auf ihren mit Blumen bedruckten Laken lag, wie er über ihr war und sie lächelnd ansah, wie er sie küsste, sie berührte …

„Süße? Alles in Ordnung?"

„Ja. Ich meine, nein. Also, ich …" Sie schluckte und wich seinem Blick aus. Es entging ihr nicht, dass Jack sie von Kopf bis Fuß musterte. „Ich habe dich nicht erwartet."

„Ich sagte heute Nachmittag, ich würde es tun."

„Aber nicht wann."

„Dann sage ich es dir jetzt." Erneut umspielte ein mutwilliges Grinsen seine Mundwinkel. „Jetzt."

Seine Antwort löste Beklommenheit in ihr aus, und sie hielt den Atem an. Sosehr sie dies auch wollte und in den letzten Tagen, seit Jack auf seinem Motorrad in die Stadt gedonnert war, davon geträumt hatte, so einschüchternd war jetzt die Realität.

„Du kannst doch nicht einfach so aus heiterem Himmel hier auftauchen. Es gibt gewisse Regeln." Da er sie nur irritiert ansah, erklärte sie: „Zumindest sollte es sie geben. In jedem Kurs, den ich bisher besucht habe, gab es Regeln. Zum Beispiel, dass der Kurs immer zu einer bestimmten Zeit stattfindet und für eine bestimmte Dauer. Gewöhnlich gibt es einen Lehrplan, in dem aufgeführt ist, was im Einzelnen behandelt wird und welche Lektüre erforderlich ist." Da er sie nach wie vor nur perplex ansah, fuhr sie rasch fort: „Nicht dass wir für unser Vorhaben ein Buch finden würden. Na ja, das würden wir sicher, aber dafür müssten wir schon nach Austin fahren und in eine Buchhand-lung mit Spezial…"

„Du bist nervös", unterbrach er sie.

„Bin ich nicht." Was redete sie da? Und ob sie nervös war. Aber es war eine Sache, es sich selbst einzugestehen, und eine andere, wenn Jack es wusste. Doch er spürte es. Seine aufmerksamen Augen bekamen alles mit, was sie verbergen wollte. Ihre Unsicherheit, ihre Angst …

Dabei hatte sie sich vor langer Zeit vorgenommen, ihre Angst zu überwinden. Was machte es schon, wenn Jack sie durchschaute und in-tuitiv erfasste, wie es um sie stand? Eine erfahrene Frau hätte wohl kaum einen Mann um Nachhilfestunden in Sex und Liebe bitten müssen.

Denn genau das hatte Paige getan, was alles über ihr Liebesleben aussagte – oder besser ihr fehlendes Liebesleben. Daher spielte es gar keine Rolle, ob Jack ihre zitternden Hände bemerkte oder ihre Hände in seine nahm, was tatsächlich zur Folge hatte, dass sie sich ein wenig beruhigte. Es spielte alles keine Rolle, weil sie ihre Unsicherheit nicht mehr zu verbergen versuchte.

„Wir müssen das nicht tun", erklärte er, und seine Stimme war ebenso beruhigend wie seine Berührung.

„Doch, das müssen wir. Oder genauer, ich muss es." Sie schüttelte den Kopf. „Ich will es." Denn sie hatte es satt, sich als Versagerin zu fühlen und gegen die Worte anzukämpfen, die Woodrow ihr so lange eingetrichtert hatte: „Du bist nicht gut genug." Früher mochte das ein-mal wahr gewesen sein. Aber jetzt nicht mehr. Sie änderte sich, entwi-ckelte sich weiter, entfaltete sich. Und nie wieder würde sie zulassen, dass jemand ihr das Gefühl gab, minderwertig zu sein. „Ich brauche es."

Jack sagte nichts. Er sah sie nur mit seinen wissenden Augen an, als suche er etwas. „Bist du dir auch ganz sicher?" Als sie nickte, lächelte er und nahm ihre Hand. „Dann lass uns anfangen."

„Nicht jetzt." Plötzlich wurde sie sich des Schweißtropfens an ihrer Schläfe bewusst und des T-Shirts, das an ihrem Körper klebte. Sie sah schrecklich aus. Noch schlimmer aber war, dass sie vermutlich auch genauso schrecklich roch. „Ich war den ganzen Tag mit dem Garagen-flohmarkt des Tierheims beschäftigt."

„Aber jetzt bist du damit fertig, oder?"

„Du verstehst mich nicht. Der Flohmarkt war bei Clara Petrie."

„Na und?"

„Die Clara Petrie mit dem Petrie-Haufen."

„Was ist der Petrie-Haufen?"

„Ihre fünfzehn verrückten Hunde die sie vom Tierheim in Grant County übernommen hat. Sie sind sehr anhänglich."

Er beugte sich vor, schnupperte und rümpfte die Nase. „Offensichtlich. Mit wie vielen musstest du herumschmusen?"

„Mit allen fünfzehn, und einer saß die ganze Zeit auf meinem Schoß, während ich kassiert habe. Sie haben mich alle abgeschleckt."

„Na, das kann ich verstehen."

Prickelnde Erregung durchströmte sie bei diesen zweideutigen Worten, sodass sie fast vergaß, wie verschwitzt sie war. So unerotisch, wie sie sich fühlte, war sie eindeutig nicht in der richtigen Verfassung für heißen Sex.

Ihre Vernunft kehrte sofort zurück, als sie sich im Spiegel erblickte. „Heute Abend passt es wirklich nicht."

„Der Flohmarkt ist doch vorbei, oder?"

„Schon, aber ich habe trotzdem noch jede Menge zu erledigen. Da Debbie nicht da ist, müssen Wally und ich ständig Überstunden machen. Ganz zu schweigen davon, dass Cindy wartet."

Er hob eine Braue. „Cindy?"

„Ich schaue mir jeden Tag eine Stunde nach der Arbeit entweder Cindy oder Naomi an." Sie deutete auf den Fernseher hinter ihr, auf dessen Bildschirm eine fast nackte Cindy Crawford Sit-ups machte. Voller Bewunderung betrachtete Paige den vollkommenen Körper des Models. Ach, wäre ich doch nur auch so schön! schoss es ihr durch den Kopf.

Rasch verdrängte sie diesen Gedanken. Eine Frau musste sich mit dem arrangieren, was sie hatte. Zwar würde der Playboy wohl nicht so bald bei ihr anfragen, aber so schlecht gebaut war sie nun auch wieder nicht. Zugegeben, sie war ein wenig unscheinbar, hatte zu kleine Brüste und war ein bisschen zu üppig um die Hüften. Dafür besaß sie schöne Haare und Augen.

Haare und Augen, sagte sie sich, um sich auf das Positive zu konzentrieren. Es war alles eine Frage der Perspektive. Es ging darum, ihre Selbstzweifel zu ignorieren, stolz auf ihre Eigenschaften zu sein und ihre Defizite zu beheben.

Unglücklicherweise standen ihre Hüften ganz oben auf ihrer Defizitliste, und ihre Oberschenkel auf Platz zwei.

„Ich darf mein Trainingsvideo nicht ausfallen lassen." Sie holte tief Luft und bereute es sogleich. Jack heftete den Blick auf ihre Brüste und die Knospen, die sich deutlich unter ihrem T-Shirt abzeichneten. „Das ist gut fürs Herz", erläuterte sie überflüssigerweise und versuchte, das Kribbeln in ihrem Bauch nicht zu beachten, das Jacks Blick auslöste. „Es kurbelt die Blutzirkulation an."

„Das kann man wohl sagen. Mein Blut zirkuliert ziemlich."

„Nicht dein Blut. Meines." Sie sah auf ihre Uhr und kämpfte gegen die Nervosität. „Und deshalb muss ich unbedingt weitermachen im Programm. Ich muss mich noch auf den morgigen Kochkurs vorbereiten, den Vogel füttern, meine Küche sauber machen und an einem Artikel für die Zeitung arbeiten."

„Du bist nicht gerade ein spontaner Mensch, was?"

„Ich habe einfach viel zu tun. Deshalb schreibe ich mir alles auf. Sonst würde ich irgendetwas vergessen." Und das konnte sie sich nicht leisten. Sie war auf Erfolgskurs und wollte sich um keinen Preis von ihrem Weg abbringen lassen, nur weil sie so vergesslich war, wie Woodrow stets behauptet hatte.

„Verdammtes Weib! Du würdest noch mal deinen Kopf vergessen, wenn er nicht angewachsen wäre."

Nie mehr, sagte sie sich zum wiederholten Mal. Sie mochte vielleicht ein schlechtes Gedächtnis haben, aber das machte nichts. Man konnte seine Schwächen immer mit irgendetwas anderem ausgleichen, dann war alles kein Problem mehr.

Paige ging zum Couchtisch, froh, für einen Moment aus Jacks beunruhigender Nähe zu kommen. Er roch zu gut, und seine Augen blitzten viel zu verführerisch, und sein Lächeln …

Ihr Puls beschleunigte sich. Mit zitternden Fingern blätterte sie in ihrem Tagesplaner.

„Mal sehen", sagte sie. „Dienstag- und Donnerstagabend habe ich den Kochkurs."

„Vor dem Trainingsvideo, wie ich sehe." Seine Stimme war dicht hinter ihr, und als Paige den Kopf drehte, stellte sie fest, dass er ihr über die Schulter schaute. Er war wieder so nah, dass sie seinen Duft einatmete und seine Wärme spürte. „Und was kochst du morgen?"

„Wir wollen Beignets machen. Das sind französische Donuts, frittiert und mit Puderzucker bestäubt."

„Klingt lecker."

„Das sind sie auch."

„Du auch", erwiderte er und beugte sich vor, sodass sein Gesicht ihrem ganz nah war. „Mir ist, als könnte ich dich noch immer schmecken, Paige, wenn ich mir die Lippen lecke."

„Ich …" Unbewusst befeuchtete sie sich die Lippen und erinnerte sich an den leidenschaftlichen Kuss.

„Wirst du mich kosten lassen?"

„Ich habe ja noch nicht einmal den Teig zubereitet."

„Nicht die Donuts. Dich, Darling."

Seine Augen waren faszinierend und ließen sie alles um sich herum vergessen, bis auf die Hitze, die ihren Körper durchflutete. Ihre Lippen bebten, ihre Hände zitterten und …

Peng! Der Terminplaner fiel zu Boden, und das Geräusch holte Paige abrupt in die Realität und zu ihrem Video zurück, das im Hintergrund lief.

Sie hob den Planer auf und schlug die richtige Seite auf. „Montags, mittwochs und freitags habe ich einen Einkochkurs", erklärte sie rasch. „Danach habe ich Yoga."

„Du hast vielfältige Interessen."

„Ich bin eben vielseitig."

„Ja, und jede Seite davon gefällt mir." Trotz ihres Herzklopfens musste sie sein Lächeln unwillkürlich erwidern. Er war ebenso charmant wie sein Bruder, doch auf eine Art, die Tiefe andeutete. Es ging eine Intensität von ihm aus, die ihr Herz schneller schlagen ließ, besonders wenn er lächelte.

„Ich bin früh mit Yoga fertig. Wir könnten es danach tun."

„Montags, mittwochs und freitags? Ja, das' könnte funktionieren. Aber ich warne dich – möglicherweise kommen viele Hausaufgaben auf dich zu. Ich bin Perfektionist. Wenn wir es beim ersten Mal nicht richtig hinbekommen, heißt es üben, üben, üben."

„Hausaufgaben …" Paige errötete und schaute verwirrt auf ihren Terminplaner. „Wie wäre es um acht?"

„Einverstanden", stimmte er zu und schloss die Tür hinter sich. Plötzlich kam ihr das Wohnzimmer viel kleiner vor als sonst.

„Es ist noch nicht acht", meinte sie, als Jack auf sie zukam.

„Nein, noch nicht."

„Außerdem ist weder Montag noch Mittwoch oder Freitag." Mit zwei weiteren Schritten war er bei ihr.

„Noch nicht."

„Aber du gehst trotzdem nicht."

„Es sieht nicht so aus. Ich warte noch immer auf eine Kostprobe." Bevor sie eine Chance zum Luftholen hatte, geschweige denn zu einer schlagfertigen Erwiderung, lagen seine Lippen auf ihren.

Wild und ungestüm küsste er sie, so wie ein Eroberer, der begierig neues Terrain erkundet. Es raubte ihr den Atem. Ihre Gedanken verflüchtigten sich, ein Beben durchlief ihren Körper, und sie stöhnte leise auf, überwältigt von der puren Intensität dieses umwerfenden, stürmischen Mannes.

Doch in selben Moment, als er sie stöhnen hörte, wurde sein Kuss zärtlicher, so als hielte Jack sich absichtlich zurück, um ihr mehr Gelegenheit zu geben zu reagieren. Und dann tat Paige, was sie tun wollte, seit sie ihn zum ersten Mal gesehen hatte – sie erwiderte seinen Kuss.

Langsam zunächst. Zögernd erforschte ihre Zunge seinen Mund, und diesmal war Jack es, der aufstöhnte. Davon ermutigt, verstärkte Paige ihre Bemühungen. Einige Sekunden wiegte sie sich in dem Glauben, dass ihn der Kuss ebenso erregte wie sie.

Bis er sich von ihr löste.

„Morgen", flüsterte er, und noch bevor sie die Augen öffnen konnte, hörte sie auch schon die Tür zufallen.

Als sie wieder in der Lage war, ihre wackligen Beine zu bewegen, drang von draußen das dumpfe Dröhnen eines Motorrads an ihr Ohr. Sie erreichte das Fenster gerade noch rechtzeitig, um die Rücklichter zu sehen, als Jack davonfuhr und sie allein zurückließ.

Eigentlich hätte sie erleichtert sein müssen. Schließlich war sie absolut unrepräsentabel, ganz zu schweigen davon, dass sie sich heute Abend keine Zeit für ihre Übungen genommen hatte. Sie hatte noch tausend Dinge zu erledigen und war bereits todmüde.

Ja, sie hätte froh sein müssen.

Und das war sie auch.

Das redete sie sich zumindest ein, als sie den kleiner werdenden Rücklichtern nachschaute und ihrem hämmernden Herzen lauschte. Das Problem war nur, dass sie sich einsam fühlte. Ein Gefühl, das Paige nur allzu gut kannte.

Eines, das sie so gern aus ihrem Leben verbannen wollte.

Wenn sie ihr Herz einem Mann schenkte, dann nur dem Richtigen. Einem Mann, der ein Haus und Kinder und ewige Treue wollte. Einer, der das genaue Gegenteil des rastlosen Jack Mission war.

Was um alles in der Welt hatte er getan?

Diese Frage beschäftigte Jack, als er sein Motorrad startete und den Highway in Richtung Mission-Ranch entlangbrauste.

Er hatte Paige kurz und heftig küssen wollen, so wie er Tequila trank, wenn er die Welt und alles darin vergessen und nur noch trunkene Seligkeit empfinden wollte. Das war Sex für ihn. Eine Fluchtmöglichkeit. Eine angenehme natürlich, aber nichtsdestotrotz eine Flucht.

Paige Cassidy hatte jedoch etwas, das ihn zurückhaltender machte, das in ihm den Wunsch weckte, die Dinge langsamer und ruhiger anzugehen, den Moment auszukosten und alles genau wahrzunehmen – wie ihre Fingerspitzen sich auf seiner Haut anfühlten, wie ihre Zunge über seine Unterlippe fuhr, wie sich ihre Brüste anfühlten, wenn ihre Knospen seine Brust streiften ...

Grundgütiger, es war wirklich zu heiß hier. Sonst würde er solche verrückten Gedanken nicht haben. Verdammt, er hätte gar nicht erst so etwas Dummes tun dürfen, wie die Dinge langsam anzugehen.

Aber er konnte nicht anders. Seit Monaten hatte er keine Frau gehabt. Er war nach dem Job in New Mexiko ohne Zwischenstopps hierhergekommen. Er war es nicht gewohnt, so lange ohne weibliche Gesellschaft zu sein, daher war es verständlich, dass er nach dieser langen Zeit der Enthaltsamkeit jeden Moment auskosten wollte.

Jack zog diese Erklärung einer anderen möglichen vor – nämlich dass Paige Cassidy sensibler und schöner war als alle anderen Frauen, mit denen er bisher zusammengekommen war. Ihre Unsicherheit, ihre Zartheit sprachen ihn an. Auch wenn er das selbst nicht verstand, denn normalerweise fuhr er eher auf selbstbewusste Frauen ab, die nüchtern, ungehemmt und wild waren und ebenfalls an ihrem Vergnügen interessiert.

Allein darum ging es doch: Vergnügen. Für den Augenblick zu leben. Sich jetzt zu nehmen, was er kriegen konnte, weil er nicht wusste, was morgen sein würde. Das hatte er herausgefunden, als er seine erste Frau verloren hatte.

An einem Tag hatte er seine Zukunft geplant, um am nächsten mit ansehen zu müssen, wie seine Träume zerplatzten. Noch einmal würde er das nicht mitmachen, und aus dem Grund hielt er sich an Frauen für kurze Affären.

Paige Cassidy mit ihren Vorstellungen von ewiger Liebe passte kaum in diese Kategorie.

Aber er hatte immer zu seinem Wort gestanden, und er hatte ihr nun einmal zugesagt, ihr Nachhilfe zu geben. Und wenn er die Dinge überstürzte, konnte er ihr kaum etwas beibringen. Was bedeutete, dass er es langsam angehen lassen musste. Im Interesse der Ausbildung selbstverständlich.

Der Unterricht hat begonnen.

Dieser Satz schoss Paige durch den Kopf, als es am nächsten Abend an der Tür klingelte.

Dieser Tag war der längste ihres Lebens gewesen, weil sie nervös und erhitzt gewesen war. Und zwar nicht wegen der kaputten Klimaanlage. Das Problem hatte Jack gestern behoben. Nein, sie war erhitzt und unruhig gewesen wegen seines Versprechens, am nächsten Tag zu kommen.

Erneut klingelte es an der Tür, und ihr Herz schlug schneller.

„Jetzt geht es los", flüsterte sie.

Sie schaute sich ein letztes Mal in ihrem Schlafzimmer um, und ihr Blick fiel auf die zerschrammte Frisierkommode mit dem gesprungenen Spiegel, die zu ersetzen ihr bisher das Geld gefehlt hatte. Ihre Videokamera lag in der Ecke auf einer ordentlich gefalteten Decke, ihre Aktentasche links daneben.

Das Zimmer sah aus wie immer, mit Ausnahme der etwa ein Dutzend Kerzen, die überall verteilt waren, der schwarzen Satinbettwäsche mit den darauf gestreuten pinkfarbenen Rosenblüten und dem Champagner im Eiskübel auf dem Nachttisch. Diese Neuerungen verdankte das Zimmer einer bekannten Frauenzeitschrift, in deren neuester Ausgabe sie einen Artikel darüber gelesen hatte, wie man eine erotische Atmosphäre schafft.

Sie atmete tief durch, sodass sich ihre Knospen gegen die schwarze Spitze ihres knöchellangen Nachthemds pressten, das sie bei dem berühmten Dessous-Designer „Victoria's Secret" per Katalog bestellt hatte. Sie würde es tun. Sicher, sie war nie eine Schönheitskönigin gewesen, hatte nie so viel Persönlichkeit besessen, dass sich die Leute an ihren Namen erinnerten. Sie war durchschnittlich. Nicht mehr, aber auch keineswegs weniger.

Nicht schlecht, sagte sie sich erneut und kämpfte wieder gegen die aufsteigende Unsicherheit an. Ja, sie war bereit für die erste Lektion in der hohen Kunst der Verführung. Sie würde es schon packen, so wie sie alles andere auch packte. Das sagte sie sich zwar, doch klingelte es noch vier Mal, ehe sie sich dazu durchrang, die Tür aufzumachen.

„Ich dachte schon, du hättest deine Meinung geändert", meinte Jack, als sie die Tür öffnete und ihn in kariertem Arbeitshemd und verwaschener Jeans vor sich stehen sah.

Seine Haare waren vom Wind zerzaust, und Paige verspürte den Wunsch, mit den Händen hindurchzufahren, um herauszufinden, ob es sich so weich anfühlte, wie es aussah.

Sie umklammerte den Türknopf. Jack war der Lehrer, sie war die Schülerin. Er führte sie, sie folgte ihm.

Diese Vorstellung löste eine Welle nervöser Erregung in ihr aus. „Ich habe meine Meinung nicht geändert."

„Gut, denn …" Die Worte erstarben, als sie die Tür weiter aufmachte und er sah, was sie anhatte. Seine Augen verdunkelten sich, und ein Flackern war in ihren Tiefen zu sehen. Etwas, das Paige für Leidenschaft gehalten hätte, wenn sie es nicht besser gewusst hätte. Sie hatte noch nie Leidenschaft in einem Mann geweckt, und bei einem Mann wie Jack würde ihr das schon gar nicht gelingen.

„Es ist alles bereit." Sie drehte sich um und ging ins Schlafzimmer.

„Alles?", fragte er und folgte ihr. „Was ist das?" Er schaute sich in dem von Kerzen beleuchteten Schlafzimmer um.

Sie errötete. „Ich wollte die richtige Atmosphäre schaffen für das, was wir vorhaben, und sexy wirken."

Er betrachtete sie eine Weile eingehend. „Süße, ob eine Frau sexy ist, hat doch nichts damit zu tun, welche Farbe ihre Bettwäsche hat oder wie viel Strom sie sparen kann. Sex-Appeal kommt von innen."

„Bitte sag das nicht." Sie wandte sich ab und kämpfte gegen die aufsteigenden Tränen an. „Man kann Sex-Appeal erlernen." Das wollte Paige jedenfalls glauben, denn andernfalls würde sie für alle Zeiten die schüchterne Frau bleiben, die nachts weite T-Shirts statt aufreizender Unterwäsche trug. Sie würde immer die ahnungslose Jungfrau bleiben, die in ihrer Hochzeitsnacht geweint hatte wegen des Schmerzes und des enttäuschten Ausdrucks in den Augen ihres Mannes. Sie würde immer die naive, ahnungslose Paige bleiben, die nichts richtig machen konnte.

„Aber so ist es", sagte er und trat hinter sie. Er war ihr so nah, dass sie die Wärme seines Körpers spürte. Doch er berührte sie nicht.

„Das bedeutet, dass man das gewisse Etwas entweder hat oder nicht." Sie schüttelte den Kopf und registrierte das seltsame Prickeln in ihr, das seine Nähe auslöste. Denn Jack Mission besaß Sex-Appeal. Er reizte die Frauen, ohne dass er es darauf anlegte, auch wenn er nur verwaschene Jeans und ein Arbeitshemd trug. „Ich habe es nicht. Ich hatte es nie."

„Es ist in uns allen. Es gehört zu unserem Wesen."

„Das bezweifle ich", erwiderte sie traurig. Wenn es stimmte, was Jack gesagt hatte, war sie ein hoffnungsloser Fall.

„Du weißt nicht, dass du es hast. Noch nicht. Aber das wird sich bald ändern."

Sie drehte sich um und sah ihn an. „Glaubst du das wirklich?"

„Ich weiß es. Deshalb hast du mich doch um Nachhilfestunden gebeten, oder? Weil du mir zutraust, dass ich weiß, was ich tue." Als sie nickte, fuhr er fort: „Dann vertrau mir." Er nahm ihre Hände in seine. „Zunächst einmal musst du dich entspannen. Du bist viel zu verkrampft." Er begann ihre Handfläche zu massieren.

Die Berührung sandte Schauer durch Paiges Körper, gefolgt von einer eigenartigen Wärme, die sie durchströmte und ihr die Angst nahm. „So ist es gut", sprach er beruhigend auf sie ein. „Jetzt kannst du loslegen."

Zunächst ließen seine Worte sie zögern. Doch dann verdrängte sie die Angst und legte die Hand an den obersten Knopf ihres Negligés.

„Warte." Er hielt sie fest, bevor sie den Knopf öffnen konnte. „Du bist zu schnell, Darling."

„Du hast doch gesagt, wir sollen anfangen."

„Ich sagte, du kannst anfangen." Er nahm ihre Kamera vom Stuhl und hob sie auf die Schulter. „Ich werde zusehen."

5. KAPITEL

*J*ack streckte die Hand zum Lichtschalter aus, und Paige wurde erneut unsicher.

„Nein. Bitte lass es aus."

Er nahm die Kamera weg und betrachtete Paige eine ganze Weile. „Na schön", sagte er schließlich. „Vorläufig." Wieder richtete er die Kamera auf sie. „Jetzt mach die Augen zu."

„Was?"

„Vertrau mir, ja? Ich bin der Lehrer, du die Schülerin. Und jetzt schließ die Augen."

Sie holte tief Luft und versuchte, ihr pochendes Herz zu beruhigen. „Ich verstehe nicht, was das mit …"

„Die Anziehungskraft eines Menschen kommt von innen. Wenn du alles über Sex lernen willst, musst du dir deines eigenen Sex-Appeals bewusst sein. Du musst es fühlen, Paige. Darum geht es. Um das Fühlen. Nicht sehen oder verstehen. Nur fühlen. Deshalb will ich, dass du deine Augen schließt. Damit du nicht abgelenkt wirst."

Sie atmete noch einmal tief durch und nickte. „Gut."

Als sich ihre Lider zitternd schlossen, hörte sie seine tiefe Stimme. Aus irgendeinem Grund kam sie Paige heiserer, erotischer vor. „Lausch deinem Atem", forderte er sie auf. „Konzentriere dich darauf, deinem Atem in deinem Körper zu spüren."

Sie tat, was er sagte, und wurde sich auf einmal ganz stark der hauchzarten Spitze bewusst, die ihren Körper umhüllte. Ein Prickeln lief ihr über die Haut, und ihr Herz schlug schneller. Sie atmete tiefer durch. Als der Spitzenstoff sich an einer ihrer Brustknospen verfing, zupfte sie ihn los. Selbst diese kleine, harmlose Berührung hatte etwas unbestreitbar Sinnliches an sich.

„Jetzt konzentrier dich auf den Duft deines eigenen Parfums."

Sie atmete den Duft von Äpfeln und Zimt ein. Es war ein sehr vertrauter Duft, obwohl er ihr nie so intensiv vorgekommen war wie jetzt, wo sie mit geschlossenen Augen dastand und ihrem Atem lauschte. Sie atmete wieder und wieder ein, nahm ihren eigenen Duft wahr und genoss die Empfindungen, die das in ihr auslöste. Es war schön, gut zu riechen. Es gab ihr Sicherheit.

„Zieh dich aus."

Sie hätte seinem Befehl nicht gehorcht, wenn sie von all den neuen Gefühlen nicht so benommen gewesen wäre. Und erregt. Daher streifte sie die Träger ab, sodass das Negligé auf den Boden glitt und sie mit nichts weiter als einem knappen Slip bekleidet vor Jack stand. Seine Stimme hielt sie davon ab, den Slip ebenfalls auszuziehen.

„Berühre deine Brüste."

Diese Aufforderung machte sie verlegen. Doch rasch trat an die Stelle dieser Verlegenheit Erregung. Ihr Herz klopfte so schnell, und ihre Spannung war inzwischen so groß, dass sie jetzt nicht mehr aufhören oder einen Rückzieher machen konnte. Sie wollte sich sogar berühren und fühlen, wie ihre Knospen sich vor Erregung aufrichteten.

Bei der ersten Berührung ihres Fingers verhärtete sich die eine ihrer Brustspitzen, und ein bisher nie gekanntes Gefühl breitete sich in ihr aus. Sie schnappte nach Luft. Das Geräusch hallte in dem plötzlich atemlos stillen Schlafzimmer nach.

„Du bist wunderschön." Jacks Stimme, gewöhnlich tief, weich und verführerisch, klang plötzlich eigenartig rau. „Mach deine Augen auf und sieh mich an."

Langsam öffnete sie die Augen, sah ihn jedoch nicht an. Stattdessen sah sie in die Kamera auf seiner Schulter, in deren Linse sie sich spiegelte.

Was sie sah, war nicht mehr dieselbe Frau, die sie bisher jeden Tag aus dem Spiegel angesehen hatte. Ihre Lider waren halb geschlossen, die Lippen geteilt. Ihre Unterlippe war ein wenig vorgeschoben und glänzte, weil sie sie mit der Zungenspitze mehrmals unbewusst befeuchtet hatte. Ihre Brüste waren voll, die Knospen hart und hoch aufgerichtet. Sie sah aus, als sei sie nach einer Nacht voll heißem, stürmischem Sex aus dem Bett gestiegen. Sie sah wild, sinnlich und sexy aus.

Jack Mission – der erfahrene, leidenschaftliche Jack Mission – wollte sie. Sein Blick ließ keinen Zweifel daran. Es war kein bloßes Wunschdenken mehr. Er war eindeutig erregt, und sie war die Ursache dafür.

Sie lächelte.

„Du bist sexy, Paige. Unglaublich sexy." Er ließ die Kamera sinken und ging zu ihr.

Sie schloss die Augen und erwartete, gleich seine Arme um sich zu spüren. Stattdessen küsste er sie zärtlich auf die Stirn. „Schlaf gut."

Abrupt machte sie die Augen wieder auf und sah ihn zur Schlafzimmertür gehen. „Wo willst du hin?"

„Die erste Lektion ist zu Ende."

„Aber ich habe nicht … wir haben nicht …"

„Noch nicht." Er grinste. „Schlaf gut."

Und dann tat Jack Mission etwas, was er bei einer Frau noch nie getan hatte. Er drehte sich um und ging davon.

Unter anderen Umständen hätte er sie ohne Umschweife in die Arme geschlossen und sie bis zur völligen Erschöpfung geliebt. Er hätte nichts mehr gedacht, nur noch gefühlt. So hatte er es immer gemacht. Aber Paige war keine von den Frauen, die er üblicherweise hatte. Sie war seine Schülerin und verdiente daher ein wenig Geduld. Seine Zurückhaltung hatte jedenfalls nichts mit der Tatsache zu tun, dass ihm ihr Lächeln beinah noch mehr gefallen hatte, als sie nackt zu sehen.

Aber nur beinah.

Mir ist nicht heiß. Mir ist nicht heiß, redete Paige sich verbissen ein. Sie wischte sich den Schweiß von der Stirn und betrat die Redaktion von „In Touch".

„Wir sollten den Notruf wählen", sagte Dolores, als sie von ihrem Schreibtisch aufsah. „Hier steht jemand kurz vorm Hitzschlag."

„Du liebe Güte! Wer denn?", fragte Paige, während sie an ihren Schreibtisch trat und rasch einen Notizblock und ihren Stift aus der Tasche nahm.

„Du", erwiderte Dolores. „Du siehst erhitzt aus."

„Rot im Gesicht", bemerkte Wally im Vorbeigehen.

„Überhitzt", fuhr Dolores fort.

„Mir geht's gut." Paige atmete schwer aus. „Wirklich."

Es ärgerte sie, dass sie zu spät kam. Ganze fünf Minuten blieben ihr noch, um sich ihre Interviewfragen für ihren nächsten Termin zu notieren – ein Gespräch mit dem neuesten Bewohner des Red Cedar Altenheims, um sich kennenzulernen.

Zu spät ... Diese Worte bildeten eine Endlosschleife in ihrem Kopf und machten ihr Angst. Paige war nie zu spät gekommen. Eher zu früh. Sie war gewissenhaft, beherrscht und Herr der Lage.

Nicht heute Morgen. Sie war vor genau zehn Minuten aus dem Bett gesprungen. Selbst nach einer kurzen kalten Dusche und drei Gläsern eiskaltem Orangensaft fühlte sie sich immer noch, als hätte sie draußen in der Hitze gesessen.

Das hatte sie Jack und Lektion Nummer eins zu verdanken.

Er hatte sie so aufgewühlt und erregt ... und war dann einfach gegangen.

Was Beweis genug dafür war, dass ihr neu entdeckter Sex-Appeal nicht so stark sein konnte. Sicher, sie hatte das Verlangen in seinem

Blick erkannt. Sie hatte sogar seine Anspannung gespürt, als würde er gegen den Impuls, sie in die Arme zu schließen, ankämpfen. Doch dann war er einfach gegangen.

„Du hast wirklich ein rotes Gesicht. Dein Blutdruck muss sehr hoch sein."

„Wie überhaupt jemand bei diesem Wetter einen normalen Blutdruck haben kann, ist mir ein Rätsel." Plötzlich bemerkte Paige die Temperatur, weil Wally sich tiefer in seinen Mantel kuschelte, Ohrwärmer trug und einen Becher mit heißer Schokolade in den Händen hielt.

„Es ist ein bisschen kalt." Dolores zog ihre Jacke fester um sich und warf Wally einen vorwurfsvollen Blick zu. „Ich habe dir doch gesagt, du sollst das verdammte Ding nicht anrühren."

„Ich wollte nur die Temperatur ein wenig herunterstellen. Nach dieser Hitze brauchte ich Abkühlung."

„Er hat den Zeiger des Thermostats bei zehn Grad abgebrochen", erklärte Dolores Paige.

„Ich habe den Zeiger des Thermostats nicht abgebrochen. Er klemmt bloß. Ich werde heute meine Zange auspacken und mal sehen, ob ich das Ding reparieren kann."

„Das würde ich nicht tun, wenn ich du wäre."

„Es ist eine leichte Reparatur."

„Männer!" Dolores verdrehte die Augen. „Jetzt weißt du, weshalb ich nach Elias nicht wieder geheiratet habe. Männer sind einfach zu stur, und ich bin zu alt, um mich mit einem von ihnen herumzuplagen."

„Ich bin nicht stur. Ich bin technisch begabt", stellte Wally fest.

„Wo habe ich das nur schon mal gehört?" Dolores richtete ihre Aufmerksamkeit wieder auf Paige, die gerade ihren Computer einschaltete.

„Ist wirklich alles in Ordnung mit dir? Du bist schrecklich rot im Gesicht.

„Mir geht es gut. Wahrscheinlich habe ich zu viel Sonne abbekommen. Ich habe den Großteil des Samstags beim Garagenflohmarkt meiner Frauengruppe verbracht. Wir versuchen, Geld zusammenzubekommen, um uns eigene Räume zu mieten oder vielleicht sogar zu kaufen. Im Gemeindezentrum müssen wir uns jede Woche mit den jungen Haustierbesitzern um die Stühle streiten."

„Fand der Garagenflohmarkt nicht in einer Garage statt?"

„Doch."

„Wieso hast du dann zu viel Sonne abbekommen?"

„Weil … vom vielen Rein- und Rausgehen. Wir hatten Sachen im Hof aufgebaut."

Dolores, die über die wachsamsten Augen in der Gemeinde verfügte, schüttelte den Kopf. „Ich glaube nach wie vor, dass irgendetwas nicht in Ordnung ist. Du siehst erhitzt und müde aus, als hättest du letzte Nacht nicht viel Schlaf bekommen."

„Ich bin besorgt", erklärte Paige und wich dem wissenden Blick der älteren Frau aus. „In meiner Gruppe ist eine neue junge Frau, die sich nicht öffnet. Ich kann sehen, dass sie reden muss. Aber bis jetzt hat sie nichts gesagt. Daher habe ich die ganze Nacht gegrübelt." Das Quäntchen Wahrheit milderte Paiges Schuldgefühle, dass sie Dolores anlog.

„Wer ist die Frau?"

„Jenny Turnover."

„Mrs Walter Jackson Turnover III.?"

„Genau die."

„Schätzchen, es ist ein Wunder, dass sie überhaupt in die Gruppe geht. Dafür solltest du froh sein. Der Mann ist ein Tyrann. Ich kann mir nicht vorstellen, dass er es ihr erlaubt."

„Dann weiß er sicher nichts davon, dass sie die Gruppe besucht." Paige erinnerte sich, wie ängstlich und eingeschüchtert Jenny gewirkt hatte.

„Das ist die einzig mögliche Erklärung."

„Und er wird es auch nicht erfahren, oder?" Sie sah Dolores durchdringend an. „Oder?"

„Für wen hältst du mich?"

„Für das größte Klatschmaul im Süden. Das finden zumindest Debbie und alle Leser unserer Zeitung."

„Ich mag ja ein Klatschmaul sein, aber selbst ich weiß, wann ich meinen Mund zu halten habe." Da Paige sie ungläubig ansah, fügte sie hinzu: „Ich schwöre auf meine Dreieinigkeitsnadel."

Paige nickte. Eine Dreieinigkeitsnadel war die höchste Auszeichnung, die die Kirchenfreundinnen ihrer „Bürgerin des Jahres" verliehen. Dolores hatte ihre letztes Jahr gewonnen, und sie hatte einen Ehrenplatz in einem Glasrahmen auf ihrem Schreibtisch bekommen. Wenn Dolores also auf ihren kostbaren Preis schwor, meinte sie es ernst.

„Außerdem müssen wir Frauen zusammenhalten. Apropos, ich hörte, Jonas Peabody und Sue Ann James, die drüben im Futtermittelgeschäft arbeitet, sind sich sehr nahe gekommen."

„Nahe gekommen im Sinne von Kaffeetrinken im Pancake World?"

„Nahe gekommen im Sinne eines riesigen Verlobungsringes für Sue Ann."

„Ach was!"

„Im Ernst. Ich bin selbst zu ‚Heavenly Feed' gefahren und habe es mir angesehen." Dolores nahm ihre Wegwerfkamera aus der obersten Schreibtischschublade. „Die habe ich natürlich nicht vergessen. Die Leser wollen es ja schließlich auch sehen. Ich wette, dass Jonas jeden Mann in der Stadt beschämen wird."

Dolores plapperte weiter, während Paige sich auf ihr bevorstehendes Interview konzentrierte. Sie musste eine Liste mit Fragen zusammenstellen und einen von Wallys Artikeln redigieren, bevor sie sich auf den Weg zu ihrem Interview machte. Daher hatte sie keine Zeit, um über Jack Mission nachzudenken und die Gefühle, die er in ihr auslöste.

Sie nahm sich zusammen und unterdrückte den plötzlichen Impuls, aufzuspringen und sich vor die Klimaanlage zu stellen, um die in ihr aufsteigende Hitze zu kühlen.

Nein, Jacks Lektion von gestern Abend wühlte sie nicht mehr auf. Und ihr war gar nicht heiß.

Ihm war so heiß wie nie zuvor.

Jack wischte sich mit einem Zipfel seines Arbeitshemdes den Schweiß vom Gesicht und konzentrierte sich auf das Pferd, das schnaubend im Korral stand.

„Willst du es etwa noch mal probieren?", meinte Wayne, als Jack auf das aggressive Pferd zuging.

„Ich muss. Molly wird sich schließlich nicht selbst zureiten. Du weißt ja, was das Sprichwort darüber sagt, wenn man vom Pferd fällt."

„Du bist nicht heruntergefallen, sondern abgeworfen worden. Der Gaul ist auf dir herumgetrampelt. Das ist ein großer Unterschied. Ganz zu schweigen davon, dass Molly nicht wie deine üblichen Pferde ist."

Molly war ein schönes Vollblutpferd, das die Enkel des Besitzers in den letzten fünf Jahren misshandelt und fast verhungern lassen hatten. Keiner von ihnen verstand auch nur das Geringste von Pferden. Der Besitzer hatte an der Alzheimer-Krankheit gelitten und war zu krank gewesen, um sich um das Tier zu kümmern. Schließlich war er gestorben. Jimmy war sie bei der Suche nach Zuchtstuten für seinen Hengst Valentino aufgefallen. Nach einem Blick auf das bemitleidenswerte Tier hatte er es für einen lächerlich geringen Preis gekauft. Jack konnte ihn verstehen. Er hätte dasselbe getan. Nicht weil Molly ein reinrassiges

Pferd war und das Zeug hatte, zu einem der schönsten Pferde in der Gegend zu werden, sondern weil sie wirklich Hilfe brauchte. Man hatte sie vernachlässigt, schlecht behandelt und verletzt.

Sie ist verängstigt, sagte Jimmy sich, trotz der geblähten Nüstern und der Tatsache, dass sie eher rasend vor Wut aussah als verängstigt. Ihr Überlebensinstinkt war erwacht, und jetzt hatte sie den Kampf eröffnet.

Einen, den Jack zu gewinnen beabsichtigte. Es gab kein Pferd diesseits des Rio Grande, das er nicht zureiten konnte. Das war seine besondere Begabung und seine große Leidenschaft. Die eine Sache, die er besser als jeder andere beherrschte. Und darauf war er stolz.

Er hatte schon immer Talent im Umgang mit Tieren gehabt. Jimmy war mit seinem Vater die Zäune entlanggeritten, während Jack bei den Pferden geblieben war. Er liebte das Reiten, das Beschlagen der Hufe, das Zureiten, das tägliche Training und alles, was mit diesen temperamentvollen Tieren zu tun hatte.

Es war nicht so sehr eine erlernte Technik, die ihn in seiner Arbeit so gut machte. Nein, wenn er mit einem Pferd zusammen war, spürte er eine Verwandtschaft. Er fühlte eine Verbindung, spürte das Tier. Es ging nur um das Fühlen.

„Einfach fühlen."

Die Worte erinnerten ihn an gestern Abend und wie wunderschön Paige ausgesehen hatte, mit ihrem verträumten Blick, den lockenden Lippen. Und dann ihr Gesichtsausdruck, als ihre Fingerspitzen ihre Brustknospe berührten … Es hatte ihn große Mühe gekostet, sie nicht auf der Stelle zu lieben.

Zu gern hätte er es getan. Er hatte sie auf die Arme heben, sie ins Schlafzimmer tragen und sie stürmisch lieben wollen. Bald, versprach er sich selbst. Er würde ihr Zeit geben, sich darauf einzustellen und sich an ihn zu gewöhnen.

So unverblümt sie bei ihrer Bitte um Nachhilfestunden auch gewesen war – wenn es darum ging, den Schritt von der Theorie zur Praxis zu machen, war sie noch sehr scheu und unerfahren. Ängstlich, genau wie Molly.

Jack wollte nicht, dass sie ängstlich war. Sie sollte in seinen Armen liegen und bereit für ihn sein, ihn willkommen heißen. Deshalb hatte er auch nicht die Absicht gehabt, sich in ihr Schlafzimmer mit all den Kerzen und der Seidenbettwäsche locken zu lassen. Sicher, es war ihm nicht leicht gefallen, ihr nicht genau das zu geben, was sie wollte. Aber wenn er die Sache richtig anpacken wollte, musste er sie an neutrale Orte führen. Die Art von Orten, die keine erotischen Gedanken weckten. Erneut sah er Paige vor sich, weich, warm und sinnlich …

Na schön, es gab wahrscheinlich nicht viele Orte, die keine erotischen Gedanken wecken würden. Aber zumindest konnte er sie an einen Ort führen, wo er der heftigen Begierde nicht nachgeben würde. Einen Ort, an dem er sich auf jeden Fall würde zurückhalten müssen, bis der richtige Zeitpunkt gekommen war, um mehr zu wagen.

„Zum Schlafzimmer geht es hier entlang", erklärte Paige, als Jack am nächsten Abend für Lektion zwei vor ihrer Tür stand.

Er hatte geklopft, sagte Hallo, als sie öffnete, musterte sie von oben bis unten, drehte sich um und ging den Weg wieder hinunter.

Paige schnappte sich ihre Handtasche, schloss die Tür ab und lief ihm nach. „He, hast du mich nicht gehört?"

„Wir sind noch nicht so weit fürs Schlafzimmer", erwiderte er, setzte sich auf sein Motorrad und startete den Motor. „Steig auf."

Sie straffte die Schultern. „Ich glaube schon, dass ich so weit bin."

Er grinste und musterte sie noch einmal eingehend, sodass sie sich wünschte, ganz in ihrem T-Shirt-Kleid verschwinden zu können. „Süße, du bist noch nicht annähernd so weit. Hast du nichts … Engeres zum Anziehen?"

Sie schaute an sich herunter. Das Kleid ging ohne Betonung der Taille in den langen Rock über, der knapp über ihren Knöcheln endete. Unter dem Saum sah man ihre neuen Sandaletten hervorblitzen, die sie letzten Monat bei einem Einkaufsbummel mit Debbie gekauft hatte. Für ihren Geschmack waren sie ein bisschen zu sehr mit Riemen versehen – sie neigte eher zu konservativen Schuhen –, doch Debbie hatte darauf bestanden, dass sie „heiß" aussehen.

„Hast du nicht gesagt, es spielt keine Rolle, was ich trage? Dass Sex-Appeal von innen kommt?"

Sein Grinsen wurde breiter. „Du hast ja gut aufgepasst."

„Natürlich habe ich das. Ich hatte einen sehr guten Notendurchschnitt auf der Highschool und hätte ohne Weiteres Klassenbeste werden können."

„Du hast den Abschluss nicht gemacht?"

„Ich habe ihn auf der Abendschule nachgemacht. Damals sagte Woodrow, ich solle die ganze Zeit für ihn da sein. Daher musste ich die Schule abbrechen, denn ich hatte zu viel Hausarbeit zu erledigen."

Jack betrachtete sie einen langen Moment. „Steig auf."

„Wohin fahren wir? An einen romantischen Ort?"

„Auf keinen Fall", sagte er.

Zumindest glaubte sie, dass er das gesagt hatte, denn das Motoren-geräusch übertönte alles, als er den Gang einlegte und losbrauste.

„Ich hoffe, du magst Steak." Jack saß Paige an einem Tisch bei Pancake World gegenüber und reichte ihr eine Speisekarte.

„Ja, schon, aber ich verstehe nicht, was Steak zu tun hat mit …" Sie sah sich um, entdeckte ein älteres Paar in der Tischnische neben ihnen und senkte die Stimme. „Mit Sex", flüsterte sie schließlich.

„Betrachte es als Vorspiel."

„Steak ist Vorspiel? Ich mag ja naiv sein, aber so naiv bin ich auch wieder nicht."

„Süße, der Mensch lebt nicht von Sex allein. Ich habe den ganzen Tag gearbeitet, und du ebenfalls. Wir müssen etwas essen."

Aber sie taten viel mehr in der nächsten Stunde – sie redeten miteinander. Jack erzählte ihr von seiner Kindheit in Inspiration. Er hatte viel Zeit mit seinem großen Bruder Jimmy und dessen bestem Freund, dem draufgängerischen Tack Brandon verbracht, den er sehr bewunderte. Der ehemalige Moto-Cross-Star Tack war heute Rancher. Er erzählte ihr von seiner Liebe zu Pferden und wie viel Einfühlungsvermögen nötig war, um ihr Vertrauen zu gewinnen.

Paige wiederum erzählte von den verschiedenen Kursen, die sie be-suchte, von ihrer Arbeit bei der Zeitung und wie viel Spaß es ihr machte, Debbies wöchentliche Kolumne zu schreiben, auch wenn diese Arbeit für sie noch ein wenig neu war. Sie berichtete von ihrer Frauengruppe und dass sie sich bei jedem Treffen mit den örtlichen Kleintierbesit-zern um die Stühle streiten mussten. Ihre Gruppe hatte versucht, Geld zusammenzubekommen, um einen eigenen Treffpunkt zu mieten, zu dem die Frauen gehen konnten, wann immer sie jemanden zum Re-den brauchten, nicht nur dienstags. Paige und Jack sprachen über ihre Vorlieben und Abneigungen und dass sie Steak am liebsten mit heller Soße und einem Hauch Pfeffer oben drauf mochten.

Es war einer der angenehmsten Abende, die sie seit Langem erlebt hatte, und zugleich einer der anstrengendsten. Denn Paige konnte ihre gespannte Erwartung einfach nicht verdrängen.

„Kommst du nicht mehr mit rein?", fragte sie, als Jack sie später am Abend zu Hause absetzte.

„Noch nicht", antwortete er mit einem hintergründigen Lächeln, das sie noch mehr in Unruhe versetzte. „Ich glaube nicht, dass du dafür schon bereit bist."

„Noch nicht bereit?" Sie verstummte, als ihr klar wurde, was er meinte. Ihre Wangen glühten. „Ich denke …"

„Denk nicht", unterbrach er sie und beugte sich vor, sodass sein Gesicht nur noch wenige Zentimeter von ihrem entfernt war. „Fühl einfach." Und dann küsste er sie.

Es war ein glutvoller, lockender Kuss, der ihr Verlangen weckte und ihr Herz schneller schlagen ließ. Wie von selbst teilte sie die Lippen und ging auf das leidenschaftliche Spiel seiner Zunge ein. Es war wunderschön – und viel zu schnell vorbei.

„Öffne dich ein wenig mehr", bat er, und sie spielte die gelehrige Schülerin, indem sie gehorchte.

Sie hob die Arme und legte sie ihm um den Nacken, als er sie darum bat, und schmiegte sich enger an seinen muskulösen Körper, während er von Neuem die Lippen auf ihren Mund presste. Unwillkürlich schloss sie die Augen und gab sich ganz den erregenden Gefühlen hin, die Jacks Küsse in ihr auslösten. Wenn seine Küsse sie schon so sehr erregten, wie würde es erst sein, wenn sie miteinander schliefen?

„Das ist gut", sagte er, als sie schließlich beide Luft holten. „Sehr gut."

„Ich bin bereit", murmelte sie und leckte sich die Lippen, um ihn zu schmecken. „Ich bin wirklich so weit."

Jack sah sie eindringlich an und schüttelte den Kopf. „Ich wünschte, es wäre so." In seinen Augen glomm ein geheimnisvolles Feuer, doch seine Stimme klang ganz sanft und weich, als er jetzt sagte: „Schlaf gut, Süße." Er gab ihr einen flüchtigen Kuss auf die Nasenspitze, drehte sich um und ging.

„Aber ich bin wirklich so weit!", rief sie, verzweifelt, weil er sie schon das zweite Mal abwies. Erst sorgte er dafür, dass sie Herzklopfen bekam und es vor Sehnsucht kaum noch aushielt, und dann flüchtete er sich in freundschaftliche Gesten und ließ sie einfach stehen. Das war einfach nicht fair.

„Bald", versprach er, stieg auf sein Motorrad und fuhr davon.

6. KAPITEL

*B*ist du so weit?"

Und ob ich das bin. Die Antwort ging Paige durch den Kopf, als sie Jack Mission auf ihrer Veranda stehen sah. Er trug ein T-Shirt – diesmal ein weißes – die üblichen verwaschenen Jeans und ein Lächeln im Gesicht.

Das Lächeln war das Beste. Es beschleunigte ihren Puls und ließ Schmetterlinge in ihrem Bauch flattern. Jack hatte denselben hungrigen Ausdruck im Gesicht wie vorgestern Abend, als er sie durch die Videokamera beobachtet hatte. Als würde er sie tatsächlich sehnsüchtig begehren. Als wollte er nicht nur ihren Körper erobern, sondern auch ihr Herz.

„Fertig?", fragte er noch einmal und riss sie aus ihren gefährlichen Gedanken.

Gefährlich? Absolut. Sexy Dinge über Jack Mission zu denken, war keine Bedrohung – sie konnte sich vorstellen, so viel sie wollte, wie er sie zärtlich küsste und seine Finger sanft über ihren Rücken strichen, wenn er sie an sich drückte. Nein, die Gefahr bestand in den romantischen Vorstellungen von ihm. Darin, dass sie sich ausmalte, er könnte sich tatsächlich zu ihr hingezogen fühlen und sich ernsthaft in sie verlieben.

Das wollte sie nicht. Sie wollte Sex ohne gefühlsmäßige Verwicklungen, die ihr am Ende nur Kummer bringen würden. Ein Mann wie Jack war kein Typ zum Heiraten. Irgendwann, wenn der Reiz des Neuen verflog, würde er weiterziehen – zur nächsten Stadt, zur nächsten Frau, da machte sie sich gar keine Illusionen. Nein, er sollte bei ihr nur den Nachhilfelehrer spielen, denn ein Experte in Sachen Erotik war er wirklich.

Paige schaute auf ihre Jeans und das Trägerhemd. Beides hatte sie auf Jacks Wunsch angezogen. „Ich finde es zwar nicht besonders verführerisch, aber bei dieser Unternehmung bist du der Boss."

„Ganz recht. Gehen wir."

„Zum Schlafzimmer geht es hier entlang."

„Du bist wie üblich zu schnell."

„Das musst du gerade sagen", erwiderte sie, während sie mit ihm Schritt zu halten versuchte, als er wieder einmal zu seinem Motorrad ging, das am Bordstein geparkt war.

Er stieg auf und deutete hinter sich. „Steig auf."

„Wohin fahren wir?", fragte sie wieder, als sie die Hauptstraße der kleinen Stadt hinunterfuhren.

„Zur Blackjack Cave. Das ist eine abgelegene Höhle am Brennan's Bluff. Als ich ein Teenager war, sind alle Kids samstagabends dorthin gefahren. Es war ein beliebter Treffpunkt für Liebespaare."

Eine Welle der Erregung durchströmte sie bei seinen Worten. Sie war sechsundzwanzig Jahre alt und noch nie an so einem Treffpunkt gewesen. Sie hatte ja nicht einmal richtige Verabredungen gehabt. Woodrow war ihr erster und einziger Freund gewesen, und sie hatten an Samstagnachmittagen lediglich auf der Veranda ihres Elternhauses auf der Hollywoodschaukel gesessen und Eis gegessen. In der einen Minute hatte Paige Vanilleeis genascht, in der nächsten war sie verheiratet gewesen und hatte ein Haus zu versorgen und einen Ehemann zufriedenzustellen.

Besonders gut war ihr das nicht gelungen.

Das war damals, und dies ist jetzt, sagte sie sich, um sich daran zu erinnern, dass sie nicht mehr dieselbe war.

Damals war sie naiv und unwissend gewesen. Jetzt holte sie nach, was sie damals versäumt hatte, und ihre nächste Lektion beinhaltete einen Ausflug zu einer vermutlich malerisch gelegenen kleinen Höhle, wo es nur sie beide geben würde, die Klippen und das Meer. Sie konnte es kaum erwarten, dorthin zu kommen.

„Was werden wir dort machen?", fragte sie mit bebender Stimme.

Jacks tiefes Lachen sandte einen prickelnden Schauer durch ihren Körper. „Na ja, das, was alle Liebespaare dort oben tun. Was sonst?"

„Wie kommt es, dass dein Name hier nirgends steht?" Paige hielt die Kerze an die Höhlenwand, die mit unzähligen eingravierten Namen verziert war. Nicht nur Namen, sondern auch Liebeserklärungen. Alle, von Sally und Derek bis zu Wayne und Nadine. Einige der jungen Liebenden hatten das Datum unter ihre Namen geritzt. Manche nicht. Einige klangen vertraut. Paige entdeckte Pastor Marley und seine Frau – dem Datum nach zu urteilen, waren sie eines der ältesten Paare. Anscheinend hatte jeder irgendwann Blackjack Cave besucht.

Jeder außer Jack.

Er hatte die mitgebrachte Decke auf dem Boden ausgebreitet und es sich auf ihr gemütlich gemacht. Die in schwarzen Stiefeln steckenden Füße hatte er übereinandergeschlagen. Der flackernde Schein einer Kerze auf einer leeren Flasche erhellte die Höhle. In der Kühltasche neben Jack befanden sich vier ungeöffnete Bierflaschen. Die fünfte, von deren Glas Kondenswasser perlte, hielt er in der Hand. Er hob die Flasche und trank einen Schluck. Ein Tropfen Feuchtigkeit lief ihm über die Hand und den Unterarm hinunter.

„Und?", drängte Paige ihn, als er sein Bier ausgetrunken und die Flasche neben die erste leere gestellt hatte. „Wieso steht dein Name hier nirgendwo?"

Einige Sekunden herrschte Stille, und sie hatte den Eindruck, dass er überlegte, ob er darauf antworten sollte oder nicht. „Weil …", sagte er schließlich und nahm sich die dritte Flasche Bier, „… ich nie mit einem Mädchen hier gewesen bin."

„Ach komm schon. Das nehme ich dir nicht ab." Sie setzte sich neben ihn und steckte eine Kerze auf den Hals der zweiten leeren Flasche. Die beiden Flammen flackerten und ließen Schatten an den Höhlenwänden tanzen. „Du machst Witze, oder?"

Er schraubte den Drehverschluss auf. „Es ist mein Ernst."

„Es fällt mir schwer, das zu glauben."

Er trank einen weiteren Schluck und musterte sie. „Warum?"

„Weil die Gerüchte besagen, dass du ein ziemlicher Herzensbrecher bist."

„Gerüchte, die zufällig meine liebe Schwägerin verbreitet?"

„Oder jede unverheiratete Frau in dieser Stadt. Ruth Jean Paisley hat eine Cousine in New Mexico, die behauptet, du seist dort im letzten Jahr heiß begehrt gewesen."

Er grinste nur hintergründig. „Du darfst nicht alles glauben, was du hörst."

„Soll das heißen, dass das nicht wahr ist?"

„Damals war es das jedenfalls nicht."

„Aber jetzt ist es wahr."

Er zuckte die Schultern. „Man tut, was man kann, um seinem Image zu entsprechen." Seine Züge entspannten sich, als er in die Flammen sah. „Ob du es glaubst oder nicht, aber ich war damals nur einer treu." Er sah ihr ins Gesicht. „Deshalb bin ich nie mit einem Mädchen hier gewesen. Ich hatte eine feste Freundin als Teenager, und ihrem Daddy hätte es gar nicht gepasst, wenn sie sich hier mit jemandem getroffen hätte, ohne Anstandsdame zum Drive-Inn gefahren oder länger als bis zehn weggeblieben wäre. Er war Richter hier in der Stadt und hatte einen Ruf zu wahren."

„Richter Baines?"

Jack schüttelte den Kopf. „Richter Byron McGrew. Er ist schon lange fort. Soviel ich weiß, ist er heute oberster Richter im Mangrum County. Aber damals war er so konservativ und auf die Einhaltung der Moral bedacht, wie man es nur sein konnte. Er hatte vier gesunde, anständige Töchter."

„Und welche war deine Freundin?"

„Die jüngste."

„Wie hieß sie?"

„Gayle." Er trank noch einen Schluck. „Und das Einzige, was wir samstagabends unternahmen, war, mit ihrer Familie zum Bingospielen zu fahren. Manchmal gingen wir hinterher noch in die Eisdiele, aber meistens brachte ich sie gleich nach Hause. Klingt ziemlich langweilig, was?"

„Nein, eigentlich klingt es sogar sehr schön."

„Das war es auch." Er leerte sein Bier und nahm sich die nächste Flasche.

„Was wurde aus ihr?"

„Ich habe sie geheiratet."

„Du bist verheiratet!"

„Ich war es einmal." Für einen kurzen Moment flackerte Verzweiflung in seinen Augen auf. Doch dann zuckte er die Schultern, und der Ausdruck verschwand. „Sie starb einige Monate nach unserer Hochzeit. Es war eine allergische Reaktion auf einen Bienenstich. Sie schaffte es nicht mehr rechtzeitig ins Krankenhaus. Es war verrückt. Sie wusste nicht einmal, dass sie allergisch gegen Bienengift war. Als man es herausfand, war es für sie schon zu spät, und keiner konnte ihr mehr helfen."

Zum ersten Mal fühlte Paige eine Art Verwandtschaft mit Jack. Sie sah einen Schmerz in seinen Augen, den sie selbst nur zu gut kannte. Es weckte den Wunsch in ihr, ihn tröstend zu berühren.

Bevor sie sich eines Besseren besinnen konnte, tat sie es und legte ihre Hand auf seine. „Das tut mir so leid."

Er bewegte keinen Muskel, sondern saß nur da, ihre Hand auf seiner. Seine Finger krümmten sich, und Paige hatte das Gefühl, als würde er gegen den Impuls ankämpfen, die Hand zu drehen und seine Finger mit ihren zu verflechten.

Doch dann zog er die Hand weg. „Das muss es nicht. Es ist schon lange her. Das ist längst Vergangenheit." Ihre Blicke trafen sich. „Und was ist mit dir? Hast du jemals deinen Namen an einem Ort wie diesen in die Wand geritzt?"

Sie dachte daran zu lügen, überlegte es sich dann jedoch anders. Er wusste, dass sie unerfahren war. Peinlicherweise. Sonst wäre sie wohl kaum hier. Außerdem hatte er ihr gerade einen Teil von sich offenbart, und auch wenn er sich am Ende zurückgezogen hatte, fühlte sie sich doch verpflichtet, sich ihm gegenüber ebenfalls ein wenig zu öffnen.

„Ich hatte nie richtige Verabredungen mit Jungen. Woodrow war mein erster und einziger Freund, und wir gingen im traditionellen Sinn nicht viel miteinander aus. Du weißt schon, der Junge holt das Mädchen ab, und sie fahren zu einem Footballspiel oder so was. Meine Eltern waren ebenfalls sehr streng. Ich durfte nicht überallhin mit Woodrow, und wenn ich mit ihm ausgehen durfte, dann höchstens an öffentliche Plätze, wo meine Eltern nach mir sehen konnten."

„Das hört sich an, als seien sie gute Menschen gewesen."

„Das waren sie." Sie blinzelte gegen die plötzlich aufsteigenden Tränen an. Eine einzelne Träne lief ihr aus dem Augenwinkel. Sie wollte sie wegwischen, aber Jack war schneller. Er wischte sie mit dem Daumen fort, und die zarte Berührung sandte einen sinnlichen Schauer durch ihren Körper.

„Tut mir leid. Ich vermisse sie nur immer noch sehr."

Er ließ die Hand sinken. „Was ist mit ihnen passiert?"

„Sie starben bei einem Autounfall, als ich sechzehn war." Paige schniefte. „In der einen Minute hatte ich ein Zuhause, in der nächsten wusste ich nicht mehr, wohin."

„Hattest du sonst keine Familienangehörigen?"

„Nur eine Tante, die Schwester meines Vaters. Aber die beiden standen sich nie sehr nahe. Sie hatte ihre eigene Familie – Ehemann Nummer vier und ein halbes Dutzend Kinder. Sie wollte kein weiteres Maul mehr stopfen. Woodrow war der Einzige, der mich wollte. Meine Tante unterschrieb eine Einverständniserklärung, da ich ja noch minderjährig war, und einen Monat später heirateten Woodrow und ich."

„Hättest du ihn geheiratet, wenn die Situation anders gewesen wäre?"

„Das ist schwer zu sagen. Vielleicht." Sie schüttelte den Kopf. „Wenn die Umstände damals anders gewesen wären, hätte ich ihn wahrscheinlich nicht geheiratet. Aber ich war jung und allein, und er sagte, dass er mich liebte. Er sagte, er würde sich um mich kümmern."

„Du kommst mir nicht wie jemand vor, um den man sich kümmern muss."

„So jemand bin ich auch nicht. Ich meine, nicht mehr."

„Nach eurer Scheidung hast du ein Zeit lang gebraucht, um dich erst mal selbst zu finden, nicht? Daher auch die Frauengruppe. Du musstest erst mal wissen, was du vom Leben willst. Aber du hast die Suche nach einer Liebe, die von Dauer ist, offenbar nicht aufgegeben."

„Nein. Ich glaube nur, dass eine dauerhafte Beziehung etwas ist, zu dem beide in gleichem Maße etwas beitragen müssen und in der es auf beiden Seiten Liebe geben muss. Bei Woodrow und mir war das einseitig. Ich liebte ihn, doch er kannte nicht einmal die Bedeutung des Wortes. Er betrachtete mich als seinen Besitz. Er glaubte, er könnte mit mir machen, was er wollte, und erwartete dafür auch noch Dankbarkeit und Anerkennung."

„Er war ein Idiot." Jack sprach das mit einer solchen Aufrichtigkeit aus, dass ihr ganz warm ums Herz wurde.

„Danke." Sie schniefte erneut und wischte sich eine weitere verräterische Träne fort. „Aber können wir bitte über etwas anderes sprechen?"

„Ehrlich gesagt", meinte er und rutschte näher zu ihr, „finde ich, dass wir genug geredet haben. Es wird Zeit zu fühlen, Paige."

„Was zu fühlen?"

„Die Glut, die dich erfüllt." Er berührte ihre Wange, fuhr mit der Fingerspitze ihr Kinn entlang und dann ihre Halsbeuge hinunter. Paige erbebte. „Kannst du es fühlen?"

Sie nickte, und seine Hand fuhr ihr Schlüsselbein entlang, bis er den Träger ihres Träger-Tops erreichte. Er schob den Finger darunter und streifte ihn gerade so weit herunter, dass ihre Schulter nackt war.

Eine Welle der Unsicherheit erfasste sie. Da waren die Kerzen, was bedeutete, dass Jack jede noch so kleine Unvollkommenheit ihres Körpers sehen konnte. Sie hielt seine Hand fest. Er spürte ihr Zögern und zog sich sofort zurück.

„Verzeih mir. Ich bin das alles nur nicht gewohnt."

„Er hat dich nicht so geliebt, wie du es verdient hättest, oder?"

„Ich weiß es nicht." Sie sah ihm ins Gesicht. „Wirklich, ich weiß es nicht. Er war mein erster und einziger Mann. Und es war jedes Mal so schnell vorbei."

„Er war ein Idiot", wiederholte Jack. „Er hat nur genommen. Aber so soll es nicht sein. Du hast ein Recht darauf, das Liebesspiel ebenfalls zu genießen."

Das wusste sie. Die kultivierte Frau, die Cosmopolitan las und Kochkurse nahm, wusste das. Doch bis zu diesem Moment war es ihr nie so deutlich klar geworden. Nicht bis sie Jack Mission diese Worte sagen hörte. Bis sie in seine intensiven grauen Augen sah und sich von ihm auf die Decke hinunterdrücken ließ.

„Was soll ich jetzt tun?", fragte sie ihn, als sie auf dem Rücken lag.

„Du tust gar nichts, Süße. Du machst einfach deine Augen zu und konzentrierst dich auf das, was du fühlst." Er öffnete die nächste Bierflasche und seufzte. „Bei großartigem Sex geht es nicht nur darum, die richtigen Dinge zu tun. Es geht darum zu lernen, sich zu entspannen. Die Hemmungen zu verlieren. Keine Angst zu haben und zu fühlen."

Sie spürte die kühle Flasche an ihrer nackten Schulter, und Panik erfasste sie. „Ich denke nicht, dass das nötig ist ..."

„Denk einfach nicht. Fühl nur."

Mehrere Herzschläge vergingen, bevor sie die kühle Nässe an ihrem Mund fühlte. Ihre Lippen teilten sich, und dann spürte sie das Prickeln des Bieres auf ihrer Zunge. Die Flüssigkeit spritzte in ihren Mund, und es gelang ihr, etwas davon zu schlucken. Trotzdem kleckerte das Bier und floss über ihr Kinn und ihre Wange. Als sie es wegwischen wollte, hielt Jack ihre Hand fest.

„Nein. Fühl es."

Sie ballte die Fäuste und konzentrierte sich auf die Kühle, die über ihre Haut lief, gefolgt von einem leichten warmen Luftzug, als Jack sich herabbeugte und sein Atem ihre Haut streifte, bevor Paige seine heiße Zunge auf sich fühlte. Er leckte die Flüssigkeit ab, und ein Kribbeln durchlief ihren Körper.

Ihre Lippen teilten sich, bereit für einen Kuss. Doch diesen Wunsch erfüllte Jack ihr nicht, obwohl er sicher genau spürte, was sie wollte. Er leckte noch ein paar Tropfen Bier von ihrer Haut und goss ein ganz klein wenig Bier auf ihren Hals. Es lief über ihre Haut und machte ihr Trägerhemd nass.

Ihre Brustspitzen reagierten auf die Kälte, richteten sich auf und sehnten sich zugleich nach der Liebkosung durch seine Zunge. Er hatte ihr Feuer entfacht mit nichts weiter als seiner Nähe, und jetzt brauchte sie etwas, das dieses Feuer löschte.

In kleinen Rinnsalen floss Bier über ihre harten Knospen. Paige bog sich Jack aufstöhnend entgegen. Sie fühlte seinen warmen Atem auf ihrer Brust, gefolgt von seinen heißen Lippen, die ihre hoch aufgerichtete Knospe über dem Stoff umschlossen. Und ganz flüchtig spürte sie auch seine Zähne.

Ein Anflug von Verlegenheit erfasste sie, rasch verdrängt von purer, heißer Begierde. Paige war den ganzen Abend schon so erregt gewesen, hatte sich so sehr nach seiner Berührung gesehnt, dass sie sich jetzt nicht mehr beherrschen konnte. Sie bog sich ihm entgegen und genoss seine leidenschaftliche Liebkosung.

Jack sog heftig an der harten, sensiblen Brustspitze, und es war, als breite sich von dieser Stelle in Windeseile ein Feuer aus, das in Sekundenschnelle ihren ganzen Körper erfasste. Paige stöhnte auf und schnappte nach Luft. Es war wunderbar, aber sie brauchte jetzt mehr, musste ihn intensiver spüren. Er sollte endlich den Hunger stillen, den er in ihr entfacht hatte, sollte ihr endlich gaben, wonach sie sich sehnte wie ein Verdurstender, der nach dem rettenden Schluck Wasser lechzt. Als sie sich ungeduldig unter ihm wand, weil sie es kaum noch aushielt, löste er sich von ihr und hob den Saum ihres Trägerhemdes an. Bier tropfte auf ihren nackten Bauch und sammelte sich in ihrem Nabel zu einer kleinen prickelnden Pfütze, ehe es zum Bund ihrer Shorts hinabfloss ...

Kurz vorher leckte Jack es auf. Dann öffnete er den Knopf ihrer Shorts und wollte sie ihr mitsamt dem Slip langsam herunterziehen. Aus einem Reflex heraus versuchte Paige, die Shorts wieder hochzuziehen, doch seine Beharrlichkeit und ihr Verlangen waren letztlich stärker als alle Hemmungen.

Außerdem handelte es sich ja nur um Kerzenlicht, nicht um die Helligkeit einer Sechzig-Watt-Birne.

Geschickt streifte Jack ihr die Shorts und den Slip ab, und schon fühlte sie seine glatten festen Lippen an der Innenseite ihres Schenkels, nur wenige Zentimeter oberhalb ihres Knies. Sein Haar kitzelte ihre Haut, und sein Kinn tat es auch ein wenig, obwohl Jack frisch rasiert war. Es war eine herrliche Empfindung – seine heißen Lippen zogen träge eine Spur nach oben, ganz langsam, als hätte Jack alle Zeit der Welt. Das Wort „Eile" schien nicht zu existieren.

Mit geschlossenen Augen lag Paige, lieferte sich ganz dem verlockenden Spiel aus, das sein Mund und seine Zunge mit ihr trieben. Noch nie hatte ein Mann sie auf diese Art liebkost, noch nie hatte jemand auf so magische Weise ihr Denken außer Kraft gesetzt. Zwischen ihren Schenkeln pulsierte es heiß, sie zerfloss vor Sehnsucht nach etwas, das nur Jack ihr geben konnte.

„Fühlst du es, Paige? Fühlst du alles ganz genau? Hörst du, wie dein Blut in deinen Ohren rauscht? Spürst du die feine Rauheit meiner Zunge auf deiner zarten Haut?

Sie suchte nach Worten, konnte jedoch nur nicken. Ihr Herz pochte viel zu heftig, als dass sie auch nur einen Gedanken fassen konnte.

„Willst du mehr?"

Sie nickte, doch das genügte ihm nicht.

„Mach deine Augen auf, und sag es mir. Sag mir ganz genau, was du empfindest und was du willst."

Sie blinzelte benommen. „Jack, ich ...", flüsterte sie.

„Sag es mir."

„Ich …" Sie schluckte und rang nach Atem. „Ich empfinde Furcht … und Erregung."

„Verlangen?"

„Sehr."

„Und was willst du?"

„Ich …" Sie befeuchtete sich die Lippen mit der Zungenspitze und hatte Mühe, zu sprechen, weil ihre Stimme ihr plötzlich nicht mehr gehorchen wollte. „Mehr", war alles, was sie schließlich herausbrachte.

„Mehr hiervon?" Seine Lippen näherten sich immer mehr ihrem sensibelsten Punkt. Hitzewellen durchfluteten Paige. „Und davon?"

Zunächst erschrak sie darüber, dass er sie mit dem Mund liebkosen wollte, und Panik erfasste sie. Woodrow hatte so etwas nie getan. Sie griff in Jacks Haare, um ihn dort fortzuziehen und ihn anzuflehen, damit aufzuhören. Doch irgendwie hatten ihre Hände einen eigenen Willen, denn stattdessen fuhr sie ihm durch die seidenweichen Haare und drückte ihn fester an sich. Äußerst behutsam strich er mit der Zunge über ihre empfindsamste Stelle, streichelte sie in sanftem Rhythmus. Paige stieß einen ekstatischen Schrei aus und schloss erbebend die Augen. Jack wiederholte dieses Spiel, und Paiges Erregung stieg. Sie atmete stoßweise, überwältigt von der puren Intensität der Lust, die Jack ihr bereitete.

Ihr Höhepunkt kam rasch und heftig, ließ sie alles um sich herum vergessen und raubte ihr für einen Moment völlig den Atem.

Erst nach einer Ewigkeit, wie es ihr schien, drang Jacks Stimme zu ihr durch.

„Sieh mich an", befahl er, und sie tat es sofort. Mit weich glänzenden Augen schaute sie ihm ins Gesicht. „Horch in dich hinein. Hör auf deinen Körper. Sagt er dir, was er will?" Wieder nickte sie. „Dann verrate es mir. Sag mir genau, was du in diesem Moment willst."

„Dich", flüsterte sie.

Etwas flackerte in seinen Augen auf, und seine Muskeln spannten sich an. Bevor sie wusste, was geschah, beugte er sich über sie und presste seine Lippen auf ihre. Der Kuss war stürmisch, fordernd und dauerte einige wilde Herzschläge, ehe er sie ein wenig zu Atem kommen ließ. Dann küsste er sie mit erneut aufflammender Leidenschaft, zärtlich und intensiv, bis er sich schließlich ganz von ihr löste.

Ein seltsamer Ausdruck lag in seinen Augen, als sei ihm erst jetzt bewusst geworden, was er getan hatte. Er schüttelte den Kopf und trank einen Schluck Bier.

„Lass mich raten", sagte sie, nachdem sie ihre Fassung wiederge-
wonnen hatte. „Die Lektion ist beendet."

Er lächelte, doch ging nach wie vor eine eigenartige Anspannung von
ihm aus, die besonders deutlich spürbar wurde, als er sie betrachtete,
wie sie nur mit ihrem winzigen Slip und einem dünnem Trägerhemd
bekleidet auf der Decke saß.

„Du lernst schnell, Süße."

Sie seufzte verärgert und griff nach ihrer Shorts. „Und ich bin bereit."

„Bald."

Nichts als Versprechungen, dachte sie und hätte schreien können
vor Frustration. Warum entzog er sich ihr immer wieder? Machte ihn
das etwa an? Er hatte das Spiel mit dem Feuer ja regelrecht zur Kunst
entwickelt. Oder begehrte er sie schlicht und einfach nicht genügend,
um mit ihr zu schlafen? Fand er sie zu langweilig, zu unsicher? Fragen
über Fragen. Würde sie je eine ehrliche Antwort darauf bekommen?

Jack umklammerte die Lenkergriffe, bis seine Knöchel weiß hervortraten. Sein Verlangen, einfach umzudrehen, zu Paige zurückzufahren
und mit ihr zu schlafen, war fast übermächtig.

Stattdessen gab er Gas und raste den Highway entlang zur Mission-
Ranch. Fünfzehn Minuten später zog er sein T-Shirt aus und warf es
aufs Fußende seines Bettes, wo sein Koffer auf der Kommode stand,
noch ordentlich gepackt.

Anscheinend hatte Nell seine Wäsche gewaschen. Er sah zum
Schrank und registrierte die leeren Bügel. Immerhin respektierte sie
seinen Wunsch und verstaute alles wieder ordentlich im Koffer, wie er
es mochte. Wenn ihn die übliche Rastlosigkeit überkam, wollte er bereit sein. So konnte er einfach seine Sachen nehmen und verschwinden
und wurde nicht länger aufgehalten als nötig.

Er öffnete den Knopf seiner Jeans, was seine heftige Erregung ein
wenig milderte. Nicht dass es viel half. Sein Verlangen nach Paige war
noch genauso heftig wie vorhin in der Höhle.

Und wie er sie wollte.

„Du bist ein Idiot", murmelte er. Er könnte längst schlafen wie ein
Baby. Sein Stress wäre vorbei, seine Begierde gestillt, wenn er sich in
der Höhle nur nicht zusammengenommen hätte.

Er hatte eigentlich alles auf eine Karte setzen wollen. Paige war bereit
für ihn gewesen. Er hatte es deutlich gefühlt in der Art, wie sie sich ihm
entgegenhob, wie sich ihre Brustspitzen allein unter seinem Blick auf-

richteten, wie sie auf dem Gipfel der Lust geschrien hatte und hinterher atemlos „dich" geflüstert hatte, als er sie gefragt hatte, was sie wollte.

Ja, sie wollte ihn, und er wollte sie. Doch dann war dieses leise Seufzen über ihre Lippen gekommen, voller Ehrfurcht und Erstaunen, und hatte ihn daran erinnert, wie neu das alles für sie war. Daher hatten die Dinge sich nicht ganz so entwickelt, wie er es geplant hatte.

Er hatte sie nicht wild und ungestüm lieben können. Denn das war nicht mehr sein Wunsch gewesen.

Diese Wahrheit hatte er sich bereits eingestanden, als er vom Highway zur Ranch abgebogen war. Er wollte es nicht überstürzen. Er wollte sich einprägen, wie sie sich anfühlte, wollte jeden Seufzer, den sie von sich gab, genießen und alles ganz genau im Gedächtnis behalten, um sich später daran zu erinnern.

Denn sie war anders. Sie mochte zwar keine romantischen Vorstellungen mit ihm verbinden, doch im Grunde ihres Herzens war sie eine unverbesserliche Romantikerin. Jack kam nicht umhin, ihren Optimismus zu bewundern, den sie sich trotz der Jahre mit diesem Idioten von einem Ehemann bewahrt hatte. Während er keinerlei realitätsferne Vorstellungen von seiner Zukunft hatte, gönnte er Paige, dass sie an die ewige Liebe glaubte. Jack hatte nicht die Absicht, ihr die Illusion zu nehmen, indem er ihr eine weitere herzlose Erfahrung in Sachen Sex bescherte.

Allein der Gedanke an ihren Ex machte ihn wütend. Das war seltsam, denn Jack war nie eifersüchtig gewesen. Er ließ nie eine Frau nah genug an sich herankommen, um ernsthaft eifersüchtig zu werden. Andererseits war Paige keine von den Frauen, mit denen er normalerweise zusammen war. Sie war weitaus vielschichtiger, und Jack begriff ziemlich schnell, dass er sie mindestens ebenso gern mochte, wie er sie begehrte.

Nicht dass er sich von seinen Gefühlen in seinem Urteilsvermögen hinsichtlich Paige Cassidy benebeln ließ. Oder hinsichtlich irgendeiner Frau. In anderthalb Wochen war die Sache für ihn ohnehin erledigt. Dann würde er aus seiner Rolle des pflichtbewussten Bruders entlassen sein und wieder nach seinen eigenen Regeln leben können. Niemand würde auf ihn warten. Er wäre für niemanden außer für sich selbst verantwortlich und einzig und allein dem jeweiligen Job verpflichtet, den er vorübergehend annahm. Vor ihm lagen nur endloses Weideland, Highways und die Freiheit.

Wenn das alles nur noch halb so verlockend wäre wie früher, bevor Paige Cassidy in sein Leben getreten war …

7. KAPITEL

*I*hr erster Höhepunkt.

Immer wieder dachte Paige darüber nach, nachdem sie die Tür hinter Jack geschlossen und gelauscht hatte, wie er auf seinem Motorrad davonfuhr.

Natürlich war es nicht ihr allererster Höhepunkt gewesen. Schließlich war sie einen weiten Weg gegangen, seit Woodrow aus ihrem Leben verschwunden war. Sie hatte Selbsterfahrungskurse besucht, in denen sie nicht nur etwas über ihre Seele, sondern auch über ihren Körper gelernt hatte. Nein, der heutige Abend markierte ihren ersten Höhepunkt mit einem Mann.

In gewisser Hinsicht, denn sie hatten ja nicht richtig miteinander geschlafen.

Es war zwar überwältigend gewesen, doch eine Unruhe, ein verzweifeltes Verlangen waren geblieben.

Die ganze Nacht über hatte sie sich schlaflos im Bett gewälzt, war erst in den frühen Morgenstunden eingeschlafen und zu spät zur Arbeit erschienen.

Wieder einmal.

„Ist alles in Ordnung mit dir?", erkundigte sich Dolores, als Paige in die Redaktion kam.

„Klar", schwindelte sie notgedrungen. Auch nach drei Tassen schwarzem Kaffee war sie kein bisschen klarer im Kopf als beim Aufwachen. Dass Jack einfach so verschwunden war, ließ ihr keine Ruhe. Was bezweckte er damit? Das Schlimme war, je mehr er sich ihr entzog, desto stärker begehrte sie ihn.

„Dann bist du die Einzige", bemerkte Wally im Vorbeigehen. Er trug ein T-Shirt, Shorts und auf dem Kopf einen dieser verrückten Hüte mit einem kleinen Ventilator auf der Hutkrempe. „Hier drinnen ist es heiß wie in der Hölle. Ich schwöre euch, ich werde Debbie verklagen, sobald sie zurück ist. Das sind unerträgliche Arbeitsbedingungen."

„Ach, reg dich ab", fuhr Dolores ihn an. „Es ist ja deine eigene Schuld. Jack hatte die Klimaanlage repariert."

„Wir kamen von einem Extrem ins andere. Meine Zähne haben geklappert. Ich musste einfach versuchen, den Thermostat einzustellen."

„Mit dem Ergebnis, dass er kaputt ist."

„Ich habe den Thermostat nicht kaputt gemacht. Meine Hände zitterten vor Kälte so stark, dass ich das Ding aus Versehen von der Wand gehauen habe. Technisch gesehen ist der Parkettfußboden schuld, weil es darauf zersprungen ist."

„Ich weiß nur, dass ich mir zwar einen Mantel anziehen kann, mich aber kaum hier nackt ausziehen kann", erklärte Dolores und wirkte für einen Moment nachdenklich. „Andererseits könnte ich das doch. Es wäre schließlich nicht viel anders als am Nacktbadestrand …"

„Denk nicht einmal daran."

„Dann gib mir deinen Spezialhut mit dem Ventilator."

„Aber ich musste mir das Ding extra aus einem Katalog bestellen und sogar einen Zuschlag bezahlen, damit ich es am nächsten Tag habe."

„Entweder du gibst mir den Hutventilator, oder ich fange an, mich auszuziehen." Um ihrer Forderung Nachdruck zu verleihen, tanzte Dolores ein wenig und summte die Melodie des Songs „The Stripper".

„Schon gut, schon gut", rief Wally, als sie den zweitobersten Knopf ihrer Bluse öffnete. „Aber sobald der verdammte Temperaturregler wieder repariert ist, will ich den Hut zurückhaben."

„Wir werden sehen." Dolores setzte sich den Hut auf, drehte den Ventilator voll auf und setzte sich wieder an ihren Schreibtisch.

In der Zwischenzeit litt Paige an ihrer Körpertemperatur, die nicht mit der Hitze, dafür umso mehr mit Jack zu tun hatte. Nicht weil sie ihn tatsächlich mochte. Sicher, es war nett, sich mit ihm zu unterhalten, und sie hatten auch Gemeinsamkeiten – sie waren beide verheiratet gewesen, hatten einen Elternteil beziehungsweise beide Eltern verloren und mochten das Steak im Pancake World. Aber das war nicht der Grund, weswegen sie es kaum noch erwarten konnte, ihn wiederzusehen.

Nein, der Grund dafür war, dass sie ihre Studien einfach ernst nahm. Sonst nichts. Sie war eben auf allen Gebieten äußerst lernbegierig, denn es gab unendlich viel nachzuholen. Ganz sicher begehrte sie Jack Mission nicht.

Sie begehrte Jack Mission.

Diese Wahrheit gestand Paige sich ein, als sie an diesem Abend vor dem Tasty Freeze in der Schlange stand und dabei zuschaute, wie Jack ein großes Eis kaufte und es dem kleinen Kind schenkte, das sein Eis aus Nachlässigkeit fallen gelassen hatte. Paige, die Kinder liebte und eines Tages gern Mutter werden wollte, hätte das Kind eher getadelt. Nicht so Jack. Er hatte den übermütigen Jungen beiseite genommen, beruhigend auf ihn eingeredet und sich dann angestellt, um dem Kleinen ein neues Eis zu kaufen.

Jack nahm das mit Schokoladenguss überzogene Eis und kniete sich vor das Kind. Behutsam wischte er dem Jungen die Tränen weg und strich ihm paar blonde Strähnen aus dem Gesicht.

Paiges Herz zog sich vor Rührung zusammen.

Er war attraktiv, sexy und nett, und noch nie hatte sie einen Mann so begehrt wie Jack in diesem Moment.

Nicht im romantischen Sinne, wie sie sich rasch versicherte. Es hatte nichts mit Liebe zu tun, sondern war höchstens als Schwärmerei einzustufen. Wie damals, als sie sich in Mr Jenkins verliebt hatte, ihrem Englischlehrer in der achten Klasse. Er war ein unglaublich gut aussehender Mann gewesen, und sie hatte sich bis über beide Ohren in ihn verknallt. Er war außerdem nett gewesen und hatte ihr bei der Grammatik geholfen, die ihr Schwierigkeiten bereitet hatte. Sie hatte ihn menschlich und erotisch anziehend gefunden und war entschlossen gewesen, ihn zu heiraten. Natürlich war sie älter geworden und hatte diese Schwärmerei überwunden.

„Du kannst gut mit Kindern umgehen", bemerkte sie, als Jack ihr nun ebenfalls eine Eistüte gab.

„Danke. Es ist nicht schwieriger, als mit einem widerspenstigen Fohlen fertigzuwerden. Beide treten dich, wenn du ihnen den Rücken zukehrst. Man muss ruhig und beherrscht sein."

„Du wirst eines Tages ein guter Vater sein."

„Ja, irgendwann in weiter Ferne."

„Du hast es also nicht auf eine Frau und die zwei Komma fünf Kinder abgesehen, die jedes Paar im Durchschnitt kriegt?"

„Die Statistik hat sich vermutlich geändert, aber nein, ich bin mit meinem Leben zufrieden, so wie es ist. Was ist mit dir?"

„Ich würde gern wieder heiraten. Aber diesmal würde ich streng darauf achten, dass es der Richtige ist."

„Und das bedeutet für dich ...?"

„Er muss ein Mann sein, der sich für eine dauerhafte Beziehung eignet. Also muss er schon mal solide und zuverlässig sein. Außerdem will ich einen Mann, der zu Hause ist, wenn er es sein soll, was Herumtreiber und Workaholics ausschließt. Er muss Kinder mögen und immer bei mir bleiben. ‚Für immer' ist das Schlüsselwort. Der richtige Mann ist einer, der für immer mit mir zusammen sein will." Paige musterte Jack, während sie zu einem der Tische gingen. „Ich nehme an, bei dieser Vorstellung bekommst du eine Gänsehaut, was?"

„So schlimm ist es nicht." Er grinste. Offenbar amüsierte er sich köstlich über ihren Traum vom immerwährenden Eheglück. „Es schaudert mich nur ein bisschen. Aber erzähl mir, was wurde aus Woodrow?"

„Er verließ mich wegen einer anderen Frau. Eigentlich verließ er mich wegen mehrerer anderer Frauen."

„Der Kerl war ein Idiot", erklärte Jack grimmig und rückte galant einen Stuhl für sie zurecht.

„Er war einfach nicht das, wofür ich ihn gehalten habe", meinte Paige nachdenklich. „Eigentlich kann er ja nichts dafür. Trotzdem bin ich manchmal wütend auf ihn. Aber insgesamt bin ich froh, dass er mich verlassen hat. Wer weiß, ob ich den Mut gefunden hätte, ihn zu verlassen."

„Das hättest du", versicherte Jack ihr und setzte sich ihr gegenüber. „Du bist eine starke Frau. Du hättest es geschafft."

„Das würde ich gern auch denken, aber ..." Sie vertrieb die aufsteigende Unsicherheit und versuchte, sich auf das Hier und Jetzt zu konzentrieren.

Jack reichte ihr eine Serviette, wobei seine Fingerspitzen ihre berührten. Ein Schauer durchlief Paige.

Klar, du bist verknallt, sagte sie sich. Und jeder weiß, dass Verknalltsein gesund ist. Solange der oder die Verknallte keine unrealistischen Vorstellungen hat. Aber was Jack anging, gab Paige sich keinen falschen Vorstellungen hin.

Er war ihr Lehrer, schlicht und einfach, der sein Wissen gegen ein bisschen zusätzliches Bargeld verkaufte. Andernfalls würde ein Mann wie er nicht einmal in ihre Nähe kommen. Schließlich war sie nie eine umwerfende Schönheit gewesen, der die Männer in Scharen nachliefen, wie das bei manchen Frauen der Fall war. Sie war immer schlicht gewesen. Durchschnittlich.

Sie schaute auf ihre Shorts, die sie trug, und das dazu passende Shirt. Das war schon viel besser als die ausgebeulten Jeans und weiten T-Shirts, die sie vor weniger als sechs Monaten noch getragen hatte, weil ihr der Mut fehlte, viel von sich zeigen. Doch nach wie vor war ihre Kleidung alles andere als auffällig.

Nicht so wie die der Frau mit dem rückenfreien Oberteil und dem Minirock, die am Nebentisch saß und lächelte, als Jack sie ansah. Er erwiderte ihr Lächeln, und Paige bekam Angst, denn es bestätigte die Wahrheit – Jack Mission hatte für den Durchschnitt nichts übrig.

Männer wie Jack – gut aussehende, für leidenschaftlichen Sex geschaffene Männer – interessierten sich für Frauen mit langen Beinen und großen Brüsten, wie die Frau mit dem rückenfreien Oberteil. Das war der Typ Frau, zu dem Paige nie gehören würde, ganz gleich, wie viele Fortbildungskurse sie auch besuchen würde. Nicht dass sie zu diesem Typ Frau gehören wollte. Sie wollte einen Mann, der sie um ihrer selbst willen liebte, um ihres Äußeren wie um ihrer inneren Werte willen. Einen Mann, der immer für sie da sein würde.

Doch wie Jack selbst zugegeben hatte – „für immer" gehörte nicht zu seinem Vokabular.

Trotzdem schlug ihr Herz schneller, als er sich ihr gegenüber rittlings auf einen Stuhl setzte, die Eistüte in der Hand, und Paige seine ganze Aufmerksamkeit schenkte. Er leckte an seinem Vanilleeis und grinste. „Du magst also Eis?"

„Ich verstehe nicht, was Eis essen mit den Schlafzimmerlektionen zu tun hat, die du mir gibst."

„Im Bett gut zu sein, hat mit Sinnlichkeit zu tun. Du musst im Einklang mit dir selbst sein, mit allen deinen Sinnen. Sehen, hören, riechen, fühlen, schmecken."

„Ich bezweifle, dass ich gut im Bett bin, weil ich Erdbeereis esse."

„Ich weiß nicht. Ein wenig Erdbeereis an den richtigen Stellen platziert ..."

Paige errötete, versuchte, ihre Verlegenheit jedoch mit einer frechen Bemerkung zu überspielen. „Na, dann lass uns einen großen Becher Erdbeereis kaufen und damit herumexperimentieren."

„Nur zu", erwiderte er trocken. „Am besten mit schön viel Sahne obendrauf."

Da ihr darauf keine Erwiderung mehr einfiel, hielt sie den Mund und konzentrierte sich aufs Eisessen. Was keine leichte Aufgabe war, solange Jack ihr gegenübersaß und sich ihre Beine unter dem kleinen Tisch berührten. Es war wie Streicheln, und es wirkte auch so auf sie. Gleichzeitig fuhr er mit seiner Zunge über die Eiskugel, und Paiges Puls beschleunigte sich.

„Was ist los?", fragte Jack, nachdem er ausgiebig an seinem Eis geleckt hatte. „Ist alles in Ordnung mit dir?"

„Ja, klar." Aber mit ihr war längst nicht alles in Ordnung. Ihr war heiß, und der Hunger, der sie quälte, war nicht mit einer Eistüte zu stillen. Sie brauchte seine Küsse, seine Zärtlichkeit. Sie wollte seinen Körper mit den Lippen erkunden, wollte den Geschmack seiner Haut in sich aufnehmen, seinen Duft, seine Hitze.

Die nächsten fünfzehn Minuten vergingen quälend langsam. Paige aß ihr Eis auf und sah mit Erleichterung, dass Jack seinen Stuhl zurückschob und ihr signalisierte, dass es endlich Zeit zum Gehen war.

In ihrer Ungeduld, zum Parkplatz zu kommen, stieß sie gegen einen Tisch. Ein Milkshake kippte um und wurde auf der Metalltischplatte verschüttet.

„Entschuldigen Sie …" Ihre Worte erstarben, als sie sah, dass die Frau, die an dem Tisch saß, Jenny Turnover war. „Hallo, Jenny."

„Oh, hallo."

„Sie kennen meine Frau?" Die Frage kam von dem Mann, der Jenny gegenübersaß.

Paige drehte sich um und fand sich von Angesicht zu Angesicht mit Jennys Mann wieder, der nicht allzu erfreut darüber wirkte, dass sie Hallo gesagt hatte.

„Sind Sie nicht die Frau von der Zeitung, die die frechen Tipps schreibt?"

„Ganz richtig, die bin ich."

Seine Miene verfinsterte sich. „Ich hasse diese Kolumne. So was trägt zum moralischen Verfall unserer Gesellschaft bei. Es sind Leute wie Sie, die unsere Jugend verderben."

„Mr Turnover, meine Kolumne ist pure Unterhaltung. Den alleinstehenden Frauen in der Stadt macht sie Spaß."

„Und sie ist verantwortlich dafür, dass sie weiter alleinstehend bleiben. Was für ein lächerlicher Unsinn."

„Gibt es ein Problem?", mischte sich Jack ein, der hinter Paige trat und Mr Turnover mit durchdringendem Blick fixierte.

„Nur der Zusammenbruch unserer Gesellschaft."

„Na, da bin ich aber froh, dass es nichts Ernstes ist. Bist du so weit?"

Paige versuchte, nicht zu grinsen, doch es gelang ihr nicht. Walters Miene wurde noch düsterer.

„Komm, Jenny. Wir gehen."

„Aber Paige bestellt doch gerade einen neuen Milkshake für mich", protestierte sie."

„Auf der Stelle." Walter nahm Jenny bei der Hand und zerrte sie hinter sich her. „Ich lasse dich nicht mit solchen Leuten verkehren. Diese Frau trägt mit ihrem frivolen Geschreibsel zum moralischen Verfall unserer Gesellschaft bei …"

Während Paige zusah, wie Jenny ihrem Mann zum Wagen folgte, erinnerte sie sich plötzlich an eine Szene. Sie sah sich selbst, vor nicht allzu langer Zeit, wie sie Woodrow gefolgt war und widerspruchslos getan hatte, was immer er von ihr verlangte. Wie sie erduldet hatte, was immer er sagte. Walter tat nichts Schlimmeres, als Jenny energisch am Arm zu packen und aus der Eisdiele zu ziehen. Doch das, was hinter dieser Geste steckte, war genauso schlimm wie eine körperliche Misshandlung und verhängnisvoll in ihrer Wirkung, denn es zerstörte den Geist einer Frau. Es war die pure Unterdrückung und gleichzeitig besonders perfide, weil sie sich nicht offen zu erkennen gab.

Paiges und Jennys Blicke trafen sich, und Paige tat das Einzige, was sie tun konnte – sie lächelte ihr aufrichtig zu, um Jenny wissen zu lassen, dass sie für sie da sein würde.

„Alles in Ordnung?" Jack trat an ihre Seite und berührte ihren Arm.

„Ich habe mich nur gerade an etwas erinnert."

„An was?"

„Wie dankbar ich dafür bin, geschieden zu sein. Kennst du diesen Mann?"

„Ich kenne ihn von früher. Walter war schon immer ein bisschen konservativ, aber dass er sich dermaßen als Moralapostel aufspielt, sieht ihm eigentlich nicht ähnlich." Jack schaute den beiden nach. Vielleicht würde er sich einmal mit Walter unterhalten müssen.

„Ist er bösartig?", fragte Paige.

„Das weiß ich nicht. Aber besonders nett sieht er auch nicht aus, oder?" Er sah erneut zu dem Paar und beobachtete, wie Walter Jenny buchstäblich ins Auto stieß. Jack presste missbilligend die Lippen zusammen und war drauf und dran einzuschreiten.

„Nicht." Paige legte die Hand auf seinen Arm. „Du wirst alles nur noch schlimmer machen."

„Ihm eins zu verpassen, weil er eine Frau misshandelt, macht alles noch schlimmer? Ich werde mich dadurch aber besser fühlen."

„Du schon, aber sie nicht. Du machst es dadurch für sie schlimmer."

„Ich würde ihr damit helfen."

„Du kannst ihr erst helfen, wenn sie diese Hilfe will. Aber noch ist es nicht so weit."

Paige hoffte, dass sich das bald ändern würde. Einen ersten Schritt hatte Jenny getan, indem sie zum Treffen der Frauengruppe gegangen war und das immerhin schon zwei Mal. Wenn sie nur ein drittes Mal kommen würde …

Morgen würde Paige es erfahren. Bis dahin konnte sie nichts anderes tun als abwarten.

Jack schwang sich aufs Motorrad, und Paige setzte sich hinter ihn.

„Wohin fahren wir jetzt?", fragte Paige und legte die Arme um seine Taille, als sie durch die Main Street fuhren, an der die wichtigsten Geschäfte des kleinen Orts lagen. „Zu mir nach Hause?"

„Noch nicht."

„Langsam kann ich es nicht mehr hören."

„Dann hör auf zu fragen."

Sie landeten schließlich beim Footballstadion. Die Tribünen waren verlassen, das Spielfeld war unbeleuchtet.

„Warum sind wir hierhergekommen?", wollte Paige wissen.

„Um ein wenig ungestört zu sein", erklärte er, zog sie vom Motorrad und führte sie zu den Zuschauerbänken. „Es ist Basketballsaison. Die Footballspieler fangen erst in ein paar Wochen wieder mit dem Training an."

„Wären wir zu Hause nicht eher ungestört?"

„Es geht nicht ums Ungestörtsein, sondern darum, die Hemmungen zu verlieren und sich zu entspannen. Du machst dir viel zu viele Gedanken um Kleinigkeiten. Dabei spielt es keine Rolle, wo du bist oder was du anhast. Sex spielt sich im Kopf ab, Paige."

„Das behauptest du ständig, aber langsam bekomme ich den Eindruck, dass du absichtlich einen großen Bogen um mein Schlafzimmer machst." Sie suchte in seinen Augen nach einer Antwort. Lag sie richtig mit ihrer Vermutung, oder bildete sie es sich nur ein?

Vielleicht kam er nur deshalb nicht mit zu ihr nach Hause, weil er gar nicht intim mit ihr werden wollte? Möglicherweise schreckte ihn ihre Unerfahrenheit doch zu sehr ab, und er hatte nur noch keinen Weg gefunden, die Sache schmerzlos zu beenden. Vielleicht fand er sie reizlos und langweilig? Vielleicht ...

Ihre deprimierende Ursachenforschung hörte auf, als Jack sie an sich zog und küsste.

Das erotische Spiel seiner Zunge erregte sie zutiefst. Sein Duft betörte ihre Sinne. Seine Nähe weckte ihr Verlangen. Ein sinnlicher Schauer überlief sie, und ihre Haut würde äußerst sensibel, während Paige sich darauf konzentrierte, nur zu fühlen, so wie Jack es gesagt hatte. Sie fühlte alles: den Abendwind, das harte Holz der Sitzbank, die Wärme des Mannes, der sie an sich drückte; seine Finger, die den Knopf ihrer Jeans öffneten.

Kurz darauf trug Paige nur noch ihr T-Shirt und ihren Slip. Mit einer raschen Bewegung zog Jack ihr das T-Shirt über den Kopf und warf es zu ihren anderen Sachen. Der Slip folgte.

Sie bedeckte ihre Brüste mit den Armen, doch Jack zog sanft, aber bestimmt ihre Hände fort, um sie zu betrachten. In plötzlicher Panik begann ihr Herz heftig zu pochen. Doch dann sagte sie sich, dass es hier draußen ziemlich dunkel war – immerhin besser, als wenn Jack sie am helllichten Tag gemustert hätte. So fielen ihm ihre kleinen Unvollkommenheiten vermutlich nicht so sehr ins Auge.

Jacks Blick verriet, dass ihm gefiel, was er sah. Dieses Wissen löste eine Zufriedenheit in ihr aus, die jedoch rasch heftiger Erregung wich, als er sich zu ihr beugte und die Lippen um eine ihrer hoch aufgerichteten Brustspitzen schloss.

Er saugte daran, hielt die harte Knospe zwischen den Zähnen fest und fuhr mit der Zunge darüber, bis Paige vergaß, dass sie nackt war, und nur noch Jack wahrnahm und das, was er mit ihr tat.

Es war zu viel, und zugleich war es nicht annähernd genug.

„Bitte", hauchte sie, und er gehorchte, küsste ihren Bauch und glitt von dort nach unten zwischen ihre Beine.

Er spreizte ihre Schenkel. Seine Fingerspitzen strichen über die weiche Haut und hinterließen ein erregendes Gefühl. Er schob seine Hände hinauf und umfasste ihren Po, zog sie näher zu sich heran und bog ihre Schenkel noch ein wenig weiter auseinander. Dann berührte er ihre empfindsamste Stelle. Bei der ersten Liebkosung durch seine Zunge schloss Paige aufstöhnend die Augen und hob sich ihm entgegen. Es war eine wunderbar sanfte Berührung, aber gleichzeitig ungeheuer intensiv. Ströme glühender Lavahitze schienen durch ihre Adern zu fließen, und zwischen ihren Schenkeln verspürte sie ein vertrautes Ziehen.

Zufrieden, weil sie so heftig reagierte, setzte Jack nun auch seine Finger ein und begann ihre Bereitschaft zu erkunden. Paiges Verlangen wuchs ins Unerträgliche, und ein köstliches Schwindelgefühl erfasste sie, das sie bisher nur bei Jack empfunden hatte. Er liebkoste und erforschte sie, bis sie sich sehnsüchtig wand und nur noch wollte, dass er endlich ganz zu ihr kam.

Doch auch diesmal hielt er sich zurück und war nur darauf bedacht, ihr möglichst viel Vergnügen zu bereiten. Wieder und wieder umspielte er ihren empfindlichsten Punkt, bis sie zu einem noch überwältigenderen Höhepunkt gelangte als der, den sie vor knapp achtundvierzig Stunden durch ihn erlebt hatte. Ihre rauen, heiseren Schreie hallten in der Stille der Nacht wider.

Erst eine ganze Weile später machte sie die Augen auf. Jack hatte sich auf einem Tribünenplatz ausgestreckt und schaute in den Himmel.

Paige war enttäuscht. Hier lag sie splitternackt, und er sah nicht einmal hin. Gleichzeitig empfand sie ein kleines bisschen Erleichterung, denn sie hatte ihre Unsicherheit noch immer nicht ganz überwunden. Wie sollte sie auch? Schließlich wusste sie nicht, ob Jack das alles nur mit ihr anstellte, weil sie ihn tatsächlich reizte, oder ob er nur seine Pflicht als Lehrer erfüllte. Am liebsten hätte sie ihn klipp und klar gefragt, was er dabei empfand, doch fehlte ihr leider der Mut.

Da Jack nicht zu ihr rüber sah, nahm sie die Gelegenheit wahr und griff nach ihren Kleidungsstücken.

„Hat es dir gefallen?", fragte er.

Paige war gerade beim Anziehen eines Schuhs. Seine Worte ließen sie innehalten. Er sah sie nicht an, sondern starrte weiter zum Himmel hinauf.

„Hm, ja, es war …" Fantastisch. Überwältigend. Wie ein Erdbeben. „Gut", sagte sie schließlich, um ihm nach ihrer hemmungslosen Reaktion nicht noch mehr die Lust zu nehmen. Sie hatte geschrien, um Himmels willen!

Sie rechnete damit, dass er irgendeine Bemerkung machte, grinste oder etwas tat, was sie erröten ließ. Stattdessen stand er auf und nahm ihre Hand. „Komm, wir verschwinden besser."

Auf wackligen Beinen folgte Paige ihm die Tribünentreppe hinunter und wünschte, er würde irgendetwas sagen, was ihr einen Hinweis darauf gab, was in ihm vorging. War er von ihrer Reaktion enttäuscht? Hatte es ihn erregt? Wütend gemacht? War sie beim Sex ebenso ungeschickt, wie sie es früher bei allen anderen Dingen im Leben gewesen war?

Sag etwas, flehte sie im Stillen, doch Jack half ihr nur schweigend beim Aufsteigen auf sein Motorrad.

Er startete den Motor, legte den Gang ein und gab Gas.

Paige hielt sich an ihm fest und versuchte ihr Bestes, sich auf das Brummen des Motorrads zu konzentrieren und den Fahrtwind, um ihre nagenden Zweifel zu vergessen.

Dummerweise gelang es ihr nicht, und so kreisten ihre Gedanken nur darum, was sie falsch gemacht haben könnte.

Das Einzige, was Paige falsch machte, war, dass sie Jack Mission noch immer begehrte, obwohl er ihr die kalte Schulter zeigte. Während der Rückfahrt wurde ihr Verlangen immer heftiger, und als sie schließlich vom Motorrad stieg, war sie kurz davor, hier auf dem Gehsteig, direkt vor dem Haus, über ihn herzufallen.

Trotzdem gelang es ihr irgendwie, sich zusammenzunehmen, bis sie die Haustür erreicht hatten.

„Schlaf gut …"

„Denk nicht mal dran."

„Wovon sprichst du?"

„Ich bin so weit."

„Süße, wir haben es doch schon besprochen. Noch …"

„… nicht", beendete sie den Satz. „Ich habe es satt, das ständig zu hören. Ich bin so weit. Ich bin schon lange bereit. Mehr wird es nicht werden."

„Na gut."

„Und wenn ich mir von dir noch weiter diesen Mist anhören muss, ich sei noch nicht so weit, bekommst du einen Tritt von mir. Ich habe einen sechswöchigen Selbstverteidigungskurs gemacht und bin verdammt gut in Karate … was hast du gesagt?"

„Ich sagte, na gut. Du bist bereit. Fangen wir an."

„Das ist nicht dein Ernst, oder?"

„Süße." Er nahm ihre Hand und legte sie auf seine Hose. Paige konnte deutlich spüren, wie groß und drängend sein Verlangen war. „Fühlt sich das an, als würde ich Witze machen?"

„Nein, du meinst es tatsächlich ernst."

„Gut. Ich finde, es wird Zeit, dass wir deine seidene Bettwäsche ausprobieren. Andernfalls müssten wir hier draußen bleiben und die Verandaschaukel benutzen."

„Nein, wir nehmen das Schlafzimmer."

Und bevor er seine Meinung ändern konnte, nahm Paige ihn an die Hand und zog ihn hinter sich her ins Haus.

8. KAPITEL

*P*aige war sich nicht sicher, wie sie ins Schlafzimmer gelangten und wer wen führte oder hinter sich herzog. Fest stand nur, dass sie innerhalb weniger Sekunden vor ihrem Bett standen und Jack sie küsste.

Im ersten Moment schien ihn verzweifeltes Verlangen zu treiben. Doch dann geschah etwas mit ihm. Der Kuss wurde sanfter und intensiver, und Jack schien sich zu entspannen, als hätte er die ganze Nacht Zeit. Als wollte er jeden Moment voll auskosten. Seine Zunge neckte sie und entfachte das Feuer in ihr, bis Paige errötete und atemlos vor Begierde war.

Paige stöhnte leise, und er hob sie auf die Arme und trug sie zum Bett, ohne den Kuss zu unterbrechen. Sie wusste nicht, was mit ihrer Kleidung geschah. Gerade eben noch hatte sie ihren Lieblingsrock mit Blumenmuster und eine Bluse getragen, und im nächsten Moment lag sie auf dem Bett, mit nichts weiter als ihrem BH und ihrem Slip bekleidet. Jack war über ihr. Er trug nur noch seine Jeans, deren Knopf bereits offen war. Paige sah deutlich, wie erregt Jack war.

Einen Moment lang sah er ihr in die Augen. Dann ließ er den Blick über ihren Körper gleiten. Von Neuem erfasste sie Unsicherheit, sodass sie sich zudecken wollte.

„Nein." Er hielt ihre Hände fest und drückte sie herunter. Ihr Wunsch, sich zu bedecken, war schlagartig verflogen. Stattdessen sehnte sie sich danach, Jack endlich Haut an Haut zu spüren.

Er hakte ihren BH auf und streifte ihr den Slip ab, sodass sie vollkommen nackt auf den weichen Laken lag. Der Mond schien durchs Fenster herein und verbreitete ein schwaches Licht, in dem Jacks Gesichtszüge wie gemeißelt wirkten.

Ja, Mondlicht konnte sie ertragen. Es schmeichelte, verbarg die kleinen Makel ihres Körpers und ließ alles weicher erscheinen. Ihre Ängste verflüchtigten sich wie Rauch im Wind. An ihre Stelle trat prickelnde Erregung, als Jack den Reißverschluss seiner Jeans herunterzog. Langsam schlossen sich ihre Fingerspitzen um seine pulsierende Härte.

Jack stöhnte heiser auf.

„Ich bin wirklich so weit", murmelte er mit vor Erregung rauer Stimme.

„Aber ich bin diejenige, die bereit sein soll."

Mit verlangendem Blick sah er ihr in die Augen. „Dann wollen wir mal sehen, ob du es auch wirklich bist."

Er berührte ihre Brust, rieb spielerisch eine ihrer Knospen, bis sie hart wurde und sich aufrichtete. Dann glitt seine Hand tiefer, über ihren flachen Bauch bis hinunter zu den weichen rötlichen Locken zwischen ihren Beinen. Seine Finger glitten über ihren intimsten Punkt, und Paige erschauerte. Ihr Stöhnen erfüllte die Stille um sie herum, die bisher nur durch ihre flachen, stoßweisen Atemzüge unterbrochen worden war.

Schließlich spürte sie ihn Haut an Haut und nahm nichts anderes mehr wahr als seine Wärme und seinen Duft. Seine Augen glänzten wie kleine silbrige Teiche. Sein Atem war rau, seine sinnlichen Lippen leicht geöffnet. Die Luft war von erotisierenden Düften erfüllt, und bei jeder seiner Bewegungen spürte Paige das Spiel seiner durch jahrelange harte körperliche Arbeit gestählten Muskeln.

Jack küsste sie erneut mit einer glühenden Leidenschaft, die ihr Verlangen noch mehr anfachte. Gleichzeitig fuhren seine Hände in fieberhafter Eile über ihre Haut, lösten prickelnde Schauer aus und weckten eine Begierde in ihr, die sie noch nie zuvor erlebt hatte.

Er glitt ihren schweißfeuchten Körper hinunter, und dann schlossen sich seine Lippen um eine ihrer harten Knospen. Seine Zunge neckte sie, streichelte sie. Paige war so überwältigt von erotischen Empfindungen, dass ihr die Tränen in die Augen traten.

Woodrow hatte sie nie mit einer solchen Zärtlichkeit berührt. Er hatte sie weder verführt noch irgendetwas in ihr entfacht. Er hatte nur an sein eigenes Vergnügen gedacht. Er hatte genommen, weil sie nie in der Lage gewesen war, zu geben. Sie hatte einfach nicht gewusst, wie.

„Sag mir, was ich tun soll."

„Sieh mich nur an, Süße. Sieh mich an und fühle." Er hielt inne. „Nimmst du die Pille?"

Als sie nickte, spreizte er erleichtert ihre Beine, und er glitt mit einer geschmeidigen Bewegung tief in sie hinein. Einen Moment lang legte er seine Stirn an ihre, als müsste er erst zu Atem kommen.

Dann bewegte er sich ein klein wenig in ihr, und sie kam ihm ungeduldig entgegen, um ihn noch tiefer in sich zu spüren.

Jetzt verfiel er in einen langsamen Rhythmus, der ihr Blut noch mehr erhitzte und sich beharrlich steigerte. Gleichzeitig ließ er seine Hände über ihren Körper gleiten und zog Paige noch fester an sich, als könnte er ihr gar nicht nahe genug sein. Er saugte an ihren Knospen und umspielte sie mit der Zunge, während er sie mit jeder neuen Bewegung immer weiter dem Gipfel entgegentrug, bis Paige es nicht länger aushielt und zum intensivsten und längsten Höhepunkt ihres Lebens gelangte.

„Ja, Liebes", ermutigte er sie mit heiserer Stimme, „lass dich fallen."

Jeder Muskel in ihrem Körper spannte sich an, sodass sie ihn fest umschloss. Jack stöhnte heiser auf, drang noch einmal ganz tief ein und folgte ihr zum Gipfel.

Genüsslich seufzend sank er auf sie nieder und schmiegte den Kopf an ihre Schulter. Ihre Herzen pochten heftig im Einklang, als sie schwer atmend aufeinander lagen.

Wie war es für dich? Zu gern hätte Paige diese Frage gestellt und gewusst, was Jack in diesem Moment dachte. Doch sie brachte die Worte einfach nicht heraus. Sosehr sie es auch wissen wollte, sie wagte es nicht, ihm ihre drängendste Frage zu stellen, aus Angst vor der Antwort. Daher schlang sie stattdessen die Arme um ihn und schloss die Augen. Und zum ersten Mal, seit sie Jack Mission kennengelernt hatte, schlief sie sofort ein.

Jack beobachtete die schlafende Paige und versuchte herauszufinden, was er in diesem Augenblick empfand.

Eigentlich hatte er heute Nacht nicht mit ihr schlafen wollen. Er hatte sie dazu bringen wollen, ihre Hemmungen zu überwinden und sich beim Liebesspiel fallen zu lassen. Doch nach der Episode im Footballstadion hatte Schluss sein sollen. Doch dann war es ganz anders gekommen – weil Paige anders war.

Sie war nicht nur irgendein hübsches Gesicht. Sie war nett und klug, und sie errötete tatsächlich, wenn er etwas Schlüpfriges sagte. Die Frauen, mit denen er gewöhnlich zusammen war, wollten wie er nur ein bisschen Spaß und erröteten schon lange nicht mehr. Paige war außerdem fürsorglich und mitfühlend. Er konnte sich noch genau an den Ausdruck auf ihrem Gesicht erinnern, als sie Jenny Turnover nachgesehen hatte. Sie wollte dieser Frau wirklich helfen.

Doch abgesehen davon, dass sie ein guter Mensch war, fühlte Jack sich auch auf eine tiefer gehende Art zu ihr hingezogen.

Noch nie hatte eine Frau ihn dazu gebracht, so sehr ... ja, einfach zu fühlen. Das war das Problem mit ihr. Sie erregte ihn nicht nur körperlich, sondern weckte tiefer gehende Gefühle in ihm.

Sie stellte alles auf den Kopf, was er bisher über Sex zu wissen geglaubt hatte. Manchmal war Sex ruhig und unbeschwert, manchmal schnell und wild. Aber noch nie war es so gewesen wie mit Paige, so wundervoll und neu, so aufregend und intensiv. Nie zuvor hatte Jack dabei eine so große Sehnsucht nach echter menschlicher Nähe empfunden. Doch was ihm am meisten zu schaffen machte, war, dass er sich wünschte, sie würde ihm gehören. Kein anderer sollte sie anfassen außer ihm.

Dabei war er überhaupt nicht besitzergreifend, war es nie gewesen, nicht einmal bei seiner Frau. Sie war seine erste Liebe gewesen, und er war verrückt nach ihr. Doch dieses überwältigende Gefühl, das ihn überkam, sobald er Paige ansah, hatte er bei seiner verstorbenen Frau nie gehabt. Er wollte sie in den Armen halten und beschützen. Und gleichzeitig drängte es ihn, sie leidenschaftlich und stürmisch zu lieben. Das war verrückt. Doch diese Empfindungen waren da und ließen sich ebenso wenig leugnen, wie er jetzt in der Lage war, aus dem Bett zu steigen und sie zu verlassen.

Doch er würde gehen, denn das tat er immer. Er blieb an jedem Ort nur so lange, bis er sich langweilte und ihm die Leute zu nah kamen. Dann zog er weiter. Er war immer unterwegs, das lag ihm nun mal im Blut.

Ganz gleich, wie sehr er sich danach sehnte, mit dem unsteten Leben aufzuhören.

„Heute siehst du eindeutig erhitzt aus", bemerkte Dolores, kaum dass Paige die Redaktion von „In Touch" am nächsten Morgen nach der unglaublichsten Nacht ihres Lebens betreten hatte.

Oder besser gesagt nach der lehrreichsten Nacht. Denn letzte Nacht war es ausschließlich darum gegangen, dass sie etwas Wichtiges lernte, was ihr nützlich sein würde, wenn sie den Mann fürs Leben fand. Und zufällig war es auch eine unglaubliche Erfahrung gewesen. Das machte es umso besser. Schließlich war allgemein bekannt, dass man sein Bestes gab, wenn das Lernen Spaß machte.

„Dabei fühle ich mich gar nicht erhitzt." Sie fühlte sich auch nicht frustriert oder traurig, oh nein. Das Einzige, was sie empfand, war eine gewisse Neugier und ein wenig Furcht. Sie und Jack hatten nach dem überwältigenden ersten Mal noch mehrmals miteinander geschlafen. Doch nicht ein einziges Mal hatten sie darüber gesprochen. Paige hatte ihn heute Morgen fragen wollen, ob er glaubte, dass sie allmählich Fortschritte machte. Sie hatte sich letzte Nacht vorgenommen, herauszufinden, was er dachte. Doch als sie die Augen aufschlug, war er schon gegangen.

„Außerdem scheint mir die Temperatur hier drinnen heute ganz normal zu sein." Paige sah zu dem neuen Thermostat an der Wand.

„Hoffen wir, dass es so bleibt." Dolores warf Wally einen tadelnden Blick zu und richtete ihre Aufmerksamkeit wieder auf Paige. Sie musterte sie anerkennend von Kopf bis Fuß. „Du hast dich ja schick gemacht. Ist das neu?"

„Das alte Ding?" Paige schaute an ihrem geblümten Strandkleid herunter. Es war ein wenig kürzer und enger als die Sachen, die sie gewöhnlich trug. Aber es entsprach genau ihrer heutigen Stimmung. Der Stoff war leicht und luftig, die Farben lebhaft.

Und so fühlte sie sich heute. Lebendig. Bereit, selbst mit der schwierigsten Aufgabe fertigzuwerden.

„Du musst heute Bea Cromwell interviewen."

Aber wenn sie es sich genau überlegte … Ihr Magen zog sich zusammen. „Wen soll ich interviewen?", fragte sie Wally.

„Bea Cromwell. Du weißt schon, die große alte Lady mit den blauen Haaren und der unfassbaren Glückssträhne."

„Ich habe fast befürchtet, dass du das sagst." Bea Cromwell war die boshafteste, gemeinste Fünfundachtzigjährige, die jemals im Seniorenzentrum Bingo gespielt hatte. Sie tratschte, kannte die schlimmsten Flüche und kaute Tabak, den sie ohne Rücksicht auf Verluste überall ausspuckte. Und sie war dafür berüchtigt, nie ein Blatt vor den Mund zu nehmen. Der Himmel mochte also der Person beistehen, die ihr zufällig über den Weg lief. Der einzige Grund, weshalb man sie ertragen könnte, war, dass sie zufällig eine der reichsten Frauen der Stadt war.

„Du machst Witze, oder?"

Wally nieste heftig und kuschelte sich tiefer in seinen Pullover. „Ich habe eine Erkältung und friere."

„Aber es ist heiß heute hier drin."

„Das macht mir ja so zu schaffen. Den einen Tag ist es heiß, am nächsten wieder kalt. Ich habe Fieber."

„Daran bist du selbst schuld", erinnerte Dolores ihn. „Ich habe dir ja gesagt, du sollst die Finger vom Thermostat lassen."

„Na schön, ich gebe zu, ich habe nicht auf dich gehört. Bist du jetzt zufrieden?"

„Kein bisschen. Ich will, dass du sagst: ‚Dolores, du hattest recht.'"

„Dolores, du hattest recht."

„Dolores, du hast mir gesagt, ich soll die Finger vom Thermostat lassen, aber ich war stur."

„Dolores, du hast mir gesagt, ich soll die Finger vom Thermostat lassen, aber ich war stur."

„Ich verspreche, nie wieder stur zu sein."

„Ich verspreche, nie wieder stur zu sein."

„Dolores, es tut mir aufrichtig leid."

„Dolores, es tut mir aufrichtig leid."

„Dolores, du bist eine Göttin. Und wunderschön. Und …"

„… eine Nervensäge."

„Eine allwissende Nervensäge", erinnerte Dolores ihn. „Vergiss das nicht."

„Ich hasse dich", murmelte Wally und putzte sich die Nase.

„Das beruht auf Gegenseitigkeit, Süßer. Ciao!", rief sie und wedelte mit den Fingern, während sie ihre Handtasche nahm. „Ich habe einen Termin beim Friseur und danach eine Verabredung zum Lunch."

„Bitte", jammerte Wally, sobald Dolores verschwunden war. „Du musst das für mich tun, Paige. Debbie hat es seit zwei Monaten eingeplant, und ich habe ihr versprochen, sie nicht hängen zu lassen."

„Ich habe meine eigenen Interviews zu erledigen und muss noch zwei Artikel beenden."

„Ich werde die Artikel für dich schreiben. Du machst das Interview." Er nahm ihre Aktentasche und drückte sie ihr in die Hand. „Bitte."

„Aber ..."

„Der einzige Grund, weshalb Bea Cromwell sich damit einverstanden erklärt hat, ist, dass ihr Foto in die Zeitung kommt. Sie ist nämlich nicht nur bösartig, sondern auch eitel. Du darfst es nicht ablehnen, und du darfst nicht zu spät kommen. Sie ist eine Pünktlichkeitsfanatikerin."

„Aber ..."

„Ich räume inzwischen deinen Schreibtisch auf."

Sie schob die Papiere zurecht und seufzte. „Mein Schreibtisch ist aufgeräumt."

„Dann lade ich dich zum Mittagessen ein."

Sie griff in ihre Aktentasche und holte eine braune Papiertüte hervor. „Ich habe mir mein Mittagessen mitgebracht."

Wally schaute sich suchend um, bis sein Blick auf ihre Füße fiel. „Diese Schuhe müssen dich ja umbringen. Ich weiß was. Du machst das Interview und bringst mir auf dem Rückweg aus der Apotheke Hustentropfen mit, und dafür bekommst du von mir eine erstklassige Fußmassage."

Paige betrachtete die hochhackigen Sandaletten, die sie sich heute Morgen wagemutig angezogen hatte. Beim bloßen Anblick taten ihr schon die Zehen weh, und dabei hatte sie die verdammten Dinger erst seit fünfundvierzig Minuten an. „Abgemacht. Aber ...", sie pochte ihm mit dem Finger auf die Brust, „... wenn sie mich anspuckt und mein Kleid ruiniert, bezahlst du die Reinigung."

„Einverstanden." Er gab ihr einen Zettel mit Notizen über Bea und machte es sich wieder hinter seinem Schreibtisch bequem.

Paige ignorierte ihre schmerzenden Füße, steckte den Zettel und einen Schreibblock in ihre Aktentasche und ging die Treppe hinunter.

Wenigstens hatte sie jetzt eine Ablenkung. Die brauchte sie auch dringend. Andernfalls würde sie jetzt an ihrem Schreibtisch sitzen und endlos darüber grübeln, was Jack Mission letzte Nacht gedacht hatte.

War er glücklich, traurig, wütend, gleichgültig? War sie letzte Nacht eine totale Versagerin gewesen, wie den größten Teil ihres Lebens? Oder war er mit ihren Fortschritten zufrieden gewesen? Oder versuchte er womöglich gerade, einen Weg zu finden, aus ihrem Arrangement herauszukommen?

Sie verdrängte diese Fragen. Es spielte gar keine Rolle, was er dachte. Selbst wenn er jetzt Schluss machte, würde sie viel besser dastehen als vorher. Sie hatte sehr viel gelernt in der letzten Woche.

Sicher, hauptsächlich hatte sie etwas über ihre Vorlieben und Abneigungen herausgefunden. Darüber, wie sie berührt, gestreichelt, geküsst werden wollte. Jack hatte ihr nicht direkt gesagt, wie sie ihn berühren sollte, ihn streicheln und küssen …

„He, Miss Hochnäsig." Jacks tiefe Stimme stoppte sie am Fuß der Treppe. Sie sah zu der schmalen Gasse zwischen dem Lebensmittelladen und der Redaktion. Jack trug Jeans und ein verwaschenes, offenes Arbeitshemd über einem weißen T-Shirt. Für den Bruchteil einer Sekunde schoss ihr das Bild durch den Kopf, wie er letzte Nacht ausgesehen hatte.

Er war wunderschön gewesen, sein Körper muskulös und stark und gebräunt von unzähligen Stunden Arbeit unter freiem Himmel. Goldblonde Haare bedeckten seine Brust und kräuselten sich um seine flachen, braunen Brustwarzen. Seine Muskeln spannten sich an, als er sich mit den Armen abstützte und tief in sie eindrang …

„Du siehst heiß aus." Seine Stimme riss sie abrupt aus ihren erotischen Erinnerungen und brachte sie in die Realität zurück.

„Es liegt am Kleid. Normalerweise trage ich so etwas nicht, und ich hätte es mir auch nie gekauft, aber Debbie hat mich dazu überredet. Sie meinte, der Schnitt sei schmeichelnd …"

„Ja, das Kleid gefällt mir. Du hast ja tatsächlich Beine."

Paige musste unwillkürlich grinsen, und ihre Anspannung wich. „Ja, sie sind zum Laufen ganz gut."

„Und dafür, sie einem Mann um die Hüften zu legen." Seine Bemerkung brachte erneut die Erinnerungen an die letzte Nacht zurück, doch Paige war entschlossen, sich nicht mehr ablenken zu lassen.

Sie verdrängte die Erinnerung und schob ihre Tasche, die sie um die Schulter gehängt hatte, zurecht. „Was machst du hier? Müsstest du nicht auf der Ranch sein?"

„Ich war auf der Ranch, und dorthin fahre ich auch wieder zurück, sobald ich eine Ladung Futter bei Murphy's abgeholt habe. Aber vorher wollte ich zu dir. Du siehst nicht nur heiß aus, sondern auch so, als sei dir heiß." Er aß den letzten Bissen eines Apfels, den er in der Hand hielt, und warf den Rest in die Mülltonne.

Erst bei seinen Worten bemerkte sie die feinen Schweißperlen auf ihrer Stirn, und sie hob die Hand, um sie wegzuwischen. Furcht kroch in ihr hoch, weil sie schon zu viele Morgen danach erlebt hatte. Und keiner war je gut gewesen. Die meisten hatte sie mit Woodrow verbracht, der ihre Unzulänglichkeiten aufzählte und was sie alles falsch gemacht hatte. Nämlich alles.

„Wir wollten uns doch erst morgen Abend wieder treffen", meinte sie. Sie wollte keine Kritik nicht hören. Sie brauchte das nicht.

„Deswegen wollte ich dich ja sehen."

Jetzt kommt das Ende, dachte sie.

„Wir haben eine Abmachung."

„Aber so, wie es momentan läuft, funktioniert es nicht."

„Du warst einverstanden, mir Privatunterricht zu geben", erinnerte sie ihn. „Du hast mir versprochen, mir jeden Montag, Mittwoch und Freitag alles beizubringen, was du weißt, und zwar für die Dauer von zwei Wochen."

„Ich weiß, aber wenn ich die Aufgabe gut bewältigen soll, brauchen wir mehr Zeit zusammen."

„Du kannst jetzt nicht einfach kneifen, weil …", sprudelte es aus ihr hervor, bevor sie begriff, worauf er hinauswollte. „Was hast du gesagt?"

„Ich will dich heute Abend sehen." Er kam näher. „Jeden Abend, bis Jimmy und Debbie zurück sind."

Sie empfand Erleichterung, während sie gleichzeitig eine Welle der Enttäuschung überkam. Eine allzu vertraute Furcht stieg in ihr auf. „War ich so schlecht letzte Nacht?"

„Machst du Witze?" Er umfasste ihr Kinn, damit sie ihm ins Gesicht sah. „Süße, du warst so gut. Ich nehme meine Verantwortung nur ernst. Du verdienst mehr als nur einen Crashkurs. Ich will mir Zeit nehmen und es richtig machen. Ich will nichts auslassen."

„Das will ich auch nicht." Sie stellte sich auf die Zehenspitzen und küsste ihn. Denn zum ersten Mal in ihrem Leben fühlte Paige Cassidy sich nicht als Versagerin.

Sie fühlte sich wie eine Frau. Eine richtige Frau.

D ie nächsten Tage vergingen wie in einem schwindelerregenden Taumel. Die Tage verbrachte Paige in der Zeitungsredaktion, die Nächte mit Jack, genau wie er gesagt hatte.

Er erwies sich als so erfahrener Lehrer, wie sie es vermutet hatte. Der Mann war ein unglaublicher Liebhaber. Allein mit einem Blick konnte er die Lust in ihr entfachen, und sie entdeckte schnell, dass ihr dasselbe bei ihm gelang. Es waren stets die kleinen Dinge, die seine Begierde weckten. Eine simple Geste, wie zum Beispiel, dass sie sich die Lippen leckte, ein Augenaufschlag, ein sinnlicher Hüftschwung, und schon war er bereit.

Sie hatte erwartet, dass sich der Prozess der Verführung viel komplizierter gestalten würde. Doch mit Jack kam ihr alles ganz leicht und natürlich vor. Um ihn zu reizen, waren keine aufwendigen Szenarios nötig. Sie musste nicht erst in durchsichtige Negligés schlüpfen – obwohl er selbstverständlich nichts dagegen hatte, wenn sie mal eins trug. Und ob sie sich auf Satin- oder Baumwolllaken liebten, war ihm auch egal.

Wenn Paige es nicht besser gewusst hätte, hätte sie glatt annehmen können, dass sie ihrem Seelenverwandten begegnet war. Aber natürlich wusste sie es besser. Auch wenn er ein noch so erfahrener Liebhaber war und sie noch so gut miteinander im Bett harmonierten, er war nicht der Mann, in den eine kluge Frau sich verlieben durfte. Wenn sie das täte, würde sie am Ende nur mit gebrochenem Herzen dastehen.

Paiges Herz war schon einmal gebrochen worden, und sie wollte nicht riskieren, dass das jemals wieder geschah. Zu lange hatte es gedauert, bis sie sich davon erholt hatte.

Woodrow war kein Mann für eine dauerhafte Beziehung gewesen. Er ein gut aussehender Mann, der sich amüsieren wollte und dem die Frauen scharenweise nachliefen. Paige hatte den Fehler begangen, zu glauben, hinter seinem Interesse an ihr stecke mehr als Lust und dass er die gleichen Hoffnungen und Träume hatte wie sie.

Heute war ihr klar, dass sie für ihn lediglich eine Herausforderung dargestellt hatte. Die klassische brave Jungfrau, die am Ende nur eine weitere Eroberung war. Sicher, er war weitergegangen, als sie einfach nur auf dem Rücksitz seines Wagens zu verführen. Er hatte sie geheiratet. Doch selbst das war nur aus eigennützigen Motiven geschehen. Jede andere Frau in der Stadt hatte in ihm genau das gesehen, was er war. Jede bis auf Paige. Sie war jünger und deshalb leichter zufriedenzustellen gewesen. Deshalb hatte er sie geheiratet. Er hatte eine Haushälterin und eine Köchin gewollt. Bekommen hatte er jedoch eine Überraschung, da sie weder das eine noch das andere richtig gekonnt hatte, sodass er sich schließlich anderweitig umsah.

Inzwischen konnte sie einen Haushalt führen und kochen, und modisch war sie auch keine solche Katastrophe mehr wie damals. Dennoch war sie nicht das, was ein Mann wie Jack Mission in seinem Leben brauchte. Er brauchte jemand Gleichwertiges, und obwohl Paige sich einredete, dass sie genau das war, glaubte sie es tief in ihrem Innern selbst nicht.

Nicht dass das eine Rolle spielte. Selbst wenn sie tatsächlich die begehrenswerte Frau war, als die sie sich manchmal fühlte, war Jack trotzdem nicht der richtige Mann für sie.

Sie würde nie mehr „Ja, ich will" zu einem Mann sagen, der ihrem Ex so sehr ähnelte.

Ganz gleich, wie gut er im Bett war. Oder wie er ihre Hand im Kino hielt oder wie er sie mit Pommes frites von seinem Teller fütterte, wenn sie sich zum Mittagessen trafen, oder sie ermutigte, wenn sie von ihrer Frauengruppe berichtete und ihren Bemühungen, einen Versammlungsort zu finden, sodass die Frauen auch einen sicheren Ort hatten, an dem sie Zuflucht fanden, wenn ihnen ihr Leben zu Hause über den Kopf wuchs.

Nein, sie wollte nicht ein zweites Mal enttäuscht werden und am Boden zerstört sein. Das würde sie nicht überleben.

„Lass das Licht aus", bat Paige, als Jack sich zurücklehnte und nach dem Schalter der Nachttischlampe tastete, und packte sein Handgelenk. „Bitte."

„Aber ich will dich sehen."

„Du siehst genug von mir. Draußen brennt die Straßenlaterne." Sie lachte nervös. „Ich brauche ja schon fast eine Sonnenbrille."

„Es ist doch nur eine kleine Lampe."

„So ist es aber romantischer", erwiderte sie, und ihr Griff wurde fester. In ihren Augen spiegelte sich Furcht wider, die sofort Jacks Beschützerinstinkt weckte. Er versuchte, dagegen anzukämpfen. Obwohl Paige sich ihm in den vergangenen Nächten sehr geöffnet hatte, spürte er doch, dass sie etwas zurückhielt. Da war etwas, was zwischen ihnen stand, etwas, das Paige daran hinderte, sich ihm nicht nur körperlich, sondern auch seelisch hinzugeben.

„Bitte. Es ist …" Sie befeuchtete sich die Lippen, und er wusste, dass sie nach einer plausiblen Erklärung suchte. „Es ist romantischer, wenn das Licht aus ist."

„Wieso verrätst du mir nicht, was dir wirklich zu schaffen macht?"

„Ich weiß nicht, wovon du sprichst."

„Du hast Angst."

„Angst? Vor dir?"

„Davor, dass ich dich im Licht sehe. Du hast Angst, ich würde dein wahres Ich sehen und dass mir nicht gefällt, was ich sehe."

„Das ist doch verrückt."

Trotz ihrer Worte spürte er, dass er einen empfindlichen Punkt berührt hatte. Als er sah, wie ihre Augen von Tränen glänzten, gab es ihm einen Stich. „Liebes, lass dir das von ihm nicht antun. Das ist lange vorbei. Du brauchst keine Angst mehr zu haben."

„Habe ich auch nicht." Sie schüttelte heftig den Kopf, und etwas flackerte in ihren Augen auf, als würde sie gegen die Wahrheit ankämpfen. „Ich habe vor gar nichts Angst."

„Doch, hast du."

„Wer im Glashaus sitzt …" Sie blickte ihm ins Gesicht. „Wann war denn das letzte Mal, dass du länger als ein paar Monate an einem Ort geblieben bist?"

„Hier geht es nicht um mich." Er drehte sich weg, schwang die Beine über die Bettkante und setzte sich auf.

„Du wolltest über Ängste sprechen." Paige schmiegte sich an seinen Rücken. „Dann lass uns reden."

„Ich hatte eigentlich nicht Reden im Sinn, als ich hierher kam. Ich wollte dich einfach nur sehen."

„Du bist gar nicht rastlos", fuhr sie unbeirrt fort, als hätte er nichts gesagt. Zumindest versuchte sie, so zu tun, als hätte er nichts gesagt. Denn dann würde das Gespräch nicht um sie gehen, sondern um ihn. „Du hast Angst, zu lange an einem Ort zu bleiben."

„Du weichst vom Thema ab. Und nur zu deiner Information: Mir gefällt es einfach nicht, zu lange an einem Ort zu bleiben."

„Das Thema ist Angst. Du hast Angst, Wurzeln zu schlagen."

„Wir sprechen hier über deine Ängste, und ich brauche keine Wurzeln."

„Du hast Angst, dass etwas zu nah an dich herankommt."

Ein Grinsen hob seine Mundwinkel. „Süße, wir sind uns so nah, wie zwei Menschen sich kommen können."

„Das ist körperlich. Ich rede von mehr."

„Du bist diejenige, die Sex-Nachhilfe wollte. Und Sex ist nun mal körperlich."

„Du wachst nicht mit mir auf. Du bleibst den Großteil der Nacht, aber du achtest darauf, dass du fort bist, bevor ich aufwache. Warum?"

„Ich habe Arbeit zu erledigen, eine Ranch zu führen. Das habe ich Jimmy versprochen. Ich muss früh anfangen."

„Du willst nicht neben mir aufwachen, weil es dann möglicherweise mehr wäre als ein One-Night-Stand."

„Süße, mir ist durchaus klar, dass es sich nicht um einen One-Night-Stand handelt. Es sind zwei Wochen, und ich bin ein viel beschäftigter Mann."

„Dann beweis mir, dass ich mich irre. Bleib bis zum Morgen bei mir. Ich mache uns Pfannkuchen zum Frühstück."

„Ich glaube, ich verschwinde lieber. Morgen früh kriege ich hundert Rinder. Ich muss wirklich früh loslegen."

„Geh nur", rief sie ihm nach. „Denn wenn du bleiben würdest, würdest du womöglich feststellen, dass ich recht habe."

Paige lag vollkommen falsch.

Jack startete den Motor seiner Harley und gab Gas, sodass er Kies aufwirbelte, als er losfuhr.

Angst vor zu viel Nähe?

Von wegen. Er hatte keine Angst. Zu große Nähe gefiel ihm nur einfach nicht. Auf diese Weise tat er niemandem weh, wenn die Unruhe in ihm wieder erwachte und er sich auf den Weg machte. Keine Bindungen bedeutete, dass auch keine Beziehungen beendet werden mussten. Das machte es für alle leichter.

Außerdem mochte er es einfach nicht, Menschen zu nahe zu kommen und sich niederzulassen. Er wollte sich nicht so behaglich einrichten, dass er jeden Moment als selbstverständlich empfand. So war es mit seiner Frau gewesen, bis sie gestorben war. Sein Leben war beständig gewesen, behaglich, glücklich.

Der letzte Gedanke erfüllte ihn mit Schrecken, und er fuhr noch schneller. Verdammt, er war jetzt glücklich. Es war nur eine andere Art von Glück. Er tat, was er gern tat, reiste von einem Ort zum anderen, genoss die Landschaft und lebte sein Leben wirklich, statt bloß zu existieren. Und ob er glücklich war.

Doch während Jack schneller und schneller fuhr, erinnerte er sich daran, wie er sich vor dem Tod seiner Frau gefühlt hatte. Wie schön er es gefunden hatte, jeden Tag nach Hause zu kommen, mit seinem Dad die Ranch zu führen und sich eine Zukunft aufzubauen.

Glück ...

Was er in den letzten zehn Jahren empfunden hatte, kam diesem Gefühl nicht nahe. Er war nicht glücklich. Er existierte bloß.

Na und? Das war immer noch besser als die Alternative – zu riskieren, dass einem dieses Glück genommen wurde, wie es vor so langer Zeit geschehen war. In der einen Minute war er jung und glücklich gewesen. In der nächsten war der Mensch, den er am innigsten liebte, fort.

Der Kummer hätte ihn fast umgebracht. Die einzige Möglichkeit, mit dem Schmerz fertigzuwerden, war fortzugehen. Zu fliehen. Zu vergessen.

Doch die Erinnerungen waren ihm gefolgt und waren immer dann aufgetaucht, wenn er es am wenigsten erwartete. Zum Beispiel wenn er eine Familie beim gemeinsamen Essen in einem Restaurant sah oder einen Mann und eine Frau beim Einkaufen im Supermarkt oder wenn sie einfach nur Händchen hielten. Dann dachte er immer an seine verstorbene Frau. Und es war umso schlimmer, wenn er das Paar kannte und wusste, wie glücklich sie waren.

Und so lief er davon, ließ die Leute hinter sich, die er kennenlernte, ebenso wie die Freunde, und tauschte alles für eine neue Stadt voller Fremder ein. Eine Zeit lang ging es gut, bis es wieder von vorn anfing und die Vergangenheit ihn einholte.

So wie jetzt.

Paige hatte alles wieder zurückgebracht, denn in den letzten Tagen hatte sie ihm so viel Glück gegeben, wie er es sich nur erträumt hatte. Sie hatte den Schutzwall, den er um sich herum errichtet hatte, mühelos überwunden und war ihm unter die Haut gegangen, und es gefiel ihm. Ja, er liebte es.

Diese Erkenntnis kam ihm, als er vor dem Ranchhaus anhielt. Er liebte sie tatsächlich.

Er sah auf sein Motorrad hinunter. Er liebte sie, und trotzdem war er jetzt hier, Meilen weit weg, statt sie in den Armen zu halten und sich an sie zu schmiegen.

Verdammt, sie hatte recht. Er hatte wirklich Angst vor zu viel Nähe. In einem Punkt irrte sie sich jedoch. Er hatte keine Angst davor, irgendwo sesshaft zu werden. Denn er hatte ja ein Zuhause.

Diese Wahrheit dämmerte ihm, während er das Haus betrat und den vertrauten Flur zu dem Zimmer entlangging, das er hatte, seit er denken konnte. Es war sein Raum, mit seinen Dingen darin – von seinem Bett über die Sporttrophäen an der Wand, seinem ersten Sattel, der über einen Stuhl in der Ecke drapiert war bis zum ersten blauen Band, das er bei der Austin County Horse Show gewonnen hatte. Dies war sein Zuhause, angefüllt mit seiner Vergangenheit. Hier waren seine Wurzeln.

Er dachte an Cecil McGraw vom Lebensmittelladen, an Wayne und Nell und ein Dutzend anderer Leute in der Stadt. Seiner Stadt. Hier war er aufgewachsen. Hierher kam er immer zurück. Er brauchte sich nirgendwo niederzulassen und Wurzeln zu schlagen, weil seine Wurzeln genau hier in Inspiration lagen. Seine Vergangenheit, wer er war, was er wollte – es lag alles in dieser kleinen texanischen Stadt, aus der seine Familie stammte, seine Freunde und seine Frau.

Seine Gedanken kehrten zu Paige zurück, zu der Angst und Verzweiflung, die er in ihren Augen bemerkt hatte. Sie war heute Nacht verängstigt, abwehrend und erschrocken gewesen, und sie hatte ihn von sich gestoßen.

Jack war es nur recht so gewesen, denn auch er war ängstlich und verzweifelt gewesen. Aber jetzt nicht mehr. Er hatte sich seiner Angst gestellt und sie besiegt. Hoffentlich würde ihr dasselbe gelingen, denn Jack hatte nicht die Absicht, sich noch einmal wegstoßen zu lassen.

Er ging zu seinem Koffer und begann ihn auszuräumen. Nach wenigen Minuten hatte er Schubladen und Schränke gefüllt und jedes einzelne Kleidungsstück ausgepackt. Diese Arbeit brachte ihm ein Gefühl von Freiheit, das viel schöner war, als wenn er auf dem Motorrad einen leeren Highway entlangraste.

Er fühlte sich frei von seiner Vergangenheit, seinen Ängsten und konnte jetzt nach vorn in die Zukunft schauen.

Er wollte Paige Cassidy. Jetzt und für immer.

Das Problem war nur, dass sie ihn nicht wollte.

Noch nicht.

„Also sagte ich ihm: ‚Norm, ich werde das gelbe Kleid nicht tragen. Mag ja sein, dass es das Lieblingskleid deiner Mutter ist, aber die Frau hasst mich, und ich sehe schrecklich aus in Gelb.'"

„So ist's recht!"

„Gut gemacht, Dorothy."

„Sag, was du fühlst."

„Ich meine, wenn die Frau wenigstens ein bisschen freundlich zu mir gewesen wäre, hätte ich etwas Lachsfarbenes oder sogar Champagnerfarbenes angezogen. Aber sie lästert ständig über mein Huhn mit Knödeln."

„Diese Barbarin!"

„Die Hexe!"

„Und über meinen Apfelstrudel."

„Sie ist eine Banausin, genau das ist sie!"

„Ein Dämon direkt aus der Hölle!"

„Und über mein Zitronenmousse …"

Paige versuchte, sich auf den Rest des Treffens zu konzentrieren. Doch jedes Mal, wenn sie sich auf das einstellte, was gerade gesagt wurde, erinnerte sie irgendetwas an Jack, an die letzte Nacht und die äußerst wichtige Tatsache, dass sie eine Grenze überschritten hatte. Sie hatte ihn vertrieben. Und jetzt hasste er sie vermutlich.

Na und? erwiderte eine kleine Stimme in ihr. Es sind nur noch drei Tage, bis Jimmy und Debbie zurückkommen. Dann verschwindet er ohnehin. Was für einen Unterschied machte es da schon?

Gar keinen. Das versuchte sie sich zumindest einzureden. Drei Tage waren nichts. In den letzten anderthalb Wochen hatte sie so viel gelernt, dass es auf ein paar Tage mehr oder weniger kaum ankam.

Sie gab sich Mühe, das nicht zu vergessen und daran zu glauben. Doch als das Treffen zu Ende war und Paige sich von den Frauen verabschiedete, die sich um das Erfrischungsbüfett versammelten, hatte sie sich noch immer nicht selbst überzeugen können.

Drei Tage waren drei Tage. Fast eine halbe Woche. Eine Ewigkeit für eine Frau, die so gut wie nichts davon verstand, einem Mann Befriedigung zu verschaffen. Was, wenn Jack ihr noch ein paar Techniken beibringen musste, die entscheidend für das ganze Verführungsexperiment waren? Sie konnte es sich nicht leisten, auch nur einen Moment zu verpassen, ganz zu schweigen von drei Nächten.

Das war es, was sie glauben wollte, denn es war immer noch besser, als sich die Möglichkeit einzugestehen, dass sie die nächsten drei Nächte wollte, weil sie sich auf ihn freute und jede Minute mit ihm genoss. Sie fürchtete, dass es überhaupt nichts mit ihrer Nachhilfe zu tun hatte, sondern damit, dass sie Jack Mission wahnsinnig mochte.

Er war attraktiv, sexy und nett. Er hörte ihr zu und erzählte ihr von seiner Vergangenheit. Sie hatten so vieles gemeinsam. Und doch lagen Welten zwischen ihnen.

Plötzlich richteten sich ihre Nackenhaare auf, und ein Prickeln lief über ihre Haut. Sie drehte sich um.

Momentan lagen nicht Welten zwischen ihnen, sondern knapp zehn Meter.

Er stand im Türrahmen und tippte sich grinsend an den Hut, als die letzte Frau aus der Gruppe den Raum verließ, einen Teller Leckereien in der Hand. Kaum war sie gegangen, machte Jack die Tür zu und drehte den Schlüssel um. Paige saß in der Falle.

In der Falle?

Das war albern, und doch fühlte sie sich genau so, als Jack auf sie zukam. Wie ein Raubtier, das sich seiner Beute nähert.

„Du bist nicht wütend auf mich, oder? Ich weiß, ich hätte diese Sachen nicht zu dir sagen sollen. Es ging mich nichts an."

„Du hattest jedes Recht dazu. Schließlich habe ich dich herausgefordert."

„Aber deine Ängste gehen nur dich etwas an."

Jack blieb einige Zentimeter vor ihr stehen, sodass ihr jeder Fluchtweg versperrt war. „Und was für Ängste hast du, Paige?"

„Lass uns nicht schon wieder damit anfangen."

„Wir haben es nie beendet. Du hattest recht, was mich angeht. Ich hatte Angst vor zu großer Nähe."

„War" bedeutete Vergangenheit. Es bedeutete, dass er jetzt keine Angst mehr hatte.

„So ist es", sagte er, als könnte er ihre Gedanken lesen. „Ich habe keine Angst mehr, auch nicht vor sehr großer Nähe." Er umfasste ihr Kinn und drehte ihren Kopf so, dass sein Mund nur noch wenige Zentimeter von ihrem entfernt war. „Du hattest recht, und ich gebe es zu. Jetzt will ich, dass du dich mir anvertraust. Diesmal will ich keine Geheimnisse mehr zwischen uns. Es soll nur noch uns beide geben, einander berührend, schmeckend, fühlend."

Diesmal.

Plötzlich war sie sich seiner Nähe bewusst, des verlangenden Ausdrucks in seinen Augen und der Tatsache, dass sie am helllichten Tag hier allein hinter einer verschlossenen Tür waren.

„Ich will dich sehen." Er griff nach dem obersten Knopf ihrer Bluse. Durch das Oberlicht fiel fluoreszierendes Licht ein. „Jetzt."

„Jetzt? Aber es ist mitten am Tag …"

„Jetzt." Er öffnete den ersten Knopf und nahm sich den nächsten vor.

„Ich glaube nicht …" Ihr versagte die Stimme, als er eine ihrer Brustspitzen durch ihren BH hindurch berührte. Noch bevor das Gefühl verebbt war, hakte er ihren BH auf und befreite ihre Brüste.

Panik erfasste Paige, und sie atmete tief durch. Bleib ruhig. Es ist ja nicht so, als wärst du vollständig nackt. Du hast immer noch deine Bluse an, auch wenn sie jetzt aufgeknöpft ist. Außerdem verbirgt dein Rock den größten Teil.

Das Geräusch eines Reißverschlusses war in der Stille zu hören, und schon lag der Rock um ihre Knöchel. Ihr Unterkleid folgte, sodass sie schließlich in nichts weiter als ihrem Slip vor ihm stand.

„Jetzt", murmelte er und schob die Finger unter den Elastikbund ihres Slips.

Paige hielt seine Hand fest. „Das ... das geht nicht." Ihre Reaktion war albern, das wusste sie. Sie hatte in den letzten Tagen unzählige Male mit ihm geschlafen, und doch war sie jetzt ängstlich wie eine Braut in der Hochzeitsnacht. So oft sie sich auch geliebt hatten, es war nie im hellen Tageslicht geschehen.

„Warum nicht?" Er befreite sich aus ihrem Griff und zog ihren Slip ein Stück herunter.

„Tu das nicht. Bitte tu es nicht."

Er hielt inne, die Hand auf ihrer Hüfte. Die Berührung ging ihr durch und durch.

„Ich weiß, es ist albern. Aber ich kann nichts dagegen tun. Es geht einfach nicht."

„Warum?"

Es war eine simple Frage, doch die Antwort war kompliziert. Die Erinnerung an früher kam zurück. An die Jahre, in denen sie sich unzulänglich gefühlt und unter weiten Jeans und Pullovern versteckt hatte, in denen sie unter der Bettdecke gelegen und gehofft hatte, ihr Mann würde wenigstens für eine Weile so tun, als sei sie so, wie er sie haben wollte. Und mit dieser Erinnerung kam auch die Angst wieder.

„Ich kann einfach nicht."

„Doch, du kannst."

„Ich will es nicht."

„Das ist nicht wahr." Er ließ ihren Slip los, fuhr mit den Händen unter ihre offene Bluse und umfasste ihre Brüste. Behutsam rieb er ihre Knospen, die sie ihm verlangend entgegenreckte. „Dein Körper spricht eine andere Sprache. Deine Gedanken und deine Angst hindern dich. Lass dich fallen. Vergiss einfach alles bis auf das, was ich mit dir mache."

Seine tiefe heisere Stimme machte sie ganz benommen. Sie schloss die Augen, verdrängte die Angst und Unsicherheit, bis sie nur noch die Wärme seiner Handflächen auf der Unterseite ihrer Brüste wahrnahm, seine Daumen, mit denen er über ihre hoch aufgerichteten Brustspitzen strich, seinen Atem an ihrer Schläfe.

„Ja, so ist es richtig", flüsterte er und hob sie auf den Büfetttisch. Seide glitt über nackte Haut, und dann war ihr Slip fort. Jack stellte sich zwischen ihre Beine.

Kühle Luft strich über ihre Haut, als er ihr die Bluse von den Schultern strich. Paige schlug die Augen auf und hielt die Zipfel der Bluse fest. „Bitte. Ich will nicht, dass du mich siehst."

„Ist es das, wovor du Angst hast? Dass ich dich sehen werde?"

„Dass dir nicht gefällt, was du siehst. Dass es dir die Lust nimmt und du dich von mir abwendest."

„Oh Liebes", sagte er und hielt ihr Gesicht in beiden Händen. „Ich könnte mich niemals von dir abwenden. Niemals."

Seine Worte klangen so aufrichtig, dass ein warmer Schauer sie durchlief. Gleichzeitig nagten Zweifel an ihr. Irgendetwas stimmte nicht. Jack war nicht der Typ, der solche Sachen sagte. Er war ein Herumtreiber, ein Mann, der gar nicht wusste, was es bedeutete, sich nicht mehr abzuwenden.

Sie wollte ihn darauf ansprechen, doch in diesem Moment beugte er sich über sie und blendete das grelle Licht mit seinem muskulösen Körper aus. Ihre Panik verschwand, und sie gab ihrem Verlangen nach, in sehnsüchtiger Erwartung dessen, was seine Liebkosungen verhießen.

Er spreizte ihre Schenkel und ließ die Hände über ihre zarte Haut gleiten, schob sie unter ihren Po und zog sie zu sich heran, sodass ihr Po am Rand des Tisches lag. Dann spreizte er ihre Schenkel noch ein wenig weiter und begann ihre empfindsamste Stelle mit den Fingern zu liebkosen.

Paige schnappte nach Luft, und plötzlich war die Begierde größer als die lebenslange Unsicherheit, sodass sie die Zipfel der Bluse losließ. Die Bluse glitt auseinander, und Paige krallte die Finger in Jacks harte Muskeln und zog ihn noch näher zu sich.

Rasch waren Knopf und Reißverschluss seiner Hose geöffnet, sodass sie seine pulsierende Härte umfassen konnte. Einen Moment später drang er tief in sie ein.

Paige lag mit dem Rücken auf dem Tisch, die Beine um Jacks Taille geschlungen. Sie wartete darauf, dass er sie umarmte und sich zu bewegen begann. Doch das passierte nicht.

Sie öffnete die Augen und stellte fest, dass er sie mit einer Intensität ansah, als könnte er in die tiefsten Tiefen ihrer Seele blicken. Sie lag vollkommen entblößt vor ihm, verletzlich, ängstlich. Sein Blick glitt wie eine Liebkosung über ihren Körper.

Schließlich sah er ihr wieder in die Augen und flüsterte den Satz, der Jahre des Schmerzes wegwischte und sie mit einer nie gekannten Freude erfüllte. „Du bist vollkommen."

Es war nicht nur schön, diese Worte zu hören. Paige glaubte ihm. Denn mit Jack, der sie so voller Verlangen ansah und sie in diesem Moment liebte, fühlte sie sich wirklich vollkommen.

Ein flüchtiges Gefühl, das wusste sie. In ein paar Tagen würde Jack verschwinden, in die nächste Stadt ziehen, zur nächsten Frau.

Zum Glück.

Denn Jack war gefährlich für ihren Seelenfrieden. Er weckte in ihr den Wunsch nach mehr als nur dem Augenblick. Mit einem Mann wie Jack jedoch würde das nie möglich sein. Sie würde es nicht riskieren.

Mehr kam nicht infrage. Aber das hier … ah, das durfte sie sich erlauben. Wenigstens für eine Weile.

10. KAPITEL

as soll das heißen, du gehst nicht fort?" Paige stand drei Tage später in der Küche der Mission-Ranch und versuchte, die Neuigkeit zu verarbeiten, die Jack ihr gerade mitgeteilt hatte.

„Ich gehe nicht fort", wiederholte er. Er lehnte an der Spüle, einen Becher Kaffee in den Händen und einen zufriedenen Ausdruck auf dem Gesicht. „Das heißt, dass ich bleibe."

„Ich weiß, was nicht weggehen heißt." Sie verstand nur nicht, was es in Hinblick auf Jack hieß. „Jimmy und Debbie kommen heute Nachmittag zurück. Dies sollte eigentlich dein letzter Tag hier sein." Sie hielt den Kuchen hoch, den sie ihm gestern Abend zum Abschied gebacken hatte. „Ich habe ihn zu Ehren dieses Anlasses extra mit einer Schokoladenglasur versehen."

Und um den Schmerz zu lindern, der sie quälte, seit sie ihre letzte Nacht in Jacks Armen verbracht hatte. Ein überwältigendes Verlustgefühl hatte sie überkommen und nicht wieder nachgelassen. Es hatte sie den ganzen Vormittag über in der Redaktion begleitet und während der Fahrt hinaus auf die Ranch.

Sie hatte nicht damit gerechnet, sich bei der Vorstellung, dass er fortging, so leer und traurig zu fühlen. Doch so war es.

Nun war es vorbei.

Er ging nicht fort.

„Du bleibst?", wiederholte sie. Noch immer hatte sie die Neuigkeit nicht ganz verdaut. „Du musst aber doch fort. In Santa Fe wartet ein Job auf dich."

„Ich habe bereits einen Trainer angerufen, den ich kenne. Er reist ebenso umher wie ich." Ein entschlossenes Funkeln trat in seine Augen. „Wie ich es früher war. Er übernimmt den Job gern für mich, bis sie jemand Festes haben."

Sie schüttelte den Kopf und hatte Mühe, die Freude im Zaum zu halten, die sie bei der Aussicht überkam, dass Jack Mission in Inspiration blieb. „Ich verstehe es nicht. Ich dachte, du willst kein festes Zuhause."

„Ich habe längst eines, Süße. Und zwar direkt hier. Dies ist mein Zuhause. Hier liegen meine Wurzeln. Und hier bleibe ich."

„Aber …" Wieso? wollte sie fragen. Stattdessen kam nur ein verwirrtes „Das geht nicht" heraus. Trotz der Freude breiteten sich Besorgnis und Angst in ihr aus.

Denn auch wenn sie es absolut nicht wahrhaben wollte, so wusste sie tief in ihrem Innern doch, dass sie dabei war, sich in Jack Mission zu verlieben.

Aber das durfte sie nicht. Ein Mann wie Jack war etwas für kurze, stürmische Affären, für flüchtige Abenteuer.

Andererseits hatte er gesagt, dass er nicht fortging.

Es spielte keine Rolle. Wo er wohnte, änderte nichts daran, wer er tief in seinem Innern war. Er war kein Mann für eine dauerhafte Beziehung. Er war wie Woodrow – gut aussehend und sexy, und Paige würde sich nicht noch einmal in einen solchen Mann verlieben.

„Das kannst du nicht", wiederholte sie. Der einzige Trost, nachdem sie sich heute Morgen ihre Gefühle eingestanden hatte, war die Tatsache gewesen, dass Jack fortgehen würde. Aus den Augen, aus dem Sinn. Das hatte sie sich jedenfalls eingeredet. Doch jetzt … „Du kannst nicht einfach bleiben."

„Ich kann", widersprach er und kam auf sie zu. Er griff an ihr vorbei nach dem Kuchen, den sie gebacken hatte, und probierte die Schokoladenglasur. Er schob sich den Finger in den Mund und saugte daran. „Der ist lecker."

„Danke. Ich begreife trotzdem noch nicht, wieso du deine Meinung …"

„Möchtest du auch probieren?" Er nahm einen weiteren Klecks.

„Du weichst vom Thema ab."

„Ich weiche überhaupt nicht ab. Das Thema ist beendet. Ich bleibe hier."

Sie atmete tief durch, um sich zu beruhigen. Na schön, er würde also hierbleiben. Na und? Sicher, sie würde ihm wahrscheinlich hin und wieder in der Stadt über den Weg laufen. Aber damit würde sie schon irgendwie fertigwerden. Sie war stark. Sie hatte sich unter Kontrolle. Und sie hatte sich noch nicht hoffnungslos in Jack Mission verliebt.

Wenn er hierbleiben wollte, war es seine Sache, denn ihr Arrangement war vorbei, der Unterricht beendet.

Paige ignorierte den plötzlichen Schmerz, der sie packte, als sie beobachtete, wie er den zweiten Klecks Schokolade von seinem Finger lutschte. Sie nahm einen Umschlag aus ihrer Tasche, den sie von der Bank geholt hatte.

„Was ist das?"

„Der letzte Punkt der Tagesordnung. Jimmy und Debbie kommen heute Nachmittag zurück. Unsere Lektionen sind also vorbei."

„Süße, müssen …"

„Es hat mir alles gefallen. Vielen Dank." Sie legte den Umschlag neben den Kuchen und tat das Einzige, was sie tun konnte, wo Jack so gut aussehend und sexy und unwiderstehlich vor ihr stand, mit einem Klecks Schokolade am Mundwinkel und dem hungrigen Flackern in den Augen – Paige drehte sich um und lief um ihr Leben.

Ob er nun blieb oder nicht, Jack war nicht der Mann, den sie brauchte. Ein Mann, der ihr Sicherheit und Geborgenheit gab. Ein Mann, der nicht gleich beim ersten Anzeichen von Ärger oder Problemen davonlief.

Ein Mann, der das genaue Gegenteil ihres Exmannes war.

Zwar unterschied sich Jack in vieler Hinsicht von Woodrow, doch zugleich ähnelte er ihm für Paiges Begriffe in zu vielen Dingen. Sie wollte nicht den Rest ihres Lebens damit verbringen, sich Sorgen zu machen, ob Jack eines Tages aufwachte und beschloss, dass sie ihm als Frau nicht genügend zu bieten hatte.

Nicht dass Jack irgendetwas hinsichtlich einer festen Beziehung geäußert hätte. Er hatte kein einziges Wort über eine Beziehung verloren. Nein, er hatte ihr lediglich diese Neuigkeit mitgeteilt.

Er blieb hier.

Dieser Satz verfolgte sie den restlichen Nachmittag über, während sie versuchte, Jack Mission zu vergessen und mit ihrem Leben weiterzumachen. Das Traurige war nur, sobald sie sich die Zukunft ausmalte, sah sie immer nur Jack vor sich.

Himmel, sie brauchte sich nichts vorzumachen. Sie war hoffnungslos ihn verliebt.

Nicht dass es einen Unterschied machte.

Jack Mission war weder jetzt noch irgendwann später der Richtige für sie.

„Sag das noch mal", verlangte Jimmy von seinem Bruder, als er an diesem Abend im Esszimmer der Mission Ranch saß und sich den Teller mit Nells Brathähnchen voll lud. Er und Debbie waren vor knapp zwei Stunden angekommen, sonnengebräunt, so glücklich aussehend, dass Jack sie glühend beneidete.

Es war verrückt, wie die Dinge sich geändert hatten. Vor weniger als zwei Wochen noch hätte ihn dieser Anblick die Flucht ergreifen lassen. Jetzt sehnte er sich unwillkürlich nach derselben Art von Glück.

„Ich sagte, ich werde hier auf der Ranch bleiben. Da du und Debbie in der Hütte wohnt und Mom mit Red auf der Senioren-Rodeo-Tour ist, kann es nicht schaden, wenn hier dauerhaft einer der Missions wohnt und nach dem Rechten sieht."

„Für wie lange?", fragte Debbie von der anderen Seite des Tisches.

„Für immer."

Die Worte hingen mehrere Sekunden lang in der Luft, bevor Jimmy schließlich den Kopf schüttelte und lachte. „Wenn ich es nicht besser wüsste, würde ich behaupten, ich hätte gerade die Worte ‚für immer' aus deinem Mund gehört."

„Genau das habe ich gesagt."

Jimmy zog verwirrt die Brauen zusammen. „Du machst Witze, oder? Du nimmst mich auf den Arm, was?"

„Nein, tue ich nicht. Ich bleibe hier. Ich werde mich um die Pferde kümmern, von der Zucht bis zum Zureiten, und Wayne wird als Vorarbeiter bleiben, um sich um das Vieh zu kümmern. Ich würde gern auf kommerzieller Basis Pferde züchten. Molly ist ein sehr schöne Stute und wird einige gute Fohlen zur Welt bringen."

„Du meinst es wirklich ernst."

„Das sagte ich doch."

Jimmys Gabel fiel klappernd auf den Tisch, und seine Augen verengten sich zu schmalen Schlitzen. „Was um alles in der Welt ist mit dir während unserer Abwesenheit passiert?"

„Liebling, ich glaube, die Frage müsste eher lauten, *wer* ihm während unserer Abwesenheit passiert ist." Debbie lächelte Jack wissend zu. „Wie heißt sie?"

„Paige."

Debbies Lächeln verschwand, und ihre Augen weiteten sich vor Erstaunen. „Meine Paige?"

„Eigentlich ist sie meine Paige", verkündete er mit dem Selbstbewusstsein eines Mannes, der bis über beide Ohren verliebt ist. „Besser gesagt, sie wird es sein."

„Heißt das, du hast ihr noch gar nicht gesagt, was du für sie empfindest?"

„Na ja, ich wollte es ihr sagen, aber ..."

„Du musst es ihr sagen", unterbrach Debbie ihn. „Und zwar sofort."

Doch Jack hatte sich noch etwas Besseres einfallen lassen. So störrisch wie Paige war, konnte er es ihr nicht bloß sagen. Er würde es ihr zeigen müssen, ihr beweisen, dass er nicht die Kontrolle über sie oder ihr Leben wollte. Er wollte, dass sie ihre eigenen Entscheidungen traf und sie selbst war.

Der Mensch, den er liebte.

Jetzt und für immer.

„Es tut gut, wieder zu Hause zu sein."

Paige sah auf, als Debbie mit den neuesten Bechern, die sie in ihren Flitterwochen erstanden hatte, vorbeiging. Sie trank einen großen Schluck von ihrem dampfenden schwarzen Kaffee und hinterließ hellrote Lippenstiftabdrücke auf dem pinkfarbenen Keramikbecher, auf dem „Bösartigste Braut von Aruba" stand.

„Ich habe euch vermisst."

„Wir haben dich vermisst", meinte Dolores. „Wally hätte uns fast umgebracht."

„Das war ich nicht", verteidigte sich Wally im Vorbeigehen. Er trug noch immer einen dicken Pullover und hielt ein Knäuel Taschentücher in der Hand. „Es war die verdammte Klimaanlage."

„Der Elektriker hat gesagt, dass du den Thermostat kaputt gemacht hast", informierte Debbie ihn.

„Ich habe nichts dergleichen getan. Ich habe nur versucht zu überleben."

„Versuch lieber, unten mit der Druckmaschine zu überleben. Sie spielt schon wieder verrückt."

„Du bist eine Sklaventreiberin, weißt du das?"

Debbie grinste und gab ihm ein Hustenbonbon. „Und ich bin stolz darauf." Bevor Wally nach unten ging, hielt sie ihn auf. „Sobald du fertig bist, gehst du zum Arzt."

„Ich brauche keinen Arzt", erwiderte er in typisch männlicher Überheblichkeit. „Mir geht's gut. Ich …"

„Du gehst zum Arzt, das ist ein Befehl. Dann gehst du nach Hause und legst dich ins Bett. Allein", fügte sie hinzu, mit Blick auf den Berg Süßigkeiten auf seinem Schreibtisch, den er Paiges neuester Kolumne mit dem Titel „Verführ ihn mit Naschereien" zu verdanken hatte. Offenbar wurde Paige mit ihren Tipps der Woche immer besser.

„Ich werde nicht nach Hause gehen und mich ins Bett legen. Ich muss noch einen Artikel abliefern."

„Den schreibe ich zu Ende. Du gehst nach Hause, oder ich schiebe dir Bambusschösslinge unter die Fingernägel und zwinge dich, sämtliche Süßigkeiten auf deinem Schreibtisch zu essen." Sie sah zu Paige.

„Ich bin eben eine Sklaventreiberin mit Herz", sagte Debbie, nachdem Wally murrend nachgegeben hatte und die Treppe hinunter verschwunden war. „Außerdem", erklärte sie Paige, die sie wissend ansah, „kann ich nicht zulassen, dass er hier meine Mitarbeiter ansteckt. Es ist also eine rein unternehmerische Entscheidung."

„Klar." Wally nannte Debbie gern einen „Eskimokuchen". Sie gab sich nach außen hin gern hart, doch innen war sie sanft und freundlich. Sie war Paige eine echte Freundin gewesen, als sie eine gebraucht hatte. Und das war sie noch immer.

„Also", sagte Debbie, nachdem sie sich hinter ihren Schreibtisch gesetzt und einen weiteren Schluck getrunken hatte. „Ich habe gehört, du und Jack seid euch während meiner Abwesenheit ein wenig näher gekommen."

„Wir … na ja, wir haben ein bisschen Zeit miteinander verbracht." Paige suchte verzweifelt nach einer plausiblen Erklärung, während sie sich gleichzeitig fragte, wie viel genau Debbie wusste. Hatte Jack ihr etwas erzählt?

Nein, das würde er nicht tun. Er war kein Mann, der mit seinen Abenteuern prahlte, und schon gar nicht vor seiner Schwägerin. Er und Debbie kannten sich ja kaum.

Andererseits hatte Debbie so ihre Mittel und Wege, den Leuten Dinge zu entlocken, die sie eigentlich gar nicht verraten wollten.

Paige dachte noch einige Sekunden darüber nach, bevor sie die Idee verwarf. Ob Debbie nun Wege und Mittel kannte oder nicht – Jack war kein Mann, der sich in die Enge treiben ließ. Debbie hatte höchstwahrscheinlich ein paar Gerüchte gehört, dass man Paige und ihn zusammen in der Stadt gesehen hatte. Außerdem redete Debbie für gewöhnlich nicht um den heißen Brei herum, sondern kam direkt zur Sache. Hätte sie also das genaue Ausmaß der Beziehung zwischen Paige und Jack gekannt, hätte sie sie direkt darauf angesprochen und sich nach dem Stand der Dinge erkundigt oder sie zumindest ermutigt.

„Er hat mir bei einem meiner Kurse geholfen", erklärte Paige und hatte prompt Gewissensbisse, weil sie ihre Freundin belog.

„Bei welchem?"

„Einem neuen. Den habe ich gerade erst angefangen. Tja, jetzt muss ich wirklich los. Ich berichte über das Treffen der Kirchenfreundinnen in einer halben Stunde."

„Das ist Dolores' Aufgabe."

„Sie ist beim Friseur. Ida Joe hat herausgefunden, dass ihr Mann auf der Baustelle mit seiner Sekretärin geschlafen hat. Aber das ist noch nicht alles. Offenbar hat seine Sekretärin auch noch mit ihrem zweiten Chef geschlafen, der letztes Jahr auf der Weihnachtsfeier mit Ida Joes Nichte herumgemacht hat."

„Klingt kompliziert."

„Das ist es auch. Sie veranstalten im Friseursalon ein Dauerwellen- und Färbetreffen. Sozusagen ein Dringlichkeitstreffen, um alles zu besprechen und zu klären, ob sie jemanden in diesem Reigen vergessen haben."

„Wirst du Jack wiedersehen?", erkundigte sich Debbie kurz bevor Paige zur Tür hinaus war.

„Ich glaube nicht ..."

„Doch, das wird sie", war Jacks Stimme plötzlich zu hören.

Paige drehte sich erschrocken um und sah ihn am Türrahmen lehnen, nur wenige Zentimeter von ihr entfernt. Er trug eine schwarze Jeans, ein Harley-Fan-T-Shirt und eine Lederweste. Er sah genauso aus wie der freie, unabhängige Einzelgänger, der er war.

Der er früher war. Denn er würde ja bleiben.

„Ich ... ich habe zu tun", platzte sie heraus, plötzlich von Panik ergriffen. „Ich bin auf dem Weg ins Freizeitzentrum."

„Ich fahre dich hin."

Bevor sie protestieren konnte, nahm er ihre Hand, verflocht seine Finger mit ihren und führt sie hinaus.

„Dies ist nicht das Freizeitzentrum." Paige betrachtete das mit Brettern vernagelte Gebäude mitten in der Innenstadt, ein paar Blocks vom Rathaus entfernt. Früher hatte sich eine Versicherungsgesellschaft darin befunden, bevor es vor ein paar Jahren zu einer Frühstückspension umgebaut worden war. Als die Wallabys ihre Ranch zu einer Ferienranch umfunktionierten, ging sie pleite. Graue Farbe blätterte an mehreren Stellen ab, und die meisten Fenster waren mit Brettern vernagelt.

Aber es war nicht das verfallende Gebäude, das ihre Aufmerksamkeit weckte. Es war das nagelneue Schild, das an einer Kette von der vorderen Veranda hing. „Paige's House" stand darauf.

Sie runzelte die Stirn. „Das verstehe ich nicht."

„Das ist euer neuer Treffpunkt."

„Wovon sprichst du?"

„Von deiner Frauengruppe."

„Willst du damit sagen, dass Gebäude gehört uns?"

„Für die nächsten fünf Jahre." Er gab ihr ein paar gefaltete Dokumente. „Dies ist ein Mietvertrag über fünf Jahre. Du kannst jederzeit einziehen. Allerdings sollten wir vorher einiges renovieren. Es muss gestrichen und gründlich aufgeräumt werden ..."

„Aber wie ist das möglich? Wieso? Wann?" Lauter Fragen gingen ihr durch den Kopf, verursachten ihr Herzklopfen und ließen ihr Blut pulsieren. Sie verstand das alles nicht.

„Ich konnte dein Geld nicht annehmen", erklärte er ihr.

„Willst du damit sagen, dass du das Haus mit den hundert Dollar gekauft hast, die du von mir bekommen hast?"

„Um ehrlich zu sein, von deinem Geld habe ich das Schild gekauft. Das Haus ist eine kleine Gefälligkeit von Walter Turnover."

„Jennys Mann?"

„Ich habe mit ihm gesprochen und ihn davon überzeugt, dass diese Stadt eine Einrichtung braucht, wo die Frauen Rat und Beistand finden. Und wo auch seine Frau und er sich beraten lassen können, falls sie es wünschen."

Erst ganz allmählich wurde ihr die Bedeutung seiner Worte klar, und ihr wurde warm ums Herz. Doch zugleich war sie besorgt. „Du hast mit ihm über Jenny gesprochen? Du hast ihm doch wohl nicht erzählt, dass sie zu unseren Treffen kommt?"

„Ich habe nur erwähnt, dass sie einen unglücklichen Eindruck macht und dass er, wenn er seine Frau liebt, den Grund dafür herauszufinden versuchen würde. Dies schien der richtige Ort dafür zu sein."

„Du hättest nicht ..."

„Ich weiß schon, wann ich mich einmischen kann und wann nicht. Walter ist kein schlechter Mann. Du hast selbst gesagt, Jenny wirkt niedergeschlagen und traurig, nicht körperlich misshandelt."

„Trotzdem ist es ein Risiko, das du nicht hättest eingehen dürfen."

„Ich wäre dieses Risiko nicht eingegangen, wenn es existiert hätte. Ich kenne Walter schon mein ganzes Leben. Und Jenny. Und ich habe mit dem Sheriff gesprochen, um sicherzugehen, dass es keine Anzeigen wegen irgendwelcher Arten von Gewalt oder Misshandlungen gab. Dann habe ich mich mit Walter von Mann zu Mann unterhalten. Er ist ein tyrannischer Dickschädel, aber er liebt seine Frau wirklich. Ich glaube nicht einmal, dass ihm klar gewesen ist, wie sich sein Verhalten auf sie ausgewirkt hat, bevor ich erwähnt habe, dass sie von Mal zu Mal unglücklicher wirkt. Das machte ihn nachdenklich." Jack nahm ihre Hand. „Das beantwortet die Frage, wie das möglich war. Auf die Frage ‚Wann?' lautet die Antwort: gestern. Und was das Wieso betrifft …"

„Nicht." Sie schüttelte den Kopf. Panik stieg in ihr auf, und ihr Herz schlug schneller. „Bitte sag es nicht."

„Ich liebe dich, Paige. Ich wollte dir zeigen, wie sehr, und da fiel mir kein besserer Weg ein, als dir das zu geben, was du dir so sehnlich gewünscht hast. Damit wollte ich dir zeigen, dass mir deine Träume und Hoffnungen wichtig sind. Dass du mir wichtig bist."

„Ich …" Paige kämpfte gegen die aufsteigenden Tränen an. „Das weiß ich wirklich zu schätzen, aber …" Es war nicht fair. Sie wollte nicht, dass er sie liebte. Er war nicht der richtige Mann für sie. Er war nicht ihr Typ.

„Sag mir, dass du mich liebst."

Die Erkenntnis traf sie, als sie hier neben ihm saß, das Gebäude für die Frauen vor Augen, von dem sie so oft geträumt hatte. Dank Jack hatte sie es jetzt. Ja, sie liebte ihn tatsächlich.

Sie hatte ihn die ganze Zeit über geliebt, von ersten Moment an, als sie ihn durch ihre Videokamera entdeckt hatte.

Freude durchströmte sie, gefolgt von einer überwältigenden Angst, die sie dazu trieb, aus seinem Wagen zu springen und davonzulaufen. Denn sie hatte genau das getan, was nie wieder zu tun sie sich geschworen hatte. Sie hatte sich in den falschen Mann verliebt und somit den gleichen Fehler noch einmal begangen.

Doch sie würde den gleichen Weg nicht noch einmal gehen müssen. Sie mochte Jack zwar lieben, aber sie musste diese Liebe nicht eingestehen. Sie brauchte sich nicht an ihn zu binden, an denselben Typ Mann, und sich damit in die gleiche Lage wie früher zu bringen. Selbst wenn dieser Mann Jack Mission war.

Und ganz gleich, wie sehr sie es plötzlich wollte.

*J*ack Mission war ganz anders als Paiges erbärmlicher, niederträchtiger Exmann.

Zu diesem Schluss kam sie in den nächsten Wochen, in denen sie auf Distanz zu Jack blieb. Wochen, in denen sie zu vergessen versuchte, wie er sie berührt, sie geküsst, gelächelt und gesagt hatte: „Ich liebe dich."

Sie versuchte, diese Erinnerungen beiseitezuschieben. Aber es gelang ihr nicht. Seine Worte verfolgten sie ebenso unablässig wie der Mann selbst. Sie hatte gedacht, sie würde ihm gelegentlich in der Stadt über den Weg laufen, jetzt, wo er bleiben würde. Stattdessen sah sie ihn jeden Tag. Meistens sogar mehrmals. Er tauchte in der Redaktion auf, um sie zu einem Interview oder einer Recherche zu begleiten. Er brachte ihr Mittagessen. Er war überall, wo sie auch hinsah. Schlimmer war jedoch, dass sie ihn einfach nicht aus ihrem Kopf verbannen konnte. Und aus ihrem Herzen.

Nicht weil er Woodrow so sehr ähnelte und sie schon einmal auf einen solchen Mann hereingefallen war. Nein, sie liebte ihn eben deshalb, weil er anders war. Weil er ihr ein anderes Gefühl vermittelte, als sie es damals erfahren hatte. Er gab ihr das Gefühl, klug, attraktiv und wichtig zu sein, ließ sie immer wieder spüren, dass sie die Liebe eines Mannes verdiente. Seine Liebe.

Er war nicht Woodrow. Woodrow hatte nur an sich gedacht und genommen. Er hatte Paiges Liebe genommen, ihr Selbstwertgefühl und alles andere, bis nichts mehr da gewesen war.

Jack hingegen war kein Nehmer, sondern ein Geber.

Er hatte ihr all das zurückgegeben, was sie verloren hatte, und hatte ihr noch viel mehr geschenkt. Seine Liebe, seine Bewunderung, sein Lob, seine Aufrichtigkeit, sein Herz …

Ja, er hatte ihr sein Herz gegeben. Und doch musste sie erst noch herausfinden, was sie damit tun sollte.

„Gib ihm den Laufpass!", rief Sue Groff ermutigend Delilah Sue Wilkins zu, die sich gerade über ihren Freund beklagte, der ihr zum einmonatigen Jubiläum einen Toaster geschenkt hatte.

Paige schob die Gedanken an Jack beiseite und zwang sich, sich wieder auf das erste Gruppentreffen an ihrem nagelneuen Versammlungsort, „Paige's House" zu konzentrieren.

„Ich würde sagen, vergiss den Kerl, wenn er nicht mehr Einfühlungsvermögen für die Bedürfnisse einer Frau aufbringt."

„Soll das ein Witz sein?", fragte jemand dazwischen. „Wie sollen sie denn Einfühlungsvermögen für die Bedürfnisse der Frauen besitzen, wenn sie alle ein Haufen Idioten sind? Und zwar alle, wie sie da sind."

„Nehmen wir nur mal das Thema Geburt", meldete sich eine andere zu Wort. „Nicht einer von den Kerlen könnte die schmerzhaften Wehen ertragen."

„Sie sind selbstsüchtige Idioten", pflichtete eine weitere Frau ihnen bei. „Ich schwöre, wenn ich mir im Sportfernsehen noch öfter mit ansehen muss, wie die Helden sich beim Fußball gegenseitig den Po tätscheln, muss ich mich übergeben."

„Männer!", rief eine andere. „Wer braucht die schon?"

Bevor Paige richtig begriff, was sie da tat, schoss ihre Hand in die Höhe. „Ich", verkündete sie.

Mehrere Sekunden lang herrschte betroffenes Schweigen. Dann hoben sich weitere Hände, bis die Hände aller Frauen oben waren, einschließlich der Jenny Turnovers, die erst gestern ihr erstes offizielles Beratungsgespräch mit ihrem Mann Walter in „Paige's House" gehabt hatte.

Paige war während des Gesprächs nicht dabei gewesen, doch sie hatte von Jenny selbst erfahren, dass ihr Mann und sie sich im Lauf des einstündigen Gesprächs mehr gesagt hatten als in den letzten fünf Jahren. Vor ihnen lag zwar noch viel Arbeit, doch Jenny war optimistisch. Und sie lächelte wieder.

„Ich brauche einen Mann", sagte Paige. „Meinen Mann." Diesmal riefen die Worte nicht mehr diese Angst aus, wie noch vor einigen Wochen.

Denn sie hatte diese Angst überwunden. Sie vertraute Jack. Und sie liebte ihn. Jetzt musste sie es ihm nur noch sagen.

Sie hasste ihn.

Endlich war Jack in der Lage, sich die Wahrheit einzugestehen, als er Molly für den ersten Ritt sattelte. Verschwunden war das wilde Tier, das ihn fast zu Tode getrampelt hatte. Jetzt war sie ruhig wie der Golf von Mexiko an einem heißen Sommertag. Und genauso schön.

Bei Molly hatte er gewonnen, aber nicht bei Paige.

Er hatte es versucht, doch sie war stur geblieben. Vielleicht zu stur.

„Ich komme einfach nicht an sie heran, Mädchen." Er rieb Mollys Hals. „Wenigstens habe ich dich zum Reden. Es macht dir doch nichts, mir zuzuhören, oder? So ein schlechter Kerl bin ich nämlich gar nicht.

Außerdem sehe ich auch ganz passabel aus. Verdammt sexy, findest du nicht?"

„Kaum bin ich mal fünf Minuten außer Sichtweite, schon flirtest du mit einer anderen."

Beim Klang von Paiges Stimme fuhr er herum und entdeckte sie am Stalltor. Sie trug ein viel zu weites Kleid, das ihre wundervollen Rundungen verbarg, und lächelte. Jack fand, dass er noch nie eine schönere Frau gesehen hatte.

„Sie ist anmutig", bemerkte Paige und kam zu ihm. „Du hast wirklich einen guten Geschmack bei Frauen."

„Bei einer Frau – bei dir. Ich liebe dich", sagte er noch einmal, als würde das den Ausschlag geben. Wenn es nur so wäre.

„Ich habe viel über dich nachgedacht und bin zu dem Schluss gekommen, dass du aufhören musst, mir nachzuschleichen."

„Dir nachschleichen?"

„Ja. Du tauchst überall uneingeladen auf. Das würde ich eindeutig als Nachschleichen bezeichnen. Das muss aufhören."

Seine Miene verfinsterte sich, als ihm die Bedeutung ihrer Worte klar wurde. Sie wollte ihn nicht in ihrer Nähe haben. Er sollte sie in Ruhe lassen. „Was versuchst du mir zu sagen?"

Lass mich in Ruhe. Diese Worte standen unausgesprochen zwischen ihnen, während sie sich ansahen. Und dann erschien ein Lächeln auf ihrem Gesicht, und Jacks Herz begann wieder zu schlagen.

„Dass dieses uneingeladene Auftauchen ein Ende haben muss."

„Und was bedeutet das?"

„Dass du ab jetzt eingeladen bist."

„Dir nachzuschleichen?"

„Mich zu lieben." Ihr Lächeln verschwand, und ihre Miene wurde ernst. „Denn ich liebe dich. Ich hatte Angst. Ich habe noch immer Angst. Aber du bist das Risiko wert. Unsere Liebe ist das Risiko wert."

Glücklich schloss er sie in die Arme und drückte sie an sich, als wollte er sie nie wieder loslassen.

Das würde er auch nicht. Weder jetzt noch sonst irgendwann.

„Heirate mich", bat er und sah ihr in die Augen. „Heirate mich und lass uns Kinder haben und für immer zusammenbleiben."

Lächelnd schaute sie zu ihm auf. Er sah seine Zukunft in ihren Augen. „Ich dachte schon, du würdest mich nie fragen."

– ENDE –

Jennifer Greene

Verliebt, verführt, verheiratet

Roman

Aus dem Amerikanischen von
Brigitte Bumke

1. KAPITEL

*A*bby Stanford hörte einen gedämpften Knall, konnte das Geräusch jedoch nicht einordnen.

Sie fuhr schnell, ganz wie es ihre Art war – selbst auf einer unbekannten, verschneiten, kurvenreichen Bergstraße mitten in der Nacht. Schließlich hatte ihr schwarzer Lexus eine gute Straßenlage, und Abby tat nun einmal fast alles in rasantem Tempo. Doch das sollte sich ändern. Ab morgen würde sie ihre gesamte Persönlichkeit umkrempeln und ein beschauliches Leben voller Muße beginnen. Zunächst jedoch musste sie Tahoe erreichen. Normalerweise brauchte man für die Fahrt von Los Angeles nach South Lake Tahoe acht Stunden, aber sie wollte es in weniger als sieben schaffen.

Es waren noch etwa zwanzig Minuten bis zu ihrem Ziel. Weder ihre Kopfschmerzen noch ein kleiner Schneesturm hatten sie bisher aufgehalten. Verglichen damit erschien ihr ein komischer leiser Knall völlig belanglos.

Dann vernahm sie ein anderes Geräusch, eine Art Holpern. Der Wagen ließ sich plötzlich nicht mehr geradeaus lenken und schien hinten rechts wegzusacken.

Sie hatte noch nie eine Reifenpanne gehabt, doch alle Anzeichen deuteten leider genau darauf hin.

Schnell stellte Abby fest, dass weit und breit kein anderer Wagen in Sicht war. Sie fuhr an den Straßenrand, schaltete die Warnblinkanlage ein und stieg aus.

Sofort wehte ihr Schnee ins Gesicht und ließ ihre Wangen brennen. Mit ihren Pumps sank sie augenblicklich mehrere Zentimeter tief in die Schneedecke ein. In Los Angeles hatte ihr ein Trenchcoat über dem Kostüm als Wetterschutz gereicht. Natürlich hatte sie in Tahoe kältere Temperaturen erwartet. Allerdings nicht, dass sie ihr warmes Auto würde verlassen müssen, außer um in die Wohnung zu gehen, die sie gemietet hatte.

Wegen des leuchtend weißen Schnees ringsum war es kein Problem, etwas zu sehen. Die Arme fröstelnd um sich geschlungen, ging Abby zum Heck des Wagens und besah sich den platten Reifen von allen Seiten.

Sie fuhr sich mit einer Hand durchs Haar und schluckte hart. Nein, sie würde nicht in Panik geraten. Das tat sie nie, und in Tränen ausbrechen konnte sie später immer noch. Hilfe herbeizutelefonieren, war nicht möglich. In den letzten sieben Jahren hatte Abby ständig ihr Handy bei sich getragen. Doch weil ein solches Telefon zu den Symbolen des stressigen Lebensstils gehörte, den sie ablegen wollte, hatte sie das verflixte Ding abgeschafft – wohl etwas voreilig. Und weit und breit war kein Haus oder ein anderes Fahrzeug in Sicht.

Also würde sie die Situation allein meistern müssen.

Sie öffnete den Kofferraum. Da sie zwei Monate in Tahoe bleiben wollte, war er natürlich bis oben hin vollgepackt. Kurzerhand warf sie ihre drei Designerkoffer in den Schnee. Irgendwo musste im Kofferraum eine Taschenlampe sein. Ein Ersatzreifen. Und ein Wagenheber.

Mehr brauchte sie nicht, um einen Reifen zu wechseln.

Vorausgesetzt, man wusste, wie.

Abby schluckte erneut. Ihr Herz klopfte heftig, und ihre Kopfschmerzen waren noch schlimmer geworden. Das Problem, sagte sie sich, ist nicht, das du eine Heidenangst hast. Das Problem ist deine seelische Verfassung.

Es war der erste Januar – ihr vierunddreißigster Geburtstag –, und vor einer Woche war ihre ganze Welt eingestürzt. Diese Reise hatte sie als „Versagerin", angetreten, und dieses hässliche Wort peinigte sie unablässig. Wenn eine Frau alles, was ihr etwas bedeutete, verlor, dann war es ihr gutes Recht, ein wenig gereizt zu sein. Oder sogar wütend.

Doch schlechte Laune half ihr nicht weiter. Abby hatte Herausforderungen immer geliebt, war bei Stress richtig aufgeblüht, erwartete Kompetenz von sich selbst. Sie nahm sich zusammen. Es ging doch nur um einen platten Reifen, zum Kuckuck.

Nach kurzer Suche fand sie die Taschenlampe und knipste sie an. Keine Spur von einem Ersatzreifen, doch sie entdeckte eine Art Bodenplatte im Kofferraum. Es kostete sie einige Mühe, das Ding anzuheben, und siehe da, der Ersatzreifen lag genau darunter.

Zierlich, wie Abby mit ihren einsfünfundsechzig war, und ohne rechten Halt in ihren Pumps, war es der reinste Kraftakt, den Reifen aus dem Kofferraum zu wuchten.

Außer Atem begann sie, nach dem Wagenheber zu suchen. Sie hatte keine Ahnung, wie sie den einsetzen sollte, aber sie dachte, immer ein Problem nach dem anderen. Ihre Hände und Füße waren inzwischen eiskalt. Weil sie jedoch so kurz vor dem Ziel kaum noch Benzin hatte, konnte sie sich nicht einmal im Wagen aufwärmen. Entweder schaffte sie diesen Reifenwechsel, und zwar schnell, oder sie geriet womöglich in echte Schwierigkeiten.

Ihre beiden Schwestern wären außer sich, wenn sie erfrieren würde. Paige war gerade Mutter geworden, Gwen hatte vor Kurzem wieder geheiratet. Ein ausgesprochen schlechter Zeitpunkt, um den beiden Kummer zu machen. Nach endlosen fünf Minuten fand Abby endlich den Wagenheber. Nur, er ließ sich nicht hochnehmen. Er schien irgendwie befestigt zu sein. Daran zu ziehen und zu zerren, nützte überhaupt nichts.

Wieder schluckte sie hart.

Leise schimpfend raffte sie ihren Rock und kletterte in den Kofferraum, um den Wagenheber loszubekommen. Sie zog mit aller Kraft. Sie fluchte. Sie keuchte vor Anstrengung. Vergeblich. Das Ding saß bombenfest und bewegte sich keinen Millimeter.

Plötzlich fand sie diese Situation geradezu grotesk. Ihre Schwestern behaupteten, sie habe schon als Baby alles fertiggebracht. Ja, sie war von jeher sehr ehrgeizig gewesen. Sie konnte eine Bilanz auseinandernehmen. Sie konnte über Nacht eine Werbekampagne für zehn Millionen Dollar auf die Beine stellen. Auf dem Weg die Karriereleiter hinauf hatte sie sich mit den besten Männern der Branche gemessen und war immer wieder erfolgreich gewesen. Ganz zu schweigen von ihrem glänzenden Abschluss an der Fachhochschule. Und bis vor Kurzem – bis vor einer Woche, um genau zu sein –, hatte sie ein Gehalt bezogen, das jeden Mann vor Neid hätte erblassen lassen.

Aber irgendwie war sie nie dazu gekommen, etwas so Stinknormales zu lernen, wie einen Reifen zu wechseln. Ihr an einer renommierten Hochschule für Management erworbenes Diplom und ihr Ehrgeiz jedenfalls nützten ihr im Moment rein gar nichts. Welche Ironie! Sie lachte auf. Und verfiel schnell in heiseres Gelächter, während sie aus dem Kofferraum kletterte und sich auf einen ihrer Koffer fallen ließ. Sie musste sich einen Moment von ihrem Lachanfall erholen.

Sie bekam Schnee in die Augen, und er fühlte sich seltsam beißend und salzig an. Tränen konnten das nicht sein.

Abby Stanford weinte nie.

Das war so sicher wie das Amen in der Kirche.

Garson Cameron sah den schwarzen Lexus auf der anderen Straßenseite stehen, beachtete ihn jedoch nicht weiter. Da die Warnblinkanlage blinkte, aber niemand zu sehen war, nahm er an, dass der Wagen auf der verschneiten Straße liegen geblieben war. Das war nichts Besonderes. Er war todmüde, schlecht gelaunt und unzufrieden, und daran war zweifellos Narda schuld, von der er gerade kam. Narda war klug, attraktiv, amüsant, und der einzige Grund, warum er nach Hause fuhr, statt jetzt mit ihr im Bett zu liegen, war schlicht und einfach, dass er ein Idiot war.

Ehrlichkeit hatte für Gar schon immer an oberster Stelle gestanden. Narda und er waren sich einig darüber, dass ihre Beziehung nicht über eine Freundschaft hinausgehen würde. Doch Narda hätte nichts gegen ein kleines sexuelles Abenteuer gehabt. Sie war eine verdammt hübsche Frau, und er war regelrecht ausgehungert nach Sex. Wusste der Himmel, warum er sie abgewiesen hatte.

Mit sechsunddreißig schien er langsam ein wunderlicher Kauz zu werden. Vielleicht liebte er sie nicht. Vielleicht hatte er kein Interesse mehr daran, mit einer Frau zu schlafen, wenn es dabei nicht um eine ernsthafte Bindung ging.

Prinzipien hin, Prinzipien her, dachte Gar finster, du bist bescheuert. Wenn er geblieben wäre, hätten er und Narda inzwischen …

Als er mit seinem Cherokee an dem schwarzen Lexus vorbeifuhr, sah er plötzlich etwas Farbiges und eine Bewegung. Zum Henker, wenn da nicht eine Frau hinter dem Wagen war. Eine Blondine. Die mitten im Schnee auf einem Stapel Koffer saß und sich anscheinend die Augen aus dem Kopf weinte.

Seine erotischen Fantasien mit Narda verflogen augenblicklich. Er fuhr langsamer und spähte angestrengt in den Rückspiegel. Zu so später Stunde würde es die Fremde wahrscheinlich mehr erschrecken als freuen, wenn ein Unbekannter seine Hilfe anbot. In zehn Minuten konnte er von zu Hause aus die Polizei verständigen. Er brauchte also nicht den edlen Ritter zu spielen.

Aber verdammt, sie schien wirklich zu weinen.

Vielleicht, weil er in dieser Nacht ohnehin Anwärter auf einen Doktortitel in Idiotie war, trat Gar auf die Bremse. Fluchend wendete er und hielt gleich darauf hinter ihrem Wagen. Er ließ sein Fenster herunter.

In der Tat, sie weinte. Herzzerreißend schluchzte sie vor sich hin. Kein guter Befund, aber wenigstens musste er nicht befürchten, dass sie körperlich verletzt war. Um derart laut zu weinen, benötigte man viel Energie.

„Miss? Brauchen Sie Hilfe?"

Sie fuhr herum. Trotz der Schneewolken am Nachthimmel war es hell genug, um einen ersten Eindruck von der Fremden zu bekommen.

Sie war jung. Ende zwanzig? Ihr vom Schnee feuchtes, schulterlanges Haar schimmerte wie Gold. Er konnte nicht erkennen, ob sie hübsch war, aber zweifellos war sie nicht ganz bei Trost.

Sie trug einen schicken Trenchcoat, aber weder Hut noch Mütze und hochhackige Pumps statt Stiefel. Bei einer Temperatur um den Gefrierpunkt und Schneewehen von über einem Meter am Straßenrand war sie angezogen wie zu einer Vorstandssitzung. Gar seufzte. Nein, ausgeschlossen, eine derart dumme Frau konnte man einfach nicht sich selbst überlassen.

Er ließ den Motor laufen und stieg aus. „Also, was ist los? Motorschaden, oder sind Sie im Schnee stecken geblieben oder …?" Sein Blick fiel auf den platten Reifen und den Ersatzreifen daneben. Doch nach einem weiteren Blick auf die Fremde stand für ihn fest, was als Erstes zu tun war. „Sie müssen sich schnellstens aufwärmen und etwas Trockenes anziehen. Hören Sie auf zu weinen, okay? Sie brauchen keine Angst zu haben, alles wird gut …"

„Ich weine doch gar nicht." Sie sprang auf. „Ich habe nur eine kleine Verschnaufpause gemacht, weil ich solche Schwierigkeiten hatte, den Wagenheber zu lösen, und ich …"

„Aha." Gar überging ihre Notlüge. „Kommen Sie, ich bringe Sie zu meinem Cherokee. Die Heizung läuft, und ich habe ein paar Decken im Wagen. Da wird Ihnen im Handumdrehen wieder warm …"

„Ich muss den Reifen wechseln."

„Das erledige ich."

„Ich kann das. Ich wusste nur nicht, wie man den Wagenheber löst …"

„Warten Sie." Ihm blieb nichts anderes übrig, als ihr erneut ins Wort zu fallen. Ihre Tränen waren zwar versiegt, doch sie fror offenbar so sehr, dass ihre Zähne klapperten. „Wir werden Folgendes tun", erklärte er streng. „Sie setzen sich in meinen Cherokee und wärmen sich auf … jetzt gleich. Falls Sie warme Kleidung in Ihren Koffern haben, bringe ich sie Ihnen, und Sie können sich im Wagen umziehen."

„Ja, natürlich habe ich Wintersachen dabei, aber …"

„Sie können später mit mir streiten, okay? Solange Sie wollen. Ich verstehe ja, dass Sie sich nicht danach drängen, zu einem Unbekannten in den Wagen zu steigen. Aber sehen Sie dort das Logo an meiner Wagentür? ‚Cameron Crest Ski Lodge'. Ich bin Gar Cameron, der Inhaber dieses Skihotels. Ich kann Ihnen auch meinen Führerschein zeigen, aber meinen Sie nicht, dass ich, wenn ich ein Serienmörder wäre, der etwas auf sich hält, in einer solchen Nacht gemütlich mit einem Buch zu Hause im Bett läge? Versuchen Sie einfach, mir zu vertrauen, okay?" Inzwischen war er näher getreten. Sie bot wirklich ein Bild des Jammers. Sie war zierlich und schien nicht ein Gramm Gewicht zu viel zu haben. Das Haar klebte ihr am Kopf, und bis auf ihre vor Kälte blauroten Wangen war ihre Haut schneeweiß. Trotzdem waren ihre großen braunen Augen derart faszinierend, dass es Gar den Atem nahm. Sie fror so sehr, dass sie sich in ihren albernen hochhackigen Pumps kaum auf den Beinen halten konnte.

Da sie sich keinesfalls zu seinem Wagen tragen lassen wollte, rutschte und stolperte sie mehr dorthin, als dass sie ging, doch sie schaffte es.

Gar stellte die Heizung höher. „Ziehen Sie diese verdammten nassen Schuhe aus – und auch die Strümpfe."

Dann eilte er nach hinten, um ein paar Überlebensdecken aus Silberfolie aus seinem Notfallkoffer zu holen. Er hatte auch eine kleine Flasche Brandy in der Hand, als er zurückkehrte – mit gesenktem Blick.

„Ziehen Sie erst einmal alles aus, was nass ist. Danach wickeln Sie sich in die Decken. Und dann trinken Sie ein paar Schluck Brandy – aber wirklich nur ein paar. Alkohol ist eigentlich nicht gut bei Schock, aber Sie brauchen jetzt Kohlehydrate, und etwas Besseres habe ich leider nicht."

Ohne ihre Antwort abzuwarten, ging er wieder weg, um diesmal ihre Koffer zu holen. Alle drei schienen voller Backsteine zu sein. Er wuchtete sie auf den Rücksitz. „So, und nun sagen Sie mir, in welchem Koffer die warmen Sachen sind."

„In dem großen."

Als er den Koffer endlich geöffnet hatte, schlug ihm Parfümduft entgegen. Feminin. Erlesen. Der Duft inspirierte seine männliche Fantasie augenblicklich, eine Reaktion, die Gar etwa so willkommen war wie ein Biss von einem Hund.

Selbst im Halbdunkel sah er im Koffer seidige Dessous schimmern. Wollsocken konnte er nicht entdecken.

„Das brauchen Sie nicht. Ich kann …"

„Hören Sie, mir ist klar, dass ich Ihnen sehr aufdringlich vorkommen muss, aber ich versuche nur, so schnell wie möglich ein paar warme Sachen für Sie zu finden."

Das war leichter gesagt als getan. Er mochte die Innenbeleuchtung nicht einschalten, während sie sich auszog. Er fand die Situation äußerst intim. Besonders, weil er beim Suchen in ihrem Koffer immer wieder mit zarter Spitze und Seide in Berührung kam. Verflixt, er hätte mit Narda schlafen sollen. Dann hätte er seine Fantasie ausleben können und brauchte sich um nichts weiter Gedanken zu machen.

Endlich stieß er auf etwas Wolliges. Er warf es auf den Vordersitz.

„Danke."

Socken folgten.

„Nochmals danke."

Ganz unten im Koffer fand er sogar Stiefel, und kurz darauf hatte er auch eine Daunenjacke aus ihrem Lexus geholt. „Okay. Wird Ihnen schon wärmer?"

„Ja. Danke. Ich …" Endlich klang ihre Stimme wieder normal. Sie hatte eine angenehm weiche Altstimme. „Tut mir leid, Mr Cameron. Ich hätte mich längst bei Ihnen bedanken sollen, dass Sie angehalten haben …"

„Nennen Sie mich einfach Gar. Sie waren nass und durchgefroren und außer sich. Also, machen Sie sich keine Gedanken."

„Ich bin Ihnen dankbar. Im Ernst – vielen Dank."

„Im Ernst – keine Ursache." Gar überlegte einen Moment, ob er sie allein lassen konnte. Aber sie schien wieder in Ordnung zu sein. Vielmehr ihr Duft, ihre Dessous und die Vorstellung, dass sie sich auf dem Vordersitz umzog … Ja, er musste unbedingt heraus aus dem Cherokee. „Hören Sie, Sie bleiben schön hier drinnen im geheizten Wagen", ordnete er an. „Ich kümmere mich jetzt um Ihren Reifen."

Erleichtert atmete er die frostige Nachtluft ein. Verdammt, er hatte keine Ahnung, warum sein Blut so in Wallung geraten war. Ja, sein enthaltsames Singleleben hatte ihm zu schaffen gemacht, aber er war kein Teenager mehr, der schon von dünner Luft angeturnt wurde. Er hatte noch nicht einmal ihr Gesicht richtig zu sehen bekommen. Das Ganze war eine Rettungsaktion, keine Party. Seine erotische Reaktion auf sie war geradezu peinlich und – wenn man bedachte, wie viele Frauen er im Laufe seiner sechsunddreißig Jahre getroffen hatte – höchst verwirrend.

Gar setzte den Wagenheber an. Doch noch ehe er die erste Radmutter gelöst hatte, ging die Tür des Cherokees auf.

Er sah nicht hoch. „Sie sollten nicht herauskommen, sonst holen Sie sich noch den Tod. Der Reifenwechsel dauert nur ein paar Minuten. Bleiben Sie im Wagen."

„Eigentlich wollte ich das auch. Aber ich wäre gar nicht erst in diese Situation geraten, wenn ich gewusst hätte, wie man einen Reifen wechselt."

„Hören Sie, Miss ... Ma'am ..." Plötzlich merkte Gar, dass er nicht einmal ihren Namen kannte. Doch als er sich ihr zuwandte, vergaß er, was er hatte sagen wollen.

Auch wenn ihr Make-up verwischt und ihr Haar noch immer feucht war, ihr Anblick würde jeden Mann innehalten lassen. Ihre hohen Wangen waren von der Kälte gerötet. Die kleine klassische Nase, die schön geschwungenen Brauen, ein verführerisch weicher Mund und diese betörenden dunkelbraunen Augen ... Abrupt begriff Gar, warum er so heftig auf sie reagiert hatte.

Es war völlig egal, dass sie bildschön war. Er war lediglich dabei, ihren Reifen zu wechseln. Aber er hätte schon blind sein müssen, um ihre Schönheit nicht zu bemerken.

Sie stellte sich vor. „Abby Stanford. Könnte ich Ihnen beim Reifenwechsel nicht zusehen, damit ich weiß, wie das geht?"

Dagegen war eigentlich nichts einzuwenden, doch ihre Behauptung, nur „zusehen" zu wollen, erwies sich schnell als ebenso geschwindelt wie vorhin die, dass sie nicht weinte.

Weil sie alles ganz genau wissen und bei jedem Handgriff mit anfassen wollte, dauerte die Aktion keine fünf, sondern fünfzehn Minuten. Sie war wissbegierig wie ein Kind. Durchgefroren und mit einer siebenstündigen Autofahrt von Los Angeles hinter sich, hätte sie total erschöpft sein müssen. Doch die Lady gab einfach nicht auf.

Schließlich war der Reifen gewechselt und ihr Gepäck wieder in ihrem Wagen verstaut. „Sehr weit sollten Sie mit diesem Ersatzreifen nicht fahren. Ich weiß ja nicht, wohin Sie wollen ..."

„Zur Silver Valley Road – die liegt auf einer der kleinen Inseln von South Lake Tahoe. Ich habe dort eine Wohnung gemietet."

„Ja, ich kenne die Straße. Sie ist nur etwa eine Viertelstunde von hier entfernt. Ihr Ersatzreifen schafft das sicher, aber da es für mich kein großer Umweg ist, würde ich Sie gern dorthin begleiten. Ich kann Ihnen auch eine Werkstatt nennen, in der Sie morgen einen neuen Reifen bekommen."

„Danke, das ist nett, aber zu begleiten brauchen Sie mich nicht ..."

Doch. Hauptsächlich um seiner selbst willen. Er hatte morgen einen harten Arbeitstag vor sich und brauchte seinen Schlaf. Und er würde nicht schlafen – nicht gut –, wenn er sich um sie sorgen würde.

Wenig später hielten sie vor einer exklusiven Wohnanlage. Aber nirgends brannte Licht, und es war absolut still ringsum.

Gar ließ den Motor seines Cherokees laufen und wollte Abby helfen, ihr Gepäck ins Haus zu tragen. Wie erwartet protestierte sie. „Sie haben schon so viel für mich getan, und das schaffe ich allein ..."

„Ich möchte mich nur vergewissern, dass in Ihrer Wohnung alles in Ordnung ist. Wissen Sie denn, ob die Heizung läuft und der Strom angestellt ist? Ob das Telefon funktioniert?"

Plötzlich lächelte sie. Zum ersten Mal. Aber selbst dieses kleine angedeutete Lächeln ging ihm durch und durch.

„Liebe Güte, ich muss ja wirklich den Eindruck auf Sie gemacht haben, eine komplette Niete zu sein. Zugegeben, diese Reifenpanne hat mich geschafft, aber Sie können mir glauben, eigentlich bin ich ganz schön hart im Nehmen. Ich bin Ihnen dankbar für Ihre Hilfe, aber Sie brauchen sich bestimmt keine Sorgen um mich zu machen. Nochmals vielen Dank, okay?"

Als Gar gleich darauf auf dem Nachhauseweg war, verdrängte er die Lady aus seinen Gedanken. Er hatte ihr geholfen, seine gute Tat des Tages geleistet. Er brauchte sich nicht weiter für sie verantwortlich zu fühlen.

Dennoch wollte ihm nicht aus dem Kopf, dass sie sich für robust hielt. Die Frau, die er am Straßenrand in Tränen aufgelöst gesehen hatte, war alles andere als hart ... und ihr kleines Lächeln hatte ausgesprochen sensibel gewirkt. Dieses Persönchen mit den weit aufgerissenen Augen wollte hart im Nehmen sein? Diese Behauptung wäre geradezu amüsant gewesen, wenn sie nicht so ... rätselhaft gewesen wäre.

Wie gut, dachte Gar, dass mich weder Abbys Geheimnisse noch ihre Lebensumstände etwas angehen. Sicher, Abby war eine interessante Frau. Aber im weisen Alter von sechsunddreißig erfasste er schnell, wenn eine Frau nur Ärger bedeuten würde.

Er bezweifelte sehr, dass er sie wiedersehen würde.

2. KAPITEL

*A*bby sah dem Cherokee nach, als er ihre Auffahrt verließ und im Dunkel der Winternacht verschwand. In der Geschäftswelt waren ihr nicht viele edle Ritter begegnet – kein einziger, ehrlich gesagt – doch Gar Cameron hatte unbedingt das Zeug dazu. Zerzaustes, dichtes schwarzes Haar. Strahlend blaue Augen. Die Statur eines Footballspielers. Eine tiefe, sanfte Stimme, bestens geeignet, um eine Frau zu beruhigen oder sie zu erregen – beides verlockende Vorstellungen.

Ja, er war hinreißend. Und erfolgreich noch dazu. Das hätte sie allein anhand seines Auftretens erraten, ohne das Logo an seinem Wagen gesehen zu haben. In seiner Welt stand Gar ganz oben.

Grund genug, den Mann aus ihren Gedanken zu verbannen.

Sie machte Licht. Diese Wohnung würde in den nächsten zwei Monaten ihr Zuhause sein. Normalerweise hätte es ihr großen Spaß gemacht, ihre neue Umgebung zu erkunden. Doch das war, bevor sie gefeuert worden war. Bevor das Wort „Versagerin" zu einem bedrohlichen, listigen kleinen Drachen geworden war, der sie immer dann überfiel, wenn sie allein war.

Wie gut, dass sie ein schnurloses Telefon entdeckte. Sie wählte die Nummer ihrer jüngsten Schwester in Vermont. Dort war es zwar erst fünf Uhr morgens, doch Paige war wegen des Babys meistens schon früh auf. Zudem würde Paige sich sorgen, wenn sie sich nicht gleich meldete. Denn ihre beiden Schwestern wussten, dass sie die ganze Strecke von Los Angeles nach Tahoe allein gefahren war.

Nach zweimaligem Klingeln wurde abgehoben. „Ich bin gut angekommen", meldete sich Abby mit ihrer fröhlichsten Stimme. „Die schwarz-weiße Kamee, die du mir zum Geburtstag geschickt hast, ist unglaublich schön – du hast wirklich Talent, Schwesterherz. Und falls ich dich eben geweckt haben sollte, tut es mir schrecklich leid."

Paige lachte auf. „Freut mich, dass dir die Kamee gefällt, und natürlich hast du mich nicht geweckt. Deine neue Nichte frühstückt gern bei Tagesanbruch. Ich stille Laurel gerade. Du hast die lange Fahrt also gut überstanden?"

„Bestens. Ich habe nur etwas länger gebraucht, weil ich von ein bisschen Schnee aufgehalten worden bin."

„Wie ist denn die Wohnung?"

„Etwa so, wie ich sie mir vorgestellt habe. Ich mache gerade einen

Rundgang. Sie gehört einem Piloten, der sie während der Skisaison vermietet …" Den Hörer ans Ohr geklemmt, beschrieb Abby Paige, wie die Wohnung ausgestattet war.

„… und auch in der Küche steht ein Fernseher. Sehr schöne Einrichtung, riesiger Gefrierschrank, in dem glatt eine ganze Kuh Platz hätte, schwarzer Glastisch. Mein Vermieter scheint gern Partys zu feiern, denn er hat mehr Weingläser als Geschirr …"

„Gibt es ein Obergeschoss?"

„Ja." Abby hatte inzwischen zwei Koffer die Treppe hinaufgetragen. Nachdem sie Licht gemacht hatte, berichtete sie Paige weiter. „Ein Wahnsinnsbad mit viereckigem Whirlpool in Lapislazuliblau, Telefon, Stereoanlage … Das nächste Mal rufe ich dich bestimmt aus diesem Bad an. Wenn ich erst mal in diesem Pool sitze, will ich womöglich nie wieder heraus, lasse mir einfach ein chinesisches Menü anliefern und …"

„Ja, ja, was sonst noch?"

„Zwei Zimmer. Das eine ist abgeschlossen – hier verwahrt der Pilot offenbar seine persönlichen Dinge, wenn er vermietet. Das andere … wow!"

„Was ist?"

Abby hätte beinah das Telefon fallen lassen, als sie im zweiten Zimmer Licht machte. „Das große Schlafzimmer ist die reinste Verführerhöhle. Polsterbett, eine Wand verspiegelt, königsblauer Teppichboden, blaue Satinbettwäsche, Bettüberwurf aus Fellimitat. Umwerfend. Wirklich luxuriös. Es dürfte schwierig werden, hier zu schlafen und von Bambi zu träumen. Es gibt auch einen fantastischen begehbaren Kleiderschrank …"

„Abby?"

„Ja?"

„Du lachst und redest ganz normal", sagte Paige behutsam. „Trotzdem, ist alles in Ordnung mit dir?"

Abby trug gerade ihren letzten Koffer die Treppe hinauf. „Natürlich bin ich in Ordnung. Alles ist bestens."

„Und Katzen fliegen. Warum erzählst du mir nicht, was aus der Beförderung geworden ist?"

Verflixt, schimpfte Abby im Stillen. Sie hielt sich für eine gute Lügnerin. Geschickt. Kreativ. Aber eine ihrer Schwestern zu täuschen, war schwieriger, als ein Sumpfgebiet in Montana zu verkaufen. „Ich habe es dir doch schon erzählt. Ich bin nicht befördert worden", antwortete sie leichthin.

„Ja, schon. Zu Weihnachten warst du wegen der bevorstehenden Beförderung noch ganz aus dem Häuschen. Aber kaum bist du zurück in L. A., da fährst du für zwei Monate nach Tahoe. Und da soll ich dir glauben, dass alles okay ist?"

In Windeseile begann Abby, ihre Koffer auszupacken. „Doch, alles ist okay. Ich brauche nur einen längeren Urlaub …"

„So, so. Entweder sagst du mir jetzt, was los ist, oder ich schicke dir Gwen auf den Hals."

„Ehrlich, das Ganze war nicht mehr als eine Enttäuschung. Als der Leiter der Agentur in den Ruhestand ging, bewarb ich mich um den Posten. Ja, ich dachte, ich hätte ihn mir verdient. Mit einem Ergebnis von zwanzig Millionen war ich im letzten Jahr erfolgreicher als alle Kollegen. Gegen mich sprach lediglich, dass ich jung bin und eine Frau. In der Werbebranche sind jedoch die meisten jung und …"

„Den Job bekam demnach ein Mann?"

„Ja. Einer von außen. Frisches Blut. Das ist durchaus üblich. Und neue Besen kehren bekanntlich nicht nur gut, sie kehren oft auch die alte Spreu aus – besonders, wenn die alte Spreu direkt mit ihnen konkurriert. So etwas kommt im Berufsleben eben vor. Und es ist ja nicht so, dass ich Schwierigkeiten hätte, einen anderen Job zu bekommen. Ich hatte bereits vier Angebote, noch ehe ich meinen Schreibtisch geräumt hatte …"

„Das bezweifle ich nicht, Schwesterherz."

„Ich dachte mir, eine Pause zwischen den Jobs wäre eine gute Idee. Schließlich habe ich seit Jahren nicht mehr richtig Urlaub gemacht. Und Tahoe ist wunderbar. Und ich habe eine Menge Geld gespart. Warum also soll ich mir diese Atempause nicht gönnen?"

Paige blieb skeptisch, drängte ihre Schwester jedoch nicht weiter. In ein paar Tagen wollte sie sich wieder melden.

Nach dem Telefonat fühlte sich Abby in der fremden Wohnung plötzlich einsam.

Gefeuert … Versagerin. Wieder quälten sie diese Worte.

In Windeseile packte sie ihre Koffer aus. Als Letztes nahm sie Paiges Geburtstagsgeschenk heraus.

Sie ließ sich aufs Bett fallen und öffnete die Schachtel. Paige, eine talentierte Kameenschneiderin, hatte ihr eine ovale Kamee aus Onyx und Perlmutt gemacht. Das perlweiße Profil einer Frau wirkte vor dem schwarzen Hintergrund aus Onyx besonders schön. Abby stellte die Miniatur auf den Nachttisch und betrachtete sie eingehend.

Wie gut ihre jüngste Schwester sie doch kannte! Ihr ganzes Leben lang hatte Abby dazu geneigt, alles in Schwarz und Weiß zu sehen. Sehr ehrgeizig, wie sie war, gab sie immer zweihundert Prozent von sich. Sie war Perfektionistin, erfolgsorientiert und kompetent.

Versagen passte nicht in dieses Bild. Bisher hatte sie nie versagt.

Doch nun war es passiert. Und es kam ihr vor, als sei ihr plötzlich der Boden unter den Füßen weggezogen worden.

Unzählige Male hatte sie sich gesagt, dass sie doch nur einen Job verloren hatte. Aber ihr ganzes Leben war von ihrer Karriere bestimmt worden. Sie hatte das „richtige" Apartment und in ihrem Schrank das „richtige Outfit". Ihre Wohnung war im „richtigen" Stil eingerichtet, wie es für eine aufstrebende Karrierefrau eben angezeigt war. Alles war auf ihren beruflichen Erfolg zugeschnitten, und da ihr der nun versagt geblieben war, hatte alles auf einmal keine Bedeutung mehr.

Immer wieder quälte sie der Gedanke, dass sie sich etwas vorgemacht hatte. Der Erfolg war ihr derart wichtig gewesen, dass sie ihm ihr ganzes Privatleben geopfert hatte. Sie wurde das Gefühl nicht los, gründlich versagt zu haben – als Mensch und als Frau.

Abby seufzte auf und begann, sich auszuziehen. Doch kaum lag sie kurz darauf in dem riesigen Bett, da musste sie unversehens an Gar Cameron denken.

Aber statt sich auszumalen, wie er sie in ihrem eiskalten Bett wärmte, erinnerte sie sich daran, wie sie sich zum Narren gemacht und vor einem Fremden geweint hatte. Und dass sie nicht einmal mit etwas so Einfachem wie einer Reifenpanne fertigwurde, war ein schmerzliches Beispiel dafür, was alles in ihrem Leben schieflief.

Und genau deshalb verkroch sie sich in Tahoe. Sie brauchte Zeit für einen Neuanfang.

Entschlossenheit und ein eiserner Wille waren von jeher ihre Stärken gewesen. Gleich am nächsten Morgen würde sie damit anfangen, ihr Leben umzukrempeln. Sie würde sich total ändern – eine Wendung um hundertachtzig Grad machen.

Wenn sie lernen konnte, eine Werbeagentur zum Erfolg zu führen, dann konnte sie auch lernen auszuspannen. Ab dem kommenden Morgen würde sie sich in eine unbekümmerte, unerbittliche Faulenzerin verwandeln. Komme, was da wolle.

Stirnrunzelnd stieg Gar aus seinem Cherokee. Es war ein strahlender Winternachmittag, und auf den Skipisten hinter seinem Hotel herrschte

Hochbetrieb. Auch er hätte den Neuschnee genossen – wenn er nicht dauernd an eine gewisse Blondine hätte denken müssen.

Unter einer dicken Schneehaube stand ihr Lexus noch immer an der gleichen Stelle. Auf dem Weg zur Haustür sagte sich Gar, dass er einen guten Grund für eine Stippvisite hatte. Er kannte Abby Stanfords Telefonnummer nicht, hatte aber versprochen, ihr eine Werkstatt zu nennen, in der sie günstig einen neuen Reifen bekam.

Eine lahme Ausrede. Aber dass er jetzt hier war, war ganz allein ihre Schuld. Es hatte nichts mit ihren faszinierenden Augen oder seiner frustrierten Stimmung zu tun. Die halbe Nacht war ihm gegenwärtig gewesen, wie heftig sie am Straßenrand geweint und wie zerbrechlich sie gewirkt hatte. Und er fand es nicht richtig, dass er sie vor ihrer dunklen, kalten Wohnung abgesetzt hatte, ohne zu wissen, ob alles in Ordnung war und es ihr gut ging.

Er klopfte. Ja, er wollte sich lediglich vergewissern, ob sie okay war. Wenn seine Ausrede mit der Werkstatt albern klang, was machte das schon? Er würde in null Komma nichts wieder verschwunden sein …

Doch dann flog die Tür auf, und sie stand vor ihm, barfuß, in Jeans und einem weiten kirschroten Sweatshirt. In einer Hand hielt sie einen Holzlöffel, in der anderen einen Topflappen. Ihr Haar, das im Dunkeln wie feuchtes Gold geleuchtet hatte, wirkte bei Tageslicht mehr wie Aschblond. Es glänzte seidig und reichte ihr als Pagenkopf knapp bis auf die Schultern.

„Mr Cameron …" Überrascht riss sie ihre schönen dunklen Augen auf.

„Gar", verbesserte er sie und brachte dann schnell sein Anliegen vor.

„Nett von Ihnen, wegen der Werkstatt vorbeizukommen. Diese Mühe hätten Sie sich aber wirklich nicht machen müssen … Oh je!" Von irgendwoher ertönte das Klingeln einer Eieruhr. „Tut mir leid, ich bin mitten im Plätzchenbacken. Hätten Sie Appetit auf ein Schokoladenplätzchen?"

„Wenn Sie mir eins anbieten, würde ich es nicht ablehnen."

„Tja dann … kommen Sie herein."

Er hätte nicht sagen können, ob sie ihn nur hineinbat, weil sie zum Backofen wollte, ehe ihre Kekse verbrannten. Und erst recht nicht, warum er eintrat. Er hatte ja bereits festgestellt, dass sie okay war. Sie wirkte nicht nur ausgeruht, sie schien mehr Energie zu haben als ein Tornado. Barfuß und in ihren engen Jeans sah sie aus wie zehn, doch als Mann erfasste er auf einen Blick, dass sie keinen BH trug. Zudem stieg ihm ein Hauch ihres betörenden Parfüms in die Nase.

Kein Zweifel, sie war eine erwachsene, sinnliche Frau.

An der Küchentür blieb Gar stehen. Eigentlich wollte er nur schnell den Namen der Werkstatt aufschreiben und dann wieder gehen. Doch der Zustand der Küche lenkte ihn vollkommen ab.

„Ich backe nicht allzu oft", gestand Abby lächelnd.

„Im Ernst?" Irgendwann einmal musste die Küche tadellos ausgesehen haben – Holzschränke mit bleigefassten Glasscheiben, ein schicker Herd und ein Gefrierschrank mit zwei Türen, ein in U-Form angeordneter Tresen, ein teurer Kronleuchter über einem schwarzen Glastisch. Der Leuchter sah immer noch tipptopp aus, sonst jedoch nichts.

Mindestens fünf verschieden große Schüsseln waren mit Teig gefüllt. Ein paar Dutzend Plätzchen kühlten auf Backblechen auf den Arbeitsflächen aus. Schränke und Schubladen standen offen. Praktisch jede Oberfläche war mit Mehl und Teigspritzern verziert. Beim Plätzchenbacken schien sie aufs Ganze zu gehen, und offenbar war sie noch längst nicht fertig.

„Backen Sie für eine ganze Armee?"

Wieder lächelte sie kurz. „Nein, eigentlich nicht. Wie es aussieht, werden es wohl ein paar Plätzchen mehr, als ich ursprünglich vorhatte. Daran ist meine Schwester schuld."

„Ihre Schwester?"

„Ja. Ich habe das Rezept von Gwen und hätte wissen müssen, dass ihre Mengen immer für die ganze Nachbarschaft reichen. Sie lebt in St. Augustine, Florida." Flink wie ein Wiesel sauste Abby durch die Küche, nahm ein weiteres Blech aus dem Backofen und rührte im nächsten Moment wieder in einer Teigschüssel. „Und dann habe ich noch eine zweite Schwester, Paige, sie ist die jüngste von uns dreien. Sie lebt in Vermont, der Heimat unserer Familie. Ich selbst wohne seit über sieben Jahren in L. A. Solchen Schnee wie hier habe ich also seit Langem nicht erlebt. Auf meinem Morgenspaziergang entdeckte ich einen kleinen Laden an der Ecke, musste also nicht mal den Wagen nehmen, um die Zutaten für die Plätzchen zu besorgen ..."

„Demnach backen Sie gern?"

„Oh ja." Schnell senkte sie den Blick. „Es ist genau die richtige Beschäftigung zum Entspannen."

„Entspannen ..."

„Genau. Ich war mal ein richtiger Workaholic. Das ist vorbei. Heutzutage bin ich so locker, dass ich …"

Fasziniert fragte sich Gar, worauf sie mit dieser faustdicken Lüge hinauswollte, doch sie brach mitten im Satz ab. Kein Wunder. Behände schob sie ein neues Blech in den Ofen und nahm in der nächsten Sekunde ausgekühlte Kekse von einem anderen. Dann rührte sie wieder. „Himmel, was erzähle ich Ihnen da alles! Dort drüben steht Kaffee. Und nehmen Sie sich doch endlich einen Keks."

Er nahm drei. Sie würde sie nicht vermissen. Und dann zog er seine Jacke aus und krempelte die Ärmel auf. „Sieht so aus, als könnten Sie ein wenig Hilfe gebrauchen."

„Sie backen gern Plätzchen?"

Er hatte eher ans Aufräumen der Küche gedacht. Zunächst jedoch gab er ihr Namen und Adresse der Werkstatt.

Genüsslich biss er in einen der Kekse. Fahr nach Hause, warnte ihn eindringlich sein männlicher Instinkt. Diese Frau ist nicht ganz richtig im Kopf, schokoladenbraune Augen hin oder her. Und sie beobachtete ihn mit diesem bestimmten wissenden, verschmitzten Grinsen.

Ehe er wusste, wie ihm geschah, war er mitten im Plätzchen backen mit ihr. Immer wenn sie sich beim Hantieren versehentlich anstießen, merkte er, dass sie sich seiner voll bewusst war. Die Backofentemperatur war nicht der einzige Grund für die Hitze in der Küche.

„Sie sagten, Sie haben ein Skihotel?", fragte sie.

„Ja. Auf der zu Nevada gehörenden Seeseite."

„Dann fahren Sie wohl gern Ski? Haben Sie das Hotel schon lange?"

„Als ich es vor etwa fünf Jahren übernahm, hatte ich keine Ahnung vom Skilaufen. An das Hotel bin ich eher zufällig gekommen, es war Teil einer geschäftlichen Transaktion, eine Firma war überschuldet, und das Hotel gehörte zur Konkursmasse. Ich lebe jedoch erst seit ein paar Jahren ganz hier."

„Hatten Sie einen besonderen Grund für diesen Entschluss?"

„Ja. Eine Scheidung. Und das dringende Bedürfnis, einen neuen Kurs einzuschlagen."

„Das kann ich Ihnen nachempfinden. Nicht die Scheidung – ich war nie verheiratet. Aber das Bedürfnis anzuhalten und sozusagen noch mal auf die Karte zu sehen. Anfang zwanzig wusste ich genau, was ich wollte. Und tat es auch. Aber ich geriet derart in Fahrt, dass ich nichts mehr von der Landschaft sah, immer wieder falsch abbog, nicht merkte, dass ich ein Ziel ansteuerte, zu dem ich gar nicht wollte."

„Ja, genau." Er erwartete nicht, dass sie ihn verstand. Dazu war ihre Unterhaltung bisher viel zu unpersönlich gewesen. Doch in ihren Augen erschien für einen Moment wieder dieser beunruhigte, gehetzte Ausdruck. Und dann eilte sie noch geschäftiger durch die Küche als bisher.

Irgendwann sah Gar auf die Uhr. „Es kann unmöglich schon vier sein. Ich fasse es nicht, dass ich den ganzen Nachmittag hier war – und Sie mich nicht längst hinausgeworfen haben."

Sie wollte ihn jedoch nicht gehen lassen, ohne ihm schnell eine Riesenportion Schokoplätzchen einzupacken.

„Ein paar könnten Sie auch für sich selbst behalten", meinte er trocken.

„Ich schulde Ihnen mehr als ein paar Kekse für Ihre Hilfe letzte Nacht. Zudem sind Sie derjenige, der leidenschaftlich gern welche isst. Ich mag Schokokekse überhaupt nicht."

Er hatte gerade seine Jacke anzogen und hielt abrupt inne. „Sie mögen keine Schokokekse? Sie haben diese Unmengen von Plätzchen gebacken, obwohl Sie nicht mal …"

„Ich weiß, ich weiß. Es ist verrückt. Aber genau das war meine Absicht. Ich wollte mal einen ganzen Nachmittag mit etwas völlig Sinnlosem, Unnützem zubringen, einfach so aus Spaß." Sie seufzte. „Ich erwarte nicht, dass Sie das verstehen. Ich wollte einfach etwas zur Entspannung tun."

In den letzten Stunden hatte er sie keine zwei Sekunden entspannen sehen. Es war äußerst rätselhaft, dass sie sich offenbar für entspannt hielt. Aber egal was er verstand oder auch nicht – in diesem Moment stand sie direkt neben ihm. Und zwar ganz still.

Er hatte keinesfalls vorgehabt, sie zu küssen. Aber wusste der Himmel, er war einfach überwältigt, dass sie einmal für einen Moment innehielt.

Er hatte viel Spaß gehabt. Für ein paar Stunden hatte er all seine Probleme und Sorgen vergessen. Er wusste nicht, wie sie dieses Wunder bewirkt hatte, aber mit sechsunddreißig stieß er nicht auf sehr viele Wunder im Leben. Sie sah ihn an. Das fahle Licht der Nachmittagssonne hatte die eine Seite ihres Pagenkopfs in Kupfer und Gold getaucht. Sonnenlicht lag auch auf ihrer schmalen Nase, ihrer weichen Wange. Ihr kleiner kirschroter Mund verzog sich wieder zu diesem süßen, sinnlichen Lächeln, das ihn schon den ganzen Nachmittag gereizt hatte.

Und er konnte nicht widerstehen.

3. KAPITEL

*W*eil Gar die Hand nach ihr ausstreckte, erfasste Abby instinktiv, dass er sich ihr nähern wollte. Sie hatte nie ein Problem damit gehabt, einen Annäherungsversuch abzuwehren. Denn das war immer noch besser, als hinterher zu versuchen, wieder festen Boden unter die Füße zu bekommen.

Eben hatte Gar seine Jacke angezogen, um aufzubrechen. Doch offenbar hatte er aus einem Impuls heraus seine Meinung geändert. Ihm auszuweichen, hätte ihr ein Leichtes sein sollen. Zeit genug dazu hatte sie.

Aber er war ihr derart nah, dass sie sich auf einmal wie betäubt fühlte von dem herben Geruch nach Leder und Alpaka-Wolle und von Gars ureigenem verführerischen Duft. Sie spürte, wie er ihr eine Hand in den Nacken legte, ihr Gesicht zu sich emporhob. Sie sah seine graublauen Augen, sah sein plötzliches Stirnrunzeln – und hatte allen Grund zur Beunruhigung, als sein Mund näher kam.

Sie lächelte und wollte einen Scherz machen, um diesen Unsinn abzublocken. Aber dann berührten seine Lippen sanft wie ein Frühlingshauch ihren Mund. Gar schmeckte nach Schokolade, natürlich, aber noch viel intensiver, verlockender. Und auf einmal flatterte ihr Herz wie ein aufgeregter Schmetterling.

Insgeheim hatte Abby sich immer als nicht feminin, nicht sexy und nicht begehrenswert eingestuft. Da Männer oft mit ihr zu flirten versuchten, hatte sie nie daran gezweifelt, dass sie ganz attraktiv war. Doch ihr haftete der Makel des beruflichen Erfolgs an. Alle Emanzipation hatte nichts daran geändert, was die Leute wirklich empfanden. Männern wurde Respekt entgegengebracht, wenn sie Karriere machten. Frauen nicht. Ehrgeiz war etwas für Männer, und es galt als irgendwie verdächtig und unweiblich, wenn eine Frau ihn an den Tag legte.

Sie selbst hegte dieses Vorurteil auch. Und es kam immer dann zum Vorschein, wenn sie einmal einen Mann näher an sich heranließ. Aber mit Gar lief alles anders.

Zunächst bewegte er den Mund federleicht über ihren, ehe er begann, ihn gründlich zu erforschen. Sehr gründlich. Ganz so, als habe er nichts Wichtigeres zu tun, als sie genüsslich zu küssen.

Es war erstaunlich leicht. Sie brauchte Gar nur die Arme um den Hals zu schlingen, seinen betörenden maskulinen Duft einzuatmen und einfach nur zu genießen.

Sie fühlte sich jung, wie seit Langem nicht mehr. Und frei. Er hob den Kopf und sah ihr tief in die Augen. Dann fuhr er zärtlich mit dem Daumen über ihre Wange, ehe er ihr eine weitere Kostprobe des prickelnden Wahnsinns gab. Seine Lippen waren überraschend weich, warm und glatt.

Sie kannte ihn nicht, und sie hatte sich noch nie zu etwas drängen lassen, aber er versetzte sie in eine nicht zu beschreibende Hochstimmung, und das war lächerlich. Einfach unmöglich. Sie musste seinen Kuss erwidern, damit sie begriff, woher diese Magie und dieses Wahnsinnsgefühl kamen.

Also tat sie es. Mit dem Ergebnis, dass die Magie und das Wahnsinnsgefühl noch viel stärker wurden. Gar liebkoste ihre Zunge, eroberte mit ungezügelter Begierde ihren Mund, ließ die Hände dabei rastlos über ihren Rücken wandern.

Als Gar den Kopf hob, fühlte sie sich seltsam benommen.

„Abby?"

Der verflixte Mann. Seine Augen blitzten übermütig, ganz so, als amüsiere er sich köstlich. „Was ist?"

„Die Eieruhr klingelt schon seit ein, zwei Minuten." Dabei spielte er mit einer ihrer Haarsträhnen, als interessiere ihn das Geklingel überhaupt nicht.

Die letzten Plätzchen, zu retten war ein guter Grund, sich aus Gars Umarmung zu befreien.

„Abby, ich muss jetzt wirklich los, obwohl ich momentan nicht ganz bei Verstand bin. Am liebsten würde ich mich für eine Weile in den Schnee legen", murmelte er.

Sie warf ihm einen scharfen Blick zu.

„Wir reden doch noch miteinander?", fragte er neckend.

„Nein."

Ihr ärgerliches Nein schien ihn nur erneut zu amüsieren. „Tja, ich wurde mich ja entschuldigen, wenn es mir leid täte. Diese verrückte Plätzchenbackerei mit dir hat mich irgendwie in Hochstimmung gebracht – und das war der beste Kuss seit zehn Jahren." Er rieb sich das Kinn. „Vielleicht sogar langer. Ehrlich gesagt, spure ich die Auswirkungen noch immer. Wenn wir vielleicht noch einen …"

Mit seiner Neckerei bezweckte er natürlich, dass sie sich beruhigte, und es funktionierte. Doch Abby wollte sich nicht bezirzen lassen und drückte ihm die Schale mit den Plätzchen in die Hand. „Verschwinden Sie, Gar Cameron. Tun Sie mir den Gefallen und vergessen Sie, dass Sie mich getroffen haben, okay?"

„Ich bin mir ganz sicher, dass das nicht passieren wird."

„Das muss es aber. Ich weiß nicht, wie ich mich je von diesem Fiasko erholen soll. Erst mache ich auf Sie den Eindruck einer dummen Blondine, als Sie mich am Straßenrand auflesen … dann bekomme ich die Chance, den ersten Eindruck zu korrigieren, und nun denken Sie bestimmt von mir, dass ich mich Männern an den Hals werfe, die ich kaum kenne. Das Ganze führt zu nichts. Gehen Sie nach Hause. Auch wenn Sie mir sicher nicht glauben, normalerweise bin ich nicht derart bescheuert …"

„Du bist nicht bescheuert."

„Doch. Im Umgang mit Ihnen." Sie brachte ihn zur Tür. „Adieu, alles Gute, danke für all Ihre Hilfe, und wenn das Schicksal es gut meint, werden wir uns nie wiedersehen."

„Abby." Er akzeptierte, dass sie hartnäckig beim Sie blieb und ihn praktisch hinauswarf. Doch seine Augen funkelten, als schwele dort ein unergründliches Feuer. „Wir werden uns wiedersehen", sagte er leise, und es klang so überzeugt, dass Abby instinktiv die Tür hinter Gar abschloss.

Ihr ganzer Körper schien zu glühen, ihr Herz raste, sie war vollkommen durcheinander. Natürlich gab es eine Erklärung dafür, warum Gar sie so aus dem Konzept brachte. Sie war den Umgang mit Männern zwar gewöhnt, verstand es jedoch bestens, jede Intimität zu vermeiden. Was nicht hieß, dass Männer ihr nicht nachstellten.

Aber noch nie hatte sich ihr ein Mann derart spielerisch genähert. Ohne jeden Nebengedanken an einen beruflichen Vorteil. Ohne eine andere Motivation für einen Kuss als reines Vergnügen am erotischen Knistern zwischen ihnen.

Genervt eilte Abby in die Küche. Wenn sie einen Mann traf, mit dem sie eine Weile zusammen sein wollte, war das völlig in Ordnung. Aber nicht mit einem erfolgreichen Geschäftsmann, denn schließlich wollte sie sich ja gerade von der Welt des Big Business lösen. Ausgerechnet in dieser schwierigen Übergangzeit einem Meister im Erfolghaben über den Weg zu laufen streute Salz in ihre Wunden. In Gars Gegenwart erschien ihr ihr kürzliches Versagen nur umso beschämender.

Beim Anblick der durch das Plätzchenbacken in völlige Unordnung geratenen Küche stieg ihre Laune. Sie hatte es geschafft. Sie hatte einen ganzen Nachmittag mit einer nutzlosen Tätigkeit zugebracht. Ein Workaholic konnte also die Kunst des Entspannens erlernen. Das Chaos ringsum war der beste Beweis.

Nachdem die Küche geputzt war, beschloss Abby, mit einem Glas Wein und einem Buch in den Whirlpool zu steigen. Vielleicht würde ihr Gar bei einem ausgedehnten Bad endlich aus dem Kopf gehen, und sie würde ihre innige Umarmung ebenso vergessen wie die unglaublichen, berauschenden Gefühle, die er mit seinen verflixten Küssen in ihr ausgelöst hatte.

Es ärgerte sie, dass er sie dermaßen aus dem Gleichgewicht gebracht hatte. Dass sie sich in den paar Minuten in seinen Armen verloren hatte, was ihr doch eigentlich niemals hätte passieren dürfen. Abby war klar, dass ein Problem, dem man sich nicht stellte, einen unweigerlich verfolgte, und sie ahnte, dass diese Geschichte ihr keine Ruhe lassen würde. Auch wenn sich alles in ihr dagegen sträubte, sie würden sich wiedersehen.

Mit einem Becher Kaffee in der Hand trat Gar in seinem Büro ans Fenster ... und stellte den Becher abrupt beiseite.

Von seinem Büro im dritten Stock hatte er eine herrliche Aussicht auf die Skipisten und das sein Hotel umgebende Gelände.

Heute herrschte Hochbetrieb. Dennoch erregte nur eine einzelne Person auf einer der Pisten seine Aufmerksamkeit. Sie stand mit dem Rücken zu ihm, doch irgendwie kam sie ihm bekannt vor – die hellblaue Daunenjacke, die zierliche Figur, das schulterlange Haar, das leicht wie Gold in der Sonne glänzte. Es tummelten sich viele blonde Frauen da draußen, aber diese eine Frau hatte die Hände in die Hüften gestemmt, während sie sich die Abfahrt für Anfänger besah. Und genau diese herausfordernde Haltung ließ ihn an Abby denken.

Vor drei Tagen hatte er sie zuletzt gesehen, und seitdem ging sie ihm nicht mehr aus dem Sinn. Möglich, dass er sie aus einem Impuls heraus geküsst hatte. Doch es hatte nur ein flüchtiger Kuss sein sollen. Nie und nimmer hätte er damit gerechnet, dass die Umarmung einer Frau, die er kaum kannte, so schnell derart außer Kontrolle geraten würde.

Er riss den Blick von der Blondine los und ließ ihn mit geschäftlichem Interesse über die Skipisten wandern. Überall waren Skifahrer unterwegs, ganz so, wie es sein sollte. Der Skilift fuhr pausenlos, und um den Skilehrer auf dem Anfängerhügel scharten sich Skiläufer jeden Alters. Alles ganz normal für einen betriebsamen Freitagnachmittag.

Als er – natürlich rein zufällig – noch einmal zur Anfängerpiste hinübersah, war die hellblaue Jacke verschwunden. Er schüttelte den Kopf über seine eigene Dummheit. Warum sollte Abby ausgerechnet auf seiner Loipe auftauchen? Er dachte entschieden zu oft an sie.

„Gar?" Robbs bärtiges Gesicht erschien in der Tür. „Deine Exfrau ist auf Leitung eins. Soll ich sie abwimmeln?"

Robb war achtundzwanzig, hatte eine Statur wie ein Bär und einen schwarzen Vollbart und besaß, obwohl in einem Skihotel eher legere Kleidung angesagt war, eine Vorliebe für gestärkte Oberhemden. Gar war das egal. Denn Robb war der beste Sekretär, den er je gehabt hatte.

„Danke für das Angebot. Vielleicht brauche ich später einen Scotch, aber ich nehme den Anruf an."

Er trank einen Schluck Kaffee, um sich seelisch zu wappnen, und nahm dann ungeduldig den Telefonhörer auf.

„Ich möchte dich gern sehen, Gar", begrüßte ihn Janet mit honigsüßer Stimme.

Gar kannte diese Ouvertüre schon und war es leid. „Das ist keine gute Idee."

„Ich bin jetzt seit einem halben Jahr clean …"

„Das freut mich wirklich für dich. Aber wir haben darüber ja bereits gesprochen. Ich will dich nicht kränken, aber ich sehe einfach keinen Sinn in einem Treffen."

„Ich dachte, wir könnten Freunde sein. Es gab mal eine Zeit, da waren wir viel mehr als Freunde. Das kannst du doch nicht vergessen haben, Gar. Was wäre denn schon dabei, wenn wir zusammen ein Glas Wein trinken würden?"

„Nein, tut mir leid. Ich wünsche dir alles Gute, aber ich möchte mich nicht mit dir treffen."

Das Telefonat zu beenden, war nicht leicht. Und anschließend war er wie nach jedem Anruf seiner Exfrau nervöser als ein Tiger im Käfig.

„Ich mache unten meine Runde", sagte er zu Robb. „Piep mich an, wenn es was Wichtiges gibt."

Die Scheidung lag drei Jahre zurück, und der Kontakt war längst abgerissen, bis Janet plötzlich mit diesen Anrufen anfing. Sie immer wieder abzuweisen, gab ihm das Gefühl, herzlos zu sein, aber das Ganze musste aufhören. Bisher hatten alle Absagen leider nichts genützt.

Als Gar die Empfangshalle erreichte, sah er, dass Miss Simpson Dienst an der Rezeption hatte. Sie hieß mit Vornamen Bambi, mochte jedoch nicht so genannt werden. Ihr brünettes Haar hatte sie zu einer wilden Mähne frisiert, und sie trug gern knallenge Hosen. Doch sie war sehr tüchtig und wurde selbst mit den schwierigsten Gästen fertig.

Gar ging in die Küche. Dort führte Jennifer, seine gewichtige Köchin, ein lautstarkes Regiment. Alle Mitarbeiter wussten jedoch genau, dass Hunde, die bellen, nicht beißen. Und solange Gar regelmäßig nach dem Rechten sah, lief es in der Küche im Allgemeinen gut.

Weil es nirgends größere Probleme gab – und das war für einen Freitag durchaus nicht der Normalfall –, machte sich Gar wenig später auf den Rückweg in sein Büro. Unwillkürlich musste er an Janet und ihre frühere Drogensucht denken.

Er hätte nicht sagen können, wann genau Janet angefangen hatte, Kokain zu nehmen. Er hatte nichts gemerkt, weil er damals vor lauter Ehrgeiz achtzehn Stunden am Tag arbeitete. Wenn sie high war, zog es sie auch in andere Betten. Und das Geld hatte auf einmal Flügel bekommen.

Sie hatten auf großem Fuß gelebt – warum auch nicht, er schwamm ja in Geld –, und er hatte Janet jeden Wunsch erfüllt. Sie war jung und schön, und er war wahnsinnig in sie verliebt. Sie liebte Partys, und sie hatte gern Gäste.

Als er Verdacht schöpfte, was das für Partys waren, hatte er das Problem keineswegs verdrängt. Er liebte sie doch noch. Und sein Gewissen quälte ihn. Vielleicht war seine Arbeitswut ja schuld an ihrer Einsamkeit und daran, dass sie Kokain ausprobierte. Also ordnete er sein Leben neu, bemüht, alles wiedergutzumachen.

Aber das hatte Janet nicht vom Lügen abgehalten. Und im Endeffekt waren es ihre Lügen, die seine Gefühle für sie erkalten ließen. Trotzdem hätte er aus Verantwortung die Ehe aufrechterhalten. Ein Therapeut erklärte ihm jedoch, dass Janets Abhängigkeit von ihm sie zerstören würde. Er konnte sie nicht retten. Erst die Scheidung brachte sie zu der Einsicht, eine Therapie machen zu müssen.

Seine gescheiterte Ehe hatte ihn nachhaltig von übertriebenem Ehrgeiz kuriert. Damals verkaufte er seine anderen Geschäftsanteile und zog nach Tahoe. Es war harte Arbeit, das Skihotel zu leiten, doch er hatte gelernt, Arbeit und Freizeit im Gleichgewicht zu halten. Seine Erfahrung mit Janet hatte ihn skeptisch seinem eigenen Urteil gegenüber gemacht. Und er hatte Angst davor, eine Beziehung einzugehen, in der nicht von Anfang an absolute Ehrlichkeit herrschte.

Es war schon ironisch, wie Geld seinem Traum von einer ganz normalen Familie im Weg stand. Denn er hatte sich nie wirklich etwas daraus gemacht. Er konnte nichts dafür, dass alle Geschäfte, die er anpackte, ein Erfolg wurden. Es war die Herausforderung, etwas zu bewegen, die ihn lockte. Dass er dabei immer mehr Geld anhäufte, war ihm nicht wichtig.

Zurück in seinem Büro fiel sein Blick auf die Plätzchenschale, die Abby ihm mitgegeben hatte. Ihm war klar, dass er sie zurückbringen sollte.

Doch er wusste nicht recht, worauf er sich da einließ. Er hatte ihr gegenüber Geschäfte nur beiläufig erwähnt. Aber jedes Mal hatte er Abwehr und Misstrauen in ihrem Blick entdeckt. Vielleicht hatte sie etwas gegen Geld. Jedenfalls egal wie atemberaubend dieser Kuss war, egal wie faszinierend er die Lady fand … sie schwindelte. Angefangen damit, dass sie angeblich nicht weinte, während sie sich die Augen aus dem Kopf heulte. Oder auf entspannt und locker machte, während sie vor nervöser Energie nur so sprühte. Nein, es war wohl nicht besonders klug, sie wiederzusehen …

„Mr Cameron?"

Gar fuhr herum. Nur ganz neue Angestellte nannten ihn so, denn er legte keinen Wert auf diese förmliche Anrede. Doch Susie, eine Skilehrerin, die nun schon ein halbes Jahr bei ihm arbeitete, hielt aus unerfindlichen Gründen daran fest.

„Gibt es ein Problem?"

„Ja. Eine Lady, die gegen einen Baum gefahren ist und dabei das Bewusstsein verloren hat." Susie war sichtlich beunruhigt. „Sie hatte heute ihre erste Stunde und hätte nirgendwo sonst als auf dem Anfängerhügel sein sollen. Inzwischen ist sie wieder bei Bewusstsein, und wir haben sie ins Haus getragen. Nur, sie macht einen Riesenwirbel wegen eines Arztes."

Unfälle waren nun mal untrennbar mit dem Wintersport verbunden – und Prozesse auch. Daher hatte Gar angeordnet, dass alle Unfallopfer von einem Arzt untersucht wurden, ehe sie abreisten. „Heißt das, sie will einen Arzt sehen oder sie will keinen sehen?"

„Letzteres. Sie beteuert immer wieder, sie sei okay. Aber sie hat sich wirklich schlimm den Kopf gestoßen."

„Schön, ich werde mich darum kümmern. Wo ist sie?"

„Unten im Sanitätszimmer. Tut mir leid, Sie damit zu behelligen …"

„Dafür bin ich doch da."

„Auch wenn sie der Meinung ist, wir würden viel Wirbel um nichts machen, sollte John sie unbedingt auf eine Gehirnerschütterung hin untersuchen. Aber keiner von uns scheint sie davon überzeugen zu können."

Auf dem Weg zum Sanitätszimmer überlegte Gar, was ihn dort wohl erwartete. Susie hatte gelegentlich Probleme mit aufdringlichen Männern. Mit Frauen jedoch kam sie normalerweise klar. Demnach musste die betreffende Lady eine ziemliche Zicke sein.

Er war auf alles gefasst.

Nur nicht auf das, was er dann erlebte. Vier seiner Angestellten redeten in dem kleinen Raum alle gleichzeitig beruhigend auf jemanden ein. Er musste um die Gruppe herumgehen, um einen Blick auf die zierliche Person in hellblauer Jacke werfen zu können, die da auf der Trage lag.

Ihm fiel ein, wie er versucht hatte, Abby davon abzuhalten, bei Schneesturm einen Reifen zu wechseln. Kein Wunder, dass seine Mitarbeiter nichts erreichten. Abby überreden zu wollen, war etwa so, als wollte man einen störrischen Esel zum Weitergehen bewegen.

4. KAPITEL

*I*m Gegensatz zu seinen Mitarbeitern, die das Sanitätszimmer inzwischen verlassen hatten, versuchte Gar nicht erst, Abby am Aufstehen zu hindern.

„Ich scheine ein Pechvogel zu sein", meinte sie trocken. „Einen ersten und zweiten schlechten Eindruck auf Sie zu machen, hätte eigentlich gereicht. Gar, ich bin nicht verletzt. Mir geht's gut. Ich möchte einfach nur nach Hause, um dort vor Scham im Boden zu versinken."

Er trat näher. Sie spürte, dass er sie eingehend betrachtete, wagte jedoch nicht, ihm in die Augen zu sehen. Insgeheim befürchtete sie, dass ihr doch noch speiübel werden könnte. „Ihre Mitarbeiter sind die reinsten Tyrannen."

„Sie sind angehalten, mit Verletzten streng zu sein."

„Also, ich habe höchstens ein paar blaue Flecken. Und bestimmt keine Gehirnerschütterung. Und zu Ihrer Information, Ihr Baum ist auch unversehrt geblieben."

„Aha, demnach war es ein Baum, der diese golfballgroße Beule verursacht hat?"

„Autsch!"

„Tut mir leid." Das klang gar nicht bedauernd, und er hörte auch nicht auf, ihre Stirn zu betasten. „Also ich hätte schwören können, Sie am frühen Nachmittag auf dem Anfängerhügel gesehen zu haben."

„Da fing ich ja auch an", murrte Abby, froh darüber, dass Gar zum förmlichen Sie zurückgekehrt war. „Aber nach drei Stunden wurde es mir zu langweilig." Nach ihrem Eingeständnis, vorher noch nie Ski gelaufen zu sein, fuhr sie fort: „Normalerweise lerne ich schnell, und ich mag Tempo ..." Sie schluckte, als er sacht ihr Kinn anhob. Er betrachtete sie noch immer eingehend.

„Und da konnten Sie der Herausforderung nicht widerstehen, den steileren Hang auszuprobieren?"

„Nein, nein. An Herausforderungen liegt mir nichts. Sie wissen doch, ich bin eher der entspannte, lockere Typ ..."

„Ja, das haben Sie mir erzählt." Mit lässig verschränkten Armen lehnte Gar sich gegen die Tür. „Ich mache Ihnen einen Vorschlag. Ich werde Sie nicht auf die Unfallstation schleppen, wenn Sie John, unseren Arzt, wenigstens Ihre Beule untersuchen lassen ..."

„Himmel, das ist nicht nö ..."

„Und als Dank für diesen Gefallen bekommen Sie heute Nacht hier ein Zimmer. Im Penthouse. Mit Zimmerservice ...“

„Zum Donnerwetter, ich brauche nicht hierzubleiben!“

„Zum Donnerwetter, ich glaube nicht, dass Sie fahren können. Ihre Hände zittern. Sie sind kreidebleich. Und in Ihrer Wohnung wäre niemand, der Hilfe holen könnte, falls Sie welche brauchen.“

„Ich ...“

„Sie werden starke Kopfschmerzen bekommen, wenn Sie nicht schon welche haben. Wenn Sie hierblieben, bräuchten Sie nur zum Hörer zu greifen, und im Nu wäre jemand bei Ihnen. Das klingt doch ganz vernünftig, oder?“

„Ich ...“ Verflixt, er redete so schnell, dass sie ihm vor lauter Verwirrung innerlich schon zustimmte.

Doch dann grinste er plötzlich frech. „Falls Sie glauben, ich hätte gewisse Hintergedanken ... Tja, ich gebe zu, es wäre verlockend. Aber ich habe da eine eiserne Regel, die besagt, keine Frauen mit Beulen am Kopf zu verführen. Und diese Regel habe ich noch nie gebrochen. Vielleicht sollten Sie sich ein andermal vor mir in Acht nehmen, aber heute Nacht haben Sie garantiert nichts zu befürchten.“

„Mr Cameron, ich habe nichts dergleichen befürchtet.“

„Schön, dann wären wir uns also einig. John wird Sie oben in Ihrem Zimmer untersuchen, danach können Sie ein ausgedehntes Bad nehmen. Leider bin ich freitagabends immer sehr beschäftigt, aber ich könnte gegen acht schnell mit Ihnen essen – falls Sie das möchten.“

Abby hätte schwören können, dass sie dieses ganze Programm strikt abgelehnt hatte. Doch ehe sie sich versah, verließ sie, eine nagelneue Zahnbürste in der Hand, im Penthouse den Lift in Begleitung eines bärtigen Mannes in gestärktem Oberhemd, der sich ihr als Robb vorstellte.

Nachdem Robb sie in das geräumige Zimmer geführt hatte, wo sogar schon ein Feuer im Kamin brannte, erklärte er: „John, unser Arzt, wird gleich hier sein. Der Tee mit einem Snack, den Gar für Sie bestellt hat, sollte auch jeden Moment gebracht werden. Danach haben Sie erst einmal Ihre Ruhe. Im Bad liegt ein Bademantel bereit, Telefon gibt es dort auch. Die Speisekarte, falls Sie später etwas essen möchten ...“

Als er weg war, fuhr sich Abby mit der Hand durchs Haar.

Am Morgen war alles so einfach gewesen. Hierherzufahren. Ein Paar Skier auszuprobieren. Es wäre doch verrückt gewesen, im Winter nach Tahoe zu reisen und nicht Ski zu laufen. Sich darin zu versuchen, war Teil ihres Plans, sich entspannen zu lernen und sich komplett zu ändern. Und sie war bestimmt nicht zu Gars Skihotel gekommen, um Gar wiederzusehen. Falls sie ihn zufällig getroffen hätte – umso besser. Dann hätte sich dieses unglaubliche erotische Knistern, das sie vor drei Tagen bei seinem heißen Kuss gespürt hatte, ganz sicher als reine Einbildung entpuppt.

Aber sie hätte nie damit gerechnet, ihn nach einer peinlichen Kollision mit einem Baum wiederzusehen. Schlimm genug, dass ihr alles wehtat. Noch schlimmer war jedoch, dass sein Anblick auch diesmal ein wohliges Prickeln in ihr ausgelöst hatte. Und es knisterte nach wie vor heftig zwischen ihnen beiden.

Es machte sie nervös und beunruhigte sie. Sie hätte das Problem gern aus der Welt geschafft. Aber sie schien nicht recht zu wissen, was sie unternehmen sollte.

Als der Arzt erschien, um sie zu untersuchen, hatte ihre Grübelei erst einmal ein Ende. Anschließend wurden ihr Kamillentee und ein paar Cracker zur Beruhigung des Magens serviert. Und nach einem ausgiebigen Bad beschloss sie, sich für ein paar Minuten aufs Bett zu legen.

Zwei Stunden später wachte Abby auf. Einen Moment lang war sie desorientiert. Dann stand sie auf und zog sich wieder an.

Sie hatte noch Kopfschmerzen und fühlte sich zerschlagen, aber das Nickerchen hatte ihr gut getan. Sie verspürte Hunger, und während sie in ihrer Tasche nach ihrer Haarbürste suchte, beschloss sie, doch nach Hause zu fahren.

Auf einmal hörte sie jemanden an die Tür klopfen. „Zimmerservice."

Sie öffnete. Ihre überraschte Miene verriet Gar, dass Abby eigentlich den Etagenkellner erwartet hatte. Schnell schob er den Servierwagen ins Zimmer.

„Ich dachte mir, Sie müssten jetzt endlich etwas essen – genau wie ich. Freitagabend herrscht hier Hochbetrieb, und es passiert praktisch alles, was passieren kann. Man braucht schon viel Glück, um sein Dinner ohne Unterbrechung zu beenden ..."

Während er redete, betrachtete Gar Abby aufmerksam. Ihre Wangen waren wieder rosig, ihre Augen strahlten wieder. Barfuß und mit zerzaustem Haar sah sie aus, als sei sie gerade aus dem Bett gekommen – eine verlockende Vorstellung –, aber Gar nahm sich zusammen.

„Schön, dass Sie sich wieder besser fühlen. Auch wenn Sie bestimmt viele blaue Flecken haben."

„Frauen, die sich mit Bäumen anlegen, bekommen, was sie verdienen." Ihre anfängliche Unsicherheit und Nervosität verflogen schnell, als ihr Blick auf die Servierschüsseln fiel. „Was haben Sie denn Leckeres zu essen mitgebracht?"

„Hühnersuppe für Sie. Und ein saftiges Steak für mich."

„Ich bekomme nur Suppe? Kein Steak?"

Schmunzelnd begann Gar, den Couchtisch zu decken. „Tut mir leid, meine Liebe, aber John hat leichte Kost verordnet. Für den Fall, dass Ihr Magen nichts Schwereres verträgt."

„Mein Magen verlangt nach einem halben Pferd." Ohne zu zögern, machte sie es sich auf der Couch bequem.

„John verbot ganz besonders Pferde." Er setzte sich dicht neben sie – einfach, weil er sie so besser bedienen konnte. „Er hat noch mehr angeordnet. Ich soll Sie füttern, damit Sie sich nicht anstrengen. Ich soll sogar Ihr Brötchen buttern, Ihre Milch einschenken …"

„Milch?"

„Ja, was anderes bekommen Sie nicht. Wenn Sie größer werden, gestatten wir Ihnen vielleicht ein Glas Wein oder einen Kaffee. Aber John sagte …"

„Ich habe mich zwanzig Minuten mit Ihrem Arzt unterhalten, Gar Cameron. Er ist sehr nett und hat bestimmt keinen solchen Unsinn angeordnet. Das ist ganz allein Ihre Erfindung."

Natürlich war das so. Doch während er mit ihr scherzte, hatte sie sich sichtlich entspannt. Und das war gut so, denn mit diesem Dinner bezweckte er einiges. Seinem Verlangen nachzugeben und Abby Stanford zu verführen, war nicht alles. Seit Jahren hatte er nicht mehr derart heftig auf eine Frau reagiert. Ihm gefiel diese erotische Spannung so sehr, dass es ihm fast unheimlich war.

Es war jedoch nicht seine Art, sich Hals über Kopf in eine Affäre zu stürzen. Abby hatte ihn beschwindelt. Seit Janet machte ihn jede Frau, die es mit der Wahrheit nicht so genau nahm, nervös. Zeit mit Abby zu verbringen, war die einzige Möglichkeit herauszufinden, ob sie ernsthaft ehrlich miteinander sein könnten. Ehe er dieses unwiderstehliche Knistern weiter zuließ, musste er ergründen, wer sie wirklich war.

„He, Sie sollen doch nichts Schweres essen", ermahnte er sie, als sie noch einen Bissen von seinem Teller stibitzte.

„Die Suppe schmeckt wunderbar, aber ich brauche etwas Herzhaftes, um wieder zu Kräften zu kommen … Was ist denn in der Thermoskanne?"

„Starker Kaffee. Nein", wehrte er ab, als ihre Augen begehrlich aufblitzten. „Koffein würde Ihre Kopfschmerzen nur verstärken. Wirklich."

„Nicht einen Schluck? Ehrlich, meinem Kopf geht es viel besser.
Und ist unter diesen Hauben da Nachtisch?" Ohne eine Antwort abzuwarten, sah sie nach. Unter einer Haube fand sie einen kleinen Va-
nillepudding. Unter seiner einen großen Schokoeisbecher.

„Das ist nichts für Sie."

„Aber, aber. Sind wir nicht ein bisschen geizig mit unserer Schokolade, hm?" Sie sah ihn mit großen Augen unschuldig an, während sie
nach dem Eisbecher griff. „Ehrlich, ich möchte doch nur mal kosten.
Sie werden den einen Löffel gar nicht vermissen."

„Einen Löffel? Sie verputzen mein ganzes Eis."

„Mit Ihren offenbar guten Beziehungen zur Küche könnten Sie sich
vierzig Eisbecher bestellen, wenn Sie wollten."

„Darum geht es doch gar nicht."

„Worum denn dann?"

Weil sie mit der Zunge gerade genüsslich den Löffel ableckte, hätte
Gar beinah vergessen, wie er hieß und wovon sie gerade sprachen. „Ich
dachte, Sie wären eine nette, anständige Frau. Stattdessen zeigen Sie mir
nun Ihr wahres Gesicht. Egoistisch sind Sie. Gierig. Rücksichtslos."

„Sie glauben gar nicht, wie sehr mich das trifft", beteuerte sie. „Aber
ich sagte Ihnen ja von Anfang an, dass ich einen faulen, dekadenten
Lebensstil pflege. Also bitte keine Beschwerden. Haben Sie vielleicht
noch mehr Leckereien versteckt?"

Als sie sich zu ihm herüberbeugte, um unter seine Servierhauben
zu sehen, nahm Gar den Duft von Pfirsichshampoo und Zitronenseife
wahr ... und ihren ureigenen Duft. Sofort erfasste ihn eine tiefe Erregung. Nur zu gern hätte er seine körperliche Reaktion auf eine gewisse
sexuelle Frustration geschoben. Doch frustriert war er schon häufiger
gewesen, und er hatte es überlebt. Nein, die heftige Lustattacke, die sie
bei ihm auslöste, hatte ganz andere Ursachen.

Es war einfach unmöglich, sich so gut mit einer Frau zu amüsieren,
die er kaum kannte. Sie hatten noch kein vernünftiges Wort miteinander gewechselt. Er wusste noch immer so gut wie nichts von ihr. Aber
das verflixte Weib hatte etwas unwiderstehlich Warmes, Natürliches
an sich. Normalerweise musste er aufpassen, dass er bei Frauen nicht
automatisch das Kommando übernahm, doch bei Abby bestand diese
Gefahr nicht, das spürte er.

„Tja, ich gebe es ungern zu, aber ich bin endlich satt. Und Sie sind daran schuld, dass ich so viel gegessen habe."

„Ich?"

„Genau. Ich bin es nicht gewöhnt, dass ich, nachdem ich mich wie eine Närrin aufgeführt habe, auch noch nach Strich und Faden verwöhnt werde. Was nicht heißt, dass ich nicht verwöhnt bin."

Natürlich. Deshalb machte sie sich auch sofort daran, Teller und Besteck zusammenzuräumen, statt das dem Personal zu überlassen. Für jemanden, der ständig beteuerte, faulenzen zu wollen, war sie unglaublich aktiv. Doch ehe sie hätte von der Couch aufspringen können, berührte Gar ihre Hand.

Er wusste nicht genau, warum. Er hatte es instinktiv getan. „Rede mit mir", bat er leise.

„Während des Essens habe ich doch ununterbrochen geredet."

„Schon. Ein Dinner hat mir auch selten so viel Spaß gemacht. Und genau das irritiert mich. Denn normalerweise fühle ich mich nicht so wohl mit jemandem, den ich nicht kenne. Und Abby, ich kenne dich eigentlich überhaupt nicht. Womit verdienst du deinen Lebensunterhalt? Was machst du hier in Tahoe?"

Sie hielt seinem Blick stand, doch Gar merkte, dass sie plötzlich nervös war. „Momentan verdiene ich gar nichts. Und ich habe vor, die nächsten zwei Monate in Tahoe zu verbringen und dem absoluten Müßiggang zu frönen."

Diese Antwort sollte scherzhaft klingen, aber Abby wirkte keineswegs amüsiert. Dass sie auf einmal ganz angespannt war, überraschte Gar sehr. Eine einfache Frage nach ihrem Beruf war wohl kaum besonders indiskret.

„Warst du unglücklich mit deinem früheren Job?"

„Ja. Genau. Eine alte Geschichte, über die ich nicht reden möchte. Ich mache also einen langen Faulenzerurlaub, um mir darüber klar zu werden, was ich als Nächstes tun möchte."

„Hast du schon eine Idee?"

„Höchstens, dass es absolut nichts mit Geschäften zu tun haben soll." Sie schlug sich auf den Mund. „Himmel, ich wollte dich nicht kränken. Nur weil das nichts für mich ist, heißt das nicht, dass ich es nicht respektieren kann, wenn andere Geschäftemachen lieben. Dein Hotel hier beweist ja, dass du gern managst und Talent dafür hast."

Es freute ihn sehr, dass Abby ihn wie selbstverständlich duzte. „Na ja, als ich das Hotel übernahm, stand es kurz vor der Pleite. Es war harte Arbeit, doch dann begann es zu florieren, ehe ich damit gerechnet hätte."

„Wie das?"

„Ich komme aus einer Kleinstadt in Georgia, habe später in Atlanta gelebt und in Houston. Geschäfte kannte ich nur im Sinne von Produktion. Mit Management hatte ich nie etwas zu tun und mit dem Hotelgewerbe schon gar nicht."

Eigentlich hatte Gar gehofft, wenn er etwas von sich erzählte, würde sie auch gesprächiger werden. Stattdessen umging sie geschickt jede seiner Fragen und gab sie an ihn zurück. Für jemanden, der angeblich so gar nichts mit Geschäften am Hut hatte, interessierte sie sich geradezu brennend für das Hotel.

Und dann brach sie auf einmal mitten in einer Frage ab. Gar hatte keine Ahnung, warum. Hotelmanagement war nicht gerade ein faszinierendes Thema, aber auch kein unangenehmes. Und schließlich hatte sie es die ganze Zeit mit wachsender Begeisterung verfolgt …

Doch plötzlich herrschte Schweigen zwischen ihnen. Deutlich nahm Gar das Knistern des Feuers im Kamin wahr, den sanften Schein der Tiffanylampen … und ihre Hand in seiner.

Er erinnerte sich nicht, wann er zuletzt mit einer Frau Händchen gehalten hatte. Denn das war eigentlich etwas für Teenies. Bei einem erwachsenen Mann hätte Händchenhalten keine sinnliche Wirkung haben sollen.

Doch er wurde von glühendem Verlangen gepackt. Sie hatte schlanke, zarte Finger und trug keine Ringe. Ihre und seine Fingerspitzen schienen wie von selbst einen langsamen, erotischen Tanz zu beginnen, berührten sich, zogen sich zurück. Als wollten sie ausdrücken: Will ich dich näher an mich heranlassen? Kann ich dir trauen? Wie weit kann ich dich necken?

In ihren Augen las er eine gewisse Schüchternheit. Abby musste etwa so alt sein wie er und wirkte normalerweise selbstsicher und kompetent. Aber jetzt hatte sie etwas von einem jungen Mädchen an sich, war verunsichert, was mit ihnen passierte, und ein wenig ängstlich. Vielleicht fasste auch sie nicht, dass simples Händchenhalten so viel ausdrücken konnte. Freude am Zusammensein. Fiebernde, verzehrende Sehnsucht, gleichsam eine Herausforderung und ein Versprechen für die Zukunft.

Auf einmal drückte sie seine Hand. Er erwiderte den Druck. Wir lassen unsere Hände sprechen wie zwei verliebte Teenager, dachte Gar. Aber er war nun mal kein Teenager mehr. Er hatte gehofft, Abby beim

Dinner näher kennenzulernen. Es hatte nicht geklappt. Doch inzwischen war es ihm völlig egal, ob er sie durchschaute. Er fühlte sich wohl bei ihr – wohler als je zuvor bei einer Frau.

Er lehnte sich zu ihr hinüber. Sie wusste, dass er sie küssen wollte, denn sie beugte sich ihm mit erwartungsvoll geöffneten Lippen entgegen. Und er hätte ihren Mund fast schon mit einem heißen Kuss erobert, als lautes Klopfen an der Tür sie auseinanderfahren ließ.

Gar war augenblicklich ernüchtert. An einem Freitagabend war er immer im Dienst. Störungen waren praktisch vorprogrammiert. Er fasste es nicht, dass er sein Hotel vergessen hatte, Abbys Skiunfall, seinen Vorsatz, die Finger von ihr zu lassen. Er sprang von der Couch auf, bereit, sich einem geschäftlichen Problem zu stellen.

Ungeduldig riss er die Tür auf.

Und sah sich einer Brünetten im Pelzmantel gegenüber. „Gar. Die junge Dame an der Rezeption wollte dich eigentlich anrufen, wurde dann jedoch aufgehalten, und, na ja ... ich war mir nicht sicher, ob du mich empfangen würdest, wenn sie dir Bescheid gibt. Ich nehme an, du bist beschäftigt, aber wenn ich dich trotzdem kurz sprechen könnte ...“

Er war auf ein Problem mit dem Personal gefasst gewesen, mit einer Zimmerreservierung, einem Betrunkenen an der Bar. Aber auf keinen Fall hatte er erwartet, mit seiner Exfrau konfrontiert zu werden.

5. KAPITEL

*E*in Blick auf die Brünette an der Tür genügte, und Abby verließ mit einer gemurmelten Entschuldigung fluchtartig das Hotelzimmer.

Kurz darauf saß sie in ihrem Lexus und fuhr nach Hause.

Kein Zweifel, Gar hatte nicht mit der Unterbrechung durch die Dame im Pelz gerechnet. Doch allein ihre Existenz machte Abby bewusst, wie wenig sie über Garson Cameron wusste. Im Alter von sechsunddreißig Jahren war man kein unbeschriebenes Blatt mehr. Aber anzunehmen, ein Mann sei ungebunden, nur weil er sie geküsst und mit ihr zu Abend gegessen hatte, war geradezu idiotisch.

Gar war zwar nicht unbedingt gebunden, denn die Brünette hatte sich als seine Exfrau vorgestellt. Doch ihr tief dekolletiertes schwarzes Kleid und ihr sorgfältig aufgelegtes Make-up, vor allem jedoch ihr Blick, hatten Abby deutlich gemacht, was sie wollte.

Was auch immer der Grund für die Scheidung gewesen sein mochte, in diesem Moment tat die Lady bestimmt ihr Bestes, um Gar zu verführen und ihn zurückzugewinnen. Trotz der sehr kurzen Begegnung hatte Abby gesehen, was sie gesehen hatte, und sie zweifelte nicht an ihrem Instinkt. Natürlich hatte Gar eine Vergangenheit. Wie hätte es anders sein sollen? Doch bisher hatte sie sich noch nie mit einem Mann eingelassen, in dessen Leben es eine Exfrau gab, die ihn zurückerobern wollte.

Diese Dinge klärte man allerdings, ehe man einen Mann küsste. Und erst recht, ehe man anfing, wilden, verrückten Fantasien nachzuhängen, die keinerlei Bezug zur Wirklichkeit hatten.

Abby biss die Zähne zusammen und konzentrierte sich aufs Autofahren. Im Rückspiegel sah sie die glitzernden Lichter der Kasinos und Nachtclubs von Tahoe, die mit Gesellschaft und Ablenkung lockten. Doch so gern Abby sich ein paar Stunden vor sich selbst versteckt hätte, sie brauchte ihren Schlaf und ein paar Kopfschmerztabletten. In Rekordzeit erreichte sie ihre Wohnung. Sie hatte gerade aufgeschlossen, als sie das Telefon klingeln hörte.

Es war ihre Schwester Gwen. Abby machte es sich auf dem Sofa im Wohnzimmer bequem. Ein Anruf von Gwen hätte ihr nicht willkommener sein können. Denn Gwen mit ihrer mütterlichen Art war auf jeden Fall besser als Ruhe, Schlaf oder Schmerztabletten.

Doch diesmal war es nicht so. Kaum hatte Gwen sich für das Riesenpaket mit Plätzchen bedankt, da verkündete sie: „Hör mal, ich konnte leider keinen Direktflug nach Tahoe bekommen. Aber ich könnte morgen Nachmittag nach Reno fliegen. Und von dort mit einem Leihwagen zu dir fahren. Wenn du mir vielleicht sagen könntest, wie ich …"

„Wow." Abby knipste eine Lampe an und fuhr sich nervös mit einer Hand durchs Haar. „Ich hab keine Ahnung, wovon du redest, Schwesterherz."

„Ich will dich besuchen. Eigentlich wollte Paige mitkommen, aber sie stillt das Baby ja noch. Weder Paige noch ich begreifen nämlich, was mit dir los ist. Aber wir sind uns einig, dass du wirklich unglücklich sein musst …"

„Gwen. Entspann dich. Leg die Füße hoch. Mir geht's prima."

„Und Elefanten tanzen Walzer. Eben noch macht dein Job dir Riesenspaß. Dann fährst du Hals über Kopf nach Tahoe, als ob dein Leben in L. A. nie existiert hätte. Da du alles andere als impulsiv bist, muss etwas völlig aus dem Ruder gelaufen sein. Und da du dich weigerst, mit einer von uns am Telefon darüber zu reden …"

„Okay, okay, ich werde reden." Schwestern! Egal wie grundverschieden sie drei waren, sie waren einander von jeher in unerschütterlicher Liebe verbunden. „Ich hab euch beiden doch erzählt, dass ich nicht befördert worden bin und meinen Job verloren habe." Abby schlang die Arme um ein Sofakissen. „Vielleicht hat mich das mehr mitgenommen, als ich mir habe anmerken lassen."

Da Gwen nicht lockerließ, blieb Abby nichts weiter übrig, als fortzufahren. „Ich brauche einfach etwas Zeit zur Selbstbesinnung. Und in Tahoe hoffe ich, Abstand von meinem Leben in L. A. zu gewinnen."

„Und weiter? Was meinst du mit ‚Abstand gewinnen'?"

„Das weiß ich selbst nicht genau. Mir ist nur klar geworden, wie sehr mein Leben von meinem Job bestimmt wurde. Alles drehte sich um meine Karriere. Und ich liebte meine Arbeit. Ich hatte nie das Gefühl, dass etwas falsch an meiner Einstellung sein könnte, bis ich den Job verlor und plötzlich ins Bodenlose fiel."

„Oh Abby. Wie oft haben Paige und ich dir gesagt, dass deine Karriere zwar traumhaft war, dir aber viel zu viel bedeutete. Einen Mann dagegen lässt du nicht an dich heran."

„He, das stimmt nicht. Ich bin immer gut mit Männern ausgekommen. Ich mag Männer, zum Donnerwetter."

„Das hab ich doch gar nicht bestritten. Ich hab gesagt, dass du keinen Mann an dich heranlässt. Ich weiß nicht, wovor du Angst hast …"

Ihre verflixte Schwester. Selbst nachdem Abby aufgelegt hatte, blieb sie stirnrunzelnd sitzen. Gwen war auf dem Holzweg. Sie hatte keine Angst. Vor nichts.

Im Gegensatz zu ihren Schwestern war sie weder der mütterliche Typ wie Gwen, noch besaß sie natürliche Sinnlichkeit wie Paige, die Künstlerin war. Ihre Schwestern schienen Rollen für sich gefunden zu haben, die für sie maßgeschneidert waren. Sie, Abby, nicht. Sie verfügte zwar auch über bestimmte Talente, doch die hatten sie zur Einzelgängerin gemacht. Sie war auf Wettstreit und Erfolg aus – wie ein Mann. Sie liebte es zu kämpfen – wie ein Mann. Insgeheim hatte sie immer befürchtet, nicht das Zeug zu einer richtigen Frau zu haben. Sie war nie gut gewesen in Dingen, die sie als „Mädchenkram" bezeichnete.

Auf dem Weg hinauf ins Schlafzimmer sagte sie sich, dass ihre Selbstkritik nicht ganz fair war. Sie hatte diesen Mädchenkram nie ausprobiert. Doch in den beiden kommenden Monaten hatte sie Zeit, um zu experimentieren, ihr Leben neu auszurichten. Herauszufinden, was für eine Frau sie war.

Durch ihre Entlassung hatte ihr Selbstbewusstsein gelitten. Aber es musste doch auch für sie eine Nische geben, wo sie sich wohlfühlte. Um ihr Selbstvertrauen wiederzufinden, brauchte sie nur mit etwas Erfolg zu haben.

Sobald Abby im Bett lag, musste sie wieder an Gar denken. Egal wie sehr sie seine Gesellschaft genoss, egal wie weiblich und begehrenswert sie sich in seiner Gegenwart fühlte, er war dynamisch und erfolgreich, während ihr Leben momentan ein einziges Chaos war. Selbst in besseren Zeiten hatte sie nie gut mit Männern auf einer persönlichen, intimen Ebene umgehen können. Eine engere Beziehung zu Gar war daher von vornherein zum Scheitern verurteilt.

Sie musste sich von ihm fernhalten. Eine andere Wahl blieb ihr nicht.

Gar lehnte an seinem Cherokee, als Abby am Nachmittag des nächsten Tages auf ihre Auffahrt fuhr. Er wartete seit einer halben Stunde, und er war ziemlich nervös.

„Hallo!", rief sie ihm zu. Sonst nichts, und er konnte ihrer Stimme nicht anhören, ob es sie störte, ihn vor ihrer Wohnung anzutreffen. Nachdem sie ausgestiegen war, nahm sie diverse Tüten aus dem Wagen.

Gar eilte zu ihr, um ihr tragen zu helfen. „Hast du die Geschäfte leer gekauft?"

„Na ja, ich hab mich wohl ein wenig hinreißen lassen. Stoff und Stickgarn für Petit Point …" Weil er offenbar verständnislos dreinschaute, kicherte sie. „Mädchenkram. Handarbeit."

„Du handarbeitest gern, hm?"

„Ich? Himmel, ja. Handarbeiten mochte ich schon immer." Ihr Ton klang seltsam bestimmt, als denke sie, er bezweifle das. Doch es gab nichts anzuzweifeln. Sie schleppte derart viele Tüten, dass sie Mühe hatte, die Haustürschlüssel aus ihrer Tasche zu nehmen. „Ich bin nicht der Typ, der etwas nur halb macht", sagte sie lachend. „Obwohl ich diesmal anscheinend ein klein bisschen übertrieben habe."

In der Tat, ihm war aufgefallen, dass sie ein wenig dazu neigte, alles superperfekt zu machen. Angefangen von ihrem Kampf mit dem platten Reifen über ihre Plätzchenbackerei bis hin zu ihrem ersten Versuch auf Skiern. Insgeheim überlegte er, ob sie wohl auch so liebte. Fordernd. Hemmungslos und leidenschaftlich.

Nicht dass Gar sich ausmalte, wie es wäre, diese Kenntnis aus erster Hand zu erlangen. Doch der peinliche Vorfall mit seiner Exfrau am Vorabend hatte ihm keine Ruhe gelassen. Irgendwie war bisher immer irgendetwas schiefgegangen, wenn er mit Abby zusammen war. Er wollte wenigstens versuchen, das Debakel zu erklären.

„Abby …"

Doch da sie erst Kaffee holen wollte und im Eiltempo durch die Wohnung ging, hatte er vorerst keine Chance, mit ihr zu reden. Nachdem er die Einkaufstüten wunschgemäß ins Wohnzimmer gebracht hatte, trat er vor die Balkontüren. Von hier hatte man einen schönen Blick auf einen – jetzt zugefrorenen – Kanal hinter dem Haus, der in den Lake Tahoe mündete.

„So, hier ist der Kaffee."

Gar nahm ihr den Becher aus der Hand. Abby hatte inzwischen Stiefel und Jacke ausgezogen. In ihrer hellgelben Hose mit passendem weitem Angorapullover wirkte sie weich, verletzlich, zerbrechlich. Am liebsten hätte Gar sie beschützend in die Arme gezogen.

„Ich wollte dir das mit meiner Exfrau erklären …"

„Du brauchst mir nichts zu erklären, Gar. Es geht mich nichts an. Die Begegnung war dir ganz offensichtlich unangenehm. Ich bin nicht aus Unhöflichkeit so plötzlich verschwunden, sondern weil ich dich nicht stören wollte."

„Trotzdem, ich würde dir gern einiges erklären – denn es musste so aussehen, als würde Janet mich regelmäßig besuchen oder wäre noch Teil meines Lebens. Wir wurden vor drei Jahren geschieden."

„Verstehe."

Sie kuschelte sich in eine Sofaecke, doch es war klar, dass sie keinerlei Fragen stellen würde. Gar trank einen Schluck Kaffee. „Vor etwa einem Monat kam Janet auf die Idee, mich wiedersehen zu wollen. Ich weiß nicht, warum. Hin und wieder besprachen wir geschäftliche oder finanzielle Dinge im Zusammenhang mit der Scheidung, doch bisher hat sie nie gedrängt. Und gestern Abend war das erste Mal, dass sie hier auftauchte – unangemeldet, wohlgemerkt. Sie lebt in Houston und verbringt des Öfteren ein Wochenende mit alten Freunden in Reno. Aber ich hatte keine Ahnung, dass sie nach Tahoe kommen würde."

„Wirklich, du brauchst mir das nicht zu …"

„Doch. Ich küsse keine Frau, wenn ich noch an eine andere gebunden bin. Ich bin nicht gebunden. Weder gesetzlich noch gefühlsmäßig noch sonst irgendwie."

„Ich … Okay."

Nein, gar nichts schien in Ordnung. Gar ließ sich in einen der bequemen türkisfarbenen Sessel fallen und dachte, dass Ehrlichkeit wirklich ein grässlicher Grundsatz war. Es wäre einfacher gewesen, den Mund zu halten. „Nachdem du weg warst, wollte sie mich verführen", bekannte er rundheraus.

„Tut mir leid, das zu sagen, Gar, aber diese Absicht hätte sogar eine Nonne durchschaut."

„Also, ich jedenfalls habe nicht damit gerechnet." Er fuhr sich mit einer Hand durchs Haar. „Es macht mir keinen Spaß, dir das alles zu erzählen, aber ich möchte dich wiedersehen. Und ich kann nicht ausschließen, dass meine Exfrau anruft oder sonst etwas unternimmt, was einen falschen Eindruck wecken könnte." Nach einem Moment fuhr er fort: „Es fällt mir schwer, abweisend zu ihr zu sein, Abby. Sie war kokainsüchtig, als wir noch verheiratet waren. Damit hat sie nicht nur unsere Ehe zerstört, sondern beinah sich selbst."

„Oh Gar, das tut mir leid."

„Ich war damals ein richtiger Workaholic. Kaum zu Hause. Beschäftigt damit, ein Imperium aufzubauen, hinter jeder Herausforderung her und dabei total glücklich. Während sie immer tiefer versank."

„Du gibst dir die Schuld", bemerkte Abby leise.

„Ich nahm nichts wahr. Weder ihre Einsamkeit noch ihre Sucht, begriff nicht, wie gut sie zu lügen gelernt hatte, um die Sache zu vertuschen. Ich weiß nicht, ob du je einen Süchtigen getroffen hast ..."

„In Los Angeles gibt es jede Menge davon. Nicht nur in den Slums, auch in der Geschäftswelt." Sie seufzte. „Früher dachte ich, dass gute Menschen nicht in diesen Abgrund stürzen, aber das ist vollkommen falsch. Jeder kann hineingeraten."

„Ja. Genau. Ich hatte allerdings keine Vorstellung davon, wie die Droge ihre Persönlichkeit verändern würde. Sie wurde zu einer völlig Fremden, hatte nichts mehr von der Frau, die ich geheiratet habe. Der springende Punkt jedoch war, sie fand nicht allein aus der Sucht heraus. Ich gebe mir nicht die Schuld daran, dass sie mit Kokain anfing. Doch wenn ich vielleicht weniger besessen gearbeitet hätte, hätte ich es früher gemerkt, sie damit konfrontiert, als sie noch einigermaßen die Kontrolle darüber hatte."

Abby schüttelte heftig den Kopf. „Du musst doch inzwischen wissen, dass das so nicht funktioniert. Es gibt nur eine Person, die einen Drogensüchtigen retten kann, und das ist der Süchtige selbst."

„Ja, ich weiß. Der Therapeut riet mir deshalb auch zur Scheidung. Oberflächlich betrachtet, wirkt es bestimmt kaltblütig, jemanden mit solchen Problemen zu verlassen."

„Nein, tut es nicht."

„Auf mich wirkte es zunächst so. Doch ihr Arzt überzeugte mich davon, dass eine Trennung das Beste war, was ich für sie tun konnte. Denn sie konnte ja Geld von mir bekommen, Mittel und Wege finden, ihre Sucht zu verbergen, und sie wusste, dass ich immer wieder eine Kaution für sie stellen würde. Sie war also auch von mir abhängig. Nach der Scheidung machte sie tatsächlich eine Entziehungskur. Mit Erfolg, soweit ich weiß. Sie bekam das Anwesen in Houston und die von ihr geforderte Abfindung als Unterhalt. Mit anderen Worten, die Scheidung ging glatt über die Bühne, und es gab keinen Grund, mit ihr in Kontakt zu bleiben."

„Bis sie anfing, wieder anzurufen. Und du glaubst, dass sie womöglich noch mal im sexy Kleidchen hier auftaucht?"

„Es ist nichts passiert, Abby. Und auch zukünftig wird nichts passieren. Aber da ich sie schon mehr als einmal abgewiesen habe, muss ich wohl was falsch machen. Sie begreift es einfach nicht."

„Du hast viel von einem edlen Retter an dir, Gar Cameron. Du hältst an, um idiotischen Frauen bei Reifenpannen zu helfen. Du pflegst Närrinnen, die mit deinen Bäumen zusammenstoßen. Und das habe ich schon geahnt, ehe du mir von Janet erzählt hast. Du kannst nicht hart sein, nicht zu einer Frau."

Gar wusste nicht, was er sagen sollte. Er hatte mit allem gerechnet, nur nicht mit Verständnis und Mitgefühl.

Plötzlich lächelte Abby. „Über diese Geschichte zu reden, hat dich sehr mitgenommen, nicht wahr?"

„Eine Steuerprüfung hätte mir mehr Spaß gemacht."

Sie lachte leise. „Dann vergiss das Ganze jetzt einfach. Falls deine Exfrau noch mal auftaucht, wenn ich bei dir bin, weiß ich ja Bescheid. Ich wünschte, ich könnte dir einen Rat geben, wie du mit ihr umgehen sollst. Am besten ist es wohl, du tust, was du kannst, ohne dich zu sehr damit zu quälen."

„Du brauchst nicht derart verständnisvoll zu sein. Ich möchte nur, dass du mir glaubst, dass ich ehrlich mit dir bin."

„Ich glaube dir."

„Du bist nicht sauer?"

„Weil wir drauf und dran waren zu knutschen, als eine bildschöne Brünette hereinkam, in der eindeutigen Absicht, dich zu verführen?", scherzte Abby. „Ich weiß auch nicht, was mit mir los ist. Ich könnte versuchen, wütend zu sein oder verletzt …"

„Nein, nein. Ist schon okay." Gar hatte das verrückte Gefühl, dass sie sich durchaus hineinsteigern konnte, doch noch sauer zu sein. „Ich finde, ich schulde dir – oder wir schulden es einander –, wenigstens einmal unter normalen Umständen zusammen zu sein."

„Wir scheinen wirklich vom Missgeschick verfolgt."

„Wie wär's mit einem Abendessen?"

Zu Gars Bedauern zögerte sie, als ginge ihr erst jetzt auf, worauf er hinauswollte. „Gar, ich fühle mich … unbehaglich."

„Weil du ein Steak und eine Backkartoffel mit mir essen sollst?"

Sie lachte leise. „Nein, natürlich nicht deshalb." Sie wurde ernst. „Ich bin gerade dabei, ein paar Dinge in meinem Leben zu ändern. Und weil ich die eine oder andere Entscheidung treffen muss, weiß ich nicht genau, wo ich in zwei Monaten leben werde. Wenn du jemanden zum Reden suchst oder einfach zur Gesellschaft … einverstanden. Falls du allerdings mehr suchst, wäre ich im Moment wohl ein ziemliches Risiko."

Gar stand auf und nahm seine Jacke. Manchmal war Abby wirklich begriffsstutzig. Offenbar sah sie gar nicht, dass eigentlich er wegen der

Geschichte mit Janet das Risiko war. Das alles schien sie einfach so zu akzeptieren. Keine andere Frau würde das tun.

„Falls du befürchtet hast, ich würde dir sofort einen Heiratsantrag machen ... sei unbesorgt. Allerdings wollte ich es. Ich wollte alle Vernunft und Lebenserfahrung über Bord werfen und mich blindlings in eine feste Beziehung stürzen. Aber dann fiel mir ein, dass du mir meinen Schokoeisbecher geklaut hast."

Abby grinste. „Wirst du mir das denn ewig nachtragen?"

„Sagen wir, ich finde, zwei Schokofans haben eine exzellente Ausgangsbasis, um sich zu verstehen ... und außerdem finde ich, wir haben ein wenig Spaß verdient. Mit anderen Worten, wir werden nirgendwohin gehen, wo es keine Schokoladendesserts gibt."

„Jedenfalls nicht in dein Hotel. Dort könntest du nicht mal kurz die Füße hochlegen."

„Da hast du recht. Doch in Tahoe gibt es zum Glück ein ausgeprägtes Nachtleben." Er ging zur Haustür. „Wäre dir sieben Uhr recht?"

„Ja, prima."

„Möchtest du es schlicht oder schick?"

„Schick."

„Ich wusste, dass es falsch war, eine Frau das zu fragen", murmelte Gar amüsiert. „Bestimmt werde ich stundenlang nach einem Schlips suchen müssen. Aber wenn ich mich schon in Schale werfen muss, dann solltest du jetzt ein Nachmittagsschläfchen machen, weil ich nicht versprechen kann, dich vor dem Morgengrauen nach Hause zu bringen."

Abby wollte gerade eine passende Antwort geben, als er sich zu ihr hinunterbeugte und sie küsste – auf die Nasenspitze.

Sie verstummte augenblicklich. Gleich darauf ging er leise pfeifend zu seinem Cherokee. Einfach faszinierend, dachte er, wie sie auf dieses Küsschen reagiert hat.

Sie selbst fand er auch immer faszinierender. Ihre Herzlichkeit, ihr Einfühlungsvermögen, ihren Humor. Ihre schönen, geheimnisvollen dunklen Augen. Sie errötete tatsächlich wie ein Schulmädchen, wenn sie ein Küsschen auf die Nase bekam. Abby sollte wissen, dass es verdammt gefährlich war, einem Mann derart zu schmeicheln. Womöglich glaubte er noch, er sei etwas Besonderes für sie.

Gar fuhr los. Er konnte sich nicht erinnern, je derart von einer Frau hingerissen gewesen zu sein. Himmel, er wollte diese turbulenten Gefühle. Er wollte glauben, dass sie eine Chance hatten, eine starke, tiefe

Beziehung zueinander zu entwickeln. Ja, er war dabei, sich in Abby zu verlieben.

Doch sein Instinkt warnte ihn davor, die Dinge zu überstürzen. Abby war offenbar wegen irgendeines Problems tief beunruhigt und hatte sich deshalb nach Tahoe geflüchtet. Es war unvernünftig zu erwarten, dass sie sich ihm nach so kurzer Bekanntschaft öffnete. Vertrauen brauchte seine Zeit.

Dennoch, ihre Schwindeleien und Ausflüchte alarmierten ihn. Mangelnde Ehrlichkeit hatte ihn schon eine Ehe gekostet. Diesen Fehler würde er nicht noch einmal machen. Und es würde der Zeitpunkt kommen, da war sich Gar sicher, an dem es nicht weiterging. Es sei denn, Abby ging das Risiko ein – und war ehrlich mit ihm.

6. KAPITEL

*E*r hatte sie nicht geküsst.

Abby schaute auf die Wohnzimmeruhr. Erst kurz nach eins, also viel zu früh, um zu ihrer Skistunde mit Gar um zwei aufzubrechen. Sie stickte weiter an ihrer Petit-Point-Arbeit.

Immer wieder musste sie an ihre Verabredung mit Gar vor zwei Tagen denken. Sie hatten in einem schicken Restaurant zu Abend gegessen, waren anschließend ins Kasino gegangen und danach noch zum Tanzen. Gegen vier hatte er sie nach Hause gebracht und noch eine Weile bei ihr an der Tür gestanden, plaudernd. Den ganzen Abend über hatte er jede Menge Gelegenheiten gehabt, sie zu küssen. Aber er hatte es nicht getan.

Nicht ein einziges Mal.

Abby merkte, dass ihr Stickgarn einen Knoten hatte. Stirnrunzelnd drehte sie den Stoff, um auf der Rückseite nach dem Problem zu suchen. Es war hoffnungslos, denn dort gab es bereits unzählige Knoten und Garnschlingen. Wieder wanderten ihre Gedanken zu neulich Abend.

Dabei hatte sie an jenem Abend ihr rotes Seidenkleid getragen. Nichts Extravagantes, doch es betonte ihre Figur bestens. Sie hatte sich sorgfältig geschminkt, hochhackige Pumps angezogen, damit ihre Beine zur Geltung kamen. Wenn sie in diesem Outfit seine Aufmerksamkeit nicht erregte, dann hatte sie wohl keine Chance. Dabei war sich Abby nicht einmal sicher, ob sie eine Affäre mit Gar wollte. Doch verflixt – warum hatte er sie nicht geküsst?

Sie sprang auf und lief mit ihrer Stickarbeit ans Fenster. Das ganze Wohnzimmer war inzwischen mit angefangenen Stickarbeiten übersät. Dabei waren weder Kreuzstich noch Petit Point besonders schwierig. Man stach eine Nadel in den Stoff und führte sie wieder heraus. Das war alles. Himmel, seit Ewigkeiten stickten Frauen und liebten es.

Warum sie nicht?

Wieso schien sie bei allem zu scheitern, was andere Frauen vermutlich im Schlaf konnten?

Ungeduldig sah Abby erneut auf die Wanduhr. Wegen der Stickerei musste sie sich nun beeilen, um Gar pünktlich zu treffen. Eher beiläufig hatte sie erwähnt, dass sie es noch einmal mit dem Skifahren versuchen wolle. Und prompt hatte er darauf bestanden, ihr selbst Unterricht zu geben.

Auf der Fahrt zu seinem Skihotel stellte sie mit Blick in den Rückspiegel fest, dass sie vergessen hatte, Lippenstift aufzutragen. Und sich die Haare zu bürsten. Aber das war sowieso egal, denn sie würde eine Mütze aufsetzen, und im Skianzug machte sie ohnehin keine besonders gute Figur. Keine Chance also, auch nur entfernt attraktiv auszusehen.

Zum x-ten Mal sagte sie sich, dass sie nicht den Wunsch haben sollte, ihm zu gefallen. Sie hatte sich nie Hals über Kopf in eine Affäre gestürzt. Nur mit Gar schien alles anders zu sein. Er brachte sie zum Lachen. Es war unglaublich leicht, mit ihm auszukommen. Er war einsam wie sie, und die Art, wie er über seine Exfrau sprach, bewies seine Integrität und Ehrlichkeit. Und zugegeben, die Chemie spielte auch eine Rolle. Ihn zu küssen, war wundervoll. Ihre Panik, etwas falsch zu machen, und ihre Unsicherheit, die sie bisher in intimen Momenten mit einem Mann immer überfallen hatte ... sie dachte nicht mehr daran. Nicht wenn Gar sie berührte. Bei ihm fühlte sie sich sexy, feminin, ja sogar ein wenig wild. Und immer wieder dachte sie, vielleicht klappt es doch mit ihm.

Mit heftig klopfendem Herzen fuhr Abby auf den Parkplatz des Cameron Crest. Sie musste sich dieses „Vielleicht" aus dem Kopf schlagen. Seine Exfrau hatte ihn sehr enttäuscht. Gar brauchte nicht noch eine Frau, die ihr Leben nicht im Griff hatte.

Sie war nie gut in Dingen gewesen, die Frauen normalerweise taten. Wie sonst war zu erklären, dass sie nicht einmal ein einfaches Blumenmotiv sticken konnte? Vielleicht spürte Gar instinktiv, dass sie als Frau eine Niete war. Vielleicht war das der Grund, warum er sie neulich Abend nicht geküsst hatte.

Beim Aussteigen aus ihrem Wagen beschwor sich Abby, diese idiotischen Grübeleien zu unterlassen. Sie straffte die Schultern und setzte ihr fröhlichstes Lächeln auf. Sie und Gar würden ein paar Stunden Ski laufen. Bei dieser kleinen Unternehmung ging es um nichts, außer darum, locker einen Nachmittag miteinander zu verbringen und Spaß zu haben. Und genau das wollte sie doch lernen. Sie würde diese Versagensangst in den Griff bekommen – koste es, was es wolle.

Wusste der Himmel, was los war. Gar hatte noch nie ein derart bemüht herzliches Lächeln gesehen. Abby war so nervös, dass sie keine Minute still stehen konnte.

Gar überlegte, ob er sie küssen sollte. Die Idee war verlockend. Vielleicht würde sie dann mit ihm reden. Beim letzten Kuss jedenfalls hatte sie ihm unendlich viel verraten. Womöglich war Küssen die beste

Methode, Abby zur Offenheit zu bewegen, ohne dass einer von ihnen beiden ein einziges Wort zu sagen brauchte. Doch für Küsse, wie er sie sich wünschte, war ein belebter Skihang nicht der geeignete Ort.

Gar befestigte die Bindung an ihren Skistiefeln. „Wie sitzt das?"

„Prima. Bist du fertig? Können wir los?"

„Du kannst es wohl gar nicht erwarten, diesen Hang auszuprobieren, hm?"

„Da hast du recht."

Doch erst bestand Gar darauf, dass sie sich mit den geliehenen Skiern ein wenig bewegte, um ein Gefühl dafür zu bekommen. Dann erklärte er ihr einiges über Abfahrten im Allgemeinen.

Abby wurde immer ungeduldiger.

Mit einem Arm über ihrer Schulter zeigte er auf den vor ihnen liegenden Hang. „Du versuchst jetzt einfach, von hier oben nach dort unten zu fahren, ohne dich umzubringen. Weißt du denn noch, wie man bremst?"

„Natürlich, ich …"

„Zeig's mir."

Sie tat es und ließ dann auch noch eine Lektion über Bremstechniken über sich ergehen.

„Siehst du die Bäume dort drüben?"

„Fang bloß nicht wieder damit an, Gar Cameron."

„Ich wollte nur darauf hinweisen, dass sie wirklich sehr weit von der Piste wegstehen. Es ist noch nie jemand mit diesen Kiefern zusammengestoßen. Bis vor Kurzem. Ich meine, falls man nicht alles daransetzt, von der Piste abzukommen, ist es ganz schön schwierig, versehentlich in die Nähe dieser …"

Er sah die Ladung Schnee kommen – aber nicht rechtzeitig genug, um ihr auszuweichen. Wieder war die Verlockung, Abby zu küssen, übermächtig. Sie begann zu lachen, als er sich mit einer dramatischen Geste den Schnee aus dem Gesicht wischte. Durch Necken brachte man sie offenbar dazu, sich zu entspannen.

In der nächsten Minute – vielleicht aus Furcht vor Revanche oder einer weiteren langweiligen Lektion – war sie weg. Mit gebeugten Knien, die Skistöcke angewinkelt wie ein Profi, sauste sie den Hügel hinunter.

Gar beeilte sich, sie einzuholen, und blieb zur Sicherheit an ihrer Seite. Es war ein herrlicher Tag, knapp zehn Zentimeter pulvriger Neuschnee, kein Wind, eine fahle Sonne, die die Schneelandschaft noch traumhafter wirken ließ … und auf einmal hörte Gar Abby in fröhliches Gelächter ausbrechen. Die Geschwindigkeit begeisterte sie, was er sich hätte denken können. Doch zu erleben, wie sie ihre Anspannung abschüttelte, freute Gar so sehr wie lange nichts mehr.

Am Fuß des Hügels vergaß sie natürlich, wie man bremste. Und – schwups – war sie gestürzt und saß auf dem Hosenboden im Schnee. Aber sie lachte noch immer übermütig.

„Bist du okay?"

„Soll das ein Witz sein? Ich kann es gar nicht abwarten, noch mal herunterzufahren!"

Normalerweise ermüdeten Anfänger nach einigen Abfahrten, bekamen Muskelkater und begannen irgendwann zu frieren. Abby nicht. Nach fünf Abfahrten war sie immer noch nicht müde – oder entmutigt durch mehrere Stürze.

„Meinst du, ich bin jetzt bereit für die Piste für Fortgeschrittene?"

„Möglich, aber falls du es noch nicht gemerkt haben solltest, Kleines, es dämmert bereits. Und auch wenn du vielleicht ohne Nahrung auskommst, ich brauche jetzt was zu essen."

Abby betrachtete Gar frech grinsend von oben bis unten. „In der Tat, du siehst ziemlich ausgehungert aus, mein Großer. Und ich finde, ich bin dir ein Essen schuldig, nachdem ich dir den ganzen Nachmittag gestohlen habe."

„Stimmt."

„Wenn wir bei dir im Hotel essen, wirst du dauernd gestört."

„Stimmt auch." Für den Fall, dass sie nicht selbst auf die Idee kam, meinte er beiläufig: „Du könntest mich ja mit nach Hause nehmen."

Sie brach in Gelächter aus. „Diese Mitleidstour ist überhaupt nicht überzeugend, Gar Cameron. Hilflos wirkst du nämlich absolut nicht. Aber schön, ich nehme dich mit nach Hause und serviere dir ein selbstgekochtes Essen."

Damit Abby ihn später nicht zum Skihotel zurückbringen musste, fuhr Gar in seinem Cherokee hinter ihr her. In ihrer Wohnung fiel ihm sofort auf, wie angenehm feminin es inzwischen in diesem Junggesellendomizil duftete. Vanille, Pfirsich, Sandelholz, Jasmin. Und das schicke Wohnzimmer war nicht wiederzuerkennen mit all den Handarbeitsutensilien, die da herumlagen.

In Windeseile ließ Abby alles hinter der Couch verschwinden. Dann grinste sie. „Meine Devise im Haushalt ist: aus den Augen, aus dem Sinn."

„Das sehe ich."

„Selbst ein Handarbeitsfan kann nicht alles. Bei Hausarbeit passe ich. Aber Essen kann ich in ein paar Minuten auf den Tisch zaubern." Damit eilte sie in die Küche und nahm ein handgeschriebenes Rezept aus einem Umschlag. Dann stellte sie die Zutaten bereit. Offenbar wollte sie Lasagne machen, den Mengen nach zu urteilen jedoch für mindestens zwanzig Personen.

„Du kannst inzwischen die Füße hochlegen, falls du müde bist."

„Ich bin Skilaufen gewöhnt. Müde solltest eigentlich du sein. Wenn du mir sagst, was ich machen soll, würde ich dir gern helfen."

„Sicher? Da du ja im Hotel lebst, hätte ich nicht gedacht, dass du Ahnung vom Kochen hast."

„Vor der Übernahme des Hotels hatte ich auch schon ein Leben. Und Janet hat nicht viel gekocht, besonders in den letzten Jahren ..." Er wollte nicht wieder über dieses Thema reden. „Glaub mir, eine Küche ist kein unbekanntes Terrain für mich. Soll ich eine Flasche Wein aufmachen? Und vielleicht einen Salat zubereiten?"

Unter ihrem Skianzug war ein weicher schwarzer Pullover zum Vorschein gekommen, zu dem sie weiße Leggings trug. Beides umspielte verführerisch ihre Figur und beflügelte einen als Mann, sich vorzustellen, was sie darunter anhatte.

Während Gar den Salat zubereitete, sah er Abby geschäftig hin und her eilen. Immer wieder schaute sie auf ihr Rezept und dann verwundert auf die Mengen, die sie da kochte. Aber sie verlor kein Wort darüber. Sie redete über sein Hotel, obwohl sie doch Gespräche über Geschäftliches angeblich so verabscheute.

„Hast du schon mal an ein spezielles Werbekonzept für dein Hotel gedacht?"

„Ich weiß, dass man das braucht. Doch mir fehlte bisher die Zeit, um mich ernsthaft darum zu kümmern. Am Anfang hatte ich alle Hände voll zu tun, um das Hotel in Schwung zu bringen. Und jetzt wäre seriöse Werbung wichtig, um im Rennen zu bleiben."

Abby nickte nachdenklich. „Es ist hier nicht so groß und mondän wie in Heavenly oder Squaw Valley. Aber das ist kein Problem. Du solltest das als Vorteil herausstellen."

„Als Vorteil?"

„Ja, denn dein Hotel mit seinen Loipen braucht eine Identität. Du solltest hervorheben, dass du keine Konkurrenz für die Großen der Branche bist – oder sein willst –, sondern ein Skibetrieb mit ganz eigener Atmosphäre. Zunächst musst du also festlegen, welche Art von Gästen du haben möchtest, um dann ein Konzept zu entwickeln, das speziell diese Leute anspricht."

Inzwischen hatte Gar Abby ein Glas Burgunder eingeschenkt. Auf dem schwarzen Glastisch brannten ein paar Kerzen, die Lasagne stand im Ofen, der Salat war längst fertig. Abby wirkte entspannt, angeregt und sehr lebendig – bis sie plötzlich innehielt und seltsam bestürzt dreinschaute.

„Was ist los?"

„Ich rede seit über einer Stunde mit dir über Geschäftliches."

„Ja, und deine Ideen gefallen mir. Sie sind großartig." Gar fiel ein, dass es nicht das erste Mal war, dass Abby auf Geschäfte zu sprechen gekommen war. Weil ihr dieses Thema angeblich zutiefst zuwider war, hatte er zunächst angenommen, sie erkundige sich nur aus Höflichkeit nach seiner Arbeit. Aber irgendetwas stimmte da nicht. Sie erfasste seine Managementprobleme genau, hatte Kenntnisse, wie kein Laie sie haben konnte. Sie musste große Erfahrung in geschäftlichen Dingen haben, egal was sie ihm erzählte. Und noch mehr verwirrte ihn, dass ihre Unterhaltung ihr offenbar viel Spaß machte.

Doch jetzt blickte sie regelrecht schuldbewusst drein und behauptete einmal mehr, dass sie am liebsten koche und handarbeite.

„Hör mal", meinte Gar vorsichtig, „falls dir irgendwann langweilig wird, würde ich mich freuen, wenn du deine Ideen auch mal mit Robb besprechen könntest."

„Oh, das könnte ich nicht, Gar. Himmel, ich hab doch nur dummes Zeug erzählt."

„Ganz und gar nicht. Du hast ein Werbekonzept skizziert, das ich gern verwirklichen würde. Abby, damit wir uns richtig verstehen – ich würde dich natürlich entsprechend honorieren."

„Um Geld geht es überhaupt nicht."

„Für mich schon. Irgendwann müsste ich sowieso einen Werbefachmann engagieren. Überleg es dir bitte noch mal, okay? Auch wenn du momentan Urlaub machst, vielleicht hättest du doch Lust, mal vorbeizukommen und ein paar Werbeideen zu diskutieren."

„Nein, wirklich, ich kann nicht."

Damit wirbelte sie herum und begann, das Essen zu servieren. Gar hätte sie am liebsten geschüttelt, doch ihm entging nicht, wie sie die Schultern hängen ließ und die Lippen zusammenpresste. „Ich kann nicht", war jedenfalls etwas völlig anderes als „ich will nicht".

Er wollte sie keineswegs bedrängen. Er konnte jederzeit jemanden finden, der die Ausarbeitung einer Werbekampagne für sein Hotel übernahm. Doch ihrem Verständnis für seine Managementprobleme nach zu urteilen, war Abby mit dieser Thematik vertraut. Sie musste damit schon früher zu tun gehabt haben und diese Arbeit geliebt haben. Warum also leugnete sie das hartnäckig?

Auch wenn sie kein Vertrauen zu ihm hatte, begriff Gar nicht, warum sie nicht zugeben mochte, sich für Geschäftliches zu begeistern – und fürs Kochen nicht. Warum schwindeln, wenn es derart überflüssig war? Sie war bildschön. Er mochte ihren Sinn für Humor, ihren scharfen Verstand. Ihm gefielen ihre Behändigkeit, ihr Mut, etwas Neues anzupacken, dieses kämpferisch vorgereckte Kinn. Aber verflixt, er verabscheute Lügnerinnen.

„Es schmeckt dir nicht." Bekümmert beobachtete Abby, wie er den ersten Bissen Lasagne aß.

„Im Gegenteil. Es schmeckt wunderbar."

Da begann auch sie zu essen. „Das Rezept stammt von meiner Schwester Gwen. Sie ist eine fantastische Köchin. Leider habe ich nur wieder vergessen, dass sie immer für eine ganze Horde Kinder kocht."

„Du stehst deinen Schwestern sehr nah, nicht wahr?"

„Das kann man wohl sagen. Hast du denn Geschwister?"

„Einen älteren Bruder. Er zog lange vor mir von zu Hause aus, aber ich habe viele Cousins, die ihn mir ersetzten. Die Familie bedeutet auch uns Camerons viel."

Abby erzählte, dass es immer laut und herzlich bei ihren Familientreffen zuging. Gar kannte das auch. Zudem sei sein Clan sehr neugierig.

„Wie meine Schwestern. Wenn ich als Älteste früher von einem Freund nach Hause gebracht wurde, drückten sich die beiden prompt die Nasen am Fenster platt, um zu sehen, ob er mir einen Gutenachtkuss gab. Es war unmöglich für mich, mit zwei Wachposten im Haus was Interessantes anzufangen."

„Und wolltest du was anfangen?"

„Theoretisch schon. Als ich zur High School ging, hatte ich viele romantische Fantasien. Aber in Wirklichkeit war ich sehr schüchtern. Ich war das brave Mädchen par excellence."

„Das heißt?"

„Na ja, alle andern tranken auf Partys Alkohol, bekamen Strafzettel für zu schnelles Fahren, schlichen sich von zu Hause weg, um mit ihren Freunden zu schlafen. Ich dagegen saß zu Hause und lernte." Traurig schüttelte Abby den Kopf. „Ich bekam nicht mal Hausarrest. Was war das bloß für ein Leben?"

Gar begann zu lachen. „So schlimm wird es schon nicht gewesen sein."

„Doch. Und ich schwöre, wenn ich noch mal Teenager wäre, würde ich auf alle Regeln pfeifen und mich amüsieren. Immer nur brav und ernsthaft zu sein, ist gefährlich. Ich kannte nichts außer arbeiten."

„Nun komm schon. Gab es keine Jungs in diesem ganzen Szenario?"

Sie kam nicht dazu, diese Frage zu beantworten. Denn da sie gerade mit Essen fertig waren, sprang sie sofort auf, um abzuräumen. Gar half ihr, und danach verschwand Abby im unteren Badezimmer.

Gar machte sich auf die Suche nach einem Bad eine Etage höher. Er hatte es schnell gefunden, hielt jedoch überrascht inne, nachdem er Licht gemacht hatte. Beim Händewaschen ließ er den Blick über den blauen Whirlpool schweifen, das Telefon, die Stereoanlage. Abbys gemietete Ferienwohnung hatte wirklich allen nur erdenklichen Luxus.

Als er wieder nach unten gehen wollte, zögerte er. Ihre Schlafzimmertür stand offen. Eigentlich hatte er gar nicht neugierig sein wollen. Doch durch die hohen Balkontüren fiel Mondlicht ins Zimmer, und sein Blick wurde auf ein seltsames schimmerndes Objekt gelenkt.

Zwar hatte er wegen dieses Objekts das Zimmer betreten, aber es war unmöglich, das Schlafzimmer an sich nicht wahrzunehmen. Don Juan hätte es eingerichtet haben können – Spiegelwand, riesiges Polsterbett, ein dicker fellartiger Bettüberwurf. Es mochte ja sinnlich sein, doch für seinen Geschmack spiegelte es zu direkt die sexuellen Fantasien eines Mannes wider. Mit Abby verband er eine dezentere Sinnlichkeit.

Er fragte sich, ob sie beim Anmieten der Wohnung wohl gewusst hatte, was sie erwartete.

Und er fragte sich, was sie in diesem riesengroßen Bett wohl träumte.

Wieder fiel sein Blick auf den merkwürdigen, schimmernden Gegenstand auf der Kommode. Es schien eine kleine Skulptur zu sein, die ganz in Schwarz und Weiß gehalten war. Sie stellte das Profil einer Frau dar, das Gesicht schräg nach oben gewandt, und es war ihr Gesichtsausdruck, der Gar fesselte. Die Frau war unglaublich schön. Sie wirkte fast lebendig, ihre Miene spiegelte eine solche innere Ruhe und unbändige Lebensfreude wider …

Das war Abby. Jemand hatte eine Miniatur geschaffen, die ihr Wesen genau erfasste.

„Oh, hier bist du." Unvermittelt stand Abby hinter ihm.

*G*ar konnte sich nicht erinnern, wann er das letzte Mal derart verlegen gewesen war. „Oh je, du hast mich ertappt. Ich wollte meine Nase bestimmt nicht in dein Schlafzimmer stecken, aber ich sah auf der Kommode dieses wundervolle Kunstwerk stehen und wurde neugierig."

Lachend machte Abby Licht. „Du brauchst dich doch nicht zu entschuldigen. Als ich das erste Mal in dieses Zimmer kam, traf mich fast der Schlag. Ich weiß nicht, ob der Pilot, dem diese Wohnung gehört, ein Playboy ist oder gern einer sein möchte. Egal, ich finde seinen Einrichtungsstil zu aufdringlich. Und die Skulptur ..."

Schnell holte sie sie von der Kommode, damit Gar sie näher betrachten konnte. „Ich weiß nicht, ob ich dir erzählt habe, dass meine jüngste Schwester Kameenschneiderin ist. Sie hat mir diese Miniatur hier aus Onyx und Perlmutt zum Geburtstag gemacht. Paige ist unglaublich talentiert."

„Das kann mal wohl sagen." Bei Licht fand Gar die Arbeit noch faszinierender. „Ich dachte, Kameen seien Schmuckstücke. Anhänger, Broschen, Ringe und dergleichen."

„Paige macht auch Schmuck, aber eben auch Miniaturen. Das hängt vom Rohmaterial ab."

„Die Frau im Profil sieht aus wie du."

„Danke für das Kompliment – sie ist wirklich hübsch, nicht wahr? Aber ich fürchte, das mit der Ähnlichkeit stimmt nicht. Paige hat mir hundertmal erklärt, dass sie keine Abbildungen schaffen kann. Jedes Rohmaterial birgt eine Art ‚Wahrheit' in sich, und Aufgabe der Künstlerin ist es, wegzumeißeln, was nicht zu dieser Wahrheit gehört. Aber sie kann nichts aus dem Rohmaterial herausholen, was nicht schon von Anfang an da ist." Mit der Fingerspitze strich Abby über das Profil der Frau. „Es war sicher kein Zufall, dass sie Onyx und Perlmutt gewählt hat. Denn Paige sagt immer, für mich gäbe es nur Schwarz oder Weiß, und keine Zwischentöne. Wenigstens war das bisher so."

Sie redete wie ein Wasserfall, doch ihre Bemerkung über die Wahrheit fiel Gar besonders auf.

Je länger er Abby kannte, desto weniger verstand er, wer sie wirklich war. Sie behauptete, gern zu backen und zu kochen, obwohl sie offensichtlich wenig Übung darin hatte. Sie gab vor, geschäftliche Angelegenheiten zu hassen, blühte bei diesem Thema aber regelrecht auf. Und die aufdringlich sinnliche Einrichtung des Schlafzimmers war ihr eindeutig peinlich – während sie nicht zu ahnen schien, dass sie selbst eine sehr sinnliche Ausstrahlung hatte, wenngleich eine viel dezentere.

Sie hatte vor irgendetwas Angst. Das war stets der Grund, wenn Leute logen. Sie fürchteten sich davor, etwas zu enthüllen.

In diesem Moment wurde Gar das ganz klar.

So schnell sie die Kamee für ihn geholt hatte, so schnell stellte Abby sie wieder auf die Kommode zurück. Dann schaltete sie das Licht aus. „Wenn du schon im Bad warst, dann gibt es hier oben nichts mehr zu sehen. Ein Zimmer gibt es noch, aber das ist abgeschlossen. Vermutlich verwahrt mein Pilot dort seine persönlichen Sachen. Ich würde zu gern wissen, was für ein Typ er ist – aber ich habe keinen Grund zur Klage. Die Wohnung bietet wirklich jeden Luxus. Die Stereoanlage …“

Man konnte den Eindruck gewinnen, dass Abby ihn aus dem Schlafzimmer haben wollte. Schnellstens. Doch erstaunlicherweise verstummte sie, als er ihr Handgelenk umfasste.

Sie suchte seinen Blick. Langsam legte er ihre rechte Hand auf seine Schulter. Dann die linke auf seine andere.

„Ich … ich wollte dir etwas über die Stereoanlage sagen.“

„Dann tu es.“

Aber sie schien es vergessen zu haben. Ihre Hände ließ sie auf seinen Schultern. Und sie unterbrach nicht eine Sekunde den Blickkontakt. „Ich … Das Zimmer hier hat einen Balkon. Von dort kann man den See sehen …“

„Wie schön.“

„Möchtest du nicht einen Blick darauf werfen?“

„Ich kenne den Lake Tahoe. Es gehört zu den schönsten Seen der Erde. Aber im Moment möchte ich ihn mir nicht anschauen.“

„Es ist wirklich ein atemberaubender Anblick bei Mondschein.“

„Abby …“

„Ja?“

„Je nervöser du wirst, desto mehr elektrisierst du mich. Wenn du das nicht willst, dann wäre es sicherer für dich zu schweigen.“

„Ich bin nicht nervös. Das bin ich nie. Und ich hab keine Angst vor dir.“

„Gut“, murmelte er. „Dann können wir ja weitermachen.“

Beinah hätte sie gelacht, aber nur beinah. Die Sekunden verflogen. Offenbar wartete sie darauf, dass er sie küsste.

Gar hätte nicht sagen können, warum er abwartete. Instinktiv ahnte er, dass sie wenig Geduld hatte und keiner Herausforderung widerstehen konnte. Er hatte es ja bereits mehrfach erlebt, dass sie jede neue Erfahrung in vollen Zügen auskostete. Doch von sich aus geküsst hatte sie ihn bisher nicht. Bis jetzt.

Nun presste sie voller Ungeduld ihren Mund auf seine Lippen.

Egal wie entschlossen Abby sonst war, es kostete sie offenbar Mühe, in intimen Momenten die Initiative zu ergreifen. Und wenn Abby unsicher war oder Angst hatte, dann reagierte sie betont aggressiv, um es zu überspielen.

Eine interessante Art und Weise zu schwindeln. Aber eine miserable zu küssen.

Gar lehnte sich an eine Wand. Dann zog er Abby enger an sich, sodass sie zwischen seinen Schenkeln stand. Er begann aufreizend mit der Zunge über ihre leicht geöffneten Lippen zu streichen. Kitzelte sie, lockte sie. Und als sie den Mund etwas weiter öffnete, verstärkte er sein Zungenspiel.

Um auf die Wahrheit zu stoßen, genügte ein inniger Kuss. Die Abby, die hinter der kecken, selbstsicheren Fassade steckte, war ganz anders. Schüchtern und verletzlich war sie. Sie schloss die Augen. Dabei schlang sie ihm die Arme fester um den Nacken, als sei sie verloren und suche bei ihm Halt.

Ihre Unsicherheit berührte ihn tief. Das Blut begann in seinen Adern zu pochen. Nie zuvor hatte er sich so begehrt gefühlt wie von ihr. Als bedeute er ihr etwas. Als mache es ihr Angst, weil sie nicht auf derart überwältigende Gefühle gefasst war.

Er auch nicht. Er spielte nicht mehr mit dem Feuer. Affären brachten überhaupt nichts, wenn nicht die Chance bestand, dass sich eine ernsthafte Beziehung daraus entwickelte, und da war er sich bei Abby nicht sicher. Er wusste nur, dass es unglaublich schön war, sie in den Armen zu halten.

Während er eine Spur heißer Küsse von ihrem Mund hinunter zu ihrem Hals zog, zerrte er ungeduldig an ihrem Pullover. Er wollte sie unbedingt berühren. Sein Verlangen, sie überall zu streicheln, wurde fast unerträglich.

Abby tat nichts, um dieses Verlangen zu zügeln, im Gegenteil, sie hob die Arme, damit er ihr den Pullover leichter über den Kopf ziehen konnte. Er schob sie weiter in das dunkle Schlafzimmer hinein. Ihre nackte Haut glühte geradezu. Im Mondlicht sah er ihren hauchzarten

BH seidig glänzen. Doch kaum hatte Gar den Pullover auf den Boden geworfen, da schlang Abby erneut die Arme um ihn, um den Kuss fortzusetzen.

Gar versuchte, sich zu bremsen. Zunächst küsste er sie sacht, voller Zärtlichkeit. Er wollte sie nicht ängstigen, sie nicht drängen, denn sein männlicher Instinkt sagte ihm, dass Abby nach wie vor verunsichert war.

Doch sie reagierte mit solcher Leidenschaft. Ungeduldig zog sie ihm den Pullover aus, um ihn im nächsten Moment erneut stürmisch zu küssen. Sie zitterte, ihr Herz klopfte wie wild, und sie atmete schnell.

Gar schob ihr die BH-Träger herunter und begann, ihren Hals und ihre Schultern mit kleinen prickelnden Küssen zu überziehen. Er hörte sie aufstöhnen. Sie wollte mehr.

Dann lagen sie nebeneinander auf dem Bett.

Durch die hohen Balkontüren fiel Mondlicht ins Zimmer und zeichnete Schattenmuster auf ihre helle Haut. Die Tagesdecke aus Fellimitat wirkte pechschwarz im Vergleich zu ihr. Wie alles ringsum. Gar war wie berauscht von Abbys Sinnlichkeit. Ihr Liebeshunger schien sich ins Unermessliche zu steigern – seiner auch.

Er zog ihr den winzigen BH ganz aus. Sie stöhnte leise, als er ihre Knospen mit der Zunge liebkoste und an ihnen saugte. Ihre Reaktion war so spontan und unbefangen, dass er am liebsten stundenlang weiter ausprobiert hätte, welche Zärtlichkeiten ihr am besten gefielen.

Abby, so schien es, hatte anderes vor. Plötzlich rollte sie sich ungeduldig aufseufzend auf ihn. Er war inzwischen tief erregt. Falls sie damit rechnete, dass er zur Vernunft kam, dann musste er sie wohl enttäuschen. Und sie fachte seine brennende Begierde nur noch weiter an, indem sie sich an ihm rieb.

Schnell wollte er ihr die weißen Leggings über die Beine streifen, doch ehe er den seitlichen Verschluss gefunden hatte, war sie dabei, ihn hingebungsvoll zu küssen. Offenbar interessierte es sie nicht im Geringsten, wie sehr er sich abmühte, sie von ihrer restlichen Kleidung zu befreien.

Plötzlich klingelte ein Telefon – so nah, so schrill, dass ein Gewehrschuss Gar nicht mehr hätte erschrecken können.

„Ich nehme nicht ab."

Es klingelte erneut.

Sie streichelte seine Wange. „Gar, ich nehme nicht ab. Der Anrufer wird sich wieder melden. Vergiss es."

Aber der Anrufer ließ nicht locker, denn das Telefon läutete weiter. Gar war völlig von Abby verzaubert und wollte keinesfalls aus diesem wunderbaren erotischen Traum erwachen. Doch das Klingeln des Telefons brachte ihn jäh in die Wirklichkeit zurück, und seine Vernunft meldete sich. Er hatte Kondome. Irgendwo. Himmel, er hätte es nicht so weit kommen lassen dürfen, ohne sich verantwortungsvoll um Verhütung zu kümmern oder Abby zu fragen, ob sie verhütete.

Er tastete nach dem Schalter der Nachttischlampe. Unwillig blinzelte Abby in das grelle Licht. Während er sich suchend nach dem Telefon umsah, wurde er noch schuldbewusster. Dieses Schlafzimmer war die Verführerhöhle eines anderen Mannes und ließ Gar automatisch an billigen, schnellen Sex denken. Eine Affäre für eine Nacht. Das wollte er nicht mit Abby. Und hoffte, sie auch nicht mit ihm.

„Gar …"

Sie klang gestresst, doch inzwischen hatte er das Telefon entdeckt und reichte es ihr. Wer auch immer Abby mitten in der Nacht anrief, erwartete sie am Hörer und keinen fremden Mann. Es war eine fröhliche Frauenstimme, die Gar aus der Leitung hörte, noch ehe Abby sich meldete.

„Ich wollte gerade auflegen. Weil ich annahm, du wärst ausgegangen, Abby. Aber ich musste einfach anrufen, um zu fragen, wie die Lasagne nach meinem Rezept geworden ist."

Am Nachmittag des nächsten Tages fuhr Abby auf den Parkplatz von Gars Skihotel. Sie nahm ihre Handtasche und ein Notizheft und stieg mit finsterer Miene aus. Der verhangene Himmel passte perfekt zu ihrer Laune.

Als sie Gar am Vormittag angerufen hatte, war dieses Meeting zustande gekommen – wenn auch nicht freiwillig. Lieber würde sie mit Masern im Bett liegen, als ihm so bald nach dem peinlichen Debakel, zu dem ihr gemeinsamer Abend geworden war, gegenüberzutreten. Und schon gar nicht hatte sie sich in eine Werbekampagne für ihn verwickeln lassen wollen.

Daran war allein Gwens Telefonanruf schuld.

Mit gestrafften Schultern überquerte Abby den verschneiten Parkplatz. Wenn ihre Schwester nicht genau im falschen Moment angerufen hätte … Aber sie hatte es getan und hatte sie das eine Mal in ihrem Leben gestört, als sie nicht hatte gestört werden wollen.

Dennoch hatte sie unbefangen mit ihrer Schwester geplaudert …

bis ihr Blick plötzlich auf ihr Spiegelbild in der verspiegelten Wand gefallen war. Halb nackt, das Haar zerzaust, die Lippen gerötet und geschwollen, hatte sie ausgesehen wie ein leichtsinniges Skihäschen, nicht zugeknöpft und unterkühlt wie sonst.

Sie hatte noch nie bei einem Mann so viel Leidenschaft gezeigt. Aber, gütiger Himmel, mit Gar hatte sie nicht mal über Verhütung gesprochen. Sie hatte sich wie ein verantwortungsloser Teenager benommen. Ihr Spiegelbild hatte sie völlig verstört.

Am Morgen hatte sie Gar angerufen, um sich zu entschuldigen. Das Dumme war nur, dass er sie irgendwie missverstand. Er tat, als sei am Vorabend überhaupt nichts Peinliches geschehen, und zog den Schluss, dass sie sich für ihr Zögern entschuldigte und doch noch einwilligte, ein Werbekonzept für sein Hotel zu diskutieren. Gar hatte sie so durcheinandergebracht, dass sie tatsächlich zugestimmt hatte zu kommen.

Wie hätte sie auch ablehnen sollen, wenn er angeblich so sehr ihre Hilfe brauchte?

Als Abby den Konferenzraum betrat, fiel ihr Blick sofort auf Gar. Er saß lässig in einem Ledersessel, die langen Beine weit von sich gestreckt, bis er sie sah. Augenblicklich sprang er auf und lächelte sie an. Es war ein warmes, intimes Lächeln, von dem sie weiche Knie bekam.

Gar tat so, als sei es völlig in Ordnung, dass sie am Vorabend wie eine aufgescheuchte Gans reagiert hatte. Er küsste sie nicht – denn sie waren ja nicht allein. Aber als er ihr die Jacke abnahm, strich er kurz über ihren Nacken, eine liebevolle, zärtliche Geste.

„Ich hätte gewettet, dass du ganz pünktlich bist … Robb kennst du ja schon, nicht wahr?"

Ja, sie hatte ihn am Tag ihres Skiunfalls getroffen. Robb, auch heute wieder in Schlips und Kragen, streckte ihr zur Begrüßung die Hand hin. „Ich freue mich, dass Sie an unserem Meeting teilnehmen wollen."

Kaum hatten sie alle drei am Konferenztisch Platz genommen, da läutete das Telefon. Robb nahm ab und warf Gar sofort einen vielsagenden Blick zu.

„Für dich, aber ich kann den Anruf für dich annehmen."

Gar fuhr sich mit einer Hand übers Gesicht. „Nein. Ich nehme ihn oben in meinem Büro an. Tut mir leid, Abby, aber ich erledige das Gespräch so schnell ich kann. Trinkt inzwischen doch einen Kaffee – und bei dieser Gelegenheit kannst du Robb gleich etwas näher kennenlernen."

Abby nahm an, dass seine Exfrau am Telefon war. Des Weiteren nahm sie an, dass Robb jederzeit bereit war, seinen Boss gegen Löwen, Tiger, Exfrauen und urplötzlich auftauchende Blondinen in engen Jeans zu verteidigen, denen er garantiert keinen guten Einfluss auf seinen Boss zutraute.

„Ich versuche seit Monaten, Gar zu einer Werbeaktion zu bewegen", meinte er beiläufig, während er ihr Kaffee einschenkte. „Ihnen ist es offenbar gelungen, aber er hat nicht erwähnt, was Sie bisher so gemacht haben."

Befragt zu werden, war nichts Neues für Abby. „Ich wuchs in Vermont auf. Doch nach dem College landete ich nach verschiedenen Bewerbungen schließlich bei einer Firma in Los Angeles."

„Dort haben Sie sicher nicht viele Gelegenheiten zum Skifahren", erwiderte Robb schmunzelnd. Doch Abby entging sein Unterton nicht. Was um alles in der Welt verstand sie da wohl von Skihotels?

„Ich bin letzte Woche zum ersten Mal in meinem Leben Ski gefahren."

„Und wohnen Sie noch in Los Angeles?"

Sie dachte an ihr Apartment – an den mit modischen Kostümen und Kleidern gefüllten Kleiderschrank, an ihre mit Bildern junger Künstler dekorierten Wände, daran, dass ihre ganze Wohnung so eingerichtet war, wie es eben dem Lebensstil einer aufstrebenden Karrierefrau angemessen war. Und bis vor Kurzem hatte sie das alles perfekt gefunden.

„Der Mietvertrag für mein Apartment läuft noch drei Monate. Demnach kann man wohl sagen, dass ich noch dort wohne. Aber ich werde die Wohnung demnächst auflösen und mir eine andere suchen."

„Sie verändern sich also beruflich? In welcher Branche sind Sie?"

Sein Ton war nett und freundlich, aber Abby fand, dass dieses Frage- und Antwortspiel eigentlich unnütz war. Sie nahm ihren Führerschein aus ihrer Handtasche. „Wie Sie sehen, ist das Foto ein typisches Führerscheinfoto", meinte sie leichthin. „Aber meine Personalien stimmen alle. Sie können mich auch polizeilich überprüfen lassen, wenn Sie möchten. Es läuft kein Haftbefehl gegen mich. Im Ernst, ich will Ihrem Boss nichts anhaben und habe auch kein Interesse daran, Ihnen irgendwie auf die Füße zu treten."

Robb lehnte sich zurück und kratzte sich am Bart. „Habe ich den Eindruck vermittelt, Sie ausfragen zu wollen?"

„Ich habe eher den Eindruck, dass Sie sich um Gar sorgen. Das macht Sie mir sympathisch. Ich verstehe sehr gut, warum Sie Vorbehalte gegen mich haben."

„Er hat schon genug schlechte Erfahrungen mit Frauen hinter sich."

„Und Sie möchten ihn beschützen, weil er nicht nur Ihr Boss, sondern auch ein Freund ist. Ich finde das großartig – und keine Sorge, ich bin nicht gekränkt. Warum um alles in der Welt sollten Sie mir trauen? Sie kennen mich doch nicht."

Robb schmunzelte. Langsam schien er zugänglicher zu werden. „Es war kein Kunststück zu merken, dass Sie jeder Frage nach Ihrem Werdegang ausgewichen sind."

„Ja, stimmt. Aus gutem Grund. Ich gehöre nicht hierher. Vermutlich vergeude ich nur Ihre und Gars Zeit, wenn ich meine Nase in Dinge stecke, die mich nichts angehen. Aber wenn es Sie beruhigt – ich verspreche, nicht lange zu bleiben."

Da sie Robb ansah, dass er erneut neugierig geworden war, stellte Abby ihm schnell einige Fragen über das Hotel, um ihn von einem weiteren persönlichen Gespräch abzulenken.

Dennoch lastete ihr Gewissen schwer auf ihr. Abby hatte nie vorgehabt zu lügen. Doch einem außerordentlich erfolgreichen Geschäftsmann einzugestehen, dass sie gefeuert worden war, das brachte sie einfach nicht fertig. Ihr Versagen schmerzte sie noch immer sehr. Es hatte ihr überdeutlich gemacht, dass sie den falschen Weg eingeschlagen hatte … und sie wusste nicht, wie sie den richtigen finden sollte.

Und bei Gar fühlte sie sich von Anfang an wie jemand anders. Feminin, weich, sexy. Er wusste nichts von ihrem beruflichen Ehrgeiz. Und sie wollte nicht, dass er es erfuhr. Er war der erste Mann, der sie einfach nur als Frau sah. Ein wunderbares Gefühl, bis ihr bewusst geworden war, wie gefährlich das für sie sein könnte. Trotz ihres Mangels an weiblichen Fähigkeiten anzunehmen, sie könne Gar etwas bedeuten, war das verrückteste Risiko, das sie je eingegangen war. Im reifen Alter von vierunddreißig Jahren hatte sie noch nie ihr Herz verloren.

Aber es gab Risiken, die musste man einfach eingehen. Wohin auch immer diese Beziehung führte, sie wollte Gar auf keinen Fall enttäuschen.

8. KAPITEL

*D*er Anruf seiner Exfrau hielt Gar länger auf, als ihm lieb war. Auf dem Weg zurück zum Konferenzzimmer fühlte er sich gestresst und ausgelaugt, wie nach jedem Telefonat mit Janet. Er hatte Abby auf keinen Fall so lange mit Robb allein lassen wollen. An der Tür des Konferenzraums blieb er jedoch abrupt stehen. Keiner der beiden schien ihn zu bemerken, denn sie waren in ein äußerst angeregtes Gespräch vertieft.

„Nein, nein. Einen Mitbewerber madig zu machen, ist ein weit verbreiteter Fehler in der Werbung. Lassen Sie die Konkurrenz aus dem Spiel", beschwor Abby Robb.

„Aber die Mitbewerber sind die Großen der Branche, die jeder kennt. Ihre Namen wären hilfreich …"

„Aber so funktioniert das nicht. Wenn man mit etwas Negativem wirbt, ist es genau das, woran sich die Leute erinnern. Viel wirkungsvoller ist es, die Dinge positiv darzustellen. Geben Sie dem Hotel ein Image, das die gewünschte Zielgruppe anspricht. Stellen Sie das heraus, was Sie wollen, und nicht das, was Sie nicht wollen."

„Sie reden über eine Menge Geld", wandte Robb ein.

„Ich rede über effektiv eingesetztes Geld. Geld, das nachweislich für Sie arbeitet."

Gar bezweifelte, dass er überhaupt zu Wort kommen würde, und begnügte sich eine Weile damit, die Szene zu beobachten. Robb war seine rechte Hand, immer korrekt, aber eigentlich nie locker. Doch jetzt hing seinem Assistenten der Schlips schief und das Hemd aus der Hose, und er schien bei dieser hitzigen Debatte völlig in seinem Element zu sein.

Und Abby erst recht. Ihr Gesicht war erhitzt, ihre Augen funkelten, und ihr Haar war völlig zerzaust. Sie glühte vor Begeisterung und sah vollkommen glücklich aus. Das war also die Frau, die nur mit List und Tücke zu diesem Gespräch hatte gebracht werden können. Die Frau, die behauptete, nichts von geschäftlichen Dingen zu verstehen.

Gar räusperte sich. „Tut mir leid zu stören …"

Die beiden starrten ihn an.

„Ich fürchte, Abby muss los."

„Ich muss los?", wiederholte Abby verständnislos.

Schnell holte Gar ihre Jacke. „Sie hat heute noch etwas vor. Aber ich habe eine Idee …" Dann erklärte er, ehe er mit Abby aufbrach, dass in das kleine Büro unten ein zusätzlicher Schreibtisch gestellt werden könne, damit Abby ihren eigenen Bereich habe, falls sie an dem Werbekonzept weiterarbeiten wolle.

„Gar, warte." Es schien Abby gar nicht zu kümmern, wohin sie gingen. Sie wirkte auf einmal völlig verwirrt. „Ich war der Meinung, ich sollte dir nur dieses eine Mal helfen. Du brauchst also keinen Schreibtisch aufzustellen …"

„Hab ich dir eigentlich schon von meinem Cousin Ryder erzählt?" Sie sah ihn entgeistert an.

„Ich hab dir doch gesagt, dass ich viele Cousins habe, nicht wahr?" Während Gar Abby zu seiner Privatsuite führte, berichtete er ihr, dass Ryder gerade eine Firma gegründet, aber keine Ahnung von Werbung habe.

„Also, irgendwie kann ich diesem Gespräch nicht ganz folgen. Erwähnst du deinen Cousin aus einem bestimmten Grund?"

Er grinste und holte den Schlüssel für seine Suite aus seiner Hosentasche. „So ist es. Ryder hat einen Haufen Geld geerbt. Er könnte dir ohne Weiteres ein großzügiges Honorar zahlen. Aber er ist so jung und kann nicht beurteilen, wer ihn wirklich gut berät. Da dachte ich mir, dass es dir vielleicht nichts ausmacht, mal mit ihm zu reden."

„Wie kommst du denn darauf? Ich begreife rein gar nichts. Angefangen damit, warum ich unbedingt mit dir und Robb diskutieren sollte. Und jetzt, warum du glaubst, ich könne deinem Cousin helfen. Ich habe dir doch x-mal gesagt, dass Geschäfte nicht mein Ding …"

„Ja, ja, ich weiß. Ich habe aber auch erlebt, wie du Robb aus der Reserve gelockt hast. Das kann nicht mal ich, und Robb arbeitet seit sieben Jahren für mich. Mit meinem Cousin klarzukommen, wäre ein Kinderspiel für dich."

Abbys erneuten Protest überging Gar, indem er aufschloss und sie eintreten ließ. Versehentlich streifte er dabei ihre Brüste. Sofort suchte sie seinen Blick. Und sofort knisterte es heftig zwischen ihnen. Es entging Gar nicht, dass Abby augenblicklich nicht mehr an Geschäftliches dachte – oder ans Schwindeln.

„Das ist also deine Wohnung? Was machen wir eigentlich hier?"

„Ich will nur schnell etwas holen, dann gehen wir wieder."

Gar verschwand im Schlafzimmer und überließ Abby sich selbst. Weil sie bisher nicht dagegen protestiert hatte, für den Abend entführt zu werden, hatte sie es womöglich noch gar nicht gemerkt. Aber so, wie er sie kannte, würde sie sich im Moment bestimmt in seinem Wohnzimmer umsehen, statt sich Gedanken darüber zu machen, was er vorhatte.

Er konnte nicht einschätzen, wie sie seine Wohnung finden würde. Denn im Gegensatz zu seinen Hotelzimmern war sie schlicht und einfach eingerichtet. Im Wohnzimmer war eine Wand mit einem deckenhohen Bücherregal bedeckt, und eine Ecke war durch einen Wandschirm abgeteilt. Dahinter befand sich eine kleine Werkstatt mit Werkbank.

Als Gar zurückkam, spähte Abby gerade hinter den Wandschirm. „Du arbeitest mit Holz?"

„Ja, und ich weiß, eine Werkstatt hier oben ist unmöglich, aber ich konnte auf dem gesamten Hotelgelände keinen passenden Platz dafür finden. Mit Holz zu arbeiten, ist meine Art zu entspannen."

„Ich finde es nicht unmöglich – und schließlich geht es auch niemanden etwas an. Jeder braucht seine Privatsphäre. Ich kenne steril und unpersönlich eingerichtete Apartments zur Genüge – in denen man sich nicht richtig zu Hause fühlt." Gar hätte noch stundenlang zuhören können, wie sie seinen Einrichtungsstil verteidigte. Doch allzu schnell fiel ihr der Kleidersack über seinem Arm auf. „Was ist denn da drin?"

„Ein Smoking."

„So, so. Und der Papst glaubt an die Wiedergeburt."

„Ehrlich, ein Smoking. Und wir fahren jetzt zu deiner Wohnung – du hast doch sicher ein paar schicke Klamotten im Schrank, oder?"

„Schicke Klamotten?"

„Genau. Die brauchen wir für eine Bootsfahrt."

„Schicke Klamotten für eine Bootsfahrt mitten im Winter." Mitfühlend fasste sie ihn am Arm. „Du hast nicht mehr alle Tassen im Schrank, Gar Cameron. Die ganze Zeit dachte ich, du wärst ein netter, vernünftiger Mann ..."

„Du glaubst mir nicht?" Gar tat beleidigt, und das brachte Abby zum Lachen. Dennoch war sie nach wie vor ein wenig verunsichert. Und das war Gar gerade recht.

Als sie seine Wohnung wieder verließen, dachte er einmal mehr, dass er endlich ergründen musste, wer sie wirklich war, warum sie immer wieder vorgab, nichts mit Geschäften am Hut zu haben.

Ihre Schwindeleien waren nicht mit Janets Lügen zu vergleichen. Abby wollte niemanden manipulieren. Sie gewann nichts durch ihre Schwindeleien, soweit er das erkennen konnte.

Vertrauen brauchte seine Zeit, das war Gar klar. Doch inzwischen war er dabei, sein Herz zu verlieren. Und eine feste Beziehung würde ein Wunschtraum bleiben, wenn Abby nicht bereit war, ehrlich mit ihm zu sein.

Eigentlich hatte Abby die Bootsfahrt für einen Scherz gehalten. Selbst als Gar in ihrem oberen Bad verschwand, um seinen Smoking anzuziehen, hatte sie noch geglaubt, er wolle mit ihr zu einer Art Galadinner gehen. Doch er hatte es ernst gemeint mit der Bootsfahrt.

Als der Raddampfer ablegte und auf den blaugrünen Lake Tahoe hinausfuhr, eröffnete sich ein herrlicher Blick auf die schneebedeckten Berggipfel, hinter denen eine glutrote Sonne schnell versank. Dampferfahrten fanden das ganze Jahr über statt, hatte Gar ihr erzählt, und er hatte sie mit einer kleinen Abendkreuzfahrt überraschen wollen.

Sie war begeistert. Im Fahrgastraum schimmerten schönes altes Holz und Messing um die Wette, und neben der Bar wärmte sich bereits eine kleine Tanzkapelle auf. An Deck war es ziemlich kalt, doch Abby fand die Aussicht so atemberaubend, dass sie noch nicht hineingehen mochte.

„Ich habe noch nie einen See in diesem Blau gesehen."

„Pass auf, sonst verliebst du dich noch in den Lake Tahoe. Man sagt, er habe schon so manches Herz erobert. Ist dir kalt?"

Sie fröstelte zwar, doch das lag durchaus auch an Gar. In seinem perfekt sitzenden Smoking sah er einfach überwältigend aus. Seine Eleganz wurde durch seine strahlend blauen Augen, sein dunkles Haar und seinen gebräunten Teint nur noch unterstrichen.

„Wenn mir kalt ist, dann deshalb, weil du mich das Falsche hast anziehen lassen." Sie zeigte auf die anderen Gäste an Bord. Die meisten kamen offenbar direkt vom Skifahren. Niemand war so festlich gekleidet wie sie beide. Als sie merkte, dass es Gar mit dem Smoking vollkommener Ernst war, hatte sie selbst eine raffiniert einfach geschnittene weiße Bluse und einen kurzen Rock aus schwarzem Satin gewählt, dazu hochhackige Pumps. Außerdem hatte sie sich das Haar aufgesteckt.

„Ich weiß doch inzwischen, dass du dich gern zurechtmachst. Es ist mir egal, was die anderen anhaben, denn schließlich gehe ich nur mit dir aus."

Weil der Wind ohnehin ihre Frisur zerzauste, zog Gar leise lachend auch noch die letzten Haarnadeln heraus. Zärtlich fuhr er ihr mit den Fingern durch die weichen blonden Strähnen.

Abby wurde von Unruhe gepackt. Immer wenn sie mit ihm zusammen war, überkam sie das Gefühl, dass nichts zählte außer diesem Moment, diesem Mann. Doch sie hatte ein schlechtes Gewissen. Weil sie am Vorabend wie eine aufgescheuchte Gans reagiert hatte und auch weil Gar sie mit Robb in angeregter Diskussion über Geschäftliches überrascht hatte. Er schien alles, was sie tat, in Ordnung zu finden.

„Gar?" Sie holte tief Atem. „Ich schulde dir für gestern Abend eine Entschuldigung."

„Wofür?"

„Das weißt du ganz genau. Tut mir leid, dass ich mich dir gegenüber unmöglich benommen habe."

„Das hast du doch gar nicht. Deine Schwester rief an und zerstörte die Stimmung. Ich glaube, keiner von uns beiden hat damit gerechnet, dass die Dinge derart schnell außer Kontrolle geraten würden. Es war dein gutes Recht, Nein zu sagen, Abby. Es hätte keinen von uns beiden glücklich gemacht, wenn du etwas getan hättest, was du nicht wirklich wolltest."

„Ich wollte es. Ich war nur irgendwie … beunruhigt. Weil wir alles überstürzten, kein Wort über Verhütung verloren hatten. Ich war nicht vorbereitet."

Liebevoll strich er ihr eine Strähne hinters Ohr. „Ich schon. Aber ich kann nicht schwören, dass ich daran gedacht habe. Normalerweise kläre ich diese etwas peinlichen Fragen, ehe sie akut werden. Du hast ein Recht zu wissen, dass ich in letzter Zeit keine sexuelle Beziehung hatte."

„Ich auch nicht. Deshalb war Verhütung für mich auch irgendwie kein Thema."

„Abby?"

„Ja?" Eben noch hatte Gar etwas verlegen gelächelt, doch nun war er sehr ernst geworden.

„Wir sollten hineingehen, ehe du erfrierst. Aber vorher muss ich noch ein heikles Kapitel ansprechen. Vielleicht hast du selbst noch gar nicht daran gedacht. Wie du ja weißt, hat meine Exfrau Kokain genommen. Sie hantierte zwar nicht mit Spritzen, aber heutzutage kann man ja nie wissen, und sie hatte schließlich Umgang mit der Drogenszene. Daher habe ich wiederholt Tests machen lassen. Es ist alles in Ordnung. Falls du Zweifel haben sollst, könnte ich dir die Ergebnisse zeigen."

„Die brauche ich nicht zu sehen", fiel ihm Abby entrüstet ins Wort.

„Ich glaube dir auch so. Wenn ich Zweifel an deiner Ehrlichkeit hätte, würden wir dieses Gespräch überhaupt nicht führen."

„Wieso bist du dir so sicher, dass ich ehrlich bin? Wieso glaubst du, dass ich nicht einfach ein Wolf auf der Pirsch bin, der heiß auf dich ist und am Morgen danach verschwindet?"

Abby seufzte. „Ich weiß, dass du ehrlich bist, weil ich mich mit Männern auskenne."

„Ach ja?" Er grinste. „Bisher hast du nichts von deiner langen Erfahrung mit Männern erzählt."

Sie hatte ihm so vieles nicht erzählt – auch, dass ihre lange Erfahrung mit Männern auf ihren Beruf begrenzt war. Im Moment jedenfalls umging sie eine Erklärung, indem sie vorgab, am Verhungern zu sein.

Während sie beim Dinner saßen, begann die kleine Band alte und neue Lovesongs zu spielen. Abby ließ sich von der romantischen Atmosphäre ringsum nur allzu gern anstecken. Das Einzige, was ihr zu schaffen machte, war, dass sie Gar vieles verschwiegen hatte. Sie hielt ihn wirklich für grundehrlich. Beruflich hatte sie mit zu vielen macht- und geldgierigen Männern zu tun gehabt, um einen Diamanten nicht zu erkennen. Und es bedrückte sie, dass sie nicht genauso offen und ehrlich mit ihm war.

Doch Gar einzugestehen, dass sie entlassen worden war, das konnte sie sich noch immer nicht vorstellen. Und auch nicht, dass er eine Versagerin lieben könnte. Denn noch mehr beunruhigte es sie, wie viel seine Wertschätzung ihr inzwischen bedeutete.

Körperliches Verlangen allein wäre kein solches Chaos, dachte Abby verzagt. Ja, sie begehrte Gar leidenschaftlich. Viel beängstigender dagegen fand sie, dass sie ihn mittlerweile achtete, ihn bewunderte. Mit anderen Worten, sie hatte sich in ihn verliebt.

„He, ist der Käsekuchen so schlecht?", fragte Gar leise.

„Bitte?"

„Du hast davon probiert und plötzlich die Stirn gerunzelt."

„Nein, nein, er ist sehr lecker. Ich bin bloß satt."

„Ich auch." Er sah zur winzigen Tanzfläche hinüber. „Wie wär's, wenn wir uns auch ins Getümmel stürzen …"

Abby kicherte. „Das wäre lebensgefährlich. Ich habe nämlich nie tanzen gelernt."

Das zuzugeben, war ein Riesenfehler, denn sofort stand Gar auf und zog sie hoch. Proteste halfen nichts.

„Du liebst es doch, Neues auszuprobieren."

Das stimmte. Doch sie wollte sich in Gars Gegenwart nicht blamieren. Ihre Sorge war unbegründet. Das Trio spielte gerade einen weiteren langsamen Titel, und sie merkte schnell, dass Gar nicht besser tanzen konnte als sie selbst.

Er legte ihre Arme um seinen Nacken und zog Abby an sich. So wiegten sie sich Wange an Wange einfach nur im Takt. Das Trio ging zu einer Rumba über. Sie nicht. Anschließend probierten die Musiker Rock'n'Roll. Abby und Gar nicht. Es war so voll auf der kleinen Tanzfläche, dass sie ständig von anderen Paaren angestoßen wurden, doch die beiden achteten nicht darauf.

Jedes Mal, wenn Abby den Kopf hob, schaute sie Gar geradewegs in die Augen. Sacht ließ er die Hände über ihren Rücken abwärts wandern ... tiefer, als es in der Öffentlichkeit schicklich war. Behutsam drängte er sie dabei enger an sich, damit sie seine wachsende Erregung spürte. Ihre Brüste pressten sich eng an seinen Oberkörper. Er musste einfach merken, wie heiß ihr allmählich wurde und wie heftig sie auf ihn reagierte.

Vage nahm sie wahr, dass die Kreuzfahrt zu Ende ging. Sie würden bald anlegen. Andere bestellten schnell noch einen letzten Drink, holten schon mal die Mäntel. Sie dagegen tanzten eng umschlungen weiter. Zu Musik, die nur sie beide hören konnten ...

Abby versuchte gar nicht erst, sich dem Zauber zu entziehen. Genau das war es, was sie immer vermisst hatte. Ihn. Wieder und wieder war sie auf das Vorurteil gestoßen, dass ehrgeizige Frauen hart und nicht feminin seien, und insgeheim hatte sie das selbst geglaubt. Bisher war sie mit jedem Versuch, etwas traditionell Weibliches zuwege zu bringen, gescheitert. Aber mit Gar nicht. Wenn sie mit ihm zusammen war, war sie genau die Frau, die sie von jeher hatte sein wollen. Durch und durch feminin. Begehrt. Verletzlich, aber gleichzeitig berauscht von dem überwältigenden Gefühl, einfach bei ihm zu sein, von ihm berührt zu werden.

„Wenn Sie sich weiterhin wie ein Schmusekätzchen an mich schmiegen, Miss Stanford", flüsterte Gar ihr ins Ohr, „dann könnte ich Sie in größere Schwierigkeiten bringen, als Ihnen in der Öffentlichkeit lieb ist."

„Du beschuldigst mich? Du bringst mich doch in Schwierigkeiten, seit wir auf dieser Tanzfläche sind."

„Du hättest mir auf die Finger hauen und mir sagen können, dass ich mich benehmen soll."

„Vielleicht wollte ich nicht, dass du dich benimmst."

„Ich glaube, du liebst das Risiko."

Sie hob den Kopf, und ihr Lächeln verflog, weil Gar ihr tief und eindringlich in die Augen sah. „Ja, das stimmt. Aber nicht diese Art Risiko, Gar." Sie holte Luft. „Diese Art Risiko ist so selten für mich, dass ich nicht mal …"

„Was?"

Er war stehen geblieben. Sie auch. Liebe Güte, die Band hatte schon vor einer Weile zu spielen aufgehört. Der Raddampfer legte gerade an, und um sie herum herrschte Gedränge. Die anderen Fahrgäste stiegen aus. Doch Gar kümmerte sich ebenso wenig darum wie sie.

„Ich muss dir etwas sagen."

„Dann sag es mir."

„Du hast mir so offen von deinem Leben erzählt, deiner Exfrau, anderen Dingen. Ich war nicht so offen zu dir." Sie schluckte. „Gar, ich habe etwas getan, was du nicht wissen sollst. Etwas, wofür ich mich schäme. Ich wollte dich nicht arglistig täuschen. Es geht einfach um ein Problem, mit dem ich allein fertigwerden muss."

„Sich auszusprechen, hilft manchmal, Abby."

„Nicht in diesem Fall. Und ich habe das Thema nicht angeschnitten, um dich neugierig zu machen, sondern um ehrlich zu dir zu sein. Ich kann dir momentan nichts versprechen."

Zärtlich strich er ihr über die Wange. „Habe ich dich denn darum gebeten?"

„Nein, aber ich weiß nicht, wohin wir beide deiner Meinung nach gehen. Und ich möchte dich nicht irreführen. Ich spiele nicht, Gar, ich bin nur sehr verunsichert, was die Zukunft bringen wird."

„Die Zukunft ist eine große Unbekannte. Und manche Entscheidungen regeln sich ganz von selbst. Wohin wir beide allerdings jetzt gehen, heute Nacht, das weiß ich genau."

Abby verstand sofort, was er meinte. Er wollte heute Nacht nicht allein schlafen.

Sie auch nicht.

Sie nahm ihn bei der Hand und zog ihn von der Tanzfläche.

9. KAPITEL

*S*tatt erst ihren Wagen vom Skihotel abzuholen, fuhr Gar mit Abby direkt zu ihrer Wohnung.

Kaum war die Haustür hinter ihnen ins Schloss gefallen, da warf sich Abby ihm in die Arme und küsste ihn wild.

Ohne den Kuss zu unterbrechen, schleuderte sie ihre Pumps von sich. Er zog seine Jacke aus und ebenfalls seine Schuhe. Kein leichtes Unterfangen, denn auch er mochte den Kuss nicht eine Sekunde unterbrechen.

Er hatte keine Ahnung, wieso sie von dieser fieberhaften Hast gepackt war. Sie eroberte seinen Mund, wie ein Mann es sich nur erträumen konnte. Stürmisch. Begierig. Ihr Verlangen nach ihm hätte offensichtlicher nicht sein können. Mit der Zunge lockte und reizte sie ihn hemmungslos. Wenn er sie nicht ein wenig bremste, dann liebten sie sich womöglich noch im Stehen an ihrer Wohnungstür.

Kurzentschlossen hob er Abby hoch, während sie ihn noch immer voller Hingabe küsste. Er machte drei Schritte Richtung Treppe, dann hielt er inne. Auf keinen Fall wollte er sie in dieser lasterhaften Playboy-Höhle lieben. Nicht nur, dass das verdammte Schlafzimmer einem anderen Mann gehörte, es ließ Gar an schnellen, billigen Sex denken.

Gegen schnellen Sex hätte er gar nichts gehabt. Sehr schnellen sogar, ehe er vor Leidenschaft verging. Aber den Beigeschmack des Billigen sollte eine Liebesstunde mit Abby niemals haben.

Irgendwie schaffte er es, sich im Dunkeln einen Weg ins Wohnzimmer zu bahnen. Vorsichtig setzte er Abby auf dem dicken, vom Mond beschienenen Teppich vor dem Kamin ab. Sein Herz raste, und er hatte Mühe zu atmen.

In seinem Inneren tobten Gefühle, wie er sie noch nie erlebt hatte. Und daran war allein Abby schuld. Ihre endlosen heißen Küsse berauschten ihn. Er wusste, was es hieß, eine Frau zu begehren. Aber nicht, was es hieß, zu ihr zu gehören. Nie zuvor hatte er diesen übermächtigen Drang verspürt, unbedingt zu ihr gehören zu wollen.

„Gar …" Unvermittelt schlug sie die Augen auf. Ihre Stimme klang ganz rau.

„Ich kümmere mich darum." Offenbar hatte ihr Verstand noch einmal die Oberhand gewonnen, und sie hatte an einen Schutz gedacht. Am liebsten hätte er darauf verzichtet, um sie ganz zu spüren.

„Verhütung hab ich gar nicht gemeint."

„Ehrlich gesagt, mag ich die Geschenkverpackung nicht besonders. Ohne wäre es zweifellos schöner …"

„Gar …" Sie lächelte. „Das ist nicht mein Problem. Ich bekomme deine verflixten Manschettenknöpfe nicht ab."

Obwohl sie es so eilig hatten, dauerte es eine Weile, bis Gar die Manschettenknöpfe abgestreift und auch die Knöpfe seines Smokinghemdes geöffnet hatte, denn das Licht anschalten wollte er nicht. Abby mühte sich indessen mit Ohrringen und Armband ab.

Als sie die Arme hob, um den Satinknopf ihrer Bluse im Nacken aufzumachen, senkte Gar den Mund auf ihre Brust. Durch den seidigen Stoff spürte er, wie ihre Knospe ganz fest wurde. Gleichzeitig schob er eine Hand unter ihren kurzen Rock. Als er besitzergreifend ihren Po umfasste, rollte sie sich auf ihn, und sie vergaßen vorerst, sich weiter auszuziehen. Sie verloren sich in einer neuen Serie glühender Küsse, berührten und erkundeten einander mit rastlosen Händen. Ihr Verlangen nacheinander raubte ihnen fast den Verstand. Sie stöhnten und keuchten.

Abby ließ ihren überschäumenden Emotionen freien Lauf, ganz so, als habe sie ihre Gefühle ihr Leben lang unter Verschluss gehalten. Gar ahnte, dass Sex mit Abby unvergleichlich schön werden würde. Das war womöglich gefährlich, aber er wollte unbedingt mehr von ihren Zärtlichkeiten, mehr von ihr selbst.

Irgendwo im Dunkeln klingelte ein Telefon. Er hatte beide Hände in ihrer Strumpfhose, ihr Rock war bis zur Taille hochgerutscht, ihr Mund mit seinem geradezu verschmolzen. Nein, dachte Gar, das kann nicht sein. Nicht zum zweiten Mal eine Störung durch einen Anruf. Das Schicksal konnte nicht derart grausam sein. Er musste es sich einbilden.

Es klingelte weiter.

Abby fuhr hoch. „Ich nehme nicht ab", erklärte sie aufgebracht.

Gar atmete tief durch. „Es ist nach Mitternacht. Später als beim gestrigen Anruf deiner Schwester. Um diese Zeit ruft man niemanden an, es sei denn aus wichtigem Grund."

Einen Moment lang starrte sie ihn irritiert an. Als das Telefon weiterklingelte, tastete er auf dem am nächsten stehenden Tisch nach einer Lampe.

Im plötzlichen grellen Licht wirkte Abby ganz blass. Sie sah so wütend und frustriert drein, als wolle sie gleich jemanden umbringen. Hastig löste sie sich aus seiner Umarmung.

Das Telefon befand sich in der anderen Ecke des Wohnzimmers unter einer Stickarbeit und diversen Strängen Stickgarn. Abby riss den Hörer hoch.

„Wehe, wenn das nicht Mom oder Dad ist", stieß sie hervor, ohne sich um einen höflichen Ton auch nur zu bemühen.

„Nein, hier ist Gwen. Himmel, nein. Ich kann doch unmöglich das zweite Mal hintereinander stören. Du brauchst nichts zu sagen, Abby, ich lege sofort wieder auf und erschieße mich."

Abby verdrehte die Augen. „So weit brauchst du nun auch wieder nicht zu gehen. Trotzdem …"

„Ich weiß, ich weiß. Du hast einen Mann bei dir. Es tut mir so leid, dass ich tot umfallen könnte."

„Wie kommst du darauf, dass ich einen Mann hierhabe? Du brauchst dich nicht zu entschuldigen, du Gans. Aber falls nicht jemand im Sterben liegt oder es dringende Familienprobleme gibt, rede ich morgen mit dir."

„Okay, okay." Und damit legte Gwen auf.

Das Klicken in der Leitung war schrecklich. Sosehr Abby sich gestört fühlte, so gern hätte sie jetzt mit ihrer Schwester telefoniert. Das war wenigstens sicher und ungefährlich. Während die Stille hinter ihr immer bedrohlicher wurde.

Sie mochte sich nicht zu Gar umdrehen. Vor Nervosität wurde ihr ganz flau. Ihr Verlangen war keineswegs erloschen. Ihr Herz raste noch immer. Eben noch war ihr ihre Reaktion auf seine Liebkosungen natürlich und absolut richtig erschienen. Jetzt wäre sie am liebsten im Erdboden versunken. Ihre Bluse stand offen, ihr BH war gelöst, ihr Rock bis zu den Hüften hochgeschoben. Sie musste aussehen wie ein billiges, schamloses Flittchen. Wie sollte sie halb nackt einem Mann gegenübertreten, der zweifellos wütend und höchst frustriert war?

Sie nahm ihren ganzen Mut zusammen und wirbelte herum.

Gar war in noch schlimmerem Zustand als sie selbst. Er hatte noch seine Hose an. Und eine Socke. Aber sein teures Smokinghemd war im Kamin gelandet. Und auf seinem hinreißenden nackten Oberkörper prangte neben der Schulter ein Liebesbiss. Sie hatte sein Haar zerwühlt. Sie hatte …

Unversehens kreuzten sich ihre Blicke. Und auf einmal wurde Abby ganz gelassen.

Gar wirkte wie betäubt, seine Haltung angespannt – als sei er bereit aufzuspringen und aufzubrechen, genau wie am Vorabend, als sie ihn darum gebeten hatte.

Eben noch war sie völlig verunsichert, was er dachte, was er fühlte, wie sie diese peinliche Situation retten konnte. Jetzt spürte sie, wie einsam er war. Und sie sah einen Mann vor sich, der seine eigenen Bedürfnisse nie in den Vordergrund stellte, dafür aber umso einfühlsamer auf ihre einging.

„Gar Cameron …" Instinktiv versuchte sie es mit einem Anflug von Humor. „Ich wette, wir sind vom Schicksal verfolgt. Immer wenn wir zusammen sind, passieren die unmöglichsten Dinge. Reifenpannen, Chaos, Störungen … und ich wette weiter, dass du glaubst, ungeschoren davonzukommen."

Ihre Bemerkung überraschte ihn offenbar. „Ungeschoren davonzukommen?"

„Na ja, die Stimmung ist dahin. Wieder mal. Und vielleicht bist du ganz froh, dass der Anruf dich gerettet hat." Ohne ihn aus den Augen zu lassen, ging Abby langsam auf Gar zu. „Tja, tut mir leid, dir das sagen zu müssen – aber du bist nicht gerettet."

„Nein?"

„Nein. Du entkommst mir nicht, nur weil es hier und da ein kleines Hindernis gibt."

„Oje. Mir blüht doch wohl kein schlimmeres Schicksal, als von dir vernascht zu werden?"

„Mal sehen. Und ich fürchte, das ist noch nicht alles …"

„Ich weiß nicht, ob ich noch mehr schlechte Nachrichten verkrafte."

Da ist es wieder, dachte Abby. Dieses verschmitzte Lächeln in seinen Augen. Sie wurde ernst. „Ich glaube, wir beide sind verrückt, Gar. Ich habe Angst vor dem nächsten Schritt, Angst, dass wir uns in eine Beziehung stürzen, für die es keine Spielregeln gibt. Ich mag Regeln. Ich lese immer gern das Kleingedruckte. Es macht mir große Angst, dass du verletzt werden könntest. Oder ich …"

Sofort wurde auch Gar ernst. Sein Beschützerinstinkt war geweckt. Ehe er jedoch etwas hätte sagen können, fuhr sie fort: „Aber ich möchte mit dir schlafen. In meinem ganzen Leben hab ich mich noch keinem Mann an den Hals geworfen, und ich weiß wirklich nicht, wieso gerade du dieses Pech hast. Also wappne dich. Denn wenn du nicht umgehend Einspruch erhebst, hast du mich am Hals."

Statt einen Einspruch zu hören, sah sie Gar nur stumm die starken Arme ausbreiten. Dabei war ihr schmerzlich bewusst, dass er vermutlich mit der hemmungslosen Wildkatze von vorhin rechnete. Sie konnte ihm unmöglich gestehen, dass der Antrieb für ihre Wildheit schlicht und einfach Angst gewesen war. Angst, dass sich ihre unglaublichen Hochgefühle in Rauch auflösen würden, wenn sie sich bremste. Angst, dass sie alles nur träumte. Angst, dass sie, falls sie auch nur für eine Sekunde innehielt, sich um ihre Wirkung sorgen würde. Ob sie ihn enttäuschte, ob sie Frau genug war, um ihm Vergnügen zu bereiten.

Doch seit sie Gar kannte, war nichts mehr wie früher. Auch jetzt nicht. Die alten Zweifel an ihrer Weiblichkeit waren noch da, aber sie ignorierte sie einfach.

Gar schloss sie unendlich liebevoll in die Arme. Und dann eroberte er ihren Mund mit so großer Zärtlichkeit, als sei sie zart und zerbrechlich, als habe er sie noch nie geküsst und berührt.

Bereitwillig öffnete sie sich ihm. Der behutsame, träge Kuss wurde allmählich tiefer und leidenschaftlicher und drückte übermächtige Sehnsucht aus. Dennoch waren seine Lippen unbeschreiblich weich. Und auch seine Hände fühlten sich weich und warm an, als er sich daranmachte, ihr die restlichen Kleider auszuziehen. Er ließ sich Zeit, genoss bei jedem Schritt ihre Reaktion. Sie hatte nicht gewusst, dass Ausziehen so aufregend sein konnte. Und nie zuvor hatte sie den Mut gehabt, einem Mann zu zeigen, wie viel lustvolles Vergnügen es ihr bereitete.

Da Gar ihre süßen Qualen offenbar noch nicht beenden wollte, beschloss Abby, sich zu revanchieren.

Als Erstes befreite sie ihn von der Smokinghose. Bei ihrer Entdeckungsreise stieß sie auf eine Blinddarmnarbe auf seinem Bauch, fand heraus, dass er unterhalb der Rippen besonders kitzlig war. Genüsslich erkundete sie mit der Zungenspitze sein Ohr, rieb ihre Wange an seiner männlich behaarten Brust. Es war schon merkwürdig. Die Sorge, etwas falsch zu machen, die sie bisher immer gehabt hatte, schien wie weggeblasen. Ihn zu erforschen, zu erfahren, was ihm besonders gefiel, war einfach nur schön. Da gab es kein Richtig oder Falsch.

Als sie ihn mit der Hand umschloss, stöhnte er auf, als leide er Höllenqualen. Interessiert hob sie den Kopf, und ihre Blicke kreuzten sich. Dann biss er sie zärtlich in die Schulter, als wolle er sie von der faszinierenden Beute ablenken, die ihre vorwitzige Hand gemacht hatte. Vergeblich.

„Es gefällt dir", raunte sie ihm zu.

„Nein."

„Oh doch." Unter ihren Fingerspitzen spürte sie genau, wie sein Puls raste, und wie er sich noch mehr beschleunigte, als sie ihre aufreizenden Liebkosungen fortsetzte. Gar so intim zu berühren, löste tief in ihr ein erregendes Kribbeln aus. „Wo finden wir denn diese tolle Geschenkverpackung?"

„Hier irgendwo."

Er schien keines klaren Gedankens mehr fähig. Eine höchst gefährliche Schlussfolgerung für eine Frau, die nie zuvor erfahren hatte, welche weibliche Macht sie besaß. „Gar Cameron, du beflügelst mich."

„Wie schön für dich. Du dagegen bringst mich fast um."

„Du verstehst offenbar nicht. Du solltest aufhören, mich zu ermutigen, sonst wird dir gleich Hören und Sehen vergehen ..." Nach kurzem Suchen hatte sie das Folienpäckchen in seiner Smokingjacke gefunden, und er wollte es ihr abnehmen. „Ich mache das schon."

„Ich glaube, ich kann das besser."

„Da hast du recht. Und ohne die nötige Übung würde ich womöglich Stunden dazu brauchen."

„Bestimmt nicht."

„Hat einer von uns es plötzlich eilig?"

„Ja, du, meine Schöne." Ehe sie sich versah, hatte er sich über sie geschoben. In seinen Augen spiegelte sich brennendes Verlangen und zugleich eine so innige Zärtlichkeit, dass ihre Anspannung schier unerträglich wurde. Woher hatte er nur gewusst, dass sie wirklich keine Sekunde länger warten mochte?

Sie hatte genug gespielt. Und sie hätte schwören können, dass sie keinem Mann genug traute, nicht einmal Gar, um sich wirklich vollkommen fallen zu lassen. Statt sich bei der Liebe zu blamieren, war es immer noch besser, heiße Gefühle zu simulieren. Bisher hatte sie dieses Geheimnis bestens gehütet.

Gar gab ihr keine Chance. Er schlang sich ihre Beine um die Hüften und begann augenblicklich, tief und kraftvoll in sie hineinzustoßen. Dabei beobachtete er sie genau, fing Signale von ihr auf, deren sie sich überhaupt nicht bewusst gewesen war. Er verfiel in einen schnellen, drängenden Rhythmus, der sie in einen wilden Taumel der Lust versetzte. Besitzergreifend umfasste er ihren Po, hielt sie fest. Es war unmöglich, die Kontrolle zu behalten. Ihr glühendes Verlangen wurde immer heftiger, und schließlich schien sie nur noch aus prickelnder, süßer Sinnenlust zu bestehen.

Nie zuvor hatte sie körperliches Verlangen in diesem Ausmaß erlebt. Im Schein der Lampe sah sie, wie seine Haut schweißfeucht zu schimmern begann, sah seine angespannte Miene, den unglaublich liebevollen Ausdruck seiner Augen.

In diesem Moment fühlte sie die Liebe. Sie schloss die Augen und ließ sich von ihren überwältigenden Emotionen ins Paradies emporwirbeln, wo es nichts gab außer diesem grenzenlosen, berauschenden Glück, zu jemandem zu gehören. Jemanden zu lieben. Ihn – nur ihn.

„Schlaf weiter, Abby. Es ist noch dunkel draußen. Aber ich muss zur Arbeit. Und ich werde dafür sorgen, dass du im Laufe des Vormittags deinen Wagen bekommst ...“

Schlaftrunken erfasste sie nur wenig. Dass Gar nach ihrer Zahnpasta und ihrem Shampoo duftete. Dass er bereits angezogen war, zärtlich ihre Wange streichelte. Irgendwie begriff sie auch, dass er natürlich zum Hotel zurückmusste, doch die Erinnerung an ihre Liebesnacht war so überwältigend, dass sie noch ein wenig davon träumen wollte.

„Einen kleinen Kuss“, murmelte sie.

Aber damit hatte es sich keineswegs. Noch nie war sie so wunderbar geliebt worden wie letzte Nacht von ihm. Tiefe Zufriedenheit erfüllte sie. Da er es war, der sie in diesen Zustand der Glückseligkeit versetzt hatte, musste er auch die Konsequenzen tragen. Ein Kuss zog unweigerlich weitere Küsse nach sich. Verführerische, einladende ...

Als Gar schließlich aufstand, um sich ein zweites Mal anzukleiden, zog er ihr die Bettdecke bis unters Kinn, küsste sie ein letztes Mal und befahl ihr auszuschlafen.

Und ihr fielen tatsächlich die Augen zu, noch ehe sie ihre Haustür ins Schloss fallen hörte. Wohlig kuschelte sie sich ins Bett, das noch so wundervoll nach ihm duftete. Irgendwann in der Nacht hatten sie ihr Lager vor dem Kamin mit dem riesigen Bett getauscht. Und hatten sich vor dem Einschlafen noch einmal wild und leidenschaftlich geliebt.

Den Vormittag zu verschlafen, war überhaupt nicht ihre Art, aber sie hatte sich in der letzten Nacht total verausgabt. Zum ersten Mal in ihrem Leben fühlte sie sich sicher. Und geliebt – obwohl ihr dieser Begriff Unbehagen bereitete. Nichts war geklärt zwischen ihnen, von einer gemeinsamen Zukunft keine Rede. Doch es genügte ihr so, wie es war.

Ausgeschlossen, dass ihre Liebesnacht ein Fehler gewesen war. Weder für ihn noch für sie. Nichts und niemand würde ihr die unvergleichlichen Stunden mit ihm wegnehmen können.

Doch als Abby wieder eingeschlafen war, hatte sie einen Albtraum, der sie nun schon seit Wochen quälte. Bis ins kleinste Detail durchlebte sie das Gespräch mit ihrem ehemaligen Chef, als er ihr eröffnete, dass nicht sie sein Nachfolger wurde, sondern ein junger Mann von außen.

Auch diesmal genügte ihr diese Auskunft nicht, und sie wollte unbedingt wissen, was genau sie falsch gemacht, in welcher Hinsicht sie versagt habe, um nicht befördert zu werden. Sie bekam nur zur Antwort, dass sie einfach Pech gehabt habe, dass so etwas im Geschäftsleben eben vorkomme.

Dann erklärte er ihr, dass sie die tüchtigste Frau sei, die er kenne. Er lobte sie nach Strich und Faden. Und seine Komplimente waren genau die, nach denen sich Abby einstmals verzehrt hatte.

Doch im Traum klangen sie schrill. Markerschütternd schrill. Und plötzlich wusste sie, dass sie die tüchtige Frau immer nur simuliert hatte. Das war der Grund, warum sie versagt hatte. Richtige Frauen waren nicht ehrgeizig, waren nicht derart von Erfolg und Karriere besessen. Sie hatte es nicht geschafft, ein Mann zu sein, denn im Grunde ihres Herzens hatte sie nie ein Mann sein wollen. Sie wollte sie selbst sein, auf ihre Art leben. Das Wort „Versagerin" schrillte schmerzhaft laut wie eine Sirene in ihren Ohren ...

Abby riss die Augen auf. Durch die Balkontüren fiel fahles Winterlicht ins Zimmer. Das unablässige Schrillen kam gar nicht aus ihrem Albtraum.

Das Telefon klingelte.

10. KAPITEL

*N*och ganz benommen von ihrem Albtraum tastete Abby nach dem Telefonhörer.

„Also", platzte ihre Schwester Paige heraus, „wer ist er?"

„Liebe Güte, du hast schon mit Gwen telefoniert."

„Er ist nicht mehr bei dir, oder?"

Abby rollte sich auf den Rücken. Ihr Herz klopfte so heftig, als sei ihr Albtraum zurückgekehrt. Letzte Nacht hatte sich das größte Risiko, das sie je mit einem Mann eingegangen war, noch vergrößert. Wenn sie mit Gar zusammen war, schien alles in bester Ordnung zu sein. Und sie vergaß jeden Gedanken an verlorene Jobs und Versagen.

Doch ihr Traum hatte sie nicht halb so sehr geängstigt wie die Realität. Beruflich zu versagen, war eine Lappalie verglichen mit dem Risiko, einen Mann zu enttäuschen, in den sie sich hoffnungslos verliebt hatte.

„Ist er nun noch bei dir oder nicht?"

„Nein."

„Aber du bist noch nicht ganz wach. Wie wär's, wenn du dir das schnurlose Telefon schnappst, dir einen Kaffee aufbrühst und mir dabei Näheres erzählst?"

„He. Du scheinst vergessen zu haben, dass ich als Älteste eigentlich keine Befehle von meiner jüngsten Schwester befolge."

„Ist mir egal. Ich will wissen, wer der Kerl ist. Und wenn ich nicht den Eindruck gewinne, dass er ein anständiger Mensch ist, komme ich vorbei und nehme ihn selbst unter die Lupe."

Gleich darauf hatte Abby das Handy am Ohr und stellte Wasser mit Kaffeepulver in die Mikrowelle. „Wieso haben meine beiden Schwestern bloß diese Rambo-Manier?"

„Hör auf, dich zu beklagen. Bisher hat nie ein Mann bei dir übernachtet, nicht ein einziges Mal. Wir wissen nicht, ob wir uns für dich freuen sollen. Oder ihn umbringen. Bilde dir also nicht ein, dass wir uns heraushalten. Nun, ich nehme an, er ist clever, denn du wirst dich wohl kaum von Muskeln allein beeindrucken lassen. Und er muss etwas an sich haben, das dich aus der Reserve lockt …"

Inzwischen war Abby mit dem schnurlosen Telefon ins obere Bad gegangen. Mit der freien Hand griff sie nach der Zahnbürste. „Wie bitte? Was soll das heißen, mich aus der Reserve locken? Auf wessen Seite stehst du eigentlich?"

„Auf deiner, du dumme Liese. Also, können wir uns auf Orangen-
blüten und Ringe einstellen?"

Abby fiel die Zahnpastatube aus der Hand. „Paige, so weit ist es noch
lange nicht. Wir sind gerade dabei, uns kennenzulernen."

„Ich würde sagen, ihr seid schon weiter, wenn er die Nacht bei dir
verbracht hat. Wie war es?"

„Paige!"

„Spuck die Zahnpasta aus. Ich versteh dich kaum. Und ich frage
doch nur ganz allgemein. Wie Gwen immer sagt, wo steht er auf einer
Skala von eins bis zehn, wenn zehn Mel Gibson ist und eins bedeutet,
Wäschezusammenlegen macht mehr Spaß."

Abby spuckte aus. Dann wusch sie sich das Gesicht mit kaltem Wasser, um endlich hellwach zu werden.

„Na los, sag eine Zahl", drängte Paige. „Oder du kommst nicht zu
deinem Kaffee."

„Okay, okay. Fünfhunderteins."

„Heiliger Strohsack!" Paige war ernst geworden. „Hast du Angst?"

„Ja." Es tat Abby gut, das auszusprechen. Und egal wie neugierig
oder nervig ihre Schwestern waren, niemandem außer Paige oder Gwen
hätte sie das eingestehen können.

Und Paige verstand, dass sie nicht weiter über das Thema reden
wollte, denn während Abby unten in der Küche ihren ersten Schluck
Kaffee trank, erkundigte sich ihre Schwester nach ihren beruflichen
Plänen und ihrer Wohnung in Los Angeles.

„Ich werde meine Wohnung aufgeben, so viel steht fest. Deshalb
muss ich irgendwann hinfahren, um sie aufzulösen."

„Und wann willst du das machen?"

„Mit Sicherheit noch vor Ende Februar. Ich brauche nichts zu überstürzen, aber das Kistenpacken steht mir irgendwie bevor. Allerdings will
ich mich erst auf die Suche nach einem neuen Job machen, wenn ich innerlich so weit bin. In einer Großstadt jedenfalls will ich nicht mehr leben."

„Weißt du", meinte Paige nach kurzem Schweigen, „neulich hab ich
daran gedacht, wie wir drei als kleine Mädchen so absolut sicher waren,
was wir wollten. Und nun machen wir alle etwas ganz anderes. Aber in
den neunziger Jahren ist es für eine Frau eben schwierig, ihre Rolle zu
finden. Denn während wir groß wurden und uns änderten, änderten
sich auch unsere Erwartungen …"

Als Abby, nachdem sie aufgelegt hatten, nach oben ging, um sich
anzuziehen, klang das Gespräch noch in ihr nach.

Sosehr sie nach ihrer Kündigung versuchte, einen neuen Weg für sich zu finden und sich zu ändern, es war nicht einfach. Es war ein Fehler gewesen, eine berufliche Karriere zu wichtig zu nehmen, doch die traditionelle Frauenrolle schien auch nichts für sie zu sein, wie ihre chaotischen Versuche mit dem Plätzchenbacken und Handarbeiten bewiesen.

Nachdenklich ging Abby zur Kommode hinüber und betrachtete das Frauenprofil in der von ihrer Schwester geschnittenen Kamee. Die Frau hatte eine unglaubliche Ausstrahlung. Es war nicht unbedingt Schönheit, eher eine gewisse Heiterkeit, die Lebensfreude und Zuversicht widerspiegelte. Genau das schien Abby schon immer gesucht zu haben. Ruhige Heiterkeit. Das Gefühl, mit sich selbst in Einklang zu leben. Dabei war es völlig egal, ob sie Plätzchen backen konnte oder Leiterin einer Werbeagentur wurde. Das Einzige, was zählte, war ihre eigene Zufriedenheit.

Unversehens musste Abby an Gar denken. Sie hatten miteinander geschlafen. Das hatte ihre lockere Beziehung unwiderruflich verändert. Abby bedauerte nichts. Letzte Nacht hatte Gar nicht nur ihr Herz berührt, sondern auch ihre Seele. Doch sich in einen wunderbaren Mann zu verlieben, war eine Sache – eine andere, selbstsüchtig zu riskieren, dass er verletzt wurde.

Abby hatte nicht vergessen, wie sehr seine Exfrau ihn enttäuscht hatte. Er brauchte nicht noch eine Versagerin in seinem Leben, sondern eine ebenbürtige Partnerin. Und Abby war klar, dass sie entweder ihr Leben in den Griff bekommen oder das Spielfeld verlassen musste, damit er sich jemand anderen suchen konnte.

Während sie etwas zum Anziehen heraussuchte, gab sie sich zwei Wochen. Das war nicht viel Zeit, um mit sich ins Reine zu kommen, doch ihre kleine Reise nach Los Angeles wäre eine natürliche Zäsur, wenn ein Bruch sein musste.

Gar hatte von Anfang an offen gesagt, dass er nicht auf eine kurze Affäre aus war. Und sie auch nicht. Doch Abby hätte nie erwartet, dass ein Mann derart schnell und derart gründlich ihr Herz erobern würde. Wenn sie schon nicht ihre Emotionen steuern konnte, dann wenigstens ihr Tun. Sie würde diese beiden Wochen mit ihm verbringen, und sie würde sich dabei so verhalten, dass sie ihn nicht enttäuschte.

Sie konnte nicht zulassen, dass er eine neue Enttäuschung erlebte. All die Unternehmungen, an denen sie in letzter Zeit gescheitert war, waren nichts im Vergleich zu dieser Bewährungsprobe. Sie hatte das schmerzliche Gefühl, dass sie, wenn sie in ihrer Beziehung zu Gar versagte, als Frau schlechthin versagte. Und darüber würde sie vermutlich nie hinwegkommen.

Nachdem er überall im Hotel vergeblich nach Abby Ausschau gehalten hatte, blieb Gar an der offenen Bürotür stehen, müde nach seinem Termin mit der Bank.

Eigentlich hätte er gleich im Büro nachsehen sollen, denn hier hatte er für Abby vor ein paar Tagen einen Schreibtisch und einen Computer aufstellen lassen. Wusste der Himmel, warum Abby so schnell ihre Meinung geändert hatte – vor allem, weil sie noch immer behauptete, nichts mit Geschäften am Hut zu haben. Doch inzwischen arbeitete sie an einem Werbekonzept für das Hotel, und das ausgesprochen beharrlich und zügig. Er wollte nicht, dass sie so hart arbeitete, aber sie war nicht zu bremsen.

Es war fast acht Uhr abends, und er hatte nicht erwartet, dass Abby um diese Zeit noch am Computer saß. Im fahlen Schein des Monitors wirkte ihr Haar wie ein silbrig-goldener Vorhang. Ihr schwarzer Pullover bildete einen dramatischen Kontrast zu ihrer hellen Haut und ihrem blonden Haar. Sie nur zu betrachten, löste sofort heftiges Verlangen in Gar aus – aber das war nichts Neues mehr.

„Wieso bist du hier?"

„Um Ski zu fahren." Sie bedachte ihn zur Begrüßung mit einem Lächeln, schaute aber gleich wieder auf den Bildschirm.

„Komisch, ich habe nicht den Eindruck, dass du Ski fährst."

„Du hast ja keine Ahnung." Ohne den Blick vom Computer zu wenden, zog sie ihr Hosenbein hoch. „Ist das hier auf meinem Schienbein ein riesiger blauer Fleck oder nicht? Trotzdem, ich werde immer besser auf der Piste."

„Das habe ich gehört." Seine Mitarbeiter berichteten ihm praktisch von jedem Atemzug, den sie auf dem Gelände tat. Sie hatte alle im Handumdrehen für sich gewonnen. Er hatte gutes Personal, umgängliches Personal. Aber niemand hatte sich bisher mit Robb oder Miss Simpson anfreunden können, und Jennifer war bekannt für ihre Wutanfälle, falls ein Unbefugter einen Fuß in ihre Küche setzte. Nicht so bei Abby. „Weißt du eigentlich, dass es schon acht Uhr ist?"

„Das kann nicht sein. Ich kam um drei von der Piste herein, weil mir kalt war, und wollte beim Aufwärmen kurz ein paar Marketingideen durchspielen … Dein Cousin ist einfach hinreißend, findest du nicht?"

Falls Gar nicht irrte, sprachen sie eben noch davon, wie sehr sie sich in der Zeit vertan hatte, nicht von seiner Familie. „Welcher Cousin?"

„Ryder."

„Hinreißend? Das soll wohl ein Witz sein? Ryder ist dick, nur einen Kopf größer als ein Dackel und bekommt vorzeitig eine Glatze."

„Das kaufe ich dir nicht ab, mein Lieber." Ihre Finger flogen pausenlos über die Tastatur. „Ich hatte zwar nur per E-Mail Kontakt zu ihm, aber ich kenne mich aus mit Männern."

„Wenn du es sagst." Das war noch so eine Schwindelei von ihr, wie Gar annahm. Denn in ihrer ersten Liebesnacht war er sehr überrascht gewesen von ihrer Unerfahrenheit.

Genau wie von ihrer Reaktion auf seine Liebkosungen – in ihrer ersten Nacht und in den vier darauffolgenden Nächten. Abby eroberte langsam und vielleicht unwiderruflich sein Herz. Sie liebte genau so, wie sie alles andere tat – mit absoluter Hingabe. Leider neigte sie auch dazu, ihn leidenschaftlich gern zu necken.

„Also, wie kommst du auf die Idee, dass mein kleiner Cousin hinreißend ist?"

„Ich weiß es eben. Und übrigens, er hat mir einen Heiratsantrag gemacht."

„Wie bitte?"

„Nur per E-Mail. Wenn du ihm nicht geraten hättest, sich bei mir zu melden, dann wäre das nicht passiert. Er ist ein richtiger E-Mail-Charmeur." Sie seufzte theatralisch und berichtete Gar dann, dass sie mit Ryder über seine neue Firma geplaudert und ihm ein paar Vorschläge gemacht habe. „Er will mir tausend Dollar als Honorar schicken. Du musst mir helfen."

„Wobei denn? Beim Heiratsantrag oder beim Einlösen des Schecks?"

„Bei der Sache mit dem Geld natürlich. Ich will sein Geld nicht, Gar. Ich habe ihm doch nur ein paar freundschaftliche Tipps gegeben. Ich verstehe absolut nichts von dem Zeug, das er produziert. Und das hab ich ihm auch gesagt."

Auch wenn Ehrlichkeit sehr wichtig für Gar war, so begriff er langsam, dass Abby eigentlich nicht ihn – oder sonst jemanden – anschwindelte, wenn sie bei jeder Gelegenheit vorgab, eine Abneigung gegen Geschäftliches zu haben, sondern eher sich selbst.

Gar nahm an, das Ganze hatte etwas mit der mysteriösen Sache zu tun, derer sie sich schämte. Bisher war sie dem Thema stets geschickt ausgewichen, wenn er es einmal vertiefen wollte. Zunächst hatte er vermutet, das Problem müsse ein Mann sein, womöglich ein verheirateter. Warum sonst hätte es Abby so sehr zu schaffen gemacht? Wenn er sie dazu bringen könnte, sich ihm anzuvertrauen, dann würden sie die Sache schon bewältigen.

Inzwischen war Gar jedoch überzeugt davon, dass seine ursprüngliche Vermutung falsch war. Abbys Problem war kein Mann. Konnte es nicht sein. Dazu war sie viel zu erstaunt über ihre eigenen Empfindungen im Bett. Sie war ein einziger Widerspruch, einmal unglaublich schüchtern, dann wieder ungezügelt wild. Wie eine Frau, die von Natur aus derart sinnlich war, so wenig Erfahrung mit ihrer eigenen Lust haben konnte, verstand er absolut nicht.

Ausgeschlossen, dass er je genug von ihr bekommen würde.

„Abby Stanford, ich werde den Netzstecker ziehen, wenn du nicht endlich den Computer ausschaltest."

„Sofort, sofort …"

„Du musst doch hungrig sein. Wie wär's mit Dinner, einem schönen Glas Wein und einem traumhaften Schokoladendessert …"

„Schokolade!" Augenblicklich beendete sie das Programm und war im Handumdrehen bereit zum Aufbruch.

„Bei dir zieht nur Bestechung", neckte er sie. Er legte ihr einen Arm um die Schulter und geleitete sie hinaus. „Wir können essen, wo du willst, aber ich möchte kurz nach oben, um etwas Bequemeres anzuziehen, wenn du nichts dagegen hast."

„Kein Problem. Und wie war denn der Termin mit deinem Banker?"

„Lang und langweilig. Banker interessiert immer nur Geld. Das macht auf Dauer keinen Spaß." Auf dem Weg zum Lift kamen sie an der Rezeption vorbei. „Was hast du denn mit meiner Empfangsdame gemacht?"

„Mit Miss Simpson? Nichts."

„Ich hätte sie heute Morgen fast nicht erkannt."

„Sie sieht gut aus ohne die fünf Pfund Schminke, nicht wahr?"

„Du hast ihr gesagt, sie soll sich weniger auffällig frisieren und schminken?"

„Himmel, nein. Ich würde einer anderen Frau nie solche Ratschläge geben. Wir haben uns nur ganz allgemein darüber unterhalten, wie schweres Make-up wirken kann … wie eine Abwehr. Als wolle man sich dahinter verschanzen. Und dass bestimmte Typen einen anmachen, wenn sie eine Schwäche wittern …"

„Und?"

„Und sie wird in der Tat häufig angemacht. Von den falschen Männern. Da kam sie von selbst zu dem Schluss, dass sie sich dezenter schminken sollte. Gar, ich habe wirklich nichts damit zu tun."

In den letzten Tagen hatte Abby noch so manches andere bewerkstelligt. Zu Gars Überraschung hatte sie sich nun doch entschlossen, sich um ein Werbekonzept für das Hotel zu kümmern. Statt der „einen Stunde", von der sie neulich gesprochen hatte, war sie schließlich bis zum Abend geblieben. Am nächsten Tag war sie zum Skilaufen gekommen, hatte sich dann aber von Robb überall herumführen lassen. Und heute war es genauso. Sie war hergekommen, um „ein bisschen am Computer mit Ideen zu spielen". Und wieder hatte sie bis zum späten Abend für ihn gearbeitet.

Ein paarmal hatte sie ihn gebeten, ihr offen und ehrlich zu sagen, wenn sie störe. Doch sie habe nur noch etwa zwei Wochen Urlaub, und wenn sie wirklich ein gutes Marketingkonzept für ihn entwickeln wolle, müsse sie einfach noch mehr über das Hotel wissen. Gar hatte nichts dagegen, wenn sie sich alles ansah, und sie war ihm ganz bestimmt nicht im Weg. Im Gegenteil, er bekam sie viel zu selten zu Gesicht.

Dass sie ihre vierzehn Tage Resturlaub erwähnt hatte, beunruhigte ihn. Abby schien ihn vorzuwarnen, dass ihre Beziehung zeitlich begrenzt war – und die Zeit lief bedrohlich schnell ab.

Im Augenblick jedoch war Abby bei ihm. Sobald sie in seiner Suite waren, ging sie zum Kühlschrank. „Möchtest du ein Bier? Oder ein Glas Wein?"

„Einen Kuss."

„Männer!" Frech grinsend schlang sie ihm die Arme um den Nacken. „Versuch aber bloß nicht, dir mehr als einen zu erlauben, ehe du mich gefüttert hast, Gar Cameron."

Doch sie war nicht kleinlich. Schließlich hatte er sie den ganzen Tag nicht geküsst. Und in Gegenwart seiner Angestellten oder Gäste war sie immer besonders zurückhaltend.

Offenbar hatte sie ihn auch vermisst. Denn sie vertiefte den Kuss bereitwillig. Ihre Lippen waren unendlich weich und verführerisch, und sie eroberte seinen Mund mit dem gleichen heißen Verlangen wie er ihren.

Nach einer Weile hob sie den Kopf. „Verflixt, Gar Cameron."

„Haben wir noch Lust auf ein Dinner?"

„Nein. Aber von Luft und Liebe kann der Mensch nicht leben. Du bist seit dem frühen Morgen auf den Beinen. Du brauchst etwas zu essen. Und einen Moment zur Besinnung."

„Ich würde in der Tat gern schnell duschen …"

„Nur zu. Ich trinke unterdessen ein Glas Wein und sehe mir die Nachrichten an. Lass dir ruhig Zeit."

Nachdem Gar geduscht und sich rasiert hatte, zog er Jeans und einen bequemen Pullover an. Dabei dachte er die ganze Zeit darüber nach, wie gut Abby sich in ihn hineinversetzen konnte und erfasste, ob er müde oder gestresst war.

Ihr weibliches Einfühlungsvermögen, ihre instinktive Art, sich um ihn zu kümmern, war keineswegs aufdringlich oder fordernd. Er hoffte sehr, dass er sie umgekehrt genauso fürsorglich behandelte. Immer wieder musste er denken, wie gut sie zusammenpassten, wie gut sie füreinander waren. Er konnte sich schon gar nicht mehr vorstellen, auf Dauer ohne sie zu sein.

Als er ins Wohnzimmer zurückkehrte, fand er statt einer entspannten eine nervös auf und ab gehende Abby vor. In einer Hand hielt sie ihre Jacke, in der anderen seine.

„Wir brechen sofort auf."

„Was ist los?"

„Hast du das Telefon nicht gehört?"

„Einmal war mir so, aber der Elektrorasierer …"

„Also, du hattest drei Anrufe. Alles Frauen. Deine Exfrau. Dann jemand namens Narda mit einer dunklen Stimme. Dann, der sexy Stimme nach zu urteilen, eine Rothaarige namens Suzanne." Sie warf ihm seine Jacke zu. „Ich habe deinen Anrufbeantworter eingeschaltet. Deine anderen Frauen werden dich ein andermal zu fassen kriegen müssen. Denn jetzt, mein Lieber, kommst du mit mir."

11. KAPITEL

*D*as Dinner geriet ein wenig anders als ursprünglich geplant. Abby ließ den Blick durch das ganz in leuchtendem Blau gehaltene Badezimmer schweifen. Neben dem viereckigen Whirlpool brannten zwei Vanille-Kerzen. Nicht weit davon spiegelte sich eine dicke, nach Pfirsich duftende Kerze im deckenhohen Spiegel. Das heiße Wasser im Pool sprudelte leise. Und die sanfte Violinmusik aus der Stereoanlage gab dem in Halbdunkel gehüllten Raum etwas ausgesprochen Romantisches.

Die weißen Pappkartons mit dem chinesischen Essen auf dem Beckenrand wirkten zugegebenermaßen etwas deplatziert. Im Bad zu essen, hatte Abby zunächst Überwindung gekostet. Es war irgendwie dekadent.

Aber es funktioniert, dachte Abby zufrieden. Eigentlich hatte sie Gar den Vorschlag eher scherzhaft gemacht. Denn als sie gesehen hatte, wie abgespannt er war, war ihr bewusst geworden, dass er nicht so ohne Weiteres würde abschalten können. Schließlich hatte sie selbst jahrelang täglich viel zu lange gearbeitet.

Ihre Idee, im Pool chinesisch zu essen, hatte Gar in Gelächter ausbrechen lassen. Aber dabei hatte er begonnen, sich zu entspannen. Und es war gar nicht so schlimm, ihre anfängliche Scheu zu überwinden, wenn der Verstoß gegen die guten Sitten so augenfällig belohnt wurde.

Splitternackt, wie er war, saß Gar in einer Ecke des Sprudelbeckens, sie in der anderen. Sie hatten beide die Knie angezogen, und auch wenn Knie kein Tischersatz waren, so kamen sie mit ihren Menükartons und den Essstäbchen gut zurecht. Am Poolrand funkelten Gläser mit Weißwein im Kerzenlicht. Gars Haut glänzte feucht. Wassertröpfchen perlten über seine Schultern und verschwanden irgendwo in seinem Brusthaar.

Immer wieder ließ Abby den Blick über seinen Körper gleiten. Keine gute Idee, denn sein Anblick brachte ihr Blut in Wallung, und sie wollte sich zunächst ganz ihrem Essen widmen. Gars Anspannung war weitgehend gewichen. Jedoch nicht völlig. Sie ahnte, warum. Offenbar hatten sie noch eine Kleinigkeit zu besprechen.

Erst nachdem er je eine Portion Bratreis mit Shrimps und zweimal gebratenes Rindfleisch verspeist hatte, fasste er sich ein Herz.

„Also, diese Frauen, die mich angerufen haben …"

Es war das erste Mal, dass Abby ihn nervös erlebte, und sie konnte nicht widerstehen, ihn ein wenig zappeln zu lassen. „Du sitzt nackt mit mir im Whirlpool und möchtest über andere Frauen reden, Gar Cameron?"

„Ich finde es ganz passend, da mir das Wasser ohnehin schon bis zum Hals steht." Gar räusperte sich. „Suzanne ist tatsächlich rothaarig. Sie ist meine Börsenmaklerin. Und sie ruft am liebsten abends an, weil ich tagsüber so schlecht zu erreichen bin. Sie ist Mitte fünfzig, seit dreißig Jahren verheiratet, hat zwei Enkel …"

„Würdest du mir bitte das Chop Suey geben?"

Er reichte ihr den entsprechenden Pappkarton. „Narda … da fällt mir eine Erklärung schon schwerer."

Als Abby ohne Kommentar ihr Chop Suey zu essen begann, fuhr Gar fort: „Ich kenne sie praktisch, seit ich hierhergezogen bin. Anfangs gingen wir miteinander aus, um zu sehen, ob sich eine engere Beziehung entwickelt. Jetzt verabreden wir uns gelegentlich miteinander, wenn wir für eine Einladung eine Begleitung brauchen. Sie ist nett, hat sehr viel Humor. Eine gute Bekannte eben. Du würdest sie mögen."

„Aha." Abby hielt Gar ihr leeres Weinglas hin, und er schenkte ihr noch etwas Wein ein.

„Sie ruft relativ selten an. Und da wir nie mehr als gute Bekannte waren, brauchte sie nicht zu wissen, dass ich mit dir zusammen bin."

„Aha. Deine verheiratete Maklerin flirtet also gern mit dir am Telefon, und Narda ist einfach hinreißend und gibt dir gelegentlich zu verstehen, dass sie scharf auf dich ist …"

„Hab ich das etwa gesagt? Ich kann mich nicht entsinnen."

Abby fand, dass sie Gar genug hatte zappeln lassen. „Eigentlich habe ich nie angenommen, dass du bis zu dem Tag, an dem du mich kennengelernt hast, wie ein Mönch gelebt hast. Du bist ein erfolgreicher, ungebundener, attraktiver Junggeselle. Falls die Frauen in Tahoe nicht alle kurzsichtig sind, kann ich mir gut vorstellen, dass sie dir die Tür einlaufen."

„Du findest mich also attraktiv, hm?"

Abby verdrehte die Augen. „Ich versuche dir zu erklären, warum ich nicht gleich vor Eifersucht geplatzt bin, weil dich ein paar Frauen angerufen haben. Ich kann durchaus eifersüchtig werden, dich aber wohl kaum dafür verantwortlich machen, dass die Frauen hier einen guten Geschmack haben."

„Da gebe ich dir vollkommen recht", erklärte Gar todernst, woraufhin Abby ihn mit Wasser bespritzte und mit den Zehen kitzelte.

Er brach in Gelächter aus. Abby stimmte ein, auch wenn für sie das Gespräch noch nicht ganz beendet war.

„Gar, es geht mich vielleicht nichts an", begann sie zögernd, „aber auch deine Exfrau hat heute Abend angerufen. Sie ist nach wie vor nicht bereit, dich in Ruhe zu lassen, oder?"

Sofort war er wieder ernst. „Stimmt. Ich wünschte, ich wüsste, wie ich das Problem in den Griff bekommen kann. Aber mir will einfach keine Lösung einfallen."

„Habe ich das Problem womöglich noch verschlimmert? Ruft sie jetzt noch öfter an, weil es mich gibt?"

„Mach dir deswegen keine Gedanken, Abby. Es ist nicht dein Problem."

„Das ist keine Antwort auf meine Frage."

Er seufzte auf. „Seit sie am Abend deines Skiunfalls unangemeldet in die Gästesuite kam, weiß sie, dass wir zusammen sind. Es hat sie absolut nicht zu kümmern, was ich tue! Aber irgendwie scheint ihr nie in den Sinn gekommen zu sein, dass ich mit einer anderen Frau befreundet sein könnte."

„Dann geht sie dir also ernsthaft auf die Nerven?"

„Ich habe versucht, sie freundlich abzuwimmeln. Es nützt alles nichts. Sie kapiert es einfach nicht. Wenn es so weitergeht, werde ich prüfen, wie es mit einer Anzeige wegen ständiger Belästigung aussieht."

„Aber du hättest größte Skrupel dabei, nicht wahr? Es ist dir ein Bedürfnis, eine Frau zu beschützen. Ich kann mir nicht vorstellen, dass du hart mit einer Frau umgehst, wenn du es nicht unbedingt musst. Und wahrscheinlich machst du dir Sorgen, dass sie in Bezug auf Drogen noch nicht so stabil ist und womöglich rückfällig wird."

„Du hast es genau erfasst. Ich möchte ihr auf keinen Fall Hoffnung machen, aber auch nicht für das, was sie eventuell anstellt, verantwortlich sein."

„Und das bist du auch nicht, Gar. Du bist viel zu streng mit dir selbst. Tu einfach, was du kannst. Solange sie dich nicht direkt zum Wahnsinn treibt, brauchst du doch nichts zu unternehmen, was dir unangenehm ist. Allerdings …"

„Allerdings?"

Nein, es war nun wirklich nicht an ihr, ihm gute Ratschläge hinsichtlich seiner Exfrau zu geben. Es war höchste Zeit für ein unverfänglicheres Thema. „Allerdings … muss ich immer wieder an deine Wohnung im Hotel denken. Nicht dass sie nicht sehr schön wäre, aber du kannst dort eigentlich nie richtig abschalten. Hättest du nicht gern dein eigenes Zuhause? Mit einer richtigen Werkstatt?"

Und schon waren sie dabei, sich ein Traumhaus einzurichten …

„Ich möchte dicke Teppiche, weil ich zu Hause gern barfuß gehe …"

„Eine pflegeleichte Küche …"

„Unbedingt. Und viele Schränke, damit man schnell Ordnung schaffen kann."

„Und ich möchte in der Tat eine Werkstatt. Sie muss nicht riesengroß sein. Hauptsache, ich kann die Tür abschließen, sonst würde ich jeden erschießen, der hereinkommen will."

Abby kicherte. „Ich auch. Denn ich hätte auch gern einen Raum, der nur mir gehört."

„Wie viele Schlafzimmer möchtest du denn?"

„Hm. Das ist schwierig. Selbst ein Traumhaus sollte nicht so groß sein, dass man nur am Putzen ist. Aber einige Gästezimmer möchte ich trotzdem. Meine Familie kommt an den Feiertagen gern zu Besuch."

„Meine auch. Und was ist mit Kinderzimmern?"

„Kinderzimmern?"

„Du weißt schon. Zimmer für Kinder. Möchtest du welche?"

Plötzlich hatte Abby einen Kloß im Hals. Früher einmal wäre ihr die Antwort auf diese Frage leichtgefallen.

Sie hatte sich immer Kinder gewünscht. Sie liebte ihre Eltern und Schwestern über alles und hatte sich als Kind immer vorgestellt, einmal selbst eine große Familie zu haben. Doch je höher sie auf der Karriereleiter emporstieg, desto mehr verblasste dieser Traum. Und sie bekam immer größere Zweifel, ob sie als Frau, die im Beruf Erfolg hatte, in der traditionellen Frauenrolle nicht versagen würde.

Abby spürte, dass Gar sie eingehend betrachtete.

Sie zwang sich, den Kloß in ihrem Hals hinunterzuschlucken und nicht an ihre chaotischen Versuche als Hausfrau zu denken. Es gab keinen Grund anzunehmen, dass Gar einen Hintergedanken bei seiner Frage nach Kindern hegte. Sie plauderten nur so zum Spaß über ein Traumhaus, über Kinder im Allgemeinen. Die persönliche Krise, in der sie gerade steckte, war einzig und allein ihr Problem.

Gar wirkte jetzt völlig entspannt. Ihr verrücktes Dinner im Whirlpool hatte also geholfen. Zur Abwechslung hatte einmal sie etwas für ihn getan. Und um nichts anderes ging es heute Abend.

Gar stöhnte plötzlich leise. Weil er wohl gemerkt hatte, dass sich ihre

Zehen unerwartet weit vorwagten. „Wieso habe ich das Gefühl, dass wir nicht mehr über Traumhäuser reden?"

„Oh, du kannst ruhig über Traumhäuser reden."

„Also … im Moment habe ich eher Angst zu ertrinken."

„Du kannst nicht schwimmen?"

„Doch, kann ich."

„Du scheust ein kleines Risiko?"

In seinen Augen blitzte es auf. „Ich glaube, einer von uns beiden beschwört ernsthafte Schwierigkeiten herauf, Abby Stanford."

Ohne lange zu überlegen, rutschte sie zu Gar hinüber und küsste ihn. Seine Haut war nass und heiß. Schnell wurde aus einem kleinen, frechen Kuss der Auftakt zu etwas viel Leidenschaftlicherem. Gar nahm Besitz von ihrem Mund, spielte mit ihrer Zunge. Dass er dabei mit den Händen ihren Körper erkundete, fand sie sehr erregend. Genüsslich rieb sie ihre nassen Brüste an seinem Oberkörper, nahm die Wassertröpfchen auf seiner Schulter und an seinem Kinn spielerisch mit der Zunge auf. Eine der Duftkerzen flackerte und erlosch. Und plötzlich war die Atmosphäre im Bad noch intimer. Abby hörte, dass Gar schneller atmete. Das Wasser plätscherte und sprudelte. Doch nichts schien lauter als ihr eigenes Herzklopfen.

Mitten in einem weiteren atemberaubenden Kuss zog Gar sie unversehens auf seinen Schoß. Das Badewasser spritzte und schwappte, bis sie rittlings auf ihm saß. Ihr wurde heiß, denn es gab keinen Zweifel an seinem Vorhaben. Dazu spürte sie ihn viel zu deutlich.

„Du machst mich wahnsinnig", flüsterte er heiser.

Abby wurde von Panik ergriffen. Mit Gar war das bisher nicht vorgekommen, doch diese erotische Position verunsicherte sie sehr. Sie wusste nicht, wie sie sich bewegen sollte, hatte Angst, sich zu blamieren. Angst, die sie normalerweise lähmte. Doch ihr fieberhaftes Verlangen wurde immer stärker. Und daran war Gar schuld. Denn er hatte ihr die verrückte Idee in den Kopf gesetzt, dass sie die Macht hatte, ihn zu betören und ihm Vergnügen zu bereiten.

Und jetzt fegte sein herausfordernder Blick all ihre Ängste, ihn zu enttäuschen, einfach hinweg. Behutsam hob Gar sie an und sah ihr tief in die Augen, während er langsam in sie eindrang. Er fühlte sich an wie Stahl unter einer samtweichen Hülle. Heiß. Riesig. Und plötzlich schien sie nur noch aus purer Lust zu bestehen.

Im Halbdunkel begann er, ihre Brüste zu liebkosen. „Ich liebe dich", flüsterte er. Und dann: „Du bist unglaublich schön, Liebste."

Abby war inzwischen so tief erregt, dass sie sich instinktiv auf und ab zu bewegen anfing. In diesem Moment gab es für sie nur ihn. Nein, sie enttäuschte ihn nicht, war sie doch vollkommen mit ihm verschmolzen. Was ihm nicht gefiel, gefiel auch ihr nicht. Was ihre Sinne entflammte, entflammte auch seine.

Sie wusste, wie sie ihn lieben sollte. Diese erstaunliche Erkenntnis ging ihr durch und durch, nahm ihr all ihre Hemmungen und Ängste. Sie vertraute Gar. Sie brauchte ihn, aber nicht aus Schwäche, sondern aus Lust und Freude am Leben. Sie fühlte sich stark mit ihm. Sie spürte seine Liebe, und plötzlich überkam sie auf ihrem wilden Ritt durchs Wasser ein Gefühl unendlicher Freiheit.

Vor Glück hätte sie jubeln mögen, wenn sie beide nicht stöhnend und keuchend vom Strudel ihrer glühenden Leidenschaft mitgerissen worden wären. Mit urgewaltigem Beben wurde sie von den ersten Lustschauern erfasst und weiter und weiter emporgewirbelt. In ihrem Kopf schienen tausend Regenbögen zu explodieren, ihre Empfindungen überschlugen sich.

Und dann sank sie völlig erschöpft an Gars Brust.

„Wach auf, du Schlafmütze."

„Hm?" Noch halb im Traum durchlebte Abby gerade erneut, wie sie im Whirlpool auf Gars Brust sank. Wie er befreit lachte und sie dann unendlich liebevoll streichelte, während sie beide nach Atem rangen.

Ein Klaps auf den Po ließ sie blinzeln.

Letzte Nacht hatte er sie wie einen kostbaren Schatz behandelt. Er hatte ihr seine Liebe gestanden. Und es war ihr warm ums Herz geworden vor Sehnsucht.

Gar begann, ihr die Bettdecke wegzuziehen. „Du gemeiner Kerl."

„Aber, aber. Ich bringe dir das Frühstück ans Bett. Habe ich dafür nicht ein freundliches Wort verdient?"

Unwillig machte Abby die Augen auf. Aber dann sah sie das Tablett mit leckeren Sachen. Ein Omelette mit frischen Pilzen. Toast. Kaffee.

„Lieber Himmel, Gar Cameron, du machst mir Angst. Ich habe heute nicht Geburtstag. Du musst etwas wollen."

„Misstrauisch bist du gar nicht, oder?"

„Ich vertraue dir blind. Aber kein Mann macht sich aus lauter Herzensgüte so viel Mühe. Also, was willst du?"

„Nichts. Aber es wäre schön, wenn du schnell frühstücken könntest."

„Aha. Ich wusste, es steckt etwas dahinter", murmelte sie, ehe sie einen Schluck Kaffee trank. „Du bist nicht nur angezogen, sondern frisch geduscht und rasiert. Wann um alles in der Welt bist du aufgestanden?"

„Um sechs. Ich habe über unser Gespräch gestern Abend nachgedacht. Über Häuser, meine ich, und habe einen Grundstücksmakler angerufen ..."

„So früh am Morgen?"

„Russ ist ein guter Freund und ein Frühaufsteher wie ich. Er hat mir ein Haus angeboten, das gerade auf den Markt gekommen ist. Da ich mittags wieder im Hotel sein muss, könnten wir uns das Haus gleich heute Morgen ansehen."

Abby schluckte ihren Toast hinunter. „Warum diese Eile? Möchtest du einen solchen Schritt nicht erst mal überdenken?"

„Immobilien in Tahoe können sehr schnell weg sein, besonders in bevorzugter Lage, und Russ scheint dieses Haus für ein Schnäppchen zu halten. Ich möchte es mir nur ansehen, hätte aber gern auch deine Meinung gehört."

„Jetzt ist es neun, das heißt also, ich habe genau drei Minuten, um dieses wundervolle Frühstück zu beenden und mich anzuziehen."

„He, ich wollte dich nicht drängen. Du kannst dir wenigstens fünf Minuten Zeit lassen."

Lachend warf Abby ein Kissen nach Gar. Es war ihr egal, ob er es mit dieser Hausbesichtigung ernst meinte oder ob es nur ein „spielerischer" Ausflug war. Sie wollte mit Gar zusammen sein, jedoch nicht in der Nähe des Whirlpools oder des zerwühlten Bettes – vorläufig nicht.

Seit ihrer ersten unvergesslichen Liebesnacht hatten sie fast jede Nacht miteinander geschlafen. Doch diesmal war der Morgen danach irgendwie anders für sie. Gar hatte ihr seine Liebe gestanden, und ihr Erlebnis im Whirlpool hatte eine ganz besondere Bedeutung für sie. Es war ihr schon länger bewusst, dass sie sich in Gar verliebt hatte. Aber nicht, wie vollkommen anders ihre Gefühle für ihn waren im Vergleich zu dem, was sie bei anderen Männern empfunden hatte. Sie musste unbedingt gründlich über alles nachdenken. Doch jetzt wollte sie erst einmal die Hausbesichtigung mit ihm genießen.

Das Haus auf der Westseite des Lake Tahoe war aus Stein, hatte einen umlaufenden Balkon und lag am Ende einer gewundenen Privatzufahrt. Es gefiel Abby auf Anhieb.

Sobald sie im Haus waren – Gar hatte den Schlüssel beim Makler abgeholt – erzählte Gar ihr, dass der jetzige Besitzer aus beruflichen Gründen weggezogen sei.

„Wunderschön, nicht?"

„Ja, das ist es." Sie sah sich alles sehr genau an, einschließlich der Garage und der darüber liegenden Werkstatt.

Im vorderen Flur trafen sie sich wieder. „Also, wie findest du es?"

„Es ist wirklich fantastisch. Aber nichts für dich."

„Wieso nicht? Es gefällt mir sehr."

„Mir gefällt es ja auch, aber es gibt zu vieles, was nicht so günstig für dich wäre." Sie zeigte Richtung Wohnzimmer. „Ein schöner Raum. Tolle Aussicht. Aber es ist kein Platz, um eine große Couch aufzustellen. Und bei deiner Größe brauchst du eine große Couch."

Sie führte ihn zum Eingang zurück. „Kein Platz für eine vernünftige Garderobe, um Jacken und nasse Stiefel unterzubringen. Das heißt, du würdest unvermeidlich Schmutz ins Haus tragen und müsstest dauernd putzen."

„Keine gute Idee. Die Werkstatt allerdings ist ideal."

„Schon, aber es muss doch noch andere Häuser mit einer Werkstatt geben, die nicht diese vielen Nachteile haben. Der Flur schmal und lang, alles verschenkter Raum. Wo lässt du deine Skier und andere Sportsachen? Oben gibt es jede Menge Stauraum, aber fast keinen hier unten. Nein, das Haus ist einfach nicht praktisch für dich."

„Ich werde nie wieder allein ein Haus besichtigen. Das alles wäre mir gar nicht aufgefallen."

Als sie dann wieder in seinem Cherokee saßen, wollte er wissen: „Wie war eigentlich deine Wohnung in Los Angeles?"

„Verkehrt."

„In welcher Hinsicht verkehrt?"

„Das ist schwer zu erklären. Als ich einzog, hielt ich sie für perfekt. Jetzt möchte ich sie am liebsten nie mehr betreten. Aber das muss ich natürlich. Ich glaube, ich habe dir gesagt, dass ich in etwa einer Woche hinfahren muss, um zu packen."

„Du hast dich von heute auf morgen entschlossen auszuziehen?"

„Ja."

Gar startete den Motor, fuhr aber noch nicht los. Bis vorhin hatte Abby ihren gemeinsamen Vormittag mit Gar so sehr genossen, dass die Realität mit ihren Problemen nicht zu existieren schien. Eine gefährliche Illusion. Und als Gar unversehens eine Sonnenbrille aufsetzte, änderte sich alles.

„Und was passiert nach deiner Wohnungsauflösung?"

Wenn sie seine Augen hätte sehen können, wäre ihr wohler gewesen. So wusste sie nicht, wie ernst er die Frage meinte. „Ich muss mir einen Job suchen, weiß aber noch nicht, wo oder was für einen. Auch wenn es unvernünftig klingt, eine Entscheidung möchte ich nicht vor dem Ende dieses Urlaubs treffen. Gar …" Sie zögerte. „Ich weiche dir nicht absichtlich aus. Ich versuche nur, so gut ich kann mit einem Fehler, den ich gemacht habe, fertigzuwerden. Sicher ist nur, dass ich nicht mehr so leben möchte wie bisher."

„Abby, was glaubst du, würde passieren, wenn du mir vertrauen würdest? Denkst du, ich würde die Flucht ergreifen, wenn du mir ein Problem offenbarst?"

„Nein. Hilfsbereit, wie du nun mal bist, würdest du versuchen, mir zu helfen."

„Verflixt, wovor hast du dann Angst?"

Sie brauchte nicht lange zu überlegen. „Davor, dich zu enttäuschen."

„Vielleicht kannst du das gar nicht."

„Gar Cameron, ich habe mich selbst enttäuscht. Sehr. Und es fällt mir schwer genug, damit zu leben."

Ironischerweise erschien Abby ihre Kündigung auf einmal wie ein Segen. Wenn sie ihren Job nicht verloren hätte, hätte sie vielleicht nie ernsthaft über ihr oberflächliches Leben nachgedacht. Aber welche Fehler sie auch gemacht hatte, sie hatte nie jemanden dabei verletzt außer sich selbst.

Nun allerdings hatte sie sich in den besten Mann verliebt, den sie je getroffen hatte. Gars Achtung war ihr ungeheuer wichtig. Ebenso seine Liebe. Sie versuchte angestrengt, sich mit ihren Fehlern abzufinden. Aber sie würde sich nie damit abfinden können, Gar zu enttäuschen.

12. KAPITEL

*S*elbst der Präsident der Vereinigten Staaten würde Jennifer nicht aus ihrer Küche locken, dessen war sich Gar sicher. Sie scheute die Öffentlichkeit. Zuletzt hatte er sie vor drei Tagen im Restaurant gesehen – als Abby zum Lunch gekommen war. Trotz der für einen Donnerstag typischen Hektik im Restaurant sah er seine Köchin auf einmal mit einem voll beladenen Tablett direkt auf den Tisch zusteuern, an dem er und Abby saßen.

Nachdem Jennifer das bestellte Essen serviert hatte, runzelte Gar die Stirn. Neben Abbys Teller stand ein Stück Schokoladenkuchen – und ein glasiertes Schokotörtchen mit heißer Karamellsoße.

„He, wieso bekommt sie zwei Desserts? Was ist mit mir?"

„Sie sind nur der Boss", belehrte Jennifer ihn, als erkläre das alles. Dann tätschelte sie Abby die Schulter. „Falls er Ärger macht, meine Liebe, dann rufen Sie mich. Als Mutter von vier Söhnen weiß ich, wie man einen Mann in seine Schranken weist. Und sagen Sie mir Bescheid, wenn Sie noch auf irgendetwas Appetit haben, Sweetheart."

Abby bedankte sich herzlich, woraufhin die Küchenchefin strahlend Richtung Küche verschwand.

„Ich weiß nicht, wie du es angestellt hast, sie für dich zu gewinnen. Mir gegenüber fehlt ihr jeder Respekt."

Abby schmunzelte. „Aber nein, sie verehrt den Boden, auf dem du gehst. Sie hat mir selbst gesagt, was für ein toller Chef du seist."

„Warum hat sie dir dann den Schokoladenkuchen serviert und mir nur Frechheiten?"

„Aha! Es ging dir also gar nicht um Respekt, sondern nur um den Schoko…" Mitten im Satz brach Abby ab, weil ihr Blick plötzlich auf einen Mann fiel, der gerade das Restaurant betreten hatte.

Normalerweise wäre Gar nicht gerade begeistert gewesen, wenn ein großer, dunkelhaariger, gut aussehender Fremder sie derart in seinen Bann zog. In diesem Fall nutzte er die Gelegenheit, um ein Stückchen von ihrem Kuchen zu stibitzen und sie zu betrachten.

Abby trug heute einen schlichten Hosenanzug in Kakaobraun. Die Farbe unterstrich ihren frischen Teint und ließ ihr Haar wie schimmernden Honig aussehen. Ein korallenrotes Halstuch und Perlstecker setzten modische Akzente. Sie übertrieb nie mit Make-up oder ihrer Kleidung, sondern wirkte stets schick und elegant, wenn sie ausgingen.

„Gar, ich fasse es nicht …" Sie schaute noch immer gebannt zu dem Fremden am Eingang hinüber.

„Hm?" Er nutzte ihre Faszination, um seinen Gedanken nachzuhängen.

Seit ihrer Hausbesichtigung hatte sie ihn keineswegs gemieden. Im Gegenteil. Sie liefen jeden Nachmittag zusammen Ski. Gar hätte schwören können, dass durch Abbys Adern pure Energie floss statt Blut. Sie schaffte ihn auf der Piste – dabei war er der erfahrene Skiläufer. Und wenn sie anschließend zu Hause waren, versprühte sie noch mehr von ihrer unglaublichen Energie in einer völlig anderen Disziplin – und auch hier war er der Erfahrenere von ihnen beiden. Aber sie holte auf. Verdammt schnell. Und unvergleichlich gekonnt.

Abby zupfte ihn am Ärmel, aber Gar interessierte der Mann am Eingang überhaupt nicht.

Wenn er nicht irrte, war sie seit der Hausbesichtigung innerlich auf dem Sprung. Dabei hatte er gehofft, sie käme vielleicht auf die Idee, dass sie heiraten und Kinder haben könnten. Aber nein. So gründlich sie sich das Haus angesehen hatte, sie hatte dabei nur darauf geachtet, ob es für ihn praktisch war – allein.

Bei jeder Gelegenheit kam sie auf ihre bevorstehende Reise nach Los Angeles zu sprechen, als suche sie nach einem Vorwand zur Flucht. Es ergab keinen Sinn für Gar. Sie schien glücklich zu sein. Er konnte sich nicht denken, warum die wunderbare Beziehung, die sich zwischen ihnen entwickelte, ihr Angst machen könnte …

Außer diesem Geheimnis in ihrer Vergangenheit, das sie hütete wie einen Goldschatz. Wenn er nichts unternahm, um hinter dieses verflixte Geheimnis zu kommen, dann lief sie womöglich wirklich davon. Wusste der Himmel, ob sein Plan funktionierte, aber ihm blieb keine Wahl.

Abby zog ihn jetzt energisch am Ärmel. „Gar, auch wenn es verrückt klingt, da kommt ein Mann zu uns herüber, der genau aussieht wie du."

Nein, nicht genau wie ich, dachte Gar amüsiert. Sein Cousin sah ihm zwar sehr ähnlich, war jedoch sechs Jahre jünger. Und im Umgang mit Frauen war Ryder ein richtiger Charmeur.

Wenn jemand es verstand, eine Frau zum Plaudern zu animieren, dann sein Cousin.

Die beiden Männer begrüßten sich herzlich, und nachdem Ryder auch Abby begrüßt hatte, behauptete er, dass er nur ihretwegen gekommen sei.

„Sie haben meinen Scheck zurückgeschickt, meine Liebe", beklagte er sich.

„Natürlich."

Ohne mit der Wimper zu zucken, nahm Ryder sich Gars Weinglas und Abbys restlichen Schokoladenkuchen. „Ich weiß nicht genau, warum Sie nicht mit mir arbeiten wollen. Aber da das nicht per E-Mail zu klären sein dürfte, dachte ich mir, ich komme persönlich vorbei, um Sie vielleicht zu überzeugen, dass ich gar nicht so übel bin." Und dann erläuterte er Abby sein Problem. „Ich bin zwar ganz schön clever – mein lieber Cousin hier kann das bezeugen –, aber in erster Linie in Sachen Mathematik und Maschinenbau. Von Marketing dagegen verstehe ich so gut wie nichts. Die Vorschläge, die Sie mir per E-Mail gemacht haben, gefallen mir."

Gar hatte seinen Cousin schon häufig in Aktion erlebt. Charmant und witzig, wie er war, merkten die meisten Leute überhaupt nicht, wenn ihm etwas ernst war.

Abby schon. Sofort als Ryder seinen Scheck erwähnt hatte, war sie unruhig geworden. Wie immer, wenn das Thema auf Geschäfte kam. Auch diesmal verlor sie ihre Selbstsicherheit nicht und lächelte unentwegt, doch Gar merkte, wie sie die Hände in ihrem Schoß verkrampfte.

„Ryder, ich habe doch nur ganz allgemein über Werbung mit Ihnen geplaudert. Das war nicht so ernst zu nehmen."

„Wie auch immer. Ich möchte Ihre Ideen aufgreifen. Und das ist ja wohl nur rechtens, wenn ich Sie dafür bezahle. Zudem weiß ich natürlich – clever, wie ich bin –, dass man Ideen umsetzen muss, damit sie Erfolg bringen." Weil er den Kuchen inzwischen aufgegessen hatte, sah Ryder sich auf dem Tisch nach noch etwas Essbarem um. Er schnappte sich ein Brötchen. „Also, ich möchte Ihnen für Ihre Ideen plus deren Umsetzung ein Honorar zahlen."

„Ryder, man engagiert doch niemanden, ohne sich nach den Qualifikationen des Betreffenden zu erkundigen."

„Ihre Ideen haben mich einfach überzeugt. Es steht Ihnen natürlich frei, mir Näheres über Ihre Qualifikationen zu erzählen. Aber ehrlich gesagt, ich weiß bereits alles von Ihnen, was ich wissen muss." Die beiden Männer mieden jeden Blickkontakt. Im Moment war Ryder ganz damit beschäftigt, sein Brötchen zu buttern. „Ich denke, ein Jahr. Ich brauche einfach ein wenig Unterstützung dabei, mein Baby zum Laufen zu bringen. Sie brauchten nicht mal vor Ort zu sein, Abby. Mit Telefon und Internet kann man von überall aus arbeiten. Eine Reise würde ich Ihnen allerdings spendieren, damit Sie sich meine Firma ansehen können."

Leise lachend schüttelte Abby den Kopf. „Ihr Cameron-Männer scheint auf einem Ohr taub zu sein. Keiner von euch beiden hört mir zu."

„Aber genau das will ich ja, meine Liebe. Ihnen zuhören. Und ich würde Sie gut bezahlen. Oder mögen Sie Geld nicht?"

„Jeder mag Geld. Aber …"

„Sie arbeiten schon so viel, dass Sie nicht noch einen Job übernehmen können?"

„Das ist es nicht."

„Wo liegt dann das Problem?"

„Sie versuchen, mich zu überrollen. So schnell treffe ich keine Entscheidungen. Wenn Sie möchten, denke ich über Ihren Vorschlag nach – aber eine Antwort bekommen Sie nicht sofort. Und wenn Sie sich an meinem Schokotörtchen vergreifen, dann kommen Sie nicht lebend aus diesem Restaurant heraus."

Bedächtig schob Ryder ihren Kuchenteller zurück und sah Gar an. „Sie lässt sich nichts bieten, hm?"

„Knallhart ist sie", bestätigte Gar.

„Schön, clever und knallhart. Abby, sind Sie sicher, dass Sie mich nicht heiraten wollen?"

Ihre schlagfertige Antwort brachte Ryder zum Lachen, und zu Gars Erstaunen ging es, während sie zu Ende aßen, genauso weiter. Abby blieb nie eine Antwort schuldig, amüsierte sich dabei köstlich, kurz, sie verstand es bestens, mit seinem eigensinnigen Cousin umzugehen. Allerdings aß sie auch fast nichts – nicht einmal ihr Schokotörtchen.

Sobald die zweite Tasse Kaffee serviert worden war, erklärte Abby, sie sei sehr müde und wolle nach Hause. Die beiden Cousins hätten sich doch sicher noch viel zu erzählen.

Auch Ryders vehementer Einspruch stimmte sie nicht um.

Gar bestand darauf, sie zum Wagen zu begleiten. Die Nacht war kalt und sternenklar, ein großer Kontrast zu dem gemütlich warmen Restaurant, und als Abby zu frösteln begann, legte Gar einen Arm um sie und küsste zärtlich ihre Stirn.

„Also, was hältst du von Ryder?"

„Er hat es faustdick hinter den Ohren, könnte glatt jeden um den Finger wickeln, und für seinen Charme bräuchte er eigentlich einen Waffenschein. Spaß beiseite, ich finde ihn unheimlich nett."

„Ich mag ihn auch. Hinter seiner witzigen Art steckt ein guter Mann mit viel Herz."

Als sie ihren schwarzen Lexus erreicht hatten, sagte Abby ruhig: „Diesen Besuch hast du arrangiert."

Obwohl das nicht verärgert klang, machte Gar sich auf einen Konflikt gefasst. Plötzlich bekam er Angst, Abby zu verlieren. „Ja, stimmt. Allerdings habe ich Ryder nicht zu dieser Stippvisite überredet – überreden lässt mein Cousin sich zu nichts. Doch ich wusste, dass er gern kommen wollte, und ich wusste, dass er dir ernstlich einen Job anbieten wollte."

„Du hättest mich vorwarnen können."

„Ja, das hätte ich. Auf jeden Fall hätte ich eingegriffen, wenn du dich bei der Unterhaltung bedrängt gefühlt hättest. Es lag allein bei dir, auf Ryders Angebot einzugehen oder nicht – und ich denke, du würdest auch spielend mit mehreren Ryders gleichzeitig fertig. Es gab also keinen Grund, mich einzumischen."

„Es geht nicht darum, ob ich mit ihm fertigwerde. Sondern vielmehr, warum du mir nicht gesagt hast, dass er kommt."

„Weil ich ein paar Antworten haben wollte, Abby. Zum Thema, woher du kommst und wohin wir beide gehen. Du schweigst dich darüber ja beharrlich aus." Gar fiel selbst auf, wie ungeduldig er geklungen hatte.

Stumm schaute Abby ihn an.

Vorhin, als sie mit Ryder über Geschäftliches geplaudert hatte, hatte sie vor Energie und Begeisterung nur so gesprüht. Jetzt dagegen wirkte sie sehr bedrückt.

Gar verstand das einfach nicht. Und obwohl er ihr Ryder auf den Hals geschickt hatte, hatte die Begegnung bloß bestätigt, was ihm schon bekannt war. Auch wenn Abby Urlaub brauchte, das Faulenzen machte sie nicht glücklich. Sie musste eine Beschäftigung haben. Und egal wie stur sie jede Auskunft über ihren Beruf verweigerte, es war klar, dass sie profunde Kenntnisse und Erfahrung in geschäftlichen Dingen besaß.

Gar wusste nicht, ob sie Ryders Angebot, die Werbung für seine Firma zu gestalten, annehmen würde. Oder sein eigenes. Und er wusste noch immer nicht, warum ihr das Thema „Beruf", derart unangenehm war.

„Gar." Unsicher strich sie über das Revers seiner Jacke. „Hast du je bei etwas versagt?"

Das war das Gespenst, das sie verfolgte? „Natürlich. Nicht nur bei einer Sache."

„Ich meine, bei etwas Schwerwiegendem.“

„Ich habe in einer Ehe versagt, Abby. Das ist doch wohl schwerwiegend genug.“

„Janet hat dich enttäuscht. Auch wenn du dich verantwortlich fühlst, Gar, das Scheitern der Ehe hat sie verursacht.“ Abby holte tief Atem. Ihre Stimme klang so besorgt, so müde, wie er es bei ihr noch nie erlebt hatte. „Ich habe zu keiner Zeit erwartet, Fehler immer vermeiden zu können. Aber Achtung ist mir wichtig. Selbstachtung. Und deine Achtung. Eine Beziehung kann nicht funktionieren, wenn die Partner sich nicht ebenbürtig sind. Verstehst du, was ich meine?“

„Nein.“ Er packte sie am Arm, als sie sich zu ihrem Wagen drehen wollte. „Nichts im Leben ist gleich. Du hast also einen Fehler gemacht. Glaubst du denn, ich würde dich verurteilen, wenn du mir sagen würdest, worum es ging?“

„Nein.“

„Meinst du, ich weiß nicht, wie Fehler einen belasten können?“

„Doch.“

Es war nicht das erste Mal, dass Abby sich in sich zurückzog, ihn ausschloss. Und es machte Gar ungeduldig. „Ich liebe dich. Und ich glaube, du mich auch. Aber ich möchte nicht nur eine Geliebte haben, sondern eine Ehefrau, die mein Leben teilt. Ich kann dich nicht zwingen, mir zu vertrauen. Doch irgendwo ist eine Grenze. Ich will, dass du ehrlich mit mir bist.“

„Du bist wütend.“

Er ließ sie sofort los und zwang sich zur Ruhe. „Ich habe einmal den Fehler gemacht, ein Problem in mich hineinzufressen. Es funktioniert nicht. Deshalb möchte ich endlich wissen, warum du dich nicht aussprechen willst.“

„Gar, mit dieser Sache muss ich allein ins Reine kommen. Ich fürchte einfach, dass du versuchen würdest, mir zu helfen.“

„Das ergibt überhaupt keinen Sinn.“

„Wenn du vielleicht weniger wütend wärst ...“

„Ich bin nicht wütend.“

„Doch. Sehr sogar. Und ich verdenke es dir nicht. Du hast immer nur von mir erwartet, dass ich offen und ehrlich bin, und das war ich nicht. Ich weiß, wie wichtig dir wegen deiner Exfrau Ehrlichkeit ist. Aber die Geschichte mit deiner Exfrau hat mir klargemacht, dass du nicht noch jemanden brauchst, der nicht auf eigenen Füßen steht. Wenn ich nicht deine ebenbürtige Partnerin sein kann, dann verschwinde ich lieber aus deinem Leben." Damit wirbelte sie so schnell herum, dass sie fast gestolpert wäre.

„Warte ..."

Ihr Gesicht war jetzt kreidebleich. „Ich friere und möchte nach Hause."

Sie zitterte in der Tat wie Espenlaub. Und ein Parkplatz war nun wirklich nicht der geeignete Ort für eine Auseinandersetzung. Gar beschlich das ungute Gefühl, dass er Abby nicht gehen lassen sollte. Sie mussten unbedingt miteinander reden. Jetzt gleich. Andererseits hätte er vielleicht noch bessere Argumente, wenn er erst in Ruhe über alles nachdenken konnte.

„Ich möchte nicht, dass du wegen unserer Meinungsverschiedenheit außer dir bist. Es ist nur ein Konflikt, Abby, über den wir reden müssen, weiter nichts. Das heißt nicht, dass du mir nichts mehr bedeutest oder ..."

„Oh Gar. Ich liebe dich." Das hatte sie ihm noch nie gesagt, und ihr Geständnis machte ihn sprachlos. Ebenso das hastige, zärtliche Küsschen, das sie ihm gab. Es drückte solche Verzweiflung aus, dass Gar von Panik gepackt wurde.

Im nächsten Moment saß Abby in ihrem Lexus und fuhr weg.

Er würde sie als Erstes am nächsten Morgen anrufen. Nein, das war zu spät. So lange würde er nicht warten können. In knapp einer Viertelstunde müsste sie zu Hause sein, und gleich dann würde er sie anrufen.

Alles würde gut werden ... Sicher würde sich ein Weg finden, alles zu klären – wenn er doch bloß noch einmal mit ihr reden könnte.

13. KAPITEL

*E*igentlich wollte Abby nach Hause fahren, als sie den Parkplatz verließ. Auch dann, als ihr Lexus an der Abbiegung weiter geradeaus fuhr, hatte sie nicht wirklich vor, die Stadt zu verlassen. Aber irgendwie schien ihr Lexus plötzlich seinen eigenen Kopf zu haben, und ehe sie es sich versah, lag Tahoe hinter ihr und sie war auf dem Weg nach Sacramento. Weder die pechschwarze Nacht noch die endlosen Stunden auf der Straße schienen ihr verrückt gewordenes Auto zu besänftigen. Irgendwann musste sie anhalten, um zu tanken und Tabletten gegen ihre rasenden Kopfschmerzen zu besorgen.

Als sie auf den Pasadena Freeway abbog, der direkt nach Los Angeles führte, graute bereits der Morgen. Es war frisch, aber mit Sicherheit viel wärmer als im Februar in den Bergen. Zwischen Kalifornien mit seinen Abgasen und den schneebedeckten Bergen um den Lake Tahoe mit ihrer klaren, sauberen Luft lagen Welten.

Alles in der Stadt war Abby vertraut. Immerhin hatte sie sieben Jahre hier gelebt und Los Angeles als Heimatstadt betrachtet. Und als sie ihr altes Apartment aufschloss, fand sie, dass es eine großartige Idee war herzukommen. Vielleicht war ihre Abreise mitten in der Nacht impulsiv gewesen, doch sie hatte ja ohnehin in den nächsten Tagen herkommen wollen, um ihre Wohnung aufzulösen.

Zudem hatte ihr Lexus sie gut acht Stunden und weit über fünfhundert Meilen von Gar weggebracht. Nein, sie war nicht geflohen, weder vor ihrer Auseinandersetzung noch vor Gar selbst. Vielmehr hatte sie ihn von einem ernsten und unlösbaren Problem befreit.

Abby zog Stiefel und Jacke aus. Der Riesenkloß, der ihr selbst nach der langen Autofahrt noch immer im Hals saß, wollte auch jetzt nicht verschwinden. Denn statt ihre Wohnung vertraut zu finden, war es, als habe sie ein fremdes Apartment betreten.

Sie brauchte unbedingt einen Schluck Wasser, etwas zu essen, Schlaf. Vor allem Schlaf, denn sie war im Moment viel zu erschöpft, um einen Umzug zu organisieren.

Nach einem Rundgang durch ihr Apartment ließ sie sich im Schlafzimmer aufs Bett fallen. Nur zu genau erinnerte sie sich, warum ihr die richtige Adresse, die richtige Wohnung so wichtig gewesen waren. Zu einer aufstrebenden Karrierefrau hatte eben auch ein bestimmtes Image gehört. Seinerzeit hatte sie an ihrem Leben nichts künstlich oder aufgesetzt gefunden. Leistung zählte. Und Erfolg. Dazu kam harte Arbeit, aber auch, dass man keine Fehler machte und nichts dem Zufall überließ. Die Abby Stanford, die die edle, ganz in Schwarz und Weiß gehaltene Einrichtung ausgesucht hatte, bestand nur aus Ehrgeiz.

Und es war beängstigend, dass sie die Frau, die in diesem Apartment gelebt hatte, nicht mehr kannte. Die hatte alles immer nur in Schwarz und Weiß gesehen, und ihr Urteil über Richtig oder Falsch nie angezweifelt.

Plötzlich sah Abby Gar wieder vor sich, und der Kloß in ihrem Hals wurde noch größer. Fröstelnd zog sie die Tagesdecke um sich. Ja, ihn zu verlassen, war das einzig Richtige gewesen.

Er hatte es auf den Punkt gebracht. Er brauchte eine Partnerin, eine Ehefrau. Nicht nur eine Geliebte. Und mit Sicherheit keine Frau, die in letzter Zeit keine klare Linie mehr in ihrem Leben fand, egal, wie angestrengt sie es versuchte. Das Einzige, worin sie neuerdings glänzte, war, zu versagen.

Abby schloss die Augen. Sie war todmüde. Doch sie bedauerte nicht, dass sie gegangen war. Nein, sie enttäuschte Gar nicht. Er würde eine andere Frau finden, eine, die stärker war als sie und ihn nicht enttäuschte.

Plötzlich stiegen ihr Tränen in die Augen. Das Herz schien ihr zu brechen, als sie sich zusammenkuschelte und zu schlafen versuchte.

Als Abby am Nachmittag ein Fenster öffnete, um frische Luft zu schöpfen, sah sie einen roten Taurus vor ihrer Wohung an den Straßenrand fahren.

Die frische Luft tat ihr gut, doch sie hatte keine Zeit für eine Pause. In wenigen Stunden hatte sie ihre Wohnung in das reinste Chaos verwandelt. Zum Glück hatte sie in ihrer alten Firma jemanden gefunden, der die Möbel übernehmen wollte. Sie hatte sich um ihre Post gekümmert, eine Nachsendeadresse arrangiert und mit dem Hausverwalter vereinbart, wann Strom und Wasser abgestellt wurden. Dann war es erst richtig losgegangen.

Sie musste die Küchenschränke ausräumen. Ihre Kleidung sortieren und einpacken, Lampen, Kleinmöbel und Gemälde bereitstellen, da sie sie einlagern wollte, bis sie eine neue Wohnung hatte. Aber wohin sie auch sah, überall stand und lag noch mehr herum. Wie hatte sie in nur sieben Jahren so viele Sachen anhäufen können?

Und die ganze Zeit hatte sie an Gar denken müssen, genau wie jetzt. Deshalb schenkte sie dem Wagen vor ihrem Apartmenthaus auch erst dann ihre volle Aufmerksamkeit, als zwei Frauen ausstiegen, die sie sehr gut kannte.

Abby war fassungslos. Barfuß wie sie war, rannte sie auf die Straße. „Ich dachte, ich hätte Halluzinationen! Seid ihr beide verrückt geworden? Was macht ihr hier? Woher wusstet ihr überhaupt, dass ich in L. A. bin?"

Zum Teufel mit ihren Schwestern! Abby hasste es, in Tränen auszubrechen. Doch als Paige und Gwen sie zur Begrüßung fast erdrückten, konnte sie es nicht verhindern.

Zunächst musterte sie Paige, ihre jüngste Schwester, von oben bis unten. Wie immer trug sie einen Overall und Turnschuhe, kein Make-up, und ihre Hände hatten vom Kameenschneiden nach wie vor viele kleine Blessuren. Und Paige musterte auch sie kurz – und schimpfte sofort los.

„Wir sind zum Helfen hergekommen, du Dummerchen. Und wir wären schon eher gekommen, wenn du nur clever genug gewesen wärst, uns Bescheid zu geben."

„Aber was ist mit dem Stillen?"

„Zum Glück gibt es Milchpumpen. Da wir dir sowieso helfen wollten, habe ich beizeiten damit angefangen, und nun hat das Baby Milch für volle drei Tage. Um alles andere kümmert sich Stefan. Er ist so vernarrt in die Kleine, dass er froh ist, dass ich weg bin. Du siehst furchtbar aus."

Gwen stieß Paige in die Rippen. „Ein wenig müde sieht sie aus …"

„Nein, einfach furchtbar."

Abby betrachtete nun auch ihre andere Schwester. Gwen trug ein schlichtes rotes T-Shirt und Jeans, hatte sich eine freche Kurzhaarfrisur schneiden lassen, und ihre schönen braunen Augen blitzten. „Gwen, eure Flitterwochen sind kaum vorbei, da wird es Spencer bestimmt nicht recht sein, dass du hergekommen bist."

„Spencer bestand darauf. Er sieht das locker, keine Bange." Gwen betrat Abbys Wohnung als Erste und blickte sich kurz um. „Inzwischen werden wir uns amüsieren. Himmel, was für ein Chaos."

„Moment, Moment", bremste Abby ihre Schwestern. „Ich verstehe noch immer nicht. Woher wusstet ihr, dass ich hier bin?"

„Von Garson", erklärte Paige. „Ich hatte keine Ahnung, dass Stefan eifersüchtig sein kann … bis dieser unglaublich sympathische Mann mit der tiefen, sexy Stimme mitten in der Nacht anrief. Er hatte meine Nummer aus einem Adressbuch in deiner Ferienwohnung. Das ist doch wohl dein Gar, oder?"

„Er ist nicht *mein* Gar."

„Wie du meinst." Paige warf Gwen einen Blick zu. „Scheint so, dass du ihm verloren gegangen bist. Er wollte wissen, ob du bei einer von uns beiden seist. Und da das nicht der Fall war, blieb eigentlich nur deine Wohnung hier. Weißt du, was er getan hat?"

„Nein." Abby schwirrte der Kopf. Sie hatte Gar nicht beunruhigen wollen, hatte jedoch auch nicht erwartet, dass er so schnell merken würde, dass sie weg war.

„Er hat angeboten, unsere Flugtickets zu bezahlen", erklärte Gwen von der Küche her.

„Ich verstehe überhaupt nichts mehr."

„Er sagte, du brauchtest Hilfe", antwortete Paige. „Nicht von einem Mann, sondern schwesterliche Hilfe. Ich sagte ihm, dass wir uns schon um dich und unsere Tickets kümmern würden ..."

Die Stunden vergingen so schnell, dass Abby kaum zu Atem kam. Im Team mit ihren Schwestern ging das Auflösen der Wohnung zügig voran. Gemeinsam fingen sie an, alte Rock-Songs zu singen, und gemeinsam bekamen sie in verschiedenen Räumen Lachanfälle. Sie riefen sich quer durch die Wohnung Fragen zu. Oder beschimpften sich. Und allmählich roch es angenehm nach Reinigungsmitteln und aus der Küche appetitlich nach Eintopf.

Gwen servierte das Abendessen als Picknick auf dem Wohnzimmerteppich. Alle drei waren inzwischen nahe am Umfallen – aber nicht zu müde, um über alles nur Erdenkliche zu plaudern.

Zwischendurch verschwand Gwen kurz in der Küche und kehrte mit drei Pappbechern und einer Flasche Wein zurück.

„Ich denke, du trinkst keinen Wein", meinte Abby.

„Stimmt. Aber ein Glas werde ich wohl schaffen."

„Ich schaffe sogar zwei." Paige blickte sich um. „Wir haben noch einen Tag harte Arbeit vor uns. Aber dann dürfte es hier tipptopp aussehen."

„Ja, dank eurer Hilfe."

„Abby ..." Paige hielt einen Moment inne, um ihr Wein nachzuschenken. Dabei hatte sie bisher nur an ihrem Pappbecher genippt – und ihre Schwestern hatten ihren noch nicht mal angerührt. „Wir werden hier nicht weggehen, ehe du uns geschworen hast, dass du okay bist."

„Ich bin okay."

„Und Kühe mögen Schaumbäder. Rede mit uns."

Abby fuhr sich mit einer Hand durchs Haar und räusperte sich. „Ich bewundere euch. Wie ihr Arbeit, Kinder, Haushalt und eure Männer unter einen Hut bringt – alle Achtung! Ihr scheint beide genau zu wissen, was ihr wollt, und nie an euch zu zweifeln."

„Vielleicht jetzt nicht mehr", sagte Gwen, „aber vor zwei Jahren hing ich ganz schön in den Seilen."

„Ich hatte auch meine Probleme", warf Paige ein. „Du warst doch immer diejenige von uns, Abby, die absolut sicher war, was sie wollte."

„Stimmt. Das lag an meiner natürlichen Begabung für geschäftliche Dinge. Ich hatte den nötigen Ehrgeiz und den Drang, etwas zu erreichen. Doch als ich entlassen wurde, hatte ich auf einmal das Gefühl, mir etwas vorgemacht zu haben. Weil alles, was mir so viel bedeutete, plötzlich seinen Wert verloren hatte."

„Erkläre das mal näher." Diesmal schenkte Gwen ihr Wein nach.

„Mir wurde langsam klar, dass es nicht wirklich Ehrgeiz war, der mich so lange angetrieben hat. Vielmehr fühlte ich mich sicher, wenn ich arbeitete. Ich kannte die Spielregeln. Ich war gut. Denn wenn es um rein weibliche Dinge geht …" Abby holte tief Luft. „Gwen, du bist die geborene Mutter, kannst toll mit Kindern umgehen. Und Paige, du hast deine Kunst, doch darüber hinaus warst du dir deiner als Frau immer sicher. Du bist eigenständig, lebst ganz nach deinen Regeln."

„Nur weiter", befahl Paige.

„Ich kann nicht Plätzchen backen. Nicht handarbeiten."

„Kein Wunder, dass du deprimiert bist. Das sind in der Tat gravierende Mängel."

„Und mit Männern kann ich auch nicht umgehen."

„Aha. Nun kommen wir der Sache näher", warf Gwen ein.

„Im Beruf kam ich immer bestens mit ihnen zurecht. Aber dass ich mich praktisch wie ein Mann verhielt, war Teil des Problems. So wollte ich nicht sein. Ich wollte ich selbst sein. Als Frau jedoch fühlte ich mich immer unzulänglich. Als fehle mir was, weil ich die traditionell weiblichen Dinge nie gut konnte … warum seht ihr beide euch so an?"

„Meint sie Sex?", fragte Paige Gwen.

„Natürlich meint sie Sex", erwiderte Gwen ungeduldig. Und dann zu Abby: „Du hättest uns das schon längst sagen sollen. Es war mir immer unverständlich, warum du jeden Mann abgewiesen hast, der dir zu nahe kam. Du hattest also besondere Angst zu versagen, wenn das Licht ausging. Und wie war das mit Gar?"

„Gut."

„Was heißt, gut?"

„Nicht schlecht. Verflixt, es war überwältigend." Himmel, die beiden waren schlimmer als Spürhunde. Und der Wein stieg ihr auch langsam zu Kopf. „Aber das bedeutet ja noch lange nicht, dass ich weiß, wie eine echte Beziehung funktioniert. Oder dass ich gut für ihn bin. Und offenbar scheine ich in letzter Zeit in allem zu versagen, was ich anfange."

„Worin genau hast du versagt, außer beim Plätzchenbacken?", hakte Paige nach.

„Zum Beispiel darin, stark zu sein."

„Das ist natürlich sehr schlimm. Alle anderen Menschen außer dir sind schließlich jederzeit stark."

„Ihr versteht das nicht. Er ist geschieden. Und seine Exfrau war labil und unselbstständig. Da braucht er nicht noch eine Frau, die nicht auf eigenen Füßen steht, die sich nicht mal entscheiden kann, was sie als Nächstes tun will."

„Jetzt kapiere ich es. Weil du dabei bist, dein Leben umzukrempeln, bist du momentan für niemanden gut. Wertlos. Nutzlos. Eine völlige Niete. Nicht wert, geliebt zu werden."

„Du machst dich über mich lustig." Abby trank noch einen Schluck Wein. „Aber das ist noch nicht alles."

„Heraus mit der Sprache."

Und Abby erzählte, wie wichtig Ehrlichkeit für Gar sei, dass sie ihm aber einfach nicht eingestehen könne, dass sie entlassen worden sei und das Gefühl habe, in jeder Hinsicht zu versagen.

„Warum kannst du ihm das nicht sagen?", wollte Paige wissen. „Was würde denn deiner Meinung nach passieren?"

„Keine Ahnung. Er könnte seine Achtung vor mir verlieren. Er könnte mich nicht mehr mögen. Ich weiß auch nicht, aber mit ihm war alles anders. Ich war irgendwie mehr … die Frau, die ich sein wollte. Aber ich glaube nicht, dass er die Frau in mir sah, die ich wirklich bin."

„Du bist also der Meinung", sagte Paige, „du hast ihn die ganz Zeit über belogen? Vorgegeben, womöglich eine bessere oder eine andere Frau zu sein als in Wirklichkeit?"

Abby schluckte. „Ja, genau."

„Dann bist du ganz schön egoistisch, Schwesterherz."

„Egoistisch?"

„Es ist wohl klar, dass du Gar ernstlich etwas bedeutest. Sonst hätte er sich kaum mit uns in Verbindung gesetzt. Es wäre ziemlich egoistisch, Schluss zu machen, ohne erst mal mit ihm zu reden. Du glaubst, er habe sich in eine unheimlich nette und liebenswerte Frau verliebt, die es eigentlich gar nicht gibt. Weiß der Himmel, wie er diesem Irrtum verfallen konnte! Dennoch hast du ihn sitzen lassen."

Abby krampfte sich das Herz zusammen. „Das wollte ich nie. Ihn verletzen ist genau das, was ich unter allen Umständen vermeiden wollte ..."

„Aber du hast es getan. Da sitzt er nun in Tahoe und macht sich Vorwürfe. Wenn du wirklich Schluss mit ihm machen willst, solltest du ihm klipp und klar sagen, was für eine schreckliche, hoffnungslose Versagerin du bist. Dann könnte er wenigstens froh sein, dass es aus ist."

„Himmel, so habe ich das bisher noch nicht gesehen, dass ich egoistisch bin."

Als Abby den Kopf wandte, machte Paige Gwen ein Siegeszeichen – behielt ihren eindringlichen Ton aber bei. „Manchmal muss eben eine Schwester einem die nackte Wahrheit sagen. Tut uns leid, dass wir hart mit dir ins Gericht gegangen sind."

„Nein, nein. Ich bin froh darüber." Unsicher stand Abby auf, sie war richtig beschwipst. „Aber lasst diesen faulen Zauber bloß nicht zur Routine werden."

„Fauler Zauber?" Gwen tat schockiert.

„Ich habe das Siegeszeichen gesehen. Und auch gemerkt, dass ihr mir dauernd Wein nachgeschenkt habt. Habt ihr vergessen, dass ich die Älteste bin? Trotzdem, danke ihr zwei. Und lasst uns jetzt endlich zu Bett gehen."

„Abby ...", kam es wie aus einem Mund.

„Ich fahre nach Tahoe zurück und rede mit ihm. Versprochen."

Als Abby dann im Bett lag, musste sie immerzu an ihre Rückkehr nach Tahoe denken.

Und daran, was sie Gar sagen musste.

14. KAPITEL

Am späten Nachmittag fuhr Abby auf den Parkplatz des Skihotels. Vor Nervosität hatte sie Herzklopfen und feuchte Hände.

Beim Aussteigen sah sie, dass der Neuschnee unzählige Skifahrer auf die Pisten gelockt hatte. Das bedeutete guten Umsatz für Gar. Dass es kalt war, störte sie überhaupt nicht. Der beste Beweis, dass sie sich offenbar hoffnungslos in Tahoe verliebt hatte.

Auf dem Weg zum Foyer dachte sie, dass ihre Schwestern wirklich hartherzig sein konnten – die beiden schreckten nicht einmal davor zurück, ihr Schuldgefühle zu machen, nur damit sie mit Gar redete.

Andererseits wusste sie, die beiden liebten sie. Und Abby hatte nicht das Herz, ihnen zu sagen, dass sie sie noch nie zu etwas überredet hatten.

Sie hatte immer vorgehabt zurückzukommen. Sie hatte Gar verletzt, indem sie nicht offen und ehrlich zu ihm war. Es wäre auf jeden Fall der Zeitpunkt gekommen, wo sie das hätte korrigieren müssen, egal was es sie kostete ...

Ihre Fahrt nach Los Angeles hatte vielleicht ihre Aussprache mit Gar verzögert, doch auch ihr Leben dort hatte abgeschlossen werden müssen. Ihre alte Wohnung war nun aufgelöst, und die wenigen Dinge, die sie eingelagert hatte, konnten lange an ihrem Unterbringungsort bleiben. Ihre Rückkehr nach L. A. hatte ihr ihre Fehler nur noch klarer vor Augen geführt. Sie brauchte sich darüber nun nicht mehr den Kopf zu zerbrechen.

Als Abby die Hotelhalle betrat, wurde ihr schlagartig bewusst, was für ein riesengroßes Risiko sie einging. Aber es gab eben Dinge im Leben, da hieß es alles oder nichts.

Zum Beispiel in der Liebe.

Sie ließ ihre Jacke an der Garderobe und richtete kurz ihr Haar. Ein roter Pullover und Jeans waren absolut nicht das, was sie früher zu wichtigen Gesprächen angezogen hätte. Doch das war in ihrem alten Leben. Und für Gar, besonders diesmal, brauchte sie kein raffiniertes Styling. Sie musste sie selbst sein.

Als sie auf dem Weg zur Treppe war, riefen Bambi Simpson und einige andere Mitarbeiter ihr ein freudiges „Hallo" zu. Bekannt zu sein, hatte den Vorteil, dass niemand sie fragte, wohin sie wolle. Sie lächelte zurück. Dabei beschwor sie sich, dieses eine Mal alles richtig zu machen.

Zu dieser Zeit am Nachmittag würde Gar in seinem Büro zu tun haben. Wenn sie die Aussprache verpatzte, könnte sie sie schnell beenden – und er auch, indem er auf seine viele Arbeit verwies.

Womöglich hatte er sich inzwischen überlegt, dass sein Leben ohne sie viel friedlicher war. Vielleicht war es zu spät für diese Aussprache. Vielleicht wollte er sie überhaupt nicht sehen.

Als sie mit angstvoll klopfendem Herzen sein Büro betrat, sah Abby auf einen Blick, dass die Tür zu seinem Privatbüro zu war. Das war seltsam, denn normalerweise stand sie offen.

Robb begrüßte sie herzlich.

„Ich wollte Gar kurz sprechen, möchte ihn aber nicht stören, wenn er beschäftigt ist oder eine wichtige Besprechung hat ...“

„Er ist da.“ In Robbs Augen blitzte es auf. „Und glauben Sie mir, Ihr Besuch könnte nicht perfekter getimt sein.“

Und ehe sie wusste, wie ihr geschah, hatte er sie regelrecht in Gars Büro geschoben.

Ihr erster Gedanke war, dass sie Gars Assistenten dafür umbringen würde. Aber im Moment blieb ihr keine Zeit, sich eine besonders grausame Todesart für ihn auszudenken.

Denn Gar war nicht allein.

Obwohl Janet mit dem Gesicht zum Fenster stand, erkannte sie seine Exfrau an ihrer brünetten Lockenpracht sofort. Sie trug eine Spitzenbluse und einen schmalen Rock, also diesmal nichts Aufreizendes. Offenbar wollte Janet mit ihrem Outfit heute Verletzlichkeit zum Ausdruck bringen.

Am liebsten hätte Abby augenblicklich kehrtgemacht – wenn möglich, ohne vorher von den beiden bemerkt zu werden. Wie wichtig ihre Aussprache mit Gar auch sein mochte, sie wäre nie freiwillig in ein Gespräch zwischen ihm und seiner Exfrau geplatzt. Doch ehe sie hätte gehen können, begann Janet in einem sanften, fast kindlich-hilflosen Tonfall, passend zu ihrem heutigen Image, zu reden.

„Ich schaffe es nicht allein, Gar. Ich könnte einfach nie so stark sein wie du, und du weißt ja, dass ich mich nicht an meine Familie wenden kann. Du bist der Einzige, den ich um Hilfe bitten kann.“

„Janet, es ist nicht so, dass ich nicht bereit wäre, dir zu helfen. Wenn der Grund für deine Schulden allerdings ist, dass du wieder Drogen nimmst ...“

„Ich nehme keine im Moment. Ich hatte nur einen kleinen Rückfall, und ich bemühe mich, sosehr ich kann. Aber ich brauche Hilfe. Ich werde dich nie wieder um Geld bitten, das schwöre ich. Doch ich bin in Schwierigkeiten und komme nicht allein damit zurecht."

Gar stand ebenfalls am Fenster, doch plötzlich drehte er sich um und sah Abby.

Er erstarrte. In seinem grauen Wollpullover und der sportlichen grauen Cordhose sah er so gut aus, dass Abby sein Anblick so faszinierte, als seien sie Monate getrennt gewesen. Sie hätte schwören können, dass sie in seinem Blick unendlich tiefe Liebe entdeckte. Und sicherlich konnte er ihr nicht derart innig in die Augen schauen, wenn er sie nicht vermisst hätte, oder?

Aber dann glitt sein Blick zurück zu seiner Exfrau. Jede Gefühlsregung verschwand aus seinem Gesicht. Es war nicht zu verkennen, wie angespannt und müde Gar war.

Auf einmal wandte auch Janet sich um und erblickte sie. Eigentlich wollte Abby sich kurz für die Störung entschuldigen und gehen. Doch er brauchte sie, das sagte ihr ihre weibliche Intuition. Natürlich traute sie ihm zu, allein mit der Situation fertigzuwerden. Es war nur, dass sie es nicht übers Herz brachte, einen Mann im Stich zu lassen, der, bildlich gesprochen, mitten in der Nacht bei Schneesturm eine Reifenpanne hatte.

„Ich wusste nicht, dass außer Gar noch jemand im Büro ist", sagte sie schnell.

„Wie auch immer, Sie stören ein Privatgespräch." Abby konnte Janet nun genauer betrachten. Ihr hübsches Gesicht war hagerer als bei der letzten Begegnung. Ihre Pupillen waren unnatürlich groß, ihre schlanken, schönen Hände zitterten leicht. Dennoch war sie die Frau, die er einmal geliebt hatte.

„Dafür möchte ich mich entschuldigen", begann Abby behutsam, „aber ich habe nun mal mit angehört, was Sie gesagt haben. Sie sind in Schwierigkeiten? Können wir etwas für Sie tun?"

Wir. Ihr Mann brauchte schweres Geschütz, und ihr war nichts Besseres eingefallen als ein armseliges Wörtchen mit drei Buchstaben. Daher ging sie zu Gar hinüber und drückte ganz kurz seine Hand. Als Zeichen, dass sie Verbündete waren.

„Das hier geht Sie nichts an."

„Möglich, aber wenn Sie ein Problem haben, sollten Sie ein zweites Ohr, das zuhört, nicht so einfach ablehnen … Sie sehen aus, als könnten Sie einen Tee oder Kaffee gebrauchen."

„Ich möchte nichts."

„Okay." Ohne nachzudenken, trat Abby schützend vor Gar. „Ich hatte den Eindruck, dass Sie Geld wollten."

„Ich habe Schulden." Weil Janet dabei Gar anschaute, war klar, mit wem sie darüber reden wollte. „Große Schulden."

„Und es klingt, als hätten Sie auch Angst. Dazu gehört allerdings nicht viel – wenn Drogen Ihr Leben bestimmen."

„Ich hatte nur einen kleinen Rückfall ..."

„Aha." Abby wusste, was erweiterte Pupillen und zitternde Hände bedeuteten. „Es tut mir leid, Janet. Und das meine ich ernst. Ich habe zwar keine Erfahrung aus erster Hand, aber ich habe Freunde und Kollegen, die sich in diesen Dingen auskennen, mehr als einmal sagen hören, dass man die Sucht nicht bekämpfen kann, wenn man nicht ernstlich bereit dazu ist."

„Ich bin bereit. Ich stecke nur in finanziellen Schwierigkeiten."

„Das sagten Sie bereits." Abby atmete tief durch. Sie hatte sich geschworen, in Gars Gegenwart nie wieder zu schwindeln oder die Wahrheit zu beschönigen. Doch dies war ein Notfall. Hoffentlich fand Gar nicht, das alles ginge sie nichts an. „Janet, wir beide sind der Meinung, dass Geld Ihnen nicht hilft, weil Sie es doch nur für einen Zweck ausgeben würden. Wenn Sie wirkliche Hilfe wollen, Sie bekommen sie. Gar und ich wären bereit, Sie bei einer weiteren Entziehungskur zu unterstützen. Es gibt viele Kliniken mit unterschiedlichen Methoden, falls die erste Entziehungskur nicht das Richtige für Sie war. Manche Kuren sind mit einer anschließenden Therapie verbunden, wenn Sie das möchten. Und dieses Angebot steht, wann immer Sie es annehmen wollen. Aber damit hat es sich."

„Gar! Ich wollte mit dir reden, nicht mit ihr. Und ich weiß, du würdest mich nicht hinauswerfen ..."

Abby konnte sein Gesicht nicht sehen. Doch er ergriff fest ihre Hand. „Dann musst du wohl umdenken", erklärte er seiner Exfrau, „denn es war Abbys Idee, etwas zu unternehmen. Nicht meine. Du solltest ihr dankbar sein."

„Ich brauche keine Therapie."

„Keiner von uns hat das behauptet. Doch wenn du finanzielle Hilfe willst, bieten wir sie dir bloß in dieser Form an. Und dabei bleibt es, Janet."

Es folgte betretenes Schweigen. Seine Exfrau starrte Gar an. Dann drehte sie sich abrupt um, nahm ihren Mantel und ihre Handtasche und ging hinaus, die Schultern stolz gestrafft und mit Tränen in den Augen.

Danach war es im Büro für einige Augenblicke totenstill. Und dann seufzte Gar erschöpft. „Jede Begegnung mit ihr schafft mich total. Nicht gerade die friedliche Art, einen Arbeitstag ausklingen zu lassen."

„Nein." Er hielt noch immer ihre Hand fest, vermutlich unbewusst.

„Gar?"

„Ja?"

„Du kannst mich jetzt umbringen." Schuldbewusst hielt sie den Blick gesenkt.

„Wieso sollte ich das wollen?"

„Na, dafür, dass ich mich eingemischt und gelogen habe. Ihr weisgemacht habe, das mit der Entziehungskur sei deine Idee. Und dafür, dass ich über dein Geld verfügt habe, das du vielleicht gar nicht ausgeben wolltest."

„Abby, du weißt, dass es mir schwerfällt, sie abzuweisen, und dass ich mich ärgere, die Sache nicht besser zu handhaben. Diesmal wäre ich bestimmt hart geblieben. Aber ich hätte ihr das nicht taktvoll sagen können – oder auch nur halb so gut wie du. Du hast nicht nur das Richtige getan, du hast es für mich getan. Und mit mir zusammen."

„Du bist mir wirklich nicht böse?" Sie suchte seinen Blick. So liebevoll, wie er sie ansah, waren seine Gedanken längst nicht mehr bei seiner Exfrau.

„Es war höchste Zeit, dass du aus L. A. zurückgekommen bist."

„Du hast mir meine Schwestern auf den Hals geschickt."

„Ja, stimmt. So aufgewühlt, wie du hier weggefahren bist, hättest du mit mir bestimmt nicht reden wollen."

„Aber jetzt will ich es, Gar, wenn du ein paar Minuten Zeit hast. Es sei denn, du möchtest nach der Szene mit deiner Exfrau allein sein."

„Den Teufel will ich."

Und schon eilte Gar mit ihr an der Hand an Robb vorbei und wies ihn an, ihn unter keinen Umständen oben im Apartment zu stören.

Kurz darauf erreichten sie atemlos vom schnellen Laufen seine Wohnung.

„Hast du Hunger?"

Hunger? Nach Essen stand ihr nun wirklich nicht der Sinn. „Ich … nein."

„Tut mir leid, ich bin am Verhungern. Aber ich fürchte, im Kühlschrank ist nichts weiter außer kalter Pizza und ein paar Getränken."

Er ließ sie auf der Couch Platz nehmen, und dann tischte er auf. Kalte Pizza, Popcorn, Schokoladeneis. Der verflixte Kerl.

„Gar", fing sie ein paar Mal an. Doch jedes Mal fragte er sie, was sie als Nächstes wolle. Kalte Pizza bestimmt nicht. „Gar Cameron, würdest du mir endlich für eine Sekunde zuhören?" Und dann platzte sie heraus: „Ich wurde entlassen."

„Du wurdest also entlassen", wiederholte Gar beiläufig, als habe sie nicht gerade nach all den Wochen ihr großes Geheimnis gelüftet.

„Ja. Ich arbeitete bei einer großen Werbeagentur." Abby hörte auf zu essen. Auch wenn es ihr sicher nicht bewusst war, hatte sie mittlerweile drei Stücke Pizza verspeist. „Ich war sieben Jahre lang im Managementteam und dachte, ich würde Nachfolgerin des Agenturleiters, als der in den Ruhestand ging. Sie stellten jemand anderen ein und warfen mich hinaus."

„Wer so dumm ist, verdient kein Mitleid." Gar reichte Abby eine Serviette. Wie vorhin, als sie ihn gegen Janet in Schutz genommen hatte, las er in ihren schönen dunklen Augen, dass sie sehr nervös war. Außerdem war sie ganz blass geworden.

Sie trank einen großen Schluck von ihrem Ginger Ale. „Mit Dummheit hat das nichts zu tun, Gar. Ob es richtig war oder falsch, kann ich nicht sagen. Ich war jedenfalls sehr beschämt und fühlte mich als komplette Versagerin. Und deshalb habe ich dir nichts davon erzählt. Ich wollte nicht, dass du mich als Versagerin siehst."

„Dein dummer Stolz."

„Ja, ich hatte immer viel zu viel Stolz. Meine Entlassung zwang mich einzusehen, dass ich ein paar riesengroße Fehler gemacht hatte. Mein Beruf war mein ganzes Leben. Erfolg ging mir über alles. Ich versuchte also, mit mir ins Reine zu kommen. Mich neu zu orientieren, ein anderer Mensch zu werden ..."

„Die Plätzchen. Die Lasagne, die locker für zwanzig Personen gereicht hätte, die Handarbeiten ..."

„Ich wollte dir nicht vorgaukeln, dass ich eine perfekte Hausfrau sei. Oder dir etwas über meinen beruflichen Hintergrund vorschwindeln. Das alles hatte nichts mit Mangel an Ehrlichkeit zu tun. Ich wusste einfach nicht, was die Wahrheit war. Ich wollte den Workaholic Abby Stanford abschütteln, die gleichen Fehler nicht noch mal machen. Leider ging alles Neue, was ich versuchte, daneben." Abby trank ihr Glas aus und stellte es ab. „Und in all diesem Chaos traf ich dich und verliebte mich."

Typisch Abby, mir das zu gestehen, während sie sich die Finger an einer Serviette abwischt, dachte er.

„Verflixt, ich suchte innere Ruhe."

„Innere Ruhe", wiederholte Gar, während er ihr den Teller abnahm. Dann die Serviette, den Löffel.

Und dann ergriff er ihre Hände.

„Genau die hatte mir immer gefehlt. Ich mochte die Herausforderung, die Hektik in meinem Job. Mir fiel nur nie auf, dass ich nicht im Frieden mit mir selbst lebte. Ich fühlte mich nie wohl als Frau. Im Beruf war ich gut, das wusste ich, aber von den Dingen, auf die es im Leben ankommt – wie man liebt und sich selbst trotz aller Fehler akzeptiert, davon verstand ich nichts." Sie runzelte die Stirn. „Wohin schleppst du mich denn jetzt wieder?"

„Es gibt nur ein Zimmer in diesem Apartment, das du noch nicht kennst."

„Vielleicht möchtest du mich ja lieber vor die Tür setzen. Ich muss dir nämlich noch mehr sagen."

„Du denkst, ich will das Gespräch abbrechen? Ganz im Gegenteil." Mitten im Flur drängte er sie gegen die Wand, um sie zu küssen. Er konnte sich nicht länger zurückhalten. Er hatte geglaubt, sie verloren zu haben. Diese Angst schwand allmählich, aber Abby zu berühren, beruhigte ihn mehr als alles andere. Tief atmete er ihren Duft ein, genoss es, ihren weichen, anschmiegsamen Körper zu fühlen.

Wie selbstverständlich schlang sie ihm die Arme um den Nacken. Ihr Kuss war süß und heiß, wie ein Konzentrat aus Liebe pur und zärtlicher Ungeduld.

Irgendwann musste sie Atem schöpfen. Zärtlich strich sie über seine Wange, sein Kinn. „Das wäre der nächste Punkt gewesen. Ich wollte nicht, dass du eine Frau küsst, auf die du nicht stolz sein kannst. Du solltest nicht noch eine unselbstständige Frau am Hals haben, die gerettet werden muss. Ich wollte stark sein."

„Ich habe nie daran gezweifelt, dass du stark bist, Abby. Und ich war schon stolz auf dich, als du im Schneesturm entschlossen den Reifenwechsel in Angriff genommen hast. Wann immer ich dich brauchte, warst du für mich da. Du dagegen scheinst mich nie zu brauchen."

„Doch. Du gibt mir meine innere Ruhe, Gar."

Sie waren inzwischen ins Schlafzimmer gegangen. Gar zog ihr den Pullover über den Kopf, und schon legte sie ihm wieder die Arme um den Nacken.

„Es hat lange gedauert, bis ich das erkannt habe", fuhr sie fort. „Ich war so damit beschäftigt, mich zu ändern und meine Fehler vor dir zu verbergen. Aber es klappte nie. Immer wieder hast du mich in den katastrophalsten Momenten überrascht. Du hast schnell gemerkt, wie sehr ich Geschäfte liebe. Und dass ich es nie schaffen werde, faul herumzusitzen und mich dabei wohlzufühlen."

„Du kannst so gut still sitzen wie eine Katze auf einem heißen Blechdach."

„Verflixt, Gar, du hast mich akzeptiert, ehe ich mich selbst akzeptiert habe. Du hast schon immer die Eigenschaften an mir gemocht, die ich für miserabel hielt."

„Geliebt", verbesserte er sie. Und öffnete ihre Jeans.

„Irgendwann habe ich gemerkt, dass es nichts gibt, was ich vor dir verheimlichen muss. Ich bin überglücklich, wenn ich bei dir bin." Sie hielt den Atem an. „Aber ich weiß nicht, wie du über eine Beziehung zu einer arbeitslosen, gefeuerten Exmanagerin denkst, die noch immer nach ein paar wichtigen Antworten sucht."

„Ich hätte ihr am liebsten schon vor einem Monat einen Ring an den Finger gesteckt." Liebevoll strich er ihr das Haar zurück. „Das ist doch der Sinn einer Ehe, Abby. Dass man jemanden hat, mit dem man seine Probleme besprechen kann. Mit dem man wachsen und lernen kann, mit dem man alles teilt. Ich liebe dich."

„Und ich liebe dich auch. So sehr, wie ich es mir nie erträumt hätte." Sie umarmte ihn und küsste ihn wild und fordernd. Schnell war ihre restliche Kleidung ausgezogen. Die Laken waren kalt, aber nicht lange. Die Kissen waren weich, aber nicht so weich wie ihre Haut, ihr Mund, ihre Hände.

Schon bei ihrer ersten Begegnung hatte Gar geahnt, dass Abby eine Frau war, die alles, was sie tat, mit totaler Hingabe tat. Eine Frau, die unendlich viel Liebe geben konnte und die einen Mann brauchte, der ihr ebenso viel Liebe entgegenbrachte.

Es war schon immer ein Feuerwerk der Gefühle gewesen, wenn sie miteinander schliefen. Doch diesmal loderten die Flammen ihrer Leidenschaft noch höher auf, weil sie nun wussten, dass sie für alle Zeiten fest zueinander gehörten, und der Höhenflug der Sinne schien kein Ende zu nehmen.

Danach zog Gar Abby eng an sich und streichelte sie zärtlich, bis sie beide wieder normal atmeten.

„Weißt du zufällig, wann das Standesamt morgens öffnet?"

Sie lachte leise. „Du scheinst es ja eilig zu haben, eine ehrbare Frau aus mir zu machen."

„Du warst immer eine ehrbare und ehrliche Frau. Nur du selbst hast das nicht gewusst – aber ich habe es in der Tat eilig, deinen Nachnamen zu ändern."

„So, so." Sie schob sich auf ihn, sodass er sich nicht bewegen konnte. „Was hältst du eigentlich von einem Haus voller kleiner Camerons?"

„Ich glaube, unsere Kinder werden kleine Wirbelwinde werden, mit viel zu viel Energie und Ehrgeiz, um sie je bändigen zu können. Bei den Genen, die sie von ihren Eltern mitbekommen, dürfte das auch kein Wunder sein."

„Ein beängstigender Gedanke, nicht?"

Er sah es in ihren Augen aufblitzen. Es gab nichts, was Abby mehr liebte als eine nette, beängstigende Herausforderung, und Gar ahnte, dass das mit den Jahren nur noch schlimmer werden würde. Sie würde nicht nur eine wundervolle Mutter sein, sie würde ihren Kindern auch Selbstbewusstsein und Mut anerziehen, weil sie wusste, wie wichtig diese Eigenschaften im Leben waren.

Ihre Angst zu versagen würde natürlich nicht über Nacht verschwinden, und ihr Glaube an sich selbst musste gestärkt werden. Aber das war eine angenehme Aufgabe für einen Mann, der sie liebte, und die ideale Aufgabe, um sie mit dem Lebenspartner zu teilen.

Mit Abby an seiner Seite konnte er sich nichts vorstellen, was sie nicht meistern könnten. Gemeinsam.

– ENDE –

Drama und große Gefühle ...

4 Romane nur 9,99 €

Linda Howard u. a.
Im Sog der Lügen

Linda Howard – Lass mich deine Küsse spüren: Der Unternehmensberater Bruce ist der Beste seines Fachs. Arbeit und Privates trennt er strikt. Bis er Tessa trifft ...

Jayne Ann Krentz – Mach meine erotischen Träume wahr: Angie schwebt nach ihrer Traumhochzeit im siebten Himmel. Aber dann erhält sie einen anonymen Anruf, der alles verändert ...

Band-Nr. 20043
9,99 € (D)
ISBN: 978-3-86278-757-9
544 Seiten

Linda Winstead Jones – Traumfrau mit Geheimnis: Unwiderstehlich fühlt sich Reva von Dean angezogen. Trotz ihrer Angst, er könne hinter das Geheimnis ihrer Vergangenheit kommen ...

Debra Webb – Verliebt in den besten Freund: Seit Jahren ist Beth in Zach verliebt. Gerade als sie sich näherkommen, erfährt Beth von seinem Familiengeheimnis ...

Immer wenn der Vollmond scheint ...

4 Romane nur 9,99 €

NORA ROBERTS
LISA JACKSON
MILLIE CRISWELL
GINNA GRAY

Band-Nr. 20045

9,99 € (D)

ISBN: 978-3-86278-849-1

640 Seiten

Nora Roberts u. a.
Magische Winternächte

Nora Roberts – Tödlicher Champagner: Um ihr Erbe anzutreten, muss Pandora mit dem sexy Michael zusammenziehen. Bald knistert es zwischen ihnen ...

Millie Criswell – Zwei unter einer Decke: Verzweifelt kämpft sich Maddie durch den Schneesturm – zum Glück kommt ihr der attraktive Pete zu Hilfe ...

Lisa Jackson – Der weiße Tod: Als bei Bethany eingebrochen wird, flüchtet sie sich in die verschneite Hütte des verführerischen Brett Hanson ...

Ginna Gray – Wer ist der andere, Alissa?: Nie hätte Alissa erwartet, noch einmal so glücklich zu werden: Ihre Beziehung zu dem umwerfenden Dirk scheint perfekt ...

„Sandra Brown ist eine begnadete Erzählerin. Ihre raffinierten Geschichten halten den Leser von Anfang bis Ende in Atem."

USA Today

2 Romane nur 9,99 €

Sandra Brown
Wer die Sehnsucht spürt

Sandra Brown – Heiße Küsse für den Playboy: Seit Kirsten den Schauspieler Rylan kennengelernt hat, spürt sie Schmetterlinge in ihrem Bauch. Er scheint der Richtige, um in einem Film ihren verstorbenen Mann darzustellen – ist er doch ebenso verwegen. Aber ist sie schon bereit für eine neue Liebe?

Sandra Brown – Ich verführ dich heute Nacht: Ty hat eine Wette darauf abgeschlossen, Sunny ins Bett zu bekommen!

Band-Nr. 20044
9,99 € (D)
ISBN: 978-3-86278-831-6
304 Seiten

Und das erzählt er ihr auch! Mit einem solchen Macho will sie nichts zu tun haben und lässt ihn eiskalt abblitzen. Allerdings ist das gar nicht so einfach …